融

RONG

蔚空

作　品

雪

XUE

[上册]

青岛出版社
QINGDAO PUBLISHING HOUSE

图书在版编目（CIP）数据

融雪 / 蔚空著. --青岛：青岛出版社，2018.8
ISBN 978-7-5552-6889-5

Ⅰ. ①融… Ⅱ. ①蔚… Ⅲ. ①长篇小说－中国－当代
Ⅳ. ①I247.5

中国版本图书馆CIP数据核字(2018)第064953号

书　　名	融　雪
著　　者	蔚　空
出版发行	青岛出版社
社　　址	青岛市海尔路182号（266061）
本社网址	http://www.qdpub.com
邮购电话	010-85787680-8015　13335059110
	0532-85814750（传真）　0532-68068026
责任编辑	郭林祥
责任校对	胡　芳
特约编辑	崔　悦　吴梦婷
装帧设计	千　千
照　　排	梁　霞
印　　刷	三河市良远印务有限公司
出版日期	2018年8月第1版　　2018年8月第1次印刷
开　　本	32开（880mm×1230mm）
印　　张	17
字　　数	350千
书　　号	ISBN 978-7-5552-6889-5
定　　价	55.00元

编校印装质量、盗版监督服务电话　4006532017　0532-68068638

建议陈列类别：畅销·青春文学

融雪

目录 [上册]

融雪

目录 [下册]

第一章
初见便已许平生

九月份，由夏入秋，昼短夜长。不到八点，天就已经黑透了。

刚刚开学不久，虽然课业还未繁忙起来，但杂事一堆，荣雪从冗长无聊的班会出来，已经快七点半，只得一路小跑赶到校外兼职的辅导机构。

平日里半个多小时的路程，她只用了十几分钟。

谢天谢地没有迟到，还有多余的时间让她喘口气。

她兼职的这家机构口碑不错，她一个本科生能在这里兼职两年，算是运气好。

那时刚来江大上学，认识了英语系的一位研究生学姐，学姐当时就在这家机构做兼职老师，知道荣雪高考英语考了将近140分，又恰好碰上辅导班缺英语老师，就推荐了她进来。

不知是因为刚刚从高考独木桥厮杀过来，还是一开始带的几个学生都是乖巧认真的女生，荣雪第一次当辅导老师，竟然十分得心应手。两个月下来，几个女生的成绩提高得很明显，家长还特意给机构打电话表示感谢。

于是领导便将她留了下来，一直做到了现在。

不过她这个资历，也只有在极度缺老师时才有机会顶一下，平时做的是兼职班主任的工作。

辅导机构中的班主任，跟正规学校不一样，其实也就是打杂，负责与家长和老师联系，管理上课考勤，跟踪学生的学习情况，顺带招招生赚点提成。

荣雪是医学生，课业非常繁忙，花费也不便宜，即使她成绩优异，每年能拿到一等奖学金，那点可怜的数目也远远不能应付她的学费和生活费。

八年制的临床医学，漫长得似乎一眼看不到头，如今这条万里长征路她才走了四分之一。

她在机构管理晚班，每天只需要晚上坐班两个小时，算是很轻松的一份兼职。收入不多，但胜在稳定，而且离学校也近，加上寒暑期旺季时可以代课，平日周末再接一两个家教，至少可以让她暂时安心学业。

所以这份工作，对她非常重要。

今天的晚课新开了一个三人的小班，她得赶去负责安排。

任课的老师姓陈，是重点高中的退休特级教师，三个学生则是江大附中的高三生。

江大附中是省重点中学，根据她过去两年的经验，不论成绩好坏，从江大附中出来的学生，都还算好管理。重点中学的学生，总归是比较讲规矩的。

老师那边好带，她这个打杂的班主任，也就不会有什么麻烦事。

不过显然，她这次是过于乐观了。

还差几分钟到八点。

陈老师已经到了教室，正坐在讲台上翻看试卷。

她敲门走进去打招呼："陈老师。"

陈老师今年六十多岁，戴着一副老花镜，两鬓已经斑白，是一位很和蔼的老太太，一看就是那种尽职尽责的老教师。

荣雪本身还是个学生，自然对老师有种本能的尊重。

见她进来，陈老师笑道："小荣，你来了！我正在看测试的卷子。"

机构会在学生报名后进行一次水平测试，这份试卷的难度与高考

2

相当。

荣雪走到讲台边，随手拿起来那几份试卷看了看，看到分数和错误的地方，眉头不由自主地慢慢蹙了起来。

150的总分，最高的一份70分，最低的一份刚过50分。一些低级的错误，她估摸着初中生都不会犯。

江大附中一本升学率常年超过百分之八十。一次招到三个水平这么惨不忍睹的学生，还真是难得。

不过她倒也不担心，实际上，机构更喜欢招一些差生，因为差生提高更加明显，有利于机构的招生宣传。

然而她不知道的是，自己再一次过于乐观了。

她翻完卷子，再抬头去看墙上的钟表时，八点已经过了三分钟，而那三个学生还没出现。

她皱了皱眉，忽然想起刚刚进教室时，外面的走廊似乎站着三个穿着校服的男生。如果没记错，那蓝白相间的运动装就是江大附中的校服。

"陈老师，您先等一下，我去看看学生有没有来！"

她转身走到门口，往外一看，果然见那三个男生还站在原地。

中间那人拿着掌机（掌上游戏机）玩得忘乎所以，旁边的两人凑在一起看得不亦乐乎。

走廊的灯最近坏了一盏，光线暗淡，三人又都低着头，荣雪看不太清他们的长相，只看得到三个人手指间的烟头红光若隐若现，与那身象征青春的校服很违和。

即使她并不是真正的老师，也比这些男生大不了几岁，可当自己跨进大学的门槛后，再去看高中生，便觉得是另外一个世界的人。那些不过比自己小几岁的高中生，在她眼中变成了孩子，于是她也就习惯用成人看孩子的目光去审视。

而在这种审视中，十几岁的男孩抽烟，不过是一种蹩脚的证明自己长大的行为，可笑得令人生厌。

她眉头蹙起，淡声提醒："你们是来上课的吗？已经到时间了。"

"邵栖，上课了！"左边的男孩拍拍中间拿着掌机的男生。

那男生却只将手中的烟叼在嘴里，连头都没抬，含糊敷衍道："稍等一下，我打完这一盘。"

不知道是回答荣雪，还是他的同伴。

荣雪眉头蹙得更深，本来带着冷清味道的嗓音，提高了几分："进教室！上课！"

"我去！死了！"男生终于抬头，转头看向荣雪时，大概是看出她是个兼职的大学生，嘴角勾起一丝戏谑的笑意，"小老师，你急什么？反正学费交了又不能退，还怕拿不到工资吗？"

他的脸在暗淡的光线里，明暗莫辨，荣雪依然没看清他的模样，但他言语中堂而皇之的无礼，她听得很清楚。

他旁边的两个男生附和般地笑。

荣雪兼职这两年，不是没遇到过顽劣的学生，所以并没有被这几个男生的恶劣吓到，只是面无表情继续道："进来上课！"

说罢，她转身走进教室。

三个男生丢掉没抽完的烟，笑闹着进门，挤在一起坐下。

陈老师站起来和他们打招呼："你们好！"

然而三个男生并没有回应她。

这种无礼让荣雪再次皱起眉头。

辅导机构毕竟不同于学校，说是教室，不过是一间小办公室，但里面还是有好几张课桌，不至于需要三个男生挤在一起。

荣雪面无表情扫了一眼三人，指了指旁边的座位："你们坐开点。"

两个男生哀号一声，不情不愿地分开，一脸被她棒打了鸳鸯的样子。

荣雪扫了眼吊儿郎当的三人，到："我叫荣雪，是这里的班主任，负责管理夜课，你们有什么课堂之外的问题可以来找我。"

荣雪虽然也不过二十岁，却不太有这个年纪的青春洋溢。

齐刘海儿过耳短发，戴着略显土气的眼镜，衬衣长裤——最平淡无奇的打扮，配上不苟言笑的表情，仿佛从头到尾写着"无趣"两个字。

而十七八岁的男生，最讨厌的就是无趣。

所以三个男生对她的自我介绍完全没有任何反应。

她当然也没准备等他们有什么反应，继续介绍道："这位是陈老师，接下来几个月你们在这里的英语老师。"

陈老师站起来笑容满面温声道："你们好。"

大概因为是正儿八经的老师，左右两边的男生这回有了回应，只是一看就刻意地大声道："陈老师好！"

陈老师似乎没觉察出学生的不礼貌，只是朝他们和蔼可亲地点点头。

荣雪皱了皱眉："上课之前，我先把辅导教材发给你们，顺便点一下名。"

"肖莫然。"

"到。"左边的男生嬉皮笑脸举手回应。

"杜远。"

"到。"右边的男生也笑着举手。

"邵栖。"

教室里一片寂静。

"邵栖。"荣雪又念了一遍，目光落在中间那个正在看手机的男生身上。

然而男生还是没回应。

旁边两个男生笑着看他，似乎想看他要闹什么幺蛾子。

荣雪走过来，手指点了点他的桌面，一字一句问："你是不是叫邵栖？"

男生终于抬头，歪头看她，嘴角泛起一抹恶劣的笑意："小老师，你是不是傻啊？我们就三个人，他们两个都被点了名字，我不叫邵栖难道你叫？"

如果不是吊儿郎当的表情和这挑衅的语言，他其实是一个长得十分好看的少年——皮肤干净，五官立体，狭长的眼睛是最适合男生的薄双眼皮，眸子漆黑，看人的时候倨傲中带着点显而易见的玩世不恭。

旁边两个看热闹的男生果然大笑。

辅导机构毕竟不是学校，何况荣雪连任课老师都不是，只是一个兼职的工作人员。她知道他们不会把自己当作老师看待。

实际上，在这里，花钱来辅导的学生才是大爷。

她当然知道这个道理。

所以她没有和邵栖争辩，甚至也没有责备他的无礼，只是将手中的教材放在他桌上，然后面无表情回到前面，低声道："陈老师，你上课吧，有什么问题叫我就好。"

陈老师笑着点头："谢谢你！"

荣雪转头轻描淡写了眼底下的三个男生，走出了教室。

邵栖有些悻悻地将手机放在桌角。

这个辅导班是他老爸强行给他报的，试图去挽救他病入膏肓的英语成绩。

他是理科生，英语是他最讨厌的科目，枯燥无味，毫无乐趣可言。

他看了眼前面荣雪离开的背影，又看了眼讲台上的老太太，只觉连在辅导班遇到的老师也和英语一样无趣。

逆反心理让他没有半点听课的打算，只恨不得赶紧离开。

陈老师开始上课，底下的邵栖支着脑袋，看向窗外深不见底的夜色，从头到脚写着心不在焉。

夜色沉沉，有蝉鸣隐约传进小小的教室里。

邵栖的脑子里有点空洞，似乎不明白自己为何会在这里。

然后他便在老太太催眠般的声音中睡着了。

这一层都是小班教室，办公室就在中间。

作为夜班班主任，荣雪其中的一项工作，就是每节课去巡视一下课堂，一来是看老师的教学状况，二来看学生的学习情况。

然后她便从窗户外看到了今晚刚开的小班里，陈老师在讲台上认真讲课，而下面的三个学生，左右两个一看就在神游，中间那个叫邵栖的男生，则堂而皇之地呼呼大睡。

陈老师试图叫过几次，但男生爱答不理，脑袋一偏，换个姿势又睡过去。

辅导机构不是学校，而是以营利为目的，所以老师和学生的位置也就跟学校不一样。

陈老师虽然是重点公立高中出来的特级教师，但是在这里也不敢随便斥责花高价来上课的大爷们，若是得罪了学生，要退课，那就是个大麻烦。

虽然隔着玻璃窗，但是荣雪也看到了老太太脸上的无奈。

等到第一节课结束，陈老师拿着水杯出来接水，遇到进教室的荣雪，对她无奈地笑了笑，摇头叹了口气。

荣雪也只能勉强笑了笑。

她走进教室，邵栖还在睡。他的两个同伴偷偷拿了他的掌机在玩，也就"好心"地没有叫醒他。

荣雪走过去，拍了拍他的肩膀。

邵栖睁开眼，慢悠悠抬起头，对上的便是荣雪面无表情的脸，他皱了皱眉，眼里一片迷茫的惺忪，瓮声瓮气问："下课了？"

荣雪淡声问他："陈老师的课有问题？"

邵栖打了个哈欠，慵懒地往椅背上一靠，似乎还没完全清醒过来，似笑非笑道："无聊死了。"

傲慢无礼十足。

旁边的肖莫然和杜远配合地笑出声。

荣雪道："陈老师是特级教师，退休前带的班高考成绩一直在二中名列前茅。如果你们有什么意见和要求，可以提出来，我们会努力改进。你们花了钱来这里上课，我们有责任对你们负责。"

邵栖挑起眉头，笑道："不用不用，我们才十七岁，怎么能让小老师负责？"

他这恶意的调侃，让向来淡定的荣雪也不得不蹙起了眉头。

果不其然，另外两个人又是一阵大笑。

一旁的杜远，大概是觉得过分了点，跳出来打圆场："小老师，其实也不是陈老师讲得无聊，主要是英语本身太无聊，你说我们泱泱大中华，干吗非得学英语？尤其咱们是理科生，以后压根儿都用不上。"

荣雪看了他一眼，淡声道："你错了，英语的用处比你们想象的更大。我也是理科生，不说别的，就是写论文，要参考国外文献，也必须英语过关。"

哦——

杜远佯装恍然大悟地点头，一副懂了的样子。

荣雪抬头看了下墙上的时间，还有几分钟上课："不管怎么样，陈老师是长辈，也是资深老师，你们应该尊重她。"

7

邵栖轻笑一声，显然是不以为然。

不知是对她，还是对陈老师。

荣雪见陈老师打完水进来，也就没再说什么，对她笑着打了声招呼便离开了。

接下来的一节课，跟之前差不多，杜远和肖莫然偶尔还假装听一下，邵栖完全心不在焉，时而发呆，时而玩手机，对前面六十多岁的陈老师，没有半点该有的尊重。

荣雪在外面看了会儿，摇头回了办公室。

她刚刚从他们这个年龄走过来，对这个年龄的男生心理再了解不过。

长得好看家境不错的男孩，因为还未曾经历挫折，不可一世的傲慢便如浑然天成。

比如这个叫邵栖的少年，从杜远和肖莫然对他的态度，便可以看得出他是他们那个世界里的焦点。他或许在自己那巴掌大的天地里活得风生水起，所以对不感兴趣的事物，便理所当然地不屑一顾。

虽然荣雪对这种还处在中二期的少年很不以为然，但她不得不面对一个事实——她遇到了兼职两年来的大麻烦。

她管理夜班，也就意味着要跟进这几个学生的情况。

而机构会根据教学成绩调整报酬及接下来的排课。陈老师刚刚来机构，这是她第一次带班，如果效果不好，就会影响以后的排课。

荣雪知道，比起自己，陈老师更需要这份工作。

荣雪不知道这几个男生的学习状态以后会不会有好转，但第一个课时，只能说是以失败而告终。

十点钟下课，夜班的学生跑得比兔子还快，不过几分钟，这一层就人去楼空。

荣雪检查好教室的门窗，和腿脚比较慢的陈老师一块儿下楼。

"这几个学生不太好带吧？"楼道灯比较暗，她微微扶着老太太。

陈老师笑："小孩子被家长强行送来，都有点逆反心理。我教了三十几年书，这种学生见多了，没事的，上几次课就好了。"

荣雪点头，但愿如此。

陈老师又道："你们李老师给过我他们的资料，是你们江大附中高

8

三的理科生，成绩都还不错，尤其是那个邵栖，基本上都能考到班上前几名，就吃亏在英语拉后腿。所以他的家长就希望通过补习把英语提上去。本来是给他报的一对一，但他不愿意，拉着两个朋友一起来上了小班。我估摸着孩子虽然调皮点，但江大附中的尖子生能坏到哪里去？我耐心点就行。"

荣雪没负责这三个学生的报名工作，也就没看过他们的资料，只知道他们是江大附中的，并不知他们在学校成绩如何，听到陈老师说这三个学生成绩还不错已经愕然，再听到邵栖能考班上前几名，几乎可以用震惊来形容。

抽烟、打游戏、上课不听讲，甚至不尊重师长，这些都是差生的标配。但现在陈老师却告诉她，这个有着差生标配的邵栖是优等生，还是江大附中的优等生。

她不得不重新认识这个世界。

她脑子里出现了邵栖的模样，傲慢又玩世不恭的少年，哪里有半点优等生的样子？

荣雪忽然想起自己的高中。

她是从小镇考进市重点高中的优等生。

在进入高中后，她发觉了一个可怕的现象，班上的优等生大部分都是市内家境好的学生，而且他们通常多才多艺，会打游戏，会追动漫新番，还有不少人毫无顾忌地早恋，但每次考试出来的成绩依然漂亮。

而从下面乡镇考上来的很多学生，哪怕是每天挑灯夜读，也很难比得上。

她算是为数不多，勉强用勤奋弥补沟壑的小镇学生。

她曾一度怀疑是智商差异，后来长大了回头去看，才知道是家庭背景带来的差距。

因为那些家境优渥的学生，不用完全依赖学校大锅式的教育，在寒门子弟苦哈哈摸石头过河时，他们的家教老师已经根据他们的问题，制订了专门适用于他们的学习计划。

有人跌跌撞撞绕路前行，而有人早就走上了捷径。

当年他们班英语最好的女孩，从初中开始每年都会去帝都参加英语夏令营。荣雪头悬梁锥刺股考出来的分数，那个女孩从来都是轻轻松松就能拿到，而且还有让荣雪望尘莫及的口语和听力实力。

这种差距，就好比常年只能吃大锅饭的孩子，营养自然是比不上那些吃小炒，荤素搭配、蛋奶齐全的孩子。

这是一个残酷的现实。

但是这个邵栖，显然对吃小炒没什么兴趣。

两天后，荣雪晚上去上班，那三个学生没来，也没有请假。

她安抚了陈老师，送她离开后，不得不将情况报告给机构的负责人李老师。然后她隐隐有了不好的预感。

果不其然，隔日她就从李老师那里得到消息，那三个学生对陈老师不满意，要求重新调配老师。所以暂时只能停了陈老师的课。

其实机构里的负责人也明白，那是三个男生不想来上课找的借口。

这比荣雪预想的还糟糕。

陈老师的情况她很清楚，重点高中退休老师，有着不算低的退休金。本来是尽享天伦的年纪，然而儿子、儿媳去年出了车祸，儿媳过世，儿子高位截瘫，还有个三岁的孙子要抚养。这样的变故下，她和老伴的退休金也就成了杯水车薪，所以她才这么大年纪还在晚上兼职。

也许因为她也是在生活中艰难挣扎的人，所以对陈老师的遭遇难免有些感同身受。

而遇到这种事，除了深深的无力感，她什么也做不了。

这就是现实，有人在泥潭中举步维艰，也有人可以肆无忌惮地挥霍人生。

周六。

江大医学院实验楼前的花坛边，坐着三个男生。

牛仔裤、T恤、运动鞋，这身打扮让他们看起来和寻常大学生并无两样，但是三张脸过于青春，一看就是十几岁的少年。

高中和大学大概有一条泾渭分明的分界线，哪怕年纪相仿，气质也完全不同。

这三人正是邵栖、杜远和肖莫然。

杜远手里转着个钥匙扣："阿然，你消息准不准确？这都中午饭点了，怎么还没见人出来？"

肖莫然道："当然准确，我都打听清楚了，那家伙叫吴昊，江大医学院大四，今天就在实验楼做实验。"

杜远揽住他的肩膀："实话告诉哥们儿，你是真担心杨妍妍被人欺骗玩弄感情，还是觉得你女神被人抢了，骗我和邵栖来帮你出头？"

肖莫然梗着脖子，义正辞严道："当然是怕这些大学人渣玩弄我们单纯的女同学。不说别的，一个大学生和高三女生谈恋爱，他还是人吗？指不定杨妍妍的前途就葬送在这人渣的手里。"

正在玩掌机的邵栖呸了一声："你能不能坦荡点？不就是杨妍妍被抢了，想让我们帮你出气弄人一顿吗？多大点儿事！非得找些可笑的借口，还跑到人家实验楼前，这是能动手的地方吗？我看你是打算给人来普及思想品德的吧？"他顿了顿，不耐烦道，"再等十分钟，要是还不出来，我就去吃饭了。"

肖莫然嘿嘿一笑："我先找个人问问。"

话音刚落，肖莫然便见一个穿白大褂的短发女生从楼里出来，行色匆匆往左边走去，他赶紧大声唤道："美女，等一下！"

那女生没有任何反应，显然没意识到是在叫她。

肖莫然又贱兮兮叫道："穿白大褂的美女小姐姐！"

邵栖轻笑一声，不经意抬头看过去，恰好见那女生停下脚步转过头。

女生戴着一个发箍，将刘海儿绾起，露出一张白皙光洁的清丽小脸。那双嵌在这张脸上的眸子，又黑又亮，便显得格外与众不同。

荣雪近视不算严重，不过两百度，只有在上课的时候才戴眼镜。但她到底有些近视，不戴眼镜隔着几米的距离看人时，便习惯性微微眯起。

于是她本来略显冷清的脸，便多了一份动人的柔和。

今日是个好天气，秋高气爽，蓝天白云，阳光如一层薄薄的暖光覆下来。

一切仿佛就在这一刻忽然静止。

还是肖莫然先"我去"了一声，戳了戳邵栖，小声道："这不是前几天辅导班那个小老师吗？"

邵栖却没有反应，当然肖莫然也不需要他的反应，已经自顾自地笑嘻嘻跑上前："小老师，原来是你啊！我跟你打听个事儿，你认不认识吴昊？就是你们医学院的。"

荣雪漠然地看了他一眼，冷淡道："不认识。"

她当然还记得这三个男生。

她其实没有立场和他们计较，喜不喜欢上课，选择哪个老师，是他们的自由。但她还是有些为陈老师抱不平，这种夹带着任性妄为的自由，他们或许觉得无足轻重，却不知给别人带去了多大困扰，实在是让她很厌恶。

她准备转身离开，肖莫然却拦住了她的去向："真不认识？你仔细想想，就是医学院的，应该还在你们实验楼里。"

荣雪还是那句回答："不认识。"

肖莫然失望地喷了一声，又笑嘻嘻道："那算了吧！"

然后他移开身子走了回来，朝坐在原地的两人摊摊手："不认识，我再重新找个人问！"

杜远眨眨眼睛，看了眼荣雪离去的背影，压抑着兴奋小声道："真是那天的小老师啊？我去！原来长得这么正！"说着转头去看邵栖，"你觉不觉得啊？"

邵栖一脸怔怔地看着前方，对他的话置若罔闻。

杜远在他肩膀上拍了他一掌："问你呢！"

邵栖仿佛被吓了一大跳，像是被踩着尾巴的猫一样，从地上弹起来，恼火吼道："干吗呢？"

杜远一脸莫名："你怎么了？发什么疯？！"

邵栖似乎这才回神，对自己的反应也有些愕然，脸上露出一丝不自在的怪异神情，复又坐下来："没什么。"

杜远也没放在心上，随口继续道："你没看刚刚那小老师，原来是个大美女，之前戴着眼镜都没看出来。"

邵栖低着头又去玩掌机，敷衍道："没怎么注意。"

杜远嗤了一声："也是，你压根儿对女生美丑没有任何鉴赏能力，校花站在你面前也是个路人甲。"

肖莫然笑着在杜远肩膀捣了一拳："瞧你这点出息！是不是觉得，要是早看出来是美女，不如就继续去辅导班混日子，至少可以顺便看美女？"

杜远还没回答，邵栖忽然将掌机关掉，起身打断两人："走了！"

也不等两人应声，邵栖已经迈步离开。

肖莫然哎哎了两声："再等一会儿，说不定马上就出来了。"

邵栖头也不回道："要等你们自己等，我都饿死了。"

肖莫然啧了一声："还是不是哥们儿啊？"

说是这样说，肖莫然却也和杜远笑嘻嘻跟上了他。

这一天，邵栖一反常态地没有和杜远、肖莫然在外面鬼混到天黑，太阳还未落山就回了家。

自从中午在实验楼前见到荣雪后，他忽然觉得被一种陌生而奇怪的情绪侵袭，说不清道不明，就像是一团乱麻缠绕着他，以至于这一天干什么都提不起劲儿。

年少的爱情多始于一见钟情，直接而肤浅，肤浅到如同绚烂的泡沫，一戳就破。

但一见钟情本身又是一门玄学，若说纯粹是以貌取人，那么世间好看的面孔万万千，为何一见钟情的只是某一个？

当然，十七岁的邵栖还远远不会去思考这些深奥玄妙的问题，所有的情绪和行为，不过只是凭着不管不顾的少年本能。

直到很多年后，当情根早已深种，再回头看时，才发觉，其实所有的一切，不过就是源自最初那玄之又玄的惊鸿一瞥。

邵栖回到家，进门时，碰上拖着行李箱出门的邵父。

邵栖恹恹地瞥了眼西装革履的父亲一眼："又去出差？这回多久啊？"

邵父是金融行业的大人物，经常被儿子吐槽他比美国总统还忙。这不，前天才出差回来，今天又要出门。

他有些歉意地看了看儿子，下意识像是对待小孩子一般，准备伸手亲昵地去摸他的头，却被邵栖避开了。

他这才忽然意识到十七岁的儿子，已经和他一般高，是个大人了。

明明儿子就和他生活在一起，可他却好像一直在错过他的成长。

想到这里，邵父心里就更加内疚，他暗暗叹息一声，笑了笑："去欧洲，大概一个多星期，钱放在你桌上，要是不够，自己去银行取，晚上放学早点回家，高三了还是要多放点心思在学习上，别太贪玩儿。想吃什么跟张姨说。"

邵父非常宠爱自己这唯一的儿子。家庭的不完整，以及陪伴的缺失，让他尽可能从别的地方弥补邵栖，比如物质和纵容，即使他清楚这两者会带来重重隐患。

"知道了！"邵栖不耐烦地回应，来到客厅的沙发，将自己用力摔在上面，头朝下趴着。

邵父走到玄关，又想起什么似的，道："对了，辅导班那边给我打电话了，我已经让他们重新给你调老师。"

邵栖忽然从沙发跳起来："别别别！你赶紧打电话给他们，不用调老师，我周一就去上课。等他们调到符合条件的特级教师，不知道要等多久。高考都倒计时了，时间就是金钱。"

邵父奇怪地咦了一声："你不是说那老师教得不好吗？"

邵栖道："其实是我自己不想上课找的借口，老师教得挺好的，毕竟是二中退休的特级教师。我想了想，还是要去好好补习一下，不然高考被英语拖后腿实在不划算。"

邵父愣了下，儿子性格叛逆，突然冒出这么高的思想觉悟，他一时还有点不适应，反应过来后，心情大好地笑开："你能想通最好。虽然我从来不给你压力，但也希望你能考个好学校，不然就只能直接出国了。"

邵栖不耐烦地挥挥手，又重重趴回沙发上，闷声道："知道了！"

邵父笑着摇摇头出门了。

邵栖趴在沙发上发了会儿呆，起身去房间学习。

然而今天他却怎么都学不进去，连一向喜欢的数学题都没办法调动他的兴致，脑子里总是出现今天中午白衣女孩在阳光下回眸的模样。

他觉得那一刹那，自己好像被什么东西击中，想拼命抓住弄清楚，可那情绪却狡猾得厉害，屡屡在快要落网时就溜走，只在他心口留了一个荒芜空洞的缺口。

十七岁的邵栖，从来没有如此没来由地烦躁过。

他烦躁得几乎坐立难安，干脆合上书本，拿出篮球不停地往墙上的篮筐投篮发泄情绪。

直到精疲力竭，保姆张姨在门外提醒他洗漱睡觉，他才从这种魔怔中回神，顶着一身汗悻悻地跑去洗澡。

这一夜，邵栖做了一个荒诞而旖旎的梦，梦里都是那张回眸看过来的脸。

热！

明明入秋的夜晚已经开始变得凉爽，他却像是在热浪中煎熬了一整夜。

早上他是被张姨敲门叫醒的："小栖，早餐做好了，快起来吃！"

邵栖睁开眼睛，看着白色的天花板，有种刚刚从梦里回到现实的怅然和虚脱，明明是在自己房间，却有些不知今夕何夕。

怔忪了半晌，他才晕晕乎乎坐起来，却蓦地发觉自己身下似乎有什么异状，打开薄被一看，却见是睡裤上濡湿一片。

他懊恼地咒骂一声，爬下床换了衣服，然后抱着睡衣出门。

正在收拾的张姨看到他，随口道："要洗的衣服放在篮子里，我待会儿收拾。"

邵栖含含糊糊唔了一声，却还是抱着衣服钻进了洗手间，然后一股脑塞进洗衣机里，按下了开关键。

洗衣机轰隆隆的声音响起，将外面张姨的声音掩盖。

荣雪隔日下午接到李老师的通知，说陈老师那三个学生的家长打来电话解释，是孩子调皮不想上课，和老师没关系，让她联系陈老师，继续按之前的时间上课。

荣雪赶紧打电话给陈老师，将这个好消息告诉她。那头的陈老师在电话里很明显是松了口气。

于是堵在荣雪心里的那点阴霾也随之散开了。

周一傍晚，不到七点半，邵栖就将杜远和肖莫然拉到了辅导班。

"我去！邵栖你是不是有病啊？好不容易躲掉英语辅导，你又拉着我们回来干什么？"杜远一路抱怨，到了辅导班教室外，还是念叨不停。

邵栖道："躲得了初一躲不过十五，反正过不了两天机构还得重新给

15

我们安排老师。投诉一次两次还行，多几次，估计你爸妈就得直接把你关家里，请一对一家教了。"

杜远苦着脸道："话是这么说，但能躲一时是一时，你也不用自动送上门吧？"

肖莫然点头附和："而且这才七点半，来这么早干什么？"

邵栖一本正经道："半个小时也干不了啥事儿，还不如早点过来！"

"我去！"杜远鄙视地看了他一眼，"我看你抽风了是真的！"

邵栖也不恼，将掌机丢给两人："行了！闭嘴！"

两个人得了游戏机，赶紧凑在一块玩儿，暂时将被拉来上课的痛苦抛到一边去了。

邵栖跑到办公室门口，办公室只有两个不认识的人，大概是晚上的补习老师。

没见着他想见的人，他又退到走廊的窗边，往楼下看。

天色已经黑透，但路灯明亮，照着进进出出的人们。

教室在三楼，看得还算清楚，大部分是穿着校服来上课的学生。

"看什么呢？"玩游戏正起劲儿的肖莫然，抽空看了他一眼，见他探着个脑袋在窗外，随口问道。

"没什么！"

辅导班晚上的课，最迟是八点开始。

邵栖抬头看了下手上的运动腕表，只差几分钟就八点，但自己想看到的人还没出现在楼下。他不甘心地撑在窗台上，半个身子探出去，想看得更远一点。

"我去！邵栖你什么事想不开要跳楼？"

他还没来得及看清路边树影下走过来的人，整个人已经被后面两个贱人从窗台上生生拖了下来。

邵栖一时不防，直接摔在了地上。

"我……"他转过头，一句粗口还没说完，忽然听到杜远大声道"老师好"。

邵栖赶紧从地上爬起来，转身站直，目光看向几步之遥，暗淡灯光下慢慢走来的两个身影，一个是微微佝偻的陈老师，另一个则是年轻清瘦的

16

身影。

陈老师连连笑着道："你们好！你们好！"

荣雪淡淡扫了眼三人，皱了皱眉，淡声道："别闹了，进教室上课。"

"收到！"杜远高声应道，十分夸张。

邵栖白了他一眼，又默默看向荣雪。

她还是跟上次一样的打扮，素淡的穿着，刘海儿下戴着那副有点过时的眼镜。

可是他却觉得哪里都不一样了。

明明灯光暗淡，他却觉得好像她周身都罩着一层光环。

杜远推着肖莫然正要蹦回教室，发觉邵栖愣愣地站在原地没动。杜远又退回两步，戳了戳他，勾住他的脖子将他往教室带，边走边贱兮兮笑道："还不快谢谢刚刚的救命之恩。"

邵栖很不客气地踹了他一脚，将人推开，率先跑进了教室。

他在中间的位置坐下，眼睛却盯着和陈老师一起走进来的荣雪，见她看过来，又赶紧低头装模作样地从书包里拿书本和文具。

杜远和肖莫然进来后习惯性挤在他身边，他挥挥手："一边去，别挤着！这是上课！"

两人哈哈大笑，杜远还不忘戏谑："哟呵！不愧是咱们班的优等生，瞧瞧这思想觉悟！"

荣雪扫了眼几人，淡声开口："坐好了，在陈老师上课前，我有几件事要说。"

"收到！"杜远挺了挺身板，故意夸张道。

荣雪看了他一眼，目光又落在邵栖身上。

跟上次不一样，这回他端正地坐着，微微低着头摊开了课本，倒像是一副准备听课的样子。

她继续道："虽然辅导机构不同于学校，但是你们既然选择来这里上课，我还是希望你们可以像在学校一样，遵守纪律，尊重老师。如果是你们自身的原因导致成绩没有起色，坏了辅导机构的招牌是小事，影响你们自己的前途才是大事。还是那句话，如果你们对辅导有什么问题和要求，可以随时告诉我。"

"明白！"杜远和肖莫然还是那副贱兮兮的样子。

邵栖则抬头看向她，语气有些诡异的认真："什么问题都可以找你吗？"

荣雪道："除了课堂上的学习，其他你们在这里的任何需求，都可以找我。我们机构承诺过会为学生提供最好的服务。"

邵栖若有所思点头。

荣雪见几个人没有问题，转头低声道："陈老师，您上课，如果有什么问题告诉我就好。"

陈老师笑眯眯点头："你辛苦了！"

荣雪笑着摇摇头，然后转身出了门。

她没有马上离开，而是站在窗外看了许久。

陈老师是典型认真而负责的教师，虽然课堂没那么有趣，却讲得浅显易懂，至少在她看来，很容易就能听进去。

只不过，显然并不是每个人都和她一样。

杜远和肖莫然还是跟上次一样，虽然并没有明目张胆地聊天睡觉，但也是神游太虚，各种小动作不断，一看就是坐不住的样子。

倒是邵栖跟之前截然不同。

上回他是堂而皇之在只有三个学生的课堂上睡觉，对一位六十多岁的资深老师完全没有半点尊重。

但今晚他却反常地认真，时不时附和点头，还拿笔认真地做着笔记，全然没有了之前的那种玩世不恭和倨傲。灯光下少年的侧脸，甚至有几分乖巧的样子。

只不过他转头朝窗边看了好几次，大概是不太喜欢上课被人盯着。

荣雪想到以前上中学时，班主任也总是在自习课的时候，悄无声息出现在窗外或者后门，常常把打闹的学生吓得魂飞魄散。

好像是蛮讨厌的。

想到这个，她自己也觉得有些好笑，在邵栖再次看过来时，她朝他点头示意，然后转身回了办公室。

她不知道邵栖的这种改变是为什么，也或者这才是他正常的表现，毕竟他是江大附中的尖子生，大概上回是因为被家长强行送来辅导班而出现逆反心理。

十几岁的少年，叛逆是再正常不过的事。

不管怎样，这是件好事。

回到办公室的荣雪暗暗松了口气。

第一节课顺利结束。

杜远和肖莫然一听到讲台的陈老师宣布休息，立马从神游太虚的死狗状态满血复活，凑到邵栖身边打闹。

邵栖却一脸嫌弃地将两人推开，从书包里摸出自己的杯子起身："我去打水！"然后无情地抛下两个好友出了门。

饮水机在休息室，也就是办公室旁边。

他才走出教室几步，便见荣雪也拿着杯子从办公室出来。

邵栖面上一喜，三步并作两步走上前："老师，你打水啊！"

简直是问了句废话。

荣雪转头淡淡看了他一眼，边往休息室走边点头："你今天上课挺认真的。"

邵栖对这种公式化的夸奖，向来不感兴趣，何况她语气平淡得几乎不像是在夸人，但他就是觉得心里头炸开了花一样，甚至要努力克制，才没有让呼之欲出的狂喜露出来。

他迫不及待地想说点什么，却发觉自己忽然变得词穷。

直到走到了饮水机旁，他才又开口道："陈老师教得挺好的，之前就是不想来上课，故意找借口，现在想想，挺过意不去的。"

这话听起来有几分难得的坦诚。

荣雪弯身接水，轻描淡写道："这话你跟陈老师说了吗？"

"啊？"

"如果觉得抱歉，就去跟陈老师道歉。我不是老师，你们对我的工作不满，可以随便投诉。但陈老师是资深老师，就算这不是学校，你们也应该尊重她。"

"不不不，我没有对你不满。"邵栖忙不迭摇头。

他向来讨厌被说教，在学校就是个典型的刺儿头，虽然成绩好，却从来不是一个多尊重老师的学生，但此时被一个也就比自己长了几岁的大学生教育，他却一点都不生气："我……待会儿去跟陈老师道歉。"

幸好杜远和肖莫然没在，不然看到他这副语无伦次的囧样，只怕牙齿都会笑掉。

荣雪没在这个问题上纠缠，接完水直起身退后一步，看了他一眼，指了指饮水机，淡声道："你接吧。"

邵栖嗯了一声，心不在焉地弯身去接水。

水咕噜咕噜流进杯子，不知何时满了，他也未觉察。直到手上传来一阵灼热，他才猛地回神，被烫得轻呼一声，下意识猛地收回手，却不小心在手忙脚乱中将杯子里的水洒出来更多。

哐当一声，杯子从手中脱落掉在地上。

杯子落地的声音，令站在旁边发呆的荣雪回神，她转头问："怎么了？"

邵栖甩着被烫到的手倒吸冷气。

不用他回答，荣雪也搞清楚了怎么回事。

她眉头微蹙，握住他的手腕，将他快速拉到旁边的自来水管前，打开水龙头，将那只被自己握住的手放在流动的自来水下。

她的动作一气呵成，等到邵栖反应过来，手上的灼痛已经因为凉水而减轻。

而握着他手腕的那只手，带着柔和的温度，好像直接抵达心里。

邵栖的心忽然跳得厉害。

只是下一秒，荣雪已经松开了手。

邵栖烫伤的手不由自主跟着她离开的手一起挪动。

"不要动，在水下冲十分钟。"荣雪见状，赶紧又握住他的手腕，放回冷水下。

"哦。"邵栖讷讷道。

荣雪再次将手松开，然后微微倾身，看向水龙头下邵栖那只手，去检查他烫伤的情况。

邵栖伸着手站直身子，一动不动。

他比她高了快一个头，在她倾身时，他的目光恰好落在她的侧脸和白皙的脖颈上。

柔和的灯光下，年轻女孩光洁的肌肤像是上好的羊脂玉，带着点诱人的润泽。

20

如此近的距离，哪怕是她脸上那副眼镜，也掩盖不了天生的丽质。

邵栖忽然觉得被烫到的不是手，而是胸口，不然他怎么会觉得呼吸越来越灼热，心里头好像有团火要蹿出来？

荣雪听到他变重的呼吸，转头看他，问："很疼？"

邵栖赶紧心虚地别开自己的目光，眼观鼻鼻观心地点头。

其实烫伤的地方被凉水冲着，哪里会有多疼！

荣雪没注意到他的异常，只淡声道："我看了下应该不严重，冲会儿凉水就差不多了。"

邵栖点头。

荣雪回到饮水机旁，将他的杯子拾起来，用水冲洗了下，放在他旁边："我回办公室了，你冲几分钟水觉得不疼了再回去上课。"

邵栖哦了一声，等她转身后，他鬼鬼祟祟转头，目送她的背影进办公室。

荣雪回到办公室没多久，便见拿着杯子的邵栖在门口探头探脑。

她抬头看他，对上他那深邃的眼神，问："有事？"

邵栖摇摇头，又赶紧点头："小老师的方法很管用。"

荣雪轻笑："不怎么疼了就回去上课吧，别让陈老师等。"

邵栖嗯了一声，看了看她，也不知想到什么，唇角微微勾起，转身跟个孩童一样，蹦蹦跳跳回了教室。

荣雪虽然看不到他的身影，但从门外传来的脚步声，也能猜到他的动作，不由得有些好笑地摇头。

果然还是小孩子。

这节课和上节课一样，无波无澜。

荣雪察看时，只在窗外微微停留一下就离开了。

下了课，荣雪来到教室和陈老师道别。

邵栖因为手被烫伤不太方便，收拾书包便有点缓慢。

唔，故意缓慢。

两个好友见状凑过来，看到他手背红红的一片，杜远嘻嘻笑道："万能的右手光荣负伤，哥们儿我对你表示万分同情。"

邵栖一把将他推开，低声道："滚！"

他再抬头，发觉讲台前的人不知何时已经不在了。

三人出门，路过办公室时，邵栖迫不及待往敞开的门内看进去。

荣雪正在收拾，大概是觉察到有学生经过，抬头看过来，朝他们挥挥手："再见！"

"小老师，再见！"杜远举起手大声道。

邵栖踹了他一脚，本来还想在办公室外逗留一会儿，却被两个二货伙伴簇拥着推走了。

荣雪名义上是十点下班，但是等所有夜班老师和学生离开，然后清理教室、关灯锁门，至少也是十几分钟后。

回到宿舍洗漱完毕上床，已经过了十一点。

她从床尾书架上抽出一本专业课书，打算趁着十二点熄灯前看几页。

没过几分钟，放在一旁的手机忽然闪了闪，有短信进来。

她拿起来一看，是个陌生号码，信息框里短短一行字：小老师，我烫伤的地方还很疼怎么办？

她愣了下才反应过来，是邵栖发来的。

机构发给学生的手册上，除了任课老师的联系方式，还有工作人员的，邵栖知道自己的电话不奇怪。

她想了想，回过去：起水泡了吗？

那头很快回过来：有一点。

荣雪：找针挑破把水挤出来晾干，记住针要消毒，然后擦点紫药水就行了。如果实在严重，就去药店买点烫伤膏。烫得不严重不要包扎，会好得快一些。

邵栖：好的，谢谢小老师。

虽然不是教课的老师，但在辅导机构上班，行政后勤都会被学生们叫老师，她也习惯了那些学生叫她一声老师。不过好像就邵栖带头叫自己小老师。

这个叫法，真是……别具一格。

大概看她是大学生，不太承认她的老师身份，又不想太没礼貌吧。当然，或许还有那么一点刻意的调侃。

不过她也无所谓了。

她给他回过去"不用谢",然后将手机放在一边,继续看书。

过了大概二十分钟,手机又闪了闪。

她拿起来一看,还是之前那个号码:我已经按老师说的做了,不怎么疼了。小老师晚安。

荣雪:晚安。

她皱眉看了看手机,有些难以将短信里这种小孩子语气的男孩,与第一次见到的邵栖联系起来。

她好笑地摇摇头,关掉手机。

周三傍晚,江大附中放学时间。

"邵栖,你干吗去?"

"吃饭,然后去辅导班上课。"

杜远赶紧拉住他:"夏絮比赛获奖,说今晚请我们去吃饭去唱歌,你忘了?"

邵栖收拾好书包背上:"你们去就行了,我得去补习。"

"你不是吧?"杜远揽住他的肩膀,笑道,"你不去有什么意思?人家夏絮最想请的人是谁你又不是不知道,咱们其他人就是打酱油的。"

邵栖斜了他一眼:"你们爱打酱油就去打,反正我没空。"

正说着,窗边出现一个高挑漂亮的少女,她朝教室后面这几个人看过来,笑道:"你们准备好没?走吧。"

杜远对她招招手:"你来得正好,邵栖说他不去了。"

夏絮笑靥微变,眨了眨漂亮的大眼睛:"为什么?我上个星期不就跟你们说好的吗?"

邵栖漫不经心道:"我晚上有英语补习课。"

夏絮轻笑:"你不是最讨厌英语的吗?杜远和肖莫然都不去,你逃一回课能有多大事儿?"

邵栖道:"我逃课逃得够多了。再说明年就高考了,我想把英语补上来不行吗?"

说着他便背着书包往后门走。

肖莫然在他身后笑道:"我去!邵栖,你这是要奔着高考状元去啊?"

肖莫然说完还伙同杜远一起鬼叫调侃："哎呀，咱们邵大帅哥要去当状元啦！"

邵栖转过身白了两人一眼，又比了个中指："老子要真考了状元，你们俩给我去吃屎。"

两人不以为意，笑得更甚。

邵栖刚刚走出后门，便被夏絮走上来拦住。

"邵栖，就逃一次课不成吗？这次获奖对我很重要，我想和你们一块儿庆祝。"

夏絮是典型的艺术生，长得漂亮，气质出尘，梳着高高的马尾，露出光洁的额头，带着点少女的清纯和骄矜。

十七岁的漂亮女孩用娇嗔的语气央求时，会让人觉得拒绝她是一件残忍的事。

只可惜她面对的是一个和她同龄的男孩，这个男孩心思简单到不会想到怜香惜玉这件事。

邵栖脸上已经出现不耐烦："说了不去，你们自己玩得开心点。"说罢就绕过她往楼梯口走。

夏絮看着他颀长的背影，气恼得跺脚叫道："邵栖！邵栖！"

邵栖头也不回地摆摆手，疾步走到楼梯，一转眼不见了身影。

夏絮又埋怨地看向教室里的两人："你们也不帮我劝劝他！"

被埋怨的两人无辜地摊摊手。

杜远笑道："邵栖什么个性你又不是不清楚，他要做什么我们能劝得住？"

夏絮道："他之前不是说不想上辅导班的吗？怎么现在又非要去了？"

杜远耸耸肩："谁知道呢？"

肖莫然没心没肺附和："估计真的想考状元吧！"

杜远走到门口，笑着揪了把夏絮的马尾："邵栖不去，还有我们呢！都是朋友，别厚此薄彼啊！"

夏絮恼火地打开他的手："是朋友还不帮我把邵栖留住？"

杜远嘿嘿地笑。

邵栖七点出头就赶到了辅导班。

他跟大部分十七八岁的男孩一样，爱好广泛，好动贪玩。自从进了高三之后，课业繁重，每天放学后那点用来玩儿的时间，对他来说似乎一眨眼就过去了。

但今天却让他觉得度日如年。

荣雪还没来办公室，他就一直站在外面的走廊里。

明明只等了半个多小时，却好像过了一个世纪那么长，整个人像是热锅上的蚂蚁，抓心挠肺地躁动不安。

直到看见楼下那道身影出现在路灯下，忽然就觉得有一阵清风拂过他的心头，整个人瞬间平静下来。

他深呼吸一口气，挪到楼道口站定。

几分钟后，荣雪的脚步声从下方传来，他探出头看了眼，又赶紧装模作样地拿了本辅导书在楼梯口的灯下看。

"你怎么在这里看书？"荣雪走上来，看到楼梯口站着的人，奇怪地问。

邵栖放下书本，咧嘴笑道："小老师好！还没上课，我在外面站站，活动活动身体。"

荣雪有些奇怪地看了眼高大清瘦、一脸雀跃的男生，又看了看他身后的走廊："来得挺早。杜远和肖莫然呢？"

邵栖道："他们有事今天来不了了，让我跟你请个假。"

荣雪皱了皱眉："你回头转告他们，不要随便旷课或者请假，因为小班的课错过了是不能单独补的，交的学费就浪费了。"

邵栖笑道："没事，反正他们也不在乎。"

荣雪暗自摇头，真是一群身在福中不知福的孩子。

邵栖跟在她身后往办公室的方向走，到门口时，他冷不丁将右手伸在她面前："老师，我的手好得差不多了，你们学医的就是不一样，按着你的方法果然管用。"

荣雪看了眼伸在自己面前的手，烫伤的地方除了颜色稍稍深一点，看起来确实好得差不多了，她点点头："也不是什么学医的方法，就是一点生活经验，好了就好。"

她打开办公室的门，看了下墙上的时间，离八点只差几分钟："差不多该上课了，你赶紧去教室吧，别让陈老师久等了。"

邵栖点头："好的。"

一个人的课堂，显然比之前好很多。

荣雪巡查的时候，看到邵栖认真听课的样子，终于算是放了心。

十点下课。

荣雪听到老师和学生走得差不多了，起身去清理教室、关灯锁门。

夜课的小班不多，总共不到十个。

"咦？怎么还没走？"荣雪看到教室里的邵栖还坐在座位上盯着桌面上的教材。

他抬头看向荣雪："我有几个问题没太弄懂，怕耽误陈老师回家，就没拉着她问，想着自己再琢磨琢磨。"他顿了顿，拿着课本起身走到讲台前，"听陈老师说你高考英语将近140分，要不然你帮我看看？"

正在收拾讲台的荣雪低头看向他的课本："什么问题？"

邵栖凑到她身旁，随便指着教材上的一处："就是这个定语从句，我不是太明白。"

他动作很大，几乎是猛地凑过来，差点就贴在荣雪的身上。

年轻男孩的气息扑面而来，荣雪说不上是什么感觉，但一定是清新蓬勃的，也许这就是年轻的荷尔蒙味道。

虽然是个十七岁的少年，但他比荣雪高了大半个头，这样近的距离，鼻息间又是那陌生的少年气息，荣雪便觉得有些说不清道不明的压迫感。也许是很少与异性这么近距离接触过，她甚至还有一点紧张。

荣雪不动声色地退开一点距离，开始给他讲解。

邵栖边听边点头，不太安分的目光，落在她白皙的脖颈处，他忽然就觉得口干舌燥，心里头仿佛蹿上一团蠢蠢欲动的火苗，灼得他心痒难耐。这种陌生的感觉，驱使着他不由自主朝她靠近。

讲完三道题，由于邵栖不断地靠近，荣雪已经不知不觉退到了讲台边缘。她当然不会认为面前的男孩是故意为之。以她有限的人生经验而言，她不至于恶意地去揣测一个十七岁的男孩。何况她只是一个比他大三岁，也没有任何亮点可言的女生。

她只当他是无意识的举动。

邵栖一连问了好几个问题，虽然这不是荣雪的工作范围，但面对花钱的大爷，她只能耐心给他解答。

　　"要不然你坐到位子上去，也方便用笔记下来。"快没地方挪动的她，开口提议。

　　邵栖似乎对自己让人不舒服的举动浑然不觉，点点头，回到座位。

　　这一耽搁，不知不觉又过了十几分钟。

　　邵栖听她说完一个问题，装模作样看了下手表，啊了一声："已经过了十点半了啊！小老师，真是对不起啊！"

　　荣雪弯唇微微笑了笑，道："没关系，你愿意认真学是好事。"

　　邵栖赶紧收拾书包："那我们快走吧！"

　　荣雪点头。

　　此时整层楼只有两个人，走廊和楼道的声控灯很敏感，因为脚步声亮起，又因为脚步太轻而熄灭。

　　邵栖稍稍走在前面开路，脚步很重，有点像是在蹦蹦跳跳一样，于是在他这番动作下，走道的灯便一直老老实实亮着。

　　看着前面活力四射的男孩，荣雪忍不住有点想笑。明明自己也还是学生，却对这样的青春有些艳羡，或许是她从来没有如此青春洋溢过吧。

　　到了楼下，荣雪和他说了再见就走开了，只是还没走几步，一辆单车忽然从后面窜上来，挡在她面前。

　　邵栖斜挎着书包，单脚踏在地上，朝她粲然一笑："小老师，我送你回学校吧！"

　　路灯下的男孩潇洒帅气。因为青春年少，所以如何刻意为之的动作，都不会让人觉得别扭浮夸。

　　荣雪愣了下，连忙摆手："不用了，我走回去就半个小时，你也赶紧回家吧！"

　　邵栖笑道："我家住得不远。今天是我害得你这么迟才下班，而且这么晚了你一个女生不安全，快上来吧！"说着还拍了拍后座。

　　他倒是没说谎，上了高中后，因为不想住校，他老爸就在离江大附中不远的小区买了房，一家两口加上保姆搬了过来。

　　荣雪道："真的不用了。"

　　邵栖坚持："上来吧！单车比你走路快多了！"

荣雪还是有点犹豫。

邵栖见状，干脆将车后座挪到她跟前，然后定定地看着她。他脸上带着少年人明朗的笑，一副完全不容拒绝的架势。

荣雪思忖了片刻，终于还是坐了上去。

"小老师，坐好了！"

荣雪扶住车后座。

邵栖脚下一用力，单车迎风而行。

他骑得不快，话却有点多。

从她是哪里人问到她的业余爱好。

荣雪不是一个随便就与人亲近的女孩，在没有熟悉之前，她习惯与人保持适当的距离。所以面对一个高中生的各种问题，她回答得有些敷衍。

辅导机构其实就在江大西门斜对面，但是从西门到宿舍区，还得经过一条漫长的校道。

今夜月明星稀，白色的路灯下，是婆娑的树影。校道上只有稀稀落落晚归的学生，多是相携而行的情侣。

单车骑过一道减速带，重重颠簸了一下。

荣雪没有防备，差点从后座摔下来，下意识抓住邵栖的衣服。

九月下旬，即使是夜晚，也还不算凉。青春期血气方刚的男孩子，穿得自然单薄。

邵栖今天只穿了一件长袖T恤，荣雪在慌乱间抓住他两侧的衣服时，手指便从他腰间的肌肉划过。

他心头一颤，还没来得及再感受，抓住自己衣服的手已经松开了。

下一道减速带，荣雪已经有了准备。

预想的触碰没有到来，邵栖不由得有点悻悻然。

车子行至一段没有建筑物的寂静处，除了夜色，就没了人影。

邵栖开口问："小老师，你经常一个人这么晚回宿舍，路上人这么少，不怕吗？"

荣雪随口回道："我就今天晚点，平时十点多一点儿就下班，校园里人还挺多的。"

邵栖哦了一声："今天是我的错，不该拉着你问问题的。"

荣雪轻笑："不要紧，勤学好问是好事。"

邵栖嘿嘿笑了笑，忽然话锋一转，状似随意道："其实要是晚了，你可以让男朋友去接你啊！"

荣雪轻笑，不甚在意地回他："我没男朋友。"

"是吗？"邵栖点头，语气听起来随意，嘴角却控制不住弯起。

到了宿舍区，荣雪指了指前面一栋楼："就在前面的十号楼。"

"好。"

邵栖用力蹬了两下车子，忽然又想到什么似的减慢速度。

一段短短的距离，愣是被他拖了两分钟，但再如何想将时间拉长，车子还是来到了十号楼前。

他长腿踏地，将单车停下来。

荣雪从后座下车："谢谢你了！你赶紧回去休息，不然你父母会担心的。"

她其实有点奇怪，这一路来，好像并没有人打电话催他回家。对于一个高中生来说，似乎不太正常。

邵栖笑了笑："我爸出差，没人管我。"

原来如此，荣雪轻笑了笑，没太放在心上。她沉默了片刻，抬头看向他，微微犹豫了下，开口道："那个，有件事我想和你说一下。"

"你说！"她话音未落，邵栖已经急不可待应道。

"陈老师六十多岁了，本来是该安享晚年的年纪，可是去年儿子车祸高位截瘫，儿媳过世，还有个三岁的孙子，家里需要钱，所以这么大年纪了还出来兼职上晚班的课，她自己的身体其实也不是很好。我不是要你们做什么，就是希望以后课堂上尊重一下老人家。陈老师上课挺好的，如果你们认真一点，成绩能提高，对她的兼职工作会有很大的帮助。"

荣雪其实不是一个爱管闲事的人，被生活裹挟着向前，学习、兼职这些事已经让她心力交瘁，哪里有那么多泛滥的爱心？但陈老师的遭遇，很难让人无动于衷。

"啊？哦！"邵栖愣了下才反应过来，"我不知道，如果知道的话，第一次上课肯定不会那样。你放心，我会认真的。"

他不算是一个同情心泛滥的男生，换作别人说这件事，他或许也不会有多大触动，但是荣雪说出来，却让他第一次对自己的任性有了深深的自

29

责感。

荣雪素来有些疏淡的脸上，难得涌上一层淡淡的笑意："你也别有压力，好好学习是为了自己，听说你是尖子生，也不想高考被英语拉后腿吧？"

夜灯下女孩的脸难得柔和，邵栖忽然心跳加速得厉害，胡乱用力点头，想说点什么，却发觉脑子里一片空白。

荣雪看着他，轻笑了一下："那我上楼了，周五再见。"

邵栖点头，看着她转身边走边将眼镜摘下，伸手去揉鼻梁，大概是有些疲倦。

"等一下！"他忽然叫住她。

荣雪转头："还有事？"

因为隔了几步距离，她又是习惯性地微微眯眼看向他，没有眼镜遮挡的脸，在昏暗的路灯下，看起来楚楚动人。

邵栖刚刚叫住她，完全是不经大脑地脱口而出，此时见她看过来，脑子里更是如一团糨糊，支支吾吾半晌没说出话来。

荣雪觉得奇怪，以为他有什么难以启齿的问题，干脆走回来两步，歪头看他："是上课有什么问题吗？"

邵栖摇摇头："不是不是，也没什么事。"

荣雪不动声色打量了他一下："那我上去了，如果有什么问题发短信或打电话给我都可以。"

邵栖点头。

可她刚刚转身，身后的男生又叫住她："等一下！"

荣雪不得不再次转过来，这回不由自主皱起了眉头："你有什么事直接说吧！"

邵栖看着她，还是没想到要说什么，嗫嚅着嘴又没了后话。

此时宿舍楼外，除了他们两人，还有几对你侬我侬，依依不舍的情侣。

已经到了十一点，宿管阿姨照例出来提醒：

"快锁门了，都赶紧回宿舍！"

几对情侣被惊动后分开，匆匆吻别，男生们目送如归巢小鸟般的女孩跑进宿舍，然后转身离开。

周围一下空旷起来，路灯下只剩下荣雪和邵栖两人。

荣雪有些无奈地看向面前欲言又止的男孩："到底有什么事快说吧，不然我要回宿舍了。"

邵栖支吾片刻，冷不丁开口问："你住几楼啊？"

荣雪怔了下，失笑："二楼。可不管住几楼，我都得马上回去，不然宿管阿姨要关大门了。你有什么事赶紧说罢。"

邵栖哦了一声。他其实就是不想马上离开，可是脑子又一时空白，找不到一个合适的拖延借口。

宿管阿姨见这两人还无动于衷，隔着几米的距离大声道："你们两个小情侣，有什么话不能明天说吗？"

荣雪听到"小情侣"三个字，脸上不由得一赧。

她低声道："你到底有没有事？我真的要上楼了。"

邵栖忽然勾唇笑开，摇摇头："也没什么事，就是我会认真听陈老师上课的，好了我走了！"

说完他蹬起车子，一溜烟骑走了。

荣雪一头雾水，摇摇头转身进楼。

因为她假期在宿管勤工俭学，宿管阿姨对她还算熟悉。当她从跟前路过时，宿管阿姨笑着随口问："荣雪，什么时候交男朋友了？"

荣雪赶紧摇头："阿姨，不是男朋友。"

和一个高中生被人误会，实在是有些荒谬又好笑。

宿管阿姨了然地点点头："那肯定是在追求你吧！现在的男孩子也真是的，这么晚了还拉着人不让回宿舍。"

荣雪懒得解释，只笑了笑："阿姨，我上楼了。"

阿姨应了一声："早点休息啊。"

邵栖骑了一段路程，忽然又想到什么似的，从空旷寂静的小道掉头折转回来，然后在刚刚那栋女生宿舍楼下停了车。

宿舍楼阳台对着校道，洗手间在阳台上。这个时间正是洗漱高峰，好多宿舍都有女生进进出出。

因为亮着灯，从外面便隐约看得到阳台里的动静。

邵栖推着车一边走，一边抬头往二楼的宿舍一间间看。

31

但是来回走了一遍，他也没看到自己想看的人。

想了想，他不甘心地又往回走，再仔仔细细去看。

终于，他在中间的一个阳台看到一个熟悉的身影。

他踮脚伸长脖子，生怕错过。

毕竟隔着玻璃，其实看得不是那么清楚，但邵栖还是认出来那是荣雪。

她穿着一件睡裙，头发用发箍挽起，拿起晾衣杆收下一件挂在空中的内裤，然后端着一个小盆儿走进了卫生间。

邵栖收回踮着的脚，靠在单车上默默等着。

大约过了十分钟，荣雪又从卫生间走出来，却没有在阳台停留，直接回到房间内。

邵栖赶紧跳起脚往里看。

很可惜，隔了阳台窗户和宿舍的落地窗，里面什么都看不到。

"干吗呢？"

巡逻保安见他鬼鬼祟祟的，低喝了一声，走过来看情况。

邵栖赶紧骑上单车："没事没事，刚刚送人回来。"说完飞快溜走了。

保安大约是看出他不过是个十几岁的男孩，穿着打扮不像是个干坏事的，到底没去追他。

因为回来得晚，荣雪爬上床已经十二点，宿舍的灯准时熄灭。她拿起手机准备关机时，忽然跳进来一条短信：小老师，我已经到家了，晚安。

荣雪轻笑一声，回过去：晚安。

因为陈老师身体不大好，课间的时候，荣雪都会去班上看看情况，帮她打个水什么的。

她进门时，老人家正在利用课间指导三个学生的作文作业。

看到她进来，陈老师笑道："这几个孩子真是不错，布置的作文不仅按时写完，写得还都挺好，尤其是咱们邵栖。"

邵栖站在讲台前，有些得意地朝荣雪扬了扬嘴角。

荣雪笑了笑："是吗？"

她将陈老师的水杯放在桌上，随手拿起那三本作业看了看。

其实肖莫然和杜远的作文实在是称不上好，词汇大概停留在初中水平，句子都是典型的主谓宾中式英语。不过这两人进来时测试只有五十多分，平时上课也不怎么听，荣雪估摸着是邵栖转达了陈老师的事，他们才很给面子地绞尽脑汁写完了这份作业。

她抬头看了眼杜远和肖莫然，道："你们俩不错，值得表扬，继续按照陈老师讲的来，成绩肯定会上去的。"

杜远嘿嘿笑了一声，和肖莫然异口同声地道："谢谢小老师夸奖。"

荣雪失笑："陈老师你休息，有事叫我。"

"好嘞！"

邵栖没等到她一句夸奖，甚至没得到一个赞许的眼神，就眼睁睁看着她出了门。

他愣了半晌才反应过来，从讲台上抽出自己的作业本，匆匆走了出去。快到办公室门口时，他将荣雪拦住，把本子往前一伸："小老师，我的作业写得最好，你怎么不夸我，就夸那俩写得乱七八糟的家伙？"

荣雪抬头看他，将本子拿过来打开，看着上面的作文道："这篇作文词汇丰富，句式准确，结构完整，放在高考，差不多可以得满分。"

邵栖唇角微扬，带着掩藏不住的得意："有这么好吗？你刚刚一句表扬的话都没说，我心里差点没底。"

荣雪神色平静地看向对面求表扬的男生："你是想我表扬你一字不漏地把标准范文摘抄下来吗？"

邵栖怔了下，顿时委顿下来，一把将本子拿回来收在身后。随后抓了抓脑袋，小声问："你看出来了啊？"

荣雪道："如果你能写出这种作文，应该也不用来补习了。陈老师教了那么多年高中，你以为她看不出你这作文是抄的吗？她是给你留面子，不想直接指出来。我知道你是听了陈老师的事，想在课堂上好好表现，让她少操点心。其实你只要好好上课，让她看到你的进步就好了。"

邵栖哦了一声，只觉得自己像个白痴，耷拉着脑袋悻悻地绕过她往教室走。

他确实是想在陈老师面前表现一下，因为只要陈老师对他满意了，她肯定也就满意了。

荣雪想了想，转过头道："摘抄也不是坏事，平时多摘抄点漂亮句子，时间长了自然会举一反三。"

邵栖闷声道："好的。"

荣雪看着那道高大的背影摇了摇头。

邵栖走进教室后，重重坐下，垂头丧气地趴在桌上。

杜远和肖莫然见状，凑过来。

"我说你刚刚上课不是挺兴奋的吗？怎么下课了倒跟死狗一样了？"杜远笑着拍他。

邵栖将他的手打开："别烦我！"

"我去！"肖莫然揽住他的肩膀，"怎么了？"

"郁闷。"

杜远来了劲儿："你也有郁闷的时候？跟哥们儿说说怎么回事，刚才不是还好好的吗？"

邵栖道："哎呀别烦我，我郁闷一下还不行啊？"

"行行行，不烦你！"两人见他像是真的心情不好，识趣地散开。

邵栖确实郁闷，因为他做了一件天大的蠢事。

他觉得自己幼稚得就像小孩子，因为想要从大人手中得到一颗糖，便会用各种拙劣的表演，包括编造一些童言无忌的谎言，殊不知大人们早就一眼看穿。

可他到底不是小孩子，小孩子说无伤大雅的小谎言是天真可爱，而这种拙劣的谎言放在一个十七岁男孩身上，便实在是可笑。

他想起荣雪刚刚那冷淡的表情和语气，大概是对他这样愚蠢的行为很鄙视吧。

放学后，杜远和肖莫然跟出笼小鸟一样，收起书包就从椅子上跳起来往外跑，跑到门口发觉邵栖没动，又折回他的桌旁。

"下课了！赶紧走啊！"

邵栖慢悠悠收拾书包。

杜远与肖莫然对视一眼，清了清嗓子："邵栖，你今儿真不对劲啊！到底怎么了？"

邵栖站起身，觑了他一眼："少年邵栖之烦恼，你们不懂。"

杜远大笑："你能有什么烦恼我们不懂的，除非你忽然发春，那我们倒是有可能不懂，毕竟认识这么多年还没见过。"

邵栖白了他一眼，将人推开："回家了！"

两人嘻嘻哈哈跟上。因为不住在一个方向，三人在楼下拿了单车，就分道扬镳。

邵栖骑上车子，骑了一截，也不知想到什么，又折回来，不由自主往江大西门骑了过去。

还没到门口，他已经看到了前方夜灯下那道熟悉的身影。

他将车子慢下来，不远不近跟着荣雪，只隔着几米的距离。

十点刚过，大学校园里人还不算少。

荣雪仍旧是朴素平淡的打扮，脚上穿着帆布鞋，发旧的牛仔裤已经不修身，深蓝色卫衣松松垮垮罩在身上，显得她整个人单薄瘦弱。

她的身影在夜归的人群里毫不起眼，可又茕茕孑立，似乎一眼就能让人看见。

至少邵栖在来往的学生中，只看得到她一个人。

只可惜，荣雪并不知道，自己正被一个男孩注视着。

快到宿舍区的时候，忽然有一个男生从斜后方快速走上前，与她并肩而行。

"刚下班？"男生和她打招呼。

荣雪本来是处于自己的遐思中，被人拉回现实，怔了下反应过来，看了眼来人，是同班的赵晗。她微笑点头："你上自习？"

赵晗也点头，又问："兼职累吗？"

荣雪淡声道："还好。"

赵晗笑："没遇到很调皮难管的学生吗？"

荣雪脑子里出现邵栖几个人的模样，笑着摇头："还行吧，还有任课老师呢。我就是查查出勤，打打杂而已。"

赵晗沉默了片刻，话锋一转问："这周六下午你有空吗？"

荣雪看向他，有点奇怪："应该有空，有事？"

她周六上午带个家教学生，中午之后就没事了。

赵晗道："青禾话剧社要来我们学校做公益表演，我拿到了几张票，听说你喜欢话剧，要是你有时间，我送一张票给你。"

荣雪有些惊喜："是吗？那太谢谢你了！"

青禾话剧社在本市很有名气，荣雪很喜欢看他们的表演，只是她平日里课业和兼职很忙碌，也没怎么去注意他们的动向。听说在学校表演，又有人给自己票，她当然很高兴。

赵晗笑："同学之间不用客气。我手里本来也就几张票，都已经给出去了，现在只剩下一张。好多同学都问过我，我给谁都不是，怕他们几个打起来，干脆给你，到时候替我保密，别说是我给的就行！"

荣雪失笑："好吧！"

赵晗从书包里掏出话剧票递给她。

荣雪接过票："有空请你吃饭。"

赵晗笑道："免费拿到的票换你一顿饭，真是太划算了。"

两人有一搭没一搭聊着，殊不知身后跟着一个脸色比这黑夜还黑的少年。

因为隔得不远，又是在寂静的晚上，两人之间的谈话，邵栖听得一清二楚。

他有些愤愤地看着前面两个只隔着半步距离的男女，费了好大劲儿才忍住没骑车直接插过去。

赵晗的宿舍比荣雪远一点，他送她到楼下，两人站着又说了几句话才道别。

待荣雪进楼，他继续往前面走。

邵栖脚下一蹬，加快速度，车子从赵晗身边擦过，故意撞了他一下。

这一下不算重，但也不轻，赵晗一时不防，趔趄了一大步，好在没摔倒。

他抬头去看前方，却见肇事者不紧不慢，并没停下来，便恼火大声道："撞人了怎么没反应啊？"

邵栖单脚着地，将单车停下，转头看向他，毫无诚意道："不好意思啊，没注意！"

赵晗听他这漫不经心的语气，更加生气："你撞了人怎么是这态度？"

邵栖道："那要什么态度？要不要陪你去医院验伤啊？"

赵晗默默看了眼这男生，十七八岁的样子，满脸的玩世不恭，像不太好惹的样子。他皱了皱眉，决定不和他计较，沉着脸绕过他继续往前走。

而在他打量邵栖的同时，邵栖也在打量他，然后总结出四个字：其貌不扬。

这个总结让他心里愉悦了不少，以至于不由自主吹了声口哨。

赵晗转头莫名其妙看了他一眼。

"看什么看，没看过帅哥啊？"邵栖倨傲地哼了一声，蹬起单车歪歪扭扭骑走了。

周六上午，荣雪接到陈老师的电话，说她带的那三个学生，因为周一晚上有事，想临时把课调到周六下午，问她可不可以帮忙安排。

荣雪下午本来是计划好了去看话剧的，但陈老师的请求，她不好拒绝。工作显然比一场免费话剧更重要，而那些交钱来补习的学生就是她必须服务好的客户，她只能放弃话剧帮忙安排。

中午回到学校，宿舍里只剩她和室友江凝两个人，她从包里拿出赵晗给的那张话剧票："下午青禾社的话剧我去不了了，你去看吗？"

江凝知道她喜欢话剧，咦了一声，奇怪问："为什么去不了了？你不是很喜欢吗？"

荣雪道："兼职那边有个小班，周一晚上的课要临时调到今天下午，那班归我管，我得去安排。"

江凝哦了一声，拿过票，笑："同情你。"

荣雪也笑："没关系，对我来说物质食粮比精神食粮重要。"

下午三点上课，荣雪提前十几分钟去上班。

走到楼梯口，隐隐约约听到有几个男生在说话。

"周一晚上看《星战》不来上课就不来呗，干吗还调到今天？我本来还想去打球呢！"

这是杜远的声音。

荣雪顿住脚。

邵栖道："你们不想上就给我滚，少啰唆！"

肖莫然笑道："哎呀，那怎么能行，打球你不去有什么意思？再说我们可是要亲眼见证高考状元是如何诞生的，是不是啊杜远？"

杜远和他一唱一和："必须啊！然后有记者采访状元的同学，我们就可以很跩地说，邵状元是我们哥们儿，他啊人称邵帅，江大附中头号美少女杀手，曾经有过打游戏三天三夜不睡觉的纪录，还是校运动会五千米长跑纪录保持者、篮球校队主力。逃课频率视中午学校食堂菜色而定，揍人理由以看不惯为基础，总之除了没早恋，其他该干的坏事他都干过。至于不早恋，是因为他每天照镜子都会被自己帅哭，觉得凡间女子谁也配不上这么优秀的他。"

"去你的！"邵栖笑骂。

荣雪皱皱眉头，有些无奈地叹了一声，原来调课只是因为要去看电影。

好吧，他们是花钱的大爷，有任性的权利。

她走进楼道，正揪着杜远暴揍的邵栖赶紧松手，迅速好整以暇坐定，昂头大声道："小老师好！"

荣雪点点头，轻描淡写看了他一眼。

男孩脸上带着点点笑意，一双漆黑的眼睛定定回望着她。

荣雪不得不承认，刚刚几个人的玩笑话，很多都是事实。比如，邵栖确实是一个模样好看至极的男孩。

与那种温良的好男孩长相不同，他眼睛狭长，嘴唇带着点天然上翘的弧度，不笑的时候，有些难以相处的傲慢，笑的时候倒是挺阳光，但又带着点超越年龄的邪气。

总归不像是个好学生。

她想，要是这样的男生真的成了高考状元，大概会让不少人跌破眼镜吧！

不过这样的想法也就一闪而过，毕竟是跟她没什么关系的人和事。

因为是临时调课，没有多余的教室，荣雪将他们安排到机构唯一的会议室。

对于这件事，荣雪不知是高兴还是不高兴。

为了一场其实什么时候都可以看的电影，他们就要随意调课。

听起来真是足够任性。

但至少他们提出调课，而不是直接旷课。

38

好像也不算太任性。

她错过一场话剧倒也无所谓，只是有些担心陈老师不方便，不过刚刚看到她，貌似对几个学生因为有事而提前申请调课这件事还颇感欣慰。

这大概就是一位做了三十几年高中老师的责任心。

她想，幸好自己未来不是去当老师，不然迟早会崩溃。

两个小时过得很快，一下课，杜远和肖莫然就拖着邵栖从楼里滚了出来。

取单车时，杜远兴冲冲道："对了，咱们学校后面开了家新网吧，网速贼快，今晚通宵去怎么样？"

肖莫然道："好哇好哇，正好我爸妈这几天不在家。"

"邵栖，你呢？"见邵栖低着头开锁没反应，肖莫然拍了他一下问。

邵栖一直心不在焉地盯着楼道出口，根本没听两人说话，被拍后才反应过来："什么？"

"网吧通宵，去不去啊？"

邵栖摆摆手："不去了，我还有点事。"

杜远笑："回去做题？我去！你真是要去当状元啊？"

邵栖翻了个白眼："你们可以滚了！"

两个人嘻嘻哈哈骑上车，摇摇晃晃离去。

杜远不忘回头打趣："邵大状元，苟富贵勿相忘，我们去通宵了。"

邵栖嗤了一声，朝两人比了个中指，听到楼道有声音传来，赶紧又收回手，装模作样弯身去开车锁。

荣雪出门看到他，随口问："你还没走？"

邵栖直起身："这就走。你回学校吗？"

荣雪点头。

邵栖道："正好，我家里没人，正打算去江大食堂吃饭呢！"

荣雪轻笑："我也要去吃饭，一起走吧！"

"好哇好哇！"接收到邀请的邵栖心里差点乐开花，咧嘴笑着将单车推到她旁边，"我载你。"

荣雪才反应过来他是骑单车的，轻轻摇摇头："现在人多，骑车带人不太好。你要是饿了，就先走吧！"

邵栖忙不迭道："还没饿呢，反正也不急，我跟你一块儿走。"

荣雪轻轻笑了笑。

两个人走在路口等绿灯时，因为眼睛有些疲劳，荣雪随手将眼镜摘下来，低头揉弄鼻梁。

她的动作恰好落在旁边的邵栖眼里。

那闭着眼睛的侧脸，让他心头猛地一动，脱口唤道："小老师！"

荣雪抬头看向他，刚刚摘下眼镜的眸子微微眯着，像是蒙着一层淡淡的雾气。

见他看着自己却不说话，荣雪眉头轻蹙，奇怪问："怎么了？"

邵栖猛地回神，欲盖弥彰地指了指对面的绿灯："可以过马路了。"

荣雪转头看到对面一闪一闪的绿灯，反应过来，赶紧迈步。

邵栖悄悄舒了口气，他真是有点魔怔了！

因为是步行，走到食堂用了差不多半个小时。

此时正是饭点，食堂的人很多，因为没有饭卡，邵栖正要排队去买票，却被荣雪拦住："算了，排队的人挺多的，我请你吃吧。"

邵栖笑道："那怎么好意思？"

然而语气中的好意思，荣雪都听得出来。

她轻声道："走吧。"

邵栖跟着她去打饭。

正在长身体的男孩子吃得多，他也没客气。实际上他恨不得多吃她一点，仿佛这样，两个人才有更亲密的关系。

他打了两荤两素加上四两饭，餐盘堆得满满。

两个人找到位子坐下，邵栖赶紧道："我下回请你。"

荣雪看了他一眼："你们学校食堂外人可以进吗？"

邵栖道："我可以在外面请你啊，辅导班旁边不是有几家挺好吃的餐馆吗？"

荣雪笑着摇摇头，不甚在意道："不用了，一顿食堂的饭而已。"

邵栖却已经开始琢磨什么时候在哪家餐馆请她吃饭了。

两人正要开吃，忽然一个男声在旁边响起："荣雪，你今天下午没去看话剧吗？"

　　说话的正是赵晗。他端着打好的饭菜，说完就在旁边的空位坐下。

　　荣雪道："辅导班临时有事去不了了，就把票给了江凝。"

　　赵晗点头："那有点可惜，下次青禾社再来我们学校，不知道是什么时候呢？"

　　荣雪笑了笑："没关系，等有空我去看他们的售票表演，不过还是要谢谢你。"

　　赵晗笑着摇头："反正我也是拿的免费票。"

　　他说话时一直看着荣雪，并没有注意到斜对面的男孩，更不知他和荣雪是一起的，直到觉察有道灼灼视线看着自己，才抬头去看那道视线的主人。

　　不知是他记忆不错，还是邵栖长着一张让人过目难忘的脸，赵晗一眼就认出了对面的男孩。

　　他本来也没太在意，以为就是偶遇了撞了自己的男生。

　　哪知，荣雪忽然想起什么似的抬头问对面的人："对了，你要喝饮料吗？"

　　这个年纪的男生好像吃饭的时候都喜欢喝可乐之类的玩意儿。

　　邵栖没有和她客气："我想喝可乐。"

　　果然！

　　荣雪轻笑，站起身："我去买。赵晗你喝什么？"

　　"不用了。"赵晗摇头，这才知道对面这个撞了自己还态度恶劣的男生，和荣雪是一起的，趁她离桌前，他忍不住问，"这位是谁啊？"

　　他说的自然是邵栖。

　　荣雪道："是我们辅导班补习的学生。"

　　回答简短，她一向就不是个喜欢解释太多的人。

　　待荣雪去了服务台买饮料，邵栖挑着眉头看向斜对面的赵晗："你是荣雪的同学？"

　　赵晗皱了皱眉头，点头。

　　"不会是想追求她吧？"他直接问。

　　十几岁的少年完全不懂也不屑掩饰自己的敌意，这在赵晗看来，便有些幼稚可笑。他没有回答他的问题，只轻笑一声："你高几了？这么闲？

41

看来是作业太少。"

邵栖向来只有不屑别人的份儿，头一次被人轻视，还是一个看起来并不起眼的男生，他心里头当然很是不爽。

不过是比自己大几岁罢了，他想。

然而他也知道，正是这几岁的差距，让他和荣雪之间有了一条泾渭分明的分界线，自己站在这头，而这个其貌不扬的男生，却可以站在荣雪那头。

他正要开口反诘赵晗，荣雪已经买了饮料回来。

虽然赵晗刚刚说不用，她还是给他也买了一杯可乐。

邵栖看着赵晗面前那杯和自己一样的饮料，顿时食欲全无，喝了口饮料，扒了几口饭就放下筷子。

"吃饱了？"荣雪抬头看他。

邵栖点头。

荣雪目光落在他只动了三分之一的餐盘，以及那一大杯几乎没动过的饮料杯上，眉头不着痕迹地蹙了蹙。

不过她到底没说什么。

倒是赵晗看了眼邵栖，鄙薄地笑了笑。

这鄙薄的笑意自然是落在邵栖眼里。若不是荣雪在场，他觉得自己会一拳打爆这位赵同学其貌不扬的狗头。

吃完饭，荣雪去图书馆，邵栖也没有借口再留在学校，道别之后，就骑车走了。

"刚那男孩高几的？"赵晗回宿舍，和她有一段同路。

荣雪道："高三。"

赵晗笑："高三还这么闲？"

荣雪耸耸肩，不甚在意道："谁知道呢！"

她也觉得很奇怪，她是从高三炼狱走过来的人，那一年别说有空玩儿，就是睡觉的时间都不够。

赵晗沉默了片刻，又道："你这学生给我的感觉是挺浑的那种男孩儿！"

荣雪笑："还好吧，他是江大附中的尖子生，应该浑不到哪里去！"

"尖子生就一定纯良了?"赵晗也笑,"相信我!和这种男生还是保持距离为妙,小心惹上麻烦。"

荣雪不以为然:"他也就是个普通的高中生,能有什么麻烦?"顿了顿,她又道,"再说我就只是在机构打打杂,又不给他们上课,和学生私下里没什么联系。"

赵晗点头,转头不动声色地看向她。

他知道她的这种不在意,并不是因为单纯无知,而是真的不放在心上。

就算此时有人明确告诉她,刚刚那个小男生对她居心不良,她的反应,大概也是如此。

医学院算是女生比较多的理工科院系,所以女生不是稀有动物,自然也不乏漂亮的女生。

除去优异的成绩,荣雪在女生里并不突出。她不算内向,但也完全称不上活跃。除了她的室友,她与班上的同学交往泛泛,不争不抢不爱出风头,所有的风头只在每年出成绩的时候,连续两年,她都是专业前三。

她看上去好像是很和善的女孩,却又有种让人难以接近的疏离淡漠。穿着打扮朴素得过分,第一眼看会觉得她平凡无奇,然而男生宿舍夜谈提到美女时,没有人不会提到她。

天生丽质的女孩,总会被人注意到。

可她自己好像从来不会在意。

就像现在这样,被人喜欢却不以为然。

日子过得很快,转眼间,已经十一月初。高中要期中考试,辅导班便停课一周。

再上课时,邵栖他们的期中考试成绩也出来了。

学生在校的成绩,是检验补习成果的标准。不过邵栖三人这几个月的成果实在惨不忍睹。

杜远和肖莫然都是六十来分,邵栖高一点,勉强八十多分,也没及格,和之前的测试水平没差太多。哪怕江大附中平时考试的难度,远远大于高考,八十多分也绝对是拖后腿的分数。

因为这事,负责人李老师晚上专门来了机构,等到陈老师下课,将她叫进了会议室。

荣雪打了两杯水准备送进去，正要推门而入时，听到里面的谈话，又停下了脚步。

她听到李老师的声音："陈老师，您是二中特级教师，我们能请到您很荣幸。可您带这个班也差不多两个月了，我知道这三个孩子不太好教，但一个都看不到起色，我们这边实在不好跟家长交代。"

陈老师道："这个是我的问题，我退休几年，今年才刚刚重新上课，可能是跟现在的学习考试有点脱节，不过知识都是那些，我会尽快调整过来的。"

李老师嗯了一声："他们报的是长班，会一直持续到明年四月底。如果再过一个月，机构给的测试，他们的成绩还是没有长进，就只能调老师了。我们尊重陈老师您，但出不了成绩，砸的是我们自己的招牌。我们不比公立学校，是自负盈亏，靠学生吃饭的。"

陈老师的声音有些唯唯诺诺："我理解，我理解。"

一位曾经在重点中学任职的特级教师，就为了多赚一点外快，不得不将自己的姿态放得很低很低。

荣雪忽然有点心酸。

她正要推门，忽然旁边有人比她先伸手，砰的一声将门用力推开。

不只是里面的人，就是门口的荣雪也被吓了一跳，等她反应过来，邵栖已经大大咧咧闯了进去。

"邵栖！有事？"李老师眉头微蹙。

邵栖走到桌前，转头看了眼跟上来的荣雪，然后对李老师道："我本来是要找小老师和陈老师商量调整课程的事的，正好领导也在，那就一起说吧。"

李老师以为他是对陈老师不满意，讪讪道："老师的事，我们会尽量帮你们调整，一定调出机构最优秀的老师。"

邵栖睁大眼睛："我什么时候说要换老师的？"

李老师道："你调整课程，不是要调老师吗？"

邵栖翻了个白眼："当然不是，陈老师教得很好，为什么换？"

他语气有点不好，几乎带着点苛责的味道，面对李老师这种长辈，仍旧盛气凌人。

年少轻狂，莫过如此。

荣雪默默将水杯放在桌上，站在一旁。

辅导机构是营利性组织，这些学生是它们的财神爷，李老师自然不会端着架子，只笑嘻嘻点头，也算是松了口气："那你要怎么调课程？"

邵栖道："我底子太差，虽然陈老师教得很好，但一周三次课，要有明显提高，不知道要等到猴年马月，所以我要加课时，周二和周四晚上也来。"

生意上门，李老师自是大喜："你要加课时？那杜远和肖莫然呢？"

邵栖摆摆手："他们俩就是混的，不用管。放心吧，就算成绩提不上来，他们的家长也不会来找的，给他俩报辅导班，也就是让他们放了学少去外面鬼混。肖莫然高中毕业会直接出国，到时候还得上语言班，杜远他爸已经给他联系好江大的预科班，只要过一本线就能上。"

李老师听他这样说，更是松了口气，开玩笑道："原来他们两个是陪太子读书。"

邵栖倒是没有乱说，肖莫然和杜远的出路，家里已经安排好了。而他自己当然也有很多选择，奥赛获过奖，体育也能加分，如果参加自主招生考试也不会有太大问题。退一步说，就算进不了顶好的学校，他爸也能安排他出国，只是他对出国没兴趣罢了，他宁愿杀进高考看看自己的实力。

他确实不喜欢英语，不过现在已经有了就算不喜欢但也可以为之努力的理由了。

荣雪看了他一眼，暗自轻笑。

是啊！对他们大都市优渥家庭的孩子而言，高考不是独木桥，只是一场不那么重要的表演。

李老师转头问陈老师："您这边时间有问题吗？"

陈老师连忙笑着点头："没问题，没问题。"

显然，她很高兴自己的学生有努力改进的决心，也高兴因此多了一份收入。

李老师点头："那好，就这么定了，荣雪你去登记排课。"

"好的。"

几人从楼里走出来，已经过了十点半。

和李老师道别之后，荣雪正要往学校走，邵栖已经骑着单车拦在她面前，拍拍后座，自然而然道："小老师，上来。"

荣雪失笑，还是坐上了他的车子。

这个时节，晚上的气温已经很低。夜风呼呼吹来，冷得厉害。

邵栖把外套敞开，迎风而行。

荣雪奇怪问："这么冷你怎么把衣服敞着？"

邵栖道："给你挡风。"

荣雪哭笑不得，扯了扯他的衣服："别胡闹了，小心感冒，赶紧穿上吧。"

"没事，我不冷。"他边说边用力蹬车子。

荣雪想了想，伸手绕到他前面，像是一个拥抱的姿势。邵栖上半身顿时僵住，连带着脚下动作也迟缓下来。

荣雪伸手摸到他的拉链，哗啦一下将他的衣服拉上。因为坐在后面不方便，她只拉得到一半，然后松了手："你自己拉上去。"

邵栖哦了一声，空出一只手将拉链拉到了最上方。不知是因为穿好了衣服，还是因为刚刚那个近乎于拥抱的姿势，他只觉得身上忽然热得厉害。

十来分钟的距离，很快就到了。

车子停下后，荣雪跳下来："谢谢你！"

邵栖装作没听懂的样子："什么？"

荣雪轻笑："我知道你是为了帮助陈老师。"

邵栖摸了摸脑袋，嘿嘿笑了笑："陈老师确实教得很好，比我们班的英语老师好多了。我也是真的希望能把英语提上去，就是底子太差，之前也没兴趣，现在一周上五次课，我就不信不会有效果。"

荣雪笑："陈老师很负责的，只要你有心，一定能提上去的。要是有什么问题，你也可以问我。"

邵栖点头，朝她伸出手："就这么说定了。"

荣雪好笑地看了看他的手掌，轻轻拍了一下："好，你赶紧回去休息。"

手掌上的温度，转瞬即逝，邵栖赶紧握住拳头，试图攥住那点微不可寻的触感。看着荣雪进了宿舍楼后，邵栖才蹬上单车，满心快活地迎风

46

而去。

本来邵栖每个星期一、三、五准时去辅导班补习英语，杜远和肖莫然就已经大跌眼镜了好久，刚刚才习惯，他居然干脆一周五天晚上都去补习。

两个人觉得跌在地上的眼镜也不用捡起来了。

等到星期二下课，看他收拾课本，打算奔赴辅导班，杜远一脸疑惑地凑过来："你是疯了吗？星期一、三、五去补习英语还不够，星期二、四还去一对一，你这真是要奔着状元去啊？"

邵栖斜了他一眼："我就不能奔状元？"

杜远嬉皮笑脸道："能能能！就是不知道你把自己搞得这么苦哈哈图啥，状元能吃吗？"

邵栖一脸鄙视："状元能不能吃我不知道，不过你一未来的预科生，不嫌丢人啊？"

"预科生怎么了？以后照样是江大堂堂正正的毕业生，还能在大学多玩一年。"

邵栖嗤了一声："出息！"

杜远一副怕了他的样子："行行行，你最牛！"然后稍稍正色，"不过夏絮那边可是跟我抱怨好多次了，她给你发短信，你都不怎么给她回，小公主都要生气了。"

邵栖站起身，将辅导用的书本塞进书包，嗤了一声："还小公主？都是你们给她惯了一身公主病，谁都得捧着她似的。虽然大家是从初中一块儿走过来的朋友，但她那脾气，我可懒得惯着。"

杜远道："她对你……"

"打住！"邵栖挥挥手，"她什么心思跟我没关系，反正对我来说，她就是个一起玩的朋友。"

"我说你就不能开开窍？我从初一认识你，就从来没见过你对哪个女生有意思，你是不是男人啊？"说着，杜远挑挑眉，坏笑道，"还是说你其实爱好跟咱们不同？没事儿，实话实说，哥们儿不歧视。"

邵栖一个白眼翻上天："我对谁有意思，难不成还得跟你报告？"

"我去！你有啊？"

邵栖得意地点头。

"谁啊谁啊?"

"奥黛丽·玛丽莲·苏菲·祖贤。"

"去你的!"杜远对他比了个中指。

邵栖朝他扬扬拳头,刚刚走到教室门口,忽然又想起什么似的回到座位,从桌底下拿出一个袋子,掏出里面的一件新棉服,把校服换下来。

"我去!你去上辅导课换什么衣服?"

"因为晚上冷啊!"

然后他飞速离开了教室。

邵栖当然不是怕冷,11月份的天气,对于血气方刚的少年来说,还完全称不上寒冷。

机构一楼大厅,竖着一面整理仪容的镜子。

邵栖到的时候,七点的课已经结束了一段时间,而八点的课还有些早,所以大厅里没什么人。他看了看周围,来到镜子面前左右照了照。

发型是前几天花两百块钱剪的,干净利落,还带着点时尚。蓝色外套是上个周末自己跑去商场买的,是今年新上市的运动款。

他其实是典型粗枝大叶的男孩。即使在他这个年龄,男生们已经开始在意外表,他也向来没太放在心上,别人说他长得帅,他也是听了就算了,连镜子都不怎么照。衣服通常是他爸让秘书给他买的,从来都不用试穿。他唯一感兴趣的就是运动鞋,看到各种新款限量版,都会毫不犹豫买下来。

但他对于美丑还是有鉴别能力的,此时镜子里的男孩,青春时尚,还洋溢着健康的运动气息,怎么看都应该是个人见人爱的大帅哥。

他十分自恋地欣赏了一阵,听到有脚步进来,赶紧心虚般蹿上了楼。

第二章

无法掩饰的炙热

接下来一段时间的补习很顺利。虽然杜远和肖莫然三天打鱼两天晒网的情况越来越严重，但知道两人根本就不用去挤高考这座独木桥后，机构领导不在意，陈老师也就没什么压力了，专心辅导邵栖，效果很显著。

虽然还未迎来考试，但在课堂的小测验上，连荣雪都能明显觉察到他的英语水平突飞猛进。

唯一让她不知该无奈还是欣慰的是，每天晚上下课，邵栖都走得比其他人迟，陈老师离开了，他还要坐在教室里学习一会儿。

看起来像是学霸模式全面开启的架势。

每次他都是在来锁门的荣雪的提醒下，才和她一起离开，然后以天冷了晚上人少不安全为由，非得骑车送她回学校。

荣雪拒绝过好几次，都拗不过男生的胡搅蛮缠，只得承下这份少年绅士的好意。

好在也就十来分钟的路程，她也不至于太放在心上。

1月份是考试月，机构的夜课在12月末就结束了，荣雪也就放假了。

今年的圣诞恰逢周六，她难得有空放松，便和室友江凝去星光璀璨购物城看电影、吃饭、逛街。

江凝是本城人，到了八点多，就先告别回家了。

荣雪想着时间尚早，便一个人留在购物中心继续闲逛。

商场里圣诞氛围很浓，挂着彩灯的圣诞树随处可见，空气中弥漫着欢快的圣诞音乐，打扮成圣诞老人的促销员，拦着来来往往的年轻人，卖力推销。

荣雪站在三楼，趴在围栏上往大厅看去，只觉得到处都洋溢着都市感十足的青春气息。

她有点格格不入，又有些莫名地喜欢。

大厅中央是一个溜冰场，里面有很多年轻人在玩儿。

她本只是随意一瞥，却忽然看到几抹熟悉的身影，再定睛一看，果然是邵栖、杜远他们。

男男女女在一起玩闹，个个都滑得很好，时而比赛，时而结队组成小火车，叫声笑声，在整个喧杂的大厅里，也很是明显。

这大概就是青春吧。

也许是她的青春太平淡无趣，荣雪看着这些人，嘴角不由自主泛起笑容。

邵栖滑了一会儿，觉得有点没意思，便来到旁边的栏杆处靠着小憩。

夏絮轻盈地滑过来，朝他伸出手："邵栖，咱们一起来个双人表演怎么样？"

邵栖掏出一根烟叼在嘴里，乜了她一眼，没好气道："你就这么喜欢表演？三天两头在舞台上表演还不够，滑个冰还得表演？我可没这爱好，自己找杜远去！"

夏絮有点恼火地跺跺脚："邵栖！你要不要这样？最近真是架子越来越大，好不容易一起出来玩一趟，你就不能让人开心点？"

邵栖双手合十："我说大小姐，出来玩一趟，是不是要我伺候你，你才高兴啊？"

夏絮嗔道："在你面前我哪儿敢称大小姐，你可是未来的状元。"

邵栖挥挥手："行了行了，你要玩让杜远陪你，我真没兴致。"

说着，他不经意一抬头，忽然看到三楼有一个熟悉的身影恰好转身。他轻呼一声，赶紧将脚下的溜冰鞋胡乱踹掉，手撑住栏杆跃了出去，手中还没点燃的烟往旁边的垃圾箱一丢，跟阵风一样跑了。

"哎！你干吗去？"夏絮在后头叫道。

邵栖头也不回道："你们玩儿，我有点事。"

"邵栖！邵栖！"

"怎么了？"杜远滑过来问。

夏絮烦躁道："谁知道呢？莫名其妙就跑了，跟见了鬼似的。"

杜远大笑："估计觉得你是鬼吧。"

"你才是鬼！"夏絮毫不客气地挥手搡了他一拳。

邵栖一口气跑上三楼。很多店面正在做活动，整个三楼人满为患。他左右张望，匆匆绕了一圈，却没看到自己要找的人。

他回到电梯口停下来，有点悻悻地抓头，心道：难道是自己看错了？

他垂头丧气正要离开，目光忽然瞥到前面一家运动品牌店门口，拥挤嘈杂的人堆后面，站着一个截然不同的身影。

那家商店似乎是在做什么活动，门口被堵得水泄不通，被挤在后面的人个个踮脚朝里看。只有那一个身影，静静地站在最边上，似乎也是好奇在看热闹，只是比起周遭的人，却显得出奇地平静。

邵栖怔了片刻才反应过来，赶紧跑过去，在荣雪的肩头拍了一下："小老师！"

荣雪吓了一跳，转头看到来人，舒了口气，惊讶道："你怎么在这里？"

刚刚不是还在下面跟朋友们滑冰吗？

邵栖道："我来这里随便逛逛，没想到会遇到你，真巧啊！"

荣雪笑。

邵栖好奇地踮起脚："看什么呢？"

因为个子高，他一下就看清楚了里面的情况。原来是店家在做圣诞活动，优胜者可以获得新上市的运动款羽绒服。参加活动的要求是情侣搭配，男生抱着女生做蹲起运动，谁做得最多，谁就获胜。

恰好比赛完一组，邵栖赶紧拉起荣雪的手腕："走，我们也去参加。"

"算了！"荣雪想要挣脱，无奈男孩的手劲儿太大，对她的反对无动于衷，直接拉着她拨开围观的人群，钻进了店内。

第二组参赛的情侣有五对，荣雪看了下那些亲昵的情侣，实在是觉得自己和一个高中生滥竽充数很难为情，趁着店长还没喊开始，她悄悄拉了拉邵栖的衣服："算了，我们走吧。"

"没事的，肯定能获胜。"邵栖满脸兴奋，双眼发光等着店长发令。

等到一声"开始"落下，他直接将荣雪打横抱起。

荣雪虽然已经有准备，却还是轻呼一声。

在他蹲下时，因为身体悬空的不安全感，荣雪下意识揽住了他的脖子。

女孩独有的馨香抵达鼻间，邵栖只觉得整个人热血沸腾起来，比曾经参加任何重大的比赛，都更让人兴奋。

参加比赛的虽然都是年轻人，但很多都是长期伏案工作的上班族，哪里比得过邵栖这种浑身有使不完的劲儿的男孩。

有两个男生，做了不到十个，就抱着女朋友气喘吁吁坐在地上。

到后来，只剩下邵栖和荣雪这对，以及另外一对大学生模样的情侣。

邵栖本来就爱争强好胜，对上那男生挑衅的目光，更加来劲儿。

男生到底比不过，又咬牙坚持了几个，见这小男生跟上了发条似的，只能喘着气作罢。

最后只剩下邵栖，店长见他好像还没到极限，笑道："今晚所有参赛者做得最多的两位，还能获得一份额外大奖。小帅哥，你要不要再坚持一下？"

邵栖大声道："要！"

围观的人大笑，为这年轻人的蓬勃。

荣雪听到他的喘息声越来越粗重，咬咬牙从他手上挣脱跳下来："够了够了！"

"我还能坚持一会儿。"

荣雪没搭理他。

被一个高中男生抱了这么久，那种难堪和别扭，她不想再多体会一秒。

店长看了下统计记录："目前为止，小帅哥是做得最多的。我们还有两组机会，看有没有人能打破你的纪录。"

邵栖笑嘻嘻拉着荣雪站在一旁，脸颊是运动后的红色，健康阳光。

他低声对荣雪道："刚刚你不跳下来的话，我至少还能多做十个，那样的话，肯定不会有人超过我。"

荣雪道："小组第一已经很好了。"

"也是。"

好在后面的参赛者，没有一对超过他们。

除了获得新款运动羽绒服，那额外大奖原来是青禾话剧社下周末演出的VIP票。

这回不仅是荣雪，连邵栖都有点喜出望外了。

他从店长手里接过奖品，将女款运动羽绒服和话剧票递给她："你不是很喜欢青禾社的话剧吗？"

荣雪愣了下："你怎么知道我喜欢青禾社？"

邵栖被问得一怔："那个，有一次下课回学校的路上，你跟我提过啊！"

荣雪皱眉，她一向不会和辅导班的学生谈论自己的事。虽然邵栖送她回学校这么多次，但她思忖半晌，也没想起来自己哪次提起过。

不过这也不是什么大事，她也就没纠结。

两个人走出来乘扶梯下楼，荣雪看了下手中的袋子："这衣服要不然还是你拿回去送给别人吧？是你赢回来的，我也没出过力。"

这个运动品牌虽然不算太高档，但一件新款羽绒服也要七八百，比她一个月生活费还多，对她来说，确实有点贵了。

邵栖笑道："要是没你，我连参加活动的资格都没有，这奖品本来就是男女都有份儿的。再说了，我家里没人能穿，拿回去也是白搭。"

"那好吧，谢谢你。"荣雪想了想，"那哪天我请你吃大餐。"

"好哇！"邵栖一点没客气，顺杆儿爬了上去，"就看话剧那天吧。"

荣雪点头没多想："行。"

两个人下楼，正好遇到杜远他们几个来找他。

"我去！邵栖，你死去哪里了？"杜远跑上来，"咦？小老师，你怎么在这里？"

邵栖淡淡地道："去随便逛了会儿。"

杜远见他手上提着袋子，伸手去扒拉："你有病吧？一个人脱队，跑去买衣服？"

荣雪道："这是做活动，邵栖赢的。"

荣雪说话间，忽然感觉有一道目光直直看向她，转头看过去，是一个极其漂亮的女孩，正用探寻的眼神看着自己。

荣雪朝她笑了笑，又对邵栖他们道："你们玩儿，我走了，周一见。"

"小老师再见。"杜远和肖莫然大声道，然后拉着邵栖往楼上走。

"你们干吗？"上了一层扶梯后，邵栖挣开两人，本来他是想去送荣雪的，但在一众伙伴面前，又不好表现得太明显，被拉上来后就有点不爽。

杜远道："不是说好去游戏城玩儿，然后再去看午夜场的吗？好不容易出来，一转眼你就没影了。"说着，又扯了下他手上的袋子，"敢情是跑去赢衣服，出息！"

邵栖将手往后一收："我靠劳动所得，有问题？"

"什么劳动？"

"要你管？"

走在后面的夏絮，看到有情侣提着和邵栖一样的袋子，趁前面的人不注意，拉住一个人小声问："你们这个是参加活动赢的吗？"

女孩点头："是啊，不过活动已经结束了。"

"什么样的活动？"

女孩笑："就是情侣活动，男朋友抱着女朋友做蹲起运动，谁做得多谁获胜。"

"哦，我知道了，谢谢！"

"夏絮！你干吗呢？"杜远觉察身后的人掉队，转头高声道。

夏絮走上前，神色莫辨地看了眼邵栖，又问杜远："刚刚那个是你们辅导班的老师？不是说是六十多岁的退休教师吗？"

杜远点头："你说刚刚那美女？她不是我们的老师，就是辅导班那边兼职的大学生。"

邵栖不愿荣雪被人打听，皱眉看向她："你问这个干什么？"

夏絮咧嘴一笑，目光直视着他，阴阳怪气道："原来辅导班那边有美女，难怪你每天风雨无阻去上课！"

邵栖瞪了她一眼，欲盖弥彰嘁了声："神经病！"

杜远大笑："得了吧！学校几大校花，在咱们邵状元嘴巴里的评价就没一句中听的话。他能因为辅导班那边有个美女，就天天跑去补习英语？你别说笑话了！"

肖莫然接口："没错没错，咱们邵栖压根儿就没有对女人美丑的鉴别能力。"

夏絮看着邵栖有些闪烁的神情，冷冷笑了一声。

话剧演出时间是元旦那天晚上七点。

五点不到，荣雪就收到邵栖的短信，说在楼下等她。

因为是假日，四个人的宿舍，只剩下她和要赶实验报告还没回家的江凝。

看到她换衣服出门，江凝随口问："晚上有事？"

荣雪回答："之前不是中了一张青禾社的话剧票么，就是今天的。"

江凝笑："我差点忘了。"看到荣雪换上那件蓝色的新羽绒服，她咦了一声，"这衣服有点眼熟，刚刚在楼下看到有个男生好像跟你穿的是同款，跟情侣装似的。"

"是吗？可能是大众款吧。"荣雪没太放在心上。

江凝放下笔，看了看她，好整以暇道："荣雪，这段时间你每晚从辅导班回来，是不是有个男生骑单车送你的？我看到过几次，早想问你来着，但一直没问。"

荣雪抬头看她，点头："是补习班那边的学生，他每次走得比较晚，看我一个人走路回学校，就骑单车送我一程，挺热心的。"

江凝道："只是热心吗？刚刚我上来看到穿你同款衣服的男生，应该就是你的那个学生。"

荣雪抿嘴沉默片刻，眉头微微蹙起："你想说什么？"

江凝默了片刻："那男生每天送你回来，穿情侣款衣服，还要一起去看话剧吧？"

荣雪低声道："衣服和话剧票是参加圣诞活动的奖品。"

江凝笑："所以你们还一起参加了圣诞活动？"

荣雪也笑："江凝，我知道你在想什么，但真不是那样，他就是一个普通的学生。话说回来，我和一个高中生，能有什么？"

说出来自己都觉得荒谬。

江凝上下打量换上新衣服的荣雪，没戴眼镜，刘海儿因为长了少许，斜斜分开，不再是之前那遮挡额头的发帘。

她皮肤白皙，眼睛大而黑亮，看人的时候因为近视，会微微眯眼，带着说不清道不明的迷人。

和她同宿舍两年多，两人关系是最好的，江凝太了解这个美而不自知的室友。她并非迟钝，只是从来没将心思放在这种事情上。

因为家庭情况，她除了学习就是兼职挣钱，在她的世界里没有漂亮衣服和唇彩口红，更加没有风花雪月。班上也有男生试图对她表露心思，但都被她的疏离和无趣给吓退了，以至于现在所有人都觉得，荣雪这样的女生，恐怕不会在校园里恋爱。

江凝将椅子拉到她跟前："你是没什么，但是那个小男生呢？"说着，又笑了笑，"其实你要是想谈恋爱，我是举双手双脚赞成的。不过高中生就算了，这种年龄的男生沾上了就是麻烦，你千万要处理好。"

荣雪看着她，一时没有说话。在这之前，她确实没多想过自己和邵栖的关系。

她见过他对陈老师的转变，觉得这是个挺善良的男生。十几岁的男生热心一点，在她看来并没有什么奇怪的。

只是经江凝这一提醒，她忽然意识到两人好像真的有点逾矩了。这些天放假，她和邵栖未曾见过面，但每天晚上还是能收到他道晚安的短信。

也许她其实是能感觉到的，只是她从来没有去想过这种事，于是对她来说，也就完全称不上是什么问题。

她如梦初醒般倒吸一口冷气，将衣服换下来，朝江凝道："谢谢你提醒我。"

江凝笑："你能意识到这个问题，说明有进步。"说完又眨眨眼睛，"不过那小男生长得可真是不错，个子也高，搁在咱们院，直接就能是院草。如果他不是高三生，我一定怂恿你和他在一起。"

荣雪失笑："外貌协会真可怕。"

"我说真的。"

"行了，我下楼一趟。"

"你说话有点技巧啊，别伤了美少年脆弱的心灵。"

荣雪笑："人家也没说过什么，都是你在这里瞎猜想。反正我跟人家保持恰当的距离就差不多了。"

江凝大笑。

　

来到楼下，邵栖果然穿着上次中奖的那身运动款羽绒服。衣服非常合身，明明也不是多时尚的款式，但穿在他身上，就是有种很潮的感觉，整个人看上去青春蓬勃。

看到她，他立刻走上前："现在还早，我们先一起吃饭吧，你不是要请我的吗？"

荣雪看着男孩雀跃兴奋的脸，嘴唇嗫嚅了片刻，低声开口："邵栖，不好意思，今晚我们院里临时有事，我看不了话剧了。"

"什么？"邵栖脸色大变，刚刚的笑容，像是被人一盆凉水兜头泼下来，瞬间凝固，"什么事？不能不去吗？这个话剧反响很好的，今天这场之后就是下下个礼拜了，那时候我们正在期末考试，我恐怕也没时间。"

荣雪将票递给他："你叫朋友和你一起去就好了。"

邵栖急道："这怎么一样？你去和院里请假行不行啊？就说有急事。"

荣雪道："院里的事情很重要。"

邵栖看着她认真的表情，知道没有回旋余地，有些失望道："好吧。"

他正要转身离开，荣雪忽然又想到什么似的叫住他："等等！"

"什么？"

荣雪从钱包里拿出两百块钱："之前答应请你吃大餐的，我今天去不了，你和朋友一块儿吃，就当我请的。"

邵栖低头看了眼那粉色的票子，自然而然将钱接过来："好吧。"

荣雪暗暗松了口气。那件自己没出过钱和力就得到的衣服，用这两百块钱，对她来说，就像是买断了那点暧昧。

而对于邵栖来说，钱这种东西却是象征着人和人之间的亲密，所以收下她给的钱，就好像是和她有了更进一步的关系。

他将钱小心翼翼塞进书包里，抬头道："对了，我和几个朋友商量好，等考试结束一起去我家江边的房子里烧烤。小老师你也去吧。"

荣雪笑："你们小孩子一块儿玩，我去干什么？"

邵栖皱了皱眉，有些不满道："什么小孩子？你也就比我大两三岁吧。"

荣雪不以为然："等你上了大学，就会知道，高中生就是孩子。"

邵栖撇撇嘴，倒是没跟她争辩。

他想了想，忽然灵机一动："要不这样吧，如果我期末英语考了好成绩，你就来。"

荣雪犹豫了片刻，还是点头："好，如果你英语成绩能上一百分的话。"

邵栖挑挑眉："就这么说定了，要是我考过一百分，你不仅要来跟我们一起玩，还要给我奖励的礼物。"

荣雪点头："可以。"

邵栖向她挥手，骑上单车歪歪扭扭走开了。

少年的心思就是这么简单，开心和不开心可以随意切换。明明上一秒还因为荣雪不能去看话剧而心烦，下一秒又因为得到另一个希望而欣喜雀跃。

荣雪看着他远去的背影，叹了口气，转头往宿舍走去。

她也不知道刚刚为什么答应他的要求，在明知道他动机不那么单纯的情况下。

也许是她太希望为陈老师做一点什么。

其实不仅仅是高中，1月份也是大学的考试月。荣雪忙得不可开交，也就渐渐将邵栖那点事抛在了脑后。

大学放假比中学稍早。而一到放假，荣雪又开始准备假期的兼职。今年招生很顺利，机构很快给她安排了课程。

开课前两天，宿舍早已经只剩下她一个人。

考试结束，兼职又还没开始，她正独自在宿舍百无聊赖时，忽然接到邵栖的电话。

元旦之后，两人已经两个多星期没见，虽然邵栖每晚还是会发笑话道晚安，但荣雪有时候看都没看就直接删掉。

她本就不是一个情感充沛、喜欢想东想西的女孩，所以几乎没去想过这个人。

"小老师，你下来。"电话里邵栖的声音，听起来有点兴奋。

荣雪愣了下："你在我楼下？"

"嗯，你快下来。"

来到楼下，荣雪刚刚走出宿舍大门，就见邵栖手中拿着一张卷子遥遥地朝她挥动，然后迫不及待朝她跑过来："小老师，我们期末成绩出来了。"

"哦。"荣雪问，"考得怎么样？"

邵栖将手中的成绩单递给她，眼角眉梢都是得意之色："你自己看。"

荣雪接过来，低头看去，那是一张全班排名的成绩单，邵栖的名字很好找，因为就排在第一个。

而英语那一栏，赫然印着101分。

按照江大附中平时考试的难度，这个分数已经非常不错。

不得不说，荣雪对这个成绩还是有些意外的，一来是邵栖竟然可以在江大附中考第一，二来是他的英语期中考试才80分，期末考试直接蹦到101分，可以说是质的飞跃了。

前几天陈老师还打电话问过她，现在算是彻底放心了。

她抬头，微微笑道："恭喜你。"

邵栖见她反应平淡，伸手指着英语那一行："小老师，你不会忘了答应过我什么吧？"

荣雪还真是没一下想起来，看他指着那101分，才恍然大悟，轻笑一声："你不说我还真忘了。"

邵栖倒也没生气："那你今天有时间吧，我同学他们已经过去了，我专门来接你的。"

荣雪并不是一个喜欢热闹的人，尤其是还要跟这帮未成年的孩子一起，想想就有点头疼。她当时也只是随口答应，就是希望他安心学习和考试。实际上她也没想到他能考过一百，按照他的水平，大概也就是刚刚及格的样子。

显然，她还是低估了一个江大附中学霸的学习能力。

说过的话不能反悔，她稍稍犹豫后，便点头："好的，我上去拿点东西。"

邵栖双眼发光："是给我的奖励礼物吗？"

荣雪微微一愣，不置可否地笑了笑。

荣雪再下来时，挎了个平日上课用的大单肩包，那包看着有些鼓，显然是装了不少东西。

邵栖迫不及待想知道她会送什么礼物给自己，但又不好意思开口，只忍不住多朝那包看了两眼，然后喜滋滋翘起了嘴唇。

荣雪没注意他脸上丰富多彩的表情，只随口问："离学校远吗？现在放了假，我们宿舍关门早，我不能回来太迟。"

邵栖笑着往斜前方一指："不用担心，我负责接送。"

荣雪顺着他手指的方向看去，见到一辆黑色小汽车停在路边，她面露惊奇："你开车？"

她没弄错的话，他还不满十八吧？

果不其然，邵栖笑道："我明年才能考驾照呢，这是我爸司机，今天借给我用的。"

司机是个面相和蔼的中年男人，很客气地和荣雪打招呼。

两人坐在后排座，车子内部设计宽敞舒适。虽然荣雪不懂车，但也知道这是高档车。

她听辅导班李老师说过邵栖家境优越，但他平日里不是穿校服就是运动服，和普通热爱运动的男生没什么不同，她也就以为他是城市里小康中产之家的孩子，可显然这种优越程度，恐怕已经远远在中产之上。

她也终于知道，邵栖身上那种浑然天成的傲气是来自何处。一个长得帅气，轻而易举就能考得好成绩，还有这种家庭背景的男孩子，在未经过生活的磨砺之前，大概很难学会谦逊。

邵栖见荣雪靠在车窗边坐着，不动声色挪过去想和她挨得近一些，但她的单肩包放在身旁，挡住了他的去路。

他只得停下来，然后又偷偷摸摸朝那包里看，无奈拉着拉链，什么都看不到。

"老师，你给我……"他迫不及待想知道荣雪给自己准备了什么礼物，但又希望惊喜和期待留得更久一点。

"什么？"荣雪转头看他。

邵栖赶紧摇摇头："没什么，就是，我爸听我说了陈老师的事，看到我期末英语上了一百分，他很高兴，就想谢谢陈老师。他给了我一笔钱，但直接给老人家红包我怕她不要。小老师，你看我能怎么帮她？"

荣雪有些惊讶，继而又笑道："你爸爸真是个好人。没关系的，到时候我和李老师商量一下，让她以机构的名义给她发奖金就好了。"

邵栖忙不迭点头："我也是这么想的。"

前面的司机笑道："邵先生看到小栖考第一，是真的高兴，本来还想亲自请陈老师吃饭呢，无奈年底太忙，抽不出时间。"

荣雪不知邵先生是不是说客套话，还没回话，邵栖已经撇嘴怨道："什么年底太忙？他一年四季有不忙的时候吗？和儿子吃顿饭都得提前约时间，我也是服了，还有脸说想请老师吃饭。"

司机呵呵地笑："金融行业不就是这样吗？这两年股市低迷，邵先生压力也大，今年年底刚刚有好转，他们就忙得更厉害，还有什么融资收购外汇买卖，反正我也不懂，就是经常听到邵先生打电话说这些。陈助理前几天还说出差的时候，邵先生每天就睡两三个钟头。"

邵栖哼了一声："他自己乐意，能怪谁？"

荣雪看了眼一脸不以为然的男生，有点讶异他对父亲的态度。

想必是被父母宠爱长大的，所以十七岁的男生，虽然长得高大挺拔，却总还是带着少年人的天真。

享受着父母的宠爱，却当作理所当然。

她不得不承认，自己其实有点羡慕这样的孩子，什么都不缺，甚至连高考那座独木桥，对他来说其实也只是去炫耀本事的战场。

司机大笑："邵先生太不容易了，一个男人又要做事业，又要照顾孩子。我就是给他开个车，家里的事情都是全交给我老婆管的。不过好就好在你不用让他操心，不然恐怕真是分身乏术。"

"哎，这话您就说错了，这么多年照顾我的一直是保姆，他除了出钱什么都没做过。"邵栖转而又有点赌气道，"不过也好，他这么忙就没时

61

间管我了，我还乐得自在呢。"

司机失笑摇头。

真是身在福中不知福的孩子啊！

荣雪从两人的话中听出来，邵栖是单亲家庭，而且是跟着父亲，难怪之前他一个未成年人经常晚归，好像习以为常。

她之前那种羡慕就有点变了味。

大概上天总还是喜欢跟人开点玩笑，不愿意让世间存在太完美的人和事。比如看起来拥有一切的邵栖，其实有一个残缺的家庭。

虽然两人背景相去甚远，但多少有点相似，所以荣雪看着他，不由自主就生出了点同病相怜。

不过这种本来就微小的同病相怜，在下了车，看到那栋位于江边的别墅后，几乎立刻就消失殆尽。

她甚至觉得自己刚刚的想法有些可笑。

"快走吧，他们估计已经等得不耐烦了。"一下车，邵栖就招呼她进去。

荣雪跟在他身后进门，穿过别墅，来到临江的后院。

别墅倒不至于奢华，但装修雅致，没有半点烟火味，显然是鲜少居住。

也许是她年纪尚轻，还没来得及见世面，饶是平日里持重从容，来到这样一个陌生的，完全不属于她的世界，也难免有些惴惴不安。

"我去！邵栖，怎么这么慢？我们都快吃了一轮了！"看到来人，拿着一根鸡翅的杜远，笑嘻嘻跑过来，然后一把往邵栖嘴里塞。

其他人也起哄般打招呼。

邵栖不客气地啃了两口，看向快变得一片狼藉的院子："你们饿狼下山啊，别什么都没给我和小老师留吧？"

杜远笑道："怎么会呢？你不是说今天算谢师宴，陈老师年纪大了来不了，就让小老师代替吗？知道小老师要来，我们能这么缺德吗？是不是啊小老师？"

荣雪讪讪地笑了笑，扫了眼院子，总共七八个人，除了杜远和肖莫然，其他的她都不认识，不过看着都是差不多大的孩子，应该都是邵栖的同学。

有两个女生和她们身边的男生互动很亲密，大概是情侣。

高中生谈恋爱不是什么稀奇事，只是在补习班兼职了两年，多少会带着点老师的心态去看这些高中生，所以还是有些不大舒服。

尤其是这些人还是高三生。

"走啊老师。"肩膀被邵栖拍了下，荣雪才从失神中反应过来。

"去去去！那边去！"邵栖走上前，将坐在小桌旁大快朵颐的肖莫然一屁股顶开，然后拍了拍椅子，"小老师坐这里。"

肖莫然啧了一声："在学校我也没见你对老师这么狗腿过。"

邵栖道："你懂个屁！我对陈老师不是一直很尊重吗？小老师今天是代表陈老师。"

本来荣雪对于来参加邵栖的聚会，其实是有点抗拒的。不过听他说是让自己代表陈老师，心里倒是暗暗舒了口气。

不管邵栖打了什么算盘，但在其他人眼里，至少不会被误会。

"是是是！"肖莫然大笑，拿了个水果盘子故意毕恭毕敬地递给坐下来的荣雪，"小老师，咱们邵栖的状元之路估计是有指望了。"

"滚蛋！"邵栖踹了他一脚。

肖莫然大笑着滚蛋了。

这时，一个漂亮的女孩在邵栖和荣雪对面坐下。

荣雪下意识抬头看去，朝她礼貌性地笑了笑。

她记得上次在购物中心看到过这个女孩，看来是邵栖很好的女生朋友。

夏絮梳着丸子头，满脸的胶原蛋白，不施粉黛也漂亮得让人移不开眼。她歪头看向荣雪，似笑非笑道："邵栖从初中开始就特别讨厌英语，就没及格过几次，你们那个陈老师真厉害啊，弄得我也想去补习了。"

荣雪淡笑："陈老师确实挺负责的，也是邵栖自己努力。"

"是吗？"夏絮看向邵栖，意味深长地道，"我还真是不太明白，你怎么忽然就对英语上心了？不知道你那位补习老师是六十多岁老太太的，还以为是个狐狸精呢，迷得你这么讨厌英语的家伙，每天风雨无阻去补习。"

邵栖还没回答，旁边正在烤肉的肖莫然已经大声替他答道："这有什么奇怪的，那是因为咱们邵栖要当状元啊！"

他话音落下，院子里一阵哄笑。

夏絮笑着点头："志向远大。"

邵栖嗤了一声，懒得理他们，转头问荣雪："你想吃什么？我去给你烤。"

"没事，我自己烤就行。"

荣雪准备站起来，却被他按下："这种事怎么能让客人动手？"说着又给她倒了杯热茶，才撸起袖子去干活儿。

荣雪向来不习惯被人照顾，但想了想要跟几个不认识的高中生挤在一起烧烤，她还是选择让邵栖代劳。

夏絮看了烧烤架旁的邵栖一眼，又转头对上荣雪，笑眯眯道："小老师，听说你是江大的学生，你大几啊？"

荣雪道："大三。"

"大三啊？那岂不是比我们大好几岁。"

荣雪轻笑："是啊，看你们就像是小朋友。"

夏絮笑着大声道："邵栖，你小老师说你像小朋友呢。"

荣雪微微怔了一下，继而又失笑摇头。

邵栖偏头看过来，因为炭火的熏烤，白皙的脸泛上了一层红色。他用手挥了挥烟，咳嗽了两声："谁是小朋友啊？小老师我跟你说，我明年十八岁就成年了。"

荣雪笑了笑，没回他的话。

夏絮又问她："小老师，你觉得邵栖这个人怎么样？"

荣雪喝了口热茶，转头看了眼跟烤串和烟雾搏斗的男孩，轻声道："挺聪明，也挺热心。"

"是吗？"夏絮道，"聪明这个是众所周知，但说到热心的话，认识他这么多年，还真没看出来。小老师说说，他怎么热心了？"

荣雪抬头对上女孩的眼睛。她自己虽然未经世事，但十七岁少女的心思就那样赤裸裸写在脸上，她就算再迟钝，也看得出夏絮的探究和敌意。她暗自好笑，本来想说陈老师的事，但想了想还是作罢，勾了勾唇，淡声道："他请朋友们来家里玩儿，不就是热心吗？"

夏絮笑着点头："这样说的话，好像也是。邵栖最大的优点就是慷慨大方，请客什么的从来不手软。"

"说什么呢？"邵栖烤好一盘子串儿过来，放在荣雪面前。其实也只是随口一问，没等人回答，又问她："你看看你喜欢吃什么，我再去烤。"

他脸上刚刚沾了些炭灰，却不自知，看起来有些滑稽。

夏絮见状站起来，抽了张纸巾去给他擦拭。

只是还没碰到，邵栖却条件反射地退开："干吗？"

"你脸脏了。"

邵栖皱了皱眉，低头问荣雪："脏吗？"

荣雪点头："沾了灰。"

邵栖哦了一声，在桌上抽了张纸，又问荣雪："哪里？"

"左脸。"

邵栖擦了几下："还有吗？"

"再……上去点。"

邵栖照她的指示，又擦了两下："现在呢？"

荣雪点头："好了。"

邵栖扔掉纸巾，笑道："你还想吃什么？"

荣雪看了看盘子里的食物："差不多了，你自己也吃吧。"

邵栖道："那我再去烤点。"他转身时，想起来什么似的看了眼夏絮，"我的大小姐，你坐在这里干什么？等人伺候你呢？待会儿大家把好吃的吃完了，可别怪我们。"

"我可没那么大的本事，能让人伺候。"夏絮黑着脸起身，气呼呼地去了烧烤架前，噼里啪啦弄得作响。

邵栖嗤了一声，跑到她旁边龇牙咧嘴："公主病又犯了吧？"

荣雪叹了口气，有些哭笑不得。也许是她在他们这个年纪，没有过这些小女孩情怀，所以看到少男少女的这些互动，就觉得很有意思。

只可惜流水有意，而邵栖这朵落花无情。

"邵栖，不是说有香槟和啤酒吗？别老让我们喝饮料啊，又不是小孩子了！"

荣雪暗自好笑，十七八岁就急赶着装大人呢。

"屋里酒柜，自己不知道去搬啊！"

杜远和肖莫然很快抬了一个箱子出来。

"来了来了。"

杜远拿起一瓶香槟，跑到夏絮面前献宝一般，砰的一声打开。夏絮来不及躲开，脸上被喷了不少。

她尖叫两声，抢过来朝杜远洒去。

院子里很快打闹成一片，啤酒、香槟洒得满地都是。

正值冬日，夜幕初降临，正是寒冷的时候。这些男孩女孩却似乎对寒冷浑然不觉，欢声笑语地嬉闹，看起来热火朝天。

荣雪自然不会去跟他们一起打闹，只静静坐在一旁，笑看着这场景，虽然觉得浪费，却也为这样的快乐和活力而心情愉悦。

她想起自己的高三，好像除了暗无天日的学习，就再无其他。因为高考那座独木桥，是她人生唯一的出路。

她不得不承认，自己很是羡慕这些肆意飞扬的少年。

不多时，夏絮拿着半瓶啤酒兴冲冲跑过来，女孩白皙的脸上，是闹过之后的嫣红，她脸上有点点水渍，衣襟前也湿了一块，并不严重。

毕竟是冬天，打闹归打闹，但显然大家都还有分寸。

"小老师，你怎么不来玩儿？"她笑着问。

荣雪笑："你们玩儿吧！"

话音还未落下，夏絮却笑着将手中的啤酒，兜头从她头上浇下来。

荣雪躲闪不及，被淋了个正着，冰冷的啤酒从头顶滑落脸颊，再滚入脖颈内。那种突如其来透骨的寒冷，让她不禁打了个激灵。

"你干吗呢？！"邵栖跑过来，一把将夏絮拉开，语气生硬，脸上怒气乍涌。

夏絮眨了眨漂亮的眼睛，一脸无辜："我和小老师玩儿，没想到她没避开。"

"有病吧？！"邵栖赶紧抓了几张纸，要去帮荣雪擦拭，不过被她顺势接了过去，自己胡乱擦着。

因为被淋了半瓶啤酒，此时的她，看起来很狼狈。

当然，荣雪不在意自己什么形象，只是觉得很冷。

她知道夏絮是故意的，说不生气是假的，但她还不至于去和一个十几岁的女孩计较，破坏这本来欢快的气氛。

勉强将水渍擦干，荣雪抬头问邵栖："有电吹风吗？我可能得去处理一下。"

邵栖赶紧点头："有的，我带你去。"

他狠狠刮了一眼夏絮，领着荣雪进了屋子。

夏絮心虚地吐吐舌头，她刚刚其实也是一时冲动，至于为什么冲动，其实她自己都有点说不清楚。

她只知道，邵栖好像离她越来越远了。曾经亲密无间的玩伴，似乎随着年岁渐长，有些东西正在慢慢溜走，怎么都抓不住了。

她对这种感觉十分惶恐，想改变，可面对邵栖日渐的冷淡，却只有无能为力。

所以当她看到邵栖对一个忽然出现在他们生活里，并且和他们完全不一样的女孩，如此费力讨好时，她害怕极了。

那是她从来没见过的邵栖。

杜远走过来："你也太狠了吧？大冬天你给人兜头淋半瓶啤酒。"

夏絮咕哝道："我又不是故意的，哪里知道她躲都不躲。"

"行行行，咱们再玩儿，也不是什么大事。"

确实也不算大事，荣雪除了头发，衣服打湿得并不严重，在洗手间用吹风机吹了几分钟，就干得差不多了。

邵栖一直站在外面等着。他觉得自己今天实在是失策，干吗非让她参加自己这种聚会？她一看就与这种气氛格格不入，刚刚的打闹，在她看来估计很幼稚吧，而且还被夏絮那个白痴淋了一头啤酒。

邵栖想想就觉得懊恼，本该找个机会找个借口单独请她的。

"没事吧？"看到荣雪出来，他赶紧上前问。

荣雪笑了笑，摇头："夏絮也就是闹着玩，是我自己没反应过来，吹干了就好。"她抬手看了下表，"快九点了，要是方便的话，送我回去吧。"

邵栖也没了兴致，点头道："行，我去跟他们说一声。"

上了车子后，邵栖悄悄打量她，见她神色平静，确实不像是生气的样子，这才开口道："是不是觉得今晚很无聊啊？"

荣雪转头看他，笑道："还好，烤鸡翅挺好吃的。"

邵栖抿抿嘴："我应该单独请你吃饭感谢你的，我那些同学都跟白痴一样。"

荣雪失笑："我觉得还挺可爱的。"

"是吗？"邵栖，"你不觉得幼稚？"

荣雪轻笑："还好，你们也才十七八岁，总不至于凑在一起谈人生哲学吧？"

邵栖有点不喜欢她这种似乎长他们很多的语气，想了想道："无所谓，反正再过几个月我就进大学，跟你一样是大学生了。"

荣雪道："那我就提前祝你高考顺利。"

邵栖嘿嘿两声："我之前都是英语拉后腿，现在成绩提上来了，高考肯定没问题的。"

他的表情很自信，没有半点对高考的畏惧。

也是，高考对他来说并非独木桥，他有何畏惧。

荣雪想了想："不管怎么说，就几个月了，还是不能懈怠。"

邵栖点头："我知道。"

两人在车后排座有一搭没一搭聊着，邵栖的目光，时时会扫一下荣雪放在身旁的单肩包。

他有点怀疑她忘了，想要提醒，可不知怎么又有点不好意思。

一向天不怕地不怕的邵同学，竟然也有不好意思的时候。

好在没人知道。

一直到了校内下车，他送她走到宿舍楼门口，还是没问出口。

"那个，你赶紧回去吧，你同学还在等着你呢。"

邵栖又看向她挎在肩膀的大包，心里跟热锅上的蚂蚁一样，憋了半晌，才拐弯抹角开口："你今天是不是还忘了件事？"

荣雪皱了皱眉："忘了事？"

"你再想想？"

荣雪摇头："没有啊！"说完忽然想起什么似的，从包里掏出一个包好的纸袋："对了，之前答应你考过一百分就给你奖励品的，差点忘了。"

邵栖悬着的一颗心终于落下，喜滋滋接过纸袋，爱不释手摸了摸，却没马上打开，只道："小老师，你什么时候回老家？"

荣雪道："我要兼职，也就年前两三天吧。"

邵栖道："那我没事就来找你吃饭吧，我还挺喜欢江大食堂的。"

荣雪犹豫了片刻，道："寒假食堂开得少，没什么吃的，我大部分时候都是打包回宿舍应付。"

"这样啊，"邵栖面露失望，却听不出这是对方婉拒他的说辞，然后又不甘心般道，"那你不在宿舍吃的时候，提前告诉我。"

荣雪微微一怔。其实上次江凝提醒她之后，她有刻意回想过她和邵栖的相处，确实是走得太近了些，近得有那么一点不正常了。

她从来没有和辅导班那些小孩子走得太近，但也不至于对十几岁的男孩有所防备，所以才让邵栖在不知不觉中得寸进尺，越过了她画好的那条线。

她曾经没太在意，现在对着他，才发觉十七岁男孩眼神中的炙热是那么明显，明显得让她心惊胆战。

好在她向来不是一个喜形于色的人，思忖片刻，好整以暇道："你再过几个月就高考了，收收心思，别想些有的没的。等高考之后，再想也不迟。"

邵栖眼睛一亮："高考之后，我就可以想了吗？"

荣雪道："那是你自己的事。"

邵栖点头："我知道了。"

荣雪轻笑："快回去吧，我上楼了。"

高考之后？

难道不是在暗示他什么吗？

目送她的背影进了楼内，邵栖才按捺不住喜悦地转身，边朝车子走，边拆开手中的纸袋。他满怀期待地将里面的东西抽了出来。

是一本书。

上面赫然几个大字：《五年高考三年模拟》。

邵栖看着手中的书，愣了一下，好像和他期待的有些出入。

但转念一想，这确实就是荣雪的风格，于是又欣然接受了这份礼物，喜滋滋地在封面上亲了口。

"小栖，什么事这么高兴？"上车后，司机问。

邵栖有点得意道："刚小老师送了个礼物给我。"

司机随口问："什么礼物？"

邵栖本想炫耀，但想想实在是没什么好炫耀的，便道："不告诉你。"

司机道："你爸说你是个混世魔王，我看刚才在你小老师面前，你挺像个乖孩子的啊。"

"必须啊。"

司机大笑。

邵栖拿起那本辅导书爱不释手地摸了摸，好像这不是一本辅导书，而是什么稀世珍宝一般。

他决定了，这个寒假把这本书做完。

他再是个混世魔王，十七岁的年纪，顺遂而简单的人生经历，还是让他始终保持着天真的心性。所以他的喜爱也就毫不复杂，纯粹得没有半点杂质。

荣雪年前的兼职有两个星期，一直到除夕前两天才结束。

寒假留校的人很少，宿舍只剩她一个人，好在假期的课程都安排在白天，夜课不用她管理，不至于担心晚上回校不安全。

因为上午下午都有课，她之前对邵栖说很忙，不会在学校食堂吃饭，倒不算骗他。

中午就在机构点外卖，傍晚回学校，顺便买点东西打包。她对食物没有要求，一日三餐吃饱就足矣。

但没想到的是，她几乎还是天天都见到邵栖。

每天傍晚上完课回学校，她不是在楼下遇到他骑着单车，说恰好经过送她一程，就是在进入校门时，看到他拿着个篮球，说正好去江大球场打球，要和她同行。

明知都是刻意为之的借口，但他一脸的自然而然，仿佛真的只是恰好。

唔，每天都恰好。

倒是荣雪若是要直接拒绝，反倒显得自己太敏感。

好在两个星期过得很快。

回家的那天，她拖着行李箱出门去火车站。

刚刚走到校门口的公交站牌，忽然一辆出租车停在她面前。

邵栖从后排露出一张俊朗的脸，笑靥盈盈看向她："小老师，你要去火车站吗？"

荣雪微微蹙眉，只觉得有点头大，扯了个不自然的笑，嗯了一声。

邵栖笑嘻嘻打开车门跳下来，没给她拒绝的机会，直接拉过她的箱子往后备箱放去："我跟你一个方向，带你一程。"

"邵栖……"荣雪有点说不出自己是困扰还是有点烦躁了。

邵栖放好箱子，砰的一声关好后备箱门，笑着走上前钻进车内："反正打车的费用是一样的，多一个人划算。"

荣雪看了眼关闭的后备箱，犹豫了片刻，只得坐上了车子。

车子行驶后，邵栖从书包里将那本《五年高考三年模拟》拿出来："小老师，你看我做得差不多了。"

荣雪看到书上的字迹，本来紧绷的脸，面色稍霁，点点头："那很好。"

邵栖对她这句简短的表扬很是满足，笑着合起书本，又道："小老师，你在家上网方便吗？"

荣雪犹豫了下摇头："我家在小镇，不是很方便。"

"这样啊，本来还想你回家这些天，我要有不懂的问题，可以视频请教呢。陈老师家里事情多，课堂之外我也不好打扰她。"邵栖有点失望，不知是他年纪尚小真的不懂人情世故，还是故意对荣雪的托辞视而不见，想了想又道，"不过也没关系，我打电话给你吧。"

荣雪道："马上过年了，我在家可能很忙，估计没什么时间接听电话。"说完觉得自己这样的拒绝似乎有点太冷硬，又补充道，"反正正月十六辅导班的课就开始了，你把问题记下来，年后开课，凑在一起让陈老师给你专门解答一下。"

邵栖点头："也是，过年事情都挺多的，而且好不容易放松几天，我还让你帮我答疑解惑，确实有点过分了。"说着嘿嘿笑了笑，"那好吧，我先记下来，等上课一起去问陈老师。"

荣雪勉强算是松了口气。她忽然发觉，他真的是一个心思挺简单的男孩，自己这么明显的拒绝，他仿佛一点都未感觉到。

火车站离学校不远，不过20分钟的车程。

邵栖跟着荣雪下车，帮她从后备箱取出行李："我送你进去吧。"

荣雪提醒他："有票才能进的。"

"是吗？"邵栖有点意外，"还以为可以进到候车室呢。"

他每年离开这座城市的机会不多，远的话会坐飞机，如果是附近，则是他爸或者司机开车。他对火车的记忆，还停留在儿时，模糊而混乱。

他有点担忧地看了看熙熙攘攘的春运人群，又看向荣雪："你一个人没问题吧？火车站鱼龙混杂的，骗子、小偷，什么人都有，你一个女孩子一定要警惕点，小心点。"

虽然一个十几岁男孩的这种极力示好，让荣雪觉得有点好笑，但她向来一个人习惯了，忽然被人关心，难得也有几分动容。于是她笑了笑，点头："没事的，我会注意。"

邵栖嗯了一声，用他那双漆黑狭长的双眼深深看了看她："那我等你开学回来。"

荣雪有点不自在地避开他灼热的眼神，拖着箱子，转身汇入人群，很快不见了踪影。

邵栖钻回出租车。

开车的司机大叔笑道："小伙子，你说按照你吩咐开，一直打着表就行，现在咱们去哪里？"

邵栖道："回头吧。"

大叔道："敢情你是找个借口送人家姑娘啊！"

邵栖不置可否，趴在窗边又朝火车站广场内看了看，可是人太多，他再没看到荣雪的身影。

荣雪的故乡在本省最西边的芦城，是芦城下面一个名叫河源的边陲小镇。坐火车六个小时，再乘两个小时的小巴。

上午出发，到家已经天黑。

从小巴车下来，她一眼就看到等在路边的那道佝偻身影，赶紧拖着箱

72

子走过去："奶奶，天怪冷的，你在家等着就好，干吗在外面站着？"

荣奶奶看到孙女，开心地笑："我这不是想早点见到我家小雪吗？你叔叔婶婶做好了饭在家等你呢。"

荣雪笑，搀扶着奶奶一同往回走。

河源很小，小得只有一条街。荣家就在临街，是一栋有了点年纪的古旧小楼。

这楼还是荣雪父亲在世时和叔叔凑钱一起盖的，两家人住在一块儿。

五年级那会儿，父亲过世，不久之后母亲改嫁去了别的小镇，后来又有了孩子，荣雪则一直留在这里和爷爷、奶奶、叔叔一家生活。

说起来不算寄人篱下，但对父母不在身边的孩子来说，这大约也算不上真正的家。

"哎呀，小雪回来了。"荣雪和奶奶刚走到楼下，婶婶李秀月就从里面走出来迎上，"快点进来，你叔叔专门做了你喜欢吃的菜，一家人都等着你呢。"

荣雪笑："你们先吃就好，不用等我的。"

"那不行，你坐了一天车，肯定又累又饿，我们先吃了像什么话，一家人就要一起吃。"

李秀月是个裁缝，就在一楼门面开了个裁缝店。她是典型的小镇女人，四十来岁，泼辣热情，穿着打扮是小镇中年女人特有的俗气款式。

因为大家等着，荣雪就没先放行李，直接去了厨房。

家里的厨房就在小楼后院。

桌子上已经摆好了热气腾腾的菜。叔叔荣建刚正从锅里盛汤，看到荣雪回来，满脸笑容道："小雪，赶紧坐下吃饭。小俊，快去给姐姐盛饭。"

"收到。"坐在桌旁一个十三四岁的男孩跳起来，朝荣雪嘻嘻笑，"姐，我给你盛饭。"

荣雪拍拍他，笑道："我来吧。"

她在家素来勤快，男孩子也不争，从善如流又坐下，眼巴巴瞅着桌上的美味等待开动。

盛好了饭，一家人坐下。

荣雪正给坐在旁边的奶奶布菜，荣建刚笑道："你奶奶天天盼着你回来，看到对门在外上大学的孩子，回来都十几天了，就老是给我念叨你怎么还不回来。你这回在家里能待多久？"

荣雪看了眼白发苍苍的奶奶，抿抿唇道："我年后打工的辅导班有课，初四就得回学校了。"

荣奶奶哎了一声："初四就走？不能多在家住几天吗？"

荣雪面露愧疚。她从小被爷爷奶奶带大，父亲过世，母亲改嫁后没两年，爷爷过世，奶奶就是她在这个世界上最亲的人。这两年上了大学，虽然寒暑假她一定会回家看奶奶，但因为要打工，每次在家的时间不会超过一个星期。

她想了想，低声道："奶奶，我争取明年在家待久一点。"

其实也只是自欺欺人，她知道自己明年照旧没有时间。

荣奶奶怅然道："明年还不知道我这个老太婆在不在呢。"

荣雪伸手拍了拍老人家的手："肯定在，奶奶长命百岁的。"

荣建刚看了看她，稍稍正色："小雪，我知道你懂事，为了打工挣钱每年都在家待不了几天。你要缺钱跟叔叔说，不要太委屈自己，哪个大学生像你这样打工忙得都回不了家的？"

荣雪还没回答，就觉察到李秀月从桌下踢了叔叔一脚。

她勉强笑了笑："小俊很快要上高中，接着就是大学，你们的开销也不小。放心吧叔叔，我没事的，再说了这也是锻炼自己。"

"对对对。"李秀月连忙点头，"上学的时候多锻炼，对以后找工作有好处。要是咱们小俊有你这么争气就好了，他那成绩别说市内的好高中，就是县城的重点估摸着都考不上，还得我们花钱。你叔叔做邮递员一个月就那点工资，我这裁缝店也挣不了多少，一年的钱加起来还不够给小俊交赞助费的。"

荣俊撇撇嘴，道："大不了上普通高中去呗。"

李秀月在他脑袋上薅了一把："瞧你这点出息，也不跟你姐学习学习，考上市一中，又考上重点大学，还自己打工挣钱，现在一个月挣的就比你爸还多。"

荣雪道："你们也不用给小俊太大压力，一切慢慢来。"

李秀月也笑："我不经常叮嘱着，他也不当一回事。"

荣雪笑了笑，没再说话。

一顿饭吃得有点食不甘味。

吃完饭，荣雪主动收拾，被荣建刚打发走了。于是她便去陪着奶奶说话。

因为腿脚不方便，奶奶就住在后院的平房。

祖孙俩说了一会儿话，荣雪见老人家累了，便笑道："奶奶，你好好休息，明天我再陪你聊天。"

荣奶奶点头，忽然又想起什么似的从枕头下摸出一个小布袋，往她手里塞："平日里小卖部的钱都被你婶婶收走了，我也落不下几个钱，就快过年这段日子，生意好得很，才攒了点，你好好收着。"

小楼下有三间门面，一间租了出去。另外两间，一间是李秀月的裁缝铺子，一间是荣奶奶的杂货店。如今老人家年纪大了，进货拉货都是荣建刚两口子一手打理，荣奶奶只负责看店，钱自然都是李秀月管着。

当然，小镇的杂货店也赚不了几个钱。

荣雪赶紧将钱塞还回去："奶奶，我有钱呢。你自己留着，想吃点什么也好去买。"

荣奶奶道："不行，你一定要拿着。"

荣雪知道奶奶疼她，如果不拿她的钱，必然会难受，只得将钱接过来，笑道："那好吧。"

荣奶奶果然眉开眼笑，挥挥手："你也累了吧，赶紧上楼休息。"

荣雪将老人家服侍上床，这才捏着那个小小的布袋子上了楼。

她路过叔叔婶婶的房间时，里面有隐隐压低的争吵声传来。

"你吃饭时说什么呢？小雪不打工早点回家干待着，她的学费、生活费你出啊？你一个月挣几个钱？上有老下有小的，你出得起吗？"是李秀月的声音。

"妈年纪大了想她，我让她少打点工回家多陪陪老人家，不够的钱咱们补贴点，有什么问题？再说她上大学以来，除了第一学期的学费是妈给的，就没花家里一分钱，一个女孩子在外面多不容易。"

"你也知道第一学期的学费是妈给的，自打你哥过世你嫂子改嫁后，她长这么大吃穿用度花的是谁的钱？她自己亲妈给了多少？不都是咱妈给的。小俊才是孙子，妈给过他几个钱？而且楼下那间门面的租金，咱们也给了她。"

"李秀月，你有点良心好吗？那租金一年就三千，当年盖这栋楼的时候，大部分钱都是我哥出的。八万块钱盖的楼，咱们就出了两万。小雪根本就不会要这房子，以后全部是我们的，咱们给她出点钱，怎么了？"

"钱钱钱！你以为我就这么小气？你倒是有钱才行啊！人家一个月打工挣的钱比你工资还高。你有这个心思，不如寻思着怎么多挣点钱。一个月工资两千都不到，还想充大方？你别以为我不知道，前年你送她去上学，悄悄给她塞了多少钱。"

荣建刚啐了一口："我大哥没了，我当叔叔的，给她钱还得偷偷摸摸，幸好别人不知道，知道了还不得笑话死我。"

"我都说了不是不让你给，就是咱们这经济水平，光养小俊都吃力。"李秀月顿了顿，"再说了，她一个女孩子，早点读完书找个稳定工作嫁个好人家不是很好吗？干吗读八年当什么女博士？要不然，你和她商量商量，让她五年毕业直接工作行吗？我打听过了，他们那种可以五年直接毕业工作的，她是重点大学，进咱们县城人民医院肯定没问题，现在人民医院的医生工资都挺高的，还有红包可以拿。"

荣雪没有再听下去，面无表情地回到了走廊尽头自己的房间。

她坐在熟悉又已经有点陌生的房间里，打开窗户。比起喧哗的都市，小镇夜晚安宁静谧，只隐隐有麻将声传来，凉风从窗外灌进来，让她之前的困意去了大半。

她坐在床上，打开手中的布袋子看了看，除了几张一百的，其他都是些十块二十块的票子，总共大概也就不到一千，却不知道奶奶攒了多久。

其实李秀月对她并不坏，母亲改嫁后，她就算自己的半个母亲。只是人性难免自私，对于收入不高的底层家庭来说，金钱、物质弥足珍贵，是需要极力守护的东西。

荣雪知道自己其实也可以稍微争取，但是当自己亲生母亲都未曾尽到责任的时候，叔叔婶婶对她的好虽然有限，她却也不忍心去挑剔。

洗完澡再回房躺在床上，荣雪从包里将手机拿出来，才发觉手机有很多条短信，以及几十个未接电话。

全部是邵栖的。

点开短信一看，都是在问她有没有到家，到了家给他回个短信。

她有点哭笑不得，赶紧回了一条过去：我已经到家很久了，手机没放在旁边。

短信刚刚发过去，电话就响起。

她看着手机上邵栖的名字，微微犹豫了下，才接听。

那头明显重重舒了口气："我打你电话一直没人接，短信没人回，吓死我了。"

荣雪笑："我就是电话没放在手边，再说了，我这么大个人坐车回家有什么好担心的。"

邵栖嘿嘿笑了笑，话锋一转："家里好玩吗？"

"啊？"荣雪怔了下，反应过来回道，"还行。"

大概是她的语气太过平淡，那头的邵栖道："怎么听你兴致不高的样子？"

"坐了八个多小时的车，有点累。如果没有什么事的话，我挂了。"

"好吧。"邵栖不情不愿地应了声，还想再说点什么，那头却已经挂了电话。

荣雪看了看手机熄掉的屏幕，倒在床上。

不过片刻，手机又闪了闪，邵栖的短信进来：

好好休息，晚安！

这是他经常给她发的话，她只看了眼，跟往常一样，没有回过去。

撇去不小心听到叔叔婶婶谈话的那点不愉快，春节在家的五天，荣雪过得其实还不错。

奶奶年近七十，身体还算硬朗，精神也还矍铄，但荣雪知道日子是过一天就少一天。她每天都陪在奶奶身边，帮她一起打理杂货店的生意。

初四离家的时候，杂货店也清静了下来，荣奶奶自是舍不得孙女，送她到车站的时候，又悄悄塞了两百块钱在她棉衣的口袋里。

荣雪假装不知道，看到老人家因为小动作得逞而露出的愉悦，心里头也很高兴。

她没有跟邵栖说过自己提前回来上课的事，算是清静了几天。只是每天晚上她依然会收到他道晚安的短信。

可不知道是不是世界太小，才清静了不到五天，荣雪傍晚下了课回学校时，便在校门口撞见了邵栖和杜远几个人。

邵栖手中拿着篮球，这回是真的去了江大打球。

荣雪想避开已经来不及，因为邵栖在她看到他之前，已经先发现了她。

他飞快跑过来，一脸惊讶："小老师，你什么时候回江城的，怎么没告诉我？不是说过了十五才回来吗？"

他脸上独属于少年人的炙热和赤诚一览无余，似乎完全没去想荣雪是故意不告诉他。

荣雪向来不擅长说谎，支吾了半晌才开口："机构临时通知我有课安排，就提前回来了。"

"这样啊。"邵栖点点头，转头朝杜远他们道，"你们先回去吧，我和小老师讨论一下下学期排课的事。"

"要不要这么拼啊，邵状元！"

几个人笑着离开了。

邵栖问："小老师，你吃饭了吗？我过年拿了很多压岁钱，请你吃啊。"

荣雪道："我吃过了。"

"那去喝点东西也行，你喜欢喝什么？正好，我攒了的那些问题可以提前向你请教，不用等开学问陈老师了。"

荣雪发觉面对这个男生，婉转的拒绝毫无用处。

她不知道他是因为心性单纯所以听不懂，还是因为养尊处优习惯了，根本想象不到自己会被人拒绝，会被人不喜欢。

荣雪并非拖泥带水的人，在她过去的二十年里，也曾经遇到过追求者，因为不喜欢，所以从来都是直接表明自己的意思，然后远离，绝不会给别人幻想。

但邵栖不同，他是一个即将高考的学生，他在补习班还有两个多月的辅导课，而她是这个机构提供服务的工作人员。邵栖不仅是学生，还是不能得罪的客户。

她不想因为这件事处理不当，影响自己在辅导班的兼职，甚至连累陈老师。

当然，也不想影响一个高三生的学习。

她看了看邵栖："那你带书了吗？"

邵栖从背上拿下双肩包，打开拉链，抽出里面那本辅导书："我一直都带着呢，有空的时候就做两道题，已经做得差不多了。"

于是荣雪彻底找不出不答应他邀约的理由。

两个人去了学校附近的饮品店。

荣雪就点了杯奶茶。

邵栖大约是没吃晚饭，除了饮料，还要了一大堆小吃。

因为要讲解问题，两个人在饮品店待了一个多小时。

从店里出来，已经八点多了。

冬夜的这个时间，早就黑沉沉一片，江大又还没开学，路上行人稀少，邵栖自然要送荣雪回学校。

男生与女生的最大区别就是，在喜欢的人面前，女生会故意内敛，收起自己的张牙舞爪，而男生则喜欢尽最大的本事去展示自己，就像是雄孔雀会开屏一般。

邵栖也不例外。

十来天未见，对他来说简直像是过了半个世纪。

他迫不及待地分享各种有趣的事，想要将这十来天的空隙填补起来。

比如他过年吃了什么，去了什么地方，收到了多少红包。

他和大部分十七八岁的男孩没什么不同，也热衷于这些肤浅的炫耀。

这些炫耀在属于他的群体中，足以让他闪闪发光，所以他以为在荣雪面前，也会得到他熟悉的认同。

很可惜，荣雪不仅仅比他大三岁，成长背景和生活经历也完全不同，所以在她看来，邵栖少有的夸夸其谈，幼稚得有些可笑。

也许还有一点点羡慕，甚至嫉妒——即使她并不愿意承认。

对比着他拥有随意挥霍的富足生活，她却为了生活连安心在家多待几天陪奶奶都没法做到，甚至还得硬着头皮应付这个自己并不那么想要面对的少年。

向来从容的荣雪，难得生出了一点烦躁。

两人走了一段，路过一处灌木丛生的花坛，忽然从里面跳出一个人，打破了夜色的寂静。

那人一身酒气，显然是个醉汉，摇摇晃晃就朝荣雪扑过来。

好在他因为酒意动作不算敏捷，还没碰到荣雪，就被邵栖一脚踹开，扑通一声跌在路上。

兴许是摔得比较厉害，那人的酒意倒是醒了几分，骂骂咧咧从地上跳起来，转身跟跟跄跄要走，可还没走两步，又被邵栖从后面踹倒。

邵栖还嫌不够，直接朝那人脑袋上狠狠踢了两脚。那人彻底清醒，爬起来要回击，哪知邵栖不知何时从地上摸了块石头，举起来就要砸过去。

他动作迅速而暴戾，几乎一气呵成。

本来还在怔忡中的荣雪终于反应过来，高声叫道："邵栖，住手！"

邵栖这才停下，那醉汉觉察眼前的少年不是个善茬儿，一溜烟跑了。

邵栖将石头丢下，转头拍拍手，愤愤道："这种渣滓就是欠收拾。"

荣雪道："他也没干什么，撒酒疯而已。"

邵栖不以为然："这叫借酒装疯，要是只有你一个女孩子，他指不定会干出什么事。刚刚我就该狠揍他一顿，让他长点记性。上次我和杜远他们几个晚上出门，见到一个醉鬼当着女孩子面脱裤子，气得我们直接打断了那人的腿，在医院躺了两个月。那混蛋后来说要告我们，还不是拿了钱屁都不放了。这种人就是欠收拾，下次见着我还打。"

他语气义愤填膺，就像是一个正义感十足的少年。

而荣雪却忽然发觉，面前这个男孩矛盾得让她难以定义。他本质正直、明辨是非，却又把莽撞和暴力当作正义。

就好像他是一个优等生，这种优等并不只是靠天分和聪明，也确实算是自律，为成绩付出过努力——即使这种努力和与他同等优秀的学生相比，可能略有欠缺。

可他这个优等生又仅限于学习，除此之外，他身上又有着不少坏学生特有的恶劣，比如抽烟、逃课、好斗，如此种种。

可若说他有多恶劣，好像也不尽然，至少她能从他身上看到属于这个年纪该有的天真单纯，尤其是在陈老师这件事上。

总之，很难用好与坏去定义他。

见荣雪沉默不言，邵栖意识到自己刚刚的语气有些不太妥当，放缓了声音道："反正你一个女生太晚回家还是不安全，自己要多注意点。"

荣雪回神，被一个小男生这样叮嘱，她多少有点哭笑不得："我会注意的。"

因为知道荣雪提前回来，邵栖又开始每天下午准时出现在辅导班楼下或者江大西门，借口仍旧是路过或者去江大打球。

其实两人都心知肚明，又心照不宣。

只是各自想法不同，在邵栖看来，这是荣雪对他的默许，夹杂着些只等着一点就破的暧昧，就等着高考结束了。

而荣雪不过是想尽快熬过剩下的两个多月。

那晚遇到醉汉的小插曲，也为开学后邵栖每晚坚持送荣雪回学校，找了一个堂而皇之的借口。

不过刚开学，荣雪就买了辆二手单车，每天骑车去机构上班。

这样一来，总算是找到了正当理由，不用再让邵栖用单车送她回学校，即使仍旧没法拒绝他的护送，但至少也少了那点让她非常别扭的暧昧。

两个多月的时间过得很快。

到了四月底，江大附中高三进入集中复习冲刺阶段，辅导班的补习正式结束。

补习的最后一天是周四，放了学，邵栖照旧送荣雪回学校。

他看起来心情有点低落，不像往日那般话多。

到了宿舍楼下，荣雪和他道别："还有一个多月就高考，你好好复习，争取考出理想的成绩。"

她的语气很公式化，有点像是叮嘱学生的老师，尽管她不是他的老师。

邵栖看着她，漆黑的双眼，在夜灯下显得有点少年人的迷惘。他开口的声音有些烦躁："我们学校马上要闭关复习了，晚上和周末都得在学校，可能到高考前，都没办法经常联系。不过你放心，等高考结束我就来找你。"

荣雪其实很想说，补习结束，以后没必要再联系，但是看了看男孩因为暂别而黯然的脸，想着他即将高考，那些话又吞进了腹中，只微微笑了笑："高考之后再说，现在什么都别想，好好复习。"

邵栖笑着点头："我会的。那高考之后再见。"

荣雪朝他挥挥手："再见。"

这一次，她目送邵栖骑车离开，终于重重舒了口气，然后转身回宿舍。

宿舍的人都在，荣雪进门，素来冷清的脸，难得带着点轻松的笑意，江凝见状随口问："什么事这么高兴？"

荣雪道："没什么。"

江凝笑："让我猜猜，我看是因为终于可以摆脱你那位高中男生了吧。"

荣雪不置可否，因为她说的没错。

江凝继续笑道："那位小男生要是知道你因为摆脱他而这么高兴，只怕是一颗幼小的少男心会受到莫大的伤害。"

荣雪笑了笑，没说话。

对她来说，终于不用再硬着头皮去应付一个高中生，简直就是这么久以来最值得高兴的一件事。

荣雪没再见过邵栖，但还是会三天两头在临睡前收到他的短信，除了道晚安，有时候也抱怨一下备考的苦闷。

她从来没回过。

只偶尔看到他的短信，想象一下那样一个肆意跋扈的男孩，老老实实在教室里复习的场景，会觉得有点不可思议。

真的只是偶尔。

时间稍长，她就彻底将邵栖抛到了九霄云外。

6月8日傍晚，荣雪正在食堂吃饭，包里的手机忽然响起。

她随手拿出来接听，那头传来一个兴奋的男声："我考试结束了。"

她没有看电话号码，乍一听到这久违的声音，一时竟没反应过来。还在愣神中，电话那头又急不可待道："小老师，你在学校吗？我来找你。"

荣雪这才想起是邵栖。

她没有和他再见面的打算，默了片刻，淡声道："我最近考试月，没什么时间，可能不是很方便见面。"

邵栖完全被高考结束的喜悦所覆盖，听不出她语气的拒绝，但也算善解人意："那等你考试结束我再来找你，那时候成绩应该也出来了，跟你来报告。"

荣雪道："嗯，再说吧。"

那头似乎有人在叫邵栖的名字，他应了一声，又在电话里道："那我挂了，再联系。"

荣雪嗯了一声，先挂了电话。

大学放假早，6月中下旬已经陆续考试完毕了。

今年的高考成绩是23号出来。

邵栖当天上午查了成绩，中午直接跑去了荣雪的宿舍楼下，到了才给她打电话。

"小老师，你在宿舍吗？我成绩出来了，我们一起吃饭吧。"

正在宿舍的荣雪犹豫片刻："我……已经回家了。"

"啊？这么快？"邵栖有些意外，"你不是暑假要在机构兼职的吗？"

荣雪道："过段时间回来再上。"

邵栖失望地哦了一声，又问："你什么时候回来？"

荣雪道："还没确定，等机构那边排课的通知。"

"那好吧，你回来了告诉我。"

荣雪没有应下，只是听着男生略带失落的声音，到底有些于心不忍，便随口问："考得怎么样？"

邵栖顿时又来了精神："挺好的，总分680，英语考了130分。"

荣雪几乎是倒吸了口冷气，她知道邵栖成绩好，但是没想到闭关一个多月冲刺复习，会考出这么夸张的成绩。虽然不至于是状元，但国内任何学校任何专业已经可以随便挑选。

不过心中虽然惊讶，但她的声音还是一如既往平静："恭喜啊。"

邵栖在电话里笑："还行，总算最后一个多月的辛苦没白费，终于解放了。"

荣雪："……"

一个多月的辛苦？其他那些头悬梁锥刺股超过一年的高考生，听到这话会想打人吧？

邵栖又兴奋道："可惜你回家了，本来还想第一个和你分享喜悦，然后庆祝一下，我连我爸都还没告诉。"

他这话已经是很明显的暗示了。

荣雪装作没听懂的样子，笑了笑道："不管怎么样，我为你高兴。"

她这话倒不是敷衍，邵栖的英语成绩，自然会成为机构对外宣传的招牌。陈老师的名声也算是打响了，以后不用担心排课的问题，课时费自然也会上来。

挂了电话，邵栖骑着单车往回走，路过宿舍楼中间时，他下意识停下单车，踮脚往那间宿舍看去。

里面隐隐约约有几个人影，因为在房间，不在阳台，看得不甚清楚，可总感觉其中一个有些熟悉。

他咬咬唇，告诉自己感觉错了。

荣雪不是那种会说谎的女孩。

但是这感觉一出来，莫名的失落就油然而生，兜头就将高考胜利的喜悦压了下去。

在他的概念里，过去大半年，他每晚陪荣雪回江大宿舍的这段路程，足以让两人的关系不仅仅是限于辅导班的工作人员和学生。

除非迟钝到无以复加，不然她不会感觉不到他的心思。

而且她曾经对他说过，不要分心，什么事等高考之后再去想。

在他看来，那就是对他的暗示。他也听进去了那句话，一切等到高考后再说。

所以他不相信，荣雪会对他避而不见。

他决定再等两天。

两天后是邵栖十八岁生日，因为高考考得太好，邵父奖励了他一笔巨款，让他请朋友去玩。

然而自从他意识到荣雪可能在故意躲他后，情绪就一直有些低落，做什么事都提不起劲儿。

　　哪怕是这个宣告成人的十八岁生日，也让他毫无兴致。

　　混混沌沌和杜远他们几个玩了一天，晚上到了KTV，他还是一副心不在焉的样子。

　　因为吃完饭，邵栖就把夏絮几个女孩赶走了，只剩五个男生，大家也就无所顾忌。杜远点了首歌，是一首英文歌，MV里的性感辣妹搔首弄姿，很是诱人。

　　他走到坐在沙发上喝闷酒的邵栖身旁，用手肘戳了戳他，朝电视屏幕一指："带不带感？"

　　邵栖翻了个白眼。

　　杜远了一声："我说你怎么回事？过生日跟条死狗似的，今天可是你十八岁生日，成人礼懂不懂？就是成人该做的事都可以做了。"说完他神秘兮兮道，"今晚要不要去找点刺激？听说这KTV里有公主，很正点，好多就是附近的大学生，我帮你叫两个过来？"

　　邵栖斜了他一眼："你不如说你想叫鸡！"

　　杜远被噎了一下："我这不是觉得你丧了一天，跟欲求不满似的，想帮你找点乐子发泄发泄吗？"

　　邵栖往沙发背上一躺："没劲。"

　　"你到底怎么了？"杜远戳了戳他。

　　邵栖闭着眼睛道："你去服务台看看有什么好酒，白的红的都行，烈一点最好，我想喝酒。"

　　杜远挑挑眉："行，寿星说什么就是什么。"他边起身边笑，"瞧瞧你这鬼样子，不知道的还以为你被哪个女的给甩了呢。"

　　在邵栖发飙之前，杜远一溜烟跑出了门。

　　杜远在服务台挑了两瓶烈酒，回到走廊时，忽然看到一个熟悉的身影正往外走。

　　不是别人，正是荣雪。

　　此时恰逢毕业季，荣雪虽然对聚会不感兴趣，但毕业班的学姐学长们邀请，她也不好拒绝。今天聚完餐，又被拉来唱歌，不过人多，她也不是重要的人，喝了两杯酒，便找个借口先离开了。

"哟！这不是小老师吗？"她正揉着有些发晕的额头贴着墙边往楼梯口走，忽然听到一个熟悉的声音。

荣雪微微一愣，看到昏黄的灯光下走来的男生，朝他笑了笑，道："好久不见，考得怎么样？"

杜远笑："凑合吧，反正能上江大预科就行，又不要和邵栖比。"

听到邵栖的名字，荣雪心中不知为何提了一下，继而又淡声道："没错，达到目标就好，那你玩儿，我走了。"

"别走啊！"杜远拦住她，"小老师，你知道今天是什么日子吗？"

荣雪疑惑地看他。

杜远笑嘻嘻道："今天是邵栖生日，我们这儿正给他过生日呢。"

荣雪怔了片刻，才哦了一声："那你替我祝他生日快乐。"

杜远哎了一声："那怎么行？你人都在这里了，怎么说也要亲自去跟他说一声吧。你和邵栖不是很熟的吗？"

荣雪道："我还有事，就不去了，你替我转告就好。"

"不行不行。"杜远空出一只手，直接抓住她的手臂，将她往前面拖，"人都来了，就去当面祝福一下，多大的事，小老师也太不够意思了！"

荣雪向来很反感与人有太亲密的接触，尤其是这样拉拉扯扯，让她浑身都不自在。知道自己躲不掉了，她只得道："你放手，我自己走。"

杜远这才得逞地将手松开，然后看着她笑了笑。

跟着他来到包厢门口，推门而入，今天的寿星正坐在电视屏幕前唱歌。

走在前面的杜远大声道："邵栖，我拉了个美女过来给你庆祝生日。"

"你找死吧？"邵栖以为他真去叫了公主，对着话筒一声怒吼转头看过来。

尾音还未落毕，他整个人蓦地从高脚椅上跳下来，不可思议道："小老师！"

因为话筒还拿在嘴边，声音显得特别高亢。

屋子里几个人都奇怪地看过来。

他惊喜的表情在荧光下，看起来有些失真。

荣雪不自在地笑了笑，淡声道："刚刚碰到杜远，说你在这里庆祝生日，就进来跟你说声生日快乐。"

邵栖从惊喜中回神。她果然是骗他的，她根本就没有回家。

这个认知让他一下就烦躁起来，甚至有些恼羞成怒。因为他知道这意味着自己之前所有的设想，都被打破了。

荣雪并不想在这种场合停留，见他一时没出声，又道："你们继续玩，我还有事先走了。"

正要转身出门，邵栖却一个箭步冲到门边，随手将门关上，自己抵在门后挡住她的去路："这么晚了能有什么事？小老师既然都来了，至少唱几首歌再走吧。"

荣雪面无表情地看着面前在迷离灯光下表情有些失真的少年，语气依然平静："我不太会唱歌，你们玩儿吧。"

邵栖皮笑肉不笑道："我会唱，小老师听我唱几首也行。"

"是啊是啊！我们邵状元唱歌可是专业水平。"杜远在一旁帮腔，"来都来了，就玩一会儿再走，我们又不吃人，小老师你怕什么！"

荣雪见邵栖抵着门，自己强行要走，恐怕会闹得很难看，只得暂时留下，走到沙发角落坐定。

包间里五个男生，她认识三个，倒也不算太不自在。

邵栖切了歌，走到她旁边坐下，递给她一支话筒："小老师会唱吗？"

荣雪是真的对唱歌不感兴趣。她看了眼屏幕，虽然是经典歌曲，却也不怎么会，于是摇头："不太会。"

"我会我会，咱们一块儿对唱，我唱女的，你唱男的。"肖莫然笑嘻嘻凑过来。

邵栖将话筒递给他，两人有模有样唱起来。

邵栖刚刚说的那句"我会唱"不是自夸，他确实唱得很好，已经过了变声期的男孩，声音带着点成熟的磁性和低沉。

在荣雪对音乐有限的认知里，他的水平应该可以赶上很多职业歌手。

邵栖一连唱了三首，每次唱完都会转过头问她："我唱得怎么样？"

等荣雪点头说很好后，他又继续下一首。

三首完毕，荣雪看了下手表，已经九点多了，她低声道："邵栖，我真的还有事，你们玩儿，我走了。"

还未站起身，邵栖已经伸手拉住她的手腕将她固定住，用只有两个人听得到的声音道："荣雪，我是洪水猛兽吗？要这么避着我？"

他手上很用力，直接叫了她的名字，荣雪知道他在生气。

之前她对他各种暗示性的拒绝，他好像浑然不觉，她以为他的心思就是如此简单，想着时间长了不见面，自然就淡了。

今天再见，之前在电话里说自己回家的谎言自然就被拆穿了，他反应过来自己是在躲他，生气也在情理之中。

荣雪默了片刻才开口，声音依旧平静："邵栖，我是真有事。"

以前不觉得，如今邵栖真是恨死了她这种疏离的语气。他松开她的手，将杜远拿来的烈酒打开，倒了两杯："小老师要走也可以，喝了这两杯酒再走，就当祝我生日快乐。"

荣雪知道他这是胡搅蛮缠，但她一心只想离开，不想和一个小男生牵扯太多，稍作犹豫后，便伸手拿起杯子。

两杯烈酒，都是仰头一饮而尽。

她喝完将杯子放下，面无表情站起身，语气还是一如既往没有任何情绪："你们继续玩儿，我走了。"然后头也不回地走出包间的门。

邵栖脸色铁青，狠狠将杯子掼在地上。

"我去！怎么了？"

几个一根筋的伙伴，还不知道发生了何事。

只有杜远啧了一声："我觉得这家伙今天内分泌失调。"又似随口道，"刚刚我看小老师脸色不太好，这么晚一个人回学校，不知道……"

他话还没说完，邵栖已经不耐烦打断："真没劲！你们继续玩儿，我回家睡大觉了。"

说完，他在桌上放下一沓钞票，不等几人反应过来，已经夺门而出。

"我去！这家伙到底怎么回事？"

杜远坐下道："都说了内分泌失调。"

肖莫然摸了摸脑袋："不会是因为没考到状元不爽吧？"

"要不要这么贪心啊？就算不是状元，他也是咱们学校第二，全省至少十几名。"

杜远嫌弃地看了看几个白痴，挥挥手道："得了，咱们继续，反正已

88

经有人买单了。"

荣雪很少喝酒，本来在学长学姐那边已经喝了两杯啤酒，而邵栖那两杯更是四十多度的烈酒，后劲十足，虽然杯子不算大，也没倒满，但加起来也有半瓶。她才走出KTV大楼，整个人就有点晕晕乎乎，脚下也控制不住开始虚浮。

其实这里离学校不远，走回去也就是半个小时的事，但她觉得自己的状态，应该是走不回去了。她掐了掐手心让自己稍稍清醒，走到路边伸手拦下一辆出租车。

刚刚打开后门坐定，还没关门，一个身影便强行挤了进来。

邵栖看了眼荣雪微微苍白的脸，黑着脸道："你喝酒了一个人不安全，我送你回去。"

荣雪身上的力气正在一点一点流走，没有和他争辩，任由他关上车门吩咐司机开车。

车子开到荣雪的宿舍楼下，还不到十分钟。邵栖正要下车，却发觉身旁原本紧绷着身体，如临大敌的人，不知何时已经合眼睡着了。

他默默看了她几秒钟，扶住车门把的手犹豫了下，慢慢放下，低声吩咐司机："去东门外的锦江。"

"好嘞。"司机了然地笑了笑，也学他压低声音，启动车子掉头。

烈酒的后劲彻底上来，荣雪的意志力到底敌不过，直到被邵栖从车上小心翼翼抱下来，也没半点转醒的迹象。

邵栖低头看了看怀里的人，虽然也没打算干什么，但带着一个女生去酒店，还是自己喜欢的女生，那种感觉实在有点说不上来。有点兴奋，好像还有点紧张。

我去！他邵栖长这么大什么时候紧张过了？

他深呼吸了口气，轻轻将人掂了掂，找了个让她在自己手臂中睡得更安稳的姿势，往灯火辉煌的酒店大堂走。

她个子不算高，骨架偏小，而且还瘦，抱起来毫不吃力。那次在商场参加活动，他就抱过她。

他喜欢这种感觉。

短短一段距离，他目光一直没离开过荣雪人事不知的脸。她醉后的模样和他见过的大部分人都不同。脸上没有醉酒的红晕，反倒是白得没有半点血色。肤色本来就很白，此时简直和她的名字一样，如同冬天里的雪。

看着这张脸，邵栖心里还是有点怨气。

那么多个夜晚的独处，本来他觉得两个人的关系，一定是特别的。可没想到等他补习一结束，她就对他避而不见，再见时恍若当他是陌生人一般。

薄情寡义到简直超出他的想象。

他忍不住朝合眼昏睡的人做了个鬼脸。

来到服务台，稍稍换了个能空出一只手的姿势，掏出身份证和几张现金递给前台小姐："一间双标。"

值班的服务员是个年轻漂亮的女孩，礼貌地接过身份证帮他登记，但是在看到身份证上面的年龄时，还是忍不住抬头看了眼面前的男孩。

确实很年轻，与十八岁的年龄并不违和，只是他手臂中抱着一个明显醉酒的女孩，怎么看都不太正常。

服务员试探着问："这位小姐怎么了？需要帮忙吗？"

邵栖脸上露出一丝不耐烦："我女朋友喝醉了而已，到底有没有房间？"

女孩笑了笑："有的。"然后做了登记，将房卡递给他。

邵栖将房卡夹在手指间，抱着荣雪朝电梯走去。

前台女孩凑到同事旁边，低声道："你知道吗？刚刚那男孩才十八岁，抱着的女孩儿看起来比他大，我觉得不像是女朋友。那女孩醉得那么厉害，不会出什么事吧？这个年龄的男孩子胆子最大，什么事都敢做。之前咱们这里不是有过一次吗？不过未成年，没判多少。"

另外一个女孩笑道："你少操心了，反正不关我们的事。这男孩儿看着也不像不良少年，穿着打扮挺正常的，也有十八岁了，应该就是女朋友。而且就算不是女朋友，女孩子也不吃亏，年轻又帅，多划算！"

"哎，这个看脸的世界。"

第三章

不过是场独角戏

房间在五楼，出了电梯，左手第二间就是。

邵栖刷了卡进屋，虽然臂弯中的人很轻，但抱了这一路，也还是有点吃力了，他将人轻轻放在靠近门的床上，甩了甩发酸的手，低头看着她。

荣雪只在挨着床时微微动了下，然后翻身找了个舒服的姿势，又睡了过去，安静得连呼吸都很浅淡。

她平日里脸上总是没什么表情，看起来有点冷清疏淡，但此时睡着了，精致的五官温和了许多，尤其是眼角眉梢的柔美，有些楚楚动人。

邵栖将背包丢在地上，歪头居高临下看着她，愤愤地龇牙咧嘴一番，忽然又笑了："算了，不跟你计较！"

作为一个十八岁的成年人，他不应该太小心眼。

他弯身将她的鞋子脱掉，然后钻进卫生间，拿了热毛巾出来，将她的脸和手擦干净，又把人在床上挪正。

不知是不是躺在床上更舒适了，荣雪在这番动静中，仍旧没有半点转醒的迹象。

6月底的天气，已经进入夏天。

床上的人穿着短袖衬衣和七分牛仔裤。

邵栖给她擦完脸和手，见她还是睡得人事无知，目光在她身上随意巡视了一番，不小心落在胸口的起伏处，顿时像是被烫着一般，赶紧挪开，心口却扑通扑通跳起来。

他深深吸了口气，到底没忍住，又悄悄将视线移回去。

虽然是平躺着，但因为睡衣没解开，那起伏还是很明显，衬衣上的扣子，不知何时松开了一颗，露出来一点里面若隐若现的浅色内衣。

邵栖的呼吸忽然变得有点急促。

他微微吐了口气，将手颤颤巍巍伸向那处，一边注意着荣雪的脸，一边将松开的衬衣用手指再挑开一点，然后屏住呼吸歪头看过去。

本来睡得深沉的荣雪，垂在身旁的手，忽然动了动。

邵栖跟触电似的，猛地将手缩回来，人也从床上跳下。

幸好他光着脚，踩在酒店房间的木地板上，几乎没有发出任何声音。发觉荣雪并没醒过来，他在心里重重舒了口气，又做贼心虚地趴在床边，却大气不敢出，只小心翼翼看着床上的人，直到确定还是沉睡的状态，他才轻手轻脚爬上去。

深呼吸了一下之后，邵栖的目光再次落在荣雪的胸口处，然后掐了自己大腿一把，抖着手伸过去，将扣子给她扣上了。

他可是正人君子。

可刚扣上，又想到什么似的自言自语道："穿内衣睡觉不会不舒服吧？"

想了想，又将衬衣扣子松开，然后小心翼翼将荣雪翻成侧身，手指摸到她背后的内衣扣子。

房间里有空调，一点都不热。可这片刻的摩挲动作，邵栖的额头和手心都开始冒汗。

虽然隔着一层衣料，但女孩子肌肤的触感就在指下，他难免有点心猿意马，费了好大力气，才勉强阻止自己脑子里出现各种乱七八糟，十八禁的东西。

不对，他已经十八了啊！

呸呸呸！他到底在想什么？

邵栖的家里只有他爸和保姆，对女孩子的这种贴身衣物自然不了解。隔着薄薄的衬衣摸索了半天，也没解开，反倒是因为紧张，自己出了一头汗。

正当他准备放弃时，手指下忽然被什么弹了一下，隐隐发出一声轻响，原来是内衣扣子不知怎么竟然松开了。

他愣了下才反应过来，收回手摸了摸额头的汗，重重舒了口气。他又赶紧跑去卫生间，狠狠冲了下脸，让自己保持清醒，把刚刚乱七八糟的东西都赶到了爪哇国。

邵栖洗完脸又将衣服脱下去洗澡，也不开热水，直接用凉水兜头淋。

凉水打在身上，让他神清气爽了不少。

只是冲了没两分钟，忽然想到什么似的，趿着拖鞋跑到浴室门口，趴在门边往房间里看了看，见荣雪还安安静静躺在床上，才又折回去继续。

然后没过两分钟，他又趴到门边去看，仿佛担心床上的人会忽然消失一般。

洗个澡，这般折腾了好几次。

因为没带换洗衣服，又不想穿脏衣服睡觉，邵栖洗完澡就随便裹了条浴巾出来，顶着一身水汽坐在荣雪旁边，一边擦头发一边目不转睛看着她。

他想起之前她说过当他是小朋友的话，有点愤愤地皱了皱鼻子，然后伸出一只手在她脸前比画了下，那张小脸也就他一只手掌大小，充什么大人？

想了想，他又寻到她放在身侧的手，和自己的手比了下之后，便将那小小的手握在自己掌中，和自己一对比，简直就是娇小可怜。

邵栖玩起了劲儿，又笔直躺在她身旁，发觉自己比她长了一大截，她整个人在自己身侧，显得瘦瘦小小的。

比他大三岁又如何？

除了年龄，他哪里都比她大。

这个认知，让他心中得到了极大满足。

他侧身支着脑袋，面对面看着荣雪。

两人之间只隔着半尺的距离，彼此的呼吸似乎都缠绕在一起。邵栖看着她白皙的脸颊，在睡梦中微微跳动的眼睫，以及那张淡粉色的薄唇，心跳忽然又开始紊乱起来。

几乎是毫无意识的，他的行为已经先于思想，朝面前的人凑近，轻轻贴上了面前的嘴唇。

柔软、温热，带着一点醉人的酒味。

邵栖屏住呼吸，试探着吮了吮，又伸出舌头，在那薄薄的唇上轻轻舔了舔。

明明没什么味道，他却觉得好像很甜。

邵栖到底不敢停留太久，浅尝辄止之后，很快退开，然后将憋在胸口的一口气，重重吐了出来。

邵栖摸了摸自己的脸，烫得厉害，不用照镜子就猜得到，此时肯定红得跟煮熟的虾子一样。

好在这个房间除了他就只有还没醒过来的人，不然自己这副窘状被人看到，丢人能丢到太平洋去。

床上的人依旧无知无觉，脸色也依然苍白，只是嘴唇大概是刚刚被触碰过，似乎红润了一些。

邵栖忍不住伸手摸了摸，自言自语道："幸好遇到的是我，不然肯定被人吃得骨头都不剩。"

说完这句，他忽然打了个激灵，如果今晚他没有跟她上出租车，她就那样昏睡在出租车内，后果还真是不堪设想。

这样一想，他又觉得有点得意，想着等她醒来要如何邀功，看她还躲不躲他。

他于是不免期待明天早上赶紧到来，也忘了是谁把人灌醉的。

他自顾自地傻笑了会儿，觉出了点空调的凉意，赶紧将被子给荣雪盖好，自己则跳到旁边的床上，一骨碌钻进被子中，伸手将灯关掉。

可是想到荣雪就睡在自己触手可及的地方，甚至还能听到她平静的呼吸，他整个人就从头到脚都兴奋得很，半点睡意都无，那些被他赶到爪哇国的玩意儿又冒出来，越想越不得了，身体逐渐不听使唤。

他忍不住将手钻进腹下，但忽然又觉得这是对她的亵渎，赶紧把手拿出来，然后蒙在被子里翻来覆去打滚，想将那些画面从脑子里驱逐出去。

然而人都快裹成了蚕蛹状，还是无济于事，只能钻出来，重重呼吸了几口，又用力掐了自己几把，这才稍稍平静下来。

他笔直地躺在床上，盯着黑漆漆的天花板，想了想，还是伸手将台灯打开，伸长脖子朝荣雪那边看去。

她依然睡得无知无觉，看起来娴静安宁，与自己的躁动不安截然

94

不同。

邵栖光脚下地，蹲在她床边，静静地看了会儿她，到底心痒难耐，忍不住凑上前蜻蜓点水般在她脸上亲了几下，然后做贼心虚般赶紧窜回来。

如此反复，邵栖最后再回到床上时，竟然也折腾出了困意，到底是不知不觉睡了过去。

荣雪生活规律，每天早上七点不到，生物钟自然唤她醒来，然而这一晚因为喝了酒，生物钟完美罢工，一觉睡到大天亮才悠悠转醒。

她缓缓睁开眼睛，宿醉的头痛，让她没有马上反应过来自己身在何处，一时还以为自己在宿舍。

"醒了？"

一个男声传来，她吓得一个激灵，不可思议地转头，看到的便是邵栖一张带着笑意的脸。

邵栖醒来就下床蹲在她旁边看着她，看了快半个小时，终于等到她睁开了眼睛。

因为刚刚转醒，荣雪脸上是一片迷茫的惺忪，难得看起来有些孩子气。邵栖从来没看过她这种样子，只觉得可爱，忍不住凑上前亲了她一下。

这轻描淡写的一吻，让荣雪彻底清醒，她几乎是惊恐地坐起来，然后迅速环顾了下四周。

就算她生活经验贫乏，也看得出这是酒店的房间。她努力让自己冷静，转头看向随着她站起来，光裸着上半身的邵栖。

他笑盈盈道："你昨天……"

后面的话还没说出来，荣雪已经一耳光扇过来。

很响亮的一声。

邵栖瞬间蒙在原地。

荣雪一言不发跳下床，从床头柜拿过自己的包，摸出手机，飞速按下三个键。

动作一气呵成，没有任何惊慌失措，冷静得不可思议。

邵栖终于从怔忡中回神，意识到她拨的号码，赶紧将她的手机夺过来摁掉，恼羞成怒吼道："你干什么？"

荣雪倒是没被他吓到，但也没和他争夺，宿醉后的迟钝意识渐渐归位。就算她没有经历，可凭着直觉和医学生的常识，在这个时候也能感觉出自己的身体并没有被侵犯过。

她神色平静地看向面前这个光着上身的男孩，他紧紧握住她的手机，双眼通红看着她，不知是愤怒、委屈，还是震惊。

邵栖简直不敢相信她刚刚的反应。就算是误会，打他一耳光也就罢了，可竟然什么都没问就要报警。

她把他当什么？

一个完全不需要带着感情因素对待的陌生人？一个会侵犯女生的人渣？

昨晚他对于今天早上的所有憧憬，忽然就变成了一场笑话。

荣雪见他只死死盯着自己不出声，终于还是先开口：“怎么回事？我怎么会在这里？”

过了片刻，邵栖才闷声回：“你昨晚喝醉了在出租车上睡着了，我叫不醒你，只能带你来酒店。”

他说了一点谎，其实是他故意没叫她。

荣雪眉头蹙起，记忆开始回笼，好像昨晚上了出租车后，因为他跟着自己一块儿上车，酒劲来袭，她也就没故意挣扎，任由自己睡着了。

虽然并不打算和他有任何纠葛，但或许是那么多个夜晚一起同行的经历，她潜意识有着对他的信赖。

但她不相信他叫不醒她这件事，很显然带她来酒店，就是这家伙故意为之，即使他并没有对她做过什么。

不对，也或者其实做过一些并不算太过分的行为，毕竟刚刚一醒来，他就凑过来亲了她一下。

这自然而然地让她怀疑，他已经干过好多回。

她定定看向他，果然见他神色有些躲闪。

“我是不是应该感谢你？”她拿过他手中的手机，淡声开口。

邵栖本来紧绷的表情，微微缓和，笑道：“这是我应该做的。”

荣雪斜了他一眼：“昨晚灌我喝醉也是你应该做的？”

邵栖被噎了一下，讪讪笑了笑：“我是看到你莫名其妙躲我，有点生气。”顿了下，又赶紧服软，“对不起我错了！”

虽然胆大包天到敢带醉酒的女孩来酒店开房，但荣雪不得不承认，他这个样子看起来就像是个无辜的天真少年。

天真少年抬头看她，问："小老师，不，荣雪，你为什么要躲我啊？"

他问得理所当然，好像荣雪躲他真的是一件不可思议的事。

荣雪不愿再和他纠缠下去，随手将衣服扣好，又拿起床头柜的包，头也不回往外走。

邵栖急了，忙不迭追上前拦住她："哎！你怎么不说话就走啊？"

荣雪漠然地看着他，一字一句道："邵栖，你在辅导班的课程已经结束了，我和你也就不再有任何关系。我没有义务再答应你任何事情，为你做任何事，这个答案你觉得可以吗？"

邵栖怔了下，有些不敢置信地看向她："你什么意思？"

荣雪道："我觉得以你高考六百八的智商，应该不难理解我的话。"

没有了牵绊她的工作关系，她终于可以不用违心地应付一个小男生。她的语气很生硬，也许对于一个十八岁的男生过于残忍，然而她真的没有那么多心思和兴致再与他纠缠。

邵栖皱眉，显然对她这种反应很惊愕："你是说我和你就是辅导班的那点关系，等我课时结束，我们就再没有任何关系，你不会再见我？"

荣雪毫不犹豫地点头，又补充道："我们本来就没有任何关系。"

邵栖怔了下，怒极反笑："你默许我每天晚上送你回学校，默许我给你发晚安短信，和我一起吃过饭，去过我家烧烤，给我送过礼物。然后你现在告诉我，我们本来就没有任何关系，补习一结束，干脆直接变陌生人。小老师，你玩儿我呢？"

他当然知道无论是送她回学校还是发短信，其实都是他单方面的行为。至于吃饭，其实也就那么一次，去他家烧烤和送礼物，也不过是在他的要求下，对他成绩的奖励，那礼物也就是本辅导书而已。

可他对她忽然与他划清界限这件事，愤怒至极，所以胡搅蛮缠也要把两人的关系搅和在一起。

这样的指责，让荣雪刚刚的冷硬和果断，忽然变得岌岌可危，一时竟有点说不出话来。

她不得不承认在这件事上，她没那么有底气，因为明知道一个男生的那些行为意味着什么，可她却因为不想影响自己那份来之不易的兼职，也想帮助陈老师，所以没有选择直接拒绝。甚至就如他所说，一直在默许着他不合适的行为。

她不得不承认，自己的这种做法，其实有些可恶。就像是并不喜欢，却故意给人错觉，吊着别人。

她并不是不知道，这种默许很可能就会让一个十七岁的男生误解。

显然，邵栖已经误解。

她抬头看他，默了片刻，才低声开口："我觉得那是正常的相处，如果让你有什么误会的话，我道歉。"

"正常？"邵栖勾唇一笑，犹带着少年气息的脸，浮上一丝邪气，然后逼近她，"所以你觉得现在也正常吗？"

荣雪退后一步，眉头微微皱了起来："邵栖——"

邵栖双手撑住墙，把她圈在身前："荣雪，你应该早知道我喜欢你。不知道也没关系，现在知道了也不迟。"

他本质的蛮横在这一刻毫不掩饰地呈现出来。

男生灼热的气息扑面而来，带着侵略性的青春感。

荣雪虽然努力不让自己的情绪外露，但心里还是控制不住跳得厉害，甚至不敢与他的目光对视。

她别过脸，将他的手推开，迅速往外走，想要逃离这种难堪又无所适从的境地。

可刚刚打开房门，邵栖就从后面追上来，拉住她的手臂："还没说清楚，不准走！"

"我没什么好说的，你放开我。"

邵栖拉住她的一只手臂，靠在门边，死皮赖脸道："我偏不放。"

"你放开！"

"不！"

荣雪闭眼深吸口气，转头定定看着他，一言不发。

因为相隔很近，她没有眯起眼睛。

邵栖才发觉她眼睛很大，那双乌黑的眼睛透着一股鄙薄的冷静，像是在看一个可笑的孩子。

他被这眼神看得有些发毛，正要虚张声势开口时，荣雪那只没被抓住的手忽然伸过来，将他裹在腰间的浴巾一把拉下。

他今早爬起来又洗了个澡，就随便裹了条浴巾，里面什么都没穿。浴巾被拉走后，就完全走光。

而此时他站在门口，随时可能会有人出现。

邵栖脸皮再厚，对自己身材再自信，也干不出裸奔的事。

猝不及防被她来这么一出，他赶紧松开手去遮挡重点部位，而荣雪便趁机拿着浴巾飞速离开。

邵栖气得在门口直跳脚，偏偏隐约听到旁边有人声传来，赶紧钻进了房间。

荣雪钻进电梯，看到没人追过来，才靠在电梯里重重舒了口气，又有些烦躁地揉了揉犹有些发疼的额头。

出电梯时，恰好清洁的阿姨推着小车进来，她将浴巾随手扔在车上，匆匆离开了大堂。

因为考试已经结束，这两天宿舍的人已经陆续离开了，荣雪回去之后，才发觉昨晚连江凝也已经回家，宿舍又只剩下她一个人。

其实不用等到放寒暑假，平时到了周末，也经常是这种情况。

宿舍四人两个有男友，早就在外面共筑爱巢，只有平时上课的时候在宿舍。和她关系最好的江凝倒是跟她一样光棍一个，但她是本市人，周末通常就回了家。

离家两年多，在这个陌生的大都市里，为学业、为生活、为前路劳心劳力，早习惯一个人来去匆匆，荣雪很少分出心思为这点孤单伤春悲秋。

可不知是不是经过了一早的那场闹剧，头还隐隐作痛，荣雪随便洗漱上床后，聆听着宿舍的寂静，半点睡意都无，倒是有种醉酒醒来后的空虚和怅然。

枕头边的手机忽然响起来，她拿起看了眼，不出所料是邵栖。

举着电话，她怔怔看着号码不依不饶地在屏幕上闪烁，忽然对自己生出了一丝厌恶。

其实这个男孩有什么错呢？真的什么错都没有。

他从来没有对她做出任何过分的行为，哪怕是昨晚因为发现她刻意躲避他，生气得让她喝了两杯烈酒，然后带她去了酒店，也并没有对她做过什么。而之前那些略显亲密的举动，虽然是他主动，但不正是她的默许，才会让他理所当然地得寸进尺？理所当然地误会他们的关系早已经超出正常吗？

手机响了很久，大概是看出她不会接电话，才终于停下来。但是铃声刚刚停歇，一条短信就进来。

邵栖：对不起！我知道是我误会了。我想见你，你别不理我啊。

荣雪盯着那条短信看了一会儿，犹豫片刻，还是敲了一行字过去：对我来说，你就是一个在补习班认识的很优秀的学生，恭喜你考出好成绩，以后我们就不要联系了，以免造成不必要的误会和困扰。

发过去后，荣雪盯着手机怔了片刻，然后将邵栖的号码拉黑了。

此时的邵栖已经回到家，发过那条短信后，就抱着手机等着，看到屏幕一闪，赶紧点进去。

然而没想到收到的是这样一条没有半点感情色彩的短信，陌生得仿佛他是一个路人甲。

也许对她来说，他就只是一个无关紧要的路人。

他有点恼火地哼了声，也懒得再发短信，直接拨了电话过去，然而电话里传来的却是冰冷而机械的女声："您拨打的电话是空号。"

他不敢置信地又拨了两次，还是一样的反应。

这是直接被拉黑了？

邵栖气得从床上弹起来，将电话狠狠砸在地上。

他的大动静惊动了刚刚出差回来，难得待在家的邵父。他敲了敲虚掩的门，然后推开："怎么了？儿子。"

邵栖瞅了眼父亲，闷声道："没事！"

邵父蹙眉，看到了地上摔成两半的手机："把手机都摔了，还没事？到底怎么了？"

邵栖烦躁地吼了一声："说了没事，你烦不烦？"

邵父不以为意地笑了笑："有什么烦恼就告诉爸爸，爸爸可以帮你一起解决啊。"

邵栖看了他一眼，没好气道："从小到大家长会都没去过两次的，你能帮我解决什么？还有，我已经十八岁了，别老是一副哄小孩子的语气。"

邵父悻悻地摸了摸鼻子，笑道："你就算是八十岁，也是我的乖儿子啊！"

邵栖没心思搭理他爸，烦躁地往床上一倒，想着荣雪的躲避和冷淡，心情乱得厉害。

明明之前大半年里，那段送她回宿舍同行的路程，他们相处融洽，相谈甚欢——好吧，虽然是他说得比较多。

可就算两人的关系没有如他所想的，存在只需要一点就破的暧昧，但也不至于这么绝情吧？补习一结束就避而不见，还拉黑他。

他当然知道自己这是被拒绝了，而且是被无情地拒绝了。但是在他过去众星捧月的十八年里，只有被女孩子示好的经验，根本想象不出自己会被人拒绝，而且还是在明明有过亲密接触后，如此不留余地地拒绝。

除了生气，他更觉得荒唐到不可思议。

她怎么能这样？

怎么可以这样？

邵父向来很尊重儿子的私人空间，见自己被堂而皇之无视之后，也不生气，只好声好气问："儿子，学校老师打来电话问志愿的事儿了，你想好报什么学校，学什么专业了吗？"

"没有。"

邵父继续小心翼翼地道："那你赶紧想好，这几天就要填志愿，要是决定不了，就报金融算了，趁你爸在这个行业还能干十来年。"

"知道啦！知道啦！"邵栖不耐烦地挥挥手，示意他出去。

他大概是尖子生中的异类，虽然成绩很好，也算得上热爱学习，但从来不像别人那样是因为有一个致力于奋斗的目标。他不过是觉得征服习题和考试，有成就感，也能满足他浅薄的虚荣心。

他活到十八岁，从来没想过自己将来要做什么，或者想过，但是没想出答案。

在别人看来，他这样的男生，人生已经称得上完美无缺，哪怕是家庭的那一点小缺憾，也足以用他爸创造的物质条件和溺爱来弥补。连他自己有时候也是这样以为。

可不知为何，又总有莫名的空虚和迷茫时不时蹦出来。

他爱好广泛，生活看似多姿多彩，可大概因为总是拥有得太容易，所

101

以对任何事的兴趣也都不过尔尔。无论是一次好成绩，或者其他事情带来的愉悦和兴奋，通常也就能持续很短的时间，包括这次高考的那680分。

算起来，让他的热情持续时间最长的，大概就是在荣雪这件事上。

对于每天晚上看到她的期待，每次下课送她回宿舍那段路程的雀跃，从来没有因为时间变长就失去兴致，反倒越来越乐此不疲。以至于课程结束后，学校集中复习的那一个多月，每次学习又烦又累时，只要想到很快就能再见她，便会立刻如打了鸡血一般。

他把一切都想得理所当然，所以从来没想过，她会躲开他。

没想过她只是将他当路人甲。

邵父出去后，屋子里复又恢复安静。

在气愤、不甘过后，邵栖很快就如泄了气的皮球一样，一股无力的气馁涌上来。

想到荣雪那冷漠的态度和语气，他不得不接受一个现实，她对自己确实没有任何想法，甚至把他对她的心思，当成困扰。

这个认知让十八岁的邵栖十分沮丧。

在床上躺了一会儿后，他一个鲤鱼打挺从床上坐起来，然后走到衣柜的镜子前，左右看了看。

自己明明聪明又长得帅，不过就是比她小了三岁，被这样的男生喜欢，怎么会是困扰呢？

要是换成他们班上的女生，还不得高兴坏了。

然而这样的自我安慰并没有让他心情好转。

他想了想，坐到书桌前打开电脑，点开网页，在搜索栏输入一行字：如何追求比自己大三岁的女生？

我去！这问题问的人还挺多，一搜就出现了好多条。

他一页一页打开，答案五花八门，看到最多的一句话就是女大三抱金砖，然而没一条有用。

还有的简直就是泼冷水，比如说女生心理年龄本来就比男生大三岁，要是实际年龄大三岁，心理年龄就大了六岁。

他想到荣雪那张略显疏淡的脸，以及在酒店面不改色将自己身上的浴巾扯掉的场景，好像她是比她本来的年龄更成熟。

这个认知让他不由得打了个冷战，赶紧将电脑网页关掉。

什么乱七八糟的玩意儿！

邵栖懊恼地揉了揉头发，挪到镜子前照了照。

他其实也挺成熟的吧？

没错，就是这样。

荣雪这一天除了中午去打水、买饭，就再也没出门。

下午机构那边打来电话，说有暑期的兼职，有两个安排让她选择，一个是就在这边上课，另一个是郊区分校的封闭式夏令营。

她本来是觉得住在学校更方便，但想到邵栖，又有点动摇。以他的分数肯定是会去帝都的那两所学校。十几岁的男孩子热情本来就是来得快去得快，等过了这个暑假，他去了新学校，想必很快就会将自己抛到九霄云外。

所以只要这个暑假不和他见面，一切自然会淡去。

可为了躲一个小男生，选择去郊区夏令营，好像自己已经被邵栖影响到一样。她做事向来明确坚定，大概也就是在这件事上，一直处理得有些拖泥带水，连自己都有些鄙视。

她正犹豫着，宿舍有人敲门。此时已经八点多，也不知是谁。

她起身开门，抬头看到门口站着的人时，向来不喜形于色的她，也惊得脸色大变。

"你怎么上来的？"

这是女生宿舍，别说是男生，就是看到陌生面孔，宿管也会拦住问一问。但此时的邵栖却堂而皇之站在自己门口。

最重要的是，他怎么知道自己的宿舍是哪间的？

邵栖看着她："我对宿管说是你表弟，她就让我上来了。我之前送你回来，看到过你在阳台，所以知道你住这间。"

她问出的和没问出的问题，他一起给她解答了。

荣雪闭眼深呼吸，让自己冷静："你到底要干什么？"

邵栖眼睛越过她头顶往门内瞟了瞟："你宿舍没人吧？要站在这里说吗？我是不介意被人围观的。"

学校有些专业的考试还没结束，此时宿舍楼还剩了不少人。

103

荣雪犹豫了片刻，还是侧身让他进了门。

邵栖好奇地打量了下这间小小的女生宿舍。

他人高马大的一个人站在中间，立刻显得宿舍逼仄狭小了许多。

荣雪站在他身侧，皱眉道："邵栖，我觉得我要说的都已经说清楚了，你这样真的让我很困扰。"

邵栖转头看她："你之前说过有些事高考之后就可以考虑了。"

"那是你的事，跟我没关系。"

邵栖其实是典型的被惯坏的孩子，脾气烂得要命，属于一点就燃的那类。大概所有的好脾气也就用在她身上了，听她这冷淡的语气，他难得没有生气，只沉默了片刻，冷不丁问："你有男朋友吗？"

荣雪愣了下，摇头。

邵栖又问："那你有喜欢的人吗？"

荣雪还是摇头。

邵栖笑开："那不就可以了？以前因为我们的身份不合适，我又面临高考，你没想过这件事很正常。但是现在可以想了，不仅我可以想，你也可以想。咱们认识这么久，我这个人是什么样的，你应该还是很了解的。反正你没有男友，为什么不能考虑我呢？虽然我年纪比你小一点点，但马上也上大学了，而且我觉得我还是挺成熟的。"

荣雪听着成熟二字从一个少年的口中说出来，不知是不是该笑一声，来表达自己的不以为然。

不过她到底没这么做，只是平静道："邵栖，不是你想做什么，别人就得陪着你做什么，这个世界不是围着你转的。"

"我没这么想。"邵栖愣了下，支支吾吾，"我就是，就是喜欢你，想追求你。我也没让你马上答应我，就是别拉黑我，别躲我，至少给我一个机会，也，给自己一个机会。"

在邵栖的字典里，没有害羞、胆怯这些词汇。他向来直接又直白，但是在说出我喜欢你这几个字时，脸上还是忍不住露出了一丝赧色。

相比之下，被表白的人，却始终不为所动，甚至连表情都没有什么变化。

荣雪无奈地摇摇头："邵栖，我没兴趣和一个比我小三岁的男生谈恋爱。"她顿了顿，"实际上我现在根本没有任何兴趣去考虑这种事，我很忙，有很多事要做，没有时间陪你玩一场恋爱游戏。"

邵栖眉头一皱，对她的说法表示不满："怎么是游戏呢？我很认真的。"

"邵栖，你马上要去上大学，不管是哪所学校，你都会遇到很多优秀的女生，然后会发觉我真的只是一个普通得不能再普通的女生。也许不用几个月，你再回头看现在的自己，都会觉得很可笑。"

邵栖嗤笑一声："荣雪，你把我当什么了？觉得我没见过世面吗？我三天两头往江大和师大钻，跟杜远、肖莫然他们在艺术学院都蹲过点，什么大学女生没见过，除了你，谁都没入过我的眼。"说完，他又觉得自己语气好像有点冲，放低声音，带着点央求道："我没逼你，就是希望你别不接我电话，别故意躲我，咱们还像以前那样行吗？"

荣雪静静地看着他，过了片刻，才开口："不早了，你先回去吧，要是让宿管知道你不是我表弟，我就麻烦了。"

邵栖想了想："那你把我从黑名单放出来。"

荣雪点头，从桌上拿过手机，在他眼皮底下，重新把他的号码存好。

邵栖试着拨了一下，确定可以接通，才满意地笑了笑，然后又道："你要再拉黑我也没关系，反正我知道你宿舍在哪儿。"

荣雪无奈地轻叹一声："你回去吧。"

邵栖点头："那我走了，明天再来找你。"

荣雪将门打开，默默看着邵栖一步三回头地离开，走到楼梯口还特意停住，依依不舍地朝她看了看。

荣雪笑了笑，抬手对他挥了挥："再见。"

邵栖点头，这才走下楼梯。

荣雪重重舒了口气，关上门，立刻就把手机拿出来拨了个号码。

那边很快接起："小荣，有事吗？"

"李老师，我决定去夏令营那边，明天可以安排宿舍吗？我想提前过去。"

李老师道："这个没问题，那边都已经准备好了，就等着调配老师，下个星期开学。不过你怎么这么急？"

荣雪犹豫了片刻："我学校宿舍暑期装修，留校的人要统一搬到别的楼，我不想搬来搬去。"

"那好吧，我打电话让那边安排，你明天直接过去就好。"

荣雪笑道："谢谢李老师了。"她顿了顿，"对了，还有一件事，就是之前陈老师带的学生，那个叫邵栖的，如果找我，你们就说不知道。"

那头的李老师愣了下，很快反应过来，男学生喜欢上漂亮女生不是什么奇怪的事。其实她之前看出来点端倪，甚至猜想邵栖那么积极上课，可能跟荣雪有关。不过他们只是辅导机构，又不是学校，没有义务去管小孩子的恋爱问题。只要学生多报点课时，成绩提高，他们就乐见其成。

她笑了笑："明白明白。"

晚上临睡前，邵栖打电话给荣雪道晚安，对方接了他电话，虽然没说几句话，但还是让他放了心，晚上这一觉睡得很是踏实。

隔日他起来得很早，发了早安短信给荣雪。收到她的回复后，本来想去找她，他知道她考试已经结束了，辅导班那边肯定还没开课，这两天应该是最闲的时候。但他转念一想，昨天晚上才跑去她宿舍，今天这么早就过去，跟逮人似的，怕她觉得自己太烦，于是老老实实在家里吃了早餐，然后回到电脑前，开始在网上搜索追女生技巧和注意事项。

但网上的信息，实在是乱七八糟，他一边吐槽人家白痴，一边用高考680分的智商，归纳总结出了几条自认为有用的攻略。

太用心的结果就是，等到回神，已经快到中午。他赶紧换了一身衣服，又对着镜子照了照，得出自己确实是个大帅哥的结论后，才匆匆忙忙出门。

他没提前给荣雪打电话，踩着单车直奔江大。

六月底的天气已经很热，烈日炎炎，连风都是燥的。但他却浑然不觉，顶着中午的太阳，一口气骑到了荣雪宿舍楼下，才拿出手机给她打电话。

然而电话那头传来的却是关机的声音。

他有些奇怪，难道是去吃饭了？

他想了想，将单车放在路边，跑到宿舍楼中间的那个阳台下，窗户紧闭，看不出里面的动静。

也不知为何，刚刚那种人生第一次追女生的意气风发，忽然就少了些底气，一种不好的预感升上来。

106

他赶紧折回宿舍楼里。

宿管阿姨还认得他，看到他走进来，咦了一声："你不是荣雪的表弟吗？怎么这个时候来了？荣雪已经走了啊。"

"走了？"邵栖觉得自己没听懂这句话。

"是啊！上午走的，拖着行李箱，应该是回家了，她宿舍都已经贴封条了。"

"不可能！"

"什么不可能？她回家没告诉你这个表弟吗？还是……"宿管阿姨也不知忽然想到什么，后面的话停了下来，狐疑地上下打量他。

邵栖回神，干笑了两声："可能是忘了说了，我打电话给她就行，谢谢阿姨！"说完逃也似的离开。

他回到停放的单车旁，再次拿出手机给荣雪打电话，但那头依然是关机的提示。

他站在道路旁，有些茫然地看了看两边。此时正逢期末，江大校园里还有不少人，但来来往往的面孔里，却没有他要找的人。

他想了想，又找出辅导机构办公室的电话打过去，听出那头接电话的是李老师，支支吾吾问："李老师，我是邵栖，荣雪暑假有课吗？"

那头的李老师清了清嗓子："本来是有课的，但是她有事不来了。"

"有事？"

邵栖第一个念头是她家里出了什么事。

那头的李老师犹豫之后，道："邵栖啊，荣雪她跟你不一样，压力比较大。你马上就要上大学了，是去帝都吧？大学里漂亮优秀的女生很多，肯定能遇到喜欢的。"

邵栖愣了下才反应过来她的意思，恼羞成怒道："我知道自己在干什么！"说完就恼火地挂了电话。

他站在烈日下，一肚子火冒出来。

他不是傻子，李老师的话明摆着是告诉他，荣雪不去上课是为了逃避他。

他是洪水猛兽吗？就这么可怕？连见都不愿见他？

在最初的愤怒过后，邵栖便陷入一股深深无力的沮丧。

人生中第一次追求一个女生，没想到不仅仅被拒绝，还被排斥和厌恶了。

这个认知让十八岁的邵栖，在人生中第一次体会到了类似于伤心和挫败的感觉。

他一连在江大堵了两天，甚至还跑去江大医学院的那栋实验楼下待了几个小时，看到穿着白大褂的短发女生从里面出来，明知道不是自己要找的人，却还是忍不住要跑上前仔细看清楚，生怕不小心错过。

到了第三天，他再次跑去江大校园漫无目的地游荡，就像是期待奇迹一样，希望从那些面孔里忽然看到自己要等的那张脸。

然而，这世界很少有奇迹。

"邵栖，你到底在干什么？班主任已经催了几次了，这已经是最后两天了，你还没想好填什么志愿？"

回到家，刚进门，邵父就噼里啪啦一通，显然也是急了。

邵栖有气无力地躺在沙发上，一言不发。

邵父觉察出不对劲，在他旁边坐下："儿子，你怎么了？是不是遇到什么不高兴的事了？"

邵栖不耐烦地挥挥手："没有。"

"那咱们还是赶紧把志愿确定了吧。你是想去P大还是T大？"

邵栖抬眼看了下老爸，漫不经心道："都不去。"

邵父愣了下："那你想去哪里？"

邵栖道："就江大吧。"

"江大？"邵父愕然，"儿子，你可是考了680分，全省第十三名，学校、专业随便挑，你现在告诉爸爸要去江大？"

邵栖道："江大怎么了？也排全国前十呢，我的目标一直就是江大，不管考多少分，这个目标都不变。"

邵父讪讪笑了笑："为什么非要去江大啊？"

邵栖随口道："因为离家近啊。"说出来自己都觉得好笑。

家吗？常年只有保姆阿姨在的家。

邵父虽然有些遗憾，但他自诩开明，一向尊重儿子的意见，听他这样说，很快就想开了，笑着点点头："也是，你一个人去帝都，我还不放心呢。"

狗屁！自己三天两头夜不归宿时，也没见他不放心过。

邵父又问："那你填什么专业？金融？当然你喜欢理工科专业的话，爸爸也很支持……"

还没说完，邵栖已经打断了他的话："医学，我去江大医学院。"

荣雪带的夏令营是初中生，正是精力旺盛的年纪，一个比一个能折腾人。每天她晚上下班回到宿舍，恨不得澡都不洗倒头就睡。

充实忙碌的工作，以及夏日的燥热，让她没有多余的精力去想邵栖的事。

实际上在她看来，十七八岁男生的热情，就像是这酷暑的天气，过了三伏天，很快就会由夏入秋，那热度也就一去不复返，直到遇到下一个夏天。

对于邵栖那样的男孩，生活中有太多唾手可得的乐趣，她不担心他在自己这里的挫败，会对他有多大的影响。

也许就如一阵风，很快就会散去。

8月底，夏令营结束，荣雪回了学校，邵栖没有出现，一切平静得好像什么都没发生过，一如她过去三年无波无澜的大学生活。

学校有从研究生选出优秀学生担任新生班导的传统，因为荣雪的专业是从他们这一级才开设的，给大一配置学生班导便从今年才开始。

没有研究生，只能在大四学生中选拔。

大一两个班，各自配备一个学生班导，荣雪因为成绩优秀，成为其中一个。

她其实对这种学生工作没有任何兴趣，从大一走过来才刚刚三年，她对大一新生的状态再了解不过。刚刚入学的新生，通常都带着从高中跨进大学的兴奋和豪情，以及忽然解放的肆意妄为——虽然在几年后，这种激情就会消磨殆尽。

她没忘记，当年宿舍里两个女生，遇到芝麻大点事都会去找辅导员。

在她看来，这真是一个挺麻烦的群体。

但她有一个在学生中扮演知心大姐姐的热心辅导员。这位知心大姐姐了解荣雪的家庭背景，而班导工作每个月有几百块的补贴，所以第一时间就想到了她。加上她认为荣雪这种只埋头学习，对各种活动毫不积极的性格，势必影响她日后的就业和工作，所以作为她的辅导员，她有责任帮助这个优秀的学生，在进入职场之前，把性格弱点纠正过来。

于是荣雪"有幸"成为她这个专业学生班导的开山者之一。

新生开学第一天晚上，荣雪跟着大一的辅导员奔赴她即将带的班级去开班会。

他们这种八年制的专业和那些大众院系的大众专业不能比，一个班也就三十来人。

她和辅导员赶到教室时，积极的新生们已经都到了，正凑在一起热火朝天地聊天，看起来很多人已经从相互认识直接进入了志趣相投阶段。

不过可能也是刚刚从高中过来，对老师还保持着高度敬畏，看到辅导员进来，嘈杂声很快停止，迅速得像是装了个开关。

荣雪没仔细过一遍这三十张陌生的年轻面孔，便在第一排坐定，等待辅导员的演讲。

大一的这位辅导员，跟他们年级的知心大姐姐属于一个套路，事无巨细，絮絮叨叨，从欢迎入学到校纪校规再到未来展望，脱稿演讲直接半个小时。

直到荣雪明显感觉到那些亢奋的新生已经开始要打呵欠，辅导员才拿出一份名单，进入点名和自我介绍环节。

比起辅导员的演讲，这个环节有趣多了。一些听起来奇怪的名字，加上来自东南西北的口音，瞬间让教室里的瞌睡虫都跑光了。

比如叫方刚的是一个来自江南的清秀女孩，而叫郑晶晶的则是操着一口东北普通话的大块头男生。

就连荣雪听了也忍不住跟着大家一起笑开了。

她没戴眼镜，转头看人自我介绍时，后排学生的脸，看得并没有那么清楚，只看得出大致轮廓。

郑晶晶自我介绍完毕后，辅导员清了清嗓子示意大家安静，又继续点下一个："邵栖！"

荣雪本来还挂在嘴角的浅笑，忽然僵住，一时还以为自己听错了。

"到！"是一个陌生又熟悉的男声。

她听到回应时，已经下意识转头循声看去。

教室最后排的角落，不急不慢站起来一个高大的男生。他单手撑着桌子，身子有点歪，看起来一副吊儿郎当的样子，不知是不是因为对这冗长的班会已经有点不耐烦。

"大家好，我是邵栖。"简短一句，没有多余的话。

他脸上带着点傲慢的浅笑，目光看着前方，正是荣雪的位置。

因为是坐在最后排靠窗的位置，光线有些暗淡，其实荣雪看不太清他的表情，但她知道他在看自己，明目张胆地看。

虽然邵栖的自我介绍简约低调，但教室里还是响起了一阵细微的骚动，听得出来大多是来自女生，就如同刚刚有漂亮女孩自我介绍，男生也会低声起哄一样。

这个时代，这个年龄的女生，正是活泼开朗的时候，若是聚集在一起，本来不多的矜持也就消失殆尽。

坐在前排的女生大概还没见过邵栖，转头看到他的模样，有人忍不住轻呼出"帅哥"二字。

邵栖轻轻撇了撇嘴，对这种称赞不以为意，目光仍然看着荣雪的方向，虽然只看得到一个后脑勺。

他眼中冷了几分，重重坐下。

接下来其他人的自我介绍，荣雪就再也没听进去，因为她的脑子已经乱成一团。

邵栖不是高考680分吗？

怎么会在江大？

就算选择江大，怎么会读这个医学院刚刚开设了没几年的八年临床专业？

她平静了两个多月的生活，在这一晚，彻底被打乱了。

点完所有的名字，辅导员笑着伸手往她的方向一指："大家应该听说了，大一阶段，我们会为每个班配备一个班导，由高年级的优秀生担任。咱们班的班导就是这位可爱的大四学姐，来，荣雪，给大家自我介绍一下。"

荣雪还低着头在神游，没有听进去辅导员的话。

"荣雪！"

辅导员又唤了一声，教室里发出低低的笑，荣雪这才回神，站起来走到前面，转身看向下面的三十多张面孔。

　　还好，大家很给面子地安静了下来。

　　"大家好，我叫荣雪，是你们新生阶段的班导，大家初来乍到，有什么问题，都可以来找我。"她说完这句话，下面忽然有人发出一声轻笑。

　　因为教室里很安静，这从角落里传来的笑声，便显得很突兀。

　　荣雪虽然没看到，但知道那是邵栖的声音。

　　她朝角落里看了眼，看不清邵栖的表情，但看得到他抱臂靠着侧面的墙，让她想起第一次见他时，那个傲慢又玩世不恭的少年。

　　她正要走回座位，那个角落里的人，忽然举起手："学姐！"

　　荣雪愣了下，遥遥看向他："有问题？"

　　邵栖扬唇轻笑："什么问题都可以找你吗？"

　　脑子里忽然像是一道闪电划过，荣雪想起，当初在辅导班时，他们之间也有过类似的对话。

　　而邵栖显然是记得，所以故意这样问。

　　她硬着头皮点头："可以。"

　　邵栖又笑道："那如果是恋爱问题呢，也可以找你吗？"

　　教室里一阵哄堂大笑。

　　荣雪尴尬地站在这笑声中，一时不知如何作答。

　　好在辅导员适时解围："邵栖，你干吗呢？虽然大学不禁止谈恋爱，但咱们也要以学业为重。班导主要还是负责你们在学习和班级活动上的事。你要实在有解决不了的恋爱问题，我这个辅导员倒是可以给你指点一二。"

　　邵栖挑挑眉："谢谢周老师。"

　　大家笑得更甚。

　　邵栖旁边的男生戳了戳他："邵栖，你能有什么恋爱问题，不会是喜欢你的女生太多，不知道怎么选择吧？哈哈哈……"

　　邵栖："滚！"

　　辅导员见过各式各样的学生，重点大学的学生不代表就老实听话，比如这个邵栖，一看就是个难搞的刺头儿。

　　她之前就听说过他的名字，高考680分，全省第十三名。虽然各省题目卷子不一样，但按照各省排名，这个分数仍旧可以说是入校成绩第一。

她不太明白，这么高的分数完全可以选择更好的学校，不知为什么会来这里，即使她是一个以江大为荣的江大人，也觉得有点可惜。

当然，这些都不重要，没有学校不喜欢高分生。

只是一个不大守规矩的高分生，可能会让她这个辅导员头疼。至于接下来一年要频繁接触这些新生的学生班导，也许会更头疼。

她有点同情地看了眼被刚刚的问题问得很尴尬的荣雪。

此时的荣雪已经回到座位，表情不太自在，但好像也不是单纯的尴尬。

好在辅导员没有那么善于察言观色，很快又进入下一个环节，选举班干部。

于是这个班会再次变得没完没了。

三十多个人从班长到各种委员，总共七八个职位，可以说是非常臃肿的官僚机构了。

邵栖竞选的是班长，他的竞选发言和他的自我介绍一样言简意赅。

"我竞选的职位是班长，竞选理由是，我相信我能配合好班导，让我们班在新生阶段，过得很开心。"

说这话的时候，站在讲台上的邵栖，还特意看了眼低着头的荣雪。

虽然比起其他人诸如"我有十年班长经验"、"努力为大家服务"之类的理由，他的宣言听起来实在是有点不着调，但因为得到了半边天女生的热烈支持，毫无意外地打败了拥有十年班长经验的竞选者，收获了全班最高票数。

等到臃肿的官僚机构组建成功，冗长的班会也终于结束了，全程耗时超过三个小时。

荣雪重重舒了口气，正要收拾书包逃走，却被几个热情的小女生拉住，一口一个学姐，开始询问各种问题，颇有种十万个为什么的架势。

她算是明白，刚刚为什么辅导员跑得那么快了。

荣雪也不知被拉着问了多久，直到一个不太耐烦的声音响起，打断了这些女孩子的叽叽喳喳："问完了吗？"

"啊？"有女孩转头，"班长！"

邵栖板着脸道："有什么问题下次再问，我要和班导探讨一下工作，不然等会儿教室要关门了。"

几个女生倒是配合，笑嘻嘻和荣雪说再见，簇拥着走了。

偌大的教室终于只剩下邵栖和荣雪两人。

邵栖觉得自己等了一个世纪那么漫长。

女生真是麻烦！

邵栖看了眼荣雪，上前一步，站在她桌旁，似笑非笑道："好久不见啊，小老师。"

荣雪抬头看他，高大的身影在白炽灯下覆盖下来，有种难以形容的压迫感。

他还是自己认识的那个男孩，可不知为何，明明才两个月的时间，却又好像变得哪里不同。

大学和高中果然有条泾渭分明的分界线，他跨了过来，变成了一个大学生，属于高中的那种青涩就不见了踪影。

荣雪问："你怎么会来这里？"

邵栖吊儿郎当道："考上了就来了。"

荣雪皱了皱眉："我没听你说过打算学医。"

邵栖道："以前是没想过，不过你说高考后有些事情就可以想了，所以我就想了。"

其实荣雪还想问：就算学医为什么要来这里？为什么不去更好的学校？是不是因为我的关系？为什么这么任性？

但她知道，邵栖来这里已经是既成事实，任何问题都已经没有了意义，尤其是明知道答案的问题。

"邵栖……"她抬头定定看着他，表情中都是无奈，"你真的……"

她也不知道自己想说什么。

邵栖也没等她想好后面的话，弯下身笑道："小老师，你可能误会我了。我这个人虽然是有点三分钟热度，但对真正喜欢的，耐心十足。"然后朝她伸出手，"学姐，请多关照。"

他们的关系正式蜕变。

直到回到宿舍，荣雪脑子里还是乱糟糟一片。她忘了之后在教室里和邵栖说了什么，只记得最后是他送自己到楼下。

"好像又回到了几个月前，每次送你到楼下，我都觉得特别开心。"道别的时候，邵栖说。

其实邵栖的行为，跟她有什么关系呢？她不过是在辅导班与他有过那么一点点交集。他就跟她曾经遇到过的自己并不喜欢的追求者一样，根本不需要放在心上。

但是只要想到他本来应该去上更好的学校，而因为她才来江大，她就不可能真的一点都不放在心上。

她厌恶他这种任性妄为，但如果自己暑假不是因为怕麻烦躲了他，也许就不是这个结果。

她因为怕麻烦，却可能给自己找了一个没完没了的麻烦。

因为脑子乱，她刷牙的时候，把洗面奶当作了牙膏，刷到一半才惊觉味道不对，手忙脚乱中，又摔坏了手中的刷牙杯，等到从洗手间出来，感觉跟打了一场硬仗似的。

宿舍就她和江凝两个人。

"怎么了？荣班导，是不是被大一熊孩子给气的？"江凝发觉她的心不在焉，笑着问。

荣雪苦笑："要只是熊孩子也就罢了。"

江凝眨眨眼睛："到底怎么了？"

荣雪看了她一眼，犹豫了片刻，才道："你还记得之前我在辅导班时的那个男生吗？"

江凝戏谑："就是总送你回来，然后还和你穿情侣装的那个小帅哥？"

"什么情侣装？"荣雪无奈地笑了笑，过了片刻，才道，"他考了我们专业，就在我带的那个班。"

"什么？"江凝脸上的笑凝住，"不会是因为你吧？"

荣雪揉了揉发疼的额角："他高考六百八，我想说只是巧合也不可能！"

江凝惊呼了一声："这比咱们专业录取线多了七八十分，他这么随便报志愿，家里人就不管他？"

荣雪想起邵栖一个高中生经常晚归，甚至夜不归宿，又想起那次他和司机的对话，以及他那个忙得连和儿子吃饭都要提前预约的父亲。有一

115

个对儿子纵容无度的父亲，也许他填什么志愿，家长真的不会管，也管不了。

荣雪摇头："不知道。"

江凝把椅子拖到她旁边，笑道："你看，人家现在是大学生了，和大一男生谈恋爱也不用有什么负罪感，要不然……"

"江凝……"荣雪哭笑不得，"我又不喜欢他，谈什么恋爱？而且我是真的没这个心思，我现在就是觉得很烦。"

江凝还记得邵栖的模样，印象中真的是一个半点折扣都不需要打的美少年。只可惜遇到的是没有花痴细胞的荣雪。

她想了想："但是他肯定会缠着你啊！"

荣雪默了片刻："其实我觉得他可能是赌气。暑假的时候，我怕他缠着我，就去了郊区夏令营，把他拉黑了。"

江凝大笑："你说说你吧，难道不知道少男心都是很脆弱的，你怎么这么绝情？长得帅成绩好的男生，肯定受不了这种打击，难怪他考六百八却报考我们专业。所以有时候不能太怕麻烦，你这怕麻烦给自己惹了个大麻烦。"说着又收敛了笑容，顿了顿，"不过话说回来，他这也算是为了你连前途都不考虑，就冲这勇气，我也是很服的，要不然你再考虑考虑。这个年龄的男孩子有时候就是为了那口气，指不定你答应他，过不了几天他自己就觉得没劲了，你也就清静了。"

和邵栖谈恋爱？

荣雪想想都觉得不可思议，在她眼中，他就是一个小男生。哪怕自己也不过比他大了三岁，但三岁对她来说足以形成一条鸿沟，更不用说两人的成长背景和性格差异了。

对于江凝的话，她也只能一笑了之。

不过接下来两天，邵大麻烦并没有来找麻烦，甚至也没有尽到一个班长的职责，和她商量班上的事宜。班上的事，都是那位"拥有十年班长经验"的副班长和她联系，然后忙碌之余还接待了好几个找来宿舍和她套近乎的女生。

两天之后就是新生军训。

江大的军训比较严格，从早上八点到下午五点，中午休息两个小时，

116

晚上还时不时集合拉歌。新生一下进入了辛苦又忙碌的状态，也就没人来打扰荣雪了。

她自己也忙，辅导班那边的兼职照旧，还得管大一的这些杂事，自己的学业更加不能落下，因为明年就是实习，理论知识必须在这一年打牢。

新生军训的第三天晚上，刚过了九点，她正在辅导班上晚班，忽然接到副班长电话，语无伦次道："学姐，出事了！"

"怎么了？"

副班长道："刚刚拉歌的时候，邵栖跟基础医学那边的人打起来了！"

"什么？！"荣雪大惊。

副班长道："把人打一脸血，被送去校医院了。教官要上报院里，我们这儿正求情呢！学姐，您快过来看看吧！"

荣雪只觉得一个头两个大，挂了电话，赶紧去旁边的教室，和一个老师交代了下就匆匆离开了机构。

荣雪赶到操场时，拉歌已经结束，空空荡荡只站了几个穿着迷彩服的人。

荣雪走过去，听到有人在训话："重点大学的学生，就是你这种素质？"

她看清楚了站在篮球架下的男生，正是邵栖，开口说话的是他们的教官，其他几个教官站在一旁。

而邵栖身后，则站着他的十来个同学，估摸着是在陪他。

也不知道训了多久，荣雪隐约看到邵栖脸上已经有不耐烦的表情。

教官大概也是被他这满不在乎的样子给气得不行，语气越来越重："要不是你们同学求情，我早就向你们院里报告了。"

邵栖虽然不至于反驳，但也是一言不发。

荣雪赶紧走上前："教官您好，我是他们的班导，请问到底发生了什么事？"

当她出现在操场边时，邵栖就已经看到了她，此时见她走过来，有点愤愤地别过了脸。

荣雪不动声色看了他一眼，脸上有红肿的痕迹，应该是打架留下的。

教官看到来人，道："你是他们班导？"

荣雪点头。

"你们这位同学，拉歌的时候，跟人打架，把人打得鼻子流血，送去医院了，我还没上报给你们院里，但他看起来没有半点认错悔改的意思，你看应该怎么处理？"

荣雪转头问邵栖："怎么打起来的？"

邵栖歪着头没搭理她。

好在旁边的同学见她出现，立刻凑上前。

副班长急吼吼道："学姐，是基础医学那孙子先挑衅的，拉歌的时候，也不知道哪里找来个喇叭，往咱们这边鬼吼鬼叫，邵栖喊了两次他都不听，这才动手揍人的。我跟你讲，我都想揍了！"

"没错没错，那傻叉自己找抽！"几个人附和。

别说是教官眉头皱起来，就是荣雪都有点无语。

果然成绩不能代表一切，都是些什么人啊！

还拥有十年班长经验呢！

荣雪深呼吸，摆摆手："行了，我知道了。"又转头朝教官道，"时间不早了，教官您回去休息吧。这事我来处理就行，麻烦你们了。"

教官本来也就只是负责军训，才没那闲工夫管学生的事，若不是因为刚刚一帮子人求情，他直接打电话给辅导员就能了事，现在看到班导来了，自然抛给她处理。

目送教官离开后，荣雪也没马上去看邵栖，而是问副班长："那个基础医学的学生伤得严重吗？"

副班长摇头："邵栖下手有分寸的，也就流了点鼻血，嗷嗷哭得跟个姑娘似的，拿大喇叭挑衅的时候没见这么尿。"

"他们告诉老师了吗？"

副班长嗤了一声："他自己找抽，敢告诉吗？"

荣雪看了眼这个副班长义愤填膺的样子，心想：班长和副班长都不靠谱，自己这个班导运气真是挺好的。

呵呵！

副班长道："幸好学姐你来了，不然那教官指不定真会给辅导员打电话！"

荣雪瞥了他一眼："你觉得我不会告诉辅导员吗？"

118

副班长被噎了下，结结巴巴问："学姐，你，你要告诉辅导员？"

其他几个人也附和央求："学姐，算了吧……"

副班长扯过来邵栖："班长，你赶紧跟学姐求个情啊！"

邵栖睨了她一眼，沉着脸转身走到篮球架下坐下。

"我去！邵栖，你干吗？"

邵栖摆摆手："你们回去吧。"

副班长双手合十，求救似的看向荣雪，低声道："学姐，别告诉辅导员好吗？一开学就打架，要是背了处分，实在是……"

荣雪轻笑了笑："你们先回去，我和你们班长大人聊聊。"

副班长不放心地转头看了眼篮球架下的人，带着其他人离开了。

此时已过九点半，夜色正浓，旁边的草丛里有秋蝉在叫。

副班长带着人一散，偌大的操场就只剩荣雪和邵栖两个人。

"班长你挺能耐的，这才军训三天，就把人打一脸血。"

邵栖抬头冷飕飕看了她一眼："没你能耐！"

他语气很不好，像是在生气，而且是在对她生气，荣雪有点莫名其妙。没等她开口，邵栖伸出一根手指，又道："一个星期！你一个星期都没联系我，哪怕一次。我在你心里就这么不重要？"

荣雪很想点头，但看着他那张愤怒又幽怨的脸，怕把他气得跳起来揍她，她只能朝他干笑了笑。

等等！

所以他这几天没找她，是在等她主动找他？

什么逻辑？

她躲他都来不及好吗？

邵栖见她没出声，继续道："你都知道我是因为你才来这里的，难道你就没有半点要负责的意思？"

还真是不讲道理啊！

好在当初的震惊，这几天已经平静下来，不然她还真可能被他的逻辑带歪。

荣雪思忖片刻，在他旁边坐下，语重心长道："不管你考进来是为了

119

什么，现在再说都已经没有意义了。人生是你自己的，虽然学医很辛苦，可既然来了，就好好学，别想其他的。"

邵栖噌地站起来："我来这里可不是为了好好学习来着！"

荣雪昂头，无奈地看向他。

邵栖是被他那纵容无度的单亲爸爸养歪的孩子，从小就脾气不好，一点就燃，无论是在家里还是在学校。他也从未收敛过这种暴脾气，说他是混世魔王还真不是冤枉他，也就只有在荣雪面前，几乎没有展示过。

暑假被她躲了两个月这件事，让他一度很生气。整整一个假期，他都处于一种无处发泄的暴躁状态。

但是再面对她时，他发觉那些积攒的火气，根本没办法发出来，甚至隐约被另一种期待所替代。

他曾经想，她看到自己为了她来到这所学校，会不会被吓一跳？或者被他的诚意所感动？

很遗憾，什么都没有。

除了那次班会时的震惊，她就再也没有其他反应，平静得让他不得不怀疑——她根本就没将他当回事，哪怕他因为她来了这里。

荣雪看出邵栖表情中压抑的愤怒，轻叹了一声，心平气和道："邵栖，你已经十八岁了，应该知道你自己在做什么，不需要我跟你讲道理，我可能也没那么多精力跟你讲道理。你想要的，我没办法给你，谈恋爱这种事，讲究的是情投意合，我不能因为你为了我考来我们专业，我就要感动得和你在一起。"她顿了顿，"实际上，你这样只会让我困扰。"

邵栖有点不高兴地瘪瘪嘴："我到底哪里不好？我跟你说，喜欢我的女生可多了。"

荣雪笑："那我哪里好？喜欢你的女生那么多，你非得找我？"

邵栖被她反问得噎住，是啊，她哪里好？

漂亮吗？

当然漂亮，在他眼里举世无双，但漂亮的女生多的是。

性格好吗？

如果她这种淡漠寡淡的性格叫作好，可能这世上也就没有什么太糟糕的性格了。

他到底为什么喜欢她，邵栖自己也说不上来一个理由。

这个认知，让他有些挫败，因为他这才意识到，喜欢和不喜欢都不需要理由。

比如他对她的喜欢，以及她对他的不喜欢。

唉！

他有点郁郁地看了眼犹坐在地上神色平静的荣雪，暗自叹了口气。

算了，来日方长，慢慢来！

想想之前只要每晚送她回学校，他就觉得是一件很开心的事。

现在见面相处的机会多的是，他有什么不高兴的？

港剧里面也经常说，做人不能太贪心！

邵栖的性格大概也就是这点好，遇到任何事情，都能很快找到一个说服自己安慰自己的理由。比如父母离异，比如老爸整天忙得找不到人，生过气之后，他会自动找个理由原谅这一切，然后又活得生机勃勃。

不知这算是乐观还是阿Q，但如果不是这样，以他老爸对他的放养，他大概早就堕落了。

只是长此以往，加上成长道路实在称得上是顺风顺水，他也渐渐养成了一种盲目的自信，觉得只要是自己想做的事，就一定可以做到。

他是全世界独一无二的邵栖。

独一无二的邵栖，怎么会追不到自己喜欢的女生！

想到这里，他的心情豁然开朗了，叹了口气道："算了，顺其自然，免得你困扰。走吧，回宿舍！"

荣雪笑了笑，站起身。

邵栖看了她一眼："我打架的事，你不会真告诉辅导员吧？"

荣雪看着他红肿的左脸："我去问问基础医学那个男生怎么样了，他要是不上报，我这里就当什么都没发生。"

邵栖笑："你这算不算包庇我？"

荣雪斜了他一眼："你是想我现在就打电话告诉你们辅导员吗？"

邵栖瞪了她一眼。

荣雪想了想又道："不是说那男生被你打得一脸血吗？我觉得你还是应该去跟人家道个歉。"

"做梦！他就是找抽！"

荣雪摇摇头，又问："你脸没事吧？"

邵栖嗤了一声："当然没事，要不是我让着他，那二货根本就碰不到我一根毫毛。"

果然只是个任性的孩子，荣雪想。

邵栖自然是没有去道歉。

荣雪跟人打听了一下，知道那男生只是流了不少鼻血，没有什么大碍，也没打算报告上去，毕竟他也还了手，要真定性就是互殴。而且那么多人都看到了，是他拿着个大喇叭挑衅，最后自己进了医院，只能算是技不如人。

说出去还挺丢人的。

这事自然也就不了了之了。

谢天谢地，接下来几天军训，这帮新生没再给荣雪找麻烦，尤其是邵大班长，虽然跟她打过几次电话，每天发一两条短信，但都是正常地问她一些班上的事情，似乎意识到自己这个班长是该做点实事。

也许是荣雪始终将邵栖当成一个孩子，一个任性的孩子，所以虽然知道他因为自己而来到这里，但想通了也就没什么太困扰的了。

就如邵栖所说的，顺其自然。

也许过不了多久，邵栖在她这里的心思，就顺其自然地淡了，然后顺其自然地开始一场属于他的恋爱。

大学多姿多彩，他很快就会发觉，她在这多姿多彩中只是一抹无趣的风景。

十八九岁的少年们，精力旺盛得可怕。

明明军训时天天叫苦连天，十天一过，新生们又马不停蹄组织篮球赛。

他们医学院一级十几个班，淘汰制比赛，也不给训练时间，各班组织人马撸袖子就上，加上护理班因为男生稀缺自动弃权，国庆放假前几天，正好能打完。

班上的第一场比赛是军训结束第二天傍晚，作为班导，荣雪自然是被班上的啦啦队女生给拉去了操场。

虽然只是打着玩儿的友谊赛，但班上的啦啦队女生很是尽职尽责。班上总共也就十几个男生，能上场的不知道能不能过半，女生们却准备了好几箱饮料，除了纯净水和可乐，甚至还有旺仔牛奶和营养快线。

荣雪在走到球场边前，已经远远地看到邵栖。他穿着球衣，正和几个男生凑在一起，大概是在说战术。

临时决定的篮球赛，荣雪听说他们就昨晚一起去操场摸了几把球，现在临阵磨枪，不知会不会不亮也光。

刚刚走近，跟她一起的两个女生就咋咋呼呼凑上去："班长大人，学姐班导来了！"

邵栖循声转头，朝荣雪看过来，轻轻笑了笑："班导竟然来看我们打球，真是三生有幸啊！"

荣雪："……"

这样子真是有点欠揍啊！

她走上前，皮笑肉不笑道："加油。"

邵栖道："有学姐在，我肯定发挥我最强的小宇宙。"

他一脸似笑非笑，也不知在想些什么。

荣雪不愿两人的关系被旁人看出来，朝他笑了笑，退回到场边。

这时，裁判吹响口哨。

邵栖顿时进入状态，拍拍手招呼队友。

班上的首发阵容，除了邵栖和副班长，还有一米九的大块头郑晶晶，以及两个荣雪还叫不出名字的男生，两个男生个子都不高，看起来不像是能打的。

不过对方的首发阵容，貌似质量也一般，她也就稍稍放心了，不至于看到自己带的班，被打得落花流水。

能考进这里的，虽然不算是顶级学霸，但肯定也都是优等生，这些刚刚经过高考的优等生，会打球的确实如凤毛麟角。

医学院内的友谊赛也就是玩玩儿，顺便为院队挑选人才做准备。

这样一眼看过去，场上的邵栖，完全是鹤立鸡群。

荣雪之前听杜远和肖莫然开玩笑说过邵栖体育好，打篮球很厉害，果然不是胡说八道。

她对篮球没什么兴趣，但不得不承认，球场上张扬又酷炫的邵栖，非常帅气。

她知道他是个长得帅气的男孩，但她对异性的美丑没有概念，直到这个时候，才真正感觉到邵栖是别人口中说的那个帅哥。

帅气得让她有点移不开眼睛。

大概是邵栖在一众技术不好、配合也毫无默契的渣渣中，靠着单打独斗的能力，实在是太显眼，班上的啦啦队已经从刚刚的"临一加油，临一必胜"，变成了"邵帅邵帅，天下最帅"。

这羞耻的口号，终于把看入迷的荣雪拉回神，她转头看了眼身旁满脸激动，双目放光的女生，再看向场上的邵栖，恰好对上他转头朝这边看来的目光。

因为刚刚进了个三分，他有点得意地抛过来一个媚眼。

他本来就长着一双微微上挑的狭长眼睛，这动作做起来，实在是有些风流。

果不其然，班上的女生，都尖叫起来。

荣雪有点尴尬地低下头。

中场休息，他们领先了对手十几分。副班长最先兴奋地跑过来，往荣雪旁边一坐："学姐，咱们打得怎么样？"

荣雪还没回答，他人已经被随后走上来的邵栖一屁股拱开。

副班长摸了摸鼻子，嘿嘿地笑："多亏了有咱们班邵帅这枚杀伤力武器。"

旁边殷勤的女孩给他递上新开的可乐："班长，你简直太帅了！"

邵栖接过可乐喝了口，挑挑眉，有掩饰不住的得意。他斜眼看向身旁的荣雪，问："学姐，我帅吗？"

少年人那种幼稚的自恋，让荣雪有点忍不住想笑，但她不得不承认，刚刚在球场上的邵栖确实很帅。

不，现在也很帅。

额头上还挂着汗水，脸上有着运动过后的红润色泽，健康、有朝气，夹杂着让人难以生厌的傲慢和嚣张。

她看着他，笑了笑，由衷道："很帅！"

其实这样的夸赞，邵栖从小到大不知听过了多少回，但这是他第一次从她嘴里听到，虽然是自己主动要来的，却也忍不住心生雀跃，差点要咧嘴笑出来。

不过考虑到因为这个夸奖大笑出来，实在是有点傻叉，他最终只是象征性地动了动嘴角，给了她一个不以为意的微笑，表示自己是个实力派。

然而眼角眉梢那种有些傻气的得意，根本就藏不住。

为了显现自己的实力，下半场邵栖更加卖力，这种卖力中又刻意添加了一些耍帅成分，比如娴熟的假动作，比如花式运球，又比如用他惊人的弹跳力成功来了一次灌篮。

他的这些刻意耍帅的动作，引来了不少女生尖叫。

只可惜他不确定这尖叫声里，是否夹杂了荣雪的声音，因为他每次转头去看她时，都只看到她就是一张平静的脸，微微夹带着点笑意。

虽然邵栖也觉得自己的行为肤浅又幼稚，但他还是希冀能用被人公认的优点，让她多看自己几眼。

指不定，她一不小心就和场边其他女生一样，被他独一无二的帅气所吸引。

想想还有点小激动呢！

然而……

当他再次进了一个球后，习惯性地在雷鸣般的掌声和尖叫中朝荣雪的方向看去时，那个一直站在班上女生堆里的身影，不知何时已经不在了。

邵栖眉头皱起，目光搜索了一圈，还是没看到。

荣雪提前退席的这个认知，让邵栖的一腔热血，顿时凉了几分，勉强为她找了个可能去了洗手间的借口。

但这借口不足以让他接下来的发挥仍旧保持超高水准。

好在双方都是菜鸟，余下十几分钟，领先了将近20分，对方也没能力追上来。

结束后，场边一阵欢呼，场上场下的男生蜂拥过来，要将立了大功的班长大人抱起来，不过被他身手敏捷地闪开，大步走向啦啦队这边。

女生们见顶着一头汗的他走过来，像是见到英雄一般尖叫，有反应快的女孩，赶紧给他递上水。

邵栖接过水，问："学姐呢？"

"接了个电话，说是有事先走了。"

所以并不是去洗手间！

是啊！她怎么会和别的女孩一样。

邵栖觉得刚刚卖力表现的自己，像足了个傻叉。

好在从暑假开始接二连三从荣雪那里得来的挫败，让邵栖已经有朝坚强的小强进化的趋势。挫败也好，气馁也好，睡一觉就烟消云散。

所以第二天给荣雪打电话，他甚至都没提起昨天球赛她提前离开的事。

荣雪依旧很忙，除了上课、兼职，还要应付大一那些因为芝麻大小的事也来找她的新生，甚至还有女生晚上总跑来她宿舍，跟她诉说离家的苦闷和恋爱的忧伤，于是她还得硬着头皮充当自己并不擅长的知心姐姐这个身份。

好在很快就是"十一"假期，那些烦人的新生大概终于可以放过她一马。

放假前一天中午，她正要出门去吃饭，恰好遇到从外面回宿舍的江凝。

"国家奖学金名单贴出来了，你知道吗？"

荣雪对这事没放在心上："是吗？"

江凝皱了皱，觉得有些奇怪："你知道不是你？"

荣雪点头："刚开学辅导员跟我说过，咱们专业就一个名额，我做了班导，再给我就不太好了，应该会给王丽或者陈文胜吧。"

她的专业成绩基本上每学期都是前三，和她成绩差不多的学生还有几个，其中就有她说的这两位，而且跟她一样是贫困生。

但她在实验室申请到了不错的勤工俭学岗位，这学期还当了大一班导，运气也还不错，在机构的兼职很稳定。比起那两人来说，她的经济状况要好很多。据她所知，王丽的父母是残疾人，下面还有弟弟和妹妹在上学，她在食堂吃饭从来都不超过三块钱。陈文胜来自贫困山区，大一报到的时候，穿的运动鞋都破了洞。

就算八千块的国家奖学金很诱人，但她也不至于去跟这两个同学抢。

江凝晒笑了笑："什么王丽、陈文胜，是朱雅。"

"朱雅？"

江凝道："想不到吧？"

126

朱雅是隔壁班的女生，成绩还算不错，但也就是中上，肯定是比不过王丽和陈文胜的。

荣雪看向江凝："怎么会是朱雅？"

江凝耸耸肩："反正院里给的说法是，这次评定不仅仅是看成绩，还要看综合条件，就是学生活动之类的。朱雅可是校园主持人，大大小小参加了那么多活动，多活跃啊！"

是啊，他们贫困生哪里有那么多精力参加各种活动？

荣雪默了片刻道："可是辅导员之前跟我说就是看成绩。"

江凝轻笑："谁知道呢？"说完看了她一眼，意味深长地道，"你不知道朱雅爸爸是副校长吧？"

荣雪讪讪笑了笑："是吗？"

江凝叹了口气："以前说大学是个小社会，我还不信，现在算是相信了，咱们也得赶紧熟悉一点社会规则，免得以后走上社会像无头苍蝇乱撞。"

荣雪想笑却有点笑不出来，默了良久，吐出一句话："不管了，我去吃饭了。"

这个消息让她心情有点低落，来到食堂随便打了点饭，一个人找了个角落的位子坐下。

刚刚坐定，就看到隔着两个位子的朱雅和两个女生正好吃完了起身要离开。

"你们要代购什么赶紧说好哇，我明天就走了。"

"化妆品和包包都要，不过化妆品也不用带太多，反正你经常去香港。"

"那也不一定，我本来这次'十一'是准备去日本的，但我爸嫌我半年去了四次香港花太多钱，就不给我赞助了，只能凑合着继续去香港。"

"你有国家奖学金啊，八千块呢，够你腐败了！"

"得了吧，八千块也就买个包，而且这钱还没发下来，只能先找我妈预支。"

几个叽叽喳喳的声音，消失在荣雪的耳边，她没有抬头去看她们，怕失衡的心理写在脸上。

荣雪埋头吃了会儿饭，对面空着的位置有人坐下，她下意识抬头，看到一张熟悉的面孔。

陈文胜朝她笑了笑，将餐盘摆正。

他的餐盘里只有白米饭和青菜，再加上两碗免费汤。

这是一个典型的来自边远贫困山区的男生，穿着寒酸，性格内向，说话也有点底气不足："荣雪，你那里有家教资源吗？"

他知道荣雪在辅导机构兼职，但以他的资历在机构里当老师肯定是不太可能，也就能做做家教。

荣雪的目光不着痕迹地从他的餐盘移开，抬头看他。

陈文胜高考英语不错，但有着大部分教育水平不发达地区学生的通病，口语带着严重的口音。她之前试过推荐他到机构，但是那边的老师一听他的口语就直接否了。

她想了想问："你数理化哪一科最好？"

陈文胜道："都还可以，化学最好吧。"

荣雪点头："好的，我去问问机构里的学生，有没有要补化学的，有消息告诉你。"

陈文胜露出感激的笑容："那太谢谢你了。"

荣雪摇头："还不知道有没有呢。你'十一'的兼职找好了吗？"

陈文胜点头："找到了个七天促销。"

荣雪点头："那还行。"

两人正说着，忽然有一个身影出现在桌旁："这位同学，麻烦你重新找个位子好吗？"

熟悉的声音让荣雪抬头，正是端着餐盘的邵栖。

陈文胜还没回答，邵栖又道："我要和我班导说话。"

"好的。"陈文胜明白这是荣雪带的大一那个班的学生。好脾气的他立刻站起来，端着自己的餐盘和免费汤去找别的位子了。

荣雪看了眼浑身上下无不写着张扬二字的邵栖，有点无语地叹了口气。

当初的震惊过后，她对邵栖的到来，已经没多大感觉了。因为不过大半个月，她就发觉邵栖这个人虽然傲慢又嚣张，但在班上混得很好，从那天拉歌打架那么多同学留下来陪他就可以窥见一斑。

他是班上的主心骨，也是焦点，男生们都喜欢跟着他玩儿，就跟之前的杜远和肖莫然一样。至于女生，别的她不知道，反正经常来她宿舍把她当成知心大姐姐谈话的那几个，开口闭口就是我们班长怎么怎么样。

他这样的男孩，生活是多姿多彩的，就跟他餐盘里丰富的菜肴一样。

她相信，过不了多久，他对她的热情，就会慢慢降下去，至于到时候会不会后悔来江大学医，就不得而知，当然也跟她没什么关系。

每个人都要对自己的选择负责。

她倒是真希望有那么一天，让这个顺风顺水任性惯了的男生可以学到人生的第一课。

邵栖在她对面坐下，瞟了眼已经坐到几个位置外的陈文胜："刚刚那谁啊？你同学？不会是你的追求者吧？瞧那穷酸样！"

荣雪抬头看向他，神色冰冷。

邵栖最怕她这种表情，之前在酒店就是，他赶紧转移话题，看向她的餐盘，哎呀了一声："班导你怎么吃这么少？已经够瘦了，可不能再减肥了，这个鸡腿给你。"

荣雪看着自己餐盘里多出来的鸡腿，深深吸了口气，将刚刚的愤怒咽下去，又把鸡腿还给他："你自己吃吧，我不爱吃。"

"那你喜欢吃什么？我去买。"

"邵栖——"荣雪皱眉唤他。

邵栖咧嘴笑："到！"

荣雪摇摇头："算了。"

邵栖也知道刚刚自己可能说错了话，故意露出乖巧的样子："班导，你'十一'假期干什么？"

"上班。"

"调两天假吧，我准备安排咱班上'十一'留校的学生去郊游，你跟我们一块儿去。"

"你们去吧，我真没空。"

"你'十一'上白班不上晚班吧，那我安排晚上的活动你来。"

荣雪抬头直直看着他，语气生硬道："邵栖，我真的很忙，要学习，要赚钱，真的没时间陪你谈恋爱，你另寻别人好吗？别浪费你自己的时间了。"

邵栖脸上的笑容冷下来，用力戳了戳餐盘里那只鸡腿，黑着脸道：

"我愿意浪费。"

荣雪没了胃口，幸好没打多少饭菜，随便扒了两口起身："随便你！"

邵栖差点一蹦三尺高，将餐盘拿起来赌气道："我也不吃了。"

荣雪看了他一眼，没搭理他继续往前走。

邵栖跟在她旁边，到餐盘回收区时，她刚将剩下的一点饭菜倒掉，邵栖就直接将自己盘子里几乎没动过的午餐一骨碌全倒进泔水桶。

荣雪难以置信地看向他，实在忍不住，开口道："你知道吗？咱们学校还有不少贫困生，一个月伙食费就两三百块。"

邵栖冷笑："我又不是贫困生。"

荣雪本想说我是，但想想还是算了。她其实也没有说教的爱好，而且他说得对，他又不是贫困生，就算是挥霍浪费也有资本。

她冷笑了一下，摇头转身往外走。

邵栖跟上她："隔壁班班导都已经说好'十一'带他们去露营，你怎么也得抽出一天时间跟同学们交流感情吧，不然我这个班长也没法跟同学们交代。"

他这样说，倒是让荣雪生出了一丝心虚感，作为他们班班导，这大半个月来她确实算得上不怎么作为了，正要考虑是不是抽点时间做点班导该做的事，只听邵栖又道："不过你要是能空出一晚和我这个班长约会，我肯定是能够帮你把班上对你的不满镇压下去的。"

荣雪白了他一眼："神经病！"

说完她加快了脚步。

邵栖赶紧又跟上她："我开玩笑的还不行吗？这样吧，反正'十一'留校的也就一半人，我安排大家去聚餐，你赏脸出席总行吧？我请客。不然同学老抱怨班导神隐找不到人，我总不能一听抱怨就暴力镇压吧。"

荣雪到底不是铁石心肠，知道他安排'十一'班级活动，并非假公济私想和她相处。实际上照他的性格，他们两个夹在同学堆里，很多话都得憋着，估摸着他还真没什么兴致。

她语气软下来："行吧，我调好时间通知你。"顿了顿又道，"你是班长，又是本市人，有些同学第一次离家，你多关心一下，有时间带他们去玩玩儿也好。"

邵栖一脸崩溃："别说了，我'十一'已经被同学全定下来了，吃喝玩乐全陪，想出去旅游都不行。"

果然是很受欢迎啊，荣雪心想。不过话说回来，虽然这家伙总有恶形恶状，但本质还算是个热心善良的男孩。

邵栖又补充一句："当然你留在学校，我肯定是不会去远处的。"

荣雪："……"

好吧，她决定收回上面的表扬。

一到放假，宿舍就只剩下荣雪一个人，有男友的和男友双宿双飞，没男友的在本市的江凝有疼爱她的父母。唯独她一个人留在学校，为生计奔波。

"十一"假期她被安排了三个小班的课，加上还有很多杂事要管理，几天下来几乎是连轴转，中午也回不了学校食堂，午餐和晚餐都是草草解决，回到宿舍基本上也晚上七八点了。

她喜欢这种忙碌的感觉，因为可见的收入能给无依无靠的她带来安全感。

到底是抵不过邵栖的软磨硬泡，荣雪答应了跟他们班去聚餐。

聚餐说的是4日六点半，她当天五点多就回了宿舍。

大概这几天食无定时，又太劳累，从下午上课荣雪就一直觉得胃隐隐作痛，回到宿舍后疼得更厉害。她见时间还早，就喝了点热水准备先睡会儿补个觉。

可虽然累，但因为胃部一阵一阵的抽痛，荣雪压根儿睡不着，只觉得脑子昏昏沉沉，连翻身都没力气。

也不知过了多久，迷迷糊糊间听到枕头边的手机响起，她拿过来放在耳边接听。

那头传来邵栖的声音："亲爱的班导，同学们已经去餐厅了，我在你宿舍楼下等你，你下来吧。"

荣雪艰难地将手机拿开看了下时间，离六点半已经只差十分钟了，但是她现在真的一点力气都提不起来，脑门上的冷汗一直在冒。她闭着眼睛哑声道："邵栖，你先去和同学们吃吧，我晚点再过来。"

邵栖啧了一声，似乎有点不爽："你有什么事？怎么天天跟国家领导人一样忙，我爸都比不过你。我在楼下等你，你快下来！"

男孩的任性和霸道袒露无余。

荣雪没心思和他计较，舒了口气，低声道："邵栖，我有点不舒服，你先去吧，别等我。"

邵栖正要发作，忽然觉察到她的声音不对劲："你怎么了？"

荣雪有气无力道："没事，老毛病而已，你们先去吃吧，我缓过这一阵马上就过去。"

胃部传来的疼痛越来越严重，她没心思多解释，草草挂了电话，准备下床去找止疼药。但是整个人昏昏沉沉，提不上一丝力气，从上铺下来时，忽然脚下打滑，直直摔了下去。

床位虽然算不上高，但也着实砸出了一声闷响，好在不是脑袋着地。

她想爬起来，可那种被疼痛缠绕的眩晕感，让她只觉得整个世界天旋地转，有种失真的错觉，明明脑子还算清醒，但瘫在冰凉瓷砖上的身体却完全不受控制。

这让荣雪忽然生出一种恐惧般的自嘲：若是自己就这么死了，是不是要等几天后，江凝回宿舍，自己的尸体才会被发现？

她这个时候才惊觉孤独有多可怕！

不过这种念头并没有持续多久，外头响起敲门声："荣雪！荣雪！"

是邵栖的声音。

荣雪想回答他，但张开嘴却发不出声音。

"荣雪，你是不是在里面？"

"你怎么了？快开门啊！"

"荣雪！荣雪！"

几声焦灼的呼唤之后，匆匆离开的脚步声响起，门口又变得安静。

荣雪心里一凉，好像乍然得到的一线生机忽然就这么断了。

她躺在冰凉的地板上，昏昏沉沉的脑子里，出现很多梦境般的画面。

她看到自己小时候，跟着在小镇卫生院当医生的爸爸，下到村子里替人看病。

她又看到年幼的自己，趴在门外看着躺在小小病房里的爸爸，她想进去，却被医生和母亲拉走。

紧接着世界一片黑暗，小小的她在黑暗中大叫"爸爸！爸爸！"

"小雪！"爸爸的声音出现在黑暗的尽头。

小荣雪用力往声音传来的地方跑去。

那声音越来越近，越来越近。

但忽然又变成了一个年轻男孩的声音："荣雪！"

在黑暗中盘旋的荣雪被拉回现实，她迷迷糊糊听到外面有声音："阿姨，你赶紧开啊！她正在里面，我刚刚打电话了，肯定是出了问题。"

随着门打开的声音，就像是有一道光线射进来，将黑暗打破，荣雪艰难地睁开一点眼睛，看到几个人慌慌张张地闯进来，然后自己的身体就离开了冰冷的地板，落入一双有力的臂膀中。

"荣雪，你醒醒，你怎么了？"这是邵栖的声音。

"快快快！送医院。"宿管慌忙指挥。

邵栖抱着人跑得飞快。

荣雪只觉得颠簸得厉害，但是男孩身上的温度，驱散了刚刚的恐惧和孤独，让她有种安心甚至想要依赖的感觉。

之后，她就完全失去了意识。

荣雪再次醒来睁开眼，满目都是白花花的墙壁。

"醒了？"

荣雪还没辨认出身处何地，眼前忽然冒出一张俊脸，将她的视线完全挡住。

"邵栖……"她总算是发出了声音，但仍旧微弱，带着点嘶哑，也不知是这几天讲课太多，还是纯粹身体虚的缘故。

邵栖重重舒了口气："你吓死人了，知不知道发生了什么事？"

荣雪闭眼缓了会儿："谢谢你送我来医院。"

她还记得之前的事，自己胃痛下床时摔倒一直没爬起来，后来是邵栖叫了宿管开门，抱着她来医院，但再之后的事就记不得了。

邵栖摆摆手："说这个干什么！你知道你身体状况多夸张吗？"

荣雪勉强笑了笑："就是胃痛，老毛病了。"

邵栖瞪大了眼睛："老毛病？你才多大年纪？你是胃炎，而且除了胃炎，医生说你还重度营养不良。"说着，他自然而然伸手捏了捏她的脸，"我说你怎么看着这么瘦！这都21世纪了，咱们国家已经进入全面实现小康的时代，竟然还有重度营养不良这种事！我算是服了你了！你说你天天就忙得连饭都没空吃？"

荣雪有点尴尬，一来是被一个男生这么自然地捏脸，二来是对自己营养不良这件事也确实有点诡异。

无奈她躺在床上打着点滴，力气还没恢复，加上这人算是自己的救命恩人，也不好跟他计较这种小事。

她不自在地笑了笑："就是这段时间比较忙，确实没顾上好好吃饭。"说完抬头看了眼吊瓶，"还要打几瓶？今晚能出院吧？"

"你还想今晚出院？！"邵栖一脸服了她的表情，差点跳起来。

"我的身体状况我自己知道，回去养养就没事了。"在医院无非开点消炎药，多吊几瓶葡萄糖，她自己是学医的，一切再清楚不过。

邵栖呵呵冷笑两声："你知道就不会晕倒在宿舍地板上，要不是咱们班聚餐定在今晚，宿舍就你一个人，指不定出什么事。"说到这里，他忽然就觉得有些后怕，万一今晚自己没打电话给她，没在电话里听出不对劲，她是不是就会在地板上睡一夜？

他重重吸了口气，板着脸道："医生说了，你至少得在医院住三天观察情况。放心吧，我会陪你的。"

三天？

荣雪忧心忡忡皱起眉头，虽说校医院可报销大部分，但后面几天辅导班的课上不了，得损失一千来块，是她两个月的生活费，想到这个，本来已经不痛的胃，又隐隐抽痛起来。

邵栖觉察出她似乎不舒服，凑上前摸了摸她的额头："怎么了？胃还疼？"

荣雪摇头，顺便将自己的额头从他的手下移开，这家伙估计是从电视里学来的，看到病人就摸额头以表关心。

她是胃病，又不是头痛！

虽然荣雪很想坚持出院，但自己到底是学医的，知道遵医嘱的重要性。她抬头看了眼墙上的时间，已经过了九点，想起今天的聚会，有点内疚道："你没去聚餐吧？真是不好意思，把你们的聚会搞砸了。"

邵栖不以为然道："吃饭什么时候都能吃。我给老付打了电话说你进医院了，让他们自己吃。他们还说要来看你，被我严词阻止，一窝蜂来不知道会多吵。"

荣雪一时没反应过来老付是谁，片刻才想起是副班长付成，这名字和他的身份还真是绝配。

她笑了笑，问："你吃饭了吗？"

邵栖摇头。

荣雪心里过意不去："你快去吃吧，不用管我了，我不会再晕倒的。"

邵栖一双黑得深不见底的眼睛带着笑意看她："我跟你一块儿吃，我让阿姨熬了粥，应该马上就会送过来了。"

他话音刚落下，病房外就有人敲门，然后一个中年妇女的脸试探着看进来，看到里面的人后，笑道："小栖，我给你送饭来了。"

邵栖起身走过去，将保温饭盒接过来，撒娇般地抱怨道："张姨，你怎么这么慢啊？我都快饿死了。"

张姨笑嘻嘻道："你快八点多才打电话，小米粥熬软哪儿有那么快。"

"行啦行啦，你回去早点休息，我爸还没回家吧？"

张姨道："可不是么。"然后歪头朝里面的病床看了眼，问，"小栖，你交女朋友了？"

荣雪对上这位阿姨的目光，有点尴尬地笑了笑。邵栖转头看了她一眼，看出她脸上的尴尬，清了清嗓子一本正经道："张姨，你胡说八道什么！这是我们班导。"

"哦！"张姨点头，"那你们吃饭，我走了，明天要送什么记得早点告诉我。"

"知道知道。"

邵栖送她出门，想了想，站在门内伸出脖子，小声道："张姨，以后会是女朋友的。"

"什么？"张姨没反应过来。

邵栖笑嘻嘻用手指往后指了指。

张姨和他家算是远房亲戚，从他父母离异后，就一直照顾他，是保姆也算是半个母亲。见她一头雾水，邵栖又小心翼翼地轻声道："她是我喜欢的女孩儿。"

135

张姨眨了眨眼睛，面露喜色："真的吗？"

可惜她刚刚没仔细看清楚女孩子长什么模样，不过邵栖这孩子心高气傲，他喜欢的女孩子肯定不会差。她之前一直还有点担心，邵栖长到十七八岁，除了学习就是跟着一帮小子招猫逗狗瞎玩儿，没见过他在这方面开过窍，什么早恋影响成绩，在他这里完全不存在，当然更不会有当坏小子欺负哪家姑娘这种事。

现在忽然听到他说女朋友三个字，张姨顿时有种吾家有儿初长成的感觉。

张姨露出老母亲般的欣慰目光，小声道："那你加油！追女孩子可要控制点自己的脾气啊，不然会把女孩子吓走的。"

"知道知道！"被中年妇女教育追女生还是很没面子的，邵栖很不客气地打断张姨的话。

第四章

他的温柔也动人

邵栖关好病房的门，拎着保温桶回到床前。

他将盖子打开，给荣雪盛了一碗小米粥，见到她挣扎着要爬起来，赶紧大声道："你别动！"

荣雪被这语气弄得愣住。

邵栖放下手中的饭盒，伸手扶住她的肩膀，一本正经教育她："你还吊着水呢，要干什么叫我就好，乱动碰到针头怎么办？"

荣雪浑身僵硬地被他扶起来。被一个十八岁的男孩说这些话，真是有些哭笑不得。

"邵栖……"在床头靠好后，她想了想，试着开口，"今天谢谢你，我没什么大碍了，你早点回去休息吧，不用管我。"

邵栖看了她一眼，轻描淡写道："秋季运动会你是不是打算报铁人三项？"

"啊？"

邵栖："这么能逞强！"

荣雪反应过来，失笑："我真没事，就是胃炎而已。咱们中国人一半以上胃都有毛病。"

邵栖故意干笑两声："你还知道自己是胃炎？！我今晚就在这里陪

你，旁边的床位我已经订下来了。"

荣雪看了眼旁边那空荡荡的病床。这是江大附属医院，很少有空的床位，她刚刚还想自己运气好，双人病房竟然只住了她一个人。

邵栖对她脸上的犹豫视而不见，端起小米粥坐在她旁边："你不用担心，我不会因为照顾你就要求你跟我在一起。毕竟我是一个五讲四美的好青年，助人为乐使我胸前的红领巾更鲜艳。"

荣雪被他逗笑。

哪知，邵栖又笑嘻嘻道："反正来日方长，总有一天你会成为我女朋友的。"

荣雪："……"

好吧，她还是决定不和他在这个问题上纠结，估计说得越多他越来劲儿。

虽然她有时候觉得被这么个根本不可能的小男生缠着，是件苦恼又烦躁的事，但她不得不承认，今晚因为病痛倒在宿舍的那种无助，真的让她心有余悸，所以对于他及时伸出援手，荣雪还是很感激的。

不仅仅是因为他救了自己，还因为那种孤独无助时得到的温暖和熨帖。

邵栖将饭盒放在她面前，舀起一勺粥往她嘴边喂："来，张嘴。"

荣雪无语地看着他："邵栖同学，我只是胃炎，手还好好的。"

邵栖干笑两声，将饭盒递给她："行吧，铁人三项选手。"

荣雪无奈地笑，自己拿起勺子开始慢慢喝粥。

小米粥熬得很软糯，不冷不热刚好。荣雪晚上还没吃饭，而且打着点滴，冰凉的药水进入血液，半边身子都是凉的，急需补充一点热量。

她吃了两口，看到坐在旁边的邵栖吃的也是粥，有些好笑道："你怎么也吃这个？"

"和你同甘共苦。"说着他朝她一笑，"而且在病号面前吃大鱼大肉有点不道德吧？"

荣雪失笑，她本以为他是那种从小被宠坏，以自我为中心的男孩，没想到也有善解人意、为人着想的一面。

大概本质上确实如他所说，是个五讲四美的好青年吧。

青年？

荣雪不动声色打量他一下，也就是个没长大的少年！

因为患的是胃病，荣雪也吃不了多少，不过喝了大半碗小米粥，整个人舒服了不少。她不敢一直躺着，喝完了就下床活动，但手上吊着水，活动范围只能限于病房。

其他还好，就是打了点滴总想上厕所，而普通病房里没有配厕所，要去走廊尽头。

她本想叫护士帮忙，但邵栖那么大个人杵在病房里，她还没按铃，他就发现了，凑上来十分善解人意地问："你要干吗？上厕所吗？"

荣雪无奈点头，其实真没必要这么善解人意好吗？

邵栖："我带你去。"

于是就成了邵栖帮她推着吊瓶架子，一路送她到女厕门口，等她慢悠悠上完从里面出来，又推着吊瓶架子送她回病房。

他显然没照顾过人，有点笨手笨脚，好几次还差点将吊瓶架子给弄翻，然后气得要跑去找医生换VIP病房，不过被荣雪给制止了。

学校报销医药费，但病床的费用得自己掏钱，普通病房一个晚上就几十块，VIP病房则贵了好几倍，她花不起这个冤枉钱。

打完今晚最后一瓶点滴，已经过了十一点，也到了睡觉的时间。

荣雪没办法将邵栖赶回家，只能由着他留在病房内。而且她身体虚，只想赶紧好好休息一晚，让精神尽快恢复。

关灯后，病房内暗下来。

好在荣雪是学医学的，对孤男寡女住在病房这种事没什么遐想，很快就迷迷糊糊，快要睡过去。

"你睡了吗？"安静的病房里，响起邵栖的声音。

"快了。"

"要不要我给你讲故事？"

荣雪："……"

没得到回应，邵栖又唤道："荣雪！"

"……"

"小老师！"

"……"

"班导！"

"……"

"学姐！"

"……"

"荣小雪，小雪雪……"

"闭嘴！"

荣雪觉得让这人留下来，真是一个错误的决定。好吧，虽然也不是她能决定的。

幸好她不是什么重病，不然被这么烦人的人陪护，只怕病情都得加重几分。

邵栖闭了嘴，但他没什么睡意，过了一会儿，感觉到荣雪翻了个身，忍不住又开口："你是不是睡不着啊？"

荣雪："你别说话，我很快就能睡着。"

"好吧。"

这一次，邵栖终于没再说话，睁着眼睛望着黑暗中的天花板，静静听着旁边的呼吸，直到确定荣雪的呼吸是入睡后的深沉平稳，他才渐渐接受姗姗来迟的睡意。

大概是吊瓶里有镇痛舒缓的成分，荣雪这一觉睡得还不错，一觉到天亮才醒来。

只是睁开眼就看到了邵栖的脸离自己只有不到十厘米的距离。

不过他几乎是马上退开，欲盖弥彰道："我没干什么，就是看你醒了没有。"

荣雪想起那次在酒店，他凑上来自然而然亲自己的场景，这回虽然没有明目张胆，但刚刚自己还没醒时，他偷偷干了什么也说不定。反正这家伙胆大包天。

邵栖坏笑地看她："好吧，我承认刚刚是准备偷亲你一下，但你醒了，所以我这坏事还没干成。"

就是淡定如荣雪，听他如此坦荡荡说出这话，脸上还是微微发热。

她爬起来，看了看他，见他头发凌乱，衣服也有点皱皱巴巴，开口道："我真没事了，医院不方便，你回去洗洗吧，我打完吊瓶也得回宿舍，下午你就别来了。"

邵栖歪头上下打量她一番，发觉她的状况确实不错，这才点头："等张姨送完早餐，我陪你一起吃完早餐再回去。"说着撩起衣服闻了闻，有点嫌弃地喷了一声，"昨天下午打了会儿球没洗澡，味儿是挺大的。"

荣雪看着他，不知为何有点想笑，不是嘲笑，而是莫名觉得心情不错。

张姨果真没多久就送来了早餐，还给邵栖送了洗漱用品。

邵栖陪荣雪吃完早餐，又陪她打完一瓶点滴，这才不情不愿地回了家。

荣雪辅导班的假只请了上午，一来是找不到代课的老师，二来是她和医生商量，吊瓶集中在上午就行，晚上再来吊两瓶营养针。她的胃炎不算太严重，营养不良靠输液也是治标不治本。医生对她的要求没反对。

邵栖离开后，她输完上午的点滴就离开医院回宿舍洗澡换衣服，然后去了机构上班。

忙了一个下午，回到医院已经六点多了，荣雪在外面买了份粥准备带到病房吃，只是一推开房门，就看到了一脸阴沉的邵栖。

"你去哪里了？我打你电话关机，宿舍也没人。"他看到来人，噌地跳起来，语气十分不满。

荣雪这才想起上课时关了手机一直没开。她以为自己说了让他下午别来，他听进去了的，哪知他压根儿就没听。

"我去机构上了会儿课。"她回他。

邵栖不可思议地看着她："不就是个兼职，你犯得着吗？"

荣雪叹了口气："这份工作对我很重要，而且我的身体我自己有数，没什么问题。"

邵栖冷哼了两声："你都晕在宿舍了还有数？我跟你讲，你明天和后天必须在医院老老实实待着，医生说你没事让你出院才是真的没事。"

荣雪顿了顿，道："邵栖，我必须去工作。"

邵栖眉头皱了皱，问："你是不是缺钱啊？"

他好像现在才意识到这个问题。

荣雪无奈地笑了笑，思忖了片刻，淡声开口："我不缺钱需要这么

141

拼命打工吗？邵栖，我跟你不一样，我没有你那么有钱的家庭。我读书和生活的费用都得靠自己挣，如果没有钱，我连学都没法继续上下去。"她其实很不愿意和别人说这些话，因为不喜欢看到对方对她流露出怜悯和同情，说到这里，停了停才继续道，"前几天你在食堂里说人家穷酸样的那个男生，他为了省钱每天在食堂吃饭不会超过十块钱，放假七天你们很多有钱人家的学生到处旅行，但他得到处找兼职，一份促销兼职都弥足珍贵。我运气比他好一点，因为机构的兼职还算稳定，可我还有四年学业，一旦丢了这份工作，可能也得一分钱掰成两半用。"

她看向邵栖，一字一句道："我们这种人叫作贫困生，跟你们是完全不一样的，你懂吗？"

邵栖从来没有听她一口气对自己说过这么多话，却听得很不是滋味。

他当然知道贫困生意味着什么，之前高中也有家境不好的同学，班上还发起过捐款，他捐了一千块的压岁钱。

他看得出荣雪家境不富裕，但大概是她看起来和自己印象中的贫困生不大一样，就算是穿着朴素，也不觉得寒酸，所以他一直觉得她就是那种来自小地方普通家庭的学生而已，并没有和贫困生三个字联系起来。

他支支吾吾不知说什么，半晌后，忽然福至心灵般看着她道："你放心，我告诉我爸，让他资助你，他每年都给希望工程捐款的。"

荣雪哭笑不得："我还没到需要被捐款的地步，只是想告诉你，我们的成长背景和生活方式完全不同。你可以任性地以高分来到江大读医，因为你有家庭给你兜底，人生可以随时洗牌重来，不怕行差踏错。而我却必须一步一步认真走，我不求出人头地，可必须学好赖以生存的手艺。我之所以不打算谈恋爱，是因为在我还没有安身立命的能力之前，风花雪月对我来说真的太奢侈了。你明白吗？"

算起来从暑假到现在，她或直接或间接拒绝他已经不知道多少次，邵栖一开始是惊愕，到后来就变成厚颜无耻的无所谓，哪怕是她流露出对自己的厌恶，他也没觉得有什么了不起，分不清到底是死猪不怕开水烫，还是越挫越勇。

但是此刻听她说这些话，他忽然就没办法无所谓起来。

因为这让他感觉自己对她的纠缠看起来有些面目可憎。

其实荣雪之前也说过"我很忙，没心思陪你玩一场恋爱游戏"这样的话，但从来没说得这么推心置腹，甚至有那么一点将自己不愿示人的内心，展示给他看。

她静静地看着神色莫辨的邵栖，忽然有点想笑。

这孩子不是被她的话吓到了吧？

邵栖沉默了片刻，冷不丁问："你的意思是要等毕业工作了才考虑交男朋友的事？"

荣雪微微一怔。她当然知道爱情是做不了计划的，但在她可见的人生计划里，如果没有意外，大概就是如此。

她想了想点头："没错。"

邵栖掐指一算，至少还得四年，虽然他是年轻，等一等也无妨，不过这事当然还是希望能早点，毕竟二十多岁才开始初恋，说出去还是很没面子的。

他纠结了片刻，咬咬牙试探问："能不能稍微早点？你看啊，咱们专业到了研究生阶段是不用学费的吧？我觉得等你上了研究生就差不多可以考虑了。"

荣雪听他这试图和自己打商量的语气，实在有些想笑，实际上她也轻笑出声，想了想还是道："说是这样说，但感情这种事肯定是计划不来的，说到底还是顺其自然。"

邵栖一听还有余地，心下暗喜，但随即又涌上一股失落，照她的意思，应该是如果遇到喜欢的人，计划也就失效。而显然这个人不是他，至少现在还不是。

他想了想点头："嗯，顺其自然。"

他本来想说我等你，但觉得这种承诺没有什么意义，也怕给她压力，于是到嘴边的话又咽了回去。

荣雪明显感觉到他因为自己的话受到影响。其实但凡一个心智齐全的成年人，听到这些话，想必都会有点什么想法。

她不知道邵栖会不会善解人意地知难而退，不过照他晚上坚持留下来陪她的做法，估摸着自己还是不能太乐观了。

好在隔日打完吊瓶，她去机构上班，他并没有表达什么意见。

"十一"黄金周很快过去，荣雪的身体也恢复得差不多了。不过她闹了这么一回，还是有些后怕的，等没那么忙了，就开始正常吃饭睡觉，有空还去操场跑跑步锻炼身体。

"十一"假期之后，新生正式上课。医学生大一的课程不少，都是些基础课。忙起来后，新生们终于不会再因为鸡毛蒜皮的小事找荣雪。

邵栖虽然还是会每天给她发短信、打电话，但也不算频繁，聊的都是些班上的事情，再也不是之前那种只差在脸上写着"我就是来追你"的样子了。

这让荣雪暗自松了口气——虽然她之前也并没太放在心上。

那次医院谈话之后，邵栖回去难得自我反思了一下。一个每天为了生计和学业奔波的女生，遇到一个死缠烂打想和她谈恋爱的男生，大概也会觉得很烦吧！

他粗略算了一下，按照荣雪的生活方式，学费加上生活费，一年两万块都用不了，也就他买球鞋和运动品的钱。

看着她一边住院一边打工，他都恨不得说我养你好了。

但他知道这话不能说，一来是两人连情侣关系都不是，二来是他用他老爸的钱养女朋友这种事，老爸是不会有意见，但荣雪肯定是不会答应的。

毕竟她连资助都不接受。

在这个随处可见学生傍大款的时代，她没有"恃靓行凶"，也算是个倔强的稀有品了。这也再次证明自己的眼光还是很不错的。

自从高考之后，邵栖基本上就像是回归山林的野猴子。这个周末，难得在家的邵父，看到同样难得在家的儿子似乎没有出去野的打算，正想着安排个什么活动沟通一下父子感情，邵栖忽然跑到他房间问："爸，你们公司有没有什么可以供大学生兼职，收入高又轻松，还不用坐班的工作？"

邵父愣了下笑问："你想兼职？钱不够花吗？"

"不是！"邵栖道，"我是帮我一个朋友问的，她家庭条件不好，一直都在辅导班打工，但赚得不多，还挺忙，一个女孩子晚上还得去坐班。"

邵父笑："你知道我们金融业收入很高吧？"

邵栖翻了个白眼："不高也不用问你。"

"但你知道高收入是怎么来的吗？"

邵栖想到老爸常年出差加班的状态，觉得自己似乎是问了个傻问题，叹了口气摆摆手道："算了算了，我再想办法。"

邵父默默看着他，虽然大学就在家附近，但邵栖住校，如今父子俩见面的机会越发少了。他发觉儿子似乎又长大了一些，虽然还是一张青涩的少年面孔，但个子挺拔，肩膀也宽了，确实可以说是个大人了。

他想起之前张姨说儿子在医院照顾生病的女孩子，笑着问："儿子，你是不是交女朋友了？"

邵栖愣了下，高声否认道："没有。"

"没有吗？那你之前让张姨给你生病的女同学煮粥？"

邵栖没想到张姨把自己出卖了，恼羞成怒道："不是女朋友！"

邵父恍然大悟般笑道："我知道了，是还没追上。"他顿了顿，又道，"你刚刚就是帮那个女孩子问的吧？"

被老爸戳中心事的邵栖恼羞成怒，瞪着眼睛支支吾吾半天没说话。

邵父笑道："儿子都开口了，我这个做老爸的肯定得帮忙。虽然我公司没法提供兼职，但我个人还是可以资助一下她的。"

邵栖忙不迭摆手道："不行，她不接受别人资助。"

邵父乜了他一眼："直接给钱这种伤自尊的事你觉得老爸会做？她是在辅导班兼职吧，放心，我有办法。"

"你有什么办法？"

"反正有办法。"

邵栖将信将疑地看了看老爸，决定勉强相信他一回。

12月下旬，是辅导班发年终奖金的日子，这本来和兼职的荣雪没关系，但是那天李老师却叫她进办公室，然后拿了个信封给她。

"荣雪，你在我们机构做了两年，工作一直很负责，但因为是兼职，从来没有拿过年终奖。今年我们几个管理人员商量了一下，一致同意把年终奖给你也算上。"

虽然在这里兼职了两年，但平时每天也就上两个多小时的班，竟然会有年终奖，荣雪顿时又惊又喜："谢谢李老师！"

李老师笑："不用不用，你继续好好干吧，以后奖金都有你的份。"

荣雪接过信封，厚得让她再次吃惊。

从李老师办公室出来，她拿出钱数了数，竟然是整整一万块。她在这里兼职，除去课时费，一个月也就一千块的工资，怎么都不可能拿到一万块的奖金。

她赶紧走回办公室："李老师，你是不是搞错了？"

"什么？"李老师抬头看她。

荣雪笑了笑，走过去将那个棕色的牛皮信封放在桌面上："你拿错了。"

李老师愣了下，笑开："没错没错，这就是你的奖金。"

荣雪道："李老师，我只是兼职，怎么会有这么多奖金？"

一万块足以覆盖她一年的学杂费和半年的生活费，她也希望这钱是她的，但无功不受禄，她不能白白拿下不属于她的钱。

李老师摸了摸鼻子，有些不太自然地笑道："是这样的，其实这个奖金呢，是之前一个学生家长给你的感谢费，他家孩子在你的课堂上提高了很多，所以很感激。但是他们怕你不收，就想以辅导班奖金的名义给你。"

学生家长？

荣雪教过的学生不多，除了暑期夏令营，大部分是短期班，成绩有大提升基本上不太可能。她想象不出哪个学生家长会这么大手笔感谢一个辅导班的老师。

李老师见她神色纠结，笑道："你就安心收下吧，咱们这边老师经常收到家长的红包，不是什么大事。"

荣雪想了想问："您能告诉我是哪个家长吗？"

李老师道："这个恐怕不是很方便，那位家长怕你不收叮嘱我们不要透露他是谁。"

其实这个时候，荣雪心里已经有了几分猜测，她没继续追问让李老师为难，道了声谢就拿着信封离开了。

回到学校，她看着那厚厚的信封，挣扎良久，确定自己做不到装作什么都不知，最终还是拨通了邵栖的电话。

这么久以来，她从来没主动给邵栖打过电话，乍一听到她的声音，邵栖还以为自己搞错了。听到她说在自己宿舍楼下有事找他，邵栖赶紧套上衣服屁颠屁颠跑下来，速度堪比百米冲刺，还差点撞翻了两个上楼的男生。

为了不给她压力，这段时间他刻意没在她面前刷存在感，所有的联系和相遇都是顺其自然，好吧，有时候也是故意的。

荣雪一眼认出来邵栖身上的那件蓝色羽绒服，正是之前在商场参加活动赢的那一件。

"什么事？"邵栖气喘吁吁跑到她面前。

荣雪将信封递给他："这个还给你，我很感谢你，但是真的不用做这种事。"

邵栖接过信封打开，看到里面一沓钞票，一头雾水看向她："这是什么？"

荣雪道："你让机构以发奖金的名义给我的钱。"

邵栖一脸莫名："我没有。"

荣雪笑道："邵栖，我知道这点钱可能对你对你的家庭来说，确实不算什么，但我真的不需要你用这种方法帮助我。"

邵栖喷了一声："我真没有。"

荣雪却觉得他是演戏，笑着摇摇头道："不管怎么样，谢谢你，以后不要再这么做了，这让我有点难堪。"

接受一个小自己三岁的男生的资助，确实是件很难堪的事。

邵栖抓了抓脑袋，忽然灵光一闪，扒开信封看了看，又看了眼荣雪，支支吾吾道："我，我知道了。"

说完他拎着信封一溜烟跑上了楼，还没进宿舍就拨通了他爸的电话。

那头的邵父大概是在开会，声音很低："儿子，有事？"

"你是不是给辅导班钱，以他们的名义给人发了奖金？"

邵父道："是啊！你怎么知道？我叮嘱了那边的负责人不让说的。"

"你把人当傻子吧？人家一下就猜到了。"邵栖气得青筋直跳，也不管那头的邵父在工作，劈头盖脸就是一顿喷，最后以邵父讪讪笑着道歉告终。

老爸好心的举动，无疑让邵栖在荣雪面前多了几分尴尬。连着几天在医学院教学楼偶遇，邵栖都是低着头挪开，等荣雪走过去，他才转身去看人家。

至于荣雪这边，除了一开始有些微妙的尴尬，她很快就将这件事抛到了脑后。毕竟她的人生没有那么多精力去在意这些细枝末节的小事。

尤其是到了学期末，是她最忙的时候，因为成绩对她来说比什么都重要，除了可以拿到奖学金，将来安身立命的饭碗也得靠这个。

她在自习室看到过邵栖几次，他和同学一起。不过他上自习的表现，没有半点入校第一名的样子，旁边的人埋头苦学，他经常埋头睡觉。邵栖大概就是那种过了高考，就彻底放飞自我的学生。

当然，也可能是他对这个专业不感兴趣。

荣雪其实还是有点担心，因为不知道他将来会不会后悔自己的选择。

"谢谢你给我介绍的家教，试讲已经通过了，那家家长还说寒假需要补课的话也找我。"上完自习，刚刚从楼里走出来，荣雪就遇到了陈文胜。

"是吗？那很好哇！"

陈文胜从包里拿出两个杯子："这是我之前促销的赠品，没送完发给了我们一大堆，送给你。"

荣雪看着那可爱的杯子，没有去纠结这到底是促销剩下的赠品，还是这个男生专门买来送给她的谢礼。这是属于两个贫寒学生之间不带任何感情色彩的交换和馈赠，所以她坦坦然然收下了，笑道："很好看，谢谢你啊！"

陈文胜也笑："就是不要钱的赠品，你喜欢就好。"

两人说说笑笑往宿舍区走，没有注意到身后不远处的邵栖，看到她接过杯子放进书包后，将自己的牙齿咬得咯咯作响。

偏偏旁边的副班长同学还不知死活地煽风点火："那不是班导吗？我还以为学姐不会笑呢！那不会是她刚交的男朋友吧？笑得多开心！"

邵栖瞥了眼副班长，没好气道："你眼瞎吗？那人看着像是班导男朋友？"

副班长犹不知死活："怎么不像了？送人杯子就是一辈子的意思。学姐都收了，我看有戏，而且两个人还挺配的。那男生好像是大四的一个师兄，成绩挺好的，长得也还不错，就是家里条件好像不怎么样。不过咱们专业也不用拼爹，毕了业谁厉害还得看本事。"

邵栖一脸同情的目光看着他："年纪轻轻就这么瞎了，真可怜啊！"

副班长嘿嘿地笑："我明明是火眼金睛。"

"滚！"

邵栖看向前方谈笑风生的两人，愤愤地哼了一声：有什么好笑的？！

他记得这个男生，就是上次在食堂看到的那个，荣雪说过他们都是贫困生。两个人当然没有什么暧昧关系，何况同学三年多，要是有早该有了。

只是刚刚看到那一幕，他心里还是生起了一股危机感。她都没收过自己送的东西，那人给的杯子就那么收下了，想想就有点不爽。

而且看这架势，指不定哪天就会同病相怜惺惺相惜，进而有了点什么。

邵栖在大四那边有两个眼线，是打球认识的学长。他一回宿舍，就赶紧约了球。

一场球下来，他算是打听清楚了。

那男生叫陈文胜，确实和荣雪没关系，而且这家伙竟然还有个异地的女朋友。

但这并没有让他心里舒坦多少，因为据热心学长的可靠线报，他们年级对荣雪有意思的男生还不少，若不是因为她整天不是学习就是打工兼职，完全没有心思考虑这种事，只怕追她的人已经前仆后继。

也就是说，荣雪还挺受欢迎。

不过也是，不然怎么会吸引他？

虽然他自命不凡，但说到底也只是个肉眼凡胎的正常男性。

之前在医院听到荣雪说了那些话，邵栖本来是觉得自己应该做一个善解人意的追求者，不要给她压力，顺其自然就好。

哪知现在有压力的变成了自己，而且简直是危机重重。

陈文胜那种吃饭都吃不起的男生都有女朋友，他追个女孩儿却跟只无头苍蝇乱撞一样，完全不知道什么时候才能看到曙光。

哪怕他从来都自信且乐观，却也不得不承认，在这件事上，他和学长口中那些对荣雪有意思又不敢行动的男生没什么差别。

唯一比那些人多一点的，大概就是自己脸皮厚、够直接，但可能也算不上什么优点。

十八岁的男孩，第一次觉得有点惆怅。

他觉得自己还是不能坐以待毙，要是哪天一不小心发现荣雪跟别人好了，他肠子都得悔青。

和学长告别后，邵栖就重新罗列了一下自己的计划。

像之前那样直接追求死缠烂打肯定是不行的，这会让她反感，但存在感必须得刷，最好是不知不觉让她习惯自己的存在，等哪天反应过来，已经离不了他了。

想想还有点小激动呢！

于是本来这段日子与邵栖碰面不是很多的荣雪，忽然发觉遇到邵栖的概率又大大提升了。不过基本上都是在教室或者自习室见到，有时候则是他作为班长，因为班级上的一些事情找她。

总的来说，都十分正常，他没说过什么不合时宜的话，也没有两个人独处的机会，就算是在食堂遇到，邵栖旁边通常也有其他男生，比如副班长和大块头郑晶晶。

她没有多想，只是在这种不经意的相处和交往中，邵栖对她来说，已经不知不觉成为一个生活中熟悉得不能再熟悉的人，甚至有点像一个朋友。

不过想到邵栖那种朝气蓬勃爱玩爱动的性子，如果两人是朋友，大概也是忘年交吧。

元旦三天，辅导班那边难得放了一次假。

实际上荣雪不怎么喜欢放假，因为这意味着宿舍里又只有她一个人留守。

也许是习惯了假期都在打工，乍一下有了三天空闲时间，她竟然还有点不适应，也不知道该找点什么乐子。倒是有男生约她去跨年，但她和那男生也不算熟悉，就婉拒了。

元旦前夕，她吃了晚饭就窝在宿舍看书。

不到九点，手机忽然响起。

她拿起来一看，是邵栖的电话。

"在宿舍吗？"刚接通，那头就劈头盖脸问。

"在。"

"我们班在学校的人去江边跨年，你跟我们一块儿去吧。"

荣雪有点犹豫，她其实有点不太想跟一帮大一新生凑热闹。

"来吧来吧，同学们让我叫你的，叫不到人我这个班长就失职了。"

"行吧。"

荣雪下楼，果然见有十来个学生正在等她。

看她下来，他们七嘴八舌地围上来你一句我一句，荣雪也没听清楚说了些啥，还是邵栖一声令下："走走走！赶紧打车去江边占位置。"

于是一群人蜂拥着往校门口赶。

此时已经进入了这个城市最冷的季节。虽然穿着厚厚的棉服，但是也能够感觉到夜晚的透骨寒意。然而看到这些仍旧对一切充满新鲜感的大一生那种热闹，荣雪忽然就觉得好像没那么冷了。

江边离学校不算远，十来个学生拼了三辆出租车，半个小时就到了。

每年的元旦江边都有跨年活动，一行人赶到时，岸边的人造沙滩已经挤满了游人。

啤酒屋里也是人满为患，浩浩荡荡十几个人，好不容易才在啤酒屋的露天座位占到两张桌子。

副班长拎了两打啤酒出来，吆喝大家开口，年轻人的狂欢夜正式开始。

"学姐，来来来！"人来疯老付，倒了一大杯啤酒，递给荣雪。

她还没伸手，旁边已经有只手横过来接了过去："女生喝什么酒啊！"然后冲其他几个女孩子一指，"你们几个都喝饮料就行，到时候喝醉了麻烦。男生也少喝点，这是露天，不比室内。"

说完他也不知从哪里弄来一杯热奶茶递给荣雪："喝这个。"

荣雪笑了笑抬头看向邵栖，在她的印象中，他就是一个任性妄为的大孩子，有单纯的一面也有恶劣的一面，但没想到他还有这种知轻重懂分寸甚至体贴的时候，竟然比其他人看起来都成熟懂事，完全是一个合格而且负责任的班长。

她拿过奶茶，低声道："谢谢！"

邵栖不甚在意地摇头，瞥了她一眼，在她旁边坐下。

一阵冷风吹过，饶是荣雪正喝着奶茶，也不由自主打了个寒噤。

邵栖感受了一下风的方向，默默起身坐到她另一边，为她挡住了寒冷的江风。

荣雪觉察到他的小动作，比起嘴上的各种甜言蜜语，这种不着痕迹的关心，会让人觉得舒服而熨帖。

她悄悄瞥了一眼他，他没喝酒，拿了杯饮料不紧不慢地喝着，也没跟其他人一块儿闹。

也不知是不是这段时间见得多了，她对他仅存的一点排斥，已经不知不觉消失不见。

众人闹了一会儿，副班长蹿过来："学姐，你有没有男朋友啊？"

荣雪愣了下，笑："没有呢。"

"真巧，我也没有女朋友呢。"

一个学期快过去，就算荣雪不是一个太负责的班导，也知道这位拥有十年班长经历的副班长同学是个人来疯，听他这语气就猜到接下来他要说什么不着调的话。

果不其然，副班长同学笑嘻嘻大声道："你看可以考虑我当你的男朋友吗？我这人优点明眼人都看得出，知性优雅、美丽大方、温柔体贴、勤劳善良，除了没我们班长大人长得帅，基本上可以说是十全十美了。"

荣雪虽然有点尴尬，但还是被他逗乐了。

其他人也一致发出好笑的嘘声。

只有邵栖脸色黑成了锅底。

副班长挺挺胸："怎么了？我说的是事实，学姐快考虑考虑吧。"

邵栖送给他一个眼刀子："老付，你要点脸行吗？"

"我怎么不要脸了？人人都有追求爱情的权利，不能因为我没你长得帅，就被剥夺这种权利。"说着他大手一挥，"来来来，今晚是咱们班的表白夜，我已经身先士卒，大家谁还要来的赶紧啊！"

他话音落下，果然有女生笑着凑过来，是个挺漂亮的女孩子，双眼亮晶晶地看向邵栖，大声道："班长，我知道你没女朋友，所以我要对你表白，我喜欢你！你能跟我交往吗？"

本来副班长刚刚的插科打诨已经让邵栖很恼火，现在这表白大会忽然变得半真半假，更加让他烦躁。

他这个年纪还没学会如何绅士，不客气地拒绝："不能。"

152

语气生硬得让本来兴高采烈的气氛一下变得有些尴尬。

副班长赶紧打圆场："就是开玩笑嘛，干什么这么认真？好好好，下一个！"

那个表白的女生，满脸失落地退回到座位上。然而被邵栖这么一煞风景，已经没有了下一个。

荣雪见气氛变得微妙，悄悄戳了戳邵栖的手臂。

邵栖看了她一眼，起身一本正经道："不好意思，我知道是闹着玩儿，刚刚我也没别的意思，只是我确实有喜欢的女生，所以不太喜欢开这种玩笑。"

荣雪很少见他这么严肃的样子，有那么一刹那，她觉得他口中的喜欢真实得好像不属于他这个不安分的年龄，以至于让她想认真思索起来。

副班长干笑了两声，跳起来叫道："啊！已经十一点多了，咱们快去江边占位置，跨年烟花马上就开始了。"

众人这才从尴尬的气氛中解脱出来，一窝蜂起身往江边跑。

荣雪和邵栖在最后面。

想到刚刚的场景，荣雪忍不住笑问："刚刚大家就是闹着玩儿，你这么认真干什么？"

邵栖睨了她一眼，义正词严道："在这种事上，我从来都很认真。你以为我像老付吗？"

荣雪知道他意有所指什么。好吧，她不应多问的。

不过虽然他有点破坏气氛，但刚刚他认真的样子，竟然让她对他有了点改观。至少这个男孩并不轻浮。

岸边已经站满了人，同学们三三两两被分开。

荣雪一眼看去竟然找不到熟悉的身影，只得和邵栖在一起。

邵栖抬手盯着腕表的时间看了会儿，忽然笑道："我给你变个魔法。"

"什么？"

"你闭上眼睛，我倒数到一，你再睁眼。"

"干吗？"荣雪奇怪地看他。

"你先闭上眼睛。"

荣雪笑了声,顺从地闭上了眼睛。

邵栖的倒数过了片刻才开始。

"10,9,8,7,6,5,4,3,2,1。"

在"1"落下的同时,伴随的是砰的一声巨响,荣雪睁开了眼睛。

入眼之处,是江面上半空中,腾飞而起的彩色烟花,组成的2007几个阿拉伯数字。

荣雪终于明白为什么烟花从来是浪漫的代名词,让无数女人趋之若鹜。

因为在烟花腾起的那一刹那,璀璨的光芒让所有的黑暗都变得微不足道。

邵栖的声音在她耳旁响起:"新年快乐!"

荣雪弯唇笑开,微微转头抬眼看他。

他的侧脸被烟花的光芒染上了颜色,有些许失真,却也有种难以言喻的美好。

她的心跳忽然加快了速度。

不怪她还年轻,只怪今晚夜色太美丽。

不过,对夜色太美丽的心动,就和烟花一样,虽然惊心动魄,但也转瞬即逝。

荣雪并没有将那点情绪太放在心上,即使那个跨年夜带给她的温暖和快乐,足以让她印象深刻。

过了元旦就是期末考试,到底是重点大学,考试的气氛让仅有的一点绮念也消失殆尽。

等到考试结束,学生们纷纷离校回家过寒假,而荣雪留校打工的日子又要开始了。

寒假不比暑假,留在学校的人屈指可数,基本上不到三五天,整座校园就人去楼空。而且江城的冬天很冷,宿舍又没有任何取暖设备,那种南方特有的湿冷,即使窝在被子里也半天暖和不起来。

而且她这次排的是下午到晚上的班,依旧是十点下班。

因为辅导机构附近都是校园,平日里这个时候还算热闹,但到了寒假,就冷清得有点吓人了。

这是荣雪上大学后的第四个寒假,饶是她习惯了晚归,大冬夜迎着寒风回学校，也是有点瘆人。

寒冷而孤独。

不过第二天下班她就碰到了邵栖。

他穿着一身运动装，耳朵上挂着耳机，手机缠在手臂上，说是夜跑，然后就顺便一路送荣雪回到了宿舍。

荣雪当然知道他是刻意为之，可她若是拒绝他的好意，又显得自己太矫情，毕竟他什么都没做。于是她就默默承下了这个好意，毕竟晚上有男生护送，确实安心不少。

以至于她偶尔会生出一个可笑的念头：像她这种人有个男朋友可能还是很有必要的。

隔日中午下楼吃饭，宿管叫住她说有人放了东西给她。

荣雪去拿，是个大纸盒子，打开一看，里面装着电热毯、电暖器和一叠暖宝宝，没写是谁送的，不过想想也知道是邵栖。

不得不说，这个寒冷的冬天，比起往年，多了一份温暖。

荣雪不是铁石心肠，也并不是不需要爱，只是在二十来年的人生里，她能得到的太少，也就不去奢求。

她本以为邵栖那样的男孩，不过是三分钟热度，他所谓的喜欢廉价而短暂，但随着时间变长，她终于也能感受到他的真心。没有人不喜欢被人真心以待——哪怕少年人的真心始终带着点不确定，很可能只是一场海市蜃楼的虚幻，美好但是短暂。

难熬的寒假幸好只有两个星期，她终于可以回家看奶奶了。

荣雪启程的那天，正好下雪，冷得厉害。

她坐的是普通绿皮车的硬座，环境很差，暖气可以忽略不计，好在只有六个小时，不算难熬。

只是她可能出门忘了看皇历，火车路程过半时，忽然停下来。

本来以为只是遇到风雪寻常的调整，没想到一等就是两三个小时。

车厢里的人渐渐焦躁起来。

广播里响起列车员的声音："前方遇到塌方，列车暂停运行，请大家耐心等待。"

然而这个耐心等待的过程渐渐变得漫长。

很多短途的乘客，本想下车换交通方式，但这里前不着村后不着店，只有旁边一条省道，还鲜少有车辆开过，也只能先作罢。

车厢里的暖气已经彻底停掉，热水也渐渐没了。

六个小时的车程，荣雪只准备了一点零食，哪知道会遇到这种倒霉透顶的事。

到了傍晚，车子还没有开动的迹象，旁边倒是有村民来兜售煮鸡蛋和热水，虽然坐地起价，但是和荣雪一样饥寒交迫的乘客，也管不了那么多。

荣雪本来也准备去买点充饥，然而拿包时却发觉钱包不在里面，仔细一看，随身携带的包不知何时被划了一道口子。

刚刚因为停车太久，车厢里骚乱过一阵子，还是乘警过来劝说，才平静下来。

这种绿皮普快列车上乘客鱼龙混杂，想必就是刚刚有小偷趁着混乱作案。虽然荣雪一向小心谨慎，证件和钱会分开放，但这种时候忽然变得身无分文，真是欲哭无泪。

天色快暗下来时，眼见车子开动一时半会儿无望，一些短途旅客下车去了省道拦车，大概是附近有司机得知这趟列车停滞在这里，来了不少车子拉客。

其实从这里到荣雪的老家小城，也就是三个小时的车程，去附近城镇住一晚，明早坐个汽车就能回家，总好过待在又脏又冷的火车上过一夜。很多离开的短途客人想必就是如此。

可她偏偏倒霉得身无分文，又是一个人出行，实在不敢随便去搭车，只能跟长途旅客坐在车内继续等待。

她想着，最糟糕的情况，大概就是在车里过一夜吧。

只不过没有水和食物，还真的挺糟糕啊！

不到8点，天就彻底暗下来。火车整整停滞了七个多小时。

车厢里因为少了不少乘客，只开了很暗的灯，显得冷清许多，同时也寒冷不少。荣雪靠窗而坐，旁边的大姐已经离开了，不知何时坐下了一个看起来有点猥琐的中年男人。

两人座的座位，本来还算宽敞，但那人却似故意朝她靠近，半边身子

156

几乎贴着她。荣雪皱了皱眉，干脆起身下车透透气。

没想到她一站起来，那猥琐男也起身跟着她下车，虽然车外有不少透气的乘客，但夜色之下，被个男人跟着，荣雪还是浑身都不自在。

而那人跟得很紧，甚至让人误以为两人是一起的，她用眼神警告又无济于事，显然那人是看她一个单身女子才有恃无恐。荣雪本想去找乘警，但这人又还没做什么，找了大概也是白找。

荣雪只能往人多的地方凑，但这种被人盯上的感觉实在可怕。想着可能还要在火车上过一夜，她浑身冷得直起鸡皮疙瘩。

就在她一筹莫展的时候，手机忽然响起。

是邵栖打来的，电话里的声音很焦灼："你在哪里？"

"我在火车上。"

"我知道你在火车上，你在哪个车厢？"

"什么？"

"我问你在哪个车厢，我看新闻说这条线路出了问题，你们这趟火车被搁置在了半路上，怕是得到明天才能开，所以过来接你。"

"啊？"荣雪还以为自己听错了。

"我现在在10号车厢外面，你在哪儿？"

10号车厢？

荣雪转头看过去，黑沉沉的夜色里，只有火车玻璃窗内发出的淡淡灯光。里里外外都有人，乌泱泱的人头辨不清面孔，但是荣雪还是一眼看到将电话举在耳边，踮脚往车厢里看的男孩。

两人隔了一个车厢，以及几个乘客的身影。

排山倒海的情绪袭来，她忽然什么都听不到，什么都看不到了。

直到被人碰了一下，她才回神，是刚刚一直跟着她的猥琐男发觉周围没人，凑上前将手伸向她。

当他再次大胆地朝她伸手时，被荣雪狠狠打开："你干什么！"

她还举着电话，声音很大，惊动了不远处的乘客，也惊动了电话那头，10米开外的邵栖。他转身，匆匆跑过来："怎么回事？"

那猥琐男见这个单身女孩忽然多出了个同伴，还是个人高马大的男孩，赶紧溜走了。

所有的不安和恐惧，在看到邵栖真真切切站在自己面前的那一刻，烟消云散。

只是荣雪仍旧难以置信："你怎么来的？"

"我看到新闻就让我爸司机送我过来了，从江城走省道开到这里也就两个多小时，没想到火车真的还没开动。"

他其实也就是想碰碰运气，知道她是一个人回家，万一火车要停到明天，明明离家也就两三个小时的车程，却得硬生生在半路上熬一晚上，那得多难受。而且一个女孩子也不安全。

他拿起手机看了下时间，道："走吧，先送你回家。"

他说得轻描淡写，但荣雪已经不知如何形容自己的心情。

感动，当然是有的。

但除了感动，还有一些更加难以言喻的情绪冒出来。

就像是一个人在荒漠行走太久，忽然有个人带着水出现，还要与你同行。

你想不出任何拒绝的理由。

甚至有点想哭。

邵栖见她怔怔的样子，笑道："不用感动啦，我也是今天没事干，本来是去市郊玩儿，在路上看到新闻，就让张叔开了过来。"

荣雪回过神，轻笑了笑："我，实在是太意外了！"

邵栖跺了跺脚："这荒郊野外的太冷了，咱们赶紧拿了行李走吧。"

荣雪点头，带着他上车去取行李架上的箱子。

刚刚那猥琐男还坐在她的位子上，邵栖取箱子的时候，那人不安分的眼神就盯着荣雪的胸口看，哪怕她穿着厚厚的棉服。

邵栖拿下箱子，正好发现他的目光，顿时恼火地吼道："看什么看！"

说着他伸手抓住那猥琐男的头往椅背上用力一撞，不仅是那猥琐男给撞蒙了，就是荣雪都被他这突如其来的动作给吓了一大跳。

那猥琐男大概没见过这么凶残的少年，又心里有鬼，被打了也没敢出声，只默默看着两个人离开。

邵栖拎着行李箱走在前面，荣雪跟在旁边，思绪跌宕起伏，一时不知该说点什么。

待上了停在省道旁边的车，荣雪才终于轻笑出声。

"笑什么？"邵栖一头雾水。

荣雪道："你还真挺凶的。"

"这种人就是欠收拾。"

驾驶位上的司机笑呵呵开口："小栖说朋友坐的火车困在半路上，让我来接，原来就是小老师啊！"

那司机去年见过荣雪一回，对她有印象，见此情形也心知肚明。

邵栖道："张叔赶紧开车吧。"

车内的暖气让荣雪冰冷的身体缓过来，她借着灯光看他，叹道："今天真是个倒霉日子，火车出问题不说，我的钱包还叫人给偷了，要是你不来，我就只能饥寒交迫地在车上凑合一夜了。我都不知道怎么谢谢你！"

刚刚看到他的那一刹那，她几乎有做梦的错觉。

哪怕是早就习惯独立，但这个世界上还有人不仅想着你，而且还会用实际行动帮你，在你孤独无助的时候出现——

荣雪不得不承认，这种感觉很好。

邵栖看了她一眼，不以为意道："我也就是撞撞运气，能接到你我就很高兴了。"

"邵栖……"

邵栖摆摆手："要感谢回去请我吃饭就行。"

荣雪见他满不在乎的样子，不知为何有点想笑，不是觉得好笑，而是心情忽然很舒畅。

因为断断续续下着雪，车子没法开得太快，抵达芦城已经接近12点了，再继续开到她老家小镇，危险不说，也实在不好让张叔疲劳驾驶。

于是三人就在市内找了个酒店住了一晚。在前台付钱时，荣雪要掏卡，那司机却拿了钱递过去，笑道："没事的，邵先生给报销。"

果然邵栖摆摆手："让张叔给，反正都是我爸报销。"

荣雪有点不好意思："这个……"

但其实一想，人家开车过来六个多小时，车费也不止这个数了，她也就没再多矫情。

经过这番折腾，在酒店床上躺下时，差不多到了1点，荣雪是真累了，挨床就睡了过去，一觉就睡到了天亮。

起来后，三个人在楼下吃了早餐，张叔接到工作，晚上要去机场接人，只得匆匆告别，准备开车回江城。

邵栖自然是要被他捎回去。

荣雪在停车场送两人，看到邵栖有点不情不愿地上车，她犹豫了片刻，叫住他："邵栖，你是第一次来我们这边吧？"

邵栖转头看她，点头。

"你，要不要去我家玩儿两天？我家那边风景还可以。"

邵栖愣了下，赶紧从车上跳下来连连点头："要要要！"

南方的雪下不了多久，昨晚就停了，也没有积雪，只是冷得厉害。

不过坐上小巴之后就暖和多了。

邵栖坐在窗边，假装淡定地看着外面的风景，其实小城车站外破破烂烂的，哪里有什么风景！

直到手上传来一阵热意，他才转头，看到荣雪不知何时买了两根煮玉米，递了一根给他。

他接过来啃了一口，热气腾腾很可口，他抬眼看了看她，低声试探问："你带我去你家，你父母会不会觉得奇怪？"

荣雪转头看他，轻笑道："我爸已经过世了，我妈改嫁。我跟奶奶和叔叔婶婶一起住，告诉他们你是来我们这边旅游的就行，我们那边这几年经常有游客去山里徒步的，也有民宿了。"

邵栖哦了一声，难怪她那么拼命打工。虽然她说得轻描淡写，但乍一听到她这样的身世，他心里还是有点不是滋味，想了想，道："我们俩其实差不多，我爸妈是在我很小的时候就离婚了，我妈出国嫁了个老外，一年也见不上一次。有一次她带她老公回国看我，哎哟喂，那一脸大胡子没给我吓死！"

本来是段挺伤感的身世，但听他这么说出来，荣雪也忍不住笑出声。

邵栖看到她笑，更来劲儿了："我说真的。那时我才上小学，而且她那外国老公一口英语，完全没法交流，给幼小的我留下了不可磨灭的阴影，以至于从此开始排斥英语。前两年我妈还想让我出国念书，我吓得赶紧把英语丢了。"

荣雪笑着摇头，随口问："你爸很疼你吧？"

邵栖撇撇嘴："算是吧，从小到大要什么给什么，也没说过一句重

160

话。但是他太忙了，三天两头到处飞，十天半个月回不了一次家。年纪小的时候想他多陪我，经常闯祸闹事，学校就会请家长，但是他直接让司机上学校处理，该道歉的道歉，该赔钱的赔钱，也不骂我。后来发觉他也身不由己，一把年纪忙工作忙成了孤寡老人，我就懒得给他找事了，反正长大了也不需要父母陪了。"

虽然他语气带着抱怨，但荣雪听得出他和父亲之间的亲密。

他们其实还是不一样的，虽然都是来自不完整的家庭，但本质完全不同。因为即使在破碎的家庭，他也可以活成一个任性的孩子。

她话锋一转："我家里条件不怎么样，你可能得委屈一下，不过我们镇子上有几处风景确实不错，而且还有温泉，都是纯天然没被污染的，你应该不算白来。"

邵栖心道当然没白来，这可都提前见家长了。

河源镇和邵栖想象的差不多，边陲小镇，哪怕是镇中心，也实在是到处都透着一股小家子气的落后味道。

不过荣雪家却比他预计的好了不少。

镇子街边的两层小楼，虽然也已经有些年头，但在国家大环境下，这样的条件，还远远算不上贫穷。

荣雪带着他往小楼走。

邵栖问："这是你家？"

荣雪点头嗯了一声。

邵栖道："比我想象的好。"

荣雪轻笑："也就这房子还行，不过也十来年了，还是我爸生前和我叔合伙盖的。"她顿了顿，又随口道，"我爸在的时候，我家里的条件在镇上还算过得去吧。"

说着他们已经走到了一楼的杂货店，荣奶奶正坐在柜台打瞌睡，她笑着叫道："奶奶！"

荣奶奶从梦里惊醒，睁眼看到是日思夜盼的孙女回来了，赶紧笑呵呵起身迎上来。

荣雪赶紧上前扶住她。

荣奶奶脸上乐开了花："你昨天说车子耽误了今天才能回来，我这儿

161

正盼着呢！"

隔壁的婶婶李秀月听到动静，跑过来："哎呀，小雪回来啦！你叔叔很快就下班了，让他去市场买你喜欢的菜带回来，婶婶这就去把饭煮上。"

她说完才注意到荣雪身后还跟着个大男孩。

邵栖穿着黑色运动款羽绒服，脚下是一双蓝色球鞋，价格也许都不便宜，但看起来也就是普通学生的打扮。

只是都市中长大的孩子，气质和这个小镇的孩子截然不同，以至于李秀月一眼就能看出来，问："小雪，这是你同学吗？"

荣雪这才想起来自己还带着邵栖："这是我一个学弟，他来我们这边玩儿，正好遇到了，就说带他来我们镇上爬爬山、泡泡温泉。"

奶奶、婶婶听她这么说也没多想，李秀月发挥小镇人特有的热情招呼邵栖："是大城市里来的孩子吧？咱们这山区里，别的没有，但风景还是不错的，这两年好多人都来呢！"

荣奶奶见这小伙子长得标致，乐呵呵道："我家小雪的同学，那要好好招待呢！"

邵栖嘿嘿傻笑："奶奶好！阿姨好！打扰了。"

"不打扰不打扰！"荣奶奶笑道，"快进去烤火，外面怪冷的。"

荣雪嗯了一声，带着邵栖进了楼里，她去楼上放行李，邵栖跟着李秀月去厨房烤火。

他们小镇上自建的房子，跟农村的生活方式差不多，到了冬天都用柴火做饭，顺便可以烤火取暖。

荣雪放下箱子下楼，看到邵栖坐在厨房的火盆边，李秀月正在煮饭，顺便发扬小镇妇女的特色，差点连人家祖宗十八代都想打听出来，邵栖虽然有问必答，但看起来也有点局促。

荣雪默默摇了摇头，走过去道："婶婶，我来吧，你的店子还开着呢。"

李秀月点头，刚出门，叔叔荣建刚就拎着一尾鱼进来了："放下放下，你刚回来干什么活儿，叔叔做饭。"

荣雪笑："没事的叔叔，你歇着吧。"

她一贯在家里勤快，荣建刚也就没坚持，只是想着天寒地冻的水太凉，拿了菜在一旁洗，看到邵栖直矗矗坐在火边，笑着问："小雪，你这位同学怎么称呼？"

荣雪还没回答，邵栖已经道："我姓邵，叫邵栖。"

荣建刚点头，上下打量了他一番，起身凑到荣雪旁边低声问："不是你男朋友吧？"

他声音虽小，但屋子就这么大点，邵栖自然也听得到，睁着眼睛看向荣雪。

荣雪和他对视了一下，笑了笑："不是，他就是来咱们这边旅游的。"

荣建刚讪讪一笑："前几天对面的小东带了女朋友回家，还以为你也带了男朋友回来呢。"

荣雪感觉到邵栖正直勾勾看着自己，脸上止不住有点发烫，支吾道："……不是。"

荣建刚笑了笑，洗好菜就出去了，将厨房留给两人。

邵栖起身来到她身旁："要帮忙吗？"

荣雪看了他一眼，笑道："不用了。"

邵栖却没有走开，一脸好奇地杵在灶边。

荣雪动作很麻利，一看就是经常干活的孩子。他想，她身上那种惯常的从容，大概就是来自于此。

他觉得自己喜欢的女孩子确实与众不同。

荣雪添了柴火，在锅里放油，随口道："你站开点，小心溅到。"

邵栖还没反应过来，荣雪已经将鱼丢入锅中。

嘶的一声，油花溅起。

邵栖吓了一大跳，往后蹦开了两步："哇！这么猛！"

荣雪被他的动作逗乐了："所以让你走开点。"

邵栖摸了摸头，看她拿起锅铲在锅里捣弄。因为有柴火的烟雾，她微微眯着眼睛。邵栖第一次觉得看人做菜也如此赏心悦目，灶锅里刚刚冒出香味，他就觉得饥肠辘辘，忍不住咽了几下口水。

冬天饭菜容易凉，荣雪做的是炖鱼火锅。邵栖一直站在灶前巴巴地看着，等盖上锅盖后还依旧守在旁边，看到冒气就凑上前闻。

他这些带着点稚气的小动作，都落在了荣雪眼里。她忽然觉得好像这

163

样也挺可爱的，就像是家里那只贪吃的大黄猫。

邵栖意识到自己这不争气的德行被她发现了，有点不好意思地抓了抓头："感觉很好吃的样子。"

荣雪笑："快了，你去洗手。"

他赶紧走到水池边，以免自己继续丢人。

鱼火锅在灶上做好，盛进铁锅里，放在火盆上炖着，大家围炉而坐。

邵栖从来没有过这种经历，觉得新奇有趣，那炖鱼的味道又实在是好，还是荣雪亲手做的，他恨不得抱起锅一个人吃完，不过鉴于自己是蹭吃的客人，只能假装矜持一下。

好在荣雪的家人是典型的小镇人，对待远道而来的客人十分热情，哪怕邵栖的身份只是一个来这边玩的游客。

于是这顿饭，他就算是假装矜持，最后也吃撑了。

叔叔的单位还没放假，吃过饭后就去上班了，婶婶和奶奶也各自要去看店。往常荣雪是要跟奶奶一块儿看店的，但这回叫来了邵栖，她自然要当导游陪他玩两天——虽然她知道他来这里并非为了风景。

有些事情彼此心照不宣，只是因为她还没有确定。

她是一个怕麻烦的人，孤男寡女出行，家里人多少会有想法，所以出门去登山叫上了堂弟荣俊。

之前婶婶和邵栖说话，直接就问了人家爸妈的工作和收入，若不是邵栖心思粗，她都有点不好意思了。

大概是看出邵栖是有钱人家的孩子，李秀月还悄悄拉着她拐弯抹角说"这男孩子不错""是不是对你有意思"之类的话，不过被她直接以"人家才十八岁"给打消了那点念头。

邵栖之前听荣雪说带自己去玩儿，本还指望着孤男寡女相处，指不定就能擦出点火花，毕竟是荣雪主动开口让自己留下的。但他万万没想到会多了个电灯泡，还是个熊孩子电灯泡，顿时觉得前途灰暗。

不过邵栖同学向来有在挫折中找乐子的本事，不然也不会在荣雪这件事上坚持下来，甚至屡败屡战，甘之如饴。

也许因为他自己也还是个熊孩子，比荣俊大不了几岁，两个人很快就打成了一片。

荣俊无视他姐的眼神暗示，把荣雪从小到大的糗事一骨碌都说给了邵栖听，连带着镇上谁谁喜欢她晚上悄悄爬到她窗台上送花之类的事都没放过。

邵栖心道这电灯泡还有点用，他就喜欢听有关于荣雪的那些，目前自己不知道的事。

他其实没怎么看风景，但就是觉得这个小镇美得出奇。

一天过得很快，小镇的夜晚早早来临。

回来后吃过晚饭，荣雪陪奶奶聊了会儿天，就带着邵栖上楼洗漱。

她的隔壁是个空房间，她给他铺好被子，又在床上放了两个热水袋。

"早点睡吧，明天带你去泡温泉。"

邵栖哦了一声，忽然想起什么似的走到窗边，朝外看了看："挺高的，怎么爬上来的？"

"啊？"

邵栖道："小俊说你上中学时，有人爬到窗台上给你送花。怎么爬上来的？当自己是罗密欧吗？"

虽然荣俊说起这事是带着吐槽的语气，但想到她年少的时候，承担他现在这个角色的男生另有其人，他就觉得有点不爽。

荣雪笑："别听小俊胡说，是有人爬上来在我窗台放过花。搭梯子上来的吧，大冬天的放了束白菊花，第二天吓了我一跳，后来知道就是对面的小东，我叔跑去将人臭骂一顿，送什么不好送人白菊花，不是咒人吗？"

邵栖却没有笑，撇撇嘴："小东？今天下午回来跟你打招呼的那个？"

荣雪点头："就是他。"

邵栖记得那男生长得还不错，一身学生气，应该还在念书，不像小镇上那种无业青年。他瞥了她一眼，阴阳怪气道："青梅竹马啊！"

荣雪失笑："人家过年都带女朋友回来了。"

邵栖这才面色稍霁，冷不丁又问："你有相册吗？"

"什么相册？"

"就是小时候的相册。"

"你想看？"

"嗯。"

荣雪回到隔壁自己房间，找出相册拿给他："没什么好看的，你早点睡。"

邵栖点头，抱着相册喜滋滋钻进被子里。

荣雪走到门口，想了想转头唤他："邵栖……"

邵栖正翻开相册津津有味地看着，听到她的声音，抬头看过来。

"你……"

"我怎么了？"

荣雪摇摇头："我……"

"你什么？"

荣雪笑了笑："也没什么，再说吧。"

也许她得再想想。

相册里的旧照片其实不多，大部分都是荣雪儿童时期的，普通的小镇三口之家，看起来很幸福。

荣雪小时候的模样和现在差别不大，不过照片里的小女孩很喜欢笑，总是一副天真烂漫的样子。其中有几张是她跟爸爸的合影，荣爸爸穿着白大褂，原来是个医生。

到了少女时代之后，她的照片数量就变得稀少，表情也变得沉静内敛。

邵栖被一张穿着高中校服，剪着齐刘海儿学生头的荣雪吸引住了，到底没忍住贼心，将照片偷了出来，放进了自己的钱夹里，然后抱着相册睡了过去。

因为马上要过年了，邵栖定的是第二天下午5点的大巴返程。白天时间还算充裕，荣雪和小俊带着他去泡了温泉，中午还吃了顿农家乐美味。

他去市内坐车，荣雪自然是要去送他的。

在小巴上，邵栖看着窗外小镇的风景，有点依依不舍道："可惜这次时间太紧，不然可以多玩两天。"

荣雪笑："其实冬天没什么好玩的，夏天比较有意思，大河里可以游泳。"

邵栖立刻接话："那我明年夏天再来。"

荣雪愣了下，抬眼看他，对上他期待的眼神，马上不着痕迹地挪开，佯装随意道："你想来就来呗！"

邵栖提在嗓子眼的一口气轻轻吐出来，嘴角忍不住翘起。

他想，她好像一点都不排斥自己了，这大概是个好兆头。

只是这样的喜悦没持续多久，就被荣雪泼了一盆冷水。

荣雪道："你也看到我家的状况了，父亲早逝，母亲改嫁，我跟着奶奶和叔叔、婶婶生活，他们的条件也一般，所以我得打工赚学费和生活费，没办法像其他女生一样，去享受风花雪月。"

邵栖翘起的嘴角又放下来，小声嘀咕道："谈恋爱又不是有钱人的专利，这个又不冲突，你们班陈文胜不是还有异地女朋友吗？"

荣雪道："……我的意思是，如果我这种人谈恋爱的话，没有那么多时间陪对方，可能也没有精力和心思照顾对方的情绪，肯定不是一个好的女朋友，谁能受得了呢？"

邵栖道："男女交往相互喜欢就可以，又不是任务和工作。反正如果是我，这些都不是问题。"

荣雪看着他轻笑了笑，没再说话。

邵栖约莫是因为听了她的话有些不悦而低着头，留给她一个侧脸。

这真的是一个好看的男生，眉目英挺，又有着少年的柔和与阳光。

谁不喜欢美好的事物呢？

反正荣雪知道自己是不能免俗，尤其是这个好看的少年还用他最炙热、赤诚的情怀喜欢着自己——不管这热情会有多久，会有多坚固，但此时此刻一定是真实的。

她想，那就试一试吧！

她没有再说话，将近两个小时的车程，后半程干脆靠在车上眯了一觉。

邵栖却是精力充沛，趁她睡着将钱夹拿出来打开，欣赏了一会儿那张自己偷来的照片，又抬头看了看她的脸，无聊地作起对比，玩得乐此不疲，以至于这段车程对他来说，好像一眨眼就过去了。

虽然刚刚她说的话，对他无疑又是一次暴击，他以为她不过是再次找了个让他无法反驳的理由拒绝他。

其实她都拒绝了那么多次，何必再找借口呢？

不过他要是被她给唬住他就不叫邵栖。而且他觉得两人现在的关系，跟之前肯定还是有点不一样了。

邵栖想了想，她带他住在家里，和他说心里话，四舍五入也可以算是半个男朋友了。

嗯，他就是这么一个乐观自信的好青年！

车票是昨天来之前就买好的，两人抵达车站时，已经开始检票上车。

荣雪将包里奶奶塞的一包腊肠拿出来递给邵栖："这是我奶奶自己做的，我觉得很好吃，你回去让张姨做给你。"

邵栖乐呵呵地接过来，却忽然反应过来自己去她家竟然是空着手的，而且还白吃白住了差不多两天。

这，也太蠢了吧！

就算是旅游在人家借住，也不应该这么没礼数，以后要是换了身份再来，岂不是意味着自己这第一印象太差了？

他是脸上藏不住事的人，想什么荣雪看一眼就能猜出来。

她笑了笑："奶奶他们挺喜欢你的。"

他长得好看，嘴巴也算甜，老人家确实挺喜欢。

邵栖哦了一声，还是有点懊恼，拿着腊肠转身要上车。

荣雪叫住他："你等一下。"

邵栖转头看她："有事？"

荣雪犹豫了片刻，本来昨晚已经想好的话，忽然又有点难以启齿。

也许对别人来说，不过是件最普通不过的事，但对她来说却是要踏出重要的一步。她早就习惯一个人咬着牙齿往前走，也不喜欢出现自己无法掌控的变故。如果自己既定的人生轨道中忽然多出一个人，意味着从此之后，她的生活可能要因为这个人而改变，原来可以一眼看得到的未来，也变得不可知。

为了遵循自己的内心而摒弃所有的现实和理性，去承受这种无法掌控和不可知，她愿意吗？

她想，自己是愿意的。

至少愿意去尝试这一次。

荣雪对上邵栖那深邃的眼神，在他的瞳仁里看到了自己的身影。

她在他的眼睛里。

一直都在。

"我们试一试吧。"她沉默片刻，低声开口。

邵栖没听懂，眉头微蹙："什么试一试？"

荣雪歪头笑了："就是交往。"

"啊？"邵栖眨了眨眼睛，以为自己听错了，"什么意思？"

荣雪眼带笑意地看着他："就是我愿意做你的女朋友。"

"哦。"邵栖讷讷地应了一声，然后直直转身上了车。

荣雪："……"

这什么反应？

她一头雾水站在大巴车门口看着他的背影进了车内。

只是，没过几秒，邵栖又从车上下来了，他摸了摸后脑勺问道："你刚刚说什么？"

荣雪看着他一脸云里雾里的样子，有点哭笑不得，有这么夸张吗？

她深深吸了口气，看着他的眼睛，一字一顿地说道："邵栖，我想你做我的男朋友，你不愿意吗？"

邵栖怔怔看着她，忽然大叫一声："我去！"

这一声几乎是吼出来的，引得周围旅客纷纷侧目。

他才懒得管别人看没看他，手中的腊肠掉在了地上，双手紧紧抓住荣雪的肩膀，激动道："真的吗？我没听错？！"

荣雪笑盈盈地点头："真的真的！"

邵栖狂喜般笑开，将她整个人抱离地面。

惊喜来得太突然，加上之前在小巴上的那番话，他本来都完全不抱期望，已经做好了打持久战的准备，没想到忽然峰回路转。

这大概是他活了十八年，第一次有如此跌宕起伏、大起大落的经历。

感觉到很多人在看他们，荣雪拍了拍他："你放我下来！"

"不要！"

"邵栖……"

"好吧。"

喜悦过度的邵某人终于将人给放回地面。

荣雪弯腰将掉在地上的腊肠捡起来塞到他包里："快开车了，上去吧。"

邵栖却杵在原地不动，笑得嘴角翘起老高，反应过来，又开始撒娇："你这才对我表白，咱俩就分别，是不是太残忍了？"

表白?

好吧，也没毛病。

荣雪白他一眼："后天过年，等开学了再说。"

邵栖还是有点不敢相信，拉着她的手："你不是暂时不考虑这种事吗？怎么会忽然改变主意？是不是被我的美貌、才华、温柔和体贴给打动了？"

荣雪配合地点头："嗯，被你的美貌、才华、温柔和体贴打动了。"

邵栖是那种给三分颜色就开染坊的性子，此时整个人都飘起来，一脸得意："算你有眼光。"

荣雪叹了口气，看着车子上人已经坐满，司机也坐在了驾驶座，检票员上车开始检票，她推了推他："车马上要开了，你快上去。"

检票员看到还有人站在下面，开口催了两声。邵栖这才不情不愿转身上车，可走了几步又忽然蹿下来，没等荣雪反应过来，捧着她的脸，在她额头上吧嗒亲了一口："我得盖个章，免得你一过年又反悔了。"然后跟偷腥得逞的猫一般，三步并作两步钻上了大巴。

荣雪看着他的背影摇摇头，觉察到周围有人看她，脸上到底是有点发热。

她想了想，走到车身中部，邵栖的座位正好靠窗，她对他挥了挥手。

邵栖笑着用力点头，忽然又凑到玻璃窗上哈了两口气，然后用手指画了一颗心。

荣雪被他这幼稚的举动逗乐了。

好吧，虽然幼稚，但好像真的会让人心情愉悦。

这大概就是恋爱的感觉吧。

她竟然谈恋爱了，和一个比自己小三岁的男孩。

但这种感觉好像还不赖。

那么，就这样吧。

尝试一次，给邵栖，也给自己一个机会，不过是一场恋爱而已，失败也好成功也罢，也算是她乏善可陈的青春里一段不太一样的经历。

荣雪这几年回家总是匆匆来匆匆走，今年机构难得年后没有开课，好不容易有这么一段假期陪着奶奶，她本来是打算在家待到开学的。

但自从年前她和邵栖说了那些话，两人就算是确定了关系。那天他在回江城的大巴上，基本上每隔几分钟就给她打一个电话，最后是手机没了电才作罢。

此后每天至少十几通电话，短信更是一会儿就来一条，有时候荣雪没及时回他，他就会一个电话打过来。

天天被他缠着问能不能早点回来，本来打算过了正月十五再回学校的荣雪，后来咬咬牙改了车票，提前了三天回学校。

火车是下午到的，正是春运高峰期，出站口熙熙攘攘挤满了人。

荣雪拖着行李箱跟着人流往外走，还没到检票口，就听到有熟悉的声音叫自己的名字。

她踮起脚从队伍缝隙看出去，果然见邵栖正蹦跶着往里冲，不过还没冲进来就被检票员拦住，吼道："干吗呢！干吗呢！"

荣雪哑然失笑。

被挡下的邵栖趴在栏杆上探了半个身子往里看，本来个子就挺高，踮起脚简直是鹤立鸡群，荣雪想装作看不到他都不行。

她无奈地笑了笑，朝他挥挥手。

邵栖急不可待，见检票队伍慢吞吞的，心急火燎地大声催促检票员和前面的人："哎呀你们快点啊！怎么这么慢？！"

旁边的检票员很不客气地给了他一个白眼："小伙子，不要影响我们的检票工作。"

荣雪叹了口气，心道：这家伙能活到这么大没被人打死也算是奇迹了。

好不容易检票出门，荣雪还没反应过来，邵栖直接冲上来，给了她一个大大的熊抱，连带着她手上的箱子都被撞倒，好在没砸着旁边的人。

周围旅客来来往往，虽然大家行色匆匆，没有多少人会注意一对拥抱的小情侣，但荣雪还是觉得很尴尬。

而且两个人才确定关系，这样的热情和亲密，多少让她有点吃不消——虽然她对邵栖这种性子再了解不过。

"好了好了！"荣雪推开他。

邵栖嘿嘿地笑，又捧着她的脸亲了一口。

荣雪觉察到他的脸和手都冰冷冰冷的，问："你是不是等很久了？"

邵栖道："还好吧，两点到的，想着火车指不定会早点呢。"

荣雪笑："从来只有火车晚点，哪有早点的道理，而且我在火车上不是给你发了短信说什么时候到吗？"

火车能准点也是三点了，这急性子真是……

邵栖不以为然道："反正宜早不宜晚。"

荣雪默默看了看他，毫不遮掩的喜悦写在脸上，像个得偿所愿的孩子。

她对这段感情其实并没有那么热切，哪怕她对邵栖的喜欢是真实的，但成长中养成的理智到甚至有点悲观的心态，让她只是抱着摸石头过河的心理，小心翼翼试探着，不想没头没脑地栽入其中。

但她不得不承认，快乐确实是能够传染的，当她看着笑得像个傻子一样的邵栖时，也不由自主地笑了出来。

恋爱真的是令人愉悦的体验。

荣雪弯了弯腰想去拉行李箱，邵栖眼明手快，先她一步握住了拉杆一把提起来，笑道："这种事当然是男朋友来。走吧，女朋友。"

说罢，另一只手伸过来握住她的手。

荣雪笑着跟上他。

男孩子的手坚硬有力，骨节分明，与女生的截然不同。

这是荣雪第一次与异性牵手，感觉有点奇妙。似乎到这个时候，才有一种这个男生是真真正正闯进了她的生活的感觉，她不再是一个人，虽然不知道同行的道路有多远，但至少现在有了人陪伴。

两个人手牵手走了没几步，邵栖忽然啊了一声，像想起什么似的将手松开："我的手好像有点冷。"然后他弯起手臂道，"你挽着我，把手插我衣服口袋里。"

荣雪看了看他，伸手握住他的手，一起放进他的衣服口袋里："这样就都不冷了。"

邵栖扭过头挑挑眉看她一眼，对她的反应很是满意，口袋里的手将她的紧紧攥住。

在邵栖的要求下，两人坐的是出租车，这种细枝末节的东西，荣雪也不跟他争。

舟车劳顿大半天，荣雪也有些困了，加上出租车里的暖气很足，所以车子没开多久她就有点昏昏欲睡。

172

邵栖还拉着她的手。

他的手已经迅速暖和起来了，手上的温度比她的更高，被他这样握着，还挺舒服。

邵栖见她靠在车座上打了呵欠，拍拍自己的肩膀："这里。"

荣雪斜了他一眼，不明所以。

邵栖直接上手，扳着她的头靠在自己的肩膀上："你睡一会儿，到了学校我叫你。"

荣雪哭笑不得，抬起眼皮看他，正好看到他侧脸的线条和高挺的鼻梁。

其实有点像做梦一样，自己真的和一个小三岁的男生在谈恋爱，这在之前简直是无法想象的事情。

邵栖觉察到她的目光："你看什么？"

荣雪抿嘴笑："看你长得帅。"

邵栖得意地翘了翘嘴角："那是当然，我跟你说，咱们医学院论坛里最新出炉的十大院草名单，我可是高居榜首。"

荣雪笑："不会吧？我们院算是帅哥云集的学院了，你是不是暗箱操作了？"

邵栖不满地瞪着她："怎么可能？"顿了顿又心虚地嘀咕，"不过老付帮我去拉票了，据说在基础医学那边拉了几十张票。"

荣雪被他逗得大笑："我就说嘛！"

他们学院有个论坛，八卦、交友什么都有，每年还会评选一次院花院草。不过荣雪很少去玩儿，所以对这些不太了解。

邵栖倒也不以为意，看了她一眼，突然神神秘秘地道："然后我顺便让他帮你也拉了票。"

"什么？"

邵栖道："院花评选啊！"说着他有些义愤填膺，"我看了一下之前几年的记录，竟然都没有你，院里的人都眼瞎了吗？"

荣雪皱了皱眉，想起放假前江凝逛论坛的时候，跟她说过她入围了今年的十大院花名单。她当时也没放在心上，因为这种事向来跟她没什么关系，原来是邵栖他们班弄出的幺蛾子。

邵栖邀功一般："我还注册了十几个小号给你投票，不过觉得你人低调，就没把你的票数弄到前三，虽然我觉得前三那几个女生，画了大浓妆也没你好看。"

荣雪有些无语："你们怎么这么无聊？"她忽然想起来什么，问道，"对了，你上学期成绩怎么样？"

邵栖不以为意："还行吧。"

"什么叫还行吧？"

"反正我也没想和人争奖学金，不挂科顺利毕业就行。"

荣雪其实不是一个喜欢说教的人，尤其是两人现在的关系是刚刚恋爱的情侣，实在不太好煞风景，但她还是忍不住道："邵栖，学医是一件很严肃的事，不比学别的专业，以后需要面对的是生命和健康，马虎不得。"

邵栖撇撇嘴："学得不好以后转行呗，反正我也没什么兴趣。"

荣雪一听他这无所谓的语气，眉头愈发蹙起："如果你没兴趣学医，不如趁着现在才开始，赶紧申请转个自己喜欢的专业，别浪费时间。"

邵栖道："我没什么喜欢的专业，反正你在这里，班上的同学也挺好的，先就这样吧。"

荣雪不能理解一个人对自己前途能如此敷衍，而且这个人还是入校第一的优等生。但他来这里本就是任性妄为，大概从来就是如此。

邵栖见她表情严肃，笑道："我知道自己在干什么。"

荣雪神色莫辨地看了看他，到底没再说什么。

半个小时不到的车程，这么聊了一通，自然是眯不了觉了，车子很快就开到了荣雪宿舍楼下。

因为离开学还有几天，宿舍楼里冷冷清清的没什么人。

两个人走到宿舍楼内，荣雪本要拿过箱子自己上去，却见邵栖朝宿管挥了挥手打了声招呼，就直接拉着她上楼了。

荣雪不可思议地看了眼宿管室继续看电视的阿姨，又看了看一脸自然而然的邵栖："阿姨怎么就这么让你上来了？"

邵栖道："我来了几次，阿姨早就认识我了，再加上上次要不是我让她开门，你还不知道会在地上躺多久呢？要真出了什么事，她也有责任，所以啊，她特感激我。"

荣雪想起去年暑假，他假装自己表弟就闯了一回女生宿舍。宿管阿姨平时看着也不是这么好说话的，怎么到他这里就这么松？

　　她看了看他，所以这算是刷脸？

　　打开宿舍门，没有暖气的房间，比外面还冷。

　　荣雪刚刚进屋，邵栖就跟上来，反手将门关上，从后面将她整个人抱住。

　　他动作很大，两个人差点趔趄栽倒，荣雪吓了一跳："你干吗？"

　　邵栖凑上前在她脸上亲了一下，又把她整个人抱在床边的爬梯处靠着，将她的身体转过来困在自己的双臂中，然后迫不及待凑上前，干了他想了一路的事。

　　荣雪被他这一连串的动作弄得晕晕乎乎，等反应过来，邵栖的唇已经覆上来。

　　他的吻毫无技巧可言，就是毛头小子胡乱瞎啃，好几次还撞到了荣雪的牙齿。

　　荣雪没有体会到初吻的浪漫和悸动，只有心惊肉跳。

　　不过他却吻得津津有味，唇舌并用，又是吸，又是舔。

　　荣雪一开始猝不及防还躲了两下，但经他这么瞎折腾了一会儿，她不知是缺氧，还是抵不过这种唇舌间相濡以沫的亲密，到底是渐渐软在了他怀里，任他为所欲为。

　　等到毛头小伙子吻够，也不知是过了多久，两个人都是气喘吁吁。

　　荣雪的唇已经微微肿起来，红得像是要滴出血来，素来苍白的脸也多了几分血色，整个人和平日里冷清的模样截然不同。

　　邵栖看到她这副模样，顿时又有点心痒难耐，俯下脸试图再来一遍。

　　荣雪反应过来，头一偏，矮下身从他的臂下钻了出去，捶了他两下："邵栖同学，请适可而止。"

　　邵栖笑着摸了摸唇，伸出一根手指："初吻。"

　　他说的是自己。

　　荣雪白了他一眼，皮笑肉不笑道："真的？"

　　邵栖点头："当然。"

　　"你再想想？"

　　邵栖拒绝想一想，义正词严道："我第一次谈恋爱，当然是初吻，这有什么值得怀疑的？我可是一个纯情的美少年。"

本来之前在酒店那件事，荣雪是没打算追究的，不过听他这么一说，她觉得是时候跟他算一算了："要不然我帮你想想？"

邵栖一副底气十足的样子："你休想污蔑我的纯洁。"

荣雪干笑两声："那么请问纯洁的邵栖同学，去年暑假你把我带到酒店，做过什么？"

邵栖面色一怔，想起那天自己干过的事，但刚刚大话已经说出来了，当然是"要死鸭子嘴硬"，于是梗着脖子欲盖弥彰道："当然什么都没做！"

"我信你？！"

邵栖掀起眼皮看了看她，放低声音："就亲了一下脸。确实不算做过什么吧？"

"真的？"

邵栖："好吧，是没忍住亲过嘴，但也就一下下。"

荣雪就知道以他的性子，肯定干过点什么。当然她也不是要跟他计较，就是提醒他本质其实就是个小流氓，就不用装什么纯情了。

不过想想他确实也挺纯情的，毕竟他之前没交过女朋友这件事是真的。

所以这种色胆包天但又恋爱经历简单的男生，应该叫什么？

纯情小流氓？

荣雪被自己这想法逗笑了。

邵栖一头雾水："你笑什么？"

荣雪摇头："没什么。算了，之前的事我不追究了。"她看了看时间，"我今天起得太早有点困，想睡一会儿，你也回宿舍休息吧，待会儿我叫你一起吃晚饭。"

"我又不困，我们宿舍里没人我才懒得待。你睡吧，我就在你这里待着，等你醒了我们一起去吃饭。"

荣雪道："你要不觉得无聊也行，你玩我的电脑或者找本书看。"

"好哇！"邵栖已经确定荣雪的床位，在桌前坐下来，打开了上面的台式电脑。

"密码？"

荣雪没有犹豫报了一串数字给他，然后去卫生间洗脸。

等再回屋，邵栖已经玩上了。

荣雪脱了外衣爬上床，将叠好的被子打开钻了进去。

房间里很快安静下来，伴随着邵栖噼里啪啦的敲键盘声，床上的人迷迷糊糊睡了过去。

荣雪的电脑里很干净，文档里除了医学资料，就只存了几部老片子和一些话剧的录像，连照片都没看到。

邵栖刷了会儿网页就觉得无聊，想联网打游戏，但校园网的网速实在不敢恭维，只能上网斗地主，斗了两盘也觉得没意思，听到上头的人发出均匀呼吸声，他又有点心痒难耐。

他站起来踮脚往床上看去，荣雪闭着眼睛，神色安然，显然是已经睡着了。

他想亲她，无奈有栏杆挡着，但不干点什么实在不甘心，于是伸出一只手悄悄钻进了被子里。

他也不知摸到了什么地方，还没来得及感受，手上忽然一阵剧痛，从被子里传出一声闷响。

是荣雪一巴掌扇在了他的禄山之爪上。

邵栖倒吸一口冷气，赶紧将手撤出来。

荣雪已经睁开了眼睛看向他。

"我看你被子没盖好，帮你盖被子。"

荣雪直直瞪着他："你就不能让我安安稳稳睡一觉？"

邵栖举双手做投降状："你睡你睡，我不打扰你了。"

好在荣雪的睡眠质量尚可，被他打断之后，没多久又睡了过去。

这回邵栖是不敢干坏事了，老老实实坐在椅子上盯着电脑发呆。

荣雪其实就睡了一个小时，他却觉得像等了一个世纪那么漫长。

听到床上的动静，他赶紧站起身："醒了！"

荣雪嗯了一声，满脸惺忪下床，才刚刚踩着床梯下到一半，整个人直接被邵栖抱了下来。

"你干吗？"荣雪吓得差点尖叫出声。

邵栖凑上前亲了她两下，将她放在椅子上，转到她面前，捧着她的脸吻了下来。

荣雪被他折腾得已经没脾气，干脆由着他胡来。

177

等他气喘吁吁放开她，荣雪红着脸道："就你这还是第一次交女朋友？"

分明就是臭流氓。

邵栖摸了摸嘴唇，厚着脸皮道："就因为我是初恋，所以才这么……"他本来是想说饥渴，但觉得有点猥琐，于是话到嘴边又改口，"激动。"

好吧，似乎也有点道理，毕竟青春年少，荷尔蒙分泌正是旺盛的时候。

荣雪想了想，道："邵栖，咱们俩的事，先别让其他人知道好吗？"

"为什么？谈恋爱又不是什么丢人的事。"

荣雪叹了口气："因为我现在是你们班班导。"

邵栖挑眉一笑："你是怕被人说你以权谋私？放心吧，我到时候宣布我来这里就是因为你不就得了。"

荣雪无语地看他，心道：还宣布？这是把自己当明星呢？

她不得不面对一个现实——和邵栖这种人在一起，想安安静静当一个低调学生，恐怕是有点难了。

她想了想，很认真地看着他："我就是不喜欢成为别人的谈资。"

邵栖心想：谁愿意谈就谈呗，我这种人天生就是焦点，能怎么办？

不过这么不要脸的话他还是没好意思说出来。想了想荣雪那种不爱出风头的性子，邵栖笑道："行吧，地下恋情也挺刺激的，等过了这学期再说。"

差不多到了吃晚饭的时间，邵栖带着荣雪去了学校外面一家很火爆的餐厅。不过因为还没正式开学，难得不用等位。

邵栖一口气点了五个菜，还要继续点，荣雪吓得赶紧拦住他："两个人别点太多。"

"吃不完没关系，反正就是觉得好吃都点一份，我在外面吃饭都是这么干的，又不是为了填饱肚子来的。"

荣雪有点无奈地撇了撇嘴："还是不要浪费了。"

邵栖这才意识到有点不妥，挥挥手让服务生去上菜。

他想了想，认真道："你现在是我女朋友了，别再担心钱的事。"然后他故意压低声音对荣雪道，"过年我收了近十万块的压岁钱。"

荣雪面上不动声色，心里却微微一惊。十万块是他们小镇很多家庭几年的收入了，而对这个都市少年来说，也就是可以随意支配的零用钱。

她笑了笑："你的钱也不是自己赚的，在外面吃饭你买单我同意，其他的就算了，我自己能养活自己，不用你扶贫。"

这话邵栖就不乐意听了："什么叫扶贫？你现在是我女朋友。"

荣雪淡声道："这个问题咱们就别讨论了。"

邵栖看她神色微变，也知道她是什么性子，决定徐徐图之。他肯定是不会让自己女朋友吃苦的，于是识相地转移了话题："我和杜远他们搞了个乐队，还没想好名字，你帮我想一个？"

荣雪有点好笑地看他："你还搞乐队？"

邵栖："那是当然，我十项全能，会弹会唱还会自己写。以前高中忙没时间弄，上了大学终于有工夫好好组织起来了。"

荣雪本来想说大学也挺忙的，但转念一想大学本就是一个多姿多彩的世界，她自己的生活乏善可陈，不代表别人也应该是这样。于是笑着说道："名字我是想不出，不过你们演出的时候，我会去看的。"

"那肯定啊！你得是我的头号粉丝。"

他正自恋着，手机忽然响起，看了眼号码，随意接起："有话快说，有屁快放！"

那头的杜远道："练习的地方我找好了，你赶紧过来过目一下。"

"我正和媳妇儿吃饭呢，今晚没空。"

荣雪正端着茶水在喝，差点给喷出来。

那头杜远的反应更大："媳妇儿？我没听错？"

邵栖道："是啊！我女朋友刚刚回校，今晚我得约会，没时间。"

杜远在电话里哇哇鬼叫："女朋友？你别挂电话，让我冷静一下。"冷静了半分钟后，杜远试探问，"是荣雪？小老师？你追到了？"

这回轮到邵栖吃惊了："你怎么知道？"

杜远："我猜的，不过只要不是个二傻子，应该都猜得到。果然你跑到咱们江大医学院是追女孩子的。邵栖啊邵栖，你真是够牛的，也亏得你老爸什么都惯着你，我看纣王都没你爸昏庸。"

"你这个什么都不懂的单身狗，滚！"邵栖说完就毫不留情地挂了电话。

看着电话被挂断的杜远怔怔看了会儿屏幕，才想起来转头看向身旁的女孩："那个邵栖他……"

夏絮自然是听清楚了两人的通话，一双眼睛已经变得通红："他有女朋友了？"

杜远点头。

"是之前辅导班那个小老师？他们医学院的学姐？"

杜远再次点头。

他知道邵栖报了江大医学院的时候，因为知道荣雪就是医学院的，曾怀疑过他的动机，毕竟之前从来没听他提过要学医，就算是要学医，按他的分数也应该去更好的院校。他问过他，得到的回答是想离家近点。杜远想着他再任性妄为，应该也不至于为了追女孩子干这种事。

但现在想想，认识这么多年，什么事是邵栖不敢做的。只不过是之前没有遇到让他开窍的人。

偏偏这一窍开得实在是吓人。

见夏絮要哭，杜远露出一个勉强的笑："原来你也知道邵栖喜欢那个小老师，看来真的是很明显。"

夏絮眼泪掉下来："为什么啊？那个女孩儿到底有什么好？难道我长得没她好看？"

杜远道："当然不是！只是邵栖对你什么态度，你也知道的。"

夏絮恼羞成怒道："我不知道！我以为他之前是没开窍。"

杜远无奈道："之前没人能让他开窍，但是遇到小老师就开窍了。我现在回想一下，可能他一开始就看上人家了，不然当初不会忽然要回去补习。"他顿了顿，"这种事谁能说得准啊！我也没想到他喜欢的是小老师那种女生。"

见夏絮哭得更厉害了，他又赶紧道："不过他这个人是三分钟热度，之前肯定是没追上就死皮赖脸追到学校，现在在一起了，指不定过不了多久就没兴趣了。你和他认识这么多年，之前那么久都坚持了，现在也没必要放弃，对不对？"

夏絮抹了把眼泪："没错。"

杜远看着面前漂亮的少女，暗暗低叹一声，有些怅然。

180

第五章
爱情如同一颗糖

邵栖放下电话，见荣雪看着他，轻描淡写道："杜远打来，他竟然猜到是你。不过他们预科跟咱们医学院隔得远着呢，让他知道无所谓吧？"

荣雪摇摇头。其实谈恋爱这种事没什么见不得人，如果不是她现在还是他们班班导，她也不在乎被同学知道。

邵栖道："我们乐队租了个练习的场地，他让我去看看，但是今天我得和你约会，明天我带你一块儿去。"

"好哇。"荣雪笑着点头，提前三天来学校，就是为了和他一起，他安排什么她自然都欣然答应。

两个人都没什么约会的经验，邵栖从网上看来的理论知识，无非就吃饭、看电影、逛街、上酒店开房……好吧，最后一个暂时可以省略，虽然这是他最期待的。

于是在他的安排下，两人吃完饭就去附近的电影院看电影。

春节的贺岁档都是些喜剧片，荣雪兴趣不大，倒是邵栖拉着她的手看得津津有味，时不时就发出一阵笑声，也不知哪里这么好笑。

不过看到他笑，荣雪也就觉得影片里那些生硬的搞笑，没那么无聊了。

看完电影已经过了十点，邵栖虽然很不情愿，但不得不送荣雪回学校。

　　"怎么过得这么快啊？什么都没干就十点多了。"一上出租车，邵栖就开始抱怨。

　　荣雪笑："一场电影都两个小时，当然快了。"她又问，"刚刚的电影很好看？"

　　邵栖道："还行吧。"

　　刚才坐在电影院里他就顾着傻乐，影片讲什么他现在都有点记不清楚了。

　　"我看你笑得很开心啊！"

　　邵栖道："跟女朋友一起看电影当然开心，别说是喜剧片，估计是悲情催泪大片，我都得笑出来。"

　　荣雪哭笑不得，心道：要真这样，估计回头网上就会出现"八一八电影院里遇到的奇葩"这种帖子了。

　　不过这家伙还真是一点都不懂矜持内敛，什么都非要表现得这么明显吗？

　　邵栖看了下手表，叹了口气："三点多咱们才见面，马上又要分开，在一起才七个多小时……"

　　荣雪道："这几天没开学，不是可以天天见面吗？"

　　"那也不够。"

　　荣雪笑："别啊！天天腻在一起，保不准几天你就烦了。"

　　"怎么可能？"邵栖斜眼看她，"我看着你一辈子都不会烦。"

　　荣雪只是摇摇头。

　　才多大的人，张口就是一辈子，一辈子对他来说大概跟十天半个月的概念没什么差别吧！

　　她没有和他在一辈子这个问题上争辩。

　　少年人的世界很简单，她不愿用自己的暮气沉沉去破坏这简单的快乐。

　　暮气沉沉？

　　她忽然觉得有点可怕，自己也不过二十出头，怎么就有这种心态了？

　　二十分钟的车程很快就到了。

两人下了车，荣雪将自己的手从他掌中抽出："你回去早点休息，明天再见。"

握了一路的温热从手中消失，邵栖只觉得不习惯，他又赶紧将她的手握住，哼哼唧唧道："现在还不算晚，咱们再随便走走。"

夜灯下男孩的脸上，俱是少年人特有的热忱和痴缠，荣雪心里一软，笑着应允："好吧。"

邵栖握着她的手揣在自己兜里。

因为还未开学，又是冬天，校园里很安静，于是他们成了这夜色里的主角。

其实两个人能有什么话题呢？成长经历和爱好兴趣都截然不同。

只是相互喜欢的人，就算是说明天吃什么、去哪里玩儿，都兴致勃勃停不下来。

当然，停不下来的是邵栖。

走了一圈回到宿舍楼下，荣雪还没把手抽出来，邵栖又道："宿舍还有二十分钟关门，再走一走吧。"

于是两人又走了一圈。

再次回到宿舍楼下，邵栖还是拉着人舍不得放开，嘟囔道："怎么这么快啊？"

荣雪哭笑不得，忽然想起前年在辅导班，他第一次送她回来，好像也是叫了她几次，当时他欲言又止，她以为他是有难以启齿的问题要说。现在想来，大概是那时候就动机不纯了吧。

她将手抽出来，握了握他的手指："好了，又不是不能见面，早点回去，明天我等你来接我。"

邵栖点头，用力将她抱住，吻了下去。

他以前每次送她回来，看到周围吻得难舍难分的夜归鸳鸯，别提多羡慕嫉妒恨，现在他也成为了鸳鸯大军中的一员，当然要吻回本。

于是这一吻又黏腻又绵长。

直到宿管阿姨熟悉的声音传来："宿舍要关门了，本楼的赶紧回宿舍，过时不候。"

荣雪这才回神，将身上的人推开："走了走了！"

然后她一扭头再不管邵栖，红着脸跑回了宿舍。

怀抱空了的邵栖，虽然很不舍，但心情却好得快要飞起来。他跟个孩子一样，蹦蹦跳跳跑到宿舍楼中间。等到二楼那间宿舍亮起灯，他踮起脚往内瞅了瞅，只隐隐约约见着屋内的身影。

想了想，他从地上捡起一块石子，朝窗户扔去。

荣雪正在换衣服，准备去卫生间洗漱，听到阳台的窗户好像被什么东西砸了一下，皱了皱眉打开落地门去看，果然见楼下大树旁站着个挺拔的男生。

看到邵栖扬起手的动作，她心下明白刚刚声音的来源，赶紧打开窗制止他："你干吗呢，还不快回去？"

邵栖笑嘻嘻放下手中的石子，给了她一个飞吻，这才跟只兔子一样跑开了。

荣雪微笑着，看到他的身影消失在黑色的校道，才关好窗户转身进去。

这种感觉好像，真的让人心情愉悦！

隔日早上，荣雪照旧在七点多被生物钟唤醒，打开手机，一堆短信进来，自然都是来自邵栖，最早的一条从六点多开始。

昨晚睡觉前，邵栖拉着她一直讲电话，后来她实在架不住犯困，强行让他挂电话，赶紧关了机睡觉。

二十几条短信其实也没什么重要内容，无非"我醒了"、"早上想吃什么我给你带"诸如此类，竟然发了这么多，也真是不怕浪费短信费。

荣雪回了一条过去：我起床了。

短信发出去短短几秒，手机就响起来。

"这么早就起来了？放假怎么不多睡一会儿？"

荣雪想着他六点多的短信，无奈笑道："你不会现在已经出门了吧？"

邵栖嗯了一声："已经往校门口的早餐店走了，你要吃什么？"

荣雪彻底无语："随便吧。"

邵栖："那行，我看着买。"

荣雪："待会儿见。"

在挂电话之前，邵栖忽然想起什么似的叫道："等等。"

"干吗？"

"你今天穿那件蓝色的羽绒服。"

"什么？"荣雪没反应过来。

"就是前年圣诞节咱们参加活动赢的那件。"说着，他又有些抱怨，"都没见你穿过。"

荣雪应允："好吧。"

其实她穿过的，不过只在宿舍里穿，因为邵栖总穿，她怕穿出去和他遇到，总觉得还是有点尴尬。

不过现在两人已经是情侣，就不再有这种困扰了。

挂了电话，她从衣柜里将羽绒服翻出来换上。

穿好后，对着镜子照了照，其实就是普通的运动款，不过做工、剪裁都不错，穿起来很有朝气，是属于她这个年龄的风格。

她向来对外表不在意，但今天却照了十几分钟镜子，还特意把眉毛修了修，又把已经过肩的头发扎了个鱼骨辫。

毕竟年轻，皮肤吹弹可破，不需要涂脂抹粉，只要稍稍收拾，就已足够光彩照人。

荣雪下楼时，邵栖已经等在她宿舍楼门口。

他穿着那件蓝色羽绒服，背着一把吉他，手上拎着一个大袋子。

在清晨的阳光下，他高大挺拔，帅气逼人。

邵栖看到荣雪的那一刹那，眼睛几乎瞬间亮起，拔腿就要跑过去抱她，那种遗世独立的帅气瞬间变成了大型犬气质。

荣雪赶紧抬手制止他的动作。

"荣雪，回学校了？"有同专业的女生进来，和她打招呼。

邵栖想起两人说好的暂时不公开关系，只能生生停住脚步，佯装淡定地等她走过来。

荣雪和人打完招呼，才走到他面前，侧头看了他一眼，见他眼下有点发青，大概是昨晚没怎么睡，不过整个人倒是神采奕奕。

这大概就是年轻的好处吧！

两人穿着同色的羽绒服，一看就是情侣款。邵栖心里美得冒泡，目光落在她脸上，总觉得她今天有些不同。只是作为一个粗心思的直男，他并没看出是哪里发生了变化，只是感觉比往常更加漂亮，于是看着她，几乎

185

舍不得移开目光。

"干吗呢？"荣雪拍了他一下。

邵栖抓了抓后脑勺："就是觉得你今天特别好看。"而后他回过神打开手中的袋子，"我买的早餐，你看你喜欢吃什么。"

荣雪低头一看，我的天！满满一大袋，这家伙不知买了多少！

外面天寒地冻，两个人也不好坐在路边用餐，便去了食堂。

油条、豆浆、稀饭、包子、蒸饺，还有锅贴、馅饼，两个人肯定是吃不完的。

"你买这么多干吗？"荣雪拿了还冒着热气的蒸饺和豆浆。

邵栖道："你说随便，我就各种都买了些，喜欢什么吃什么。"

荣雪皱了皱眉，忍住说教的冲动："以后别这么浪费了。"

邵栖满不在乎道："没事的，早餐又不要几个钱。"

荣雪还想说什么，到底还是算了。

两个人的生长环境不同，三观自然会有差别，她不能将自己的准则强加在他身上，哪怕她的准则是正确的。

好在邵栖饭量大，她也努力吃了十二分饱，最后也就只剩下两个锅贴、半个馅饼、半碗粥。

刚陷入热恋的情侣干什么都是慢的，一顿早餐吃完差不多用了一个小时。和杜远他们约好的时间也差不多到了，邵栖便带着荣雪直奔他们的练习室。

练习室离学校不远，骑单车也就不到二十分钟。

荣雪坐在后座，帮邵栖背着吉他。

虽然现在学校人还不多，但在宿舍区难免会遇到同系的熟人，她只扶着他身下的座位。不过等到出了校门，荣雪就被邵栖勒令抱着他。

他们乐队租的练习室在学校附近的一条老街上，是一处废弃的小厂房。

单车才刚刚到门口，荣雪就听到里面有鼓声，显然是已经有人到了。

邵栖停下单车，走上前，也不用手，直接将大门踹开。

里面发出杜远的一声"我去！"。

邵栖皱眉扫了一眼室内："怎么这么脏啊？"说着，他又挥挥手，

"赶紧给我把沙发收拾一下。"

几十平方米的房间里，只有一张桌子、一座旧沙发和几把破椅子。那沙发上放着包和零食，乱七八糟的。

杜远道："就是个练习室，你穷讲究什么？"

正在摆弄键盘的夏絮附和："就是，你也不是讲究的人。"

邵栖哼了一声，退回到门口，见荣雪慢吞吞还没走过来，干脆跑出去拉着她的手往里走。

杜远和夏絮看到来人，顿时表情各异。

还是杜远先笑着挥了挥手："嘿，小老师。"

荣雪有点尴尬地朝他笑了笑。

夏絮只在两人的情侣服上扫了一眼，就觉得快要受不了，好不容易才将嫉妒和愤怒压下去，露出一个勉强的笑容："邵栖真是厉害，竟然把老师兼学姐都追到了。"

虽然是假装淡定，但语气还是泛着酸溜溜。

邵栖笑道："荣雪，我媳妇儿，你们都认识的，就不多介绍了。"

荣雪被他这声自然而然的媳妇儿闹了个大红脸，忍不住瞪了他一眼。

邵栖对她的抗议视而不见，拉着她来到沙发前，弯身将上面的东西扫开，拿下她身上的吉他："坐这里！"

荣雪顺从地坐下，目光越过邵栖，看到键盘前的夏絮用手狠狠扫了一下键盘，空荡荡的厂房内，发出一阵刺耳的琴声。

荣雪还记得这个时尚靓丽的女孩。那次在邵栖家里，她被这个女孩不小心泼过一次啤酒。

当然到底是什么样的不小心，她还是猜得到几分的。她看得出这个女孩喜欢邵栖，也能感受到她释放的敌意，甚至能理解她的心理——对于一个和邵栖认识多年的女孩来说，她这个后来的才是入侵者。

可感情本来也没有先来后到的说法，尤其是邵栖坦荡到刚刚在一起，就毫不避讳地将她带过来，她想不胡思乱想都不可能。

杜远看到夏絮的失态，赶紧敲了几下鼓，笑道："邵栖，赶紧的，咱们先练一会儿找找感觉，也让小老师看看咱们邵大主唱的水准。"

邵栖拿出吉他调了调弦，朝荣雪眨了下眼睛，耍帅式地弹了几个炫技的和弦。

187

荣雪眉眼弯弯地对他露出赞许的笑。

三个人的乐队，邵栖是吉他手兼主唱，夏絮是键盘手，杜远是鼓手。显然他们不是刚刚组合的，看起来颇专业，配合得也很不错。

夏絮不必说，荣雪记得她是艺术生，好像主修器乐，键盘肯定不在话下。杜远的架子鼓打得也不错，节奏韵律应该是练过不短的时间。至于邵栖，唱歌的水平之前荣雪在KTV就见识过，确实非常不错，吉他也弹得很好。

荣雪之前都不知道邵栖会弹吉他。说起来，好像他会的东西很多，似乎什么都信手拈来，这大概就是都市中养尊处优长大的体现。

三个人配合得很默契，一首歌练习了几遍，邵栖大手一挥宣布休息，然后抱着吉他跑到荣雪旁边，旁若无人地亲了她一口："怎么样？"

荣雪还没回答，杜远已经哇哇大叫起来："救命啊！眼睛被闪瞎了！"

邵栖白了他一眼，看到荣雪脸有点发红："别管他。"

杜远又叫："有异性没人性。"

夏絮有点不耐烦："你有完没完？"

杜远翻了翻眼睛："我去买饮料！"

夏絮走过来坐在邵栖旁边，从沙发上的一个包里拿出两张CD："这是我妈年前去英国出差回来帮我带的，你之前不是想买而国内绝版了吗？"

邵栖拿过来面露喜色："多谢了，多少钱我给你。"

"钱就不用了，我喜欢的口红马上要上市了，你送我几支就行。"

"行，送你全色系。"说完他又转头看向荣雪，"到时候给你也买一份。"

"不用了。"

夏絮笑道："我喜欢纪梵希，迪奥和香奈儿也可以。"

艺术系的女孩对化妆品自然如数家珍，而荣雪这个古板无趣的医学生，却只勉强听过几个牌子，从来没用过。

她笑了笑："我不化妆。"

夏絮露出惊讶："什么年代了，学姐竟然不化妆。"

荣雪道："我们经常要进实验室戴口罩什么的，化妆也不是很方便。"

邵栖目光落在她淡淡的唇上，又有点心痒了，挑眉道："化妆是为了遮丑，你不化妆就已经很好看了，所以不用化妆。"

夏絮笑容凝在脸上。她今天特意画了一个自然清新的妆容，此刻却觉得自己像极了一个小丑。

实际上荣雪也有些尴尬，她不得不承认，自己与邵栖原本的生活有点格格不入。

邵栖看出她的不自在，以为她是陪自己练歌太无聊，于是等杜远买完饮料回来，又练了会儿，就很没义气地要告辞。

夏絮看他放好吉他，拉着荣雪离开，不悦道："邵栖，你不是说要参加开学的校园歌唱大赛吗？这么个练法还参加个屁啊！"

邵栖道："还早着呢！大家回去先把自己的部分练好，等有时间再配合。"

夏絮还想说什么，却被杜远拉住，低声道："算了，人家忙着谈恋爱，何必呢？"

夏絮透过打开的窗户，看到邵栖将吉他挂在荣雪身上，捧着她的脸亲了一下，然后骑上单车，载着人意气风发地飘远。

杜远也看到了，好笑地摇摇头："跟个二傻子似的。"看到夏絮脸色不对，他拍了拍她，"夏夏，我觉得我还是收回之前的话。邵栖看起来是真喜欢那个小老师，你还是算了吧，别在一棵树上吊死。"

夏絮咬咬唇，红着眼睛没出声。

黏黏糊糊的三天很快就过去了，学校正式开学，除了参加自己班的班会，荣雪作为邵栖班上的班导，还得给这群已经快成老油条的大一生开会。

这场班会开得很惊险。

她和邵栖说好了地下恋，但这货全程的表现简直就是欲盖弥彰。

先是她进教室时，这个一向都不大守规矩的班长，跑到前面敲桌子维持纪律。她发言的时候，有人捣乱他就直接蹦起来镇压。副班长一如既往想调戏荣雪，差点被他一脚踹飞。

一场班会，完全就是鸡飞狗跳。

好在这个班的学生在他这个班长的带领下，画风都有些清奇，只以为这学期的班长抽风，并没有猜到班长和班导早已经暗度陈仓。

忙完开学前两天，一切就进入了正轨。

荣雪这学期的课程不多，但为了下半年开始的通科实习，她必须好好巩固理论知识，免得到实习的时候还要临时抱佛脚。

没有课的时候，她基本上就是泡在自习室、图书馆和实验室，晚上则是继续在辅导班兼职。她一个忙到没时间胡思乱想的好学生，留出来与邵栖约会的时间少得可怜。

邵栖十分怀念开学前几天每天黏在一起的日子，不过他也早有心理准备。

山不来就我，我便去就山。

于是他天天跟着荣雪一块儿去上自习，晚上去接荣雪下班。算起来，一天在一起的时间也不算少了。

荣雪一开始还挺高兴，且不说下班有男朋友接，不用担心夜行的安全，就说邵栖跟着自己一起上自习，总比他待在宿舍打游戏好多了。

只是她很快发觉不对劲，因为她上自习总是很投入，也就很少注意坐在自己对面或者旁边的邵栖同学在干些什么。

但几天下来，就算是不注意，也还是发觉这货不是睡觉就是看闲书，要不然就是拿着掌机玩游戏，放在桌子上的专业书根本就是个摆设。

鬼才相信这是高考全省第十几名的尖子生。

而且大一的课程应该很多，他却整天跟着自己上自习，明显不对劲。后来荣雪找出他们班的课表一看，他果然是逃课上自习。

荣雪觉得有点头疼。

若是两人不在一起，她当然懒得多管闲事，可现在他是自己的男朋友，这就不是闲事了。

那天下午吃饭的时候，她想了想开始开口问："邵栖，你是不是最近逃了很多课跟我去上自习？"

邵栖倒是坦然："那些课都没什么意思，还不如自己看看书。"

荣雪道："你这样万一考试挂科怎么办？"

邵栖满不在乎："放心吧，老师不怎么点名，考前突击一下，不会挂科的。"

荣雪不明白为什么一个优等生上了大学会变得对成绩如此敷衍。她看向他认真道："邵栖，你告诉我，你是不是真的对医学没兴趣？要是这样的话，现在申请转专业还来得及。"

邵栖道："反正读什么都差不多，而且我们专业八年就能拿到博士学位，出去还能装装样子，我觉得还挺好的，至于以后当不当医生再说吧。我跟你讲，不是学什么就要做什么的，我爸就一工科生，现在还不是在金融业混得不错，指不定我毕业了也去金融行业，或者做投资，有医学背景，专门做医学领域的投资肯定比别人做得好。"

荣雪皱了皱眉头，也不知是他太年轻还是他的家境使然，竟然把未来想得如此简单。

她思忖片刻，道："不管怎么样，大学里成绩还是很重要的。"

邵栖明显不以为然："成绩是挺重要，但真的没你想的那么重要，你以为像高中，高考就得看分数线？咱们学校每年工作找得最好的，有几个是成绩最好的？不说别的，就是你们年级的国家奖学金，是给了你们成绩最好的那几个吗？别看我考试成绩一般，但今年国家奖学金指不定就能评上我，因为我参加的活动多，而且院里老师都挺喜欢我。"

虽然荣雪对他这番言论不愿意苟同，但不得不承认他说出了很多现实。

大学已经是社会的缩影，不再是像高中那样成绩是唯一标准。在大学成绩好大概也就是像她这样的人唯一能做的选择。

她抬头看向更有些玩世不恭的邵栖，发觉这个看着天真任性的男孩，其实对这个世界的认知比自己懂得太多。高中时为了成绩可以认真苦读，大学时明白成绩不再重要，就迅速投入另外的规则。也许是投机取巧，但这样的人未来恐怕比她要顺利太多。

她有点无奈地笑了笑："那如果你以后要当医生呢？别的专业混一混没关系，但医生这个职业马虎不得。"

邵栖一副怕了她的样子："还有七八年呢，急什么？现在难道不是应该享受大学美好时光吗？"顿了顿，他又道，"不过我相信你一定会成为一个优秀的医生的，以后就算我不当医生，那也是医生家属，我会全力支持你的事业的。"

荣雪看着他青春洋溢的面孔，无奈地笑了。

她忽然发现曾经以为近在眼前的以后，变得有些遥远了。

学校的校园歌手大赛，邵栖他们三个顺利进了决赛。

之前的初赛是在晚上，荣雪要上班错过了，决赛她再不去捧场，估摸着邵栖要跳脚——实际上她也挺想看看邵栖在台上是什么样子。

因为决赛还是周五晚上，她只能跟辅导班那边请了假。

比赛是在学校的礼堂进行的，观众还挺多。参赛选手都在后台准备，荣雪没看到邵栖，但是为了把自己男朋友看得清楚一点，她在前排找了个位置。

能进决赛的选手，当然都有几把刷子。一个校园比赛，看起来竟然含金量还挺高。

荣雪性格一直都还算淡定，但是等到邵栖出场，除了有些激动之外，竟然还莫名有些紧张。

前面五位选手演唱完毕，主持人在上面报幕："下面要表演的选手是一支特别的乐队，分别来自不同的院系，主唱兼吉他手来自医学院，所以这支乐队有个很特别的名字叫白衣devil。"

白衣devil？

素来只有白衣天使，他们这来了个白衣恶魔，这带着浓浓中二气息的名字让荣雪头冒黑线。

幕布拉上再打开，里面的三人已经准备就绪。

邵栖穿着一身白大褂，吉他挂在胸前，脸上戴着一张魔鬼面具。

他们一出场，观众席就发出响亮的尖叫和掌声。

显然这支白衣恶魔乐队，在之前的比赛中已经积累了不少人气。

鼓声响起，配合着吉他和弦与键盘的前奏，观众席变得更加热烈。

中间的邵栖忽然伸手将脸上的面具掀开，狠狠丢在地上。

尖叫更甚。

他脸上画着妆，本来就狭长深邃的眼睛，画上浓烈的眼影后，显得十分魅惑。

虽然在荣雪眼中，这表演浮夸得厉害，但显然观众席中的小女生们很吃这一套，已经有人尖声叫出邵栖的名字，大声示爱。

邵栖手指放在唇上示意噤声，观众席果然安静下来，而他的演唱正式开始。

虽然这样的表演，荣雪有些接受无能，但不得不承认，歌是好听的。而且邵栖这种人大概天生带有光环，在台上的每个动作，都让人移不开眼睛，哪怕荣雪并不喜欢这种浮夸和张扬。

几分钟的表演，本来是比赛，却好像成了他们的主场。

等他们演唱结束，尖叫欢呼声久久不息。

看到幕布拉上，荣雪本想去后台找人，却忽然收到辅导班那边的代班老师打来的电话，说有任课老师忽然不舒服，上了半节课被送去医院了，让她赶紧回去安排一下。

荣雪只好离开了大礼堂，边走边给邵栖发个短信说明情况。

邵栖正在后台卸妆，刚刚他在台上表演的时候，已经看到了荣雪，但是比起其他人的热烈，她好像没什么反应，也不知道她觉得这表演如何。他正等着她来后台找自己，却收到她临时有事要去辅导班的短信。

说生气倒是算不上，但失落是难免的。

他这么卖力表演，就是想在她面前表现一番，让她看到自己的帅气和才华，然后深深迷恋之。但显然是自己乐观了。

他有点气馁地放下手机，连等比赛结果出来的期待都没有了。

胡乱将脸上乱七八糟的妆擦掉之后，他起身道："我走了，你们等结果吧，领了奖你们分了，不用给我。"

杜远哇了一声："唱完了就走，你要不要这么屌？有事？"

邵栖轻轻点了点头。

夏絮有点不高兴了："是啊！今天专门来比赛，你唱完了就走，也太说不过去了吧？到底什么事这么急？"

邵栖道："去找我女朋友。"

夏絮后悔自己嘴贱，多问了最后一句。

邵栖在一群朋友中，向来是唯我独尊，说一不二的人，说了走自然没人留得住，换了衣服就毫不留恋地走了。

杜远摇头无语："那小老师是不是会邪术？"

夏絮冷哼了一声："会不会邪术我不知道，不过看样子是邵栖一头热。那女的凭什么啊？"

杜远心道：凭什么？还不是凭邵栖那二傻子喜欢！

二傻子邵栖心情实在不大好。他对辅导班轻车熟路，直接跑去办公室找人。

他还没走进去，就看到一个高中生模样的男孩站在荣雪办公桌旁，微微倾身凑到她跟前，似乎在讨论英语问题。

男孩道："小老师英语这么厉害，不如换你教我们好了。"

荣雪轻笑："机构给你们安排的肯定都是最好的老师，你们不用担心换的老师不如之前的王老师。"

男孩道："我觉得小老师就很好了，要不然我请你做我的家教吧？"

荣雪温和的语气带着公式化："明天新老师就会调配好，你们真的不用担心。"

小老师？那是你能叫的吗？不要脸！

男孩还想说什么，邵栖已经火冒三丈般将半掩的门踹开。

里面的两个人都吓了一跳。

荣雪抬头看到来人，眉头微微蹙起："你怎么来了？"

邵栖道："当然是来接女朋友。"

话是对荣雪说的，但目光却是盯着里面那男孩。他的妆卸得不彻底，眼皮上还有褐色的眼影，冷冷的眼神简直有点吓人。

至少那男生被吓到了，支支吾吾道："老师，你，你男朋友？"

荣雪不置可否，只淡声朝他道："你先回去吧，有什么问题我们这边会和你的家长联系的。"

男孩杵在原地半天没动，邵栖一嗓子吼道："小王八蛋，还不快走！"

其实他比人家也大不了几岁。十几岁的男孩都血气方刚，被人莫名骂一顿，那男孩当然气不过，跳起来道："你骂人干什么？有病吧！"

邵栖哼了一声："你信不信我还打人？"

荣雪眉头皱得更深，冷喝道："邵栖！"

男孩见他不情不愿地收声在原地站定，有点得意地昂昂头，朝荣雪道："小老师，我走了。"

待男孩出门，荣雪才皱眉看向邵栖，有些无奈道："你到底想干什么？"

邵栖带着醋意十足的表情走到她跟前："没看出来那小王八蛋对你有

意思吗？"

荣雪道："你以为人人都跟你一样吗？"

邵栖噎了一下，却意识到一个问题，肯定不会人人跟他一样，但再有像他这样的人，估计也不奇怪。想到这个，他就觉得不爽，语气烦躁地道："反正你别在这里兼职了，指不定又被哪个小混蛋缠上！"

荣雪被他逗笑："你承认自己是小混蛋了？"

邵栖强词夺理反诘："我是说刚刚那家伙。"顿了顿，他又道，"你别兼职了，浪费时间又没多少钱。"

说着，他从钱夹里掏出一张卡递给她。

"干吗？"荣雪问。

邵栖道："你是我女朋友，我养你天经地义。"

荣雪想笑，心道：年纪不大，口气倒是不小。

她看了眼他手中的银行卡："卡里的钱都是你的？"

邵栖点头："当然，这是我爸每个月给我打生活费的卡，每个月他准时往里面存两万块。我们俩生活肯定够了，平时要是有大额消费再跟我爸申请就行。这卡你拿着，还可以帮我管钱。"

一个大学生每月生活费两万，对于荣雪来说，是难以想象的，可见邵栖的父亲是多么溺爱孩子。想想每次和邵栖一起吃饭，他的餐盘都堆得老高，就算他再能吃，也会剩下不少，她总嫌他浪费，但食堂里的饭菜就算堆一大盘子，也不过二十来块钱。就算这样确实是浪费了一点，但对于一个每月生活费两万的男生来说，一日三餐大部分都是在食堂解决，已经算是很节约了。

自己这一个月兼职的一千多块工资，他大概是真的看不上。

荣雪无奈地笑了笑："邵栖，你的意思是让你爸爸顺便连我一起养了？你不觉得很荒谬吗？"

邵栖却是一脸理所当然："这有什么荒谬的？他现在养我们，等以后他老了，我们再养他。"

少年人的世界真是简单到可怕，不过才刚开始在一起，就觉得可以一辈子了。

荣雪忽然就没了力气和他争辩，只笑着道："就算你家再有钱，我也没道理让你养。我和你是谈恋爱，不是傍大款。"

195

谈恋爱这三个字，让邵栖面色稍霁，但听到后面的傍大款三个字，他的脸色又沉下来。在他的概念里，女人花男人的钱天经地义，实际上他觉得真心在一起的人，所有事情都应该开诚布公合为一体，包括钱财，如果荣雪有钱，他也会毫不犹豫花她的。

他义正词严道："我看你根本就没把我当男朋友，你去问问那些谈恋爱的女孩，哪个在花男朋友钱上计较的，恨不得多花一点才好！"

荣雪叹了口气："现在的问题是，你给我花的钱是你爸的，根本不算你的。如果是你自己赚的钱，我当然不会这么计较。"

邵栖竖起眉头问："是不是我赚的钱给你，你就要？"

荣雪不想与他纠结这个问题，便敷衍地点头。

"行，我去赚钱。"

荣雪知道他钻牛角尖的脾气，赶紧补充："不准逃课。"

邵栖道："当然不会。"

荣雪这才想起来歌唱大赛应该还没结束："对了，你还没说你怎么这个时候跑来这里了？"

邵栖觑着眼睛看她，故意重重叹了口气："精心准备的表演，女朋友都没认真看，就算得了好名次，也高兴不起来，干脆就走了。"

荣雪哭笑不得："你别冤枉我，我认真看完了才走的。"

邵栖睁大眼睛笑问："那你觉得怎么样？"

刚刚进来明明一副怒气冲冲的样子，现下忽然又喜笑颜开，荣雪都有些羡慕他这样的没心没肺了。

她笑了笑道："唱得很好听。"

邵栖继续追问："那我帅不帅？"

荣雪到底是没办法昧着良心，看了看他眼皮上残存的眼影，犹豫了片刻才道："挺前卫的。"

邵栖道："这可是专门找人设计的造型。"

荣雪想了想："我觉得以后还是不要穿白大褂了，感觉有点怪怪的。"

邵栖皱眉："很怪吗？大家都觉得这样挺酷的。你不喜欢？"

荣雪："要听实话？"

邵栖点头。

荣雪笑了笑："确实不大喜欢。"

邵栖嗤了一声，摆摆手："既然你不喜欢，以后我就不弄这个造型了。"

"还有乐队名字也改一改吧，感觉有点亵渎医生这个职业。"

邵栖当时取名的时候，觉得这名字很个性，可见两人三观差异之大。不过他对她的意见向来没什么意见，她让改他也就点头答应改了。

邵栖是行动派这件事毋庸置疑，说了去赚钱，第二天就开始行动。

学生找工作无非家教之类时间自由的兼职。他高考成绩很好，在网上都能查到名字的那种，找家教自然是不难。很快就有人给他介绍了一份高中数理化的补习工作，报酬可观，过了没两天就去上任了。

然而他的赚钱生涯并没有那么顺利。

补习的学生是个高二男生，这个年龄的男孩子，只要不是典型的乖宝宝，多半都带着点叛逆的熊劲儿。

作为资深熊孩子的邵栖还受不了别人熊，差点在人家里跟高中生打起来，最后被家长给赶走了。

家教是在晚上，被人赶出来后，他就直接来接荣雪。见到荣雪时，他还愤愤地抱怨。

荣雪听他说了来龙去脉。原来是因为那孩子喜欢转笔，他看着烦让男生别转，那男生非得转，然后他就把男生的笔抢了丢掉，最后自然是闹起来了。

荣雪不知该哭还是该笑。

"听课就听课转什么笔？难道不知道很没礼貌吗？"邵栖怒道。

荣雪道："你在辅导班上第一节课时还睡觉呢，陈老师也没骂你！你这臭脾气我看做家教不太适合。"

邵栖深以为然，不过他觉得自己不适合做家教倒不是因为自己脾气差，而是现在的孩子都太熊，他一点都不想和他们相处。

于是他决定另谋出路。

当然他这种人想赚钱总归是不缺方法的，第二天他就找到了一份酒吧驻唱的工作。每天晚上唱一个小时，一个小时一百块，有人点唱还会有小费。

酒吧离学校不远，除了周末工作时间长一点，工作日就唱九点到十点。他工作完飞奔到辅导班，正好接荣雪下班。

简直完美。

荣雪对他打工这件事没什么意见，男生去酒吧驻唱也不至于要她担心安全，实际上她也没心思去管他到底在做些什么。

他能忙一点，她还能落得轻松。

周六晚上，邵栖在酒吧工作到十二点多。因为工资是周结，今天正好一周，老板给他结了钱，加上这三天有个女顾客总是点歌，给了他很多小费。一个星期赚的钱，加起来超过了两千。

他揣着平生第一次自己赚来的钱，心里别提多得意。

因为从来没缺过钱，所以邵栖这个人对钱其实没什么概念。实际上他的生活方式也不奢侈，大部分时间都是在食堂吃饭，两千块对他来说，足够吃一个月，但同时可能也就是随随便便买一双鞋。

不过再没概念，他也知道用对比的眼光看问题。他知道荣雪在辅导班兼职薪水也就一千多块，而她一个月的生活费才几百块。

所以两千多块应该算是很多了。

隔日中午，邵栖把荣雪叫出来请她去吃大餐。

两个人点了菜，邵栖从书包里拿出一个信封和一个小盒子豪迈地往桌上一拍。

荣雪被他的动作吓了一跳，不明所以："干吗？"

"我打工赚了钱，给你买了一份礼物，剩下的你拿着。"颇有种老子是大款的气势。

荣雪看着他那得意的表情，有些想笑。她拿过那小盒子打开，里面赫然是一条天鹅吊坠的项链。她认得这个牌子，有名的水晶品牌，算不上太贵，但也得一千来块。

邵栖见她将项链拿在手中，撑着头问道："喜不喜欢？"

荣雪点头："很好看。"

"戴上让我看看。"说完他又想起什么似的赶紧起身，"我来我来！"

他绕到她身后，将项链给她戴上。

198

此时3月份还未过完，正是乍暖还寒时候，荣雪穿得不少，贴身的是一件打底衬衣。邵栖自然而然地将她的衣领拨开，露出白皙的脖颈。

手指触在上面，温暖得让人心猿意马。尤其是当他把项链戴好，那天鹅坠子从前面滑入荣雪衣领下的胸前，在那起伏的胸口内若隐若现时，邵栖只觉得心跳莫名加速。

两个人其实已经算是很亲密，毕竟邵栖这种大型犬属性的男生，恨不得长在女朋友身上，每天亲亲抱抱无数回。

但此刻他站在荣雪身后，那隐秘的风光落入自己自上而下的视线里，一些不那么健康的念头就忍不住冒了出来。

荣雪觉察他半天没动静，昂头看向他："怎么了？"她将吊坠从胸口抽出来，"挺好看的，我很喜欢。"

邵栖有点僵硬地笑了笑，暗自深呼吸一口气，绕回到对面坐下。

荣雪又拿起桌面的信封打开，钞票数目一目了然，她皱了皱眉，摸了下胸前的项链，抬头问邵栖："这是你一个星期在酒吧驻唱赚的钱？"

邵栖点头："没错！"他得意地伸出两根手指，"两千五百块。"

"怎么这么多？不是说一个小时一百吗？"

"还有小费啊！"说到这个，邵栖来了兴致，"我跟你说，有个女顾客，特别喜欢我唱歌，连着三天去酒吧点唱，每次给我五百块小费。我都怀疑她想包养我呢，哈哈哈……"

他是男生，而且是一个每月生活费两万不缺钱的男生，这种事情对他来说，就完全可以当成一个笑话。

可他当作笑话在讲，荣雪却没办法完全当成笑话听。

酒吧那种地方鱼龙混杂，邵栖又是那种浑不吝的性格，而且三观模糊，他在那样的环境里真的不会受影响吗？

她想起这些天他从酒吧回来接自己下班，经常都带着酒气，显然是喝了酒。

她想了想到底什么都没说，只是把钱放好，递给他："我现在不缺钱，你自己存着，到时候也能看自己赚了多少钱。等以后我缺钱的时候，我再问你拿。"

她当然不会要他的钱，但直接拒绝，邵栖肯定又是要跟她闹一通，况且之前为了敷衍他，也答应了他的。

迂回战术在邵栖这里还挺管用，他拿过钱："行吧，我先存着，等多了再一起给你。"

荣雪摸了摸胸前的项链，她没有矫情到不愿意接受男朋友的馈赠，但这么久以来，两人在外面吃饭，从来都是邵栖付钱，还三天两头给她买一包吃的送到宿舍楼下。这样算起来也不是个小数目了。

她不能去跟他算这些，但总还是心有不安。

等菜上来后，她吃了几口，看了眼邵栖，佯装随口问："我还没送过你礼物，你喜欢什么？我送给你。"

邵栖笑嘻嘻看她："我喜欢你。"

荣雪嘴角抽了抽："我说真的。"

邵栖挑眉："我也说真的。"

荣雪嗔道："你要不说就没有了哦！"

"我说我说。"邵栖想了想，他什么都不缺，想要的都能轻易得到，思忖了半天，灵光一现，"那就送我一个你亲手做的东西。"

荣雪想买个稍微贵重一点的礼物的打算，算是落空了。不过转念一想，她能买到的东西，他大概也不稀罕。

邵栖忽然又抬头灼灼看着她，冷不丁道："其实我有个特别特别想要的礼物。"

"什么？你说。"

邵栖眼神闪烁地避开她的目光，抿抿唇："以后再说。"

以荣雪对他的了解，这欲言又止的样子，肯定是没想什么好事。于是她就没追问下去，免得他来劲儿。

不过她对他在酒吧工作这件事，开始有点忧心忡忡了。但看他满不在乎的样子，她又不知从哪里问起。

接下来的一个星期，邵栖晚上来接她，身上仍旧带着酒气。荣雪到底不放心，等到周六晚上有空，去了邵栖驻唱的酒吧。

酒吧在学校附近，虽然里面很多都是附近的大学生，但一看就不是什么正经学生。酒吧灯光迷离闪烁，气氛嘈杂，到处都弥漫着"这不是什么正经地方"的讯号。

酒吧里客人很多，荣雪勉强在吧台前找了个位子，刚刚坐下，就有男人来搭讪，弄得她十分紧张。

邵栖正在酒吧台上唱歌，让她意外的是，杜远和夏絮也在。

唱完一曲，一个看起来醉醺醺的男人走上台，拿出一沓钱放在夏絮的键盘上，不知道说了几句什么，邵栖冲过来就将人推开了。那人摔倒在地后跳起来撸起袖子叫了一声，旁边围过来好几个人。

荣雪吓了一跳，赶紧跳下凳子，走过去看情况。

她看到那醉酒男人的两条花臂，一看就不是什么好人，他身后围过来的三人大概是他的跟班，看起来是要动手。

不过酒吧的保安很快过来将人拦住，然后不知从哪里冒出来的几个男人，站在邵栖旁边，虽然没有说什么威胁的话，但局势优劣顿时就显出来了。

那花臂男人大概也就是个小混混，一看对方那么多人，而且打扮都挺朋克的，不敢再惹，骂骂咧咧走开了。

待人离开，一个经理模样的人走过来安抚众人："小误会小误会，大家继续玩儿！"

看热闹的人散开，各自回到卡座继续喝酒玩乐。

因为灯光迷离，邵栖并没有看到离自己也就几米距离的荣雪。他坐回凳子上，调了调吉他，刚刚在他旁边的一个皮夹克铆钉靴朋克头的男人走到他旁边，揽住他的肩膀，给他递了根烟，笑着和他说话。

荣雪听不到两人在说什么，但看起来关系不错，应该很熟稔。两人边吞云吐雾边笑着，俨然狐朋狗友的样子。

她又看了眼凑在一块儿的其他几个人，打扮都很前卫，不是染着夸张的发色，就是一头脏辫儿，也有剃着板寸的，但那板寸也不是规规矩矩的板寸，而是一些乱七八糟的图案。其中几个也背着吉他，十有八九是玩地下音乐那一挂的。

这都是些什么人，荣雪用脚趾头想想也知道。

邵栖和他们比起来，无论是穿衣打扮还是气质，都干净太多。但看他和他们言笑晏晏的样子，只怕是跟那些人混得很开心。

她忧心忡忡地看了会儿，默默退回到吧台。

过了没多久，一个打扮艳丽的女人拿着酒杯走上前，跟邵栖耳语几句，邵栖笑着点头，挥挥手招呼身旁的几个人去了下面的一个大卡座，一堆人开始划拳拼酒，玩得不亦乐乎。

邵栖与这个地方，完全没有格格不入的违和。

可正是他的这种如鱼得水，让荣雪觉得有些可怕。

"小姐，一个人？"荣雪遥遥看着那昏暗灯光下卡座里的动静，身旁忽然有人凑过来，几乎是贴在耳边说道。

她吓了一跳，转头一看，是个满眼淫光的猥琐男人，她赶紧摇摇头留下刚刚点的饮料钱，飞快跑了。

她一口气跑出酒吧，在冰凉的夜色里重重舒了口气，才将胸口那股压抑的感觉释放出来。

她满脑子都是邵栖跟那些人之间的互动——

抽烟、喝酒、笑闹。

其实邵栖也并没有做什么坏事，但她就是隐隐有不好的预感。

一阵风吹来，荣雪觉得更冷了。

她拿出手机拨了邵栖的电话。

电话接通，邵栖的声音夹在那头的嘈杂中："有事？"

她很少主动给他打电话，所以邵栖想当然以为她有事情找自己。

荣雪道："你什么时候下班？"

邵栖道："我跟朋友喝酒呢，喝完了就回家，杜远和夏絮都在，你不用担心我。"

荣雪沉默了片刻："我晚上和室友出来瞎逛，正好路过你们酒吧，就想着顺便来接你。"

"好，你等我一下。"

邵栖挂上电话，站起来和卡座里的人道别："你们继续玩儿，我女朋友来接我了。"

那请客的女人笑道："女朋友来了？叫她一块儿进来玩儿啊！"

邵栖虽然觉得这些人也没什么，喝酒什么的更加无所谓，但下意识还是不愿意荣雪来这里，笑着道："她不喜欢喝酒，走了走了，明晚见。"

说完他就背着吉他走了。

邵栖出来的时候，荣雪正站在路边，对着车河发呆。

他看到她，蹑手蹑脚走上前，从后面猛地将她抱住。

202

本来指望她会吓得尖叫，但是她的反应却很平淡，只皱了皱眉，轻轻推他："你喝酒了，味道很大。"

邵栖松开手，将双手放在嘴前哈了一口气："是有点。"但还是坏笑着凑到她面前，将她整个人抱在怀里，铺天盖地地亲下去。

荣雪左右躲闪不过，只能任他站在街边胡来。

其实也不算太难闻，年轻健康的男孩，味道总不会太糟糕，何况这些日子以来，她对他的气息已经再熟悉不过。

因为荣雪难得来接自己，邵栖就有点兴奋过头，加上刚刚喝了点酒，在唇舌缠绵的时候，身上就忍不住蹿上了一股火气，分不清是从上到下，还是从下到上，总归是心口和腹下都跟着了火一般。

这个季节，衣服已经不那么臃肿，尤其是邵栖，早早就换上了春装。今天他穿的是件运动裤，裤子里的变化，很容易就暴露出来。

以前其实每次接吻，身体也会骚动，但从来没像今天这么压抑不住。

他将她紧紧抱住，嘴唇移到她耳后，撒娇般呢喃道："媳妇儿，我好难受。"

荣雪伸手在他腰间用力掐了一把，他吃痛地轻呼一声，松开了怀里的人，身上的旖旎也去了一半。

他倒吸着冷气摸了摸自己被掐的地方："你想谋杀亲夫啊！"

荣雪斜了他一眼："让你清醒点。"

邵栖摸了摸脑袋，嘻嘻笑了笑，拉着她往学校走："清醒了！清醒了！"

荣雪歪头看了看他，思忖片刻，道："你在这里驻唱交了很多朋友吗？"

邵栖道："有几个玩音乐的朋友。"

"人怎么样？"

"反正就是玩音乐的呗，一个鼻子两个眼的正常人呗！"

荣雪想着那些人的打扮，在她看来实在正常不到哪里去。她想了想道："在学校里玩音乐的人还好，社会上的一些人就有点鱼龙混杂了。我听说那些在酒吧玩乐队的很多人生活挺乱的，你还是不要和他们走得太近。"

邵栖满不在乎道："就是在酒吧的时候玩一下，无所谓的，我有分寸。"

荣雪心道：你要是个有分寸的人，我就不用担心了。

两个人不知不觉已经走到江大南门外的街上。这条街上有很多旅馆和酒店，最出名的是一栋十几层的大厦，有大大小小几十家小旅馆，开房的基本上都是附近几所学校的学生，到了周末尤其火爆。

这栋楼有个外号叫炮楼，算是顾名思义了。

邵栖看到那些花花绿绿的广告牌，又开始心猿意马。他转头悄悄瞅了眼荣雪，指着前面一对往炮楼里钻的学生情侣，故意喷了一声，鄙夷道："到这种破地方开房，也不知怎么会有女生愿意的？"

荣雪将他的手打下来："你别指指点点的，被人看到了多不好。"

邵栖嗤了一声："我还怕他们不成？"

荣雪无奈："你厉害，全天下最厉害行了吗？"

邵栖瘪瘪嘴，放低声音："我就是觉得如果真的喜欢一个女孩子，怎么也不应该带她来这种地方开房，怎么说也要去星级酒店。"

荣雪若有所思地看着他："你还挺体贴的嘛！"

"那是！我们俩上酒店，必须得去香格里拉那种档次的。"见荣雪没什么大的反感，他又试探道，"咱们在一起也有两个月了，你觉得谈恋爱多久适合有实质性发展？"

荣雪瞥了他一眼："你认为呢？"

邵栖道："我觉得两三个月差不多了，不过咱俩之间都是你说了算。"

荣雪笑了笑："那就我说了算。"

"那你说什么时候啊？我好提前订房。"

荣雪看着他，轻声说道："你就先慢慢想着吧。"

作为一个医学生，她的知识储备，已经足以让她对性不好奇也不排斥。外界总有人说医学生开放，实际上不是开放，而是对待这件事理性而自然，有些已经理性到将情与欲分开。

她喜欢邵栖，这段关系带给她快乐，但不知是不是两个人对待事物的看法和态度总是迥异，她在这段感情中，偶尔会有些找不到归属感，像是踩在云端上，随时可能跌落一般。

所以她还不太想和他发生更亲密的关系，毕竟再理性，也明白身体的亲密必然会带来心理上的依赖。

她不敢期待未来，所以也不敢太依赖。

邵栖听了她的话，悻悻地哼了一声。

　　

将人送到宿舍楼下，邵栖左右看了看，发觉人不多，把荣雪拉到一棵大树后面，将她困在双臂之间。

因为逆着光，夜归的行人便看不到这边的动静。

"干吗？"荣雪道。

邵栖将她的手抓住往自己身下塞："去不了香格里拉，你帮我摸摸总行吧？硬了一路了。"

荣雪很配合地"摸"了一把，只见邵栖倒抽口冷气，捂住下面龇牙咧嘴："你也太狠了吧？"

"还要不要啊？"其实她也没用多大的劲儿，这家伙明显就是故意夸张。

邵栖摆摆手，呼吸了两下："我算是怕你了。我就亲亲你行了吧？"

荣雪笑了笑，伸手揽住他的脖子，将自己的唇送上去。

邵栖见送货上门，故态复萌，右手趁机钻进她的衣服里，飞速在她胸口的柔软处抹了一把，在她没反应过来之前，赶紧撤手就跑。

跑了几步，他回头做了个鬼脸："哈哈，摸到了。"

荣雪对他的幼稚行径，无语地翻了个白眼，整整衣服没好气道："快滚吧你！"

邵栖蹦蹦跳跳地滚了。

荣雪看着他的背影，之前的担心又隐隐浮上心头。

她知道他本质不坏，甚至足够单纯，但一个男生单纯并不是什么好事，因为可能对好坏是非没有足够的辨别能力。

她有点担心他跟着那些人学坏。

当然，他可能本来也不是什么好东西。

等到邵栖的身影消失在夜色里，她才叹了口气摆摆头，心想应该不至于有自己想的那么糟糕。

只是人生中，好像总会面临墨菲定律，如果担心某件事会发生，它就一定会发生。

一开始是有两个晚上，邵栖说有事耽搁了，没来接她下班。

再接着是周末晚上，荣雪得知他一直跟那些人鬼混，整晚都没有回家。

就这么过了不太踏实的两个星期，周二早上，邵栖班上的老付打电话给荣雪："学姐，你知道邵栖去哪里了吗？他昨晚没回来，今早系里有一个重要的会，打他电话一直没人接，也不知去了哪里。"

荣雪想了想，他昨天接了自己下班，但送到宿舍门口就匆匆走了，她也没多问。

"我也不知道，我先去问问。"

"好，那麻烦你了，邵栖最近总是逃课，有几门课的老师已经不大满意了。"

"我明白的。"

"你可千万别跟他说是我告的状。"

"好的。"

挂了电话，荣雪赶紧拨邵栖的手机，果不其然处于关机状态。

他平时都住在宿舍，只有周末才回家，今天是星期二，应该不会在家，何况昨晚他就送自己回学校后就匆匆跑了。

她知道邵栖这个人爱玩儿，如果没猜错，昨晚很可能是跟酒吧那群人鬼混去了。

可是能去哪里鬼混呢？

酒吧凌晨会打烊，现在他们肯定不在酒吧。

她忽然想起他们租的那个练习室。

本来她上午还有课，但实在担心那家伙，跟江凝说了一声，就匆匆赶去了那个废旧厂房。

她打了个车过去，不过几分钟就到了。

那厂房大门关着，她走过去推了推，竟然一下推开了。

但是下一秒看到的场景，让她惊呆在原地。

六七个衣衫不整的男男女女躺在地上，到处是烟头和酒瓶，一片狼藉，显然是昨晚狂欢过。

她屏住呼吸越过地上乱七八糟的垃圾，看到了上半身靠在沙发上，下半身在地上的邵栖，他手中还拿了个啤酒罐，然后她看到了他身边的夏絮，再接着是杜远，最后她的目光落在了地上的几颗花花绿绿的药丸上。

她弯身拾起一颗，脸色大变。

地上不知是谁在睡梦中发出了一声呓语。

荣雪深呼吸一口气，强迫自己冷静下来，然后上前一步，踢了踢邵栖的脚。

邵栖闭着眼睛嘟囔了一声，脑袋一偏，上半身从沙发上滑倒在地，却仍旧没醒过来。倒是旁边有个板寸男迷迷糊糊睁开眼睛，看到几步之遥站着个没见过的女孩，打着哈欠开口："哟呵！哪里来的美女？"

荣雪没理会，又踢了踢邵栖。

这回邵栖终于悠悠转醒，缓缓睁开了惺忪的眼睛，但脑子显然还是不清楚，看到上方的人，咧嘴笑着含含糊糊唤她："媳妇儿……"

荣雪面无表情看着他："邵栖，你起来！"

"不要！"邵栖打了个滚，挪到她脚边，抱住她的腿。

荣雪抽开自己的脚，蹲下身，拍拍他的脸，将手指间的药丸举在他眼前："邵栖，这是什么？"

邵栖半眯着眼睛瞅了下她手里的东西，瓮声瓮气道："不知道，好困哪！"

"还没清醒是吗？"荣雪问。

邵栖闭上眼睛哼哼唧唧点头。

啪的一声。

重重的耳光打破了空旷厂房中的宁静。

不仅仅是被打得脑袋磕在地上的邵栖因为吃痛捂着脸睁大了眼睛，周围的人也都纷纷转醒。

夏絮是离两人最近的，很快弄清楚发生了什么事，爬起来朝荣雪怒道："你干吗呢？"

荣雪却看都没看她，只是盯着坐在地上看向自己的邵栖，一字一句问："清醒了吗？"

邵栖醒是醒了，但脑子却因为这一耳光，更加蒙了。被人打耳光这种事，对他来说，是完全没有过的体验。不对，之前在酒店也被她打过一次。

按照他的脾气，不管动手的是谁，下意识都会勃然大怒，但此刻他看着荣雪冰寒的脸和凌厉的眼神，脑子一片混乱，怒气完全没升上来，只有没来由地忐忑不安。

他爬起来，左右看了看，地上几个衣衫不整的人，正打着哈欠东倒西歪。他想起来自己昨晚干了什么，支支吾吾问："怎，怎么了？"

荣雪举起手中的药丸："这是什么？"

邵栖目光落在她手指间，茫然地摇头："不知道。"

"不知道？！"荣雪显然不信。

邵栖定了定神，脑子里出浮现昨晚的画面，大家练完歌喝酒。正喝在兴头上，飞哥，也就是那个梳着脏辫儿的贝斯手，拿出一袋五颜六色的药丸，说要给大家助兴。

他没吃过猪肉也见过猪跑，知道那是什么玩意儿。他虽然跟这些人一起鬼混，但知道什么能做什么不能做，喝喝酒抽抽烟就差不多了，这种越线的事肯定不会干，他确定自己没碰。

他看着荣雪冷冰冰的表情，赶紧摇头："不是我的，我没碰过。"

那个梳着脏辫儿的飞哥打着哈欠起来，戏谑道："邵栖，你这媳妇儿这是来查岗了？"

荣雪看着面前因为宿醉眼睛还微微有些发肿的男孩，一字一句道："邵栖，你知不知道自己在做什么？"

"我，我真的没碰。"

昨晚飞哥给他，他义正词严拒绝了，还被他们一伙人给取笑太尿。

但是，后来大伙喝得烂醉，烂醉之后发生了什么事，他就不记得了。

面对荣雪质问的眼神，他忽然就没了那么足的底气。

"邵栖，你太让我失望了。"荣雪闭了闭眼睛，轻轻叹一口气，又看了他一眼，将手中的药丸丢掉，转身就走。

邵栖被她最后那凉凉的一眼看得如坠冰窟，愣在原地半晌没反应过来。

"邵栖，你没事吧？"夏絮走上来扶住他的手臂。

飞哥笑道："邵栖，刚刚那个是你女朋友？跟你不像是一路人啊！"

邵栖没理会他，愣了片刻，忽然回神，甩开夏絮的手，飞奔出去。

荣雪走到路口拦了辆出租车，刚刚上车，邵栖已经跑上来，打开车门

208

跟着钻了进去："荣雪，你听我说，我真的没碰！"

荣雪吩咐司机开车，对他的话置若罔闻。

邵栖抓住她的手："我知道什么能做什么不能做！"

荣雪终于转头看向他："你要是知道，就不会和那些人一起鬼混。"

"我不知道他们会有那些东西！"

荣雪冷笑一声："你是不知道，还是觉得无所谓？"

邵栖噤声，他知道吗？

他当然知道飞哥他们是什么人，甚至在昨晚他拿出那些药丸时，他也只是觉得反正我不碰就可以了。

他没底气地低声道："我保证以后不跟他们一块儿玩儿了。"

荣雪默了片刻，转头看向他，好整以暇道："邵栖，可能我们的三观和喜好都完全不在一个频道，我觉得很严重的事情，你大概并不以为然。我不想用我的准则去约束你，但就必须忍受你超出我准则的行为，这样我们都不会开心。"

邵栖一下紧张起来，脸色瞬间有些发白，用力抓住她的手："你想说什么？"

荣雪抿抿唇："这几天你别来找我，我得好好想想，你也想想。"

"想什么？"

"想我们适不适合在一起。"

邵栖急起："我不想，你也不准想。我没碰那些东西，这根本不是什么大事。以后我不跟他们一块儿玩儿就是，也不去酒吧驻唱了。"

荣雪无奈地笑了一声："看！这就是症结所在，我觉得这已经是天大的事，你却觉得完全无关紧要。"

"我错了还不行吗？"见事态严重，他又开始施展撒娇耍赖大法，将她紧紧抱住，"真的，我已经深刻意识到了自己的错误，虚心接受组织的批评和教育，并将认真反省思过，请求组织宽大处理。"

若是平日里，荣雪大概会被他这插科打诨逗笑，但是想到刚刚在厂房内看到的场景，她的心冷得提不起半点玩笑的心思。

邵栖偷眼看了看她的表情，见她不为所动，只得悻悻松开她："你认真的？"

荣雪看他："你觉得呢？"

邵栖试探问："要想几天？"

荣雪沉默了片刻："一个星期吧。"

"五天行不行？"

荣雪冷冷看他一眼。

他摸摸鼻子："那可以打电话吗？"

荣雪摇头。

"那发短信呢？"

"你发了我也不会回。"

邵栖哦了一声，看了看她，老老实实坐正。

到了学校，他送她到宿舍门口，还想拉着她说点好话，但荣雪没搭理他，直接走进了宿舍楼。

邵栖懊恼地抓了抓乱糟糟的头发，耷拉着脑袋走了。

回到宿舍的荣雪，重重坐在椅子上，只觉得脑仁都隐隐发疼，闭上眼睛就想起刚刚看到的那些彩色药丸。她知道邵栖浑，但没想到会浑成这样子。不管他有没有真的碰，他真真切切是和那些人在一起鬼混。

就算这次没碰，那下次呢？

如果不是怕自己生气，他大概并不觉得是什么大不了的事。

可这种事却实实在在踩到了她的底线。

她要因此和他分手吗？

刚刚看到那药丸的一刹那，这个念头几乎是马上冲上脑袋，她恨不得再也不要看到他。但是冷静下来，她知道这不是解决事情的办法，因为她对邵栖的喜欢是真实的，她不可能因为这件事就放弃他，任由他走上歪路——实际上如果不是因为她，他也不会去酒吧驻唱，也不会认识这些人。

现在的问题是，哪怕不考虑遥远的将来，她也得想清楚，在看得见的日子里，她和他应该如何走下去。

她没有心思也没有兴趣去改变一个人，同样也不可能让自己去适应对方的准则和喜好。

她这才发觉，南辕北辙的两个人在一起，真的是一件不那么轻松的事。

这次大概是知道自己触到了荣雪的底线，邵栖没再死缠烂打，只是每天准时发条早安晚安的短信，就连晚上接她下班，也是远远跟着，没上前打扰她。然后他每天手写一封认错信放在她们宿舍的邮箱，每封信都写得言辞恳切。虽然知道这人一贯会哄人，但荣雪看着他手写的字句，还是不由得有些心软。

也许他天生太聪明，总是能找到她的软肋，所以她一步一步退让，让他闯入自己的生活。

到了第七天晚上，荣雪下班，果然见邵栖就等在楼下，没再像之前那样躲在一旁，还真是严格遵守约定。

看到荣雪出来，他立刻跑上去拉住她的手："够七天了。"

荣雪看了他一眼："想好了？"

邵栖虽然一脸没心没肺的笑容，其实心里很是紧张，见荣雪没挣开自己的手，才暗自松了口气，用力点头："想好了。"

荣雪点头："你说。"

邵栖道："虽然我确定自己没有碰那些东西，但之前的行为确实很危险。飞哥那些人不是什么好东西，我以后肯定是不会和他们来往了，酒吧也不去了，打工的事我再想别的办法。"

这几天他还真仔细想了下这件事。他从小到大确实挺浑，在学校也经常惹事，但很少和校外的人混，飞哥他们算是第一次。因为觉得自己已经成年，所以和那些人结识，不是什么大不了的事，甚至看到他们嗑药也没想太多。

直到这几天，他才忽然意识到，这是犯法的事，和这些人在一起，可能真的很危险。

其实荣雪不用想就知道他会说什么，但他说这些的时候，她还是忍不住认真看着他，想从他眼中辨别出到底有几分是出于真心。

他漆黑如墨的眼睛，带着点赤诚和纯净，看不出有任何敷衍和欺骗。至少在这一刻，他是真心的。

说完，他试探着问："那你呢？别是给我判死刑了吧？学校记过还有三次才开除呢！"

荣雪轻笑："你挺有经验啊！"

"没有没有，从小到大也就记过一次过，其他的都是警告。"

211

荣雪白了他一眼，默了片刻，才开口："这次我可以原谅你，但是你得答应我，以后不仅不能再和校外那些人鬼混，从现在开始也不准再逃课。"

邵栖点头："一切听从领导的安排。"

荣雪摇摇头，叹了口气："你知不知道那天我看到地上的药丸，有多害怕？"

邵栖道："我们本来也就是在练习室排练，后来练完大家就喝了点酒，哪知道飞哥会突然拿出那种东西，我以为他们就是搞搞摇滚而已。"

"你以为？你是真的只有七岁吗？他们是什么人你看不出来？这是要坐牢的。"

"明白明白。"

荣雪不知道他是不是真的明白，也不知他心里到底有没有当作一回事。不过这天之后，邵栖确实没再逃课，没有课的时候，两人就一起去自习室或图书馆。

她自己事情也多，但也不得不多分一些心思在他身上，甚至开始做起查岗的事。

唯一欣慰的大概是邵栖对她的话，可以说是言听计从，被她查岗还特别高兴，觉得这是关心他的表现。

就这么平静了好些天。

一日，荣雪从教室里下课回宿舍，走到半路忽然被不知是偶遇还是故意等她的夏絮拦住。

女孩儿一脸怒气，开门见山道："是不是你不让邵栖和我们一起玩儿乐队？"

荣雪莫名其妙："什么？"

夏絮道："邵栖不去酒吧驻唱了，还要解散我们的乐队，说以后都不玩儿了。"

荣雪心下了然："我是让他不要去酒吧，因为太鱼龙混杂，不想让他交到坏朋友。"

"你凭什么干涉他的生活？"

荣雪看着面前目眦欲裂的女孩，淡声道："凭我是他女朋友。"

她语气温和，却杀伤力十足。在夏絮看来，这完全就是挑衅。她气急败坏道："你别得意得太早，邵栖是什么样的人我最了解，你觉得他很喜欢你吗？他就是三分钟热度而已，等过了新鲜劲儿你就明白了，你以为你们能走得了多久？"

荣雪淡然笑道："难不成大学谈个恋爱还要一辈子？别说邵栖是三分钟热度，我可能也没那么长情，你不用为我们担心。我倒是觉得你可以多看看，别在一棵树上吊死，邵栖这人也不值得。"

夏絮本以为荣雪是那种中规中矩的本分女生，直到那次看到她动手扇了邵栖一个耳光，才知道她与自己想象的不同，现下听到她云淡风轻地说出这些话，简直气得快要跳起来。

为自己，也为邵栖。

"你怎么能这么说邵栖？"她咬牙切齿道。

荣雪面无表情地看着她："我走了。乐队的事我没干涉过他，这是你们几个朋友自己的事。"

说完就绕过夏絮离开了。

下午一起吃饭的时候，荣雪还没问，邵栖先提起了这事："我把乐队解散了，吃完饭你陪我去练习室那边把东西拿回来。"

荣雪皱眉："为什么？乐队不是做得挺好的吗？我只是让你别去酒吧，又没不让你唱歌。"

邵栖看了她一眼："我就是不想玩儿了，跟你没有关系。"

"你们乐队才组了几个月吧？当个爱好挺不错的。"

邵栖撇撇嘴："我也就是玩个新鲜，搞了几个月觉得没意思了就不玩了，我又不是真的音乐发烧友。"

荣雪轻笑："你是不是干什么都三分钟热度？"

邵栖不以为然，挑眉笑道："那肯定不是，比如……"

"比如什么？"

"你。

荣雪愣了下，才反应过来他开了个黄腔，从桌子下踹了他一脚："你整天都想些什么乱七八糟的。"

邵栖被踹却甘之如饴，嬉皮笑脸道："我整天就想你，没想乱七八糟的。”

荣雪已经习惯他时不时蹦出来的甜言蜜语，她看了看他，想到之前夏絮说的话。

三分钟热度就三分钟热度吧，至少这三分钟是赤诚而真切的。

她本来也从不对未来抱有期待，想要拥有的也不过是这三分钟的热度。

这样想着，她也就释然了。

吃过饭后，两个人就去了旧厂房，还没走近，就听到有热闹的声音传来。

邵栖拉着荣雪推门而入，果然见到里面坐着好几个人，除了杜远和夏絮，还有飞哥那拨人，正在喝酒抽烟。

看到邵栖进来，飞哥笑道：“邵栖，听杜远说你不去驻唱了，为什么啊？媳妇儿管得严？”

邵栖笑：“没有没有，就是不想唱了。”

“别啊！你要不去，吴姐还不得伤心死。”

荣雪猜想吴姐肯定就是之前给邵栖小费的那个女人。

邵栖道：“那你们替我跟吴姐说一声啊！”说着他佯装看了下手表，“我待会儿还有点事，拿了东西就走，你们玩儿！”

说罢他拿起挂在墙上的吉他，拉着荣雪就走。

里面的人不知说了什么，发出一阵哄笑。

邵栖走到门外，朝荣雪道：“你等一下。”然后他走回门边，探了个脑袋进去，唤道，“杜远！”

杜远叼着烟走出来：“干吗？你这个狼心狗肺的叛徒。”

邵栖啐了他一口，拉他走开几步，小声道：“你赶紧把这房子退了，以后别再跟飞哥他们来往，迟早出事。”

杜远也还是个二愣子，眼皮一翻：“你什么意思？这些人不是你带我认识的吗？”

“我错了行不行？这就是一群不三不四的玩意儿，上回拿的是摇头丸，下回指不定就是白粉。而且夏絮一个女孩子跟这些人混有多危险知道吗？”

214

杜远本来是没当一回事，但听到夏絮，悄悄往屋内看了眼，果然见两个男人正言语轻佻地逗夏絮，眼神里都是不怀好意。夏絮自己浑然不觉，他却顿时警铃大作："那怎么办？今晚飞哥说在这里练琴，我都答应了。"

两人正说着，飞哥和一个留着板寸的男生一块儿走了出来，笑道："说什么呢？我看邵栖也别走了，你让你媳妇儿也留下，今晚咱们继续狂欢，飞哥有好东西给你。"

"不行，我是真有事。"邵栖笑嘻嘻道。

"怎么？不给面子？"飞哥说着走过来。

"没有没有，是真有事。"

看到这情形，不光是邵栖，就是杜远也猜到，今晚的狂欢恐怕不是练练琴喝喝酒那么简单了。

此时天已经黑下来，这块儿是个人烟稀少的老巷子，基本上没什么住户。

杜远赶紧唤了声夏絮，又笑着朝飞哥道："我想起来我和絮儿今晚也有事，这样吧，啤酒和烟我请你们，你们在这里玩儿得开心些。"

说完他朝夏絮用力眨眼，然而夏絮没收到他的讯息，反倒是抱怨道："不是说好今晚在这里玩儿吗？"

飞哥笑："是啊！说好了玩儿怎么忽然要走，这不是耍你们飞哥吗？而且就请喝酒抽烟也忒没诚意。我知道你们几个有钱，要走也行，这样吧，飞哥最近看中了一把贝斯，手头有点紧，差点钱，你们借给我点吧。"

邵栖笑道："我们都是学生，也没钱，不然不会去驻唱。不过飞哥开口了，肯定是要借的，你说差多少，我看我手里够不够。"

飞哥笑："不多不多，也就差五万块。"

荣雪倒抽一口冷气，就算用脚趾头想，也知道是怎么回事。这伙人大概是看出来，邵栖和杜远他们都是有钱人家的孩子。在这些老油条眼里，估计他们这种学生就跟人傻钱多的二傻子似的，拉着他们混，是想从他们身上薅羊毛呢！

邵栖道："五万块我现在肯定没有，回头去凑一凑，要是凑到了，到时候给飞哥。"

215

说着他就朝杜远使眼色，赶紧走。

只是几个人没走出两步，飞哥那伙人都涌出来，拦住了他们的去路。

邵栖盘算了一下，对方六个人，他们这边四个人，人数上不占优势不说，还有两个需要保护的女生。他就算再冲动莽撞，也不会选择贸然动手。

飞哥走到邵栖旁边揽住他的肩："不急不急，既然没钱，咱们今晚就喝喝酒聊聊天。给飞哥面子，天大的事都推了。"

邵栖还想找借口拒绝，一直沉默的荣雪忽然开口："邵栖，既然你朋友邀请你，我也不干涉了，你们去喝吧。"说完，荣雪又转头朝夏絮道，"你跟我去路口小卖部给大家买几提啤酒回来。"

飞哥大笑："看看看，弟妹多明事理。走，咱们进去。"

邵栖转头看向夜色下的荣雪，她脸色无常，只是朝他神色莫辨地皱了皱眉。他忽然灵光一闪，然后笑着和飞哥勾肩搭背往里走。

夏絮却是不情愿，哼了一声："要买你自己去买，我不去。"

说着她就要跟他们一起进屋，却被邵栖吼道："要你去买几瓶酒都不乐意，以后别跟我们混了，以为自己是大小姐，天天得被人伺候啊？"

飞哥拍拍他的肩，朝夏絮笑嘻嘻道："好妹妹，快去吧！哥哥待会儿给你奖励。"

夏絮被吼得委屈得不行，哼了一声，急匆匆往外走。

两个女孩一前一后出了巷子，其他人则折回了厂房内。

走了没多远，荣雪就拿出手机，小声报了警，然后才跟上夏絮。

到了巷子口的小卖部，夏絮要了两提啤酒，也不搭理身旁的人，拎起其中一提就要走，却被荣雪拉住："等等！"

"干吗？"夏絮恼火道。

"别回去了，我报了警。"

"什么意思？！"

荣雪道："你没听出来这群人是准备勒索你们吗？而且他们身上应该有毒品。"

夏絮刚刚光顾着不爽，压根儿没看出来邵栖和杜远与飞哥他们之间的暗涌，听荣雪这么说，她才隐隐觉得有点不对劲，听到毒品二字，更是面色大变。上回飞哥拿出摇头丸，说是在酒吧拿的，她也没太放在心上，现在才惊觉比自己想象的严重："你，你怎么知道？"

荣雪轻描淡写道："猜的。"

夏絮一愣，然后哼了一声，不动声色看了眼身旁的女生。其实荣雪比他们大不了多少，但不知为何，总感觉她身上有种让她无法企及的从容和淡定。

想了想，夏絮又道："邵栖和杜远还在里面，会不会被卷进去？到时那些人狗急跳墙，咬他们一口怎么办？"

荣雪道："那就看运气了。"

希望邵栖和她心灵相通吧！

夏絮听她这么说不干了，挣开她就要返回去，但是再次被拉住："我让你跟我出来，就是不想咱们当他俩的拖油瓶。"她看了下手表，又道"五分钟，再等五分钟。"

这厢厂房里的几个人，将仅剩的几罐啤酒瓜分，就拿起乐器胡乱玩着，弄得屋内一片嘈杂。

过了一会儿，飞哥忽然想起来两个去买酒的女生："两个美女怎么还没回来？"

邵栖随口道："估计是买了太多提不动吧！尤其是夏絮，娇生惯养的，平时让她干点小事都不情不愿的，这会儿肯定正在半路抱怨呢。"说着他朝杜远道，"你去看看，给她们搭把手。"

杜远点头起身出门，走到巷子里就开始懊恼：邵栖最近不在，他不应该和飞哥他们走得太近，那些搞地下音乐的果然不是什么好鸟。

他垂头丧气地来到小卖部，看到站在里面的两个女孩，奇怪地问："你们怎么还在？"

荣雪不答反问："邵栖让你出来接我们的？"

杜远点头："我们赶紧回去吧，不管飞哥他们想干什么，我们人多一点，也好有个照应。"

荣雪道："都别回去了，在这里等着，我报了警。"

"啊？"杜远张大嘴巴，反应过来，"可是邵栖还在里面，待会儿警察闯进去，以为他们是一伙的怎么办？他们那些人可是一块儿的，万一被搜到毒品什么的，推到邵栖身上怎么办？"

荣雪道："邵栖没你想的这么傻。"

"话是这么说，但是……"

荣雪其实心里也紧张。他说的没错，那些人身上没带毒品倒还好，就怕是带了，邵栖还没想到办法跑出来，警察就赶到，而那些人是一伙的，极有可能推到邵栖身上。

她闭上眼睛，深呼吸。

杜远急了："不行，我不能让邵栖一个人在里面，我得跟他一块儿，到时候也算是个证人。"

荣雪睁开眼睛，冷不丁问："你觉得邵栖聪明吗？"

杜远点头："当然，不然也不会高考六百八。"

"那就再等一等。"

她话音刚落，忽然一个身影气喘吁吁地从另一条路跑过来，正是邵栖。

荣雪看到他上气不接下气的模样，长长出了口气，走上前狠狠捶了他两拳，又紧紧将人抱住。

杜远难以置信地眨眨眼睛："你怎么出来的？"

邵栖松开荣雪，又露出欠揍般的得意："我看你差不多走远了，就找了个借口上厕所。咱们那厕所不是开了个窗对着后面吗？我从窗户爬出来跑了，后面那条路过来远，我怕你们等急了，撒丫子跑来的，还好老子是校运会长跑纪录保持者，差点没跑死我。"

杜远舒了口气，却仍旧心有戚戚，问："现在怎么办？"

邵栖笑道："我猜我媳妇儿已经报了警。"

话音刚落，两辆警车就在巷子口停下来，几个人赶紧跑过去说明了情况，等警察悄悄往巷子里走，他们又躲回小卖部。

躲过一劫的邵栖，又禁不住嘚瑟："媳妇儿，我刚刚是不是特别聪明？听到你叫上夏絮去买啤酒，就猜到你的打算，咱们这叫心有灵犀、夫唱妇随。"

荣雪没好气地踹了他一脚："你还有脸说？！知不知道自己闯了什么祸？这些人找你麻烦怎么办？"

邵栖还没说话，杜远已经弱弱地插嘴："应该找不到我们的。邵栖之前交代过，在酒吧别说自己是江大的，怕给学校丢脸，说的是对面那所职

218

业学院的学生。"

荣雪："……"

这货还知道怕给学校丢脸！

没过多久，巷子里就响起一阵深深浅浅的脚步声，还有警察严厉的怒喝声："都老实点！这么多冰毒，够你们坐几年牢了。"

不只是荣雪，就是夏絮也大惊失色。她们艺术系的女孩，很多都玩得很开，她听说过溜冰的说法，就是吸完冰毒之后会滥交。

如果今晚邵栖没来，荣雪没想到办法帮他们脱身，她一个女孩子跟飞哥他们混，指不定会发生什么事。

想到这里，她才真正觉得后怕。

等警察押着飞哥上警车，绝尘而去，四个人才从小卖铺里面冒出来，脸上的表情都很精彩。

其实荣雪刚刚也只是猜测，没想到歪打正着。

最先开口的是夏絮，虽然心里对荣雪很嫉恨，但那点失败的单恋，比起自己的人身安全，显然是微不足道的，她嗫嚅了下嘴唇："学姐，今天谢谢你。"

荣雪摇摇头："这都是邵栖惹出来的祸，要是你们今天真出了事，他这辈子也就完了。"

向来不知天高地厚的邵栖，此时也知道了事情的严重性。也许他可以保证自己不去碰那些东西，但如果今天他不在，杜远和夏絮经得起诱惑吗？

杜远倒也罢了，只怕夏絮就毁在这里了。

他总是把事情想得太简单，不知道这个世界处处藏污纳垢，远远没有他想的那么理所当然。

他不得不承认，这件事给他上了一课。或者说，是荣雪给他上了一课。

他不动声色地看了看身旁的她，心中忽然五味杂陈。

他总觉得自己是个爷们儿，所以要保护她，照顾她，但是他发觉她也许并不需要自己的保护和照顾，因为她有足够的能力应对这个世界，甚至远远超过自己。而自己的存在对她来说，也许毫不重要，甚至还是个麻烦。

这个认知让他觉得有点可怕。

荣雪意识到本来嘻瑟的邵栖一直没再说话，以为是被自己刚刚的说辞吓到，于是握住他的手："事情解决了就算了，以后别再去那些鱼龙混杂的地方，不要什么人都称兄道弟交朋友。"

她其实不愿意说教，但这种事情，耳提面命总比放任自流要妥帖。

邵栖闷闷地点头。

这事一眈误，荣雪去兼职还迟到了十几分钟。

邵栖送了她之后，没去别的地方，就坐在楼下的路旁看着夜间的车河发呆。

他觉得自己有点忧伤。

不仅仅是因为认识了坏朋友差点闯下大祸，还有荣雪在这件事中的冷静，让他不得不重新审视两人的关系。她本来就年长他三岁，对世界的认识比他多了三年，人生也比他走得快了三年。

他明明已经追到她了，可为什么又觉得被抛下了？

这个问题让他迷茫又不安。

荣雪下班从大楼里出来，没看到邵栖在平常等她的位置，以为他没有来，正想着给他打个电话问一问，就看到马路牙子边上坐着一个熟悉的身影。

夜灯下黑黑的一团，除了手指间若明若暗的烟头，其他都看得不甚清楚，但她还是一眼认出是邵栖。

她放下手机走过去，在他肩膀上拍了一下："怎么在这里？"

邵栖似乎是被吓了一跳，差点从花坛边蹦起来，反应过来，赶紧将烟头扔掉："下班了？"

荣雪发觉他有些魂不守舍，皱眉问："怎么了？还想着之前的事？"

邵栖摇摇头，定定看着她，忽然将她一把抱在怀中："荣雪，你喜不喜欢我？"

荣雪觉得这个问题很好笑，从他怀中抬头，亲了亲他的唇："不喜欢会和你在一起吗？"

邵栖捧着她的脸，一字一句道："我喜欢你，特别喜欢你，我想为你做任何事情。"

荣雪不知道他跌宕起伏的心理活动，只道他是习惯性甜言蜜语，失笑道："我不需要你为我做任何事情，你以后别再惹是生非，我就谢天谢地了。"她顿了顿，道，"之前是我不好，你也别想着赚钱养我了，好好在学校待着，我养得活自己，实在没钱了你再接济我。你要真为了赚钱出点什么事，你爸得恨死我。"

邵栖想了想，道："我还是要自食其力的，男人没能力赚钱养自己女朋友算什么男人，不过我不会再去酒吧那种地方。"

荣雪心道：年纪不大，大男子主义倒是十足。不过她也没跟他在这个问题上纠结，笑着挽起他的手："走吧，我等你赚大钱给我买包包行吗？"

荣雪只是随口说说，并没有把这件事放在心上，实际上，她没有把任何事放在心上，包括飞哥那伙人因为藏毒入狱的事。

总之，那伙人每个都判了刑，从三年到十年不等，而且其中有两个已经是几进宫。

荣雪太忙，忙着这学期的学业，以及忙着为下半年开始的通科实习做准备。

都说福祸相倚，古人诚不我欺。

这件事后，邵栖真的老实了许多，规规矩矩在学校上课，没再闹过什么幺蛾子，在图书馆和自习室的时候，看书看得特别认真，堪比变态的高三狗。

不过，他黏荣雪黏得更厉害了，但凡不上课的时候，她在哪里，他就去哪里。两个人天天同进同出，就算不公开不承认，恋情也不胫而走。

荣雪倒也无所谓，反正这学期马上就要结束了。

等到期末考试结束，邵栖兴冲冲交给荣雪一张银行卡："这是我赚的钱。"

那次出事之后，他就没再出去打工，在学校老实了两个月，能去哪里赚钱？荣雪奇怪地看向他。

邵栖揭晓谜底："炒股。"

"炒股？"

邵栖点头。

他一直偷偷摸摸干着这件事，想等自己有点成绩了再给她一个惊喜。两个月过去，他总算是弄出了点名堂。

他面露得意道："我之前开了个股票账户，把之前在酒吧打工赚的几千块存了进去当本金，然后跟我爸取经，又天天看书研究，现在正是牛市，两个月赚了三倍。"

荣雪怔了怔，想起他之前在图书馆看书的场景："所以你上自习埋头苦读，是在看股市方面的书？不是看专业书？"

邵栖满不在乎道："我现在每天都去上课，专业课肯定没问题，我又没打算考第一，当务之急是学会赚钱。我这还有七年才毕业呢，不早点学会赚钱怎么养家？"

荣雪对炒股倒是没什么偏见，加上邵栖的父亲也从事金融行业，所以她只是不甚在意地笑了笑："股市有风险，你自己当心点。"

邵栖道："我也不指望炒股票发大财，等赚够第一桶金，再去做别的。我都已经规划好了，等你毕业的时候，我至少得赚到人生中第一个一百万，到时候凭自己本事娶你。"

他不能等她毕业工作时，自己还是个在学校单纯啃老的学生。

荣雪愣了下，笑了："我毕业你才多大？"

邵栖道："二十三，可以结婚了。"

荣雪看着他笑道："这么远的事亏你想得出来，你也别想着赚钱不赚钱，好好完成学业才是正道。"

"放心吧，我肯定能顺利毕业。"

她当然知道他能顺利毕业，毕竟是第一名考进来的学生。

可是学医，不应该只是顺利毕业。

6月底是邵栖十九岁生日。

往常都是他爸给他拨款，让他请朋友一起胡吃海喝，好好玩一天。但今年是他摆脱光棍儿身份的第一年，这个生日当然是要和荣雪一起庆祝，朋友什么的就先靠后站了。

那天恰好是荣雪最后一门考试，比她先结束期末考试的邵栖，白天先请杜远和老付他们去馆子搓了一顿。至于晚上，当然是都留给他和荣雪的

222

二人世界。

他起贼心已久，不仅仅因为年少荷尔蒙分泌过剩，还因为他迫切希望和荣雪的关系更近一层。虽然荣雪对他很好，也从不像其他女孩，有事没事就跟男朋友作天作地，但正因为这样，反倒让他觉得这是她对这段关系不那么在意的表现。

在他看来，只有变得更加亲密，才能打消他这种莫名的不踏实感。

虽然之前说这件事荣雪说了算，但他拐弯抹角问过她几次，发觉她似乎也没有排斥的样子，所以他在自己生日这天提前订了香格里拉的套房。

考试周是让荣雪身心俱疲的日子，但她还记得邵栖的生日，也不是专门记下的，而是邵栖提前好多天就天天在她耳边叮嘱，让她给自己准备礼物，她想忘记都难。

在她看来，十九岁生日，不是十八，也不是二十，好像也不是一个多特殊的生日。她本来是打算花点钱给他买副球拍之类的东西，但还没准备去看就被邵栖否决了，说什么能在市面上买到的东西不要，言下之意还是要她送自己手工做的礼物。

之前说起礼物的时候，他就提过这茬儿，但荣雪忙，一直没顾上，加上她也不是走什么巧手小媳妇路线的女生，要让她跟宿舍另外两个女生一样，给自己男朋友织围巾织手套，或者绣一幅工程浩大的十字绣，她还真没这个耐心，何况现在天气炎热，想送围巾手套也不行。思来想去，荣雪最后去小商品市场淘了点材料，给邵栖做了个手机挂链，那挂链坠着一个小木牌，木牌两面分别写着两人的名字。

其实在她看来，这个小玩意儿实在幼稚又毫无美感可言，但她也实在想不出还能做什么。

吃饭时，邵栖收到这个礼物，却是爱不释手，直接挂在自己手机上。

荣雪哭笑不得："你不觉得这个礼物太简单了点吗？"

邵栖道："能用钱买到的才简单，这礼物可是独一无二的，再贵重的礼物也比不上。"

所以说，人的生长环境不同，对事物的认知也截然不同。

吃过饭，邵栖又拉着她去看电影，看完电影后，又拉着她去逛夜市。今天是他的生日，荣雪也由着他，她用脚趾头想也猜得到他打的是什么主意。

若是从去年年底算起，两人在一起也有半年了。

她对这件事一直抱着顺其自然的态度，之前邵栖死皮赖脸过、拐弯抹角过，都被她轻飘飘打发了。她倒不是真的不愿意，只是每天都被学业和兼职忙得团团转，没什么兴致。

今天考试结束正式放假，又是他的生日，荣雪想着顺其自然干脆就今天得了。

等到两个人在外面逛到快十一点时，邵栖抬手看了下腕表，装模作样啊了一声："已经这么晚了，现在回学校宿舍门都关了吧？"

荣雪配合地轻呼一声："是啊！怎么办？"

邵栖看了看她，试探问道："要不然就住酒店凑合一晚？反正明天也不用上课或考试。"

荣雪叹了口气："看来也只能这样了。"

邵栖大喜，差点笑得见牙不见眼，拉起她的手兴冲冲道："走，咱们去打车。"

荣雪哎了一声："这附近不就有酒店吗？打车干什么？"

"这里的酒店环境都不好，我们去找个好一点的。"

荣雪岂会不知道他葫芦里卖的什么药，但还是憋着笑跟他上了车。到了地点下车，抬头看到路边的建筑，她终于还是忍不住轻笑出声。

她想起先前他在学校南门外的那番厥词，戏谑道："你对香格里拉还挺执着的！房间都订好了吧？"

到了这里，邵栖也不用装了，嘿嘿笑道："领导真是明察秋毫。那个，你不会不进去吧？"

荣雪笑："来都来了，也算是见识一下。"

"好好好！"邵栖喜笑颜开地拉着她往酒店走，边走边道，"放心，我一切听从领导的指挥，让做的才做，不让做的绝对不越雷池半步。"

荣雪呵呵笑了两声，他这话能信，母猪也能上树了。

邵栖订的是高级套房，虽然不是最贵的总统套房，价格对于还在象牙塔里的学生来说，也足够吓人。荣雪没有细问，毕竟她不能用自己的标准去剥夺他的生活方式，她知道他生日会从他爸那里得到一笔巨款，足够让他在这一天胡乱挥霍。

房间装修豪华雅致，浪漫气息十足，桌子上放着玫瑰和红酒，想来是邵栖订房的时候交代过。

邵栖毕竟跟着他爸住过很多次高级酒店，这房间倒是没怎么吸引他，他一门心思想的是今晚怎么把坏事做好。

刷卡进门后，他拉着荣雪进去，笑嘻嘻道："今天天热，我出了不少汗，咱们先洗澡。你先还是我先？或者是咱们一起？"

荣雪斜了他一眼："你先去！"

邵栖跑进房间，拿了自己的睡衣钻进浴室，又冒出一个脑袋道："你的睡衣在衣柜里，自己拿。"

荣雪走到衣柜前，将那件真丝吊带睡衣拿下来，旁边还挂着一套性感少女风的内衣。她有些无语，心道：还真是准备得够齐全，可以说很体贴了。

邵栖洗澡很快，出来时还顶着一头湿漉漉的短发，一脸的春意盎然。

"你去吧！"

荣雪拿着衣服朝他笑了笑，去了浴室。

本来她是当作顺其自然的一件事，而且也有足够的两性理论知识，想来不会手忙脚乱，但是在进了这间典雅的酒店套房后，她还是止不住有些紧张了。

洗完澡，换上那件真丝吊带睡裙，镜子里那个女孩忽然让她觉得有点陌生。

V领低胸的睡裙，露出胸前的一大片雪色，以及那若隐若现的沟壑。她当然见过自己的身体，但不知是不是暖光灯光的原因，她看着这样的自己，莫名有点脸红心跳。

稍微将头发吹干了些，荣雪才慢悠悠从浴室出来。

坐在床边的邵栖，已经将外面的红酒拿进来，倒了两杯。他闻声转头看过去，手里的杯子差点掉下去，睁大眼睛半晌没有说话。

荣雪被他这反应弄得有点无所适从，试探问："这衣服很奇怪吗？"

邵栖总算是反应过来，赶紧摇头："不奇怪，不奇怪。"

这是他专门在品牌店为她今晚准备的睡衣，本来是想着她应该不适合走性感路线，但邵栖同学毕竟是个直男，而且还是个准备行不轨之事的直男，为了满足自己的色欲之心，就选了这件只到大腿根部的吊带睡裙。

平时他其实也没少吃荣雪的豆腐，禄山之爪该造访的地方基本上都造访过。但她穿着性感睡裙的模样，还是让他大感意外。

她哪里不适合性感路线，那笔直修长的双腿，雪白饱满的浑圆，处处都透着性感，加上那张带着点禁欲系清纯的脸，更加让人血脉偾张。

邵栖觉得自己有点扛不住了。

他转过头将杯子放下，悄悄抹了下鼻子，确定没丢人地流鼻血，才又转身看向她。

荣雪已经走过来，扯了扯超短睡裙的下摆，微微红着脸笑道："这是你去买的？"

邵栖点头，如实道："买了提前放在这里的。"

荣雪轻笑："你脸皮还真不是一般的厚，一个人跑去买女人的贴身衣服也不怕人家用异样的眼光看你？"

邵栖不以为然道："我说给女朋友买的，谁会觉得奇怪？人家只会觉得我是个体贴的好男友。"

荣雪笑："就你买的这睡裙，傻子都看得出不安好心。"

邵栖一边贼兮兮往她身上扫视，一边道："男朋友对女朋友不安好心不是挺正常的吗？"

好吧，反正都是他有理。

脸皮厚就是道理。

邵栖腹下的火已经开始源源不断往上蹿。

为了表示自己不是猴急的人，他忍住勃发的情潮，拿起酒杯递给荣雪："咱们先喝点酒。"酒壮怂人胆，他虽然自认不怂，但第一次干这种事，还是有点小紧张的。为了等会儿不发挥失常，有必要先喝点酒调节一下感觉。

荣雪笑了笑，和他并排靠坐在床头。

"干杯！"邵栖一手拿着酒杯，一手揽着她裸露的肩膀。

这种气氛要多暧昧就有多暧昧。

荣雪表面淡定，其实心跳比平时快了许多。

邵栖为了解馋，先是抱着她亲吻了一会儿，然后才开始喝酒。

臂弯里是喜欢的女孩，今晚将是他们最有意义的一夜，邵栖的兴奋逐渐盖过了那点微不足道的紧张。他一个没忍住，接连喝了两杯酒。

他酒量尚佳，但不知为何，两杯酒下肚，整个人就有点飘起来，说话也有些语无伦次。

只小抿了两口的荣雪见他样子不太对劲，道："邵栖，你是不是喝醉了？"

"当……然没有。"说着他还抱着她啃了两口。

荣雪摇摇头，起身下床："我去给你倒杯热水。"

她一走，邵栖就顺势趴在床上，哼哼唧唧道："媳妇儿，过了今，今晚，你就真正算是我的人了，我会好好表现，不会让你疼的。"

荣雪轻笑出声，看了他一眼，出门去倒水。

等她再回到卧室，却见邵栖已经趴在枕头上闭上了眼睛，连呼吸都变得深沉。

这是睡着了？

荣雪难以置信地走过去，轻声唤了声他的名字，然而床上的人只哼唧了两声，再无其他反应。

荣雪在叫醒他和让他继续睡之间犹豫了片刻，决定选择后者。

然后她默默上了床，在他旁边躺下。

邵栖这一夜做了旖旎的梦，梦里都是他和荣雪在床上滚来滚去的场景，美得他都不愿意醒过来，于是再睁开眼，已经天光大亮。

"醒了？"荣雪笑着问。

邵栖眨了眨眼睛，看到坐在床边穿戴整齐的人，一时有点不知今夕何时。

"醒了就起来，吃了早餐咱们回学校。"

邵栖揉着发疼的脑袋坐起身，左右环顾了一下，意识和记忆慢慢回笼，一些香艳的画面冒出来，然后傻傻一笑："昨晚真开心啊！"

荣雪怔了下，忍不住笑出声："邵栖，你是不是还没清醒？"

邵栖勾着唇角，一脸春风得意，正要回她的话，忽然隐隐约约想起昨晚的场景，难以置信地将被子掀开，洁白的床单一尘不染，只有自己睡裤上有一圈痕迹。

他算是彻底清醒过来了。

昨天晚上压根儿什么都没做，自己就睡着了，那些香艳的画面不过是做梦而已。

邵栖生无可恋，将被子往头上一蒙，闷声哀号。

他恨不得买块豆腐撞死算了！他怎么会干出这么乌龙的事？

精心策划了这么久，天时地利人和，只差临门一脚，就要和荣雪赴巫山云雨之约，竟然因为两杯红酒就睡着了！

崩溃了片刻，邵栖同学从被子里冒出头，一把扯过荣雪："我们现在再来。"

荣雪挣开他："不行！想到昨晚我穿着性感睡衣，你竟然睡着了，我内心就受不住这严重的打击……"

"不是不是！"邵栖猛地摇头，他在梦里血脉偾张了一晚，现在都还硬着呢！

荣雪憋着笑，故意道："可现实就是这样的，看来我对你一点吸引力都没有。"

说完她起身就要走，邵栖跳下床，从后面抱住她，用坚硬的下身蹭了蹭她："我，比窦娥还冤哪！我做梦都想要你好不好？你看我现在还是硬的。"

昨晚他确实在梦里要了她一晚。

荣雪道："邵栖，我好歹也是学医的，你现在的反应叫晨勃，属于无意识自然勃起，不受情景、动作、思维的控制而自然勃起。虽然医学上对这个现象暂无定论，但这是健康成年人早上的正常反应，跟我没有关系。"

本来血脉偾张的邵栖，被她这一通话说得真少了几分欲望。

他见她真没配合自己的打算，只得悻悻地松开手："那好吧。"说罢他转头往厕所里走，边走边垂头丧气道，"没想到经过昨晚我还是个要靠右手自力更生的小处男，真是天意弄人哪！天意弄人！"

他就只差要唱起来。

荣雪大笑。

邵栖从卫生间门里露出脑袋，生无可恋道："这事够你笑一段时间了吧？"

荣雪无辜地摊摊手："我笑什么？我还觉得应该哭着去网上发个帖

子——男朋友带我来开房，但是什么都还没做他就睡着了，请问我该怎么办？"

邵栖翻了翻白眼："还能怎么办？网友肯定说你男朋友生理有问题，劝你赶紧分手。"他将脑袋缩回去，片刻后又冒出来，笑嘻嘻道，"媳妇儿，我真的没有问题，要不然你进来检查一下，反正你是学医的，肯定了解。"

"滚！"

两个人的香格里拉初夜之旅，就以这种荒诞的方式结束。

邵栖肠子都悔青了，回去后当即决定从此戒酒。

不过这事也没影响两人的亲昵。荣雪知道他并非故意睡着，有时候人兴奋过度再一喝酒，就是容易出现这种状态。

只是滚床单的事，暂时就这么搁置了。

毕竟过了这村就没这店了。

荣雪的大学第四年就这样落下了帷幕，别人的大学已经结束，而她的才刚刚过半。

好在平淡乏味的生活，在这一年终于多了一点其他的滋味，有酸有甜。爱情降临总归是令人愉悦的一件事，只是前路看似可以一眼望穿，却又好像多了许多说不清、道不明的不可预计，一切都变得雾气重重，只能走一步算一步。

大五的实习8月份就开始，她因为成绩优异，被分在省一医这所本城最好的医院。

实习提前到来，意味着这个暑假被缩减了一半，她在机构的兼职也告一段落。她的专业后三年是研究生阶段，不需要交学费，还能有少量补贴，再加上奖学金，所以荣雪不需要打工也足以支撑学业。最艰难的就是这一年的实习阶段，没时间兼职不说，花费可能比之前只多不少。她虽然未雨绸缪，省吃俭用攒下了一些钱，但扣掉这一年的学杂费，也实在是捉襟见肘。

她自然是不会花邵栖的钱，但是两个人出去，每次她尝试主动买单，都被邵栖严词拒绝，此后也就心安理得地接受了。

虽然不想承认，但也不得不承认，有一个大方阔绰的男友，确实让她的生活轻松不少。

步履维艰的生活，让她患不起矫情病，唯一能保证的就是那点可怜的原则和限度。

　　辅导班的兼职在暑假第三个星期正式结束。她这一年的暑假只剩最后一个星期，自然是要回家一趟看奶奶。

　　她想起邵栖去年寒假说过夏天想去她家玩儿，就随口问了他一下，哪知这家伙早就准备好，说就等着她开口邀请了，连给奶奶和叔叔一家的礼物都已经提前买好。

　　荣雪哭笑不得。

　　回家那天两人会合，邵栖背着一个大背包，还拖着一只行李箱。

　　荣雪自己就背了一个装了两套换洗衣服的包，看到他这大阵仗，不由得好笑："就待四五天，你带了多少东西？"

　　邵栖道："过年那会儿我空手去你家白吃白喝两天，还拿了奶奶给的香肠，后来一想就觉得过意不去，这次我肯定是要补上的。"

　　他这样看起来实在是像一个准备上门讨好女方娘家的准女婿。

　　这次回家很顺利，火车准点，小巴准时。

　　抵达河源小镇，天还没黑透。

　　荣奶奶接了孙女的电话，一直站在路边等着，看到孙女下车，赶紧走上前。

　　"奶奶！"

　　拎着箱子的邵栖跟在后面，荣奶奶还记得他，咦了一声："这不是去年你那个同学小栖吗？"

　　荣雪点头："是啊！他听说咱们这边夏天比较好玩，就过来玩儿了。"

　　邵栖走过来："奶奶好。"

　　荣雪没说让他用什么身份，他也不好主动说自己是她男朋友。

　　荣雪看了他一眼，笑着朝奶奶道："邵栖现在是我对象。"

　　邵栖和荣奶奶同时愣住。

第六章

行色匆匆的青春

　　二十二岁的女孩，在小镇上早已到了待嫁年纪。荣雪有了对象，虽然跟结婚还差了十万八千里，但荣奶奶还是很开心的，而且她对邵栖的印象很好，毕竟长得好看的小伙子，总是会讨老人家喜欢。

　　过了一开始的惊讶，荣奶奶脸上就笑开了花，拉着邵栖往家走："叔叔、婶儿已经做好饭正等着呢，都饿了吧，赶紧回家吃饭。"

　　荣奶奶俨然已经把他当成了准孙女婿。

　　到了家里，婶婶李秀月一听邵栖如今是荣雪的男朋友，顿时夸张地笑道："我就说吧，上次看到小栖来，就觉得这小伙子肯定是中意咱们家小雪，但小雪一句人家只有十八岁堵了我的嘴。男孩子小一点有什么关系，女大三抱金砖是不是？"

　　李秀月是典型的小镇七大姑八大婆路线的妇女，她那特有的嗓门儿配着这番话，厚脸皮如邵栖没觉得怎样，荣雪却是有点不好意思，被闹了个大红脸。尤其是荣俊还起哄架秧子唤邵栖"姐夫"，荣雪就臊得更加厉害。

　　偏偏邵栖对这声姐夫十分受用，荣俊叫他就乐呵呵地答，厚脸皮程度再攀高峰。

　　小镇人热情，而且对大城市的人天生有种仰慕、艳羡的心理，邵栖在荣家自是比上次更加受到优待。

尤其是当他把一箱子礼物拿出来分发后，李秀月看他的眼神，简直就像是在看财神爷。

礼品在邵栖看来并不贵重，大部分都是西洋参之类的补品，除此之外就是给荣建刚的两瓶名酒，和给荣俊的一台学习机。这些加起来花了三四千块钱，对邵栖来说也就是个零花钱的数目，但于荣家来说，这已经是很丰厚的礼品了。

晚上邵栖去洗澡的时候，李秀月钻到荣雪屋子里，拉着侄女的手道："小栖家里很有钱吧？"

荣雪对小镇人的市侩习以为常，只是笑着道："还好，大城市里的孩子，肯定是比咱们镇子上看起来条件好一些。"

李秀月道："婶婶不傻，看得出来他不是普通工薪家庭的孩子。你以后肯定是要留在大城市的，大城市不比我们镇子上，什么都贵，一套房子我们一辈子都买不起。你一个人在外面，我和你叔叔也帮衬不了，以后结婚还是要找个家里有钱的男孩子才好。我看这个小栖不错，你可得好好把握。"

荣雪笑："婶婶，我现在才二十二岁，虽然这个年纪在镇上不算小了，但是在城市里却才刚刚大学毕业，何况我还有四年才毕业，结婚什么的还早着呢！我和邵栖就是谈恋爱而已，没想那么多。"

李秀月喷了一声："我知道谈恋爱，但也得好好谈着，等到了年龄就结婚，不挺好吗？"

荣雪无奈道："我知道的，你们不用担心。"

想到邵栖才十九岁，而她的家人却已经开始考虑两人的婚姻，她就不由得打了个寒噤。

李秀月叹了口气："你爸爸去得早，妈妈又改嫁跟别人生了儿子，你从小就是我们带大的，我当你是我亲女儿，比谁都希望你过得好。说起来，也是你自己争气，以后留在大城市，过上好日子了，我们不指望你经常回来，就希望小俊要是出去了，你能拉扯他一把。"

荣雪笑了笑："放心吧，小俊对我来说是亲弟弟，我有能力一定会帮他的。"

李秀月又拉着她说了会儿话，才回自己房间。

荣雪重重倒在床上。

她每次回到家，总是喜忧参半。喜的是可以见到亲人，忧的是她不得不时刻提醒自己谨记身世背景，这让她压力重重，有时候甚至都喘不过气来。

她讨厌李秀月吗？

当然不。

相反，对她来说，李秀月确实是扮演着半个母亲的角色。从小到大，李秀月对她不能说不好，虽然在钱财上会斤斤计较，但该照顾的确实也都照顾到了，吃得饱、穿得暖，有书读。她爸刚过世那会儿，学校里有同学欺负她，李秀月撸起袖子跑去将人教训了一顿。这些她都记得很清楚。

婶婶并不坏，只是有着小镇妇女常见的自私和市侩，于是给予她的温情也就很有限。

她闭眼躺了会儿，门外响起邵栖低低的声音："媳妇儿，我能进来吗？"

"进来吧，门没关。"

邵栖推门而入，将门关好，走到床边，俯下身给了她一个热切的吻，笑眯眯问："明天怎么安排？"

荣雪想了想道："明天你和荣俊他们去大河里游泳，游完泳我带你去一个好地方！"

"什么好地方？"

"我的秘密花园。"

邵栖闻言眼睛一亮，他是个急性子，被勾起兴趣就急不可待："到底什么地方？"

荣雪勾唇轻笑："明天去了就知道了。"

邵栖哼了一声："好吧。"

说着他又想上下其手，被荣雪踹了一脚："叔叔婶婶就在旁边呢，赶紧去隔壁睡觉！"

邵栖也知道这儿不是干坏事的地方，亲了她一口，笑着起身出门。

山区的水凉，哪怕是7月底这个一年中最炎热的时段，早上下河游泳也不大适合。于是两人上午先是陪奶奶，中午荣雪做饭，吃过午饭，他们才出发去河边。

小镇是沿河而建，荣家的房子就在河岸边，几分钟就到。

镇上的小孩子都是泡在河里长大的，不过现在的荣雪自然不好大白天下河跟一群熊孩子一起，只能坐在岸边看着他们。

邵栖其实不算白，但是脱了衣服光着膀子，夹在这群黑不溜秋的孩子当中，就显得分外醒目。

他身材精瘦修长，因为喜欢运动，腹部的肌肉线条分明，在河水里翻腾，像是一条灵活的大鱼，没多久他就游了一个来回。

他似乎天生是个孩子王，很快和镇上这些十几岁的孩子混熟了。

那些小孩子上岸时，都已经一口一个姐夫地叫着，恨不得当他的跟屁虫。

荣雪想，他其实也还是个孩子。

邵栖一直记挂着她的秘密花园，虽然在大河里游泳很爽，但游了几个来回，他就上了岸。

荣雪将水递给他，问："不好玩儿吗？"

邵栖摇头："好玩儿啊！不过明天后天都能玩儿，我想先去看看你的秘密花园。"

荣雪笑着起身："行！"

两人坐渡船过河，进入对面的一座山林。

一路上急性子的邵栖不停地问："到了吗到了吗？"

荣雪开始还回他一下还有多远，后来发觉他就是个"祥林嫂"，干脆对他这重复性的问题听而不闻，直到抵达目的地，她才伸手一指："到了。"

说着她就拉着他往前面一个洞口走去。

这是一个天然溶洞，一走进去阵阵凉意就扑面而来，让人忘记了此时正是7月酷暑。

因为有洞口和上方石缝射进来的光线，洞内并不黑，里面的风光一目了然。

洞内有一张天然石床，石床旁边是一处冒着白气的温泉，岩壁上挂着漂亮的钟乳石，美不胜收。

"怎么样？"荣雪问。

邵栖左右环顾了一下，他平生第一次看到这种风光，觉得很新奇，笑道："感觉来到了武侠小说的世界。"

荣雪走到那张石床坐下："这是我小时候发现的，那时经常和小伙伴一起来，冬暖夏凉，还能泡温泉。后来大了一点，大家有了新玩具、新玩法，对这里就没什么兴趣了，只剩我自己一个人来，渐渐就成了我一个人的秘密花园。"她拍了拍身下的石床，"你看，这是天然形成的，小时候我们都说这是狐仙睡过的床。"

邵栖在她旁边坐下，歪头笑盈盈看着她："原来你小时候也这么天真烂漫。"

荣雪笑："谁不是呢？"说着她沉默了片刻，才又道，"刚上初中那会儿，我妈改嫁去了别的地方，留我一个人跟爷爷、奶奶、叔叔、婶婶生活。那时我考上了县城里的重点初中，第一次离家住宿，很不习惯，周末回了家，也不知该跟谁倾诉，只能一个人跑来这里待一会儿，幻想有个不存在的狐仙能够听我说说话。"

邵栖脸上的笑容微微凝滞。他也有过家庭破裂的经历，但比起她的情况要好很多，至少不用寄人篱下，可那段日子，他仍旧整天郁郁寡欢，四处惹是生非、发泄郁闷。

他想她的痛苦比自己只怕多了好几倍，却因为寄人篱下，无人倾诉，只能用这种方式。

他握住她的手，笑着道："没事，以后我就是你的狐仙，你有什么话就对我说。"

荣雪呸了一声："不要脸！"

邵栖笑着凑过去寻她的唇，没皮没脸道："有我这么帅的狐仙，你就知足吧！"说完他就覆上她的唇，顺势将她压倒在石床上。

本来他是想给她一个温情脉脉的吻，但或许是这个秘密花园带着点梦幻迷离的色彩，这个吻很快就变了味。

两个人像是堕入一种奇妙的梦幻当中，似乎真的进入了那个有狐仙的神话世界。

荣雪躺在他身下，被吻得迷迷糊糊，整个人像是踩在云端上，浑身的力气完全被抽离，渐渐从身体中升出一股陌生的渴望。

衣服是什么时候被剥落的已经无从知晓，因为都想将自己最原始的状态呈现给对方，彼此深入，相互占有，合二为一。

直到身下的钝痛传来，荣雪才从迷离中稍稍回神。

她身下是光滑坚硬的石床，上方是光裸着的邵栖，他们的身体已经真正水乳交融。

邵栖似乎也才反应过来，他的额头冒出了细细密密的汗，看到荣雪茫然而吃痛的表情，哑声问："是不是弄疼你了？我马上出来。"

荣雪却在怔忡片刻后，伸手揽住他的脖颈，展开自己的身体，缠上了他的腰间，然后鼓励般吻了吻他的唇。

邵栖其实也不知道怎么就变成了现下的状况，之前千辛万苦准备，事到临头自己竟然奇葩地闷头睡了过去，今日却是毫无准备，却歪打正着完成了这件大事。

所谓天时地利人和，大概靠的也只是顺其自然。

受到荣雪的鼓励，他当然不会半途而废。这种情况下还半途而废，他应该不配做一个男人了！

他没有经验，理论知识倒是不少，但到了这种时候，才发觉"纸上得来终觉浅，绝知此事要躬行"的道理。

他知道荣雪疼，因为他也疼，但是疼痛中夹杂的那种爽快和满足，快要将他整个人淹没。于是他什么都顾不上了，也什么都想不到了，只知道用一身蛮力横冲直撞，将这种感觉加倍扩大，完美印证了什么叫毛头小子。

荣雪当然知道女人的第一次总会痛的，尤其是还遇到一个同样初出茅庐的新手，所谓书上所描述的欲仙欲死，她想都不敢想。

只是她万万没料到，会如此痛不欲生。一开始她还能忍住，想着过一会儿就好了，但是随着邵栖越来越用力，她的额头都冒出了冷汗，实在憋不住时，终于还是开始呼痛。

邵栖听到她的声音，勉强从闷头闷脑的动作中回神。意识到她身下是坚硬的石床，他赶紧将她抱起来搂在自己怀中，但这样的姿势又深入了几分，荣雪疼得更加厉害，没忍住一口咬住他的肩膀，如同发泄一般。

邵栖皮糙肉厚，加上这种时候，被咬一口也甘之如饴。片刻之后，邵栖余光瞟到旁边冒着热气的温泉，灵光一闪，自认为机智地起身，将人抱进了温泉之中。

身体沉入温热的水中，确实舒服了不少，可是身下的触感也更加明显，动作中带着温热的水流，羞耻得让荣雪不敢睁开眼睛。

然而她竟然在这羞耻中，渐渐体会到了一点快活。

她不知道自己在这水中晃动了多久，只有快要有点呼吸不过来时，邵栖才搂着她停止了动作。

后面是怎么样的，荣雪已经记不清楚，总归是两个新手上路，却飙出了两百码的车速。

邵栖到底是身体底子好，这番折腾下来竟然还有力气，怕在温泉里泡久了出事，赶紧将人抱出来放在石床上。

此时的荣雪浑身都泛着红色，尤其是一张脸红得快要滴出血来，也不知是因为温泉的热流，还是这场让她极度羞耻的情事。

相比之下，成功告别处男之身的邵栖神清气爽。他靠在她旁边躺下，将软如泥的人搂在怀里，像是餍足的大型犬一般，贴在她身上，笑道："你的秘密花园简直棒极了。"

他有种感觉，好像自己终于走进了荣雪的心房。

他们终于成为密不可分的两个人。

荣雪闭着眼睛呼吸了一会儿，慢慢缓过了劲儿，淡声道："待会儿跟我去县城买药。"

"什么药？"

荣雪睁开一双水波潋滟的眼睛，似嗔似怒地看向他："你说呢？"

其实河源也有药店，但小镇上抬头不见低头见，大家基本上都认识，荣雪丢不起这个脸，只能跑一趟县城。

这大概就是荒唐之后的代价。

邵栖后知后觉地轻呼一声："我差点忘了，我带了套套的，早知道今天出门就该随手揣两个。"

荣雪哭笑不得，用手拍了他一下："你还随身带着这个？"

邵栖厚颜无耻道："必须啊！毕竟我是时刻准备对你献身的。"

荣雪白了他一眼，彻底无语。

邵栖看了看她，忽然有点欲言又止："那个……"

"什么？"

"我表现如何？"

荣雪脸上一热，笑道："若说不要脸的表现，应该可以打满分了。"

新手上路就这么厚颜无耻，她都要对她以后的生活深深担忧了！

此后几天，邵栖每天出门都暗戳戳揣着两枚小雨衣，想方设法撺掇荣雪再去秘密花园小山洞。

不过荣雪那次吃了点苦头，加上到底是野外，不怕一万就怕万一，若是一个不小心有人经过，听到里面的动静，那还得了！

于是荣雪说什么都不再去。

两个人斗智斗勇了两天。后来邵栖再提，她就故意道："我还是喜欢香格里拉，香格里拉——梦想开始的地方。"

邵栖一口气噎住，那次失败的香格里拉之旅，是他幼小的心灵里，一块说不出的痛。谁要在他面前提这几个字，他跟谁急。

什么梦想开始的地方，那根本就是他美梦破灭的地方好吗？

然而他根本没法儿跟荣雪急，只能悲愤地默默咬牙。

四天的光阴很快过去，邵栖那两枚小雨衣到底是没派上用场，最后被他愤愤地当气球吹了，然后心有不甘地被荣雪拎回了江城。

回到学校后，在邵栖盘算着下次什么时候吃肉，在哪里吃比较合适时，荣雪漫长而艰苦的实习生活开始了。

省一医离学校不近，其间还得倒一趟公交，单程得花一个小时，这还是不堵车的时候。早晚高峰还得多算进去至少半个小时。

医院的白班是朝八晚五，荣雪每天六点就得起床。而作为实习生，她很少能到点就下班，有医生加班，她都会自觉留下。再加上还要轮夜班，对于一个作息规律的好学生来说，这简直是一种非人的折磨。

每次回到宿舍，荣雪都恨不得倒头就睡，哪里还有约会的心思，更别提其他的了。短短两个星期，人都憔悴了一圈。

邵栖去学校宿舍逮不到人后，干脆去接她下班。

可跟着她坐了两天拥挤的公交车，他就抱怨连连。荣雪看他连倒个公交车都受不了，也不忍心他吃这个苦，就让他不要再来了。

哪知第三天下班，她还是看到邵栖出现在医院大门口，一脸笑盈盈，也不知是有什么高兴事。

跟荣雪一块儿下班的同科室小护士见到过邵栖接她，看到来人，打趣道："荣雪，你的大帅哥男朋友又来接你了！"

荣雪有点不好意思地笑了笑，和她道别，然后朝邵栖跑去："不是让你别来了吗？明天周末不上班，咱们有的是时间见面。"

邵栖露出一副"神龟怨夫"的表情："得了吧，指不定你跟上礼拜一样，电影看到一半就睡着了，掐都掐不醒。这种每天见了面，你对着我这个大帅哥睡眼蒙眬的样子，我是受够了。"

荣雪皱眉："所以呢？"

邵栖拉起她的手："你跟我来！"

荣雪不明所以地跟着他，满腹疑云，问他，他也不说，一脸神秘兮兮的得意样。

直到被他带进一个小区，进入一栋楼的电梯后，她才隐隐猜到他要干什么。

果不其然，电梯在第八层停下后，邵栖拿出一把钥匙，打开了楼道里的一扇门。

"怎么样？还行吧？"他边说边抬手看了下时间，从医院步行过来，正好十五分钟。

这是一间一居室的小公寓，不算豪华，但设施齐全，看着很干净。

荣雪皱眉打量着，邵栖又道："这边房子还挺难租的，我今天跑了一天，才找到这间小公寓，正好适合咱们俩，以后你也不用六点钟起床，每天浪费几个小时在路上，我也不用跑大老远来接你下班，就算你加班，每天咱们也还有一大把时间在一起。"

毕竟晚上就是属于他的了，不像之前一起吃顿晚饭，她就叫困，然后不顾他的怨夫脸，残忍地跟他说拜拜然后回宿舍。

之前荣雪也想过在这边租房子，但这一带房价很贵，分租一个小单间，也得五六百块，不是她能承受的。

"你租的？多少钱啊？"她问，还是有点担心价格。

邵栖点头："没多少，两千而已。"瞥见荣雪微微变色的表情，他又赶紧补充道，"你放心，这用的是我自己的钱，炒股赚的。"

荣雪眉头微微蹙起。

邵栖赶紧将她抱住，撒娇般道："哎呀，你别再总想着钱，这是男人该想的事，我都说了我会自己赚钱的，坚决不让自己的女人吃苦。"

荣雪轻笑了笑，在他头上敲了一下："什么男人女人的，你别忘了自己才刚满十九岁，也就是一男孩儿。"

邵栖松开她，不满地反诘："我在你的秘密花园已经告别男孩身份了，现在是堂堂正正的男人。"

他这话配合他那张仍旧带着少年感的脸，听着就有些好笑，不过荣雪也不想和他争辩，走进去四下瞧了瞧，想到以后早上能多睡一个小时，不用在路上浪费两三个钟头，她还是很高兴的。

邵栖走上前拉住她的手往卧室钻，然后抱着人用力往床上一倒。

荣雪吓了一大跳，好在床垫弹性不错，而且还很柔软，并没有被弄疼。

邵栖用力拍了拍床："这床感觉怎么样？很舒服吧？我拿了钥匙去家具店买的，之前那床硬邦邦的看着就不行，赶紧换了。"

荣雪用脚趾头想想，也知道他脑子里在想什么。

自从上次在秘密花园之后，两人就再没做过那事。

虽然每天见面，但正常情况下也就一起吃顿饭，然后就回宿舍休息了，遇到加班或者值夜班，连一起吃饭都不可能，都是直接回宿舍洗漱睡觉。邵栖因为和宿管阿姨混了个脸熟，她没工夫和他见面，他就会自己跑来宿舍，反正这学期宿舍就她一个人，她也就由着他了。

但荣雪也没精力招呼他，都是该睡睡，晾着他在宿舍无聊。

邵栖抗议过好多次，都被她无情镇压下去，或者直接忽视。

现在想想，他毕竟是自己男朋友，哪怕在一起之前，她已经跟他打过预防针，但真的在一起后，她却不太忍心不去照顾他的感受。

好像他的喜怒哀乐对她都变得很重要，她不再是一个只会关心自我的人。

想罢，她翻了个身靠在邵栖胸前："我明天休息不用早起，今晚可以做点别的事。"

邵栖听懂她的意思了，露出一脸坏笑，却故意道："做不做别的事不重要，你休息好最重要。"

"也是哦！今天确实挺累的，我现在不是刚轮内科吗？今天跟了一个心内介入，本来以为这种不见血的只是小手术，没想到忙进忙出也是几个小时，在手术室内站着一动不能动，就怕一个小动作影响到主治。"

"真的啊？"邵栖张大嘴，十分后悔自己刚刚的善解人意。

荣雪拍了他一把："别真的假的，先跟我回宿舍把日常用品搬来再说。"

邵栖笑着跳起来："收到！"

两人吃了晚饭，去学校来回一趟，加上收拾，也折腾到了十点多。

衣柜里挂上了两个人的衣服，浴室里摆上了洗漱用品，小小的公寓，也就多出了几分温馨的味道。

收拾完毕，两个人都有些累了，倒在床上不愿动。

邵栖拉着荣雪的手，还有些得意扬扬："咱们这新家不错吧？"

家？

他说得自然而然，荣雪心里却微微一动。

她对家的概念其实已经有些模糊，河源小镇的那栋两层小楼是自己的家吗？

当然是，但总还是有种寄人篱下的感觉，随着回家的时间越来越短，小镇上的家也就让她越来越没有归属感，反倒是学校的宿舍，让她更习惯。

她就像没有根的一叶浮萍一样，飘在这座大都市中，不知道未来会落在哪里生根发芽，不知道何时会有一个真正属于自己的家。

邵栖租了这个房子，本来她也只是想着上班方便，但是当这个男孩说这是他们的新家，她才真正意识到，她即将和他一起生活。

比起身体的接触，这意味着两个人的关系更近了一层，因为有一个人真正进入了你的生活，占据了你生命的一部分。

有那么一刹那，她忽然觉得有点惶恐。

不过那个"家"字所蕴含的温情，又抹杀了这点微不足道的恐惧，甚至让她感受到了一点类似于温暖的东西。

她想了想，问："你搬出来住，你爸没意见吗？"

邵栖坦然道："我和他说了跟女朋友一起，他还说要给我赞助一笔恋爱经费呢！不过我没要，跟他说要自力更生。对了，我爸还说要见你，不过被我严词拒绝，怕他把你给吓到。"

荣雪被他逗笑了，真是开明的家庭氛围啊！这大概就是他这么大了身上却有种不管不顾的天真的原因。

又聊了会儿，两个人先后去洗澡。

等邵栖从浴室出来，荣雪已经闭眼睡着了，暖黄色台灯下她的模样，看起来平静柔和。

邵栖一腔贼心准备多日，作案辅助工具都预备了好几套，今日好不容易得了机会，本想大干一场。

但见她眼下有微微的青色，他只能忍下来，蹑手蹑脚钻进夏凉被中，然后歪头定定看着她。

这就同居了？

以后天天睡一张床？

早上一睁眼就能看到她？

再也不用做一晚上梦，而第二天醒来只能对着白墙顶发呆了。

爽翻天有没有？！

他正自顾自乐着，荣雪忽然睁开眼睛，入目的就是他一脸傻笑的样子。

"你还好吧？"

邵栖回神，伸手将她揉进怀里："媳妇儿，我简直太高兴了。"

"白痴！"

"叫声老公听听。"

荣雪回应他一个白眼，然后翻过身背对着他。

邵栖抱着她蹭了蹭："明天休息不用早起，反正你现在还没睡，干脆晚点睡，明天睡到大中午。"

"我很困的。"

"没事，你不用出力。"

最终荣雪还是因为心慈身软，让邵栖得逞。

隔日，她果然是中午才醒来，连邵栖这种精力充沛的家伙，也跟她一起睡到了中午。

住在医院附近确实方便了太多，荣雪终于不用六点起床。她恢复了往常七点起床的习惯，还能慢悠悠吃个早餐，傍晚下班回家早的时候，给自己和邵栖做顿晚饭，简直再好不过，这样还能让他少吃不健康的外卖。

一开始实习的劳累和不适，终于缓解了许多，就连被带自己的医生责骂，荣雪也不觉得有多郁闷了。

科室里除了护士，医生的年纪都偏大，唯一一个同龄人叫赵楠，是今年刚刚毕业的规培生。二十出头的女孩子，同为苦闷的医学生，一个规培一个实习，脏活、累活、琐碎活自然都归两人干，难免同病相怜，平日里上班时间一致时，吃饭、休息基本上都在一起。

这天吃饭的时候，赵楠见荣雪这段时间脸色变得不错，不再是之前的苦菜花样子，笑道："有帅哥男朋友果然不一样。"

因为邵栖这几天都会来接她下班，被赵楠看到过几次，也知道两人现在住在医院附近。

她笑了笑道："主要是不用那么早起，睡眠充足，精神当然会好一些。"

赵楠叹了口气："你在咱们科快要出科了吧，我还挺舍不得你的。"

荣雪道："以后还是可以一起吃饭啊！"

赵楠叹道："得了吧，咱们内科还不算忙，等你去了外科和急诊，有你忙的。当医生就是苦，想想我还有三年规培，没编制、工资少、累成狗，规培结束后还不知道能不能留在这里，实在不行还得继续考研，还是你们这种读七年八年的安全点，现在好的医院实在太看重学历了。"

荣雪笑："谁知道呢？指不定苦哈哈读完八年也找不到合适的工作，说是八年能拿到博士学位很划算，其实临床不如你们规培，科研能力又比不上四年五年的博士，完全不占优势。"

赵楠道："这个就不用杞人忧天了，省一医进不了，你们还有江大两所附院兜底，也都是三甲，怕什么？'她说完忽然咦了一声，"那不是谢医生吗？"

荣雪不明所以地随她的目光看过去，只见几个人在不远处的一张桌子旁坐下，她也不知道赵楠说的是谁。

赵楠两眼冒光，看起来很激动，小声道："你不认识谢医生吧？"

荣雪摇摇头，她才实习不到一个月，内科的医生都还没认全。

赵楠之前也是在这里实习，自然比她熟悉很多："谢医生是咱们省一医院草，感染科的副主任医师。"赵楠为她解释，"我之前在感染科实习的时候，他带过我，人可好了。"

她说完，举起手朝那边挥了挥打招呼："谢医生。"

荣雪下意识再次转头看去，刚刚那几个人中，一个背对着这边的男人，正转头看过来，朝赵楠点了点头。

男人看起来很年轻，不知道有没有三十岁，眉目英俊，笑容温和，清风明月一般，给人一种很舒服的感觉。

打完招呼，赵楠压低声音激动道："是不是很帅？"

荣雪笑着点头："是挺帅的！"

赵楠继续道："而且还没结婚，听说也没有女朋友。"

荣雪淡笑道："是吗？"

赵楠哎了一声："我忘了你是有大帅哥男朋友的人，对院草肯定不感兴趣，算了算了。"

荣雪笑："也不是啊！有男朋友也可以聊帅哥啊。"

赵楠道："你不怕你家帅哥吃醋啊？"

荣雪道："他不会吃醋的。"

赵楠嗤了一声："最讨厌你这种虐狗的了。"

荣雪笑了笑，没说什么。

两人吃完饭，拿着餐盘离开，路过刚刚那桌时，赵楠笑眯眯跟人打招呼："谢医生，你慢慢用！"

谢斯年抬头朝她笑了笑："工作还顺利吧？"

赵楠嘟了嘟嘴："要是科室的老大都像谢医生这么好，那肯定很顺利。"

谢斯年笑："严师出高徒，内科好几个老师都是业界权威，你跟着他们能学到很多。"说罢，目光落在她旁边的荣雪身上，"这位是你们科室新来的医生吗？还是护士？好像没见过。"

赵楠笑着介绍："这是今年的实习生，叫荣雪，以后也得去你们科室实习的。来来来荣雪，先认识一下我们的谢医生。"

荣雪微微一笑，走上前一步，礼貌寒暄："谢医生你好！"

谢斯年点点头，笑："明年才会来感染科吧？实习挺辛苦的，慢慢来。"

　　他声音温和，说话时带着点点笑意，有种让人如沐春风的感觉，被这样的医生看病，大概也是一种享受，哪怕是在感染科。

　　荣雪跟着赵楠走了，一直到食堂外面，赵楠还有些激动："怎么样？谢医生是不是很好？"

　　"看起来是挺好的。"荣雪笑道。

　　"我跟你说，咱们医院很多小姑娘都喜欢谢医生。平日里大家都不是太愿意去感染科，但为了看谢医生，很多小医生和小护士都不顾生命危险往那边凑。"

　　"有那么夸张吗？"

　　"你不知道咱们院的感染科很有名吗？当年可是抗'非典'基地，谢医生还是抗'非典'先进个人呢，不过当时也挺惨的，有四个医护人员被感染，其中一个就是谢医生。"

　　"是吗？"荣雪有些吃惊。"非典"已经过去几年，当初她正在读高三，虽然他们市没发现过病例，但那年全国处于恐慌当中，他们学校封了校，学校每天发板蓝根预防，宿舍和教室也总是弥漫着消毒水的味道。

　　据她所知，江城虽然不是疫情最严重的城市，但也有几十个病例，其中好几个是医护人员，都集中在抗"非典基地"——省一医。

　　她那时才意识到，医生原来是高危职业。

　　赵楠叹了口气："本来我还想为了男神选择去感染科安营扎寨的，但我爸妈死活不愿意，说怕我将来找对象，人家一听跟传染病有关，指不定就吓跑了。"

　　荣雪笑了笑，蓦地想起当年爸爸住在病房里，医生不让她探视的场景。

　　这几天邵栖忽然忙了起来，说是要开始他的赚钱养家大业，每天除了在家里闷头上网看股市行情，还和杜远准备搞什么创业计划。起初他只在电脑上捣鼓，前天开始早出晚归，也不知干了什么，累得跟条狗一样，吃饭只差要荣雪喂他。

　　这天他回到家已经九点多，却还没吃饭，嚷嚷着要荣雪给他煮面。

荣雪给他煮好面，见他狼吞虎咽，忍不住笑道："饿了怎么不在外面吃？"

"那不行，有媳妇儿了当然要吃媳妇儿做的饭。"

荣雪失笑："你到底在忙什么？"

邵栖抬头，双眼亮晶晶看着她："我和杜远在学校外面盘了个店面，准备开个特色快餐店。盘的店面什么都齐备，这两天就随便装修一下，已经请好了厨子和服务员，等一开学就可以开张。然后我们还弄了个校园网络超市，专门卖水果和零食，学生在网上下单，我们直接给送到宿舍。"

荣雪皱眉笑道："你这一下子又是餐馆又是网络超市的，能忙得过来吗？还有你的股票呢？"

邵栖叹了口气："男人嘛，为了养家累一点没关系。"

荣雪有点受不了他这副小孩子装大人的语气，正要戏谑，抬头看着他的脸，忽然又愣住。

他从来养尊处优，现在突然这么急于赚钱，不就是因为她吗？

荣雪本想劝他不要急着赚钱，当务之急还是把学业做好，但见他斗志满满，仿佛时刻准备证明自己是一个有责任心有担当的男人，她到嘴边的话又说不出来了。

于是，她最终也只是对他的计划表示鼓励地笑笑。

新学期开始，荣雪从内科出科，轮到了外科，比在内科更加忙碌，倒不是工作更多，而是外科总有大手术，一台手术常常几个小时，带她的主治医师还算不错，一般都带着她。但她刚刚实习，连三助都做不了，只能在一旁观察，而且为了不影响主刀医生，一点小动作都不能有，一站就是几个小时，还得认真看着手术台，比不上主刀医生辛苦，但也绝不是个轻松活。

但这总比天天被派去写病程、查房要好得多，至少能学到实用的东西。

邵栖的餐馆和校园网络超市已经开张，他拉了几个人入伙，整天从早忙到晚。股票这边他也没闲着，总归是东打一耙西打一耙，每天和荣雪一聊天，就是各种赚钱展望，简直就是个钱串子。

荣雪对他这种状态忧心忡忡，好在他也没怎么逃课。

她曾怀疑过他是不是不打算继续学医，但发觉他看某些专业书又津津有味，并不像完全没兴趣的样子。

虽然担忧，但她自己也分身乏术，每天实习忙得团团转，哪里还顾得上他。

时间过得很快，转眼一个月又快过去了。

今天科室里有一个大手术，主刀的是主任医师，省一医心外科的招牌医生。荣雪也终于得了个机会在这个手术中充当三助。

手术倒不算难，但荣雪第一次上战场，非常紧张，缝皮的时候，手都在颤抖。一场手术两个小时，主刀医生没怎么样，她这个小实习医生却差点虚脱。

而作为三助，她还得等病人醒来，检查情况，经过这番折腾，下班时已经过了七点。

此时已经入秋，昼短夜长，这个时候天已经黑下来，霓虹初上。

荣雪得赶紧回家给邵栖做饭。这货自己开了餐馆，也不在餐馆吃，不管多晚回来，都要吃她做的饭，哪怕是给他煮碗泡面也行。

她匆匆出了医院大门，准备过马路回家，路过花坛走向斑马线时，忽然看到路边有一个男人弯着身，一手捂着胯部，似乎很痛苦的样子，一个手提包落在脚边的地上，里面的东西散了出来。

她以为是医院的病人，走上前问："先生，你没事吧？需要帮忙吗？"

男人微微抬头，朝她笑着摆摆手："不要紧，一点小毛病。"

路灯下男人的脸有些熟悉，这样的长相，大概见过一次的人都不太容易忘记，荣雪微微皱眉，不太确定地问："是谢医生吗？"

那次听赵楠说过之后，她有一次无意间看到过感染科那边的医生介绍。谢医生全名谢斯年，副主任医师，三十出头，大概算是年轻有为了。

谢斯年挪到花坛边坐下，脸色有些苍白，朝她笑了笑："你是上次和赵楠一起的那个实习生，荣雪？"

他竟然还记得她的名字。

荣雪点头，指着地上问："这是你的东西吗？"

谢斯年淡淡嗯了一声，有些难为情地笑了笑："可以麻烦你帮我捡一下吗？"

荣雪弯下身，将散乱的一些文件和保温杯以及两个药瓶捡起来，装进他的手提包里，递给他。

谢斯年接过包，将药瓶拿出来，倒了两颗在手中，就着保温杯里的水服下。

荣雪刚刚帮他捡药瓶的时候，扫了眼瓶身的字，是止痛药，而且应该有依赖性。

她看着夜灯下谢斯年苍白的脸，试探问："谢医生，你怎么了？要不要我帮你做什么？"

谢斯年笑着摆摆手："我没事，就是一点老毛病，有点疼，吃完药就好了。我叫了车，马上就到，你不用管我。"顿了顿，他又补充，"谢谢你！"

荣雪笑："举手之劳。"

她正要告别离开，谢斯年忽然又随口问："你哪个大学的？"

"江大。"

谢斯年笑："是吗？那是学妹了，我本科也是江大毕业。"

荣雪也笑："学长好！省一医江大校友还真是不少。"

谢斯年点头："是啊！所以好好加油，把这里当咱们江大人的主场。"

实习这么久，荣雪算是见过了形形色色的医生，有严厉的，有和蔼的，有高风亮节的，也有唯利是图的。

但总的来说，大部分人做医生久了，脾气都没那么好。在这种大型三甲医院，每天忙得跟狗似的，收入跟付出却往往不能成正比，难免会让人生出各种心思，所以有了无良医生这种说法。

而且医院等级严重，上下级之间的关系总有些微妙，刚进来的医生最惨，一方面要面对可能不那么友好的上级，一方面还得面对各种奇葩病人，个个都学了一身忍者神龟的本事。

荣雪一个实习生，两个科室轮流下来，没少被人呼来喝去，如今"忍者神功"已经练到了七八成。

谢斯年大概是她遇到的看起来最温和的医生，而且他的温和不是那种浮于表面的虚伪，而是能让人感受到他就是这么一个温润如玉的男人。

两人还只能算是素不相识，听到他说这些话，荣雪苦闷一天的情绪顿时都好了不少。

她笑了笑："谢谢学长！"

两人正说着，一个熟悉的声音传来："媳妇儿！"

荣雪转头一看，果然见邵栖从一辆出租车上下来，她朝谢斯年笑了笑："我男朋友来接我了，学长再见。"

谢斯年点头微笑："再见。"

荣雪朝邵栖跑过去。

"那人是谁啊？"等她来到他跟前，邵栖偏头朝犹坐在花坛边的男人看了眼。

荣雪道："一个医生，刚刚说了几句话。"

虽然隔着一段距离，但邵栖还是将谢斯年看清了七八分。第一感觉是，那是个十分英俊的男人，而且看着还挺年轻的。

他撇撇嘴，想到刚刚荣雪站在人家跟前言笑晏晏的样子，心里有点吃味。他拉住她的手从斑马线过马路，边走边阴阳怪气道："听说男医生私生活都挺丰富的，很多医生结了婚还和小护士乱搞，一点节操都没有，你可得注意点。"

荣雪笑着随口道："你是说刚刚那位谢医生吗？人家还没结婚呢！"

她这样一说，邵栖更加警铃大作，顿时不爽道："人家结没结婚关你什么事？"

荣雪莫名其妙看了他一眼，看出他是在吃醋，不由得笑道："我和谢医生根本不算认识，也不是一个科室的，你想到哪里去了？"

邵栖梗着脖子道："反正除了工作，你离男医生远一点。我知道长得不错的男医生挺受女孩子喜欢的，你要是喜欢医生，我以后也是，你只能专心喜欢我。"

荣雪愣了下："你的意思是以后还是会当医生？"

邵栖道："也不确定，反正先学着呗，以后想当医生就当，不想当也可以做别的。"

荣雪思忖片刻，好整以暇道："邵栖，学医不是儿戏，就算你能拿到学位，但你现在这种六十分万岁的态度根本不适合，因为当了医生你面对的是生命，一丁点儿错误和马虎都可能酿成悲剧。你如果还打算从医，就不要像现在这样不务正业。我不知道你为什么要把心思花在拼命赚钱上。"

邵栖道："当然是养家啊！我可是男人，不管将来我做什么，赚钱都是很有必要的。我得让你没有后顾之忧，安安心心地工作生活，把我当成你坚实的依靠。"

三岁的差距看似不大，但她走得总是比自己快。在邵栖看来，只要自己有了赚钱养家的能力，就能完全填补那点差距。

荣雪叹了口气："邵栖，我并不需要你养我，我也不想依靠你。"

邵栖不干了："我是你男朋友，是你未来的老公，你不依靠我，还想依靠谁？"

荣雪终于隐约明白，他做这些事，是想在这场姐弟恋中证明自己足够成熟。可是却有种小孩子急于长大，故意穿上大人衣服的蹩脚样子。

荣雪道："邵栖，不管我们未来会不会结婚，我们能不能走得长久，我们都不是谁要依靠谁的关系，我会好好做自己该做的事，也希望你好好做自己该做的事。"

邵栖不乐意听这些话，一门心思沉浸在自己构建的未来蓝图中："我们当然会结婚会长久，我就是在为我们的未来做准备。"

荣雪无奈地笑，明明还是幼稚又单纯，却非要觉得自己已经是可以掌控一切的大人。

她没有和他争辩，她从来不是一个喜欢与人争辩的人。

两人回到家，她煮了两碗面，邵栖吃得很开心，吃完之后就坐在电脑前，一头钻进自己的生意经中。

荣雪洗完碗，又开始打扫。

两个人的小公寓，家务并不算多，她素来勤快，但是每天上班已经累得筋疲力尽，回来还要照顾两个人的生活，有时候也难免会烦躁，尤其是偶尔拖地，让他挪一下脚，他都慢吞吞不愿意。

她知道他从小有阿姨照顾，真正的十指不沾阳春水，加上整天忙着他的生意经，还得抽空上课，她也不好让他再分担什么。

这大概就是同居生活，不可能事事如意，总会有这样那样的不满意。

其实两个人已经算是很好了，在一起满打满算半年有余，还没真正吵过一次架。这大约就是性格互补的好处。

因为餐馆的位置尚可，邵栖的餐饮事业还算顺利，校园网络超市也做得还不错，虽然是东打一耙西打一耙小打小闹，但对于一个学生来说，两个月下来，竟然也赚了不少钱。

他对养家养女朋友这件事十分执着，赚了钱就给荣雪买东西，衣服鞋子买了一大堆。荣雪说自己整日穿工作服，漂亮的衣服也用不上，他却置若罔闻，仍旧是三天两头就给她买各种东西。

他自得其乐的时候，荣雪却有点不胜其烦，浪费不说，小公寓里堆满了各种她根本不需要的东西，他只负责搬进来，却不负责收拾，结果这些全都变成了她的任务。

矛盾就这样慢慢显露出来。

邵栖觉得自己努力赚钱自力更生养家，给她好的生活，提前把他们未来的生活规划好，但她却毫不领情，甚至视而不见。

而荣雪却始终认为，他一个学生整天跟个钱串子一样不务正业，让她忧心忡忡。而且她对他讲的那些乱七八糟的生意经，毫无兴趣。一个二十岁不到的男孩，一副油滑市侩的模样，总还是让她有些反感。

她的人生目标明确，就是完成学业，做一名医生，这个职业足以保证她的生活，她也不需要额外的锦衣玉食。

当然，荣雪在医院早就练成"忍者大法"，就算是反感也并不会明显表现出来，就算心生不满，也不好说出一字半句。

但邵栖就不一样了，当他发觉自己的努力，并没有得来自己想要的回报，甚至被她视而不见，他就开始心有不甘。

当他的心有不甘到达一定的程度，必然是要爆发出来。

11月初，两人在一起十个月有余，同居两个多月，终于迎来第一次争吵。

那天，荣雪值晚班，出门时，正好遇到邵栖回家。他拦住她："媳妇儿，我给你买了一套秋装，你快试穿一下。"

荣雪对什么秋装毫无兴趣，看都没看便道："我得去上班，明早回来再说。"

邵栖把衣服拿出来："这还早着呢！你先试穿一下。"

荣雪看了眼那套秋装套裙："我都说你不要给我买衣服了，我天天穿工作服，根本用不上。"

邵栖道："你工作服里面也得穿衣服啊，而且在家可以穿啊。"

荣雪敷衍道："工作服里穿那么漂亮不是浪费吗？在家穿家居服就好。"

她边说边往外走，才走到玄关处，邵栖忽然重重将手中的衣服摔在地上："我看你是压根儿不稀罕我给你买的任何东西！"

荣雪转头看他，不知是不是被他摔衣服的动作给刺到，难得语气有些不好："我都说你不要给我买东西了，我需要什么自己会买！"

邵栖恼火道："我这么拼是为了什么？！还不是想靠自己的能力，让你过得更好，证明我可以给你好的生活，证明我值得让你依靠，但你却一点儿都不领情！"

荣雪深深吸了口气："邵栖，好的生活不是衣服鞋子，你值得我依靠也不是你能赚多少钱，我不是不领你的情，而是我真的不需要你为我做这些。"她顿了顿，才又继续道，"你一个大二的学生，不好好学习，天天急于证明自己的成熟，不务正业赚钱，嚷嚷着养家，问题是咱们俩这是家吗？你是不是觉得能赚钱了就是成熟？就是有责任心有担当，值得让人依靠？如果你这样认为，恰恰证明你幼稚得可笑，因为你连自己想要什么，想做什么都还没搞清楚。"

她不愿意和人争执，不代表不会，这番话说得几乎有点刻薄。

可能还不只是有点，因为邵栖的脸色在她的话音落下后，几乎是大变，跳起来在地上的新衣服上踩了几脚，大吼大叫道："是！我可笑我幼稚，我天天想着赚钱，就是个傻子行了吗？！"

荣雪无奈地看着他像个撒泼的孩子，摇摇头，淡声道："我没打算和你吵架，我去上班了，冰箱里留了饭菜，你自己在微波炉热一下就好。"

邵栖怒气冲冲越过她出门："不用了，既然这不是我的家，我就回自己的家。"

"邵栖！"荣雪唤他，但他充耳不闻，顶着一脑门火跑去了电梯。

荣雪今晚上的是大夜班，从晚八点到早八点，漫长的十几个小时，好在夜班事情不多，就是按规定查几次房，没有特殊情况，或者遇到事儿多的病人，基本上就是在办公室休息。

从家里出来后，她一直有些心神不宁，她和邵栖算是吵架了吗？应该算是吧，她知道邵栖这回是真的生气了。

他其实一直是个急性子暴脾气，在外面一言不合就能跟人干起来，但对她真的算是很包容了，从来没有真正发过脾气，甚至都没说过一句重话。他今天这样，应该也是忍了很久，终于忍不住爆发了。

他抱怨她不领情，对他的付出视而不见，可他又何尝不是对她的话充耳不闻，只顾着自己那一脑门子热情，完全没有考虑她要的是什么。

两个人从来不在一个频道，她之前一直以太忙、太累为借口，不去考虑这些潜在的问题，可既然有问题在，迟早就会爆发出来。

她当然不会以为他没地方去，这是他的城市，他在这里有家有亲人有朋友，能去的地方多的是。

但她也确实有错，所以主动打了好多次电话，可那头已经关机，她又发了几条道歉的短信过去，到了下半夜也一直没有任何回应。

联系不上邵栖，她也没什么睡意，一个晚上基本上没合眼，到了早晨交班的时候，还被接班的住院医生开玩笑说上个夜班上成了国宝。

邵栖向来精力旺盛，习惯晚睡早起，除了头一晚在床上折腾太厉害，隔日会稍微多睡一会儿，从来没睡过懒觉，荣雪都对他这充沛的精力很是羡慕。

现下八点刚过，他显然是已经醒了。

荣雪再次试着拨打他的电话，这次终于是开了机，不过响了快十声才接听。荣雪用脚趾头都能想象出他此刻的傲娇模样。

"干什么？"那头恶声恶气开口。

荣雪问："你在哪里？是回家了吗？"

邵栖道："老爸把家当宾馆，女朋友把家当宿舍，我没家，我在流浪。"

"邵栖——"荣雪无奈地叹了口气，"是我不好，你到底在哪里？我去接你回家。"

"不回。"

荣雪沉默了片刻："那好吧……"

还没说完，那头的人就哇哇大叫起来："你有没有点诚意啊？我跟你说我昨晚都要被你气死了，站在阳台吹了一夜江风，现在头昏脑热……"

荣雪轻笑："那好吧，我马上去接你。"

站在阳台吹江风，这家伙明摆着就是要她去接他。

邵栖哼了一声："不用了。"说完非常帅气地挂了电话。

荣雪还记得邵栖家江边别墅的位置，离这边也不算远，不堵车大概半个多小时。但现在是早高峰，公交拥挤不说，上上下下指不定折腾多久，他那急性子，估计自己去晚了又得跟她闹一阵。

荣雪走到医院大门外的路边，准备打车。然而早上来来往往出租车很多，空车却很少，她站了几分钟也没拦到车，正想着还是去坐公交时，一辆黑色的SUV停在面前，车窗滑下，驾驶座的人倾身探过来："是要坐车去哪里吗？我去江滨，要是顺路的话载你一程。"

是谢斯年，说话时带着他惯有的淡淡微笑。

荣雪愣了下："不用麻烦了，我自己坐车就好。"

谢斯年轻笑了一声："看来是顺路了，上来吧！这里不能久停。"

他已经伸手将副驾驶的门从里面给她打开。

荣雪再婉拒就矫情了，准同事之间顺路搭个便车也算正常。她拉开车门坐了进去。

车内很干净清新，一如谢斯年这个人。

谢斯年发动车子，转头看了她一眼："值夜班了？"

荣雪点头。

谢斯年道："干我们这行的值夜班是常事，尤其是开始几年，你得学会在办公室睡觉，硬生生熬一宿，不用多久身体就受不了的。"

荣雪心道：自己的样子就这么明显？她笑了笑道："其实平时还好，到了点就困，坐着也能睡着。"

"是吗？那昨晚是有事？"

荣雪摇摇头："也没什么事。"

谢斯年本以为是他们科室有麻烦的病人，但看她的样子大概是私事，也就笑笑没再追问。

毕竟只有过几面之缘，两个人只能算是陌生人。一旦没有人开口说话，安静的车内就感觉弥漫着尴尬的气氛。

荣雪想了想，主动打破这种尴尬，随口问："上次看你不太舒服，已经好了吧？"

谢斯年回答："髋关节的老毛病，不是什么大事。"

荣雪奇怪地问："你这么年轻怎么会有这种老毛病，是运动损伤吗？"

谢斯年摇头："那倒不是，就是'非典'后遗症，时不时疼一下，尤其是变天的时候。"

他语气平淡，好像只是在说感冒后遗症一般。

虽然那场灾难已经过去几年，哪怕之后媒体很少再去追踪当年的幸存者，但荣雪作为医学生，却知道"非典"后遗症意味着什么。当年的治愈者，有很大一部分，在出院半年左右后，开始出现后遗症反应，其中最严重的就是股骨头坏死，有人因此残疾，不得不离开工作岗位，有人甚至瘫痪，生活难以自理。

"非典"虽然已经过去，但那些治愈者的后遗症在后面的几十年，恐怕都无法从这场灾难中离开。

谢斯年听她没有回应，转头看了她一眼，笑道："当年治愈的人多多少少都有后遗症，毕竟当时疫苗和特效药没有出来，只能靠激素治疗。我们医院四个同事感染，一个不治身亡，一个提前内退，一个转了后勤岗。我大概是当时年轻，身体底子好，算是影响比较小的，也就是髋关节有点问题，还能继续做医生，已经很幸运了。"

他语气轻松，但荣雪知道髋关节问题意味着什么，大概就是股骨头坏死的表现。

她点点头问："但是当医生这么辛苦，对身体不会有影响吗？"

谢斯年笑着看了她一眼："只要不发生大的疫情，我们科室算是比较轻松的了。"

荣雪也笑，片刻之后道："我也想过主攻传染病、流行病方向，我们学校现在病毒学做得很好，我也挺感兴趣的，但是总觉得太难了。"

谢斯年笑："其实医学各科难度应该都差别不大，不过女孩子当传染病方面的医生可不是个好选择，对象都不好找。我们科室有两个女医生去相亲，对方一听天天接触传染病，吓都吓跑了。"

"有这么夸张吗？"

谢斯年笑："骗你的。"

荣雪也被他逗笑："我看过谢医生的方向是病毒性传染病，你是学病毒学的吗？"

她看到过他的简历，本科是在江大读的，博士是在美国非常著名的一所医学院读的，难怪年纪轻轻就已经是副主任医师。

谢斯年点头："是啊！我也是本科在江大学基础医学的时候接触了病毒学，对这个很感兴趣，所以申请了这方面的研究生。本来是想去研究所专注研究，做论文的时候去了一趟非洲，接触了很多病例，回来就决定转临床进医院做医生了。"

谢斯年声音温和，听起来有种娓娓道来的舒服感，偶尔还有些幽默，荣雪听得有兴趣，大概是有共同的话题，那种刚刚认识的尴尬，不知不觉已经散去。

直到进入了江滨路，荣雪才反应过来："我就在这里下吧。"

谢斯年的目的地是直行，而邵栖家的别墅，在前面转弯。

谢斯年道："到了吗？"

荣雪点头："前面转弯就是了。"

谢斯年道："没事，我开到你要到的地方。"

"不用麻烦了。"

谢斯年笑："两分钟的事，算什么麻烦。"

车子转弯，到了临江别墅区大门处。

"就这里，真是太谢谢你了。"荣雪看到熟悉的建筑。

谢斯年停车，朝旁边看了眼，随口问："你住在这里？"

荣雪赶紧摇头："我来找人。"

她应该也不像能住得起这里的人吧？

谢斯年点点头："那再见。"顿了下，他又补充，"回头好好休息，熬了夜还是要补回来的。"

荣雪笑："明白，再见谢医生。"

谢斯年掉转车头，荣雪目送他离去，刚转身要往小区大门走，却看到门边站着个熟悉的身影，一张脸黑得快赶上锅底了。

邵栖全程目睹她从车内下来，虽然没看到开车的人是谁，但绝对是个

256

男人。

她微微躬身和人道别，侧脸的笑靥在朝阳下，看起来恬静动人。

邵栖知道肯定不只是自己这样认为。

他忽然意识到，她要比自己早走上社会这个大染缸，从此开始接触更多的人。那些在社会中摸爬滚打多年的男人，仗着自己有钱有身份，或许看着还有那么一点成熟稳重的气质和才华，总是容易吸引单纯的年轻女孩，就像他老爸一样。

就连他爸这样一个带着儿子，年近半百的单身爹，常年都会有小姑娘追随迷恋，更别说稍微年轻一点的男人。

刚刚那坐在车里的男人会不会也是如此？

荣雪比他大三岁，比起同龄人或许更成熟，但是在真正的成人世界，她也不过是个涉世未深的年轻女孩，大约也会仰慕那些有阅历的成熟男人。她会不会也被那些披着羊皮的狼吸引？

荣雪走过去，见他绷着一张脸，戳了戳他："还在生气哪？"

邵栖哼了一声，睨了她一眼："刚刚那是谁啊？"

"一个同事，顺路载了我一程。"

"男的？"

荣雪叹了口气："真的就是顺路。"

邵栖冷笑："是吗？"刚说完就打了个喷嚏。

"你真吹了一晚上风？"

邵栖垮着脸不置可否。

"发烧了吗？"荣雪伸手去碰他的额头，还真是很烫！

她有点急了："你怎么这么胡闹？！家里有没有药？"

邵栖看到她着急，心里就舒坦了不少："还没吃。"

刚刚她略微冰凉的手覆在他额头上，特别舒服，他抓着她的手又往自己脸上碰："再摸摸。"

荣雪抽出手，没好气地拍了他一下："赶紧回去吃药。"

回到别墅，看到荣雪烧水拿了药来喂自己，躺在床上的邵栖气已经消了一大半。

其实昨晚他就有点后悔了，生怕她不来找自己，但赌着一口气一直忍着没开机。到了今早四点多，他赶紧把手机打开守着电话，等到八点多听到他设置给她的专属铃声响起，才重重舒了口气。

看着他吃完药，荣雪把被子给他搭上："你说你生气就生气，跟自己过不去干什么？傻不傻？"

邵栖道："你不和我吵架，我也不会跟自己过不去。"

荣雪简直比窦娥冤，一脸哭笑不得："明明是你跟我吵架，还摔东西发脾气。"

邵栖一想，好像也是，顿时剩下的那一小半气，也消失殆尽。他这才注意到她面色很差，想起她昨晚值了一夜班，不免有些愧疚心疼，把她拉在自己旁边躺下："你也睡。"

他本来是想抱着她，但是想到自己正感冒，又赶紧将她转过去背对着自己："别给你传染了。"

荣雪失笑，感觉到他身体热烘烘的还挺舒服，便从后面抱住他，因为困得厉害，不一会儿就睡了过去。

这一觉也不知睡了多久，荣雪还是被饿醒的，她早上就吃了点面包喝了点牛奶，睁眼看到墙上的时钟，已经过了十二点，顿时觉得饿得更厉害了，正要起床去寻吃的。

跟团火似的邵栖却将她拉在怀里。

这人一半心思钻进钱眼儿里，试图揠苗助长，剩下一半心思则用在这事上面，到处都备着作案工具。

两人的身体早已磨合得默契无比，荣雪还没反应过来，身下已经被撩拨得没了力气。

一场情事下来，那点龃龉自是烟消云散。

这个年纪的男孩，身体底子太好，吃了药出了汗，感冒也就好了个八九分。

两个人靠在床边缓过劲儿来，邵栖那种小霸王脾气又上身："咱俩说好，以后我给你买的东西，你都得用，知道吗？"

荣雪无奈："邵栖，我真的不需要。"

"不准拒绝。"

荣雪看他蛮横不讲理，只得采用迂回对策，想了想道："你不是说要为未来做打算吗？所以我们得开源节流是不是？你辛辛苦苦赚的钱就这么随便花了，多浪费！而且我还是学生，没必要这么奢侈。"

邵栖看了看她："可是我想让你过好一点。"

荣雪明白他的想法，他到过自己家里，见过自己的生活环境，所以才会如此。虽然在她看来有些幼稚可笑，但他的出发点确实是因为爱她，想用他认可的方式对她好。

也是因为这样，她愿意耐着性子哄他，于是抱住他的脖颈："我现在已经过得很好了，以后工作了准备结婚过日子了，才是最需要花钱的时候，你把钱存起来，作为我们将来的储备金不是更好吗？"

邵栖觉得她说的也有道理，点点头："好吧，但是你需要什么一定要跟我说，不准不好意思。"

荣雪笑："我怎么会不好意思呢？你可是我男朋友。"

邵栖容易哄，三两下就喜笑颜开。

于是这个小插曲就这么轻描淡写地过去了，一个想得太简单，一个没想过未来，年少情浓，当下的日子总是快乐多于忧愁，好像一眼就可以到永远。

邵栖一向自视甚高，总觉得自己足够聪明，就算是整天钻进钱眼儿里，忙着他那些乱七八糟的生意，只要没怎么逃课，成绩也不至于太糟糕，六十分万岁这个目标再简单不过。

然而这学期期末成绩出来后，有一门五十九分明晃晃挂在成绩单上。五十九和六十，看似只有一分之差，但本质却完全不同。

他们学院很变态，虽然每学期成绩是按期中、期末出勤率一起算，但只要期末考试没及格，就直接算挂科。

他期末考试没及格，所以这意味着他挂科了。

他就算对学习再不上心，作为入校成绩第一的前学霸，挂科这件事还是让他觉得有点丢人。

这种丢人的事，他当然不会告诉荣雪。

荣雪没管过他的成绩，期末考试之后也就随口问了一下，他说没问题，她自然也就没再关注。

实际上，两人虽然相处融洽，但其实共同语言并不多，尤其是上班累了，回到家还得干家务，荣雪很多时候根本懒得说话，邵栖说时，她也就是随便敷衍几句。

但有感情在，她也不觉得这是什么大事。

因为实习是跟着医院的排班制度，她今年不仅没办法回家，还抽到了大年三十那晚值大夜班，至于为什么这种倒霉差使会不偏不倚落到她头上，不外乎是因为她是个没有任何话语权且可以随意使唤的实习生，而且实习半年，她的业务已经还算熟练，当然是要被物尽其用。

反正没空回家，她对过年值夜班也就没什么微词，留一个空位让别人阖家团圆，也算是做了桩善事。

她现在轮的科室是儿科，一个忙翻天的科室。之所以忙，不是因为像外科或内科那种经常有大事，而是因为如今的小孩子都是宝贝疙瘩，一丁点不对劲，家长们就要叫医生。这床叫完那床叫，加上小孩子患病，难免爱哭闹，病房里常常鸡犬不宁，光护士上阵，家长还不依，非得叫医生才放心。

进科还不到一个礼拜，荣雪差点被弄得对将来有小孩子这件事产生深深的恐惧感。

然而看着那些生病的孩子和无助的家长，她又不免心酸心疼，打起十二分精神也要尽好职责。

她是在过年前三天看到邵栖的成绩单的。

到了寒假，邵栖的校园网络超市和餐馆歇业休息，加上股市下半年崩盘，他提早撤了出来，算是完全没事儿干，整天待在公寓里打游戏，中午叫外卖，晚上等着荣雪下班回来投喂。

他在家里待的时间长了，屋子里的环境就随之变糟。

荣雪本来就爱干净，当了医生更是受不了脏乱差，每天下了班必然会收拾一通。

她收拾书桌上乱七八糟的书本纸张时，忽然看到一张揉皱的成绩单，随手展开一看，果然是邵栖的期末成绩单，其中一门课的五十九分赫然夹在其中。坐在桌前，还在盯着电脑屏幕奋斗的邵栖浑然不觉，直到荣雪将那张纸丢在他前面，他才反应过来。

对于挂科这件事，他一方面觉得有些丢人，一方面又有些烦闷，因为挂科这件事似乎在告诉他，他并不是自己以为的天才，一旦不努力，庸才本质就原形毕露。

他不想承认这一点，甚至不想有人再提起这事，见被荣雪发现，他不耐烦地抓过来，往垃圾篓里一丢："不就是挂一门课吗？没多大事，老师说了不用重修，下学期开学，交五十块钱补考就行。"

他这无所谓的态度，让荣雪面露不悦："你要对专业不感兴趣，就赶紧转专业，大二还来得及。你这么混到博士毕业，到时候不去做医生，或者压根儿就做不了医生，不仅仅浪费你自己的青春，也浪费教育资源。"

邵栖满不在乎地嗤了一声："得了吧，什么浪费不浪费，咱们学院好多人学了七八年读完硕士博士，毕业了还不是没去当医生，当了没两年转行的也比比皆是。别以为医生是什么香饽饽，又苦又累还没钱，当不了又怎么了？我不稀罕。"

荣雪皱眉："所以你就不要再浪费时间。我知道你当初来这里，就是因为和我赌气，现在也没什么好赌的了，你想学什么就赶紧转过去！"

这话她说过好几次，但这一回却像莫名戳中邵栖的短处，因为他忽然发觉自己压根儿不知道要干什么，喜欢什么。

他烦躁地丢开鼠标："我什么都不想学！"

荣雪无语地叹了口气："邵栖，你很快就二十岁了，难道你连想做什么都不知道吗？"

是啊！他很快就二十岁了，但是压根儿不知道将来要干什么？

他其实不讨厌学医，甚至有几门课程学起来有滋有味，但对于医生这个职业他毫无概念。如果以后不当医生，他要做什么？一门心思赚钱吗？

好像也没有问题，这个世界能一门心思赚钱不是坏事。

但他其实对做生意的兴趣也不大，这一个学期下来，他虽然靠着瞎折腾赚了点钱，却也并非出于兴趣，而是想用这种方式，证明自己在这段恋爱关系里，是可以被依靠的男人，但赚钱的过程并不能让他感到多快乐，多有成就感，甚至还有点厌烦。

一次突如其来的挂科，忽然让他的人生陷入迷茫当中。他发觉自己不是天才，而且还不知道以后要干什么。

这简直可怕！

他仿佛一下又看到了他和荣雪的差距。

她一直在坚定地沿着自己的道路往前走，而他却始终在杂乱无章中徘徊不前。赚钱养家看起来也像是一场笑话，因为为了赚钱他挂科了。

邵栖烦躁地跳起来，"对对对我不知道！我什么都不知道！"

荣雪看他一脸烦躁地往外走，唤道："你又发什么神经？"

"不用你管！"

荣雪脾气也上来了，将手中的拖把丢在地上："你以为我想管你吗？！"

邵栖转头看她道："是啊，你从来就没想管我，觉得我就是个任性的小孩子。你们医院那些医生，都比我成熟稳重比我好吧？！"

荣雪被他这跳跃性的话弄得一头雾水："你知道你在说什么吗？"

邵栖黑着脸道："我昨天中午想去找你吃饭，到了你们医院的员工食堂，看到你和一个男医生在一起吃饭，有说有笑，一顿饭吃了半个多小时。你很久没在我面前说过那么多话，也许从来就没有过！"

荣雪眉头蹙起，想起昨天中午在食堂的事。

她才来儿科没几天，和科室里的人不熟，中午是一个人去食堂吃饭的，恰好遇到许久没见的谢斯年，两个人都是独自来食堂，就拼了桌坐在一起吃饭。她不否认，她很喜欢和谢斯年说话，因为他说的都是专业相关的话题，都是荣雪感兴趣的，甚至也能涨不少见识，学不少知识。至于吃了半个多小时，是因为她吃饭本就不快，而谢斯年就更加慢了，她不好先走，自然是等着他吃完一起离开。

她不知道邵栖竟然去了医院食堂，而且看到她还没打招呼。

她还没开口，邵栖又道："那个人是不是就是上次你在路边和他说话的那个？"

他还挺佩服自己的记忆力，上次夜幕降临时的匆匆一瞥，他竟然记住了那个男人的样子。也许是那样的人很难让人忘记吧，即使他自己也是个男人。

荣雪无奈地叹了口气："我实习快半年，和谢医生见过的次数一只手都能数得过来，我不知道你胡思乱想什么。"

邵栖没回她的话，转而道："算了，快过年了，你也挺忙的，下班还得回来伺候我，我回我爸那儿了，免得你太麻烦。"

荣雪无奈地唤他："邵栖——"

邵栖摆摆手，随手拿起外套，转身出了门。

荣雪不知道他这脾气从何而来，是因为自己多管了他的成绩，还是因为昨天看到她和谢斯年一起吃饭。

如果是后者，她只觉得好笑，她和谢斯年顶多就算是认识的准同事，连熟识都谈不上。他这醋吃得真是毫无道理。

邵栖时常会有一些小性子，不是故意作妖就是故意撒娇，荣雪大概是多少有自己比他大的心理，所以愿意哄他，让他开心，看到他开心，她也就会开心。

但她也并非没脾气，就好像是面对儿科里那些小病人，虽然怜爱，却也会不耐烦。

于是这一次，她没去管他，默默收拾屋子后，便洗漱睡去，等待第二天的工作到来。

邵栖这回是真的回了家。

大概是股市崩了这么久，金融公司业务收缩，他老爸难得提前休了假，看到一脸丧的儿子回家，笑道："还以为你陷在温柔乡，家都不要了呢！"

邵栖白了他爸一眼："比不得你，家门儿开在哪个方向，每次回家还得想想吧！"

邵父笑："我正打算退居二线呢，抽空多陪陪你！"

邵栖一脸被吓坏的样子："邵总，你儿子我已经快二十岁了，不需要父母陪了，懂不懂？"

邵父摸摸鼻子："过去那么多年是爸爸不好，太忙了！"他顿了顿，"我问了下你的成绩，听说你这学期挂科了？"

真是哪壶不开提哪壶！

"挂科很奇怪吗？"

邵父点头："除了小学六年级那次期末考试故意交白卷，你从来没有不及格过。老爸知道你上学期一直在搞什么创业，又是开餐馆，又是搞校园网络超市的，还炒股。你是为了赚钱，还是喜欢做生意喜欢创业？"

邵栖道："赚钱。"

邵父问："为什么？老爸给你的钱不够花？我给了你信用卡副卡的，

没看到你消费过。"

邵栖不耐烦道："不是。"

邵父试探问："那是为了什么？为了证明自己长大了，有能力赚钱了？"

不得不说，虽然邵父并不是一个合格的父亲，但对自己儿子还是很了解的。

邵栖看着他不作声，显然是默认了。

邵父道："儿子，你长这么大，爸爸从来没要求过你干什么，包括考大学填志愿，虽然觉得你是在胡闹，但人生是你自己的，我还是把决定权交给你。你以后当医生也好，创业做生意也好，哪怕是你就摆个小摊，只要是你喜欢的，我都支持你。我现在只想问你，你已经上到了大二，但你喜欢学医吗？以后想从事这个行业吗？"

邵栖默然。

邵父拍了拍儿子的肩膀："我不干涉你做任何事情，但是你得有目标，做人得有目标知道吗？如果爸爸没猜错，你忙着做生意赚钱，是为了女朋友？"

邵栖沉默了片刻，难得跟父亲敞开心扉一次："她比我大，走得比我快，她毕业工作，我还只是个学生，所以想提前证明自己有能力承担起我和她的生活。"

"问题是她喜欢你这样吗？"

邵栖摇头："不喜欢。"

邵父道："我不认识那个女孩子，不过我想比你大一些又是学医的女孩子，肯定是希望你能先把学生这个本职做好。"他顿了顿，问，"儿子，你很喜欢那个女孩子？"

"我可是要和她结婚的。"

邵父："……"

好吧，也不算是活得完全没目标。

他清了清嗓子："一场恋爱不代表一辈子，甚至一场婚姻都不是，我理解你热恋的时候的心态，但你也要对和你预想不一样的结果有心理准备，我不想哪天你被人甩了，回家寻死觅活。"

"怎么可能？"

邵父笑："我当然知道你不会寻死觅活的……"

他没说完，邵栖已经插话："我媳妇儿怎么可能甩我！"

邵父怔了下，叹了口气道："那你就要做一个不会被人甩的男人，而不是继续稀里糊涂连自己想做什么都不知道。"

邵栖像是被踩到尾巴的猫一样，跳起来道："你一个老光棍别教育我。"

"不能这样说，虽然你老爸我年近半百，但还是有不少年轻姑娘都想给你当后妈的。"

"还不是看中你有几个臭钱！"

"是啊！我还可以被人看中几个臭钱，那你呢？让人看中你那个小餐馆和网络小超市吗？"

亲爹！

邵栖愤愤地跑了。

除夕那天，医院难得冷清了下来。除了病情严重无法离院的患者，儿科里的小病人大部分都被父母带回家过年了。

阖家团圆的日子，没有人会愿意待在病房里，况且在医院跨年真的不是个好兆头。

荣雪这间值班的办公室里，就只有她和一个小护士。

小护士家就在医院附近，到了九点多，她查了一遍房，回到办公室道："荣雪，我回去吃顿团圆饭，已经跟张主任打招呼了，我家里人都等着我呢。现在就四个病人，你到时候帮忙换一下药，我下半夜肯定赶回来。"

荣雪笑："你回去吧，我看着就行。"

小护士边脱工作服边笑道："我妈是北方人，每年过年都包饺子，你喜欢吃什么馅儿的？我过来给你带点。"

荣雪笑："不用了，我晚饭吃得还挺多的。"

小护士道："夜班容易饿，再说过年谁不吃夜宵，我妈包的饺子可好吃了，我吃了饭还能一口气吃十几个。"

"那就谢谢你了。"

"我谢你才是。"

小护士一离开，办公室便只剩下她一个人。

今年是个寒冬，南方遭遇了一场漫长的冰雪灾害，城市似乎在寒冷中沉寂了下来，连带着这个除夕都显得不那么热闹。

这几天她没有主动给邵栖打电话，她忽然就觉得特别累，想自己一个人安静一下。然而她发觉，这种曾经自己熟悉，并觉得妥帖的独处，并没有给她带来任何自在。相反，那个小小的公寓，少了一个人，她竟然有些无所适从。

她发觉自己已经不适应孤独了。

不到半年的时间，曾经的习惯已经变成了另一种习惯。

十点多，家里打来电话。

电话那头很热闹，奶奶、叔叔、婶婶和小俊，轮流和她通话，他们的关心都是真实的。母亲也打来电话问候，母女生分，言语不多，但祝福也都出于真心。

哪怕这些温情并不足以抚慰这个寒冬，但也算是对这个孤独夜晚的一点慰藉。

只是，她仍旧觉得有些寒冷。明明办公室的空调开得很足。

十点多的时候，她查完房，从病房出来，正要回办公室时，忽然看到空旷的走廊上，站着一个颀长的身影。

因为逆着光，她看不清邵栖的表情，只知道他正一动不动看着自己。

有那么一刹那，她以为是自己出现了幻觉，停在原地半晌才回过神。

邵栖朝她走过来，走到她跟前站住，看着她淡声开口："我在爷爷奶奶家吃完团圆饭刚出来，给你带了些好吃的当夜宵。"

前几天的那次不欢而散，其实连吵架都算不上，但几天没见，看到他忽然出现，荣雪除了感动，还有些微妙的不自在。她笑了笑："你不用跟家人一起守岁吗？"

邵栖道："爷爷家很多小孩子，烦都烦死了，我吃完就撤了。"

"你家里人没意见？"

"我爷爷那边孩子多，少我一个没事，而且我和我爸一块儿跑的，中途把他甩了。"

荣雪被他逗笑，刚刚那点难以排遣的孤独，忽然就消弭了。她抬头认真地看向他，见他穿得不多，围巾和手套也都没戴，反应过来，她赶紧拉着他进办公室："你不冷啊？赶紧进来。"

　　进了办公室，荣雪才发觉他头发上有点湿，她咦了一声："下雪了吗？"

　　说罢她走到窗边将百叶窗帘拉起，玻璃外面的沉沉夜色里，果然不知何时飘起了雪花，万家灯火映着点点白色，恍若让人感觉到时光流转的味道。

　　荣雪这才意识到，又是一年了。

　　邵栖默默看了看她，将手中的保温饭盒放在办公桌上，走到她身后，伸手将她环住。刚刚在爷爷家，亲戚一堆，一股子热闹的年味，但是他却像是个局外人一般，几乎感觉不到归属感。

　　直到来到这里看到她，他才觉得飘着的一颗心落了地。

　　在她之前，他没有经验，甚至对男女之间的那点事不以为然，远不及那些可以带给他三天新鲜感的玩乐，甚至不及那枯燥无味的学习，直到遇到她。

　　他年幼时，想要抓住父母却无能为力。母亲远走，父亲忙碌，他总是一个人孤零零地生活，只有一个老实可靠的保姆。于是等到长大后遇到自己喜欢的人，他就迫不及待地想要牢牢抓住，想要她只围着他一个人转。

　　他这个年纪的男生，大部分只是想体验恋爱的欢愉，而他想要的却是长久的占有。他摆脱不了自己这可怕的占有欲，因为太害怕被丢下的孤独。

　　他知道自己的恋爱观荒唐又可笑，但他就是想有一个自己的家，一个由自己构建和掌控的家。

融

RONG

蔚空 作 品

雪

XUE

[下册]

青岛出版社
QINGDAO PUBLISHING HOUSE

第七章

爱得太深亦伤人

荣雪反手摸了把他的头发，上面还有点点冰凉的湿意："冷不冷？要不要擦一下？免得感冒。"

邵栖摇头，将她紧紧抱在怀中，附在她耳边低语："对不起！"

荣雪愣了下，对他这突如其来的道歉有些愕然。两个人在一起，她习惯让着他，宠着他，几乎没有和他使过性子，发过脾气，哪怕是他经常为一点鸡毛蒜皮的小事作妖，弄得她一个头两个大，但因为知道他只是在表达喜欢，她也就没放在心上。

这次其实连吵架都算不上，她却第一次感觉到了疲惫，还有那么一点难过，不过在刚刚见到他时就已经烟消云散，以至于她都不知道他为了什么道歉。

荣雪忽然就觉得有点好笑，转过头吻了吻他的唇："行了，你又没做错什么，我也没有生气。"

她退开时，邵栖寻着她的唇追了上去，唇舌交织，一个漫长的吻濡湿又黏缠。

吻过之后，他也不放开她，仍旧抱着她哼哼唧唧像是撒娇一般。

窗外下着雪，室内却一片温暖。

荣雪想，她从来不是个贪心的人，这样就已经足够了。

两个人在窗边站了会儿，荣雪想起他的保温饭盒，笑着问："你给我带了什么好吃的？"

邵栖这才回神，赶紧拉着她坐下，将饭盒打开。

里面的饭菜还冒着热气，一股香味扑鼻而来。三层的饭盒，装得满满当当，邵栖道："我奶奶下厨做的年夜饭，她老人家以前是厨师，做饭特别好吃。"

"是吗？"荣雪其实不饿，但他专程带着饭菜来陪她，她当然要给面子。那饭盒里的菜是典型的鸡鸭鱼肉这些硬菜，虽然没有摆盘的美感，但仍旧可见色香俱全，令人食指大动。她笑眯眯看他一眼："你陪我一起吃啊！"

邵栖笑着点头。饭盒里的分量很多，两个人吃绰绰有余。

他默默看了她一眼，他没告诉她，年夜饭自己吃了小半碗就放下了，爷爷奶奶问他，他美其名曰年年有余。

其实不是年年有余，而是坐在大桌子上，一堆亲戚热热闹闹吃饭时，他忽然就想起她，想她大过年的一个人吃了什么，是不是就随便煮了点面？这种团圆的日子，她一个人身处异乡，还得加班，单是想到这些，桌上的饭菜再美味，他也没有一丁点胃口了。他怎么能把她一个人丢下呢？

于是趁着他年近半百的爸被一众亲戚逼问个人大事不胜其烦遁逃时，他也赶紧和他统一战线，装了一盒饭，父子俩一块儿跑了。

荣雪因为不饿，吃得不多，大部分饭菜最后都进了邵栖的肚子。不过两人捧着一个饭盒，在带着点消毒水味的医院办公室里一起吃饭，别有一番滋味。

忽然有病房按铃，荣雪擦擦嘴："工作来了，你放着，我待会儿回来收拾。"

邵栖点点头，看着穿着白大褂的人疾步出门。

他想起这些日子以来，都是荣雪照顾他，他在家里连油瓶倒了都不扶一下。那天她说出来，他才意识到，她也很累，比自己更累，于是起身把饭盒收好，想了想，又出门去看荣雪在如何工作。

走廊很安静，大部分病房都熄着灯。他一路来到前面一间开着门的病房，然后站在门口朝里面看去。

里面一个两三岁的小病患正在哭闹，荣雪弯腰认真给她检查。

那家属关心则乱，见孩子哭闹不止，又是担心又是有些埋怨医生，语气难免有些不好。荣雪却一直很耐心地解释，直到那孩子慢慢止了哭声，家长才平静下来，又忙不迭道歉。

荣雪摇摇头，将点滴滴水的速度调了调，又交代了几句注意事项才转身。

她一身白色的制服，工作的样子认真而专注，在灯光下显出了几分不容侵犯的美感。

邵栖想起自己当初喜欢上她，好像也就是她穿着白大褂，忽然出现在自己眼中的时候。

他又看了眼那病床上安静下来的小孩。

他从来没想过当医生有什么好？

但这一刻，他忽然觉出了一点意义。

荣雪这个在异乡值班中度过的除夕，因为邵栖的到来，变得温暖。

两个人一起在办公室守岁，看到窗外大雪纷飞。

瑞雪丰年，想必明年会有让人期待的好年月。

过了新年，日子仿佛又快了起来，转眼间便到了新学期。

荣雪这一年都在医院，已经没什么上课的概念。但这学期对邵栖来说，却真真正正是个全新的学期。

和她商量了之后，他从那堆小破生意里退了出来。他意识到自己本末倒置，确实得不偿失，而他和荣雪的距离，也并非是靠赚这点钱能弥补的，不如按部就班地学习，慢慢将频道与她靠近。

寒假的时候，他专门花时间将上学期挂科的那门课恶补了一番，竟然学出了点趣味，开学后补考，毫无意外地高分过关。

对于邵栖忽然勤学上进，荣雪看在眼中，不是不欣喜。她知道他很聪明，只要想做，任何事都不会太差。而且他有着天生学霸特有的那种特点，认真做什么事时，可以做到心无旁骛地专注，这一点连她都自叹弗如。

一切仿佛回到正轨，除了邵栖的黏人程度再上新高之外，荣雪对现状很是满意。

到了4月中，荣雪的实习快接近尾声，进了最后一个科室——感染科。

荣雪报到那天是科长接待的，科长是个挺和蔼的中年人，和她说了会儿话后就带她来到了隔壁办公室。

她对在里面坐着的谢斯年道："小谢，新来的实习生到了。"又笑呵呵对荣雪道，"这是谢医生，由他带你。"

荣雪点点头，笑着朝已经站起身的谢斯年看去："谢医生，请多关照。"

谢斯年也笑道："欢迎来到我们医院最不受欢迎的科室。"

科长瞪了他一眼："什么叫最不受欢迎？我们感染科可是省一医重点科室。"说着朝荣雪道，"你别被谢医生吓到了，感染科没那么可怕。"

荣雪道："谢谢科长。"

科长笑眯眯接下这句谢谢，朝谢斯年挥挥手："行，我去工作了，我们的实习生就交给谢大医生了。"

待科长离开，谢斯年指着对面的座位："就坐这里吧。"

荣雪笑着坐下，抬头去看他。省一医规模很大，上上下下有职工两千来人，再加上各种各样的病人，医院每天的人流量，恐怕快赶上他们大学的人数了。感染科与门诊和住院大楼都分开，荣雪上一次见到他还是过年前很长一段时间。

谢斯年还是那副俊朗温和的模样，他从抽屉里拿出一本册子递给她："这个还没有吧？"

荣雪接过来，是一本感染科规章指南。

谢斯年道："我知道你实习这么久，对医院各种章程应该都挺熟悉。不过感染科跟别的科室不一样。如果说现在的医生已经算是高危职业，感染科那就是高危中的高危。我们一医的感染科是大科，大部分是传染病。风险性最高的病房区，主要是艾滋病和结核病，虽然这不是我主治的范围，但你来实习，还是要了解一下的。而且其他一些病毒性传染病，并不代表感染风险不大，尤其是一些不明发热的病症，是最不能掉以轻心的，'非典'和禽流感就是典型。"

他虽然声音温和，但语气非常认真，让荣雪也不得不打起十二分精神。

谢斯年继续道："在感染科工作，职业暴露的风险，会伴随我们整个职业生涯。所以刚来感染科，第一步要学习的是如何保护自己。册子上写着各种防护流程，你必须记下来，在进入病房时严格按照要求执行，决不能马虎，更不能存在一丁点儿侥幸的心理。"

荣雪点头："我明白。"

谢斯年见她表情严肃，以为是被自己吓到，便露出一个温善的笑容："当然，你也不用害怕。我们科室医护人员这几年没有过被感染的例子。"顿了顿，他又道，"只要不突发大的疫情，其实感染科比起外科和内科那些科室要清闲不少。

荣雪第一天没有进病房，只是在谢斯年的指导下，按照指南手册的规定认识高级防护口罩、隔离服、隔离裤和隔离鞋，以及如何正确地洗手。

其实以前上课的时候，这些都涉及过，但到了真正应用时，才发觉比课堂上学的更加复杂，光学习这些，她就花了一个上午。

到了中午吃饭时间，荣雪终于算是从这种紧张中松弛下来。

吃饭是和谢斯年一块儿去的食堂，当然不是他们两个人，还有几个年轻的医生和护士。谢斯年虽然算是领导，但不摆领导的谱，在科室人缘很好，看起来大家都很喜欢他。

吃饭的时候，两个小护士还以下犯上开他的玩笑。

"荣雪，你刚来不知道，谢医生可是咱们科室镇科之宝，你让他带，真是走了大运。"

"是啊是啊！经常有别的科室的医生和护士，不顾生命危险，来看我们谢医生，你倒是好，一来就和他一个办公室。"

荣雪笑："确实很荣幸。"

想来谢斯年随和惯了，二十来岁的小护士开起他的玩笑，也半点不遮遮掩掩。

谢斯年看了眼神色淡定的她，又瞪了眼两个小护士，摇头道："你们真是……"

小护士道："本来就是啊！谢医生你这个镇科之宝，还是我们公认的院草呢！现在大家都想看你这棵草将来到底能被谁拔去呢！"

谢斯年佯装清了清嗓子："你们渴不渴？要不然我请喝饮料？"

别说是小护士，就是荣雪都笑出声，转头看了他一眼，竟然发觉这位大医生，耳根竟然有点发红，却也没有生气。

大概是科室来了荣雪这个新人，而且还是在谢大医生办公室，大家的兴奋压根儿就停不住，甚至开始干起了红娘这个差使，一会儿说上次来过的某科某某医生很漂亮，一会儿又说在研究室当研究员的院长女儿条件更好。但每拎出一个又马上被否认，到后来越说越没谱，其中一个小护士一拍大腿道："我觉得谢医生跟外科那个胡一刀最配。"

她说这话时，荣雪正在喝汤，差点没一口喷出来。

她在外科实习过，当然知道胡一刀是谁，是外科年轻的主治医师，手术做得特别好，是外科的一颗新星，也是外科的门面担当，然而他性别男。

小护士继续道："我是觉得咱们谢大医生这棵草被外面哪个女人拔走了，咱们科室的人肯定都心有不甘，可惜咱们内部又没有配得上谢医生的美女。"

她这话音刚落下，旁边一个一直听得乐呵呵的年轻医生道："那不能这么说，指不定哪天咱们科室就空降一位可以将谢大医生收服的美女医生。比如像荣雪这样的，对了荣雪，你有没有打算以后留在我们科？"

荣雪还没回答，手机忽然响起，她朝人笑笑，接起电话，那头是邵栖的声音："我拿到了青禾社话剧票，到时候来接你下班，一起去看话剧。"

青禾社的演出不多，两人早就想一起去看场话剧了，但因为种种状况总是错过。

她笑着应道："好哇，我刚轮到新科室，应该不用加班，你直接过来就行。我在吃饭，等会儿再说啊！"

那头嗯了一声："那傍晚给你打电话。"

她放下手机，刚刚说话的那男医生笑道："果然美女都是有男朋友的，我还想着要是荣雪以后留在我们科室，谢医生指不定还能摆脱光棍儿身份呢！"

荣雪笑："不是说咱们医院喜欢谢医生的女同胞，都要排队吗？就算我没有男朋友，估计也拿不上号吧？"

"说的也是，主要还是咱们谢医生眼光太高，一点机会都不给别人。"

荣雪又看了眼谢斯年，发觉他还是那副温温和和的样子，大概是脾气太好，被同事开惯了玩笑。

她想起之前轮过的几个科室，别说副主任医师，就是主治医师，在护士面前都会摆摆谱，小护士哪敢这么开玩笑。

谢斯年笑了笑，挑眉道："你们这样，我怎么在实习生面前积威？说吧，怎么才能堵得住你们的嘴？"

小护士终于大发慈悲："我的话，一杯热可可差不多了。"

"我一杯咖啡。"

"我一杯橙汁。"

谢斯年拿出饭卡，递给对面两个聒噪的护士，又转头问荣雪："你要喝什么？"

荣雪笑着摇头："不用了，我吃饭喝汤就行。"

小护士拿着卡笑嘻嘻道："哎呀，跟谢医生有什么客气的，咱们科室平时的饮料和零食都是他承包的。"

荣雪："……"

这位谢大医生人也太随和了点吧。

谢斯年低声问："真不要？"

荣雪笑着摇头。

两个小护士欢快地去了服务台。

比起之前几个科室的经历，荣雪在这个人人谈之色变的感染科，竟然第一天就愉快地融入了。

年轻的医生里，谢斯年级别最高，大家都围着他打转，而有他这个随和的领导，其他年轻人自然也就相处融洽，于是整个科室氛围出奇地好，完全没有荣雪之前想象的那种压抑，一天下来，心情很是轻松。

第一天事情不多，荣雪准时下班。

几个准点下班的医生护士，一起出门，不过很快分道扬镳，有人去停车场取车，有人直接去外面坐公交。

荣雪收到了邵栖的短信，知道他马上到，便站在大门外的花坛前等着。

没过多久，谢斯年的车在她面前停下，拉下车窗探过头道："要去哪里？我送你！"

荣雪摆手："不用了，我等人。"

谢斯年点点头，忽然想起什么似的，从手套箱中拿出一张光碟递给她："这是我自己刻录的一些专业知识，你看看对你有没有用。"

荣雪欣喜地接过来："太谢谢你了，谢医生！"

一连三个谢字，拗口得让她不由得笑出声。

谢斯年也笑："你以后要是不主攻传染病、流行病方面，其实也没多大用处，反正就随便看看吧。"

荣雪正要再次开口道谢，一个声音插进来："干吗呢？"

随着这声音，邵栖人已经走近。

他远远地看到荣雪站在路边和车子里的人说话。托他记性太好的福，竟然还认得出这车就是上次送她到江滨的那辆。本来他也没太在意，走近之后随口问完这句话，目光落到那驾驶座上的人，脸色忽然就变了。

他记性确实太好，因为还记得这个人就是上次在这路边，荣雪和他说话，以及在食堂一起吃饭的那位。

邵栖向来对任何出现在荣雪身边的雄性动物，都抱着一丝防备和敌意。而对于谢斯年，或者说谢斯年这样的男人，这种敌意几乎是本能地放大。

那是与自己截然不同的男人，有经历、事业以及岁月的沉淀，不像他，甚至还没来得及走过年少轻狂。

从某种意义上来说，人生走得匆匆忙忙的荣雪，与谢斯年这种人更加接近。

邵栖不动声色地将荣雪拉在自己身后，表情沉沉地看向驾驶座的男人。

荣雪对他的脾性再了解不过，怕他说出什么失礼的话，赶紧举起手中的光碟，笑道："这是我现在实习科室的谢医生，他给我一些专业资料。"说着又朝车内的谢斯年介绍，"谢医生，这是我男朋友邵栖。"

因为第一时间被表明了身份，邵栖面色有些缓和，但仍旧有些倨傲地睨着眼睛，不咸不淡地开口："你好！麻烦谢医生对我女朋友多多

276

关照。"

　　说完他就有些后悔，干吗要他关照？应该让他离自己女朋友远一点才对！

　　谢斯年对他的傲慢无礼不甚在意，和颜悦色笑着点头："这是应该的。"又朝荣雪道，"那我走了，明天见。"

　　"明天见。"

　　目送车子离开，邵栖撇撇嘴，转头看向荣雪："上次载你到江滨的就是这位大医生吧？"

　　荣雪怔了下，才想起是年前那回，已经过去了好几个月，他不提她都已经忘记了。

　　她有点不可思议地看向他："这你都记得？"

　　"我记忆力很好。"阴阳怪气哼了一声，他又补充，"尤其是跟你有关的事。"

　　荣雪心想又来了，随即轻描淡写道："那次谢医生去江滨正好顺路而已，又不是什么大事。"

　　邵栖道："你坐在男人的副驾驶座，就是大事，而且这意味着你们早就认识。"

　　荣雪觉得这人简直不可理喻："我打车还坐过副驾驶座呢！"

　　"那不一样。"

　　荣雪怕了他，道："都多久的事了，我真是服了你。"

　　邵栖道："这件事是很久了，但现在你和他在同一科室。"

　　"所以呢？"

　　邵栖板着脸看她："我觉得他对你有意思，所以你离他远一点。"

　　荣雪忍不住一个白眼翻上天，恨不得把他脑袋撬开看看里面装着什么："邵栖，你又犯什么毛病？这是在实习在工作，我今天才进感染科，加上之前，总共和谢医生见过里不超过五次面。"顿了顿，她一脸无奈地看着他，"你不要以你自己的眼光看待别人，我只是一个很普通的实习生，谢医生那么优秀，怎么可能对我有意思？"

　　她不说这话还好，一说邵栖就更来气了！什么叫作优秀？她是觉得那个男人很优秀了？

　　眼见着他脸色又要变天，荣雪也不想再跟他纠结这个问题，她和谢斯年完全称不上熟悉，背后把人家扯进来说这些，实在是不太自在。

她只得转移话题："我饿了，咱们去吃什么？"

邵栖虽然有些如鲠在喉，但还是被她成功转移了注意力："我带你去吃火锅。"

"好哇好哇！正好这几天嘴巴有点淡。"

邵栖抽风来得快去得也快，两个人吃了顿火锅，回家滚了个床单，第二天他也就没再挂记着这事。

虽然谢斯年很优秀，但他也不差，长得帅、身体好，比那位看起来病恹恹的医生可强多了，而且荣雪也不是见异思迁的人。

只是这心没放下来两天，他就偶然得知，荣雪在感染科实习是谢斯年带，而且两人就在一间办公室。

这个消息可算是让他抓心挠肺起来，和荣雪作天作地要她换办公室和师父，被她以无理取闹镇压下去。而且最近这座城市忽然爆发甲型流感（简称"甲流"），本来还算清闲的感染科忙得不可开交。

谢斯年天天加班，她这个打下手的实习生，自然也要跟着一起加班。

邵栖这些天打电话的频率大大提高，尤其是到了荣雪晚上加班的时候，基本上十几分钟一通，她不接都不行，因为铃声会一直响。接起来他也是没事，就是问她在干什么，什么时候下班。

荣雪被弄得不胜其烦，但知道他是为什么，只得硬着头皮应付他。

这天晚上又进来了几个病人，大部分都是小病患。大家人仰马翻一顿，终于歇了口气。

荣雪进办公室，看到谢斯年刚刚坐下，两只手捂着身体侧下方。

她想起之前他在路边疼得直不起身的样子："谢医生，你不舒服？"

谢斯年微笑着摇摇头："没事，就是髋关节有点疼，一累就这样，已经习惯了。"

话是这样说，但他脸色明显不大好。

他见她站在原地一脸踟蹰的样子，笑道："我真没事，你下班吧，我过会儿走。"

荣雪白大褂兜里的手机又在响，她不用看就知道是邵栖。

"那我走了。"

谢斯年点头。

荣雪将衣服脱下，拿起包匆匆往外走，边走边接听手机："我马上下班。"

邵栖在那边抱怨："怎么又加班啊？"

"都说了这几天甲流形势严峻。"

邵栖道："行吧，我等你回来。"

挂了电话，荣雪看了眼手机，快十点，确实不早了。她赶紧出门，飞速下楼，只是下了一层，想起刚刚谢斯年的脸色，还是有点不放心，又折身上去。她才刚刚走到走廊，就看到脱了白大褂的谢斯年，正扶着墙一步一步往电梯口走。

灯光下，是一张和墙一样苍白的脸。

"谢医生，你怎么样？"她疾步走过去，扶住他。

谢斯年勉强笑了下："这次疼得有点厉害，已经吃过药了，估计还得等会儿才有效。"

荣雪道："不用去骨科看一下吗？"

谢斯年摇头："我一直定时检查吃药，劳累或者变天发作是正常的，不用特意去看医生。"他看了她一眼，"你怎么还没走？"

"我刚刚看你脸色有点吓人，不太放心就回来看看。"

谢斯年微笑："你还真是个热心人。"

"哪儿有你热心。"

"行吧。我今天也开不了车，你扶我去打车。"

谢斯年疼得厉害，走一步好像都是刮骨一般，进了电梯后，荣雪借着里面的灯光看他，才发觉他出了一头汗。

"这个可以做手术的吧？"她问。

谢斯年闭眼靠在电梯壁上，闻言稍稍睁开一点眼缝看她，笑道："我没这么严重，吃药调理就差不多了。"

荣雪想了想，又道："你这身体状况，以后还是少加点班吧。"

谢斯年无声地笑了笑："其实很少加班的，这几天这种情况一年遇到一回就差不多了。咱们科室这方面的医生不多，我得看着点，不然不放心。"

荣雪笑："我看你就是操心的命。"

进科一个多星期，她天天跟着谢斯年，两个人已经算是很熟悉了。她也受科室里小护士们的影响，对他说话不自觉变得有些随意。

出了电梯，荣雪扶着他往外走。

她不知道他这后遗症到底有多严重，也无法感同身受他的痛意，但作为准医生，她明白从骨头里透出的疼痛，一定难以忍受。

4月底还算凉爽的夜晚，谢斯年后背已经微微被汗水浸湿。

她扶着他到路边，拦下一辆出租车。

正扶着人要送上车，身后忽然传来一股大力，将两人拉开。

谢斯年踉跄着摔倒，堪堪靠扶着出租车才站稳。

但显然是触到痛处，他眉头紧皱，牙关紧咬，脸上露出难受的表情。

荣雪也是差点摔倒，不过是摔在一个宽阔的怀抱里。

她吓了一大跳，抬头便看到邵栖怒气冲冲的脸。

"你干吗？"

邵栖一脸寒霜道："这话我问你才是，不，是我问你们才是！大街上就搂搂抱抱，当我死了吗？"

荣雪看着谢斯年痛苦的表情，只觉得愤怒又丢人，将邵栖推开，走上前一步问："谢医生，你没事吧？"

谢斯年一只手撑着出租车，一只手摆了摆："我没事。"

"我扶你上车。"

只是手还没碰到谢斯年的手臂，人已经被邵栖从后面大力抱开。

"你别发神经好吗？谢医生髋关节患了病，行动不便，我扶他上出租车而已。"

谢斯年看着她身后暴怒的少年，哭笑不得，用力撑起身体，摆摆手："你误会了，荣雪就是单纯地帮我一把而已。"

邵栖上下打量了他一番，阴阳怪气道："年纪轻轻髋关节疼得走不了路，谁信？你这泡妞的方式也太过时了点吧？"

荣雪气得再次将他推开，走上前帮助往后排座慢腾腾挪去的谢斯年坐进车里。

"不好意思，你别跟他计较。"

谢斯年摇头笑道："年轻人冲动一点挺正常的，没事。"

"那你回去当心。"

"再见。"谢斯年说完，又歪头朝立在路边脸色比锅底还黑的邵栖挥挥手，"再见，小伙子。"

邵栖不屑地冷哼了一声。

等车子离开，荣雪看都没看身后的人一眼，就大步往回走。

邵栖忙不迭追上去拉住她的手："你还没给我说清楚呢！"

荣雪甩开他："你有完没完？"

"没完！"

荣雪冷冷地看着他："邵栖，谢医生曾经感染过'非典'，留下了后遗症，髋关节疼是股骨头坏死的症状。这几天甲流爆发，感染科新增了很多病患，他是这方面的专家，每天加班到至少到八点，因为劳累导致髋关节疼痛犯了，连走路都吃力，我刚刚就是送他上出租车。"

邵栖学了一年多医，对"非典"不算陌生，而且他是本市人，当年"非典"爆发，省一医是抗"非典"基地，他也知道有医护人员感染。听完荣雪所说，他有点心虚地撇了撇嘴，却还是梗着脖子道："那又怎么样？我看他就是故意用这个借口接近你。"

荣雪终于出离愤怒："你是不是觉得人人都跟你一样，整天就想着这点破事？！"说完怒气冲冲转身。

邵栖赶紧追上去，拉着她的手腕，低声道："我也没别的意思，就是希望你离那个大医生远一点，只要想到你们孤男寡女在一个办公室，我就特别不舒服。你是单纯不会多想，但不代表别人不会。那些在社会上摸爬滚打很多年的男的，都是些披着羊皮的狼，知人知面不知心。"

荣雪一句都不想再听他胡扯，一直到回到公寓都没有再说一个字。

偏偏邵栖聒噪得厉害，纠缠没完，到了家还在一遍一遍劝说。

最后还是荣雪去卫生间洗澡，狠狠将门关上，才让他住了嘴。

洗完澡出来，正好撞上等在门口的邵栖，眼见他又要开口，荣雪立马截断他："你要再这么无理取闹，就滚回学校宿舍。"

邵栖撇撇嘴，不满道："不说就不说！但是你也得答应我除了在医院，不能和那个谢医生有任何联系。"

荣雪没答应他，压根儿就不想再理他，在床边随便吹干了头发，埋头睡去。

她是真的累。

工作本来就累，还要应付一个不知何时才会长大的男孩。

邵栖见她要睡着，用手戳了戳她："你先别睡啊！明天不是不用上班吗？"

荣雪没回应。

他将手探入她的衣服内，被她拨开，语气几乎带着点哀求："邵栖，我真的很累，你让我好好睡一觉行吗？"

邵栖不满地哼了一声："行吧，让你睡。有女朋友也没性生活，估计也就只有我一个人了。"

隔日一早，荣雪刚刚醒来，就收到科室护士小秦的短信。

"你今天有空吗？"

"有事？"

"今天本来是我和谢医生去罗甫村做艾滋病防治的宣讲工作，这是我们科室定期的志愿项目，但我今天临时有事去不了，你能不能代我一下？"

荣雪知道这个罗甫村，是临市的一个艾滋病村。

"可以的，没问题。"

"那我跟谢医生说了，你准备一下，差不多可以出发了。"

"行。"

床上的邵栖也已经醒过来，惺忪着脸问："谁啊，这么早？"

"同事打电话说今天有个艾滋病宣讲工作，让我帮她代一下。"

邵栖不满地嚷嚷："有没有天理啊，周末还要工作？是不是看你是实习生欺负你？我要去你们医院投诉。"

荣雪无奈地叹了口气："这也只是偶发事件而已，谁临时还没个急事啊，我争取早点回来。"

邵栖垮着脸坐起来："本来还想今天去看电影的。"

荣雪看了他一眼，想了想道："你是不是很久没和你们班上的人一块儿玩儿了？还有杜远他们？"

自从两人在这里同居，上学期还好，毕竟有那摊子生意要忙，这学期生意都结束了，除了上课，这家伙基本上都在这边待着，想来是很少和朋

282

友们联络感情。

邵栖道："他们缺了我又不是不行。"

"但你得和朋友多相处，哪儿有上完课就宅在公寓里的道理。"

邵栖愤愤道："你是觉得我太黏你了吧？行，反正你忙，我今天就去找杜远他们鬼混去！"

"什么叫鬼混？"

"和杜远那些家伙在一起，难不成还五讲四美？"

荣雪看他这架势又要胡搅蛮缠，也懒得和他掰扯："行行行，反正你自己看着办吧。我回来前给你打电话。"

她漱洗完毕，手机里来了谢斯年的短信，让她在医院等他。

谢斯年速度很快，基本上她前脚抵达医院，他后脚就到了，看起来精神状态不错，和昨天截然不同。

"谢医生，你没事了吗？"

谢斯年摇头，笑："一般来说睡一觉就好。小秦跟我说去不了时，我还想自己去算了，没想到她说已经跟你说好让你代她。你要是有事，我自己一个人去也行。"

荣雪摇头："我没事，正好想去艾滋病村看看。"

谢斯年点头："嗯，去看看也好，毕竟报刊网络上和现实中还是有很大的差别。"

他从柜子里拿出一叠手册和两箱药物。

荣雪赶紧上前帮忙。

谢斯年笑了笑，也没拒绝，两人各自搬着一大摞东西出了门。

车程三个小时，谢斯年开车，到达罗甫村已经中午。

车子停下，谢斯年笑着看了荣雪一眼："害怕吗？"

荣雪从车窗外看了眼这陌生的村子，除了不算富裕，没什么特别之处。

她摇摇头："那倒不至于，只是第一次来这种地方，难免有点紧张。"

"没事的，这些年我们做的定期宣讲收效不错，这村子跟别的地方也没多大区别，两千多人有两百多人感染艾滋，一开始是因为卖血，然后就是母婴传播。"

荣雪边听边点头。

卫生站里有三个白大褂医生，大概和谢斯年很熟，那车子刚在院门口停下，几个人就一起走了出来。

"谢医生！你好！"

谢斯年下车，和人寒暄，又向他们介绍荣雪的身份。

荣雪并不擅长社交，但有谢斯年在，也就没什么不自在。

因为时间的关系，大家先在卫生站吃了午饭，然后由两个医生带着挨家挨户地走访宣讲。

荣雪一开始确实是有些紧张，一个普通人，哪怕是学医出身，第一次来到有两百多艾滋病毒携带者的村子，也不可能一点都不害怕。

底层的素质本来就不会太高，何况是这种地方，指不定有人发狂故意上来扎你一针，虽然概率很小，但也不是完全不可能。

不过，很快她发现，这个村子里的人很平和，哪怕是那些艾滋病毒携带者，也并没有自己想象的那么阴暗压抑，甚至大部分人的状态都很乐观，而且基本上都认识谢斯年，对他很尊敬客气。

领路的一个男医生见荣雪一直没说话，笑着和她说："以前村子氛围特别不好，很多人感染后，没有认真接受治疗，去世了不少。没感染的人觉得害怕，搬走了好多，都不敢回家。后来省一医定期来做防治宣讲，大家意识到艾滋病并没有想象的那么可怕。一些病毒携带者定时吃药，能正常生活很多年，这村子里感染时间最长的已经十几年了，现在还好好的。加上普及了预防知识，这些年新增的病例已经大大减少，他们也都知道万一遭遇高危性行为或者其他暴露感染，只要尽快吃阻断药，百分之八九十能成功阻断。"

谢斯年回过头来，看了两人一眼，不紧不慢道："其实恐惧从某个角度来说，是规范人类行为的一把利器。如果哪天艾滋病毒被完全攻克，有了预防疫苗出来，也不见得是有利无害的好事，人类的行为指不定就会因此失序。"

荣雪笑："病毒这种东西，从来都是前仆后继，自古以来，多少病毒被攻克！鼠疫（又称黑死病）、天花，这些在当时都是大瘟疫，死亡无数，但现在已经完全不可怕，艾滋病毒在不久的将来肯定会被完全攻克，当然也肯定会有可怕的新病毒出现。有时候看那些丧尸末世的电影，忍不住想有一天会不会真的出现那种情景。"

那男医生笑道："荣医生，你还挺悲观的啊。"

荣雪笑着摇摇头："没有没有，就是随口这么一说。"

谢斯年也笑："你说的有道理啊！病毒和瘟疫，并没有随着人类生活质量的改善而消亡，人类不知道还得斗争多少年呢！"

等扫村式的预防宣传工作做完，时间已经到了傍晚。

有热情的村民留饭，但见时间不早，谢斯年只能笑着婉拒盛情，和大家告别，开车返回江城。

然而不知是怎么回事，明明今天出门的时候晴空万里，天气预报也说是晴天，可车子还没开到镇上，本来挂着红霞的天空，忽然暗下来，一时间狂风大作，不出两分钟，瓢泼如注的大雨就倾泻下来。

到了镇上，本来和荣雪说着话的谢斯年，忽然没了声音。

荣雪转头看去，只见他脸色苍白，额头不知何时冒了豆大的汗。

"怎么了？"荣雪忧心忡忡问。

谢斯年无奈地笑："我老毛病又犯了。你会开车吗？"

荣雪摇头："那你赶紧靠边停下。"

谢斯年在路边停了车，用力呼吸了几口气，像是在努力忍住疼痛。

他抬手看了下腕表，苦笑道："现在还不迟，镇上应该还有去江城的车，就劳烦你自己一个人先回去，我在这里休息一晚，等明天再开车回去。"

荣雪皱眉："你一个人留在这里怎么行？我跟你一起留下，要是有个什么事也方便照顾。"

雨越下越大，狂风乱卷，乌云蔽日，不到六点，天已经黑压压得看不到丁点儿光。本来还算热闹的小镇，很快像是没有人的荒岛。

好在车子旁边就是一家旅馆，荣雪和谢斯年下车将就着一把折叠雨伞，快速走进旅馆内，饶是这样，两人也淋湿了不少。

旅馆还算正规干净，但家庭式的小旅馆，条件自然好不到哪里去。

被荣雪扶上二楼房间的谢斯年，平躺在床上后，髋骨的疼痛才稍微缓解，但仍旧钻心一般。

荣雪低头看他。他英俊的面庞苍白一片，连带着嘴唇都没什么颜色，双眼静静合着，像是在努力和身体的疼痛斗争。

发间隐隐有水汽，不知是疼得流出的汗水，还是刚刚不小心淋到的雨。

荣雪道："我给你烧点热水，先吃药。"

谢斯年睁开眼睛，勉强露出一个笑容："多谢了。"

荣雪收下他的客气，转身准备烧水，却发觉小旅馆的房间没有电水壶，只能去楼下找老板。

老板人很热情，听到要热水，让她等着，转身去屋子里去给她拿。

荣雪看了眼外面的天色，雨仍旧很大。这种鬼天气，她一个人去车站坐车回家也不太可能。

不一会儿，老板拎着一个热水瓶出来："要是还有其他需要，直接叫我就好。"

荣雪笑着道谢，提着热水上楼。

谢斯年还躺在床上，一只手覆在眼睛上，看不出表情。

她将水瓶放下，拿过床头的保温杯倒了半杯热水，走到床边："谢医生，水来了。"

谢斯年将手拿开，有些虚弱地点点头，正要支撑着坐起身，荣雪已经伸手去扶他。

他很瘦，不是邵栖那种穿衣显瘦脱衣有肉的健康身体，而是真的清瘦。

他这种身体状况，大约也没办法有大的运动量。

谢斯年吃了药，复又躺下。

荣雪道："你先休息，等雨稍微小一点，我去外面餐馆买点吃的回来。"

谢斯年有些歉意地朝她笑了笑："今天真是连累你了。"

荣雪笑："我们一块儿来的，我也不能一个人回去吧。"

谢斯年道："时间还不算晚，从这里到江城也就两个多小时，我要是不疼了，还是今晚开车回去吧。"

"别别别！您老还是好好休息吧！我看就是开车开太久惹的祸，可惜我不会开车，咱俩还是老老实实在这里休整一晚。"她指了指隔壁，"我也去休息一会儿，你要有什么事就叫我。"

谢斯年点头："那就麻烦你了。"

荣雪无奈地叹了口气，笑道："谢医生，你总是这么客气，我会不好意思的。"

"我不好意思才是。"

好吧，估计谢大医生绅士惯了，荣雪觉得再这么你来我往下去，就该没完没了了。她摇头笑了笑，转身出了门。

到了隔壁房间，荣雪将打湿的帆布鞋脱下，找来吹风机吹干。

吹风机正呼呼吹着，放在旁边的手机忽然响了起来。

她拿起来一看，正是邵栖。她这才想起，还没告诉他今晚不回去的事。

"你什么时候回来啊？"一开机，邵栖的声音就急不可待地传来。

"我在临市这边，遇到大雨，车子没法开，明天才能回去。"

"什么？"邵栖难以置信地叫道，"下个雨就不回来了，要不要这么夸张？"

"就是，车子遇到了点问题。"她其实应该把事情说清楚的，但是想到他对谢斯年的敌意，她决定还是算了，多一事不如少一事。

"你把位置告诉我，我开车来接你。"邵栖不耐烦道。

"这么大雨开车多不安全，我明早就回去了。"

那头的邵栖沉默了片刻："你是不是和你们那个谢医生在一起？"

果然是怕什么来什么！

荣雪闭眼深呼吸了口气："邵栖，我这是出来工作。"

邵栖得到答案，立马炸毛："是不是就你们两个人？"

荣雪叹息道："邵栖，你能不能别闹？我这就是出来工作，谢医生髋骨痛又犯了，开不了车，又是下大雨，我们只好在这边待一晚。你也不想我们在路上出事吧？有什么明天再说！"

"不行！"邵栖在那头怒火朝天叫道，"你马上给我回来！"

荣雪心生烦躁："我不和你说了，你要闹等我明早回去再闹。"说完，就在那头邵栖的叫声中挂断了电话，然后关了机。

吹干了鞋子，她看了看窗外的雨，比之前稍微小了点，没刚刚那么吓人，天也露出了几分白色，不过照情形，这雨一时半会儿是停不下来的。

她决定去外面买晚饭。

和谢斯年一起在食堂吃过几次午餐，她知道他口味偏淡，于是在旁边的小餐馆要了两个清淡的炒小菜。

她怕谢斯年起床不方便，直接让老板给她开了门。

"饿了吗？我买了饭。"

疼痛是消耗体力的一件事，谢斯年确实有些饿了。

他缓缓坐起来，笑道："真是麻烦你了。"

荣雪笑："这是不是你的口头禅啊？"

谢斯年愣了下，反应过来："就是真的有点不好意思，让你一个女孩子在这种小旅馆过夜。"

荣雪道："我又不是什么娇生惯养的女孩儿，我本来就是来自小镇，而且还是挺偏远的小镇。"

她在床前坐下，打开快餐盒，递给他一份。

谢斯年接过饭盒，笑道："是吗？"

荣雪道："你以为呢？"

谢斯年看了她一眼，随口道："我一直以为你家境挺不错的。"

荣雪觉得好笑："难道我看起来像千金小姐？"

谢斯年上下打量了她一眼："好像也不是很像。不过你不是在旁边的锦绣花园租房吗？去年还去江滨那边找人。"

"是我男朋友。"荣雪脱口而出，但话说出来，才发觉怪怪的。

是啊！她有一个家境富裕的男朋友，哪怕是她一直刻意不去花他的钱，但这几个月来的吃穿用度，基本上也都被邵栖承包了。她看起来大概已经不太像曾经那个俭朴的贫困女生了。

当然，她也知道自己不会永远是贫困生，等到真正独立，她肯定能很好地养活自己。

谢斯年见她神色微变，笑道："男朋友有钱又不是坏事，而且还长得那么帅！"

他上次见过一回邵栖，对那个男孩子颇有印象。

荣雪笑着点头："说的也是。"

只是想到明天回去，邵栖估计又得跟她闹一通，她就有些头大。

谢斯年开玩笑道："我看你上班的时候，老是有电话进来，是不是男

288

朋友总查岗？"

荣雪无奈地撇撇嘴："估计还是课太少闲的，要不接还不行，得老打。"

"说明他在乎你啊！"

是啊！如果不是这样，她脾气再好，也受不了邵栖这么作天作地。本来她想着让他找点别的事分散精力，但又怕像上学期一样，分散的是学习上的精力，到头来得不偿失。

荣雪笑了笑："你要是有个这么烦的女朋友，就知道我的苦了。"

"如果我爱她，那肯定甘之如饴。"

甘之如饴吗？

荣雪苦笑，虽然她也享受一个男孩子毫无保留的热忱，但实在不想生活被全部占据。

两人默默吃了会儿饭，谢斯年随口问："你为什么学医？"

荣雪道："因为我爸。"

"你爸爸是医生？"

荣雪点头："是我们那边卫生院的院长。"默了片刻，她又道，"十几年前也是像现在这个天气，我们老家忽然好多人发烧流涕，而且传染度很高，卫生院以为是流感，后来好几个病患过世，才意识到严重性，赶紧隔离治疗，但我爸整天和那些病患接触，感染上了，然后还没来得及转院，人就没了。那时候条件太差，后来疫情也不知是怎么莫名其妙就控制住的，一直都以为就是严重的流感，现在想来恐怕不是，至于是什么已经无从考证。我当时年纪小，看到卫生院里那些医生的无能为力，就想着以后一定要成为一个很好很好的医生，绝对不让自己的病人这么无助。"

荣雪说完又觉得自己好像把气氛弄得有点压抑，便笑问："是不是有点幼稚？"

谢斯年也笑："怎么会？我学医还是因为觉得白大褂穿着好看呢！"

荣雪被他逗乐："你穿白大褂是很好看，科室里的人都这么说。"

谢斯年摆摆手："你别听那几个丫头整天说我坏话。"

"没有说坏话啊！科室的女孩子可都把你当男神。"

"听她们胡说八道。"

荣雪笑："她们是不是胡说八道我不知道，但大半年实习轮科下来，你真的是我遇到的最好的医生了，不管是对同事，还是对病患。"

谢斯年笑了笑："我年轻时脾气其实也挺冲的，后来差点死了一回，就觉得凡事都没必要计较太多，生活反而变得轻松了许多。"

荣雪看得出他家境优渥，想必从小也是天之骄子，而大部分天之骄子，确实都有些脾气，比如邵栖那样的。

她笑了笑："你现在也很年轻啊！"

谢斯年笑着摇摇头："比起你们来说，我肯定不那么年轻了，我可是比你大了快10岁呢！"

"三十岁是男人的黄金年龄，你可是省一医有名的钻石王老五。"

谢斯年道："等你过了三十岁，就会开始羡慕少年人不管不顾的勇气。"

勇气？

她有勇气吗？

大概也算吧，至少她开始了一场自己从来没有想过的恋爱。

两个人边吃边聊，等彻底吃完，已经快到八点。

荣雪将垃圾收拾好，见谢斯年缓缓站起身，问："你要去哪里？"

谢斯年道："我稍微活动一下。"

荣雪见他微微蹙眉，显然还在疼着，上前一步扶着他："这屋子小，要不然我扶着你去走廊走两圈？"

"也行。"

在荣雪的搀扶下，他一步一步往门口挪动。

两人快走到门口时，外面忽然传来急匆匆的脚步声，以及老板焦急的声音："哎，小伙子你干吗呢？你要找人我帮你叫就好。"

接着便是荣雪再熟悉不过的声音："是不是这间？"

"是是是！"

荣雪还没从震惊中反应过来，只听面前一声巨响，几步之遥的门，从外面被大力踢开。

若不是她和谢斯年离门还有一段距离，那门只怕会直接撞在两人身上。

"哎！小伙子，你这是干什么？"

老板见状，暴跳如雷，伸手拉人，却被邵栖一把推开："滚！"

老板是老实忠厚的小镇居民，吓得贴在墙边不敢再动。

荣雪难以置信地看向门口，邵栖顶着一头水汽，满脸怒容，看起来像是要杀人一般。

她心里一沉，还没说话，他已经两步冲进来，挥起拳头就朝谢斯年脸上砸去。

好在荣雪反应及时，在他拳头落下时，她飞快将谢斯年推开。

飞来横祸的谢斯年勉强在墙边站定。

邵栖怒容更甚，还要动手，被愤怒至极的荣雪一耳光扇过去："你疯了吗？"

她这一耳光打得很用力，啪的一声在这个小小的屋子里，显得清脆而刺耳。

邵栖总算停止攻击谢斯年的动作，睁大眼睛，震惊地看向荣雪，似乎是因为太激动，眼睛发红，整个人都抖了起来。

看到他脸颊被自己一巴掌留下的痕迹，荣雪心里一揪，软下语气，几乎是哀求道："谢医生身体不好，你别闹好吗？"

谢斯年大概是被撞了一下有些承受不住，微微喘着气，勉强朝邵栖笑着开口："你误会了，我是没法开车，才连累荣雪留在这里。"

邵栖充耳不闻，胸口起伏，死死盯着荣雪："为什么每次都是他？"

荣雪苦着脸道："邵栖！"

邵栖道："你现在马上跟我走！"

荣雪知道他喜欢无理取闹，但没想到他竟然会直接找来这里。此刻谢斯年就站在旁边，又是在陌生的旅馆，她没办法和他吵架，心里头又是羞耻又是愤怒，却通通都没法发泄出来，脸一阵红一阵白。

还是谢斯年打破了这僵局："荣雪，你跟你男朋友回去吧，我一个人在这里没关系的，吃了药睡一觉就好。"

他话音落下，邵栖已经转身怒气冲冲离去。

荣雪又羞愧又内疚地看向谢斯年："真的不好意思，我不知道他会跑来这里。"

谢斯年笑："年轻人难免冲动，你们好好说话，别因为我吵架。"

荣雪勉强笑了笑："那你好好照顾自己。"说完回到隔壁房间拿了包，从钱包里找出两百块钱赔给老板，然后匆匆往楼下走。

邵栖开来的车停在雨中，副驾驶位置的门打开着，荣雪冒雨跑过去上了车，门还没关紧，邵栖已经发动车子，蹿进了小镇的马路。

荣雪怕出事，强忍下火气，好声好气解释："你为什么就不相信我？"

邵栖寒着脸，一字一句道："我不相信他。"

荣雪耐着性子道："谢医生真的是身体出了状况。"

"谁知道是不是装的？"

看他油盐不进的样子，荣雪实在和他没什么好说的，干脆转过头不再说话。

邵栖也不说话，从知道荣雪是和谢斯年单独在一起，还要在外面过夜起，他整个人就差点抓狂。打电话问了医院那边的人，知道了大概地址，开车一路狂飙过来，然后就在刚刚的旅馆外头看到了谢斯年的车。

明知道两个人并不会有什么，可是谢斯年就像是根刺一样，这么长时间以来一直横在他胸口。

他害怕哪一天，那刺就真的会插进去。

对谢斯年，他草木皆兵。

邵栖车子开得很快，尤其是上了高速。

荣雪也懒得提醒他。

有那么一刹那，她心里头生出一股浓浓的厌倦，悻悻地想，撞死算了，这样大家都清净了。

但邵栖车技尚可，运气也不差，一路风驰电掣，安安稳稳到了家。

车子一停稳，荣雪就先下了车，一路闷声上楼。

她脱了打湿的衣服，随便洗了个澡，就钻进了被子当中，恨不得马上进入黑甜乡，把之前发生的一切都忘掉。

她甚至不敢想如何再面对谢斯年。

也不知过了多久，身上忽然一重，光裸着的邵栖从后面覆上来。

荣雪推他："别碰我！"

邵栖火气还没消，咬牙切齿道："我就要碰！"

"滚！"荣雪一脚将他踹开。

他吃痛地倒吸了口气，火气再次蹿得老高，扑上来将她整个人压住："你是我女朋友，我为什么不能碰？！"

他人高马大，浑身都是力气，荣雪根本不是他的对手，挣扎了片刻，索性放弃，趴在他身下一动不动。

邵栖就着这个姿势，直接闯了进来。

他带着怒气，动作粗鲁野蛮，然而荣雪半点反应都没有。

他俯下头去亲她，她却将脸死死埋在枕头里。

邵栖得不到一点反应，这么折腾了几下，只觉得兴趣索然，悻悻地抽身而出。

他翻身在她旁边直挺挺躺着，定定看着天花板，对自己厌弃得厉害。过了会儿，他默默起身穿上衣服，重重踢了一脚床头柜："没劲！真没劲！"说完就甩门而去。

待屋子里恢复宁静，荣雪才翻过身，被子皱皱巴巴卷在旁边，上面还有一个安全套。

她拿起来丢在旁边的垃圾桶中。

小王八蛋，这回坚决不能再惯着他了！

很奇怪，哪怕到这种时候，分手的念头也只是在她脑子里一闪而过，就跟炸开的烟花一样，马上就熄灭了。

在一起一年多，邵栖为她做的那些，她忘不了。她从这个世界得到的温情有限，邵栖给予了她大半。

她躺在床上发了会儿呆，又开始担心这么晚他会去哪里。

不过想着他肯定有地方去，而且人高马大，只有他祸害人的份儿，哪里要担心他被人祸害！

这样想着，她也就不再担心了。

没了祸害人的家伙在，她这晚竟然还睡了个好觉。

只是第二天起来，她又开始纠结，挣扎了好久才拨了谢斯年的电话过去。

那头很快接起："荣雪，昨晚还好吧？"

她还没问他，他倒是先关心她这边。荣雪有点难为情地开口："昨天真的不好意思，我不知道我男朋友会那么冲动，你不要放在心上。"

谢斯年善解人意道："其实也正常，要是我女朋友和男同事孤男寡女在外面，哪怕是有不得已的原因，我心里可能也有点不舒服。"

他说的没错，只是邵栖的行为实在是太过了点。

她无奈笑道："他做了那么失礼的事，你还替他开脱，我都不知道说什么好。总之他年纪小，不大懂事，你别跟他计较。"

谢斯年道："不会的。"顿了顿，他似是随口问，"他多大了？"

荣雪道："过几个月才满二十。"

"哇，那真是年轻啊！也只有这个年纪的男孩子，才会这么不顾一切，我其实还挺羡慕的。"

荣雪苦笑："我真希望他能成熟点。"

谢斯年道："男孩子成熟慢，慢慢来就好。"

"也只能这样自我安慰了。"

"昨晚的事你别放在心上，明天上班再见。"

"嗯，再见。"

一直到天黑，荣雪都没主动和邵栖联系，自然也没接到他的电话。本来是不打算惯着他的，但过了十点，还是忍不住担心，最终还是拨了他的电话。

那头倒是很快接起，电话里听起来很嘈杂："你在哪里？"

"玩儿呢！你不是让我多跟朋友玩儿，不要总烦你吗？"邵栖吊儿郎当的声音传过来。

荣雪算是听清楚了："你在酒吧？"

"没错。我今晚不回去，和女孩子孤男寡女在外面过夜，当然，肯定也不会做什么。"

荣雪问："你和谁在一起？"

"夏絮，你认识的。"

荣雪深呼吸了一下，让自己不要跟他发火："邵栖，你能不能别这么幼稚？"

邵栖恼火道："我还没满二十岁，难不成要像三十岁的老男人一样成熟？"

是啊，他还不到二十岁，她确实没办法要求他如何成熟。

可是，她为什么要和一个这么年轻的男孩谈恋爱？

她幽幽叹了口气，淡声道："那你玩儿吧，我不打扰你了！"

邵栖难以置信地看着被挂断的电话，将手中剩下的半杯酒一饮而尽。

以前还没在一起的时候，她和他说过，她可能不会是一个好的恋人，因为有太多事要忙，要做，没有那么多心思和精力去照顾对方的感受，感情在她生活中占的分量不可能太多。他当时被自己的一腔热情冲昏头脑，觉得只要在一起一切就不是问题，反正从来是他先喜欢上她，是他缠着她，只要拥有就好了。

可人总是贪心的，在一起之后，他渐渐无法忍受自己对她来说不重要，无法忍受她的忽视，恨不得她每天都围着自己打转，就跟他对她一样。

当他发觉得不到这些时，他开始心有不甘，开始诚惶诚恐。他开始担心自己的不重要，担心随时就能被别人替代，然后像小时候一样，成为被父母丢在大房子里孤独的可怜虫。

"邵栖，你和学姐到底怎么回事？"夏絮拍了拍他的肩膀，将他唤回神。

邵栖白了她一眼："吵架了，看不出来吗？"

"你和学姐还能吵起来，肯定是你的臭脾气收不住。"

"我脾气怎么臭了？！"

"本来就是。"

"你闭嘴！"

夏絮哼了一声："别以为我没听到，你拿我当挡箭牌想气学姐。可惜人家根本不吃你这一套，幼不幼稚？！"

"滚！"

夏絮冷笑："得了吧，算我以前瞎了狗眼，才会喜欢你。幸好没跟你在一起，不然指不定被你折磨死。"

"还好我眼没瞎，从来没看上过你。"

夏絮怒了："你有气冲我发干什么？有本事把你女朋友叫来！"

杜远见两人要吵起来，赶紧当和事佬："你们别吵了，邵栖心情不好，咱们陪他喝喝酒，夏絮你少说两句。"

夏絮扔下杯子："我走了，伺候不起这位大少爷。"

看！这就是不喜欢之后的表现。

如果有一天荣雪也不爱他，会不会也会如此决然地转身离去？

等到夏絮离开，杜远唉声叹气道："你说你跟夏絮撒什么气！"

邵栖白了他一眼："你喜欢就追，这都多少年了，还想当一辈子默默无闻的骑士？"

杜远摸了摸鼻子："她不是喜欢你吗？"

"放心吧，今天以后肯定不会再喜欢我。"

杜远道："你和荣学姐到底怎么回事？"

邵栖默了片刻："我觉得她不是很喜欢我。"

"不会吧？她那种女孩子要是不喜欢你，怎么可能和你在一起？"

"不是不喜欢，就是没那么喜欢，反正没有我喜欢她那么喜欢。"

"喜欢还能这样比较啊？"

邵栖想了想："就是如果，如果你是荣雪，我和一个很成熟英俊的医生站在一起，你会选择谁？"

"当然是你啊！谁不喜欢小鲜肉？年轻英俊，器大活好！"

"傻缺！"

"我去，不是有一个什么成熟英俊的医生在追求学姐吧？"

"也没有！就是她总跟那个人在一起，我不爽。"

"你被戴绿帽子了？"

"滚！"

荣雪没再给邵栖打电话，两个人都赌着气，谁都不让一步。

不过她到底还是不放心，悄悄拐弯抹角问了下老付，知道邵栖这几天住在宿舍，才稍稍放心。

唯一庆幸的是，谢斯年没将那次的事放在心上，仍旧是感染科的镇科之宝。

荣雪是在三天后接到老付电话的。

"学姐不好了，邵栖上实验课的时候，不小心把硫酸弄进了眼睛，刚刚在校医院处理了，医院怕有点严重让转院，我们就赶紧送到省一医了。"

"硫酸？！"荣雪大惊失色，差点双腿一软。

"你也别太担心，是稀释的硫酸，做了急救措施，校医院那边也处理了，就是怕有个什么问题，所以来省一医，这边的医生检查后也说应该没什么大碍，不过得留院观察几天。"

"我马上过来。"

"有事？"谢斯年见她挂上电话，抬头问。

荣雪满脸焦灼："我请会儿假，我男朋友做实验眼睛里进了硫酸，我得去看看情况。"

谢斯年点头："去吧。做实验用的一般都是稀释硫酸，应该不会有大问题，你也别太担心。"

荣雪嗯了一声，但愿如此吧。

她也没脱工作服，慌慌张张就跑出了办公室。

她难得有这种惊慌失措的样子，看着她跟阵风一样跑出去，谢斯年嘴唇弯了弯，无声笑了一下，复又低下头看手头的资料。

来到五官科这边的住院部，荣雪跟人打听了邵栖的病房，但又怕自己关心则乱，想了想先跑去问了医生，确定邵栖的眼睛应该没有大问题，这才摸到病房门口。

这是单人病房，门虚掩着，里面的说话声还挺热闹。

荣雪轻轻推开门，邵栖靠在床上，眼睛戴着一个保护眼罩。老付和郑晶晶坐在床边，几个人正在和他说话。

几个人说得眉飞色舞，床上的人却冷冷淡淡没什么反应。

大概是说得投入，也没人第一时间发觉荣雪进来，直到她朝前走了几步，老付才转头，看到她后，咧嘴笑道："班长大人，学姐来了！"

她和邵栖的事，班上的人大概都已经知道了，而且她现在早不是他们的班导，所以也无所谓。

荣雪朝几个人笑着点点头，走上前："邵栖，你怎么样？"

邵栖脑袋一偏，没搭理他。

老付干笑了两声："学姐，邵栖就交给你了，我们待会儿还有课，等上完课再来看他。"

荣雪："没事，你们去上课吧！"

"班长，我们走了！你好好休养。"

几个人相互使了使眼色，一窝蜂走了。

等到病房安静下来，荣雪才坐在他身旁："做实验怎么会把硫酸弄眼睛里的？"

邵栖恶声恶气道："我都差点瞎了，你现在是要指责我吗？"

荣雪道："我没指责你，做实验难免会发生点事故，我也弄伤过手。"

邵栖轻哼一声，不再说话。

荣雪想了想又道："你要留院观察，有没有跟家里说？要不要叫你家阿姨过来照顾你？"

邵栖一听又炸了："你的意思是不想管我吗？"说完就要去扯眼罩。

荣雪赶紧抓住他的手："你别乱动，戴眼罩就是为了防止手碰到眼睛。"

"你是不是不打算管我？"邵栖又问。

"我当然不会不管你。"

"那我要喝水。"

荣雪松开手，确定他没去扯眼罩，才起身去给他倒水。

邵栖靠在床头，也没打算纡尊降贵地接水，一脸骄矜状等她喂自己。

荣雪给他喂完水，将他嘴角的水迹拿纸巾擦了擦，见快到中午，问："你要吃什么？我去食堂给你买。"

"现在还不饿，什么都不想吃。"顿了顿，他又道，"你哪里都不准去。"

荣雪放好水杯，坐在他旁边："行吧大少爷，有什么你尽管吩咐。"

"我要没瞎，你是不是就不打算理我？"

"你现在也没瞎啊！"

邵栖撇撇嘴："那要是我真瞎了，你会不会照顾我一辈子？"

荣雪真是服了他了："你能不能想点好哇？"

"你就说会不会？"

"没发生的事我怎么会知道？"说完她又赶紧补充，"你这眼睛弄进硫酸就已经够吓人了，别再说瞎不瞎的，不吉利！"

"你要不管我，我还不如瞎了。"

荣雪无奈地叹了口气："邵栖，你能别整天折腾吗？你不累我累。"

298

邵栖阴阳怪气哼了一声道："你三天两头和谢斯年加班，也没听你喊累，到我这里就累了？"

又来了！

"我真求你别再当着谢医生闹了行吗？我丢不起这个人！"

"跟我在一起你觉得丢人了？"

荣雪对他的胡搅蛮缠只觉得心累，冷下脸，站起身："你要还揪着这事，我真没什么和你好说的了，你叫你家阿姨过来。"

"哎呀！我疼！"邵栖倒吸着冷气哀声叫唤。

"怎么了？"荣雪看他双手要去捂眼睛，吓了一跳，赶紧拉住他。

"眼睛疼！跟火烧似的，可能真的要瞎了。"

荣雪也看得出他一半是真一半是装，但到底狠不下心不管他："你别乱动，待会儿我问医生看能不能弄点镇痛的药。"

医生来检查后，发觉他的眼睛确实红得厉害，担心引起炎症，开了消炎镇痛的点滴。

这家伙眼被蒙着，人却不消停，活脱脱就是恃瞎行凶。护士给他扎针，扎了一次没扎上，他就态度恶劣地不再配合，简直有着医闹的潜质。

荣雪也不知道他是怎么平安长这么大的，没被人打死大概是上辈子积德。

在他的要求下，她只能亲自上阵。

她是专业医学生，会扎针但是技术实在是稀松二五眼，加上心里愤愤，故意扎了几回才扎进去。

其实邵栖根本不怕疼，小时候为了让他爸回家陪他，经常自虐式地惹是生非，三天两头把自己弄伤，没能牵绊住他爸这个工作狂的脚步，自己倒是练就了一身铜皮铁骨。

所以荣雪扎他那两下，他压根儿就没当回事，还挺甘之如饴。

他事儿多，吃完饭后也不睡觉，一会儿要喝水，一会儿要上厕所，一会儿要亲亲抱抱，还差点要在床上上演十八禁，最后被荣雪严词拒绝。

总之就是不让人离开。

虽然眼睛问题不大，但荣雪也担心他不遵医嘱乱碰，直到他终于折腾够，打完吊瓶睡了过去，她才喘了口气回到自己科室。

她回去倒不是放不下工作，而是去向谢斯年正式请假。邵栖留院观察这两天，她要不陪他，估计他又得闹出什么幺蛾子。

谢斯年好说话，而且也见识过荣雪那小男友的德行，一脸同情地笑着准了假。

荣雪连忙换下衣服，匆匆又往病房跑。

邵栖觉少，估摸着也睡不了多久，醒了没见到她十有八九又要生气。要搁平时她肯定不会这么惯他，但此时他眼睛受了伤，她只能先忍着。

来到病房门口，正要推门，却听到里面有说话的声音。

"邵总，我这又没缺胳膊少腿的，就眼睛进了点硫酸，难为你拨冗来看我。"

"你这说的什么话？爸爸听你们辅导员打电话说你做实验出事，吓得会都没开完就赶过来了。"

荣雪放在门把上的手拿开，这是邵栖他爸来了？

邵栖嗤了一声："那您老可真不经吓。"

邵父在他旁边坐下："我问了医生，说你眼睛没大碍，应该不影响视力，不过你得遵医嘱，不能乱碰。"

"我好歹学医的，不比你清楚，你烦不烦！"

邵父对儿子的态度早已习以为常，乐呵呵道："你这两天留院观察，眼睛不方便，爸爸在这里陪你。"

"别！我马上就二十了，不需要爹了，而且我有女朋友。"

"你女朋友不是上班吗？你麻烦人家干吗？"

"她不是人家，是我女朋友。"

"儿子，那你看要爸爸做什么，或者你想要什么，爸爸去给你买。"

"不用了，我已经过了用物质就可以收买的年龄。现在金融危机，你的收入至少缩水一半吧，指不定哪天就失业，你还是把钱留着养老吧，我什么不要。"

邵父笑："哎呀，我儿子怎么这么懂事！爸爸你就不用担心了，以后老了粗茶淡饭足矣，挣来的一切都是你的。"

"我不稀罕。"

"我稀罕啊！爸爸努力工作就是想让你自由自在地生活，想干什么干什么！不用为了金钱物质的东西去委屈自己，可以做自己真正想做的事。"

300

邵栖不以为然道："我本来就是想做什么做什么，那是我有本事，跟你努力有什么关系？！"

邵父也不生气，笑道："没错，是我儿子自己有本事。"

荣雪在外头默默听着，彻底明白邵栖这性子是由何而来，一个被宠坏的孩子却不自知。

邵栖醒来已经一会儿，见荣雪还没回来，摸过手机不满道："也不知跑去哪里了。"

包里手机响起，荣雪才反应过来他是在找她，赶紧走进去："我刚刚跟科室请了假。"

"我还以为你跑了呢。"邵栖阴阳怪气道。

荣雪有点不太自然地朝病床边的邵父笑了笑："叔叔好！"

父子俩长得很像，邵父保养得很好，看起来也不过四十出头，气质出众，一看就是精英人士，完全看不出来是个刚刚和儿子低声下气说话的男人。

儿女债大概就是如此吧！

"好好好！"面对自己儿子的女朋友，邵父这个在职场呼风唤雨的人，也有点不太自在。

邵栖挥挥手："行了，我女朋友来了，老爸你可以走了！"

邵父道："你这死孩子，也不介绍一下。"

"有什么好介绍的，反正以后会住进咱家的。你赶紧走吧，这两天让张姨做点明目的好吃的给我送过来。"

对于邵栖的口无遮拦，荣雪脸一红，朝邵父道："我叫荣雪，是江大医学院的学生。"

邵父点点头："我听这小子说过，问他多的就不说了。那就麻烦你了！"

荣雪道："我应该做的。"

"老邵，你就快走吧。"邵栖嚷嚷。

邵父啐道："这倒霉孩子！行，我走了，有事给我打电话，别什么事都由你们老师或者张姨告诉我。"

荣雪想了想："我送您吧。"

邵父笑着嗯了一声："看看你女朋友多懂事！"

荣雪跟着邵父走出门口，随手将门关上，笑着道："叔叔您放心，我会照顾邵栖的。"

邵父笑，低声道："那就麻烦你了，他这孩子挺能折腾人，你多担待着点。"

原来您知道啊！

荣雪笑了笑没说话。

邵父又道："我和他妈妈很早离异，我工作又忙，没怎么亲自照顾他。虽然孩子没长歪，但脾气确实不大好。我这个爸爸虽然不大合格，但儿子对我来说比什么都重要，希望他想要的都能得到，想做的都能完成。他这是第一次交女朋友，却不止一次说过以后会结婚的话。我也不知道他定没定性，但肯定是真的喜欢你，还麻烦你能让着他点，别跟他太计较，要是有什么需要，跟叔叔说就好。"

她理解一个父亲的心理，但也有那么一点不舒服。

是啊！他脾气不好，她就得让着他，可有谁能顾及一下她的感受？

荣雪露出一个不太自然的笑容："我会的。"

目送邵父离开，荣雪折身进门。

邵栖哇哇叫道："怎么这么久，有什么好送的？他要是说什么了你别理他。"

荣雪道："你怎么对你爸这态度？"

邵栖嗤了一声："好心当成驴肝肺！我是怕他那么大只杵在病房里，你会不自在，所以才让他走。"

荣雪笑："你爸真疼你。"

"那是因为他太忙，觉得对不起我。"

荣雪看着戴着眼罩的英俊男孩，无声摇了摇头。

邵栖在医院住了两天，荣雪就在医院照顾了他两天。

其实也不是什么大问题，但这厮就是恃病行凶，非要荣雪把自己供起来方才满意，不然就拒不配合医护人员的治疗。

荣雪在这个科室里实习过，和大部分医生护士都算认识，实在不想丢人，只能事事哄着他。

302

等出了院，她气得三天没搭理他，他这才安分下来。

荣雪的实习是在5月底结束，6月份回学校提交实习报告和参加本科学位考试后，她五加三的八年学生生涯前一部分就算是正式结束。

他们专业和国外几所大学有联合培养的项目，学习优异者后面三年的研究生可以申请公派出国。

她英语成绩好，院里老师问过她的打算，但她考虑到奶奶年事已高，希望接下来几年能多回家陪奶奶，而且还有邵栖，她就没考虑。

学无止境，反正以后也不是没有机会。

又是一个星期一，下午刚刚上班不久的荣雪，查完房回到办公室，没坐多久，忽然感觉房间晃了一下。

她还没反应过来，感觉又晃了一下，脑子在这晃动中，竟然有点发晕。

"谢医生，你有没有感觉？"

谢斯年点头："应该是地震了！"

荣雪奇怪："咱这里也有地震？"

谢斯年微微皱眉："不知道，可能是哪里发生了大地震。"

两个人都没太放在心上，继续埋头工作。

过了没多久，荣雪的电话响起，是邵栖。

她刚刚接听，那头就急急叫道："地震！四川那边发生大地震了，可能还有余震，你赶紧下楼，待在广场上。"

荣雪正有些怔忡，门外已经响起急促凌乱的脚步声。

护士焦急的声音传来："你们不要乱跑，都回病房。"

荣雪挂了电话和谢斯年对视一眼，匆匆起身出门，发觉好多病患都聚在走廊，试图下楼。

这些病患不少是传染病病人，虽然不是结核病区的，但这样乱跑也并不安全。

几个护士和医生正在劝说。

小秦气喘吁吁跑过来："谢医生，听说四川那边发生地震，特别严重，这些病人都要跑下楼。"

303

谢斯年道："大家先回病房，所有医生和护士分派到各个病房做好安抚工作和安全防范。"

小秦点头。

荣雪跟着谢斯年做好病人的安抚，回到办公室已经是半个小时之后。

窗外楼下的广场，站了不少人，想来是因为地震的消息。

大家都抱着电话，大概是在和家里人联系。

想到刚刚，邵栖得到消息第一时间给自己打电话，荣雪心里不是不感动。

回到座位，荣雪打开电脑网页，搜了一下新闻，消息并不多，只知道是汶川那边发生了地震，许多楼房建筑被震塌。

越是消息不多，越让人心里没底，惶惶不安。

过了两三个小时，新闻渐渐多起来，电视里开始滚动播出。

谁也没想到，这一天，2008年，5月12日，会成为国殇日。

汶川发生里氏8.0级地震。

此后的几天，全国上下被地震阴云环绕，所有人每天守着新闻中的救援消息，希望能有更多的奇迹发生。

省一医很快派遣了外科救援队去震区。

一周之后的例会。

科长在前面发言："接到上面的指令，为防大灾之后有大疫，市医疗系统马上要组织一支防疫医疗队赶赴震区支援灾区，由我们省一医牵头，从我们科室抽调三人。昨天我已经和谢医生商量，由他带队，剩下两个名额，你们谁手上工作走得开，去谢医生那里报名。"

荣雪听到这个消息，心里蠢蠢欲动。但科室里热血满满的年轻人多，想去的人估计不少，她也不好去跟人抢。

到了晚上下班时，另外两个名额已经确定，一个是护士小秦，一个是一名年轻男医生，姓李。

为了不耽误时间，小分队今晚准备，明天一早出发，下午正好能抵达震区。

荣雪听着办公室的几个人商量工作，实在是有点按捺不住自己的渴望，但到底是忍了下去。

她脱了工作服准备下班，和谢斯年道别："谢医生，我下班了，祝你们顺利！"

谢斯年点点头，忽然又想起什么似的问："对了，你想不想去？我会在那边至少待四天，也没人带你，要是你想去，准备一下，明早跟我们一起出发。"

"真的吗？"荣雪很是意外。

谢斯年看向她，轻笑了笑："这不是什么好差事，震区条件不好，我们还得下村，你做好吃苦的心理准备。"

荣雪道："放心，吃苦对我来说绝对不是什么问题。"

谢斯年笑："那赶紧回家准备吧，明早七点在医院集合。帐篷、睡袋我们会统一发放，你带上自己的换洗衣服和日用品就好。"

"明白。"

回到公寓，邵栖已经在家，正等着她投喂。

吃饭的时候，荣雪把自己的安排告诉他："我参加了地震救援的防疫医疗队，明早出发去汶川，在那边至少待四天，你自己照顾自己。"

邵栖一听，不太愿意了："你一个女孩子干吗去？现在指不定还有余震塌方。"

荣雪皱了皱眉："你知道地震伤亡多少人吗？我们这些没受灾的人，能出一点力就应该责无旁贷。"

邵栖道："我出了啊！我把我过年的压岁钱都捐了，十几万呢！我就是担心你。"顿了顿，他又道，"要不然你等两天，我们院里也组织了志愿者，后天出发，你跟我一起，有什么事我也好保护你。"

荣雪道："我是去做防疫，是有工作要做，而且是一队人，几十个，都是医护人员。你觉得你一个学生比人家靠谱？"

邵栖撇撇嘴："你是跟谢斯年一块儿去吧？"

荣雪白了他一眼，懒得再理他。

大灾之后常常伴有大疫，所以防疫工作是非常重要的一环。

他们这支医疗队，被分派到两个镇子，都是受灾极为严重的地区。因为交通被破坏，下到好几个村子，都是靠步行。

305

医疗队分头行动，但也是到第四天傍晚才堪堪完成任务。

因为天色已晚，步行回镇上不太现实，他们这支五人的小分队便宿在了村子里。

这个村子受灾严重，民宅、良田都被毁了个彻底，一眼望去满目疮痍，村民们都住在临时搭建的帐篷里。

天刚刚黑下来，大家跟村民一块儿吃了饭。荣雪看到本来和村民们聊得甚好的谢斯年忽然默默走到一旁，猜到他肯定是身体不舒服，于是走到他身边，低声问："谢医生，你又疼吗？"

其实荣雪对他来这边当志愿者，是有些意外的，毕竟他身体状况堪忧。但见科长似乎没异议，她也就没多问。

这几天下来，他状态还不错，长时间步行似乎也没有什么反应，她还以为是自己多虑了，但现在看来，估计是一直依靠止疼药。

谢斯年朝她笑了笑，舒了口气，答非所问："终于完成任务了。"

荣雪道："我扶你回帐篷休息吧，早点休息明天早点回镇上。"

谢斯年点头："也好。"

走了一截，荣雪忍不住问："谢医生，这两天走了这么多路，你身体真扛得住？"

谢斯年道："还好！"他默了片刻，忽然冷不丁道，"你知道吗？我特别怕有一天我走不了路，所以就特别想趁现在还好的时候，多做一点事。"

荣雪轻笑："你真是，我都不知道怎么说你。"

谢斯年也笑："不管怎样，这次很顺利，明天回去后，得好好休息两天。对了，你实习快结束了吧，研究生的方向有没有定下来？"

荣雪道："还没呢！不过说起来，我对流行病学及传染病学这方面还挺感兴趣的。"

谢斯年笑："虽然我很欢迎你加入我们的队伍，不过这不是一个很适合女孩子的专业，你要慎重考虑。"

荣雪开玩笑："你这是性别歧视啊！"

"这顶帽子我可不敢戴，那就当我没说。"

帐篷是搭在村子里一块没有受损的平地上。

其他人还在村民那边说话，此时就他们二人回来。

谢斯年并没有马上休息，而是打开应急灯后坐在帐篷前，然后叫住准备钻进帐篷的人："荣雪，你陪我坐一会儿吧。"

荣雪转头，看他仰望着星空，笑道："怎么？想看星星？"

谢斯年笑了笑："你不觉得今晚的星星很漂亮吗？"

荣雪抬头看了眼天空，今日难得碧空如洗，星罗棋布，银河隐约可见。

她在他旁边坐下："是很漂亮。"

尤其是这几天看到满目疮痍的灾区，每天心里都很压抑难受，乍一看到这星空，心胸忽然就开阔了不少。

谢斯年看了看她："我没想到你真的挺能吃苦。"

这几天下来，别说是女孩，就是队伍里的两个大男人，也叫苦不迭，就只有荣雪一个人从头到尾没有抱怨过半句。

荣雪道："也还好吧。看到灾区的状况，哪里还有心思想累不累。"她顿了下，"几万人就这么没了！真可怕！"

谢斯年点头："是啊！科技再发达，也不可能阻止天灾人祸，就跟我们这一行可能面临的瘟疫一样。"他顿了顿，"我让你慎重考虑也是因为这个，运气好当然几十年也碰不到一次'非典'，但如果运气不好碰上一次类似的疫情，我们不想上也得上。你这么年轻……"他顿了片刻，"这么好，我希望你的人生可以过得平安顺遂，所以觉得你可以选一个更轻松的方向。"

虽然已经习惯他的如沐春风，但不过相识短短时间的人，对自己说出这么一番殷切的话，荣雪还是有些动容，她笑了笑："你说的我会放在心里。不过现在科技进步，其实也不用太担心。"

谢斯年点头："这倒也是。对了，你有没有考虑去外面多看看，多学学？"

荣雪摇头："暂时就在国内吧，以后应该还有很多机会。"

谢斯年戏谑："舍不得男朋友？"

荣雪有点发窘："也不是，主要还是我奶奶，老人家年纪大了，我想以后多点时间回家陪她，出国的话一年顶多回来一次，万一有个什么事，可能还赶不回来。"

谢斯年道："奶奶在，不远游。真是个好孩子。"

荣雪有些怅然地笑了笑。哪里是什么好孩子，为了生活她一直匆匆往前走，这几年陪老人家的时间压根儿就没多少天，未来的日子是过一天少一天。

谢斯年目光忽然落在她的手上："你手弄伤了？"

荣雪看了眼手背的血迹："刚刚划了一下，没事。"

谢斯年摇摇头："亏你还是医生，至少消消毒吧。"

说罢他钻进帐篷，拿出棉签和碘伏，佯装声色俱厉道："把手伸出来。"

荣雪乖乖地将手背伸在他面前："也不疼，我都没什么感觉。"

谢斯年握住她的手指，一边给她擦药一边道："你这是不是叫传说中的女汉子？"说罢抬起头，笑盈盈看着她，"不过长得也不像，哪儿有你这么清秀的女汉子？"

荣雪被他逗笑，只是笑到一半，忽然觉得不对，转头一看，却见一个熟悉的身影站在几米之遥的夜色下。

"邵栖！你怎么在这里？"荣雪收回手，难以置信地站起来。

背着一个大背包的邵栖铁青着脸看她，又看了看她旁边的谢斯年，一字一句道："我是不是打扰你们了？"

他声音冷得出奇，像是从碎冰里冒出来。

荣雪走上前拉住他的手："你怎么找来这里了？一个人？"

她朝他身后看了看，除了空荡荡的夜色，再无其他，也就是说他是独自一人找来这里的。虽说地震已经结束多日，但这些靠山的村子，到处都有滑坡塌方的危险，尤其是天黑了行路，非常危险。

邵栖甩开她："难道我应该像你一样，和别人成双成对？！"

荣雪本是担心他，但他一来又要找茬儿，尤其还是在这种环境下，她顿时生出一股压抑不住的恼火："你能不能不要这么胡闹？"

谢斯年也走了过来，温声和气解释："那个，我们是来这里工作，你不要误会了。"

邵栖哼了一声："只怕有人是假公济私吧！"

"邵栖！你知道你在干什么吗？！"荣雪低喝，"我们现在正在一个刚刚经历地震死伤数万人的地方，多少人失去了生命失去了亲人，大家都关心着救援善后。谢医生不顾旧疾在身，带领大家做灾后防疫，你却跑来这里无理取闹，你还是人吗？！"

邵栖朝谢斯年伸手一指："我不是人我是狗行吗？就他无私伟大，而我自私又狭隘。"他一副脸红脖子粗的样子，几乎是吼出来的，"这几天你下村通信不好，我联系不上你，和同学们分派完了救援物资就到处打听，好不容易找到你，看到的就是你跟他两个人坐在一起看星星看月亮！"

谢斯年露出一个不太自在的笑容："刚刚就是我身体不太舒服，荣雪送我回帐篷，不是你想的那样。"

邵栖哂笑一声，走上前一步，直直看着他，一字一句道："你敢不敢发誓，你心里对我女朋友没有半点企图？"

"邵栖！"荣雪又羞又愤，忍无可忍将他用力拉开，"你要是再这么胡闹，咱们就不要在一起了！"

这么久以来，哪怕是邵栖再折腾，她也没说过这样的话，但今天实在是无法再纵容他的任性。

"你说什么？！"邵栖仿佛怀疑自己听错了一般看向她，"你因为这个男人，要跟我分手？"

荣雪简直被气笑了："我是让你不要无理取闹！"她深吸一口气，努力让自己平静下来，转头朝谢斯年道，"谢医生，你回帐篷吧，我和他说说，真是不好意思！"

谢斯年摇摇头，显然他也有点生气了，面上在笑，说出的话却不再那么友善："和这样的男孩子谈恋爱，不觉得很累吗？"

荣雪还没来得及尴尬，邵栖已经上前揪住谢斯年的衣襟："你算老几，我和我女朋友的事，轮得到你说吗？"

谢斯年脸上的笑沉下来，将他的手掰开，冷声道："我是替荣雪不值，一个好女孩竟然找了你这么个幼稚鬼当男朋友。"

邵栖被幼稚两个字刺中，伸手将人狠狠一推。他本来就力气大，又正值气头上，饶是谢斯年有防备，也重重跌倒在地。

邵栖还不罢休，弯身从地上随手捡起一块石头，气急败坏地要朝人砸下去。

一旁的荣雪吓得大惊失色，在他的手落下之前，手忙脚乱挡在前面，尖叫道："你住手！"

邵栖拿着石头的手堪堪在她面前停住。这么近的距离，他自己也吓了一跳，恼火地扔掉石头，转身就走。

"你要去哪里？"荣雪反应过来，赶紧跑上前追他，也顾不上跟谢斯年道歉了。

再怎么生气，她也没忘记此时已经八点多，天早就黑透，他一个人离开村子太不安全。

邵栖不理她，荣雪抓住她的手臂，却被甩开。

"你不要乱跑行吗？黑灯瞎火的有多危险你知道吗？"

"危不危险有什么关系，反正我在这里碍你们的眼，自觉点离开，大家都舒坦。"

荣雪心力交瘁，终于还是软下声音："我求你行吗？"

邵栖不为所动，继续怒气冲冲往回走。

荣雪站在原地看着他的背影，重重叹了一声，终于还是转身匆匆往帐篷那边走，路过谢斯年时，满脸愧疚道："谢医生，我怕他一个人出事，得跟着他，实在是不好意思。"

谢斯年道："嗯，明白。你把手台带着，要是有什么事及时联系。"

"好的，真是给你添麻烦了。"

谢斯年无奈地笑，语气有点同情："没事的，你也不容易。"

荣雪叹了口气，疾步来到自己帐篷中，马马虎虎把随身物品塞进背包里，就匆匆追邵栖去。

邵栖听到身后熟悉的脚步声，嘴角弯了弯，为自己又一次胜利。

荣雪气喘吁吁跑到他身旁："你非要这样折磨我吗？"

邵栖梗着脖子道："不是折磨你，而是想知道我和那位大医生，对你来说，谁更重要？"

荣雪默了片刻："邵栖，等回去后，我们真得好好谈谈了。"

"谈分手吗？那你就别想了。你马上就实习结束回学校，我至少能再堵你三年。"

荣雪一口气噎住，干脆不说话了。

邵栖偏头睨了睨她，当然也知道自己做得有些过分，但刚刚看到的那一幕实在是太刺眼，要是再让她和谢斯年多相处一时半刻，他觉得自己就要发疯了。

而且刚刚他问谢斯年那个问题，他根本就没有回答。他有理由相信，不是自己胡思乱想，因为男人也是有第六感的。

他伸手将荣雪捞过来抱在怀里，低头去亲她，只是才碰到嘴唇，就被她用力推开："我不想和你说话。"

邵栖死皮赖脸往她身上蹭："但我想和你说啊！我一个人跋山涉水来找你，你就不感动吗？"

荣雪再次将她推开："邵栖，你不能总这样由着性子来！"

邵栖撇撇嘴："行了行了，回家跪键盘满意吗？"

荣雪沉默不语。

村子通往镇上的路，因为地震而面目全非，别说是通车，就是走路都很艰难，尤其是大晚上的，更是举步维艰。两个人打着手电，小心翼翼走着，本来只有四五公里的路程，如今变得特别漫长。

左边是山，右边是小河。因为夜色太黑，看不到灯火，虫鸣鸟叫就显得有些瘆人。

虽然是两个人，但荣雪心里还是有点忐忑，心里把邵栖骂了不知多少遍。

被腹诽的人却浑然不觉，也不知道害怕，反倒因为她的再次妥协而觉得有胜利的愉悦，仿佛因此可以证明自己在她心中的重要性。

不知走了多久，反正荣雪觉得走了快半个世纪，正想着在边上休息下，脚下本来就不平整的路面，忽然一阵松动。

一声尖叫还没落音，她人已经随着路边的坍塌陷下去，和她一起陷下去的还有及时抓住了她的邵栖。

土路的忽然坍塌，让两人差点被活活埋在土中。好不容易扒拉出来，却发觉陷在一个深深的沟壑中，想要爬出去是不大可能的。

荣雪绝望地看了看天空："你满意了？"

邵栖道："你别急，肯定可以爬出去的。"

说完他就试图用力往上蹭。但土质的沟壑根本承受不住他的力气，反倒使土掉得越来越多，眼见两人要再次被埋，荣雪赶紧制止他："你别乱动。"说完从包里掏出手台打开，"我叫人来帮忙。"

虽然很丢人，但黑灯瞎火半埋在这里，实在是太危险，还是先出去稳妥。

手台刺刺的声音响起，里面传来谢斯年的声音："怎么了？荣雪。"

荣雪道："我们遇到路塌陷了，被埋在土里，你能不能找村民来帮忙？大概在离村子两公里的地方。"

谢斯年赶紧道："你别急，我马上带人过来。你们自己小心点，不要乱动。"

"麻烦你了谢医生。"

"没事。"

等手台里没了声音，邵栖阴阳怪气冷哼了一声："就非得找谢大医生？"

"你闭嘴！等回去了再跟你算账！"

邵栖知道现下的状况都是自己的错，也没底气多说什么，只哼哼唧唧道："知道了！"

救援的人来得很快。

两个人没等多久，就隐约听到脚步和说话的声音。

"荣雪！"是谢斯年在叫。

荣雪舒了口气，回应："在这里！"

上方出现电筒的光芒。

谢斯年低头看下去："我们带了绳子，你们抓住慢慢爬上来。"

看到绳子递下来，邵栖抓住，让荣雪握着，又在她手上缠了两圈："我在下面托着你，你小心点。"

两个男村民和谢斯年拉住绳子另一头，因为路面太松软，不敢站得太近，也不敢有太大的动作，只小心翼翼使着力气。

上下配合，荣雪好歹是爬了上去，但还是有不少土石落了下去，下面的邵栖大概又吃了不少苦头。

轮到邵栖，就困难了许多。

他比荣雪重了几十斤，而且也没人托着他往上送。他也不敢乱用力，怕路面塌得更厉害，全部力量就只来自上方。

短短一点距离用了三四分钟，眼见他半个身子露了出来，旁边忽然响起窸窸窣窣的声音。

只听得拉住绳子的村民用方言叫了一声："岩头要垮了，快跑！"说罢就丢下绳子往后跑去。

谢斯年转头看了眼右边靠山的地方，虽然看不清，但听着动静已经隐约有山石缓缓滚下来。他神色大变，拉住邵栖的手："快点！"

荣雪也反应过来，和他一起拉住邵栖的手，终于将人拉了上来。

三人用尽全力往回跑，然而脚下的地面再次垮塌，缠住了三人的脚步。

听着山石哗啦啦滚落的声音，邵栖下意识将荣雪抱在怀里。

而就在两人要倒下的时候，身后忽然被一股大力用力推开了两米远。

散落的山石，铺天盖地落下来，从倒下的两人脚边滑过，两人身上只落了些零零碎碎的土石。

这场意外的发生，前后不过半分钟，然后就又恢复了平静。

邵栖从荣雪身上爬起来，惊慌失措地转头，在夜色中，看到了令他一辈子都无法释怀的场景。

倒在两米之外的谢斯年，下半身被一块山石压住了。

他知道，要不是刚刚谢斯年推开他和荣雪，那此刻被压住的会是他。

荣雪也在怔忡中回神，手忙脚乱地爬过去："谢医生，你怎么样？"

谢斯年倒吸着冷气苦笑："可能不是太好。"

两个村民从惊慌中回神，急忙走上来，帮忙将石头小心翼翼移开。

荣雪在旁边打着电筒帮忙照明，灯光中，谢斯年的脸上毫无血色，嘴唇紧紧抿着，想来是在忍受剧烈的疼痛。

石头被移开后，荣雪蹲在他身旁检查他的腿。他裤子上已经沾满了鲜血，按照她的判断，应该是骨折了，而且还是大腿处，根本不能贸然移动。

她转头对两个惊慌失措的村民道："麻烦你们赶紧回村子通知我们的人，带上急救箱和简易担架以最快的速度赶过来。"

两个村民连连点头，起身往村子里飞奔，荣雪又看了眼还在怔忡中的邵栖，冷声道："你还不快跟着一块儿去帮忙？"

邵栖这才回神，慌慌张张跟上那两个村民。

荣雪看着谢斯年的腿："你流了很多血，可能有骨折的危险，我不敢动你，只能先给你做简易止血。"

她手边没什么东西，只有包里有毛巾，凑合着用上。

谢斯年倒吸着冷气，却还是强颜欢笑："荒郊野外的，还好咱们是医生。"

荣雪见他故作轻松，眼睛忍不住有点发热，刚刚怎么回事她很清楚，是他推开了邵栖和她。

她给他处理完毕，看向他："为什么？"

"为什么推你们俩？"谢斯年笑，"反正都要摔了，顺手推你们一把，总比三个人都被砸中好吧？"

这个回答合情合理，荣雪不知道该说什么，只能低头沉默。

"不会要哭了吧？"谢斯年笑着问。

荣雪低声道："对不起，如果不是因为我和邵栖，你今天就不会遭受这无妄之灾。"

谢斯年道："要是凡事都能预料，也不会有这么多意外了。"他顿了顿，"你别放在心上，你没受伤就好。"

"都这种时候了你还想着别人？"

谢斯年笑："我没想别人啊……"只是说到这里他突然顿了下来，后面那句"我就想着你而已"到了嘴边，生生吞了进去。

然后他默默自嘲地笑笑，果然那个男孩一眼就看穿了他自己也不愿承认的心理。

邵栖一行人很快去而复返。

几个医生给谢斯年做好急救处理，将他抬上担架，匆匆往镇上的卫生院赶。

邵栖抬着担架走在前面，另一个男医生走在后面。中途有人将后面那医生换了下来，但邵栖一直坚持抬着。

这个充满恐慌的夜晚，在小镇简陋的卫生院落下帷幕。

谢斯年右大腿确定骨折，在医院进行了固定处理，但因为他本身髋骨有问题，简单的固定手术肯定远远不够。

卫生院的医疗条件本来就落后，又被地震消耗了太多，无法全面治

314

疗，也应对不了可能产生的并发症。

于是第二天，一行人就匆匆开车回了江城。

从到卫生院开始，荣雪没有再和邵栖说过一句话，邵栖也不敢说什么，第一次老老实实跟着人进进出出。

等到上车回程的时候，荣雪总算开口对他说了话，不过是把试图上车的他赶走，因为他不是他们医疗队的成员。

邵栖只得悻悻地离开，去联系自己的同伴。

一天一夜不眠不休，等到谢斯年在医院安顿好，其他人就都各自回家各找各妈，只有荣雪还一直留在医院。

卫生院的手术做得不好，一系列检查之后，谢斯年又遭了一次罪，重新做手术打钢钉固定。

谢斯年交代过暂时不要通知他家人，荣雪自然不敢离开，一直等在手术室外，即使她是个准医生，也不太敢想象钢钉入骨的场景。

手术结束，谢斯年被推出来时，因为麻药的关系，还在昏睡当中。荣雪跟着医生和护士一起，将他推回病房。

"张医生！"看到医生检查完毕要出门，荣雪跟上叫住他。

荣雪在外科实习过，这位张医生正好是带她的老师。

"谢医生他怎么样？"

张医生皱了皱眉："不容乐观，不仅仅是骨折的问题，他的髋关节股骨头坏死情况加重，必然会影响骨折的恢复。运气好的话大概就是以后走路有点不好看，但恐怕他这种情况远远没这么轻松。挂拐杖算是事小，问题大的话，恐怕得坐轮椅，而且肯定不能久坐久站，从事现在的工作岗位，恐怕是不行了。"他顿了顿，"谢医生是感染科那边的招牌医生，如果他不能做临床，是我们医院的大损失。"

荣雪越听心里越沉，疲惫的脸色变得惨白。

她记得谢斯年说过，趁着现在能做事就多做点，但万万没想到他会因为自己而提前终止了职业生涯。

她跟张医生道了谢，目送他离开，正要准备进病房，忽然看到一个背着大包，风尘仆仆站在不远处的男孩。

不过一天一夜，邵栖仿佛变了个人，那个张扬的男孩不见了，脸上都

315

是诚惶诚恐的迷茫，显然是听到了刚刚荣雪和张医生的对话。

荣雪一言不发地看着他，像是在看一个陌生人。

待他一步一步走近，她冷冷开口："为什么躺在里面的不是你？"

邵栖张了张干涸的嘴唇，最终只说了句："我进去看看他。"

荣雪没有阻拦，只是卸力般靠在墙边，双手将脸捂住，生怕自己哭出来。她从来都是坚定地一步一步朝前走，虽然不过二十三岁，却已然是一个能够承担生活的女孩。

但这一刻她才意识到，有些事她还是承受不起。

至少另一个人因自己的过错而改变的人生，她承受不起。

邵栖进去的时候，谢斯年已经醒过来。麻药散去的疼痛，让他的脸色看起来很不好。

看到来人，他也并没有露出意外的表情。

邵栖走到床边："对不起！"

谢斯年笑："已经发生且不能改变的事，说对不起已经没有意义，我也不需要你这一声对不起。"

邵栖又道："谢谢你救我。"

谢斯年沉默片刻，开口："我不是救你，我是救荣雪。"说完，顿了顿，才又继续，"你不是问我是不是对你女朋友有企图吗？我现在可以回答你，我对荣雪没有任何企图。"

邵栖怔怔地看着他，一脸怔忡的迷惘。

谢斯年笑了笑，继续："但我确实对她有好感，或者用喜欢这个词也没问题。只是有好感或喜欢并非要去拥有，所以我对她从来没有企图。我是一个有'非典'后遗症的男人，身体状况堪忧，在不能确定给别人幸福的情况下，绝对不会去祸害别人，所以我并没有做过任何逾矩的行为，荣雪亦是，我们清清白白。你却因为这个把她逼成那样子，你觉得自己是真的爱她吗？还是只是你天真的占有欲作祟？"

"当然是因为爱她！"邵栖下意识反诘，但马上又想到自己不应该和他争论，咬咬唇又沉默下来，片刻之后，才低声道，"这件事都是我的错，我对不起你。你放心，我会竭尽全力补偿你的。"

谢斯年笑："用钱补偿吗？不用了，我不缺钱。"

邵栖道："那你想要我做什么？只要我能做到，一定尽力而为。"

316

谢斯年沉默了片刻，轻轻笑了笑："你放心吧，对我来说你就是个孩子，我不会跟你计较，你也不用把这件事放在心上。如果真的要我说，希望你做什么的话，我希望你成为一个配得上荣雪的人，而不是拽着她的腿，让她寸步难行，希望你能给她快乐，而不是困扰。"

在这一刻，邵栖第一次为自己的爱情自惭形秽。

他终于知道，自己对荣雪的爱，有多么可笑。

因为谢斯年受伤，荣雪的实习也就提前几天结束，她从公寓搬回了宿舍，每天除了忙着实习报告和学位考试，都会去医院看望谢斯年。

而那天在医院，和邵栖说了想冷静一下，她就没再见过他。

"现在是期末，你也很忙吧？不用每天来看我。"躺在床上的谢斯年，看着荣雪将一束百合花插在花瓶里，病房里顿时有一股清香弥漫开来。

荣雪将花插好，转头看向他，笑了笑："你快出院了吧？到时候我想看你也不方便了。"

谢斯年笑："后天就出院，在家休养就好，这么多年难得给自己放了一个长假。"

荣雪想到之前办理出科手续时听科长说的话，思忖片刻，道："科长说你已经申请转岗了。"

谢斯年点头："准备去科研室，反正我迟早是要从一线退下来的。这几年其实也挺累的，正好转个轻松的岗位，做点自己喜欢做的事。"

他说得云淡风轻，但荣雪不会忘记他曾经说过的话，他说趁自己还能做事就多做点。然而现在却是硬生生将他这点奢望都打破了。

谢斯年看了看她，道："你和你男朋友还好吧？这件事是意外，谁也预料不到，我不希望你们因为这件事受到太大影响。"他顿了顿，笑道，"其实第一次看到那个男孩子，我以为你和他在一起是因为他长得好看，而且有钱，以为你们之间，你是弱势的那一方。但后来发现，他是真的很爱你。人一生遇到一个这么喜欢自己的人不容易，纵然他有很多缺点，但谁又能做到完美无缺呢？"

荣雪当然知道邵栖爱他，不管这种赤诚的爱是不是因为年少轻狂，也不管它会持续多久，但至少现在，那样的爱是再真实不过的，她找不出任何理由否认。

她还记得山石垮塌的时候，他牢牢将自己护住的场景。

如果这都不算爱，那什么才是呢？

她苦笑了笑："是啊！没有谁能完美无缺。如果我多考虑一些他的感受，而不是流于表面的照顾和关心，也许他就不会这样。其实我是个特别不合格的女朋友，说起来他付出的比我多很多。"

谢斯年道："这也不能怪你，虽然你比大部分同龄人可能更懂事一点，但也不过是个还没走出象牙塔的学生。年轻人谈恋爱，哪有那么顺利的，我年轻的时候，也犯过不少错误，也伤害过自己喜欢的人。"

荣雪笑："是吗？"

"可不是吗？那时候在国外上学，整天沉浸在学业研究中，还喜欢满世界乱跑。毕业那会儿在非洲待了整整半年，有时候十天半个月都不跟女朋友联系，等回到学校准备答辩，才知道她早就从我们共同的公寓搬出去了，而且已经和别人在一起了。"

荣雪道："你这算是被人劈腿，不是你的问题啊！"

"怎么不是？在一起近三年，我从来不是一个合格的男朋友，仗着对方喜欢自己，就完全不去想对方需要什么，生气了就买礼物哄一哄，换作哪个女孩子也受不了。从这点来说，我可比你的小男朋友差多了。"

荣雪笑："这样说来，我跟你倒是挺像的。"

谢斯年道："我的事你别放在心上，伤筋动骨一百天，但总会好的。股骨头坏死的毛病，跟这次的意外又没有关系。你加油，我相信你以后一定会成为一个好的医生。"

荣雪对上他温和的眼神："谢谢你！"

谢斯年看着她，沉默了片刻，又笑开："你好像对我说得最多的就是这句话了。"

"因为我真的很感谢你。"

虽然和他相识的时间很短暂，但对她来说，他是良师益友，是一个榜样。她感谢他，并不仅仅是因为他救了她和邵栖，而且也因为她从他这里收获良多，无论是专业知识还是一个人的素养。

谢斯年出院之后，荣雪就没再见过他。他家境优渥，想来在照料上不会有什么困难。

6月中旬，荣雪刚刚考试完毕，忽然接到叔叔的电话，说奶奶快不行了。

这件事发生得太突然。老人家在杂货店理货时，从小板凳上摔了下来，当时就不省人事。

送到县医院抢救了一个晚上，终究还是没抢救过来。

老太太身体一直很硬朗，也不过七十出头，可是就这样说没就没了。

可见生命从来都脆弱不堪。

荣雪匆匆赶回家，没能见到奶奶最后一面。

丧事期间，她整个人浑浑噩噩，都忘了自己哭过没有。

奶奶这一去，好像彻底斩断了她与"家"这个字的最后一根线，真正成了没有根的浮萍。

奶奶下葬那天晚上，婶婶拿着一个本子来到她屋子里："小雪，我知道奶奶这一去，你以后回家的次数肯定就少了。你读书好，将来做了医生，是要在大城市定居的，咱们这房子你肯定也不会要。你看，你能不能在回学校之前，跟我们去把产权证弄一下？"

荣雪知道她的意思。这房子当初盖的时候，是写了爸爸和叔叔的名字，后来爸爸过世，她成为继承人，改成了她的名字。

小镇的房子不值钱，但毕竟是在镇中心，加上地皮，如今也有好几十万，日后恐怕还会升值。

她没想过要这个房子，因为她毕业后确实不可能再回到小镇，放弃产权理所当然。但奶奶刚过世，婶婶就来找她说这个，还是让她的心里有些寒凉。

她知道，她是真的没有家了！

荣雪没有犹豫，第二天就和叔叔、婶婶去办了手续，将自己的名字从产权证上去掉，随后就收拾好自己的东西，回了学校。

虽然叔叔、婶婶让她有空常回家，但她知道，往后大概也就是过年会回来祭拜一下。

因为这已经不是她的家。

在二十三岁这一年，她与她成长了十几年的家，和她的秘密花园，以及她的童年、少年正式作别。

回到学校，她找到了系主任。

前段时间，他们专业本来有个学生申请了联合培养的项目，是流行病方向，但等申请通过后，他又临时放弃，最终还是决定从事别的领域。

当时荣雪去交实验报告，听几个老师在说这事，因为是联合培养，名额就在那里，不需要走平时申请的程序，只要提交英语成绩和研究计划，对方教授通过就可以。

因为荣雪之前说过自己没出国的打算，老师们就没问她，她也没放在心上。

奶奶这一过世，她发觉自己已经没有留下来的理由，遂把自己的打算告诉了系主任。

她运气还不错，那个名额还在。

因为想出国的早就已经申请，不想出国的也不会这个时候临时决定，就算临时决定，恐怕也拿不出像样的英语成绩。

而荣雪在辅导班兼职的时候，为了测试自己的英语水平，顺便考了雅思，7.5分的成绩，还在有效期内，申请任何学校都绰绰有余。

至于研究计划，虽然太匆忙，但她请教了谢斯年，两天就做了出来，而且看起来非常漂亮。

在一切都糟糕透顶的6月，唯有这件事异常顺利。

因为是公派，不用担心费用。

这个暑假她没有留在学校打工，也没有回家，而是加入了一个非政府组织，去了山区做志愿者。

一直到新学期开学，邵栖都没联系上荣雪，打电话不接，发短信不回。他去过她的老家小镇，才知道荣奶奶过世。

然而她没有告诉他。

整个暑假，他都像是飘在半空中，完全没有着落，恐惧、心慌，却不敢多想。

对吃喝玩乐全部失去了兴趣，整天关在家里啃专业书，好像只有这样，才能找到一点存在的意义。

荣雪9月5号出发，那天她去了一趟学校，和院里的老师道别，无意中看到大三的课表，

于是去了一趟实验楼。

她没有走近，只是远远看着。

此时临近下课时间，实验楼前，空空荡荡。

她拿出手机，准备拨打邵栖的电话，但看着手机屏幕，却怔怔地半天没按下去。

邵栖在自己电话簿里的名字叫"天底下最帅的男朋友"。

她其实一直都是直接存他的名字，但他不满意，每次看到都抢过手机改掉，改过的称呼有"亲爱的"、"老公"、"最可爱的男朋友"、"我的宝贝"，诸如此类。

荣雪觉得恶心巴拉的，一般过两天就又改回来。

现在这个称呼是去四川之前改的，后来发生了那么多事，也就忘了改回来了。

她看着那个长长的称呼，终于还是删掉了。

可就在她正要转身离开时，忽然听到有人唤了一声"邵栖"。

其实也不过三个月没见，乍一听到这个名字，却有种恍若隔世的感觉。

她转头朝实验楼看去，只见两个穿着白大褂的男生走了出来。

其中一个就是邵栖。

这是荣雪第一次看到他穿白大褂，原来他穿起来是这么好看。

他好像瘦了点，明明还是那个自己再熟悉不过的男孩，荣雪却又觉得他好像哪里不一样了。

她知道他本质是善良的，在震区发生的事，大概是会让他长大吧。

她也需要成长。

可这成长的代价实在太大了！

她默默看了他片刻，将他此刻的模样记在了心中，终于还是转身离开。

课间休息，埋头做了一节课实验的邵栖，出来透口气。

这几天他还是没联系到荣雪，他们的宿舍已经调整，搬去了研究生宿

舍。他没敢去那边直接找人，怕她还是不愿看到自己。

老付气喘吁吁追上他，给他递了根烟，他摆手拒绝。

"荣学姐不是没申请联合培养的项目么？怎么忽然又去英国了？"

"什么？！"邵栖难以置信地看向他，以为自己听错了。

老付睁大眼睛："你不会不知道荣学姐去英国吧？"顿了顿，又试探问，"你们不会分手了吧？"

邵栖噌地站起来："你从哪里听到的？"

"院办宣传栏贴出来了啊！我早上去找辅导员看到的。我去！你真不知道啊？"

邵栖没回答他的话，转身就往学院跑去。

他跑得太急太快，以至于在分叉路时，没有注意到另一个方向的那道背影。

本来十几分钟的路程，被他用中学长跑纪录的速度压缩到了三分钟。

院办的宣传栏上，贴着很多公告，但那份联合培养的名单仍旧很显眼。荣雪的名字在最后一个位置，想来是后来补上的。

是英国一所著名的大学。

辅导员正好从办公室出来，看到站在公告栏前的邵栖怔怔的样子，咦了一声，笑着随口道："你们班以前的班导今天出国，你没去送她啊？"

辅导员并不知道他和荣雪是恋人，所以也就没看出他的失魂落魄。

"你说什么？"辅导员话音落下，半晌他才反应过来。

辅导员笑："我说你们之前的班导荣雪今天出国，刚刚才从院办离开呢。你怎么没去送她啊？"

这回没等人说完，邵栖已经拔腿就跑。

辅导员摇摇头："这孩子！"

邵栖跑下楼，可跑了一大段路，却忽然不知再怎么迈步，半晌才手忙脚乱拿出手机。

站在路边等待出租车的荣雪，觉察手机在响，拿出来一看，虽然名字已经被删除，但这个号码她再熟悉不过。

犹豫良久，她终于还是接听了。

"喂！"她先开口。

"你在哪里？"那头的邵栖急急问，声音里有掩饰不住的颤抖。

荣雪淡声道："我出国的事你应该知道了吧？"

邵栖嗯了一声，问："我放假的时候可以去看你吗？"

荣雪道："邵栖，有些话我说不出口，但我希望你明白。"

因为对他的感情仍旧在，所以分手二字始终没法说出口。

邵栖低声问："你是不是不会原谅我了？"

荣雪道："我原不原谅你已经没有意义了。"

邵栖沉默了片刻，声音更低："那你是不要我了吗？"

荣雪心头微微一颤，叹息了一声："邵栖，人总是要长大的，你也该长大了。我不在你身边，你要好好的。好好生活，好好学习，将来好好工作。"

"荣雪！"他在那头唤了一声，似乎还想说什么，但是被荣雪打断，"再见了，邵栖。"说完她就挂上了电话。

就这样吧！

他和她的故事就在这里结束。

她年长他三岁，认识他三年。

在生命的长河中，三年其实很短暂，但对于一个人的青春来说，三年已经足够漫长。

漫长到她也许要用一辈子来遗忘。

可是人总是要向前的。

邵栖听着手机里传来的嘟嘟声，站在原地片刻，忽然发疯一样往前跑去。

他不知道自己要去哪里，只知道用力狂奔。

2008年9月的第一个星期三，阳光明媚。

如果那天上午，你恰好走在江大的校园里，也许会看到一个英俊的男生，在寥落的校道上不知为了什么在狂奔。

如果看得再认真一点，你会发现，这个英俊的男生，好像在流泪。

第八章
一别经年再相见

1月是北半球最寒冷的时节，然而在热带季风气候的西非国度，却是炎热季节的开始。

荣雪博士毕业那年，因为教授的建议，直接跟着援非医疗队来到了西非。

在传染病肆虐的非洲，她的临床和研究能力，能得到最直接的锻炼。

她孑然一身，无牵无挂，几乎没有任何犹豫。

她所在的这间中非友好医院，位于这个国家的首都。但被贫穷和战乱所笼罩的国家，即使是首都，生活水平和医疗条件也极为恶劣。

医院不过是一栋两层小楼，中非两方的医生，加起来才三十来人，每天接诊的病人，常常超过负荷，还要时不时下村义诊，以及做各种防疫宣传。

忙碌的生活，让她几乎没再想起过那些前尘往事。

今天是荣雪出诊，因为是传染病方面的医生，坐在办公室的她穿着防护服，戴着口罩。

刚刚送走了一个携带HIV病毒的病人，一位身着迷彩服的中国男人便推门而入。

"荣医生。"男人走到她对面坐下，笑盈盈地看着她。

男人叫唐昊，是中国维和部队驻这个国家的工兵营连长。二十多岁的男人长着一张古铜色的脸，轮廓分明，虽不是大众意义上的英俊，但有种阳刚的帅气，与身上的迷彩服相得益彰。

因为医院和他们的驻地隔得很近，又都是代表国家来援非，医院和营地的关系很紧密，唐昊上半年刚来不久，荣雪就和他认识了。

不过跟他的长相不太符合的是，唐连长的性格颇内敛害羞。

工程兵的任务主要是对基础设施的维修和建设。前段时间，唐昊进入雨林维修桥梁时，被毒蚊子叮咬，染上了疟疾，回来在医院住了几天，荣雪是他的主治医生。

他上个星期出了院，今天来复查。

疟疾在非洲很常见，不过时至今日已经不是什么疑难杂症，只要及时治疗便无碍。

在异国他乡，面对同胞时，难免会有亲近感。

荣雪将口罩拿下来，笑道："怎么样唐连长，还有症状吗？"

唐昊："除了前天发了一次冷之外，已经没有其他的症状了。"

荣雪点头："应该没有什么问题了。我再给你开一点药巩固就好。"

"那多谢你了！"

"不用客气，这是我的工作。"

唐昊默默看着她低头开单子，头发别在耳后，露出白皙的脸颊和脖颈。

他们营地的大老爷们儿来了这边，不到几个月，基本上都会朝着本地人的肤色发展。但对面的女人，已经在这边待了一年多，竟然一点也没变黑。

荣雪写好单子抬头，正对上唐昊一动不动的眼神。她咦了一声，有点奇怪道："我脸上有什么东西吗？"

唐昊忙不迭摇头："没有没有。"

他脸上出现可疑的赧色。

不过他脸黑，荣雪没看出这位黑脸帅哥的异样，笑着将单子递给他："你去拿药吧！以后去雨林，可千万记得做好防蚊虫叮咬的措施，非洲的蚊子可不比我们国内的。"

唐昊笑着点头，犹豫了片刻，忽然从身后掏出一个小袋子，放在桌上。

"什么？"荣雪问。

"附近那间中国超市不是最近都没有老干妈卖了吗？我上回去南边居然发现有卖的，就囤了两瓶。最近我也不适合吃辛辣的东西，想想干脆拿来给你。"

荣雪笑："你留给战友就好，干吗拿给我？"

唐昊支支吾吾道："他们都有呢！"

"好吧，那就多谢了！"荣雪没做多想，笑盈盈拿过装着老干妈的袋子。虽然医院有食堂，但这边物资缺乏，吃得实在是很糟糕，她和室友就会经常在宿舍里自己捣鼓点吃的解馋。老干妈对她们来说可以算是美味了。

唐昊站起来，又像是想起什么似的问："你今年过年回家吗？"

荣雪摇头："明年我在这边的工作就结束了，今年就不回去了。"

其实能回哪里去呢？她根本就没有真正意义上的家。

唐昊没看出她表情中的怅然，反倒是笑道："我也不回，据说以前医院和我们部队驻地会一起过年，到时候大家一起热闹啊！"

荣雪去年值班，没去跟大家一起过年，今年按照计划，应该不会再轮到她。想了想，她笑着点头："好哇！"

转眼就到了中国的农历新年。他们医院的援非医生按照惯例被邀请到维和部队驻地参加除夕活动。

荣雪的室友叫朱雅，是个三十出头的单身女医生，个性爽朗潇洒，长得挺漂亮，属于为了事业将个人大事排在后面的那类。

援非医生的要求都是主治医师以上，基本上都是三十多岁往上，荣雪是教授推荐过来的，算是特例。除了她和朱雅，其他人都有家有室。

因为同属单身狗，又在条件恶劣的异国他乡，两人关系非常好，几乎无话不谈。

"荣雪，你看我这身儿怎么样？"

下午从办公室回到宿舍，两个人就忙着梳妆打扮，准备奔赴维和部队驻地过年。

荣雪转头看向已经换好衣服的朱雅，她个子一米七多，身材修长，穿着一件连衣长裙，气质十分出众。

荣雪眨眨眼睛点头："漂亮极了！"

朱雅笑："维和部队那边特别多帅哥。我决定了，明年回国的时候，一定要拐走一个跟我回家。"

虽然已经年过三十，但不妨碍她继续保持着对帅哥的热情。

荣雪道："那我祝你好运，早点拿下一个帅气兵哥哥。"

朱雅见她就随便换了一身衣服，连声哎哎："你怎么就穿这样？不行不行，你必须得给我好好打扮。"

荣雪笑："我又没想找兵哥哥，打扮什么？"

"我跟你说，他们是工程兵，有前途得很，就算以后回去转业，当个包工头妥妥的，贼赚钱。"

荣雪："……"

真是一个想法清奇的女子。

朱雅继续道："你一单身狗，还不抓紧机会？对了，之前那个给你送老干妈的唐昊，我看就挺好的。"

荣雪失笑："你别乱点鸳鸯谱了！"

"什么乱点鸳鸯谱，我可是火眼金睛，唐昊绝对对你有意思。"

"行了行了，我换衣服还不成吗？"

她打开衣服，找出一条碎花裙子穿上。

朱雅歪头看了看她，还是不满意："首饰呢？赶紧找点首饰戴上。"

荣雪只得拉开抽屉，将装首饰的盒子拿出来。她首饰很少，平日上班，也用不上，基本上没打开过。

"这项链就不错！"她刚刚把盒子打开，朱雅就伸手将里面的一条天鹅水晶项链拿了出来。

荣雪微微一怔。

她差点忘了还有这条项链。分不清是故意还是无意，多年辗转，这条项链一直跟着她。

那是当年邵栖用自己赚的钱，送给她的第一份礼物。

后来他还给她买过很多东西，但只有这条项链她一直带在身边。

四年多了，她不记得自己已经多久没去想过邵栖这个名字，没去想过这个人。

从来没想过，可也从来没忘记。

只是生活一直在朝前走，她已经没有空再回头。

对她来说，那大概就是自己学生时代的一段未能修成正果的爱情，终

327

有一天会走向被遗忘的宿命。

"怎么了？"朱雅觉察出她的不对劲。

荣雪摇头，将项链从她手中拿过来，放回首饰盒，又从里面拿出另一条链子。

朱雅咦了一声："刚刚那条不是挺好看的吗？"

荣雪笑了笑："我喜欢这条。"

朱雅看了眼她戴上的那条铂金项链，好像也还行，于是没继续追问。

十几个医护人员，最年轻的荣雪和朱雅十分显眼，尤其是到了维和部队驻地，两个穿着裙子的中国女人，对比着清一色的迷彩服纯爷们儿，那真是万绿丛中一点红。

几百个人聚在广场上，围着篝火而坐，除夕夜异国他乡的篝火晚会，别有一番滋味。

荣雪他们正好与唐昊的连队坐在一块儿。

而坐在最前面的唐昊，利用职务便利，恰好就坐在荣雪身后。

两人打了招呼之后，唐昊悄悄给她塞了一把大白兔奶糖，低声道："我们营长给我的，我不爱吃甜，你和你们同事吃吧。"

荣雪转头朝他笑了笑，分给了旁边的几个医生。

这晚会是典型的部队晚会，上前表演的士兵，无论是歌曲还是小品，都是围绕着离家千里思乡这些主题。

若是从前，荣雪大致没有太多感觉，但是如今看着这些一板一眼的表演，却很是感同身受。

只是她虽有乡愁，却没有家可思，于是也就只是感动一下，并没有像朱雅那样，哭得稀里哗啦。

晚会进行到一半，炊事班的战士们，提着装着饺子的大桶，分发给众人。

荣雪不是北方人，没有过年吃饺子的习俗，但吃着部队里的饺子，也吃出了点故乡和年节的味道。

等吃得差不多，担任主持的军官叫道："请大家热烈欢迎我们的援非医生来表演一个节目如何？"

战士们鼓掌起哄："来一个！来一个！"

院长是个年近五十的中年男人，闻言笑眯眯道："那就让我们两个年轻的美女医生朱雅和荣雪给大家表演一个！"

荣雪还没反应过来，已经被朱雅拉了上去。

她一脸窘状，低声道："我不会啊！"

"随便唱个歌呗！"

朱雅很热情大胆，拿起话筒就来了一首欢快的英文歌，气氛顿时被她调动起来。

待一曲结束，她将荣雪拉过来："我们荣医生比较害羞，有哪位兵哥哥上来给她打打气，与她合唱一首？"

荣雪："……"

面对着几百人，她真是被这位好室友给坑得恨不得马上遁逃。

朱雅话音刚落，下面已经有人在起哄着推唐昊："连长，快去！"

唐昊红着脸跑上前。

只不过除了他自己，没人知道他的脸是红的。

他站在荣雪旁边，摸摸头问："你想唱什么？"

荣雪："那就唱《恭喜发财》吧！"

唐昊："……"

好像也没什么问题。

于是两个人一本正经合唱了一首《恭喜发财》。荣雪唱歌实在是不怎么样，唐昊又紧张得舌头打结，一首简单的《恭喜发财》，被两人唱得十分滑稽，逗得众人乐不可支，也算是达到了目的。

唱完之后，荣雪丢下话筒，赶紧坐回了位子上，将脑袋缩在人堆里。

太丢人了！

不过她不得不承认，这个除夕夜，是她这一年多来，最开心的一晚，一时间已经忘了在异国他乡的苦闷。

晚会结束后，唐昊奉命护送他们回医院。

到了医院宿舍门口，他支支吾吾叫住荣雪，同事们见状十分识趣地先进去了，尤其是朱雅，走的时候还一脸坏笑。

"有事吗？"荣雪看着这个穿着迷彩T恤的男人。

唐昊一只手拿着一包东西递给她，另一只手抓耳挠腮，半天才结结巴巴道："这是我家里人给我寄的吃的，你拿去宿舍吃吧。"

荣雪愣了一下，笑着接过来："谢谢。"

"那个……"唐昊又道，"你下个周末休假对吧？"

荣雪不知道他要说什么，只点点头："有事？"

唐昊低着头不敢看她："我那天也休假，你要是有空的话，我们一起去东边那个中国城超市逛逛如何？过年应该有不少好东西。"

荣雪再如何后知后觉，此时也看出了这位黑脸帅哥的心思。

朱医生果然火眼金睛。

荣雪拿着一包吃的回到宿舍，换上睡衣的朱雅，笑眯眯盘腿坐在沙发上，看到她进门，嘻嘻笑着道："怎么样，怎么样？"

荣雪木着脸道："什么怎么样？"

朱雅道："当然是唐连长啊！是不是对你表白了？我看他人挺木讷的，没想到还挺主动。"

"什么啊！他就送了一包他家里寄的吃的，让我带回来和你一块儿吃。"

"得了吧！"朱雅笑，"要就是送吃的，还非得把你叫住？你就说实话吧，他是不是对你表白了？"

"真没有。"

"嘁！我不信。"

"就是约我下周末去东边那个中国城超市购物。"

朱雅大笑："我就说嘛！他这明摆着是在追你啊，你不要告诉我你不知道！"

荣雪默了片刻，笑道："这种地方谁有心思谈恋爱啊？"

"怎么没心思啊？等回去之后，这里的经历，那就是患难与共的情谊。在这种环境下谈的恋爱才真实好吗？不用考虑身份、背景、收入，不用想着对方有没有房，有没有车，多纯粹的感情！"

"可那也得有恋爱的心思吧。"

"怎么没有了？唐昊长得不是挺帅的吗？妥妥的黑马王子。尤其是身材，根据我从医十余载的经验，唐连长绝对是天赋异禀这类型。"

荣雪干笑两声："我算是知道你为什么想找兵哥哥了，你这个大色女。"

朱雅道："我几年没性生活了，想想还不行啊？"说着眨眨眼睛，"这里的生活跟苦行僧似的，你就没想过？"

"我清心寡欲！"

"我呸！"

两个人笑闹了一番，除夕就这么过去了，又是新的一年到来。

荣雪在这里是年纪最小的，有时候对年岁的增长浑然不觉，但新旧年的更迭，总是会提醒人：你又老了一岁。

饶是大家叫她小雪或者小荣医生，把她当小姑娘照顾，但她真的不是小姑娘了。

再过几个月，她就整整二十八岁了。

若是在国内，这已经是需要被逼婚的年纪了。

周末很快来临，本来休假的荣雪，到底没能和唐昊一起去超市采购。

因为在离首都不远的一个小镇，发现了两名疑似埃博拉病毒感染者。

埃博拉病毒曾经在20世纪70年代的苏丹南部和刚果（金）肆虐横行，导致尸横遍野，随后消失了十几年，90年代在乌干达再次出现，残害了无数生命之后，再次消失。

这种病毒被世界卫生组织定义为"4级病毒"，是生物安全等级的最高级别，也是目前世界上最凶残、致命的病毒之一，在绝大多数的情况下是不可救治的。

时至今日，仍旧没有有效的治疗药物出现，病毒却再一次卷土重来。

中方的院长身经百战，在国内抗击过"非典"，防疫意识很强，消息一出来，他就对这件事重视起来。

因为他知道，一旦疫情爆发，医院就成为最危险的地方。

在疫情还没蔓延到首都之前，必须让医护人员提前做好紧急培训。如果没有足够的防护能力，何谈治病救人？

荣雪是流行病学博士，在这方面算是专家，医护人员的培训就由她主导。

忙了几天，荣雪也顾不上唐昊的事了。

又是一个忙碌的上午过去，荣雪和朱雅来到医院的小食堂吃饭。食堂的电视里正在播放新闻，这几天几个邻国都陆续有疫情爆发，已经死亡了好几例。

朱雅看着电视里穿着像是生化危机一样的防护服的医护人员，以及裹得严严实实被抬走的尸体，唉声叹气问："荣雪，你担心吗？"

荣雪沉默了片刻，点头："埃博拉比'非典'还恐怖，虽然是接触传染，但在非洲，民众的意识低下，我觉得不容乐观。而且这次是新型埃博拉病毒，比之前的可能更危险。"

朱雅道："要是咱们这边爆发疫情，该怎么办啊？老娘来了非洲这么久，被偷被抢过，给HIV携带者做过N次手术，但还是第一次这么恐惧，总有种快要被死亡阴影笼罩的感觉。"

荣雪看了眼电视里的疫情报道，眉头微微蹙起："虽然很可怕，但做好防护隔离，其实也没那么恐怖。"

"别提防护服了，里三层外三层，穿一会儿就浑身是汗。"

荣雪笑："那也没办法。医院已经提前准备了隔离区，一旦有病人进来，会马上隔离。我们到时候去病区，也不能待超过一个小时，不然会中暑闷死。"

朱雅道："要是爆发了，你们传染病医生，那真是要受苦了。"她叹了口气，看到电视里穿着防护服的医护人员抬着死去的患者去焚烧，忧心忡忡道，"这算不算是一场没有硝烟的战争？"

荣雪笑："那咱们也算是当一回战士了！"

两个人刚吃完，一个黑人护士慌慌张张跑过来，用英语磕磕巴巴说道："大厅……大厅……"

"大厅怎么了？"

"一个病人倒在那里，有呕吐症状，我们担心是埃博拉，马上将人疏散了，没人敢去动他。"

荣雪闻言大惊失色，赶紧跟着她往外走。她先是通过办公室电脑的监控看了下大厅那人的状况，那人正在抽搐，嘴巴周围都是污秽的呕吐物，目测符合埃博拉症状。

可怕的事，终于还是来了。

荣雪回到办公室，吩咐中非双方的医护人员穿好防护服，迅速来到空无一人的大厅，将人抬上担架，送入隔离区病房，又赶紧对原地做好消毒。

这例患者在第三天不治身亡，血液检测为阳性，确定为埃博拉病毒感染者。

332

然而这只是个开始。首都的疫情很快爆发，并失控般蔓延。

这是一个医疗条件极为低下的国家，首都总共就只有十来家医院，医护人员非常缺乏，根本无法负荷不断爆发的疫情。

而且本地医院的医护人员业务水平低下，缺乏必要的常识，已经有不少医护人员感染，甚至不敢再接收病人。

不过短短数日，这座城市的医疗系统已经濒临瘫痪。

他们这所中非友好医院，因为院长的未雨绸缪，以及中方医护人员的高水平，暂时还没有医护人员感染。

但医院里非方的医护人员意识不高，自我管理松散，哪怕是提前培训过，因为怕热，在防护服的穿脱上经常有人不那么按照严格的程序来。中方的医生不得不严格监督。

隔离区的病患越来越多，每天都有新的疑似病患进来，每天都有人死去，小小的隔离区总共就十几张床位，已经无法再负荷。

医院外面被封锁起来，每天接收的疑似病患不得不限员。

荣雪不仅第一次面对这么多死亡，也要面对随时可能到来的死亡。

饶是她淡定从容，也担惊受怕得日夜难安。

没有人不怕死。

她也怕。

很怕。

随着疫情的扩大，各国的医疗机构和无国界医生组织，陆续抵达这个国家，但仍旧无济于事。

这座小小的医院里，他们这十几个援非的医护人员，像是处在一个随时会沉没的孤岛，除了等待支援，别无他法。

"好消息！好消息！"两个月后，愁眉苦脸多日的院长跑进荣雪的办公室，"维和部队马上要帮助咱们建立一座埃博拉诊疗中心，国内的抗埃博拉援非医疗队也已经组建，很快就要飞过来，我们不用再孤军奋战了！"

这么久以来，终于听到了一个好消息，荣雪差点喜极而泣："真的吗？"

院长用力点头，年近半百的大男人，激动得差点泪目："真的，刚刚接到的消息。抗埃博拉援非医疗队由军医和地方医生联合组成，还有你们江大的病毒学专家张明生教授也随队来了。"

作为江大医学院的学生，以及博士期间主攻流行病学的荣雪，她当然知道张明生，那可是国内最有名的病毒学专家。

她重重舒了口气，几乎是瘫坐在椅子上："终于来了，不然咱们真的要撑不下去了！"

这两个月以来，荣雪几乎每天加班到深夜。因为要进入隔离病区很多次，每天加起来至少有好几个小时要穿着密不透风的防护服。在平均气温超过三十摄氏度的炎热季节，进去一圈出来消毒的时候，整个人都跟从水里捞出来一样，本来就不胖的荣雪，又瘦了一大圈。

每天回到宿舍之后，她几乎都是随便冲个凉，倒头就睡，但今天收到好消息，虽然累，却也一时没有睡意。

这消息朱雅当然也得知了，看她洗完澡坐在床上上网，拿了两罐啤酒过来，笑道："再撑几天吧，咱们伟大的祖国很快就要来支援咱们了。"

荣雪接过啤酒，笑道："这两个月本地医院已经死了几十个医护人员，好多医院都不再接收病人。欧美医疗机构和无国界医生组织建立的埃博拉诊疗中心据说已经负荷不了了。每天看到收尸体的车子过来，从咱们这边将死者拉走，我都怀疑可能过几天，被拉走的人会是我。"

"呸呸呸！"说着朱雅又笑道，"对了，你和唐昊那事怎么样？"

荣雪一副怕了她的样子："都什么时候了，我还能有这个心思？"

朱雅道："那有什么？你看现在大街上都戒严了，咱也来场倾城之恋呗！"

"他们的驻地已经隔离，不能随便进出，我已经一个多月没见过他了。"

"明天不是要来咱们这边开工修建埃博拉诊疗中心吗？他肯定会来的，到时候就有机会见面了。"

荣雪笑着摇摇头。

可能她真得向这位朱医生学习一下，无论在什么情况下，都不改乐观的精神。

这种时候，她竟然还有工夫分出一点春花秋月的心思，荣雪不得不服。

朱雅往她身边蹭了蹭："对了，我接到我以前同事的线报，她是这次抗埃博拉援非医疗队的成员，说你们江大那位张明生大教授带了一位博士生助手，也是他的得意门生，特别帅。"

荣雪哭笑不得："你真是时刻不忘花痴大业。"

朱雅道："这不是苦中作乐吗？现在咱们连街都不能上了，只能自力更生找点乐子，不然这日子怎么过啊？"

荣雪笑："也是。"

朱雅又道："不过张教授的得意门生，说起来也是你学弟了，指不定你还认识呢。你们医学院当时帅哥质量到底如何？"

荣雪笑："不知道，可能还行吧，没怎么关注。"

"你说说你都关注些啥，上学的时候竟然都不关注帅哥，是不是整天就知道学习，啥都不干？你不要告诉我，你上学都没谈过恋爱？"

两人虽然无话不谈，但荣雪从来没说过自己的恋情，朱雅好像也没想起来问过。

荣雪微微一怔，脑子里忽然浮现邵栖的模样。时隔四年多，少年人的那张脸，仍旧清晰无比，甚至连他睫毛的长度，她都记在脑海里。

他不就是他们医学院帅哥的代表吗？

这样看来他们江大医学院的帅哥质量还真是不错。

默了片刻，荣雪笑了笑，淡声道："谈过的。"

朱雅好奇，再想追问，她却只轻描淡写说过去太久，没什么好说的，将八卦的朱医生打发了。

隔日，维和部队工兵营便开始修建埃博拉诊疗中心，时间紧迫，他们必须赶在国内的抗埃博拉援非医疗队抵达之前修建好。

而负责的恰好是唐昊的连队。

因为要在三天内完工，临时修建的诊疗中心就是铁皮屋构造，但要同时容纳几十张床位，也并不是小工程。

好在这些工兵驻非洲的时日较多，吃苦耐劳，经验丰富。

几十个人的午餐就在工地自己开伙解决。

院长看不过去他们的大锅面条，吩咐医院食堂加了菜，给他们送过去。

这段时日，荣雪一直没什么胃口，草草吃了点饭，准备回宿舍休息，刚刚走出医院小楼，就遥遥看到工地上的唐昊朝她招手。

她朝他笑了笑，走过去。

太阳很大，唐昊端着一个饭盆，满头是汗，身上的绿色T恤湿漉漉地贴在身上。

"辛苦了！"荣雪在工地的警戒线外站定，对他笑道。

唐昊周围的几个战友，笑闹着起哄。

唐昊毫无威慑力地瞪了瞪那几个人，红着脸走过来："还行！比去雨林好点。"

当然，唐连长的肤色，是看不出他在脸红的。

荣雪道："我听院长说，工期就三天，有问题吗？"

唐昊摇头："没问题，比这个更赶的都做过，不过晚上是得加班了。"他抿抿嘴，看向她，有点羞涩道，"这一个多月我们驻地隔离，取消全部休假，只有出任务才能出来，我也没空来找你。最近疫情这么严重，你还好吧？"

荣雪笑："挺辛苦的，但还撑得住。过几天医疗队来了，我应该就能喘口气了。"

唐昊道："不管怎么样，身体最重要。你一个女孩子还是要注意休息好，别太拼命了。你们现在就是打仗，尤其是要注意自己的安全。"一个多月没见，他明显能看出荣雪瘦了一圈。

说着，他从裤子口袋掏出一把巧克力糖道："给你！累的时候能补充体力。"

荣雪笑着接过巧克力，大概是被他揣在兜里太久了，巧克力的手感有些软了。

"谢谢啊！"荣雪笑道。

唐昊摸摸脑袋："别客气。"他顿了顿，"等形势好了点，我再来看你。"

荣雪默默看了看他，到底还是点点头："好的。"

虽然接触不算多，但荣雪知道，唐昊是一个很好的男人，正直又善良，纯爷们儿的外表下，还有一点羞涩内敛的可爱。

如果不是因为天不时地不利，让她没有半点花前月下的心思，她不见得会对这样的男人毫无感觉。

但也正是因为身在异国他乡，每天如履薄冰，她对他这样婉转的示好，多少又有些感动。

在这种环境下，唐昊仍旧保持着乐观的赤诚，可以说是非常难得了。

她的点头，让唐昊露出欣喜的笑意，两排洁白的牙齿在太阳下闪闪发光。

"外面太晒，你快进屋吧。"他说。

荣雪点头："你们也注意，可别中暑了。"

说罢，她向其他人挥挥手，转身朝宿舍的方向走去。

身后的士兵们对唐昊发出善意的起哄笑闹。

"闹什么闹！"唐昊并没有威慑力的轻喝声响起。

荣雪弯了弯嘴唇，摇头笑了笑。

诊疗中心的建设很迅速，但工兵队的辛苦程度也非同一般。

荣雪这两天加班到深夜回宿舍时，他们都还没停歇，早上起来，工地又已经敲敲打打开始。白天短暂休息，很多人就那样歪歪扭扭在临时搭建的棚子下倒头睡一觉，但无论睡得多死，命令一到，又马上开工。

荣雪不得不佩服这些军人的毅力。

三天之后，诊疗中心建设完毕，空运的物资，以及几十名援助医生也到了。

抵达的时间是傍晚。荣雪透过二楼的办公室窗户，看到陆续从车子里下来的穿着迷彩服的军医同胞，激动得差点哭出来。

在院长的带领下，医院举行了一个小型的欢迎仪式，其实也就是互相介绍一番。时不待人，仪式结束，院长就亲自带领大家了解状况，又吩咐荣雪道："南边伊力萨镇的两家中资企业疑似爆发疫情，十几个疑似感染的非方员工被安置在企业的临时医院，那边负责人请求支援。张教授直接赶了过去，他们对这边情况不熟，你赶紧带两个护士去跟他们会合，协助他们。"

荣雪收到任务，立马带上消毒物品和防护套装，和两个护士坐上医院的救护车，朝那边赶去。

与张教授那边的车子会合时，正是暮色四合时。

伊力萨镇虽然靠近首都，但却是个人烟稀少的镇子，一眼望去，只看得到公路和一旁苍茫的大地。

直到几座厂房似的建筑出现在视野里，才多少有点人气。

荣雪来这边的中资企业义诊过两次，还算熟悉。

临时医院就建在两家企业中间，她让车子在医院门口停下，然后和两个护士穿戴上他们的11件防护用品，动作颇为笨拙地下了车。

这座临时医院说是医院，其实不过是个棚子，门口守着几个医护人员，却没人敢进去。门口都是刺鼻的消毒水味道。

好在荣雪这两个月，每天都要和这种味道打交道，早已经习惯。

在门口等待的负责人走上前，忧心忡忡地和她说了一下情况，她点点头，来到后面的车辆旁。

那车子上下来三个人，和他们一样，也已经穿上厚厚的防护套装，头套、护目镜、口罩将人脸遮得严严实实，只隐隐约约看到人的两只眼睛。

两男一女，走在前面的身量略矮一些，从体型看得出上了点年纪，应该就是张教授，走在其后的女人大概是个中年护士。

走在最后面的男人个子很高，穿着防护服也看得出顾长挺拔，想必就是张教授那位得意门生了。

荣雪走上前，道："张教授，里面有十几个疑似感染者，都是这两天送来的。"

因为戴着厚厚的口罩，声音闷闷的，带着点失真的鼻音。

张教授闻言点头，随她往里走。

只是不知为何，走在最后的那个男人却有些奇怪地站在原地不动，直到前面的女护士转头朝他挥挥手，他才跟上。

棚屋里用着十分简易的电灯照明，光线昏暗。

他们这身防护服，不仅笨重闷热，而且还会给病人造成心理压力，让他们看着就觉得害怕。

屋子里的病床都是贴地的简易木板床，和躺在地上没什么区别。

总共有十几张床，每张床上都躺着一个疑似感染者，好几个都在痛苦地呻吟着，看起来十分阴沉凄惨。

4月的夜晚，仍旧酷热难耐，穿着防护套装，难受得几乎窒息。

荣雪知道张教授年逾五十，又才下飞机不久，怕时间太长他的身体受不了，便迅速走到前面，先帮助观察病人的状况。

338

她戴着三层手套，一个一个查看他们的眼白、鼻腔和牙龈，看他们出血的症状。可是轻微的出血很难用肉眼看清楚，而且非洲人皮肤黝黑，想从皮肤上的斑点瘀斑判断，也有些困难。

最直观的办法就是查看病人的喉咙，因为过了潜伏期的病人，喉咙会肿起来，如果再伴有脓汁，那么有很大可能性就是已经感染。

但是有几个疑似感染者的精神状况十分糟糕，根本不配合张开喉咙。有一个男性疑似感染者，在荣雪靠近的时候，差点咆哮着起来抓她。

他动作很大，像是用尽了全身的力气，几乎要扑上来。

荣雪穿着厚厚的防护服，手脚像是被缚住一样，根本无法及时反应过来。

而就在那男人快贴上她时，一股力量从后面将她拉开。

是张教授的那个助手。

本来就闷得透不过气的荣雪，吓得差点双腿软倒。

"谢谢！"她闷声开口。

男人点点头："我来吧。"

荣雪稍稍退后让开位置，男人和那个女护士上前，一边检查，一边抽血采集血样。

他动作很麻利，那些濒临癫狂的病人，被他摁住就无法动弹，护士很容易就抽了血。

他做完这一切，走到张教授跟前："老师，从检测来看，初步判断这十几个人里有八个可以确定感染，剩下的有三个要等验血和粪便才能确定。其余的四人，应该是疟疾，不过在这里，可能已经交叉感染，正处于潜伏期。"

男人的声音在口罩下，听起来很低沉，荣雪觉得有点熟悉，还没仔细去辨认，张教授已经开口打断了她的思绪，对她说道："麻烦你通知这里的负责人，八人马上送去埃博拉诊疗中心，其余的送到留观中心隔离观察。"

荣雪点头，暗自惊叹：果然专家就是专家。

他们这段时日，确诊任何一个感染者，都要经过一系列繁复的检测，谁也不敢看症状就下结论。毕竟在非洲，流行病种类繁多，不同种类的流行病在症状上有很多相似点。

但是这位专家和他的得意门生，竟然如此迅速就能判断出来。

从棚屋里出来，荣雪只觉浑身都跟从水里捞出来一样。

她和两个护士，相互帮忙，小心翼翼将防护服脱下，又赶紧洗手消毒。等三人终于满头大汗地折腾完毕，重新呼吸并不那么新鲜的空气时，那边的三个人也已经处理完毕，直接上了他们自己那台车。

荣雪还没来得及看清楚他们的长相。

坐上车后，跟她一起的中方护士陈姐笑道："刚刚真是太吓人了！那病人差点就抓到你！"

虽然防护套装很厚，而且戴着三层手套，但埃博拉病毒感染者在极度痛苦之下，和电影里的丧尸没什么两样，一个不小心，指不定就会被抓破，后果不堪设想。

荣雪舒了口气："是啊！多亏了刚刚那位医生将我拉开，回头得好好感谢人家。"

陈姐道："那医生是张教授的助手吧？不愧是顶级病毒学专家的得意门生，做事果断又专业。"

荣雪笑："应该是吧，不然张教授也不会带他来。"

身心俱疲地回到宿舍，荣雪洗了澡恨不得倒头就睡。

只是今天难得时间还早，她竟然有点睡不着，之前在临时医院的经历，想起来还是有些后怕。

当时因为一直处在高度紧张的状态中，没多想，现在她却后知后觉地觉得张教授那位助手，好像给她一种很熟悉的感觉。

怎么可能？

一定是她多想了。

朱雅笑嘻嘻凑过来："哎，小雪，你今天和张教授他们去了南边，有没有看到他那位帅哥助手？"

荣雪唉声叹气道："我跟你说，那临时医院条件特别差，十几个病人就跟躺在地上一样，好几个都已经处于精神崩溃状态。我差点被一个人抓了，吓都吓死了，哪儿还有心思想其他的？"

朱雅轻呼一声："这么可怕？你没事吧？"

荣雪摇头："差一点，还正好就是张教授那位助手拉了我一把。"

朱雅问："那到底长得怎么样？"

荣雪笑："都穿着防护服，我又没透视眼，怎么看到他长什么样？"

"出来之后呢？"

"出来之后大家分开进行消毒处理，然后各自上了车，都没看到啊！"

朱雅叹了口气："本来还想着在这艰苦的生活中，找到一点乐趣，没想到你这么不给力。"

荣雪道："乐趣是没有，不过张教授和他的助手，非常专业，有他带领大家抗埃博拉，我算是放心了。"

朱雅点头："但愿吧，不然这日子真过不下去了，就算没感染病毒，天天这么担惊受怕，指不定哪天就得心脏病死了。"

荣雪笑："你能不能说点好的？"

朱雅嘻嘻笑："艰苦的生活要经得起自我调侃。"

隔日上班，院长把荣雪叫到办公室。

"我们医院本部的隔离区，现在是留观中心，确诊的患者都会送到旁边的诊疗中心。医疗队里都是专业的传染病医生，有他们在，我们终于可以松口气。张教授的"4级实验室"今天开始投入使用，他需要一个对本地疫情比较熟悉的医生，所以这段时间，你不用去病区做临床治疗了，先去协助张教授他们。"

荣雪点头："好的。"

对她来说，这无疑也是一个学习的好机会。

4级实验室又称"魔鬼实验室"。符合4级规格的实验室要始终保持负压状态，实验人员进入实验室，要经过几道门，穿上正压防护服。世界上拥有4级实验室的国家和地区寥寥无几。

现如今的条件下，张教授的实验室肯定是达不到要求的，但情况危急，只能将就。

说是实验室，其实也就是工兵队帮忙建设的几间铁皮房，只是里面的设备相对来说齐全，通风做得很好。

荣雪到了实验室这边，穿上防护服准备进去。

实验室的防护服和平时的有些差别，为了方便做研究，没有口罩和护目镜，而是一整个透明面罩。

她来到实验室门口，敲了敲门。

"请进！"里面一个女声传来。

荣雪推门而入，一男一女正背对着门站在实验台前。

女人闻声转头，朝荣雪笑了笑："邵博士，协助的医生来了，我走了。"

在实验里，至少要保证有两名研究人员在。这位女士大概是随队的医生，暂时来帮忙。

荣雪朝她点头笑了笑，待她离开，她才慢慢走上前。那个低头正在实验台前观察样本的男人，终于抬头转过身来。

两人隔了不过一米的距离，那张透明面罩里的脸，眉清目朗，轮廓分明，是荣雪没有刻意去想起但从来没有遗忘的面孔。

有那么一刹那，她以为自己是在做梦。

实际上她做梦都想不到两人会在这种场合下重逢，一时间震惊地站在原地，除了睁大眼睛看着他，已经不知道该做什么。

她甚至忘记了自己身处何地。

邵栖只微微一怔，很快反应过来，面罩里的脸淡淡笑了笑，开口道："我们在提取患者血液样本的RNA（核糖核酸）。"

荣雪回神，走到他身边，看着正在工作的自动提取仪。

这不是谈私事叙旧的场合。荣雪也不是一个会因为私事干扰工作的人。她很快和邵栖一样，专注于样本提取当中。

实验室通风系统很好，但穿着厚厚的防护服，时间稍长，仍旧受不了。

半个小时后，工作结束，两人从实验室出来，然后是烦琐的脱防护服和洗手消毒工作。

荣雪转头看向沉默不言，但每一步程序都做得十分标准严苛的邵栖，笑了笑道："好久没见了，没想到会在这里遇到。"

她语气是刻意的轻松和随意。

邵栖身上已经穿了一件新换的白大褂，闻言身子微微僵了一下，然后转身，朝她笑了笑："是啊，我也很意外。"

他和荣雪记忆中的模样没什么差别，只是脸上的少年感荡然无存，取而代之的是超越年龄的成熟。

年轻但成熟，并不违和。

四年多的时间，确实足够让一个男孩成熟了。

他不仅还在学医，还成了张明生的得意门生。荣雪不知道当年的事对他的影响有多大，但想来他已经在认真地做一件事了。

不管他成熟的原因是一夜长大，还是在时光中慢慢磨砺，长大了总归是好事。

长大了，曾经的年少轻狂，大概也就一笑了之了吧。

挺好的，荣雪想。

她笑道："昨天谢谢你。"

"嗯？"邵栖黑沉沉的眼睛看着她，似乎不明所以。

荣雪道："昨天在中资企业那边的临时医院，谢谢你及时把我拉开，不然指不定就会被那个病患抓到。"她说完才想起来，昨天大家都穿着防护服，他可能并不知道那个人是自己，又补充道，"昨天跟你们一起的那个医生是我。"

邵栖哦一声点点头，淡淡的语气听不出任何情绪。

其实来这里之前，他并不知道她在。

昨晚在临时医院那边听到那个穿着防护服的女医生说话，虽然时隔几年，虽然声音闷在口罩中，但他还是第一时间听出了久违的熟悉感。

回到下榻的酒店之后，他赶紧找来这家中非友好医院的医生名单，荣雪两个字赫然在列。

他不知道她毕业后有没有回过学校，但是他看过荣雪那届的毕业生动向，她的身份挂在省一医，人却并不在。

她去了哪里，也许稍作打听就会知道，但他不知道为什么，忽然就失去了勇气。

万万没想到，她这两年在援非。

这几年他一直很努力，也设想过很多次两人重逢的场景，希望自己不会令她失望。

但真的见了面，他才知道，过去的就真的过去了。

他们不是久别重逢的恋人，只是一对时隔多年又相遇的分手情侣。

四年多，一千多个日夜的隔阂，真真实实横在两人中间。

他们早就分手了。

早就没有任何关系了。

好像隔了这么年，他才第一次真正面对这个事实。

那些蓄积了几年的力量，在她云淡风轻地跟自己打招呼时，就像是泄了气的皮球，瞬间消散开来。

荣雪见他没再说话，就又随口问："张教授呢？"

邵栖这才从怔神中反应过来，勾了勾唇，道："去病区那边看情况了。我们去办公室等他回来吧，然后听他分配任务。"

荣雪点头，随他来到办公室里。

邵栖拿了一瓶水递给她，指了指旁边的椅子："坐吧。"

荣雪默默坐下。就算是刚刚的震惊已经过去，但两个人乍然共处一室，还是有些不自在。

她喝了口水，问："你怎么会学病毒学的？"

邵栖道："我进入研究生阶段的时候，张老师正好来我们临床这边带学生，开了临床病毒学方向，我就选了他。毕竟咱们学校病毒学是重点学科，而且我也挺感兴趣的。"

他的声音还是荣雪记忆中的那样，只是说话的语气，与从前截然不同。

荣雪笑了笑点头："听说张老师很少带学生，你能跟着他学习，运气挺好的。"

邵栖点头："确实学到了不少东西。"

两人以前在一起的时候，其实共同话题也不多，但邵栖在她面前话特别多，下一顿吃个什么菜都能车轱辘话说一大堆。

如今虽然两人博士专业方向相同，却好像不知道从何说起了。

身份不同，一切也就不同了。

两人一时间无话之际，从门口走进来一个人，正是张教授。

他看到里面坐着的两人，笑嘻嘻道："咦？这就是李院长给我派来的人啊？怎么援非的医生还有这么年轻的？而且还是女孩子。"

荣雪站起来："张教授你好，我叫荣雪。"

张教授看着她点头："就是昨天带我们去临时医院的女医生吧？真是巾帼不让须眉。"

荣雪有点不好意思地笑了笑："张教授谬赞了。"

张教授是个挺热情的中年大叔，看她有些不自在地站着，赶紧挥挥手让她坐下："听院长说你是江大临床医学专业毕业的，咱们可是一家人啊！这是我学生，你们应该已经认识了，你可是他直系学姐呢！"

邵栖笑道："张老师，荣医生是我本科大一时候的班导。"

"是吗？这么巧？"

荣雪轻笑，暗道：还有更巧的呢！

张教授继续道："既然你们俩认识，工作上配合起来应该会比较方便。现在的工作主要是提取血液样本，对病毒进行分析。不过条件有限，我们在实验室里能做的也不多，还是得靠临床。小荣医生，听说你们医院已经治愈过好几例了，你给我说说你们的治疗方法。"

荣雪道："其实我们也没什么有效的方法，现在的治疗手段，基本上靠的是头痛医头脚痛医脚的方式。病毒不会直接致死，而是损坏脏器，直接致死的原因都是脏器严重受损。有些病人是肝脏受损，有些病人是脾脏或肾脏受损，我们都是根据情况用药。说白了就是死马当活马医。据我所知，现在的治疗方式也都差不多。"

张教授点头："这就是临床的意义，每种病毒出现，谁不是摸着石头过河？"说着朝自己的得意门生笑道，"邵栖，虽然你在实验室的能力很强，但你这位学姐是真刀真枪在非洲这种地方实战过的，临床的能力你还得跟你这位学姐多学习学习。"

邵栖看了荣雪一眼，点头："明白！"

荣雪有点不好意思地笑道："我还得向你们学习才是。"

张教授起身，看了下墙上的时间："行吧，时间也差不多了，我去实验室看看你们提取的样本，你们俩先去吃饭。"'

邵栖点头，将人送到门口，又转头朝荣雪道："你现在在我们这边工作，工作餐就跟我去酒店那边吧。"

他说的酒店，其实在国内顶多只能算旅馆，就在诊疗中心旁边，步行过去几分钟，是这次他们医疗队住宿的地方。

医院的食堂太小，容纳不了几十人，他们便把整个酒店租了下来，厨房自然也被征用了。

荣雪反正在哪里吃都是一样，为了工作方便，就跟他一起去了酒店。

345

为了保证医护人员的安全和诊疗中心的秩序，这一带已经戒严，还有穿着迷彩服的士兵巡视。

外头的阳光很烈，哪怕荣雪在这里待了一年多，在艳阳下行走还是热得厉害。倒是她身旁的邵栖，虽然额头隐隐有汗水，却神色平静，好像对炎热没多大感觉。

荣雪还记得，以前他是个火炉子，冬天不怕冷，总是要风度不要温度穿得很少，但夏天却总是嚷嚷怕热。

两个人刚走到酒店门口，一个穿着迷彩服的男人忽然跑过来，正是唐昊。

"荣医生，你来这里吃饭吗？"

荣雪眨了眨眼睛点头，有点奇怪："是啊！你怎么在这里？"

而且还全副武装的样子。

顶着一头汗的唐昊笑眯眯道："我接到任务负责医疗队的安全。"

荣雪咦了一声："你们不是工兵吗？还负责这个？"

唐昊一脸傻笑："我们就是社会主义一块砖，哪里需要哪里搬。虽然我们是工兵营，但保护同胞的安全也是我们义不容辞的职责。"

荣雪笑着点头："了不起！不过大热天的，还真是很辛苦啊！"

唐昊道："没事没事，其实对我来说，比关在营地里出不来好多了，这样我们还能经常见面呢。"

荣雪微微一怔，不知为何，就下意识看了眼邵栖，见他神色如常，才暗暗松了口气。

也许不是松了口气，总之她有点说不上来是什么感觉。

大概还是有点尴尬吧！

唐昊对两人的关系毫无觉察，和荣雪说完，这才注意到她旁边的邵栖，笑着朝他道："这位医生好年轻啊，我以为医疗队的医护人员都是三十岁以上的呢！"

荣雪赶紧替他介绍："他是张教授的博士生兼助手，邵栖。"

唐昊朝他敬了个礼："我是维和部队的唐昊。"

邵栖微微一笑，朝他伸出手："你好，请多关照。"

荣雪不动声色看了他一眼，暗自好笑：几年不见，这家伙真的成熟了，竟然这么有礼貌。

唐昊笑着和他握手，又对荣雪道："你和邵博士快去吃饭吧，我马上要交班，待会儿去餐厅找你。"

荣雪点头，和他挥手道别。

餐厅里已经来了不少人，邵栖和荣雪打了饭，找了个靠边的位子坐下。

路过别桌时，邵栖会礼貌地和人打招呼，半点没有从前那张扬倨傲的模样。

荣雪心中感慨：果然当年的男孩已经成长为了一个真正的男人，哪怕他也不过才二十五岁。

物资都是从国内空运过来，但能长途跋涉的食品，定然很有限。

邵栖看着餐盘里的食物，抬头看向对面的人，笑了笑，似是随口问："你在这边过得怎么样？"

其实他问了一句废话，这里的条件，他刚来一天就已经再了解不过，何况还遇上了几十年才发生一次的埃博拉。

荣雪轻描淡写道："习惯了就好，挺充实的。不过这回疫情确实有点吓人，幸好大部队来了，不然真是不知道该怎么办。"

邵栖默了片刻，又试探问："刚刚那个唐昊是你朋友？"

朋友？应该算是吧。

荣雪点点头："这边中国人圈子小，工兵营那边和我们医院都是来援非的，两边走得比较近，唐连长人挺好的，帮了我们不少忙。"

邵栖哦了一声，正要埋头吃饭，刚刚提到的唐连长，已经端着餐盘走过来，在他旁边坐下。

唐昊脱了外衣，只留一件汗湿的背心，额头的汗水还没干，但脸上却是笑嘻嘻的，好像并不觉得在做什么辛苦的工作。

他从裤袋里掏出一包香辣菜，撕开分给荣雪和邵栖："天太热，吃点辣的开胃。"

荣雪笑着说谢谢，又想到什么似的起身："我去拿点饮料。你们俩喝什么？"

邵栖道："汽水就好。"

唐昊道："我一样。"

荣雪去服务台拿饮料，唐昊扒了两口饭，见旁边的邵栖没有动作，笑着开口："是不是刚来不习惯？没关系，过几天就好了，我刚来时也特别不习惯。"

邵栖弯了弯嘴角，看向这个黑脸军人，抿抿唇问："你和荣医生很熟吗？"

唐昊一听他提起荣雪，顿时来了兴致："我刚来这边就认识了荣医生，算起来差不多一年了。之前我去雨林染上疟疾，就是她给我治好的。她一个年轻女孩子来援非，真是太了不起了。"说着，又赧然一笑，"而且我觉得她长得特别好看，是吧？"

邵栖清清楚楚看到他耳边爬起的红晕，他勉强笑了笑，点头："是！"

唐昊叹了一声："可惜最近形势不太好，我们营地一直戒严隔离，我很难见到她。"随后又笑道，"还好接到这个任务。"

邵栖道："荣医生在非洲这么久，你知道她过得怎么样吗？"

唐昊道："反正条件就这样子，我就知道她很忙，挺辛苦的，一个女孩子真是不容易。"

说话间，荣雪已经拿着三瓶饮料回到座位，将汽水递给对面的两人，看到唐昊已经将香辣菜吃光，正辣得满头大汗。

"这么热，你也悠着点。"她笑着道，说着想起什么似的，从口袋里掏出一块巧克力糖递给他，"吃这个能缓解，还是你上次给我的。"

唐昊笑着将巧克力糖接过去剥开，放入口中，又道："我那里还有一些，明天给你带过来。"

"不用了，你留着自己吃吧。"

"我一个大男人又不爱吃甜食，就是上次去中国城超市顺手买的，你要不吃，估计就得等过期了。"

"那好吧。"

唐昊又转头对邵栖道："邵博士，你吃甜食吗？明天我给你也带点过来。"

"啊？"心不在焉的邵栖被他拉回神，"什么？"

"你吃不吃巧克力糖？我明天给你带点过来，累的时候可以吃点补充

348

体力。"

"哦，谢谢啊！"

唐昊又道："你刚来对这边不熟悉，哪天我休假可以出来的话，带你去中国城超市去逛逛。"

他的自来熟让邵栖露出一个由衷的笑容："好啊，谢谢！"

唐昊继续道："荣医生现在跟你们一起工作，她一个女孩子，还拜托你多照顾照顾。"

荣雪有点尴尬地笑了笑，低下头吃饭。

邵栖不动声色地看了她一眼，点头回道："应该的。"

一个是别了几年的前任，一个是大约正在追求自己的男人。

不得不说，荣雪这顿饭吃得很尴尬。

军人吃饭很快，她和邵栖才吃了一半，唐昊就已经光盘，抹抹嘴巴起身道："我中午还得值勤，你们慢慢吃。"

"再见。"

"再见。"

荣雪和邵栖异口同声，下意识对视了一眼，又都若无其事地移开。

还是有些莫名的尴尬。

"再见。"唐昊对两人之间的那点微妙浑然不觉，开开心心走了。

唐昊一离开，剩下的两人就陷入了诡异的沉默。

最后还是邵栖先开口："唐连长给的香辣菜还真是挺辣的。"

典型的没话找话。

荣雪愣了下，笑道："是啊！不过也挺开胃。"

说完两人又是一阵沉默，各自低头吃饭，似乎都想掩盖不太自在的尴尬。

"那个……"半响，邵栖冷不丁开口。

"嗯？"荣雪抬头看他。

邵栖故作轻松地笑了笑："唐连长他，在追求你吧？"

荣雪微微一怔，却没有回答他的问题。

唐昊对自己大概是有点意思的，但这种形势下，所有的风花雪月真的都变得微不足道。唐昊比她更清楚，不然也不会从来都没有说出口。

这座城市已经被笼罩在病毒的阴影中，而倾城之恋大概只有在小说里才会发生。

邵栖对她的沉默有些怅然，还想再说点什么，却始终没能再开口。

他十七岁与她相识，二十岁分开，整整三年的光阴，她占据了他青春里最重要的位置，可仍旧抵不过时光的力量。

分开的这几年浑然不觉，乍然重逢才知道，他们终究还是变成了最熟悉的陌生人，真是让人难过啊！

直到两人吃完饭，邵栖才开口："下午两点张老师会给大家开会，我们可以休息一个小时再去办公室。"

荣雪点头嗯了一声。

邵栖又道："一个小时时间不长，你要是觉得回宿舍耽搁的话，可以去我房间休息，就在楼上，很方便。"

"啊？"荣雪有点没反应过来。

邵栖有点尴尬地笑了笑："我没别的意思，就是想着休息时间短，现在直接上楼，能多休息十几二十分钟。"

两个人共处一室，荣雪心道自己大概想休息也是睡不着的。她笑着摇摇头："没事，我平时很少午休，直接去办公室趴一会儿就好。"

邵栖没有坚持："也好，那下午见。"

"下午见。"

一个小时确实很短，荣雪回到办公室，才整理了几份病例，然后打了个盹儿，张明生和邵栖一行人就到了。

除了师徒二人，还有三个是医疗队的专家主任。

这次的例会是初步讨论综合各种治疗方案。

三位医生刚刚抵达非洲，还有些焦头烂额，分别对诊疗中心目前收治的病人诊治情况作了说明，便等着张明生指导。

张明生听着便眉头微蹙，显然也是对现在的疫情很担忧。

等三人说完，他开口道："邵栖，你把我们实验室现在得出的结果，给三位主任说一下。"

邵栖点头，拿起手上的文件，却并没有盯着上面看，不紧不慢，娓娓而谈。

不愧为张明生的得意门生，抵达非洲不过一天，对这边的疫情，已经收集了非常全面的资料。昨天提取的血液样本，也有了基本的分析结果。

三位主任边听边对这个年轻人露出赞许的目光。

荣雪也默默听着，却不敢明目张胆地看他，只低头做着笔记。

这是邵栖吗？

是那个对学业兴趣缺缺，六十分万岁的邵栖吗？

但她也没忘记，他曾是一个高考六百八的优等生。

他本来就聪明过人，只要用心做某件事，一定会做得很好。想当初，他东打一耙西打一耙做生意，都赚了不少钱。

如今，他是真的长大了，再不是那个自己总要忧心他未来的少年。

"荣医生，小荣医生！"

荣雪正在走神，张教授唤了两声，她才反应过来："啊？"

张明生笑："想什么呢？"

荣雪讪讪笑了笑："没什么。"抬头时恰好对上邵栖神色莫辨的眼神，她不动声色地移开，"张教授，需要我做什么吗？"

张明生没将她刚刚的心不在焉放在心里，笑道："在这里，你和你们科室的几名同事，比我们这些人都有经验。你尽快把所有治愈以及死亡病患的病程记录整理出来，这个对大家的临床治疗非常重要。"

荣雪点头："明白。"

张明生又道："还有，在有效的治疗方法出来之前，我们最好建立一个治愈者血库。从临床来说，大部分的疾病治愈者，血液中都会产生抗体。对患者输入治愈者的血液，在一定程度上，可能会有效果。"

荣雪点头："这边不像国内那么有序，病人的身份很多都无法追踪，也不可能设献血车，只能寻求非方工作人员的帮忙，效率只怕会有点低下。"

张明生道："不要紧，这是一场持久战，现在首要的目标是做好我们自己的防护，切实保障医护人员零感染。"

"明白。"

张明生起身对三位主任道："我们再去病区看一看，据说今天已经收治了好几例病患。"说着又朝邵栖道，"你先帮助小荣医生整理病程。"

"好的，张老师。"

等几人一离开，办公室又只剩下孤男寡女两个人。

临时搭建的办公室没有空调，只有一台电扇呼呼扇着，搅动着铁皮屋子里的闷热。

邵栖抬头时，就看到对面低头对着电脑的荣雪脸上有两行汗水滑下来。

他有点讶异，在非洲一年多，她竟然没有晒黑，还是自己记忆里的白皙。

明知不合时宜，他还是忍不住想起那些在小公寓里的夜晚，她浑身如雪般躺在自己身下。

于是本来就热的屋子里，温度似乎又升高了几分。

呼！

邵栖深呼吸了口气，真服了自己，这种时候还能生出这些乱七八糟的念头。

荣雪听到他的呼吸，抬头问：“很热吗？”

邵栖扯了扯嘴角：“是有点。”

荣雪道：“铁皮屋就是这样，等太阳下山了就会好一点。”顿了顿，又道，“我宿舍里还有一台闲置的台式风扇，明天拿来给你用。”

邵栖笑道：“谢谢！”

荣雪本想说跟我客气做什么，忽然又想到两人此刻的关系，于是话到嘴边又变成了简单的“不客气”三个字。

荣雪将电脑里整理的几份病程打印出来，递给邵栖：“这是几例已经出院的病程。”

“好。”邵栖伸手接过。

一叠A4纸的两端，是两个人的手，只隔了几寸的距离。

荣雪正有些怔神，旁边打开的窗户外面，忽然冒出一张黑黑的脸。她这才反应过来，赶紧将手收回。邵栖也顺势将资料放到了自己桌上。

黑脸唐昊趴在窗边，咧嘴露出两排白晃晃的牙齿，笑道：“荣医生、邵博士，我换班了，准备回营地休息，晚上再过来。你们辛苦了！”

荣雪道：“你比我们更辛苦，赶紧回去休息吧！”

唐昊点头：“那明天再见，我明天给你们带巧克力糖过来。”

荣雪笑：“没关系的，不用刻意记着。”

唐昊嘿嘿笑了笑，又朝邵栖道："这几天真是太热了，邵博士刚来还不习惯吧？我看这个周末能不能有假，我带你去海边游泳。"

邵栖对这个自来熟的唐连长的感觉有点复杂，却完全讨厌不起来。

他朝他笑着点点头："好哇！"

唐昊又朝荣雪道："荣医生，你也去啊？"

荣雪看了眼带着淡淡笑意的邵栖，点头："嗯，要是有时间的话。"

唐昊兴高采烈地走了。

荣雪看向邵栖，随口道："援非生活挺苦闷的，看到从祖国来的同胞，都会觉得很亲切。唐昊比你大不了几岁，医疗队就你和他年岁相近，肯定会不由自主把你当朋友。"

邵栖看了她一眼，点头笑了笑。

她说的没错，不过他知道，唐昊亲近自己更重要的原因，是她。因为他现在跟她共事。

两个人整理病程到五点多，就去酒店吃饭，吃完饭，又一起回来加班。

除了工作上的事，两人说的话不多，谁都没有提起过从前。

快九点时，病程终于整理得差不多了，荣雪也有点累了，便起身和邵栖告别，准备回宿舍。

"我送你吧。"邵栖也随她起身。

荣雪笑："就几步路，不用麻烦了，而且有巡逻的士兵。"

邵栖道："现在人心惶惶，治安太乱，我还是送你到宿舍门口吧。不碍事，就几分钟而已。"

荣雪也没再矫情拒绝，只是这场景，让她忽然想起当年在辅导班时，他每天死皮赖脸要送自己回学校的日子。

当然，今时早已不同往日。

现在他虽然也是主动送自己，却跟那时的死皮赖脸不一样，礼貌而绅士，让人无法生出其他遐想。

这座城市上个月已经开始戒严，晚上等同于宵禁，到了九点钟，安静得像是一座荒岛。虽然是首都，却完全没有灯红酒绿的繁荣。

对比起国内的大城市，这里实在是太落后了。

邵栖看着荒凉的街头，想着她竟然在这种地方待了那么久！

她害怕吗？孤独吗？有没有偶尔想起他？

两人一路无话，偶尔遇到巡逻的士兵，会打一声招呼。

直到来到医院的宿舍大门外，荣雪才开口："我进去了，明天见。"

邵栖点头："明天见。"

荣雪转身用钥匙开门，小小的铁门咯吱一声打开，她正要走进去，邵栖忽然冷不丁开口："谢医生去年结婚了。"

"啊？"荣雪转头看他。

西非广袤的夜空下，他黑沉沉的眼睛似乎闪着某种压抑的光芒，只是表情依然沉稳。

"是他们医院一个很漂亮的女医生。"

他没有多解释，但荣雪知道他在说什么。这大概是这么久以来，她听到的最动听的消息了。

"那太好了。"她笑道。

邵栖唇边露出一个浅浅的笑容，似乎暗暗舒了口气："我给他当的伴郎，我电脑里有婚礼视频，明天去办公室拷给你。"

"好哇！"荣雪有点意外他和谢斯年竟然会走近，她想了想问，"他的腿怎么样了？"

邵栖脸上的笑微微一僵："左腿问题有点严重，走长路需要拄拐杖，不过已经做了置换手术，不会再恶化了。"

"那就好。"荣雪点头，这已经比她预想的好很多了。

其实前两年，她偶尔还会给谢斯年发邮件，但他较少回复，后来来了非洲，也就联系得更少了。

她对他一直有愧，却从来没回去看过他。因为他说过，不需要抱着歉意的探望。

回过神来，她朝邵栖道："不早了，你回去吧。"

邵栖点头嗯了一声，和她挥挥手转身走开。

荣雪看着他的背影渐渐融入夜色中，才默默走进大门。

刚刚回宿舍，朱雅就一脸兴味盎然地开口："荣医生，你被调去了张教授的研究室，今天总算看到那位帅哥助手了吧？怎么样？是不是真的很帅？"

荣雪失笑："你还记着这事呢？"

朱雅道："必须记得啊，我还想着明天直接去看人呢！到底怎么样？"

荣雪无奈道："挺帅的。"

"有多帅？"

"就还挺帅的。"

"形容一下呗！"

荣雪哭笑不得："真不好形容，反正就是挺帅。"

"和维和部队那边的几个大帅哥比起来呢？"

"各有特色吧。"

"行了，耳听为虚眼见为实，还是我自己明天去参观吧。"说着又打着哈欠道，"我去睡觉了，你也早点睡。"

说完朱雅就回了自己的房间。

荣雪草草冲了个凉就爬上床。

今天比起之前的工作量，已经算是轻松的，因为没有去病区。可整个人还是很累，毕竟跟着张教授工作，生怕自己做得不够好，拖人家后腿。

偏偏累是累，却睡不着。

她爬起来打开抽屉，拿出首饰盒打开，那条水晶项链静静地躺在里面。

她没有刻意去想过他。

不是不愿想，而是不敢想。

当初两人的关系以那样惨淡的方式草草收场，并非他一个人的问题，她也有责任。她总是觉得他幼稚莽撞，但她自己其实也只是自以为是的成熟。

不合适的时间遇到不合适的人，就如同飞鸟和鱼，怎么可能走到底？

他和谢斯年如今关系走得那么近，以及他这些年发生的变化，想来也是因为当年的事。

其实她又何尝不是？

即使她不想承认，从出国到来到非洲，她其实也是在不知不觉中走着谢斯年的那条路。他因为自己提前中断的职业生涯，她用这种方式来

355

弥补。

还算庆幸，当年在学医路上偶尔生出的迷茫，终于在这几年变得更加清晰。

也许这就是成长的意义，有沉重的代价，也有对生活的坚定。

于她。

也于邵栖。

本来拥有截然不同人生的两个人，大致也算是殊途同归。

荣雪忽然有点释怀般的喜悦，撇去逝去的爱情，一切都再好不过。

晚上十一点，万籁俱寂。街边的路灯昏昏暗暗，只有飞蛾乐此不疲地环绕其间。

除了诊疗中心偶尔有病患发出痛苦的呻吟，就再也听不到任何声响。

邵栖睡不着，不知不觉就徘徊在了那道旧铁门外。医院的宿舍楼已经没有了灯火，她应该已经睡着了。

他觉得有点烦闷，想从裤袋里掏烟，才发觉自己根本就没带那玩意儿。

有脚步声传来，邵栖抬头看去，发觉是一个熟悉的身影。

那身影显然也发现了他，本来试探着的脚步，忽然加快走过来。

"我还以为是什么可疑人士呢。"唐昊笑道，"怎么这个时候还在外面？"

邵栖支支吾吾两声，胡诌道："出来跑步。你在值勤？"

唐昊点头："过会儿就交班了。晚上跑步挺好的，尤其是这种时候，保证身体健康比什么都重要。"说完朝铁门里看了眼，"对了，荣医生的宿舍就在里面。"

"哦。"

"今天睡得还挺早，以前她经常过了凌晨才睡。"

"是吗？"

"可不是，有几次我出任务回营地晚了，路过这里，看到她们宿舍灯还亮着呢！"说着他指了指二楼，"她宿舍就在二楼第三间。"

邵栖点点头，转头看过去。

他忽然想起那年，他每次送她回去后，偷偷在她宿舍楼下，踮脚寻找她身影的场景。

当年的自己，真的是有点蠢！

他自顾地笑了笑。

唐昊咦了一声："怎么了？"

邵栖摇摇头："没什么，你继续值勤吧。我也回去休息了。"

隔日，张明生受邀去参观无国界医生组织组建的埃博拉诊疗中心。除了两位主任医师跟着，他还带上了自己的得意门生邵栖和临时帮忙的荣雪。

无国界医生组织的诊疗中心，是临时搭建的帐篷，收治的病人非常多，进进出出很是繁忙。

一行人正在外面参观着，忽然听到一个声音传来："张老师！"

接着便是一个穿着白大褂的女医生跑过来，在张明生面前站定后，拉下口罩，露出一张笑盈盈的脸。

这张脸很年轻，肤色健康，五官漂亮。

"张老师，真的是你！"女孩惊喜道。

张明生也面露意外："赵晓冉？你怎么在这里？"

赵晓冉道："我在做无国界医生。"

张明生问："怎么都没听你说起？"

赵晓冉笑道："几个月前才加入的，还没来得及向您汇报呢！对了，您怎么在这里？"

张明生道："国家派了抗埃博拉援非医疗队来这边援助，我一起过来的。"

赵晓冉笑眯眯道："有张老师过来坐镇，咱们的医疗队肯定特别踏实，病毒估计过不了几天就被吓跑了！"

"你这嘴巴！"张明生也笑，这才想起来给大家介绍，"这是我带的2010届的硕士赵晓冉，当年在我们病毒所是很优秀的学生。"

"各位医生好！"赵晓冉是个十分热情的女孩，笑着跟众人打招呼。

张明生又专门拉着邵栖道："晓冉，这是我现在带的博士邵栖，算是你的直系师弟了。"

"师弟好。"赵晓冉笑着看向邵栖。

邵栖也笑："师姐好。"

赵晓冉坦坦荡荡地从头到脚打量了他一番，朝张明生开玩笑："要是早知道张老师去临床那边带的学弟这么帅，我必须得在研究所多留几年，读完博士再出来。"

"你啊，你！"张明生被逗得大笑。

有赵晓冉在，接下来的向导任务自然是落在她身上。

她一看就是那种出身于良好家境的女生，自信而开朗，开朗到几乎带着点西方女孩的奔放。

她的年纪肯定不算是小姑娘了，但看起来仍旧有些天真无邪。

张明生和这边的几个负责医生探讨诊疗方法，赵晓冉就带着邵栖和荣雪去病区参观。

等参观了一圈出来，三人脱防护服时，赵晓冉消完毒洗完手，转头看向邵栖，忽然走过来捏起他的衣服后衣领抖了抖："天哪！你衣服都被汗湿透了！"

她动作自然而亲密，让邵栖不由自主退开两步，不动声色看了眼旁边正专心致志洗手的荣雪，讪讪笑道："已经习惯了。"

赵晓冉忽然笑嘻嘻掐了把他的腰："师弟身材不错啊！经常健身？"

邵栖对这种自来熟的奔放有点无奈，扯了扯嘴角，不着痕迹地避开她的手。

在每日笼罩着死亡阴影的异国他乡，遇到同胞就能两眼泪汪汪，何况是遇到自己的老师和直系师弟。

赵晓冉本来就开朗奔放，此刻已经完全把邵栖当成了自己人。

"师弟，你晚上下班都干些什么？"

"我刚来这边，晚上也是看资料。"邵栖朝荣雪看了一眼，她已经洗完手，正在用纸巾擦干。

"那也太无聊了吧！我晚上有空去找你玩儿啊！"

邵栖又看向荣雪时，她已经朝这边看过来，他赶紧别开目光，朝赵晓冉笑着淡淡点头："没问题啊！不过现在晚上都戒严，你还是别一个人出来。"

赵晓冉道："我开车过去不就好了！"

正说着，张明生他们已经从办公的帐篷出来了，遥遥朝这边招手。

邵栖举手回应，朝缠着他的人道："师姐，我们得回去了！"说完又看向荣雪，荣雪朝他点点头。

赵晓冉笑嘻嘻跟着去送行，看到人上车，朝张明生笑道："张老师，我下了班去找你和师弟，请你们吃饭啊！"

张明生笑："这种时候你就别乱跑，好好注意自己的安全。"

"知道知道，我已经来了快两个月，心里有数的。"

车子发动，坐在副驾驶位的张明生朝后排的邵栖道："你这个师姐挺有意思的吧？"

邵栖笑着点头："挺开朗的。"

荣雪笑着看了他一眼，正好对上他的眼神，然后又各自移开。

张明生摇头笑道："这姑娘家境特别好，父母都不愿她学医，但她自己喜欢。一个年轻姑娘竟然还跑来当无国界医生，也不知是天真的理想主义，还是胆子太大，不知道天高地厚。"

荣雪听着他的话，仔细想了想，其实像赵晓冉那样的女孩她见过不少。好像会出来援非或是做志愿者的，都是热情又开朗的乐观主义者，朱雅是，赵晓冉是，甚至连唐昊都是。

好像除了她之外。

不，其实她也是开心的，在每一次治好一个病患后。

这是她人生最重要的意义。

又是一个忙碌的下午，在办公室里分析无国界医生那边给的病例病程的荣雪，回过神来，已经是暮色降临。

她疲惫地抬头，发觉对面的邵栖正看着自己，看到她抬头，他笑道："你还真是专心！"

荣雪笑："张老师交代的任务得赶紧完成，不能拖你们后腿，怪只怪我效率没那么高，待会儿我还得回医院那边和院长作工作报告。"

邵栖道："你效率已经很高了。"

两人正说着，外面热闹的交谈声传来："张老师，你这么忙啊？"

"是啊，简直忙坏了！"

"我们也是，今天好不容易有喘口气的工夫，哪知老师你又没空。"

是张明生和赵晓冉。

两人刚刚走进来，赵晓冉就道："师弟、学姐，你们俩有空吧？我请你们吃饭啊，我知道一家特别干净安全的中餐馆。"

张明生乐呵呵道："我马上要跟几个主任医师开会，你们几个年轻人去吃，注意安全，早点回来。"

荣雪轻笑了笑："真是不凑巧，我也要去医院那边和院长报告工作。"

赵晓冉笑着走到邵栖旁边："那就只有我和师弟了？"

张明生挥挥手："你们赶紧去，快去快回，一定要注意安全。"

"张老师……"邵栖有些犹豫。

张明生再次摆手："快去快去，年轻人跟着我过这种苦哈哈的日子不容易，给你放了假，就好好珍惜。"

"哎呀！走吧！"赵晓冉直接拉起他的手往外走。

这位女壮士人不可貌相，年纪不算太大，个子也不算太高，邵栖竟生生被她拖走了。

到门口时，他下意识转头看了眼荣雪，却见她低着头整理病程，然后拿给张明生，似乎对他和赵晓冉孤男寡女去吃饭，完全没当回事。

也对，两个人早已分手。何况在这种环境下，她应该也不会有心思管他们。其实就算是之前，她大概也不会放在心上。

邵栖有点失落地暗叹了声，随着喜滋滋的赵晓冉走了。

晚上，荣雪回到宿舍，打开了邵栖给他拷的视频。

白天一直在忙，她还没来得及看。

视频应该是用专业DV拍的，效果不错，婚礼中的新郎英俊帅气，新娘美丽优雅。

谢斯年看起来状态很好，和之前比起来，没什么太大变化。掐指一算他也是奔四的人了，但岁月几乎没在他脸上留下痕迹。

他身边的新娘，荣雪还有点印象，是骨科那边的一个主治医师，原来是近水楼台。

看着新人幸福的面孔，荣雪由衷地笑开。

也不知为何，她忽然很想见到邵栖，把自己内心的喜悦告诉他。于是她关上电脑，起身出门。

"这么晚了你干什么去？"路过小客厅时，朱雅奇怪地问。

荣雪道："出去走走。"

"你不怕啊？"

"现在有维和部队的兵哥哥值勤，没什么好怕的。"

"也是，那我就不陪你了。"朱雅敷着面膜，正在与自己日渐变黑的脸殊死斗争。

"没事，我很快回来。"

步行到邵栖他们下榻的酒店，不到十分钟。然而上到三楼，邵栖的房间却没有人，这意味着他和赵晓冉还没回来。

她抬手看了下腕表，此时已经过了九点。她皱了皱眉，下了楼，站在路边左右看了看，路上很安静，只有少量的车辆来往。

这座城市就这么大点，再远的餐厅也远不到哪里去，一顿晚饭吃了三个小时，他和赵晓冉还真是一见如故。

不过师出同门，也算情理之中。

"咦？荣医生！"唐昊也不知从哪里冒出来。

荣雪转头看他："你值勤？"

唐昊点头："这么晚了，你怎么还在外面？"

荣雪随口道："最近比较少活动，出来锻炼锻炼。"

唐昊笑："你现在老是坐着吧？是该锻炼锻炼，不过你一个女孩子晚上还是不要出门为妙。"

荣雪道："现在不是有你们巡逻吗？"

"这倒也是。"他顿了顿，"说起来我昨天晚上快十二点，还看到邵博士也在外面夜跑呢！"

"是吗？"

"是啊，就在你们宿舍楼外遇到的。"

荣雪微微一怔。

正说着，一辆敞篷的吉普车缓缓驶过来。昏暗的路灯下，是两张熟悉的面孔。

荣雪和唐昊在路边的阴影处，车上的两人没有注意到。

邵栖从副驾驶位下车，赵晓冉凑过来笑道："师弟，今天真开心，下次什么时候再一起出来？"

站在车门外的邵栖道："再看吧，咱们也都挺忙的，而且外面实在不安全。"

赵晓冉大笑："再忙也有休息的时候！不管怎么样，回头再见。"

"再见！"

邵栖站在路边看着吉普车在夜色中绝尘而去，才慢慢转身往人行路上走，可走了没几步，就看到树影下站着的两个人。

他愣了下："你们怎么在这里？"

唐昊："我值勤，遇到荣医生在锻炼，顺便聊几句。"

荣雪："我锻炼，遇到唐连长在值勤，顺便聊几句。"

三个人陷入一阵诡异的沉默。

最后邵栖在两人身上扫了眼，挤出一丝尴尬的笑容："那，晚安，我回房了。"

唐昊："等等！"

邵栖看向他。

唐昊从裤兜里掏出一把巧克力糖，分了一把递给他，另一把递给荣雪："今天没看到你们俩，差点忘了。"

得了糖的两个人，有些好笑地在夜色中对视了一眼，异口同声道："谢谢唐连长。"

隔日荣雪刚到办公室门口，就听到里面传来熟悉的说笑声。

她推开门，果然见是赵晓冉在里面，正与老师和师弟聊天，也不知聊到什么开心的话题，几个人看起来都很高兴。

荣雪忽然有种自己不小心闯入了别人地盘的错觉。

不过也对，人家是正儿八经的师徒三人，她确实是个外人。

邵栖最先转头看向门口的她，然后脸上的笑容就微微凝滞，表情有些神色莫辨。

他想起昨晚分别时，是唐昊护送她回宿舍。

他曾经以为这是自己的专利，一辈子的专利，但没想到，短短几年，早就人事已非。

这种感觉真是糟透了，以至于他昨晚都没有睡好。

"张教授，早！"荣雪和他对视一眼就移开了目光，开口打招呼。

张明生朝她笑道："来了！晓冉被我从无国界医生那边借调过来，接下来会在咱们实验室帮忙一段时间，咱们又多了个帮手。"

荣雪道："欢迎赵医生！"

赵晓冉笑："不用叫我赵医生，咱们都是校友，学姐叫我晓冉就好了。"

荣雪点头嗯一声。

赵晓冉笑眯眯上前一步，双手合十："学姐请多关照。"

荣雪被她这不知是认真还是玩笑的举动，弄得有些不太自在，只得讪笑着回应她："互相关照才是。"

张明生道："我不在的时候，实验室的事就由邵栖和晓冉负责，小荣医生临床经验丰富，还是继续帮忙作临床病例的分析。"

"收到。"几个人异口同声。

张明生又特意嘱咐两个学生："邵栖，你多看着师姐，她这个人胆子能捅破天，务必让她在实验室小心。"

赵晓冉道："张老师，我还是很细心的好不好？"

"我没说你不细心，就是说你胆子太大了点。以前在研究所实验室里，你可是敢无防护接触病毒样本的。"

"我那是为了科学献身。"

"就你有道理。"

邵栖道："张老师放心，我和师姐肯定严格按照实验室规定来。"

张明生点头："我对你还是很放心的。"

荣雪在一旁坐下，有点局外人的感觉，只得装模作样开始看病程记录的分析。

一个上午，邵栖和赵晓冉进了三次实验室，一次是跟张明生一起，剩下两次是两个人单独进去。

只有荣雪一个人在闷热的铁皮屋，埋头作病程分析。

她已经将宿舍里的电扇拿给了邵栖，只是一个上午就孤零零、安静地在桌上。

等到快中午吃饭时间，邵栖和赵晓冉再次从实验室出来，回到了办公室。

两个人说说笑笑，显然这对同门子弟已经结成革命情谊。

赵晓冉一进门就哇哇叫道："走走走，赶紧去吃饭，我都饿死了，听说你们那酒店的厨房是中国人造的，很适合做中餐，你们医疗队的厨师都是专门的炊事兵，伙食应该还不错吧？"

邵栖道："还可以。"

赵晓冉："我们那边就惨了，没有中餐，伙食差得要命，又不能随便出去开小灶，我待了两个月，现在看到一盘西红柿炒蛋都觉得是人间美味。"

邵栖笑："难怪你昨晚吃了那么多。"

赵晓冉："亲爱的师弟，嘲笑女生的食量是很不礼貌的哦！"

"我只是陈述客观事实。"

邵栖从抽屉里拿了钱夹，抬眼看到对面的荣雪还埋头在一堆资料当中，开口提醒："学姐，到吃饭时间了。"

荣雪似乎才从专心中回神，啊了一声："我再看一下，你们先去吧。"

邵栖轻笑，走到她旁边，将她手中的资料抽开："走吧，不急在这一会儿。"

赵晓冉笑道："是啊学姐！人是铁饭是钢，身体是革命的本钱，咱们赶紧去吃饭吧。"

荣雪笑了笑，舒了口气起身："好吧！"

有赵晓冉在，自然就不用担心冷场。

她总是眉飞色舞，说到开心处就会去拍邵栖的手臂或者肩膀。如果不是因为天气太热，她大概会去勾肩搭背。

一个开朗到没有任何男女有别意识的女孩儿，不会让人讨厌，但到底有些非我同类的感觉。

荣雪想起当年的邵栖，虽然也主动，但好像和赵晓冉比起来，也得甘拜下风。

到了餐厅里，三人刚刚打了饭坐下，唐昊忽然端着盘子冒出来。本来的四人座，邵栖和赵晓冉坐在一排，恰好荣雪旁边有个空位。

"今天还说路过你们办公室那边去跟你们打声招呼的，但办公室就你

364

一个人，看你特别认真在工作，没好意思打扰。我看了一会儿，见你没发现我，就走了。"坐下的唐昊对荣雪道。

荣雪笑："是吗？"

她没听出他话中的不同寻常，但另外两个人却听了出来。

低着头的邵栖怔了怔。

……看了一会儿？

赵晓冉更是夸张，敲了敲盘子，眯眼坏笑地看向两人："荣医生，这位兵哥哥是谁啊？不介绍一下？"

唐昊这才意识到桌上有一个陌生的女孩儿，傻傻笑了笑："我叫唐昊，在维和部队服役。"

"哇哦！"赵晓冉挑挑眉，在两人脸上扫了扫，"驻非维和部队和我们的援非女医生，还真是挺般配呢！"

唐昊黑脸一红，赶紧摇头："不是不是，你别误会了。"

赵晓冉被他这样子逗笑，更加来劲儿："我还以为你在追求我们荣学姐呢，原来不是啊，是我误会了。"

唐昊又赶紧摇头："不是不是。"

"不是？那就是在追求啊！哎呀你堂堂一名军人，这么矜持做什么？男人追求女人，天经地义，又不是什么见不得人的事！"

唐昊面红耳赤，吭吭哧哧说不出话来，只好埋头吃饭。

实际上荣雪也有些尴尬，毕竟赵晓冉旁边就是邵栖，当着自己前男友的面，被人调侃这种事，怎么说都有点奇怪，她做不到那么坦然。

赵晓冉还想继续说，被邵栖面无表情地打断："师姐，吃饭吧。"

"对哦，差点都忘了。"

唐昊用了三分钟就扒完了饭，抹抹嘴巴起身："你们继续吃，我先走了。"说完就红着脸跑了。

大概是面红耳赤得太厉害，连荣雪也看出了他那张黑脸的变化。

她暗自好笑地摇摇头。

待唐昊一离开，赵晓冉又开始把火力对上荣雪："学姐，刚刚的兵哥哥很帅啊！"

荣雪有点尴尬地点头。

"他肯定在追你！不过看他还挺害羞的，真是反差萌。"说着又转头

365

看向邵栖，"当然啦，我还是更喜欢师弟这种小鲜肉帅哥。"

"师姐，您就多吃点饭吧。"

赶紧把嘴巴堵上！邵栖咬牙切齿地想。

邵栖抬头不动声色看了眼荣雪，只见她神色平静无澜，猜不出在想什么。

三个人终于在赵晓冉没堵上的嘴巴轰炸下，吃完了饭。

"师弟，我中午去你房间休息吧。"吃饱喝足的赵晓冉忽然道。

荣雪正在喝剩下的小半杯饮料，闻言差点噎了一下，然后默默乜向邵栖。

邵栖面无表情地把房卡给赵晓冉："我没有午睡的习惯，去办公室眯一会儿就行，我把房卡给你，你自己去吧。"

赵晓冉撇撇嘴："你不去我一个人也没意思，跟你回办公室算了。"

"随你！"邵栖收起房卡。

三人离开餐厅往外走，刚刚走到铁皮屋门口，唐昊不知从哪里又冒出来，小声叫住荣雪："荣医生，你跟我来一下，我有话和你说。"

荣雪还没转头，邵栖已经先转身看向唐昊，眉头不由自主蹙起。

对他释放的不满，唐昊浑然不觉，还朝他挥手傻不拉几笑了笑。

"有事？"荣雪歪头问。

唐昊看到赵晓冉一脸坏笑地看过来，赶紧点头转身："你跟我来吧。"

荣雪只得跟上他。

两个人走到屋子侧面背阴处，唐昊转头看了看周围，确定没有人才结结巴巴开口："刚刚跟你们一起的那个女医生说的话，你别放在心上。"

原来是专门解释这个，荣雪失笑："我没放在心上。"

唐昊摸摸头道："现在这种形势，谈这种事实在很不合时宜，我知道你没有那个心思。"

荣雪愣了愣，笑道："现在就希望疫情赶紧过去。"

唐昊点点头，忽然抬眼看她，脸上出现一种属于军人的坚毅："荣雪，虽然谈这种事很不合时宜，但我还是想说，等疫情过去，我就来约你出去。"

"啊？"荣雪一下没反应过来。

唐昊又道："我是说等疫情过去，我想和你约会。"

荣雪僵了僵，正不知该如何回答，外面忽然不知被谁踢了一下，发出一声重重的响声。唐昊咦了一声，跑出去一看，却只看到前方有一个身影进了屋子。

他只看到了一点，但有点熟悉。他奇怪地摸摸头，转头朝荣雪道："没事，好像是邵博士。"

邵栖？

荣雪狐疑地走过来，却没看到邵栖的身影。

唐昊为她解释："已经进去了。"

"哦。"

被这响声一打断，刚刚两人的对话也就没了下文，唐昊本来就只是表达自己的心意，也没打算要荣雪的一个承诺和态度。

他原本是没打算在这种环境下开诚布公的，但被赵晓冉一搅和，他又厌了吧唧地遁走，怕荣雪误会，就干脆拐弯抹角把自己的心思说了。

"你回去休息吧，我也马上要值勤了。"

"好的。"

和唐昊告别后，荣雪脑子里有点乱。

刚刚邵栖听到两人的谈话了吗？

是故意的还是不小心？

回到办公室，赵晓冉双腿交叠搭在桌上，靠在椅子上打盹，姿势十分高难度，不过也没睡着，看到她进来，含含糊糊道："学姐，你要休息吗？"

荣雪不答反问："邵栖呢？"

"去实验室了吧。"

"他一个人？"

赵晓冉打着哈欠点头："是啊，我说跟他一起去他说不用，让我休息。"

荣雪皱了皱眉："怎么这么胡闹！张教授交代过，进入实验室必须保证两个人以上。"

赵晓冉挥挥手："张老师说过，邵栖做事很细心，没关系的。"

荣雪还是不放心："我进去看看。"

荣雪换上厚厚的防护服，进入实验室。

邵栖正低头看着实验台，对有人进来浑然不觉。

直到荣雪走上前隔着防护服碰了他一下，他才像是吓了一跳般蓦地反应过来，差点碰倒面前的仪器，还是荣雪眼明手快护住，才没倒下。

她这才发觉他手上竟然没戴手套，眉头一拧，指着他的手道："怎么回事？"

邵栖也似乎才反应过来，脸上露出惊愕的表情，仿佛根本不知道自己没戴手套。

荣雪沉着脸道："赶紧出去消毒。"

邵栖有点狼狈地转身出门，荣雪检查了一下实验台，确定没问题后，才紧跟着出来。

邵栖已经褪了面罩和防护服，正在洗手消毒。

荣雪脱掉防护套装，想到刚刚的情形，就一阵后怕。她眉头蹙起，边洗手边道："你怎么回事？张教授交代过进入实验室必须至少两个人，就是为了能互相发现哪里有问题。你自己一个人进来不说，连手套都没戴，我要是迟点进去，你是不是准备直接用手去碰病毒样本？"

邵栖低头默不作声。刚刚在外面听到唐昊对她说的话，他心里憋得慌，就想去实验室冷静一下，哪知道心不在焉地穿戴防护服时，竟然忘了戴手套。他本来也觉得自己犯的这个错误很危险，可被荣雪这样毫无感情色彩地责备，他忽然就更加憋屈。

难道她对自己就一点情分都没有了吗？

一点都没有。

他抿嘴不说话，只是继续洗手。

荣雪也意识到自己刚刚的语气太生硬，只是关心则乱。他一个人进实验室倒也罢了，竟然连手套都没戴，她差点被他吓坏！

她深深吸了口气，缓下语气："虽说埃博拉病毒是接触传染，但之前有一家人共用了一盆水洗手，就都感染上了。我没责怪你的意思，也知道你有分寸，只是看到你这么不小心，实在是被吓到了。"

邵栖擦干了手，淡声道："实验室消过毒，不会有事，我也没有直接接触血液样本，以后肯定不会再这么做。"

荣雪点头，又问："为什么一个人进实验室？晓冉说跟你一块儿你说不用。这不应该是你犯的错误。"

邵栖道："我就是进去查看一下病毒样本的状态，很快就出来，所以没让她一块儿进来，觉得麻烦。"

荣雪这时也觉察出他似乎心情不好，试探问："邵栖，你刚刚是不是听到唐昊和我说的话了？"

她其实不至于自作多情他刚刚的举动是因为这件事，却不知为何，她竟然隐隐有些期待，哪怕当初选择离开的她，毫无资格。

邵栖点头，顿了顿，又道："我不是故意听的。唐连长他人挺好的。"

那点羞耻而隐秘的期待，像是水滴汇入汪洋大海，再也找不到踪迹。

荣雪笑了笑："是挺好的，不过我现在就想着能平平安安等疫情赶紧过去。每天被死亡阴影笼罩，人都是麻木的，其他的事情真的没法多想。"

邵栖点点头，片刻之后又问："等疫情控制住，你会回国吗？"

荣雪道："本来按照计划，我过几个月就该回国了，不过看现在这种情形，恐怕还得多待一阵子。"

"是回江城？"

荣雪犹豫了片刻："虽然我的身份挂靠在省一医，但不是正式员工，之前有联系过几家别的城市的医院，包括我们现在医院的院长，也推荐我去他在的医院。这些我都有在考虑，所以去哪里不一定。"说着她又自顾地笑了笑，"江城也不是我的家，去哪里其实对我来说都是一样的，大概是看哪里待遇好就去哪里吧！"

邵栖不知道再说些什么。

是啊！江城是他的家，却不是她的。她也不会把有他的地方当成家。

他对她来说，早已经只是一个不重要的人了。

邵栖忘记戴手套的事，荣雪没跟张明生提起。

一个下午风平浪静，邵栖没再一个人进过实验室，自然也没人知道，他曾经犯过那么危险的错误。

只是他好像情绪一直不太高，脸色也有些不好，下午很早就回了酒店的宿舍。

荣雪不敢确定是不是因为自己，但她可以确定的是，看到他不高兴，她的心情也不大好。

于是这一晚，她睡得不是很好。

隔日一早，她来到办公室，却没见平日里最早到的邵栖。她等了一会儿，也只等来了张明生和赵晓冉。

她还没问，张明生已经给她解释："邵栖不舒服，今天在酒店休息，实验室今天就靠你们两个了。"

荣雪大惊失色："不舒服？"

她过于夸张的反应，让张明生和赵晓冉都有些意外。

还是赵晓冉先反应过来，笑嘻嘻道："别担心，又不是埃博拉，就是水土不服拉肚子。我早上过来时去看了他一下，据说拉了一晚上，差点脱水了。"说着还没心没肺地大笑了几声，才又继续道，"很正常啦！谁来非洲没染过一两次病，那就不叫来过非洲。"

荣雪却没办法像她这么洒脱，因为她记得昨天邵栖进实验室没戴手套。

因为心神不宁，到底是没等到中午下班的时间，荣雪就找了个借口离开办公室，直接跑去了酒店。

她知道邵栖的房间号，但还没来过。

一口气狂奔到门口，停下脚步后，却忽然少了点底气，深呼吸了好几口气，稍稍平复了一下紊乱的心跳，才抬手敲门。

敲了很久，门才从里面被打开。

一脸菜色的邵栖看到门口站着的人，显然很意外："你怎么来了？"

荣雪道："张教授说你病了，我来看看。"

虽然她语气平淡，但神色紧绷，一看就是很紧张担忧。邵栖皱了皱眉，忽然想起来昨天的事，失笑："放心吧，肯定不是埃博拉，就是水土不服。埃博拉病毒有潜伏期，就算我昨天感染，一般来说也不可能这么快就有反应。"

荣雪这才反应过来，只懊恼自己果然是关心则乱，这点常识竟然忘了。

她一下有点不知该说什么，支支吾吾半天才道："我就是来看看你，有没有吃药？"

在邵栖的印象里，她从来都是淡定从容的，头一次看到她这种无所适从的表情，甚至脸颊有点发红。他本来的坏心情，忽然就由阴转晴了。

他笑了笑，问："如果我真的感染上了埃博拉病毒，你没穿防护服就来看我，不怕危险？"

荣雪避开他的目光："我有分寸的。"顿了顿又问，"你要吃点什么？我去帮你弄。"

邵栖想了想："你宿舍可以做饭吧？要不然帮我熬点小米粥当晚餐，我吃了药休息一下午应该差不多了。"

荣雪点头："行，我待会儿回去煮上，下班了给你送过来。那我走了，你好好休息。"

邵栖看着她匆匆离去的背影，轻轻地笑了。

她，还是关心他的。

这个认知让他本来郁闷的心中，开出了一朵小小的花。

下午，赵晓冉和张明生去了两趟实验室，做完了今天的工作后，因为热得厉害就提前下了班。

不过荣雪不知道的是，赵晓冉没有回自己的住处，而是跑去酒店看邵栖。

邵栖到底是身体底子好，虽然昨天腹泻折腾了他半夜，但今早吃了药，休息了一天，整个人精神又恢复了七八分。

其实下午他压根儿就没怎么睡，一直在房间里心不在焉地翻看资料，然后时不时瞄一下时间，等着荣雪快点到来。

终于等到敲门声，他迫不及待跑到门口开门，却见门口站着的是赵晓冉。

"学姐，你怎么来了？"

赵晓冉越过他，直接走进房间："我来探望你这个病号啊！"

"我没事的。"

赵晓冉转身歪头看他，笑嘻嘻道："真没事吗？我看你眼睛好像都有点凹陷了。"

邵栖道："拉肚子肯定会这样，不过吃了药已经好了。"

赵晓冉笑："我也觉得没事，谁来非洲不生点小病。"她左右看了看这房间，"你们这地儿还不错啊！"

"还好。"

"正好，我都快热死了，借你地方冲个凉。"

"啊？"

邵栖还没回应，她人已经一溜烟钻进了卫生间。

邵栖对自己这位大大咧咧的师姐真的有些无语。

赵晓冉洗了个战斗澡，几分钟就出来了。

只是出来时却有些劲爆，就只穿了内衣内裤，其他什么都没穿。

邵栖吓了一大跳："我去！学姐你干什么？"

赵晓冉蹦到他身边，直接将他抱住，掐着他腰侧的肌肉，笑嘻嘻道："师弟，你身体现在没事了吧？来一发没问题吧？"

邵栖："……"

这都什么奇葩？这么奔放怎么不上天呢？

他无语地将她推开，走到卫生间，将她的衣服拿出来丢在她身上："师姐，我不是你想的那种人。"

赵晓冉哈哈大笑："学弟，就是上个床而已，我又没要你负责。戴套爽一发，给咱们的苦闷生活找点乐子罢了。"

邵栖摸了摸鼻子，木着脸道："学姐，咱俩不是一路人，我只和自己喜欢的女人上床。"

"哟呵！"赵晓冉套上衣服，笑道，"看不出来啊！学医的男生很少有你这种呢，难得啊！"

"就是观念不同而已。"

赵晓冉是个洒脱的人，见他没那个心思，也不纠缠，只开玩笑道："行啊！等你哪天喜欢上我，咱俩再约。"

这时，敲门声响起。

赵晓冉边穿裤子边跑到门口开门，看到门口的人，咦了一声："是学姐啊！"

第九章

我依然如此爱你

提着一个保温盒的荣雪，看到面前的赵晓冉，余光落在她正在系裤子的手上，顿时僵住。

赵晓冉却浑然不觉，低头看到她手中的饭盒："你来给师弟送吃的？那你们聊，我先走了，待会儿我那边还得开会。"说完又转头朝邵栖笑了笑，送了他一个飞吻，然后像只蝴蝶一样飘走了。

荣雪慢吞吞走进房间，看向面色不太自在的邵栖，试探问："我是不是打扰你们了？"

邵栖眉头一皱，语气不虞道："你说什么呢？"

这是两人相逢以来，她听到他语气最不好的一次，但却让她想起了从前的邵栖，那个幼稚、脾气差，但瞬间又会摇着尾巴认错的大男孩。

邵栖意识到自己态度不对，瞥了她一眼，赶紧放缓语气："师姐来看我，顺便借我地儿冲了个凉。"

"哦。"然而荣雪没忽视刚刚赵晓冉离开时那个自然而然的飞吻，她故作自然地笑了笑，"你饿了吧，赶紧把粥吃了。"

邵栖接过饭盒，在椅子上坐下，也不用勺子，直接抱着饭盒喝了两大口，又抬眼看向站在一旁的女人："师姐真的就是来看我，顺便洗了个澡。"

荣雪点头："我明白。"

"你知道的，我可不是那种随便的男人。"

荣雪嗯一声，语气平静。

邵栖对她这反应有点不爽，抬头皱眉道："你是不相信我吧？"

荣雪摇头："没有啊！"

"你明明就有。"

荣雪有点无语地看向他，不是挺成熟稳重了吗？怎么忽然又有点孩子气了？

不过，她并不讨厌这样的孩子气。

相反，这种感觉她很是熟悉。

这才是她认识、熟悉、爱过的邵栖。

她轻笑了一声："我真没有，你赶紧喝粥吧。"顿了顿，她又道："不过我看你精神还不错，身体应该没问题了吧？"

邵栖嗯了一声，低头继续喝粥。

其实就是普通的大米小米粥，没有加任何调料，但他就是觉得很可口，进入空荡荡的胃里之后，带来了莫名的熨帖。

他多少年没吃过她做的东西了？

四年多快五年了吧，他以为再也没有机会了，没想到在这个陌生的国度，会再次吃到。

他有点想哭。

两个人没再纠结那个话题，邵栖低头专心喝着粥，干站在一旁的荣雪有点不自在。她环顾了一下酒店小小的房间，看到床上、桌子上、椅子上都扔着衣服，很自然地上前帮忙收拾，随口道："你这乱扔东西的毛病还没改啊？"

邵栖道："我就是昨晚闹肚子，今天又休息，没来得及收拾。"

荣雪轻笑了笑，边叠衣服边问："刚来这边感觉很辛苦吧？"

"你呢？你刚来这边是什么样的？"邵栖不答反问。

"也挺辛苦的，不过慢慢就习惯了。"

邵栖抬头看她，她正微微弯腰，将散落在床上的衣服一件一件叠好。

以前两个人住在一起时，都是她照顾他。因为从小被照顾惯了，他那时没多想，总觉得理所当然，甚至每天晚上非要吃她做的饭，觉得这是爱她的体现。

等她离开后，他开始尝试一个人生活，才知道忙完课业回家之后，哪怕做一丁点家务，都会觉得很厌烦，而她在繁忙的实习下班后，还得回来做两个人的家务。

他那时才惊觉，当初跟他在一起，她一定是很累的吧？

邵栖默默放下空了的饭盒，无声无息站起身，一步一步走向荣雪。

因为脚下铺着地毯，掩盖了他的声音，荣雪对他的靠近浑然不觉，继续道："你要是有什么需要帮忙的，告诉我就好。我在这里快两年了，什么都算是熟悉了。"

邵栖没太听进去她说什么，只是看着她的背影，她的头发挽在耳后，隐约露出好看的侧脸和一截白皙的脖颈。

他脑子里一片空白，忽然觉得身体很热，从下而上的热，如同那些旖旎缱绻的夜晚，久违而熟悉的感觉翻滚着。

他像是着了魔一样，忘记了今夕何夕，好像回到了那个小小的公寓，回到了只属于两个人的时光。

好像他们从来没有离开，一切仍旧触手可及。

实际上，他魔怔般走近后，不由自主伸手，想去触摸那段露在空气中的白皙。

只是还没碰到，荣雪已经转过身。

因为对他忽然出现在自己身后有些猝不及防，她差点吓了一大跳。

而邵栖本来快靠近她的手，迅速以一个奇怪的姿势和弧度转了个弯，回到自己脑袋上，假意摸了摸自己的头发，避开她疑惑的目光，干干道："我自己来收拾吧。"

荣雪点头，让开位置。

邵栖上前一步，背对着她将衣服收起来，懊恼地龇牙咧嘴一番。

他到底是在干什么？

难不成想像从前一样，看到她在收拾时，忽然就精虫上来，从后面将她扑倒？

以前是情侣，那是情趣。

现在就是犯罪好吗？

虽然他是有点想犯罪。

不，很想！

荣雪来到桌前，看到他将饭盒里的粥吃完，不由得很高兴，拿起饭盒要去洗手间清洗，却被邵栖两步走上来抢下："我去洗。"

他以一个奇怪的姿势转身，几乎是逃也似的钻进了洗手间，而且还把门关上了。

荣雪有点奇怪地看了看关上的门，一头雾水。

邵栖这个饭盒洗了很久，十几分钟后才出来。

荣雪以为他是上厕所，也没放在心上，只是随口问："你肚子还不舒服吗？"

邵栖避开她的目光，含含混混道："差不多了。"

荣雪点点头："那你饮食上还是要再注意一点，这两天我都煮粥给你送过来吧。"

邵栖连忙摇头："不用了，食堂里的饭菜也挺卫生的，我待会儿再吃点药，明天肯定没问题。我身体素质很好，你又不是不知道。"

也不知为什么，荣雪总觉得他最后这句话听着有点奇怪。

不过他身体确实很好，虽然现在看着挺成熟稳重的，但他以前就是个运动狂热分子。印象中好像就有一回吵架，他去了江边别墅把自己折腾得感冒了，不过也是吃了一回药就好，当天就能拉着她干那事。

想说他身体不好都不行。

她暗自摇摇头，觉得自己这回忆有点离谱，笑了笑道："不管怎么样，离家在外，这里条件又差，还是要多注意点才行。"

邵栖点头，默了片刻："谢谢你给我煮粥。"

荣雪以前照顾他照顾惯了，下意识道："你跟我客气什么？"说完马上意识到不妥，"大家在这里都是同胞，互相帮助是应该的。"

邵栖有点不爽，很想问如果是其他人生病，她会不会也这么关心，但话到嘴边又吞了下去，害怕自己自取其辱。

见他抿嘴沉默，荣雪又道："那我走了，你好好休息。"

邵栖嗯了一声，等人走到门口，他又突然反应过来一般追上去："我送你回去。"

荣雪笑："不用了，这天都没黑透呢。"

邵栖道："反正我在房间窝了一天，也得出去走走。"

今天难得有风，走在带着消毒药水味道的街道上，竟有一分罕见的心旷神怡。

因为这一带算是他们医疗队的地盘，正是下班时间，偶尔有面熟的医生路过，会笑着打招呼寒暄，没有人看出两人之间的那点微妙。

十分钟不到的路程，很快就到了医院宿舍的门口。

"……我进去了。"荣雪指了指里面。

邵栖点点头。

只是荣雪的钥匙还没插进大门的锁内，他忽然又道："那个……"

"还有事？"荣雪转头看他。

邵栖暗自深呼吸了口气，看着她的眼睛，试探着低声问："谢医生那件事，你是不是还没有原谅我？"

其实两人重逢之后，都刻意避谈从前的事，无论是快乐的，还是痛苦的，两人都没有提到。直到这一刻，邵栖才终于鼓足勇气说出来。

因为他知道，如今隔在两人中间的，与其说是几年的时光，不如说是当年犯下的错误。

荣雪冷不防他忽然问这个，一时怔在原地，不知该如何回答。

在震区那个至今记忆犹新的恐怖夜晚发生的事，邵栖的任性确实让她愤怒至极，如果不是他非要连夜离开，谢斯年就不会受伤骨折。

但后来冷静下来，她不得不承认，邵栖的所作所为，其实和她脱不了干系。所以谢斯年出事，是她和他共同的责任。

他们都不成熟，都自以为是，所以最后把关系处理得一团糟，还害了一个无辜的人。

至于原谅与否，她根本就谈不上资格。

她的沉默，让邵栖面露失落。他正要再度开口，忽然被一个声音打断："咦？你们怎么在这里啊？"

是唐昊。

唐连长笑嘻嘻地跑过来："邵博士，听说你水土不服病倒了，现在好些了吗？"

本来邵栖好不容易积攒起来的试图打破他和荣雪僵局的勇气，被这位黑脸兵哥的出现，搅得烟消云散，他勉强笑了笑："已经没事了。"

"你一定要注意啊！我来这边就得过好几场病了，还患了一次疟疾，别提多痛苦了。"

邵栖扶额："我明白的。"

唐昊又看向荣雪，脸上有和他那张刚毅黑脸不太符合的羞涩："荣医生，我们连这个周末，会去东区的中国城超市采购，你需要我给你捎带什么吗？"

荣雪摇摇头，笑道："暂时应该没有，要是想起来再告诉你。"

唐昊点头："好的。"又问邵栖，"邵博士，你需要吗？"

邵栖摇头："医疗队会统一采购物资，应该没有什么缺的。"

唐昊嗯了一声，朝两人挥挥手："我去值勤了，你们慢慢聊。"

都被打断了，聊什么聊啊！邵栖看着他笔直的背影，郁闷地腹诽道。

荣雪看了他一眼，道："那件事谢医生原谅你就足够了，你不用对我交代。"

"所以你还是没有原谅我吗？"

荣雪失笑："邵栖，你还不懂？那件事不是你一个人的错，我也有问题，所以不存在我原不原谅你！"

邵栖不解："你有什么错？"

荣雪道："如果不是当初我没处理好咱们俩之间的关系，就不会发生那么多事。"但她显然不愿多说，"算了，已经过去那么久，再提也没有意义。但看到你现在这样子，我很为你开心。大家都过得好好的，比什么都重要。"

邵栖想问：只是为我感到开心吗？对我还有没有哪怕一点感觉？

但这样的话，他始终还是没有问出口。

他点点头："你说得对，过去的事情已经不重要，我们得活在当下向前看。"

"那我进去了，你回去早点休息。"

邵栖嗯了一声，看着她进门，身影消失在小楼内，才转身离开。他没看到上了二楼的荣雪，在他离开后，隔着窗户一直看着他。

其实在他问出那句话的时候，她就已经确定了邵栖的心思。她承认自己是有些暗喜的，但暗喜之后，又隐隐有些惶恐。

378

因为她知道，无论是他还是她，都已经没有了当初那种不管不顾的勇气，所以才会小心翼翼地试探。

他们已经无法再承受一次失败。

隔日刚刚上班，张明生就神色严峻地走进来道："市郊一个大型中资厂爆发严重疫情，已经死了两人，我们得马上过去看看情况。"他指着办公室的几个人，"你们都跟我去。"

"好嘞！"赵晓冉夸张地应道。

荣雪看了眼邵栖，低声问："你身体没事了吧？"

邵栖看了看她，摇头："没事。"

赵晓冉听到两人的对话，笑道："哎呀！学姐，你就别担心了，看师弟的脸色也知道他没事了，我看师弟身体素质很好呢！"说着就要去拍邵栖的手臂，但被他及时避开。

想到昨天这位师姐的奔放行径，邵栖就有点无语，也不知道荣雪有没有误会。他这么多年一直洁身自好，就是希望有朝一日与荣雪重逢，可以毫无芥蒂地从头开始。他可不想被这个奔放师姐弄得一团糟。

除了他们这一行人，医疗队还派出了两个医生、三个护士和两辆救护车。

到达工厂，是两个小时之后。

工厂已经封闭，气氛看起来很压抑。

看到他们的车子，大门徐徐打开，让两辆救护车开了进去。

待人下车后，负责人走上来："是张教授吗？你们终于来了。"

张明生点点头："还要麻烦你把情况说明一下。"

那负责人道："之前有两个非方员工感染病毒，但因为是突然发作，还没来得及送医就在宿舍病亡了。两人接触的范围很广，这两天忽然有好多工人出现疑似症状，我们不敢掉以轻心，但条件有限，只能全部隔离在旧厂房，总共几十个人。我们打电话给几个埃博拉诊疗中心，都没法全部收治，只能请求你们前来看看情况，看哪些病患需要先带走。"

张明生："行，我们马上去。"

几个人穿上防护服，在负责人的带领下，去了工厂后面的旧厂房。

厂房空间很大，但密密麻麻躺着几十个疑似病患，也实在是有点触目惊心。

消毒，分发药物，进行防护宣讲和安抚，一切还算顺利。

虽然有几十个疑似病患，但其中有一半可能是心理感染，而非真正感染。张明生指导医护人员将这些人重新隔离，以防交叉感染，然后将最严重的两个病患用担架抬走。

这一番折腾下来，也将近两个小时。那两个病患被抬入了救护车后，闷在防护服中的一行人，几乎像是被灌了一身水般，赶紧脱衣服消毒洗手。

清理工作做完，负责人走过来道谢，苦笑道："谢谢你们过来，不然都不知道该怎么办。"

"这是我们应该做的。"张明生上了年纪，热得直喘气。

就在此时，忽然一个黑人男子，跌跌撞撞跑过来，面目扭曲，形容癫狂，发出的声音嘶哑得像是努力挤出来的。

隐约听得出是在说："救救我！救救我！"

几个人吓了一大跳，那负责人似乎也不知这人是从哪里跑出来的，和旁边几个工作人员都吓得直往后退。

那人跑了几步，忽然栽倒在地上，从嘴巴里吐出一摊血，只是下一刻又爬起来，却转了个方向，朝一旁的角落跑了过去，然后蜷缩在阴影处，像是惊恐的小兽，不敢再动弹。

负责人大概是认出了那人，叫道："不要待在这里，赶紧回旧厂房。"

那人可怜兮兮地眨了眨眼睛，终于还是起身朝里面走去。

荣雪也想起了那人，在刚刚的检查中，他也是比较严重的一个，但他们目前没办法将他带到诊疗中心，只能暂时在工厂继续隔离观察。

埃博拉病毒致死率实在是太高，她能想象出他的绝望和恐惧。

那人在穿戴着隔离装备的保安的护送下，消失在他们的视线中。

只是……

荣雪忽然看到地上的那摊血，然后目光落到不远处的厂房，因为正逢休息时间，里面开始有工人陆陆续续走出来。

"不要过去！"她用英语大叫一声。

但那些工人显然不知道她在叫什么，继续往前走。

380

因为天气炎热，这些工人此时出来休息，不仅光着膀子，甚至还有人没穿鞋子。

看着那些人离血迹越来越近，她脑子一蒙，在其他人反应过来之前，已经迅速从车内拿了一副手套、一块抹布，以及一瓶消毒剂，匆匆朝那血迹跑去。

她用最快的速度清理地上的血迹，喷上了消毒剂。

在她做完这一切的时候，那些工人正好从这里经过，还奇怪地看着她，显然不太清楚她在干什么。

她将垃圾扔到那个专门的垃圾桶后，努力保持镇静，并按照程序洗手消毒，但身体还是止不住发抖。

刚刚为了及时清理那摊血，她除了戴一层防护手套之外，什么防护措施都没做——而血液是病毒最容易传播的途径。

工厂负责人不知道事情的严重性，但在场的医护人员却再清楚不过。

张明生神色复杂地看着她："你知道你刚刚的行为有多危险吗？"

荣雪点头："我明白。"

张明生摇头叹气："不过要不是你及时处理，恐怕更危险。"他顿了顿，"也不用太担心，我刚刚看你操作很小心，应该不会有什么事。"

荣雪点点，没有说话。

一旁的邵栖一直看着她，刚刚她忽然跑上前处理血迹的时候，他一颗心几乎提到了嗓子眼儿，本来想去帮忙，可又怕去了让她紧张，反倒添乱，只能默默盯着她的动作。

看她脸色发白，他不动声色地伸手去拉她，却被她眼明手快地避开，然后皱眉朝他摇了摇头。

回程的车上，荣雪主动坐在副驾驶座，刻意不触碰其他人。

而看到那一幕的几个人，神色也都有些严峻，连平日里的话篓子赵晓冉也不再聒噪不停，中途安慰了荣雪几句，似乎也觉得他们医生都是用事实说话，这样的口头安慰并没什么用，后来也就不再废话了。

回到诊疗中心，大家都尽量当作没发生什么事一样。

直到进了办公室后，张明生将门关上，平日里从来笑呵呵，没有丝毫专家教授做派的人，难得严肃起来。

"荣医生，我知道你现在心里有负担，但我希望你能保持平常心，继续好好工作。如果我们医务工作者，一点风吹草动就草木皆兵，那医疗系统早就瘫痪了。"他顿了顿，"还有，就是下次遇到这种事，一定不要贸然冲上去。我不想看到我们的人以身涉险，容我自私一点，如果有危险，我希望承担者不是我们，因为我们必须先保障自己才能保护别人。"

荣雪听得动容："我明白了张教授。"她顿了顿，"你放心，我会暂时做自我隔离。"

张明生点头。

他对这个年轻的女医生，其实很欣赏，她这个年纪能如此细心沉稳，实属难得。

可他又不得不怀疑，是不是她身后没有牵挂，所以才敢身先士卒。

不管怎样，这样的医生，都值得尊敬。

荣雪说的自我隔离不是躲在房间不出来，而是在正常工作和生活的前提下，杜绝一切和他人的直接接触，也不和他人共用任何物件。

因为她和朱雅住在一起，厕所、厨房、客厅都共用，想要杜绝接触，难度太大。为此，下午下班后，她便申请暂时从宿舍搬到酒店。

好巧不巧，酒店唯一空着的房间，就在邵栖隔壁。

虽然从下午回来，她就努力装作很淡定的样子，其实心里的恐惧一直都在。

从疫情爆发以来，她的自我防护做得一直很好，今天那种危险行为是第一次。

几个月来的死亡阴影一直笼罩着头顶的这片天空，但她这是头一回觉得，那片阴影朝她直接压了下来。

她洗完澡，将电扇打开，可还是很热，想睡却又睡不着，最后想了想，打开电脑看谢斯年的婚礼。

视频的进度条还没过半，敲门声响起，她不用猜也知道是谁："邵栖，有事吗？"

"你还没睡吧？"

"没有呢。"

"那我进去坐坐方便吗？"

荣雪默了片刻："邵栖，我现在在自我隔离期。"

邵栖道："我知道，我只是进去坐坐。"

荣雪叹了口气，等了稍许，见他没有离开的架势，只得戴上两层防护手套给他开门。

邵栖看了看她的手："其实，我觉得没问题。"

荣雪道："只要有万分之一的概率，我们都得未雨绸缪。"

邵栖抿抿嘴，直接朝屋子里走去。荣雪无奈，跟上他，指了指房间中的一张椅子："那椅子我没碰过，你坐吧。"

邵栖笑，坐下后抬头看她："我真觉得没事，如果这种情况都会感染的话，那就可以去买彩票了。"

荣雪也笑："那也得有命花。"

邵栖微微一怔："你什么时候变得这么悲观了？"

"尽最大的努力，做最坏的打算，这应该是我们很多医生的职业准则吧。"

"好吧，我无话可说。"

邵栖确实不是想安慰她，白天那一幕确实吓了他一大跳，但冷静下来后，他觉得除非倒了八辈子血霉，否则根本不可能感染。

他知道她有压力，于是看向桌上的电脑，看到熟悉的视频，笑着转移话题："在看谢医生的婚礼视频？"

荣雪点头："很温馨，都有点羡慕了。"

说完又觉得在他面前说这句话不大合时宜，正要补充，邵栖却已经开口感叹道："如果当年没发生那件事，我们俩应该也早就结婚了。"

荣雪微微一怔，她还记得他当年说过等她毕业两人就结婚，但现在她已经毕业快两年了，而两人分开则已经超过四年。

年轻时说过的话都算不了数，不是因为年轻不守承诺，而是生活中总会出现太多无法预知的变数。

这个话题到底是有些尴尬，她赶紧拉回来，开玩笑道："可惜我在国外不知道，都没随份子。"

邵栖道："没事，我给了两份。"

荣雪："……"

好吧，她才是无话可说的那个人。

邵栖见她面露尴尬，终于大发善心，转移话题："说起来，时间过得可真快，明年我就要毕业了。"

"毕业了进医院吗？"

"还不确定，张老师挺希望我进病毒所转研究的，不过我毕竟学的是临床，还是想当医生。"

荣雪点头，笑道："以前觉得你完全不适合当医生，不过现在看到你的专业程度，连我这个比你多几年经验的学姐，也有点甘拜下风了。"

邵栖笑："你太谦虚了，张老师都在我面前夸你好几次了。"

这样的对话，在从前是完全不可能的，但现在说着似乎也挺自然的，自然得让荣雪只觉有点好笑。

两人七拉八扯又聊了大半个小时，邵栖才告辞。

比起刚刚重逢时，此时两人都已经坦然轻松了很多。因为做了相同的行业，即使不谈从前也有了相同的话题，这一晚上的聊天，除了一开始的尴尬，可以说是相谈甚欢。

聊完后，荣雪的心理压力也缓解了不少，睡觉前都差点把自己属于高危群体这件事给忘了。

当然，隔日起来，她还记得自己在自我隔离的事。上班时，和邵栖、赵晓冉都隔得远远的，也不跟他们一块儿去餐厅吃饭，都是打了饭就直接带到办公室。

唐昊也不知从哪里听到这个消息，每天中午和下午，都会在值勤的空当跑过来，在窗边看她，和她说几句话，留下一点自己的心意，有时候是几块巧克力糖，有时候是一两朵不知从哪里弄来的鲜花。

说起来，这黑脸连长，也算是个浪漫的人。

只可惜天不时地不利人不和，还得惨遭赵晓冉的调侃。

有时候故意做捧心状："唐连长，你对咱们荣医生不离不弃，真是太让人感动了。"

有时候说着说着就唱起来："如果这都不算爱，又有什么好悲哀！"

有时候直接拿过唐昊的巧克力糖，剥开包装放入嘴里："唐连长，你的心意我们帮荣医生分担了。"

她苦中作乐，闹得开心，可苦了其他三人。

唐昊是每天都被弄得面红耳赤，荣雪比他好不了多少，本来对唐昊的举动是有些感动的，但被赵晓冉这么一搅和，也就只剩下尴尬。

至于邵栖，他倒是不尴尬，就是暗自气得牙痒痒。几天下来，一口银牙差点咬碎，恨不得将赵晓冉从办公室扔出去，但转而一想，给他添堵的罪魁祸首又不是她，而是那个黑脸唐昊。

然后他暗自比照了一下人家的体型，觉得将人扔出去这种事十分不现实，只得作罢。

当然，他也不是什么行动都没有。唐昊白天在窗口出现送巧克力、送花，他晚上就天天敲荣雪的房门，一直待到两个人都要上床休息，才不情不愿地离开。总算是能勉强抵消唐昊白天带给他的憋屈感。

对于邵栖的较劲儿，荣雪倒是没有看出来。她现在还在观察期，不敢掉以轻心，邵栖每晚来，她都得检查好房间，杜绝一切直接及间接接触的可能。

偏偏邵栖总是有恃无恐，在房间里待得越来越久，有时候还自顾自地东摸摸西看看，一副放松自在的样子。

她知道他是为了助她减缓心理压力，但这岂是说减就能减的。

虽然她潜意识也觉得，自己不至于那么倒霉，一次危险行为就会感染上。但作为医生，她已经习惯做最坏的打算。

就这么过了一个多星期，荣雪的身体一直处于正常状态，渐渐也就放松了心情。

直到好不容易迎来一个休息日，早上她本打算多睡一会儿，却忽然觉得身体很不舒服，像是泡在热水里，脑袋也疼得厉害。

荣雪本以为是自己做噩梦，努力从梦中挣脱，再睁开眼睛，却发现那不舒服的感觉更加清晰了。

不仅头疼发热，嗓子好像也隐隐疼起来。

她艰难地从床上爬起来，想去找药箱先自我检测一番，可脚刚刚踏在地上就浑身无力地栽了下去。

她揉了揉脑袋，迫使自己清醒，但好像无济于事，只感觉到自己好像烧得厉害。费了老半天劲儿，她才挪到桌边，抖着手将常备药箱打开，找出温度计，然后又回到床上静静躺着测量。

等到时间差不多了，她拿出温度计，上面赫然是三十九度八。

她迫使自己冷静下来。

只是发热头痛，并不见得就是感染了埃博拉。

她再次下床，跟跟跄跄为自己倒了一杯水，找出退烧药服下。

好不容易平静下来，荣雪忽然想起上学那会儿，也是自己一个人在宿舍，忽然昏倒在地，最后是邵栖叫来宿管阿姨开门将她送到了医院。大概就是从那时开始，两个人渐渐走近。

但此刻的她，却不希望他进来，至少在她还不确定自己的情况时，他一定不要进来。

但人生就是这样，通常想什么来什么。

她刚刚躺在床上，邵栖就在外面敲门："你起来了吗？我拿了早餐上来。"

荣雪开口："我还在睡，你等会儿再来吧。"

话是说出来了，可声音却嘶哑得要命。邵栖自然听出不对劲："你怎么了？"

荣雪暗呼不好，努力调整声音："没事！"

可并没有什么效果，还是哑得厉害。

邵栖道："你开门，我看看你才放心。"

"不用，等会儿再说。"

邵栖没出声，外面安静下来，只是过了不到三分钟，咔嚓一声，是开门的声音，从前台拿到房卡的邵栖进来了。

开了门的邵栖，直接就往里面冲。

荣雪大惊失色，用尽全身力气叫道："你不要靠近我！"

邵栖在快跑到床边的时候，堪堪站定，低头打量荣雪的脸色——双颊发红，嘴唇干涸，辨不清到底是什么病症。

若说之前那几天，他并没有当作一回事，甚至还觉得是杞人忧天，但此刻，他的心脏却不得不提起来，因为他没忘记，荣雪还在观察期内。

"你哪里不舒服？"他问。

"头疼、发烧、喉咙痛。"

"我给你检查一下。"

"你不要直接碰我！"荣雪嘶哑着声音叫道。

邵栖看着她痛苦的模样，有那么一刹那，恨不得扑上去将她抱住，管她是不是感染了病毒。就算是那又如何，他陪她一起就是。

但仅存的理智阻止了他。

他深呼吸了一下："我回房间换上防护服。"

放在宿舍的防护套装，当然没有诊疗中心的那么齐全，邵栖也没打算全副武装，不过穿了防护衣，戴上手套，拿着检查仪器就折身回来。

他动作麻利地打开药箱准备就绪，然后问道："你量体温了？多少度？"

"三十九度八。"

高烧！

邵栖点头，站起身："你张嘴。"

荣雪顺从地张开嘴。

邵栖仔细检查了她的喉咙，又拨开她的眼皮检查眼睛。

"先不要急，你这种情况有可能是热伤风。"

荣雪点头："我知道。"

邵栖从药箱里拿出针管和装血液的试管："为保险起见，我给你抽血去实验室检测。"

荣雪将手臂摊在床上，邵栖用胶管系住她手臂的上方。

她身在非洲，手臂依然白皙，加上瘦得厉害，此时看起来楚楚可怜。

邵栖用戴着手套的手，轻轻拍了拍，试图让血管更明显一些，哪知拿着针管的手却明显有点颤抖。

荣雪此时已经平静下来，难得看到他这副严肃又紧张的样子，笑道："你行不行？"

邵栖抬头看了她一眼："虽然比不上护理专业的，但我好歹学了六七年临床专业，抽血都不会还怎么混？"

荣雪失笑："我的血管不是太好找。"

"你说你这么瘦，怎么血管还是看不到？"

"要不然直接扎手指吧。"

邵栖道："我得多取点血样，便于分析。"

其实不怪他业务不娴熟，他毕竟不是学护理专业的，又戴了几层防

387

护手套，手指的灵活度和触感自然直线下降。他认真摸了摸她的臂弯处："我要扎了，你忍着点疼。"

荣雪笑："这个算什么疼！"

话音刚落，邵栖已经一针扎了进去。

还真是有点疼。

鲜红的血液很快进入针管里。

"好了！"邵栖抽出针头，取了根棉签压在扎针的地方。

荣雪用手固定，不动声色看了他一眼。

这种感觉很奇妙，她从来没想过，有一天自己会成为邵栖的病人。

她曾经想过，就算他做医生，也就是个草菅人命的蒙古大夫。但没想到，几年时间，他已经成长为一名非常专业的准医生。

看着邵栖一脸严肃地将试管装好，荣雪知道他也紧张，便开口安慰他："我觉得你判断得没错，应该就是热伤风，昨天特别热，我对着电扇吹了一宿。"

这边的电压不稳定，酒店的空调几乎就是摆设。

邵栖点头，也笑着缓解气氛："你还挺猛的，我都不敢对着吹一宿，怕把脸吹歪了。"

荣雪道："这边实在太热，又没空调，我经常这么干，都习惯了。"

经常这么干，以前从来没有，为什么这次忽然就热伤风了？

邵栖没去纠结她言语里的自相矛盾，只淡声道："你好好休息，我把血液样本送去检测。暂时该吃什么药，你应该比我清楚。"

荣雪点头："我知道。"

邵栖看了眼她："我很快回来。"

"我没事的，你不用管我。"

邵栖眉头皱了皱，他最不喜欢听她说类似的话。以前在一起的时候就是如此，她好像什么事都可以自己做，什么事都不需要他。

不被自己喜欢的人需要，这种感觉真是太糟糕了。

不过看她因为发烧，眼睛隐隐发红，反诘不满的话，他到底是没能说出口。

邵栖出门后，房间里又只剩下荣雪一个人。

很安静，静得能听到自己心跳的声音。

虽然此时的荣雪很平静，但可能是躺在床上无所事事太无聊，无聊到开始胡思乱想。

邵栖说得对，她是有些悲观。尤其是来了非洲之后，她似乎时时都做好了死亡的准备，哪怕她本质上也就是个怕死的普通人。

但可能是因为生活中无牵无挂，所以总是无所顾忌。

可是邵栖来了，她好像就有牵挂了。所以才会变得如此紧张。

但不管怎么样，谢天谢地，她和邵栖仍旧停留在自己的地盘里，没有上前一步跨进对方的区域。

这样的话，如果她真的感染了病毒，真的可能死在这里，那邵栖顶多是难过，并不影响他向前看的步伐，因为她顶多算是一个余情未了的前女友。

邵栖很快去而复返。

荣雪奇怪："你不是要去实验室检测吗？怎么这么快？"

邵栖摇头："我直接送去了化验室，我怕太紧张，检查的时候出纰漏。那边明天会出结果。"

荣雪好笑："你这不太专业啊！"

邵栖道："你没听过医者不自医吗？"说完这句话，他意识到不太合适，又赶紧转移话题，"你现在感觉好点了吗？"

荣雪点头："我之前吃了退烧药，好像有点用。"

邵栖走上前歪头看着她，荣雪不自在地往床内挪了挪："你别总靠这么近，万一我真感染病毒了呢？"

邵栖道："埃博拉是接触感染，我又没和你接触，你不要这么草木皆兵。"

荣雪叹了口气："你是刚来不久，不知道这病毒到底有多可怕。"

"不可怕我们能来吗？但我知道再可怕，也不需要自己吓自己。"他将手中的早餐放在床头柜上，"你先吃点东西。"

荣雪也感觉到饿了，拖着软绵绵的身子坐在床边，拿起饭盒吃起来。

到底没什么胃口，就喝了半碗粥，吃了两片面包了事。

邵栖下意识伸手要收拾，荣雪赶忙制止他："你到底在干什么？这盒子我拿过，可能沾有汗液，这也是传播途径，你注意点行吗？"

邵栖不以为然地咕哝道："要是你真感染了，我陪你就是。"

"邵栖！"荣雪面色微变，用她嘶哑的嗓子轻喝，"你知不知道你在说什么？"

邵栖道："我就随口这么一说。"

但荣雪知道他不是随口，以他骨子里残存的冲动，不见得干不出来。

她深呼吸一口气，语重心长道："现在这边非常缺乏医生，尤其是病毒方面的专家。如果我真的感染上病毒，就意味着少了一个专业的医生，你必须更加保护好自己，因为只有保证你自己健康，才能救别人，包括我。"

邵栖沉默了片刻，低声道："我明白。"

他当然知道她说的道理，只是他不忍心看她独自受苦。但他也知道，此时不是自己冲动莽撞、感情用事的时候。

荣雪听他语气诚恳，难得有些欣慰，若是从前的那个邵栖，只怕又要跳脚。

终究还是成熟了。

荣雪道："你回房吧，明天结果出来之前，不要再来我这里。"

邵栖没有说话，只是点了点头。

这边的晚上没有什么娱乐活动，实际上现在全城戒严，想出去也不方便。酒店的网络很糟糕，到了晚上尤其不稳定。

邵栖习惯这几日每天待在隔壁房间，今天探视活动被取消，长夜漫漫，十分难熬，好几次想过去敲门，最后用了十二分的意志力生生打住。

而隔壁的荣雪又何尝不是？今天一整天窝在房间，吃的饭都是邵栖放在门口的。身体似乎是好转了一些，但还是很难受。

她是医生，虽然这症状跟感冒差不多，但其中一丁点的差异，就能让她警觉，她知道这不是普通的感冒。

约莫到了十点时，安静的房间忽然发出一声敲玻璃的脆响，荣雪从床上坐起来，看向窗外，却见楼下站着的唐昊，正举着石子儿砸自己的窗户。

她打开窗户，伸出头："唐连长，有事？"

唐昊站在下方，昂头道："听说你生病了，还好吧？"

"我没事，多谢关心。"

"那你好好休息，祝你早日康复。"

整栋楼都是医疗队的人，两个人这样一上一下，说的也就是很平常的话，不至于让人看热闹。

除了邵栖。

他当然不是看热闹，而是听到动静后，从窗户里看到了楼下的唐昊。

他本来因为今晚少了这几天的例行活动，难受得抓心挠肺，现下看到唐昊和荣雪在这儿跟罗密欧和茱丽叶似的，噌噌冒出一肚子火。趁着唐昊转身的时候，他随手拿起两袋坚果狠狠朝他丢去。

正中目标。

唐昊被砸得眼冒金星，还以为受到不明攻击，奇怪地看向上空，却见荣雪旁边房间的邵栖，立在窗边笑盈盈看着他。

邵栖道："唐连长，吃了你那么多零食，礼尚往来，这是我从国内带来的坚果。"

单细胞的唐昊不作他想，高高兴兴地从地上捡起两个袋子，挥手笑道："谢谢邵博士，你早点休息。"

邵栖跟泄了气的皮球一样，顿时觉得和底下那黑脸罗密欧一比，生生矮了一截。

隔壁的荣雪，无语地摇摇头：幼稚！

隔日，荣雪还是断断续续发烧，她没敢去办公室，直到邵栖给她打电话说血液检测呈阴性，暂时排除是埃博拉感染，她才松了口气去上班。

到办公室的时候，张明生正拿着她的检测单在看，见她进来，笑了笑："烧退了吗？"

荣雪回："还断断续续有些低烧，不过不影响工作。"

张明生点点头："邵栖已经将你的症状向我仔细描述了，据我推测，发烧的原因，应该不是热伤风，可能是伴随情绪压力和紧张，身体负荷过重，所以会出现这种情况。"他皱眉看她，"你最近是不是压力很大？睡眠最近好吗？"

荣雪看了眼坐在一旁的邵栖："入睡是有点困难。"

张明生点头："现在这种情形下，要说谁没一点压力，肯定是不可

391

能。尤其是你还在自我观察隔离期，比别人心理负担更重。这样吧，你暂时好好注意身体，等隔离期一过，你们几个年轻人就好好休息两天。"

荣雪笑道："谢谢张教授。"

张明生也笑："我相信上天一定会眷顾你这种勇于奉献的年轻人的。"

荣雪被夸奖得不好意思，难得羞赧地笑了笑。

张明生又朝自己的得意门生道："邵栖，你平日里多照顾一下学姐。"

邵栖笑道："一定的。"说完还朝荣雪深深看了一眼。

虽然这次的发烧和埃博拉无关，但荣雪也不敢掉以轻心，继续自我隔离，耐心等待21天的潜伏期结束。

邵栖又跟之前一样有恃无恐，每天晚上钻到她房间聊天。

不过他没再提过从前的事，因为他发觉荣雪只有在谈专业的时候，是最放松的状态。

时间一天一天不知不觉流走。

诊疗中心每天都很忙碌，很少有工夫让荣雪胡思乱想。

这天早上，荣雪起床洗漱完毕，习惯性地等邵栖来叫自己一起去上班，但过了平日的时间，却没等到人。

她有些奇怪，拿了包出门，敲了敲隔壁房门，没有人应答，想来是走了。

她习惯了邵栖每天叫自己，这么多天第一次早上没看到他，莫名就有种失落感。

来到餐厅，环顾四周，也没有看到邵栖的影子，她只得自己拿了早餐往办公室走。

她今天来得偏晚，但办公室却出奇安静。

推门而入，办公室里的三人已经坐好，正在工作，只是少见地没有说话，气氛安静得有些诡异。

"早上好！"她打招呼。

没有人回应。

张明生抬头，神色严峻地看着她："荣医生，你知道今天是什么日子吗？"

荣雪被他这表情弄得一怔，直觉是有什么大事，顿时提起了一颗心，思忖片刻却没想出来是什么重要日子。

她摇摇头。

张明生眉头蹙起，站起身，清了清喉咙："今天距离上次去中资厂已经22天了！"

荣雪咦了一声，一时没反应过来。

张明生憋了许久的表情，忽然大笑开来："荣医生，你的隔离期已经结束了，你安全了。"

荣雪眨眨眼睛，怔在原地。

她只是把日期记在日历上，却没有刻意每天去数日子，因为每天都过得一样，竟然忘了今天是隔离期结束的日子。

而她依然健康。这意味着她没有感染埃博拉。

虽然知道被感染的概率微乎其微，但真正过了隔离期，确定自己没感染，荣雪还是有种劫后重生的感觉。

悬了这么久的心脏，终于狠狠落下来。

荣雪不知如何表达此时的心情，想尖叫，想大跳，但最终只是站在原地，重重地舒了口气。

张明生张开手臂，走过来礼节性地轻轻抱了她一下："恭喜你，荣医生！"

荣雪眼眶已经湿了，点点头："谢谢张教授。"

张明生刚刚放开她，一直憋着的赵晓冉也跳起来，重重将她抱住："学姐，恭喜恭喜！"

"谢谢晓冉。"

最后是邵栖，他默默起身站在桌旁，一言不发地看着荣雪，却没走近。

荣雪和赵晓冉拥抱完毕，抬头看向他，红着眼睛朝他笑了笑，不紧不慢地走近，朝他张开手臂："这些日子，谢谢你的照顾。"

邵栖的眼睛早已经发红，咬着唇才没让自己的情绪泄露出来。他上前一步，用力将她抱在怀中，像是要将她整个人嵌进身体里一般。

"我真高兴。"他低声哽咽着在她耳边道。

明明一直在心底相信她不会感染，可直到真正确定安全，才知道原来之前的不担心不过是自欺欺人。因为之前的恐惧，连自己都不敢面对。

荣雪感觉到他的激动，心中也满是感动："我也是。"

两个人抱得太忘我，一时竟忘了办公室还有人。

好在其他两人也沉浸在喜悦中，并没有发现太多不对劲。

张明生适时将两人拉回来："今天邵栖一早就来到办公室和我确认，又拉着我分析了之前你的血液检测情况，百分百确定了没有感染的危险，我们真的是都很为你高兴。"

荣雪笑："真得谢谢大家！"

张明生摆摆手："我们也没做什么，倒是你当时确实很勇敢，如果不是你，只怕已经有更多人因沾到那些血而感染了。虽然我说过不希望自己人冲锋陷阵把风险担在自己身上，但如果没有你这种敢冲上前的医生，恐怕人类早就被病毒打败了。"

荣雪道："我其实也没想太多。"

张明生笑道："不管怎样，我之前答应过你，等你隔离期结束，就放你们几个年轻人休息两天。不过现在疫情还是很严重，你们自己要多注意。回来后，还要继续战斗。"

赵晓冉兴奋地跳起来，一把抱住荣雪："真是太感谢学姐了，要不是学姐，我们怎么可能有这么好的福利？"

邵栖清了清嗓子："我之前和唐连长商量过，他说请到了外出假，明天带我们去海边游玩。"

荣雪有些不可思议地看向他："真的？"

邵栖点头："我对这边不熟悉，只能找他了。"

荣雪看着他，还是有点不敢相信。

这些天，唐昊只要是值勤，都会跑来酒店楼下和她打招呼。但基本上邵栖都在她房间，所以最后隔窗对话的双方，就变成了唐昊和他。

唐昊似乎浑然不觉，还是整天乐呵呵的，有时候甚至还能和邵栖扯上老半天，不知是真傻还是装傻。

看着邵栖面对自己质疑的目光时一脸不自在的表情，荣雪努力忍住笑，回到了座位上。

毕竟他也是为了她才会这么做。

大概真的是成熟了，就算对唐昊有那么一点不爽，但也知道不该计较的就不能去计较，而不是像从前那样任性。

荣雪觉得又欣慰又好笑。

四个人是隔日早上出发的。

目的地是唐昊打听好的一个度假海滩，是全国唯一没发生疫情的地方。

唐昊开了辆敞篷吉普，男士坐在前排，女士坐在后排。

虽然阳光炙热，但有风迎面而来，还是很让人心情舒畅。

赵晓冉最兴奋，时不时就站起来手舞足蹈，荣雪都怕她翻出去。

唐昊笑着问："有这么开心吗？"

赵晓冉坐下来："我跟你们讲，别看我整天穷开心，那是因为怕的，我们无国界医生那边已经有两个医生感染，不治身亡。我爸妈也不知哪里看到的新闻，都快吓死了，每天在家里为我烧香拜佛。"

荣雪道："你挺勇敢的。"

赵晓冉道："我以前觉得自己是勇敢，是有理想，但看到那么多死亡病例之后，我才知道自己是不知天高地厚，现在就希望疫情赶紧过去，这个国家赶紧恢复秩序。"

荣雪道："那你没想过提前回国？"

赵晓冉道："我再怕，也不能上了战场当逃兵啊！而且我在无国界医生组织是两年聘期，这么走了太不负责任！你看这个国家的医疗系统都已经瘫痪了，如果我们这些外来的支援者，也因为恐惧而临阵脱逃，那就真的完蛋了！反正来都来了，要是跑回去，也太没面子了。"

话糙理不糙，她说的很有道理。

赵晓冉话音刚落，邵栖忽然冷不丁开口："学姐，你呢？有没有想过提前回国？"

荣雪愣了下。其实疫情最严重的时候，他们医院的援非医生，好多也想过回国，但最终还是留了下来，帮助这个国家。

她笑了笑："怎么没有？尤其是医疗队没来的时候，我和朱雅互相撺掇着差点逃回去。"

"那时候很怕吧？"邵栖问。

荣雪叹道："是啊！非常怕。"

那时候人手短缺，收治不了太多病人，但每天都有患者送进来，拒收还会遭遇非洲式的医闹。

坐在前排副驾驶座的邵栖迎风眯着眼睛，心中暗暗叹了口气：如果一开始他就在她身边，那该多好。

荣雪不知道他在想什么，只随口问身边的人："赵医生，要是以后还有这种事，你还去吗？"

赵晓冉沉默了片刻，笑道："去！为什么不去？人一生就这么短暂，总该做点自己想做的事，哪怕是死了，也总比在养尊处优的环境中，庸庸碌碌一辈子好。"

荣雪第一次对这个女孩刮目相看。她之前总觉得她太聒噪、太奔放，有点吃不消，甚至以为她当无国界医生，不过是富家女不知天高地厚的冒险。但现在看来，她是真正地在用心做这件事，并不是一时兴起。

赵晓冉说完又道："不过我爸妈就我一个孩子，这回二老吓得够呛，以后肯定还是会稍微考虑一下他们的感受。当然，前提是这一次，我能健健康康回家。"

荣雪笑："你看我不是没事么，以后大家注意些，肯定不会有事的。"

从首都到达度假海滩，总共三个小时的车程，抵达时正是中午。

这是一个度假海滩，因为整个国家都笼罩在埃博拉的阴影中，航空和海洋运输几乎全部中断，自然不会有外国游客，而本地的人们，也不会有闲心在海边游玩。

这片原本挺热闹的海滩，如今一片萧条。

三个人租了一栋两层的度假屋，是很有风格的木屋，虽然不至于豪华，但对于这段时间一直处于紧张状态的几个人来说，简直就是到了天堂。

中午大家随便吃了点面包，休息了片刻，就结伴去海边玩儿。

海边除了几个救生员，几乎看不到游客的身影。

荣雪有种海滩被他们承包的错觉。

两位男士换了沙滩裤，直接下水游泳。荣雪和赵晓冉跟在后面。

换了比基尼的赵晓冉，见邵栖和唐昊已经在水中游起来，兴奋地拉着荣雪道："走，咱们也快去！"

到了水中，她拿着两块浮板率先朝那两人游去。

荣雪很多年没游过泳了，虽然今天海面风平浪静，她也带着救生圈，但还是不太敢贸然去深水处，只在浅水边玩着。

赵晓冉一口气游到邵栖身边，用手在他后背一拍："师弟，比个赛怎么样？"

邵栖看到她身上的比基尼，心里一惊，赶紧回头看去，见荣雪穿的是连体泳衣，才算是松了口气。

他作为一个医学生，也不是什么保守的男人，但毕竟这儿有个唐昊，他不保守一点不行啊！

唐昊？

他这才反应过来，刚刚跟他一块儿比赛的男人不在了，仔细一看，果然已经屁颠屁颠朝荣雪的方向游去。

邵博士咬牙切齿一番，也掉了个头往回游，却被碍事的赵晓冉抓住："你干吗？没看唐连长和学姐一块儿呢？人家好不容易有这个机会，你可别当电灯泡。"

邵栖白了她一眼："你哪只眼睛看到唐连长和学姐是一块儿的？"

赵晓冉道："当然是左右眼两只眼睛！你这都看不出来？"

邵栖没搭理她，径自朝岸边游去。

"怎么了？"来到两人身边，他随口问。

唐昊道："荣雪说她好多年没游过泳，不太敢往深水处去。"

邵栖问："你不是小时候经常在你家后面的大河里游吗？"

荣雪没作多想："那都多少年了，我也不像你一口气能在大河里游几个来回。"

唐昊狐疑地在两人身上来回看了看："你们以前就认识吗？"

邵栖道："我们一个学院一个专业的，她是我直系学姐，当然认识。"

"哦。"唐昊摸了摸头，憨憨笑道，"这样啊，我还以为你们就只是校友呢。"

邵栖挑挑眉："学姐，我带你去深点的地方。"

"行！"想了想，荣雪以防万一又走回岸边将救生圈拿上。

再平静的海面，也有小小的波浪。荣雪套着救生圈，根本游不动，基本上是被邵栖一路拉着的。

"别再往前去了。"眼见离海滩越来越远，荣雪叫住他。

"没事的。"邵栖指了指前方，"别超过那里的浮标就好了。"

"那也差不多了。"

"好吧。"邵栖停下来。

因为荣雪套着救生圈，他也不用急着带她游回去，干脆挂在游泳圈旁边，让两个人漂浮在风平浪静的海面上。

虽然太阳有点晒，但紧张压抑了这么久的荣雪，看着蔚蓝无边的海面，前所未有的放松，好像这个时候才暂时从死亡的阴影中活过来。

她闭上眼睛，深深呼吸了一口带着海腥味的空气。

邵栖抬头，看到她白皙的皮肤在阳光下染上了一层红色，整个人柔和了许多。

"荣雪……"他忽然起了点坏心思，轻轻唤了一声。

荣雪睁眼看他："什么？"

邵栖低声道："你有没有感觉到脚下有东西？"

荣雪看他神色严峻，吓得一颗心提起来，摇头："没有。"

"就在我脚下。"他顿了顿，声音更低，"好像是鲨鱼。"

荣雪睁大眼睛看着他，一动不敢动。

"骗你的！哈哈哈……"

"邵栖！"荣雪气得大叫。

然而始作俑者已经往回逃走，她泼了一把水没泼中，手脚并用划水去追他。

邵栖游得不快，但就是故意离她有半米的距离，让她抓不着。

荣雪刚刚确实被他吓得够呛，等知道是恶作剧，气得牙痒痒。终于折腾到了浅水处，她站起来将游泳圈脱下来，往正朝海滩逃的邵栖砸过去，不偏不倚正好砸中，让他一个狗啃泥扑在了水里。

荣雪跑上前，骑在他身上毫不客气地将他暴揍了一顿。

赵晓冉和唐昊听到这边的动静，齐齐跑过来，然后吃惊地看着眼前的场景——向来淡定的荣医生，将青年才俊邵博士摁在浅水处狂揍。

"学……学姐！"赵晓冉支支吾吾开口。

荣雪这才回神将邵栖放开，又不免觉得自己好像有点幼稚，都是被邵栖给带的。

"学姐，你干吗打师弟啊？"

她愤愤踹了一脚还趴在水中的人："刚刚他骗我，说水里有鲨鱼，差点没把我吓死！"

赵晓冉笑："师弟你好贱哦！不过看不出来学姐你还真是很凶呢！"

邵栖从水中爬起来，吐出嘴里的沙子，大口大口喘气："我跟你们说，她特别凶，以前就经常打我。"

虽然是在控诉，但是脸上的表情却高兴得像个傻子。他最喜欢的就是荣雪对他的不客气。

"真的啊？"赵晓冉没听出不对劲，还笑嘻嘻问。

"可不是吗？"邵栖抹了把脸。

一旁的唐昊面色有点尴尬，干干道："我去租渔具，待会儿钓海鲜当晚饭。"

"我也去！我也去！"赵晓冉叫道。

邵栖看着两人离去的背影，又转头问荣雪："你还要不要去游？"

虽然刚刚是邵栖的恶作剧，但荣雪也不太敢去深水处了，白了他一眼："不去了。"

邵栖轻笑一声，陪她在浅水边坐着。

"你还笑？"荣雪没好气地白了他一眼。

邵栖道："有没有觉得心里头的压抑都发泄出来了？"

荣雪微微一怔，刚刚那一番闹腾，尤其是用力揍他一顿后，好像还真的是有种发泄的痛快。

她往后挪了一点，仰躺下去，半边身子在水中，半边在岸上，被轻柔的海浪拍打着，整个人彻底放松下来。

这一刻没有了瘟疫，也没有了死亡，只有蓝天和大海，以及身边这个人。

也不知道是故意，还是无意，唐昊和赵晓冉拿了渔具也没过来打扰他们，在隔了好一段距离的地方钓鱼。

刚刚两人的举动，他们应该能看出来点什么了吧？

399

在海滩玩到傍晚，荣雪虽然擦了防晒油，浑身还是快晒掉一层皮。不过这种在户外的感觉，十分爽快，对会不会晒黑也就不在乎了。

唐昊弄了不少海鲜，除了两条海鱼，还有龙虾和海蟹，装了大半桶。

房间里没什么调料，唐昊问服务站那边的人讨了些非洲本地的香料。海鲜倒也不需要如何繁琐的烹饪，放了不知名香料后一锅子炖上就大功告成。

而机智的唐昊还未雨绸缪，随身带了两袋醋，据说是从他们营地炊事班拿的。

酒足饭饱之后，天也黑了下来。

屋子里虽然没有网络，但有电视，几个人便坐在一楼的沙发上边喝啤酒边看无聊的节目。

拿着遥控器的赵晓冉随手调台，一不小心就换到了本地的疫情直播节目。

几个人好不容易出来放松，理应不想看这个的，但不知道为何谁都没去换台，也没有走开，甚至都屏声静气地盯着电视屏幕，认认真真地看起来。

因为他们都知道，这场瘟疫远远没有结束。

明天之后，他们还是得离开这里，继续战斗。

邵栖这人酒量实在一般，喝了几罐啤酒就倒在沙发上打起了小呼噜，被唐昊抬进了卧室。

后来时间晚了，大家就都各自回房了。

荣雪到底是有点睡不着，干脆起来去露台吹夜风。

"怎么还没睡？"

坐下没多久，身后就响起刻意压低的声音。

荣雪转身，借着月光看向唐昊那张与黑夜融为一体的黑脸，回道："可能是太兴奋了，没什么睡意。"

唐昊在她旁边坐下："今天玩得开心吗？"

"很开心哪，你呢？"

"我也是，平时都不可能请假，还是张教授特意和我们营长打招呼，

400

我才得到这个福利。"

"今天多亏你，不然我们什么都不懂。别看我来这边快两年了，其实哪里都没去过。"

唐昊笑："我们是工程兵嘛，经常要去各个地方搞建设，去的地方确实比较多。"他顿了顿，"我还没恭喜你吧？"

"什么？"

"隔离期结束啊！"

荣雪笑："是哦，虽然也一直觉得感染的概率很小，但还是挺庆幸的。"

唐昊道："现在的你们，跟上战场的军人一样，不管怎么样，要继续小心才是。"

"嗯，会的。"

荣雪指了指月亮："都说外国的月亮圆，我还是觉得咱们国家的更圆。"

唐昊："可能说的是欧美吧。"

荣雪："……"

好吧，没毛病。

"你想家吗？"

唐昊点头："想啊！"他顿了顿，道，"我以前有个女朋友，是个小学老师，她很喜欢我，她的生活很简单，理想就是结婚生子，每天和丈夫、孩子一起平平淡淡地生活。我不想耽误她，就和她分手了，她后来嫁给了本地的一个公务员。其实我那时候很喜欢她，如果可以，我也想和她过那样的生活。可我是军人。"

荣雪笑："所以，你现在想找我这样不居家的？"

唐昊连忙摇头："不是不是，我是想说，如果可以有自己选择的机会，就一定要珍惜。"

"你是想说什么吗？"

唐昊沉默了片刻："那个……"

"什么？"

"邵博士他……"

"邵栖怎么了？"

"他和你不是普通的学姐和学弟的关系吧？"

荣雪怔了一下，笑道："他是我以前的男朋友。"

"我也觉得是。"

荣雪有点好奇："你看得出来？"

毕竟这位唐连长看起来有点愣头愣脑的。

唐昊点头，笑道："如果他是对别人，我可能看不出来，但是对你，我就看出来了。"他顿了顿，"你们现在复合了吗？"

荣雪摇摇头。

"我看得出来你们还有感情，为什么不复合？我不知道你们当时为什么分开，不过你不觉得看过了这么多生死，那些生活中的困扰和摩擦，都不是什么大不了的事吗？没有什么比好好感受和珍惜当下的生活更重要了。"

荣雪点头，笑道："看不出来你还是个哲人，不过你说的挺对的。"

其实在隔离期结束后，她就想过这个问题。

邵栖对她如何，她感受得到，而她对邵栖的感觉，也无法自欺欺人。

是啊！人生短短几十年，两个人遇到且相互喜欢就已经很难得，又何必前怕狼后怕虎，担心能不能好好地走到头？

也许哪天连命都没了，留下的就只有遗憾。

她站起来："你也早点休息，我去看看他。"

荣雪摸黑下楼，走到邵栖的房门口，正要敲门，却听到里面传来赵晓冉的声音："师弟，我说真的。"

"师姐，你就饶了我吧。刚刚电视里的疫情你看到了吧？明天回去咱们估计还有得受。我连交配的心思都没有，还谈恋爱？"

"疫情严重怎么了？我们是医生又怎么了？这种时候就不能谈恋爱了？我跟你说，爱情可是很伟大的，能消解一切苦难。我是认真的，不是单纯想和你上床。"

"问题是我跟你没爱情啊。你赶紧走吧，我都困死了。"

"反正我已经对你表白了，你好好考虑一下吧。"

"我拒绝。"

"我不接受你的拒绝。"

"随便！我要睡觉了，请关门，谢谢！"

荣雪觉得自己可能真的是个奇葩，听到别的女孩子对自己喜欢的人表白，不仅不生气，还觉得好笑。

唯一的原因大概就是邵栖确实太让自己放心了吧。

那以前邵栖整日作天作地，是不是意味着自己并没有做到让他放心呢？

她叹了口气，最终还是悄无声息折回了自己房间。

邵栖刚刚说得没错，现在这种情况，哪里适合谈情说爱，还是等疫情过去再说吧。

四人是隔日中午返回的。

车子进入首都之后，气氛跟之前不太一样，满街都是荷枪实弹，还穿着防护服的警察。除此之外，还有维和部队的军人在巡逻。

连车辆检查放行，也变得更加严格。

"有没有感觉不对劲啊？"赵晓冉最先开口问。

唐昊点头："戒备比之前更严格了。"

"为什么会这样？难道疫情又严重了？"

"难说，回去后才能知道。"

他将人送到诊疗中心门口，很快接到指令赶了回去。

"你们三个回来了正好，我们要开个紧急会议。"他们没回宿舍就被张明生叫进了办公室。

"怎么了张老师？"邵栖问。

张明生道："昨天两个埃博拉隔离区遭到袭击，总共有二三十个病人跑了出来。还有一个被封锁的贫民窟发生骚乱，警察开枪打死了两个人。所以现在到处都在戒严，从现在开始，你们不能再随便出去了。"

荣雪道："为什么会发生这种事？"

张明生道："听说是一些人高喊埃博拉是欧美制造的病毒，收治病人是为了做病毒研究。可能跟反政府组织有关，本来瘟疫就弄得人心惶惶，这么一闹，那些病患压根儿就不敢待在隔离区。逃走的病人，到现在才抓到了几个。"

赵晓冉呵了一声："真是好心当成驴肝肺！咱们大家千里迢迢来救援他们，反倒被当成恶人。"

张明生道："有人故意趁乱制造谣言，这也是没办法的事，瘟疫伴随骚乱自古有之。现在的问题是，很有可能，我们这些国外的诊疗中心，会成为攻击对象。当务之急，是我们自己要注意安全。维和部队那边会增派人手，我们自己能做的就是缩小活动范围，每天下班回宿舍也不要单独出行。"他顿了顿，又道，"不过中非友好医院在这边已经有很多年历史了，认可度很高，我们中国的诊疗中心暂时应该还算安全，反正大家看到有什么不对劲，及时报告就行。"

几个人都面色严峻地点头。

张明生拍拍手："好了，也不用太担心，大家继续打起精神干活就行，我相信困难很快就会解决的。"

开完会，荣雪和邵栖回酒店宿舍先休息，赵晓冉则被组织召唤，开车回了她所在的无国界医生驻地。

虽然街道上看不出什么异样，但诊疗中心外面巡逻的士兵数量，确实比之前多了许多。

回到酒店，荣雪开始收拾东西，准备搬回医院的宿舍。毕竟已经出了隔离期，没必要再住在这里。

"其实，住在这里也挺方便的吧？"跟着她进门的邵栖，看到她在收拾，开口道。

"朱雅一个人住在宿舍天天喊无聊，我得回去陪她了。"

邵栖咕哝道："我一个人在这里也挺无聊的。"

荣雪抬头默默看向他。

"行吧，你想搬回去就搬回去吧，我一个大男人也无所谓。"

荣雪轻笑一声，放下手中的袋子："那我就再住几天，也方便咱们下班回来讨论专业问题。"

邵栖喜笑颜开，却故作一本正经道："是啊！现在还是工作第一。"

荣雪笑了笑，随口道："对了，第二支抗埃博拉援非医疗队过两个星期就要出发了，第一支交接完毕就回国了。你是不是也要回去了？"

邵栖愣了下："你呢？你两年援非也是最近到期吧？是跟医疗队一起回去吗？"

荣雪耸耸肩道："院长有提过让我跟医疗队一起坐专机回去，不过现

404

在还不确定。"

两个人不约而同沉默了片刻，都没再就这个问题继续讨论下去。

过了一会儿，邵栖才又开口低声道："不知道为什么，我忽然有点不好的预感，有些莫名的害怕。"

荣雪抬头看他："为什么？"

在她看来，他一向是天不怕地不怕的，竟然会说出害怕的话。

邵栖摇头："我也说不清楚，刚刚张老师开会后，我就冒出了不太好的预感，也不知道是为什么。其实也没什么好害怕的，疫情都已经爆发半年了，也不会更严重了，我应该也就是杞人忧天。"

荣雪走到他跟前，将他的手握住："邵栖，有我在呢。"

邵栖失笑："这话不是应该我说吗？"

荣雪点头："有你在，我也不害怕了。"

邵栖怔了一怔："放心，如果真的遇到危险，我一定会保护你的。"

荣雪笑："等疫情结束，咱们一起回国去看谢医生。"

她这话的意思已经很清楚，邵栖不会不明白。他愣了下，将她抱在怀中，低声道："好。"

两个人静静拥抱着，没有任何其他的旖念，只是那样抱着，相互依靠，彼此慰藉。

两个人正抱着，忽然听到外面有奇怪的声响。荣雪从他肩膀离开，走到窗边。

只见本来人烟稀少的大街上，忽然冒出几个狂奔的人。那些人的状态很眼熟，有些人嘴角边还有呕吐的秽物，有些人身上的皮肤已经溃烂，和诊疗中心那些感染者没什么两样，但是看起来精神已经失控，张牙舞爪地乱跑，像是末世电影里的丧尸。

后面一队穿着防护服的人正追赶着，这些人手中拿着枪，想必是军人或者警察。

而那些跑在前面的人，不用想也知道是从隔离区逃出来的感染者。

警察喊话半晌没有什么用，那些人还是在失控般狂奔。唯一庆幸的是，此时的马路上没有车，也没有人。

眼见那些人要往建筑物里冲，后面有人举起枪开始射击。

子弹的声音，很是刺耳，有人尖叫。除了被射中的奔跑者，还有街道两旁建筑物中目击这一切的人。

五六个人被射中后，跌跌撞撞倒在地上，口吐鲜血和白沫，身体剧烈抽搐。

过了一会儿，便没了动静。

后面的人迅速抬着担架上前，将人裹起来放上去，又麻利地对着地面消毒后，便将尸体抬进车内，然后消失在他们的视线中。

这个国家的警察，对于处理瘟疫，已经积累了丰富的经验。

这条街很快又恢复了之前的平静。

前后也不过十几分钟。

哪怕荣雪在非洲待了两年，几乎每天都会见证生命的消亡，但是一次性看到这么多病患死在子弹下，还是有些震惊。

瘟疫一来，生命便成了草芥。

她和邵栖默默地退回到床上坐下。

天不怕地不怕的邵栖显然也被震撼到了，神色僵硬地开口："现在才觉得祖国简直就是天堂。"

荣雪重重舒了口气："是啊！"

邵栖苦笑："以后可不能上网当愤青了。"

荣雪被他逗乐："我还不知道你是愤青呢。"

邵栖重重吐了口气："刚刚真的太吓人了，和咱们也就隔了几十米吧，几个人说没就没了。"

荣雪道："埃博拉目前还没有疫苗和特效药，治愈率太低，这些感染者就算接受治疗也不见得会好。他们从隔离区逃出来，不仅会引起恐慌骚乱，而且这么乱跑的话，还会让这座城市的其他人处于危险之中。警察选择开枪，也是无奈之举。"

邵栖点头，然后笑了笑："我发觉你在什么情况下都能快速恢复理智，还真是个天生做医生的料。"

荣雪道："就是习惯了而已。其实要真遇到事儿，我真不见得有应付的能力。"

邵栖站起身，复又走到窗前，看向那条已经消过毒的街道，怔愣了片刻，又看向天空："其实非洲挺美的，天空很蓝，空气质量也好。希望这场瘟疫早点过去吧，让这里的人们能恢复正常的生活。"

"但愿如此。"

隔日早上，荣雪和邵栖抵达办公室没多久，张明生就急匆匆走进来："晓冉那边无国界医生组织的诊疗中心清晨受到冲击，发生骚乱，好几个患者逃走了。损失很大，很多器械和药品被损坏，刚跟我们这边寻求支援。"

两人闻言大惊失色。

"晓冉有没有事？"荣雪问。

张明生道："我还没联系上她。"说着忧心忡忡地抹了把头上的汗，"她这要是出了什么事，我回去都不知道怎么和她父母说。"

邵栖问："我们现在过去吗？"

张明生点头："陈主任已经批了，药品和器械正在装车，我说了我们几个一起过去。"

三人坐上医疗队的车子抵达无国界医生组织的驻地，骚乱已经结束，有持枪的本地警察和维和军人在巡逻。

这个诊疗中心是用帐篷搭建的，此时一片狼藉，地上散落着各种药品和秽物。

几个穿着防护服的医生正在消毒。

三人将防护装备穿戴好后下车，两个负责人走上来，脱了面罩和他们打招呼。

这两人的脸色十分不好，显然是受到了惊吓。

询问了之后，得知就是那些反政府组织故意散播谣言，说这些国际医疗队是病毒制造者，来这里是为了做病毒实验。一群人拿着棍棒在外面叫唤打砸，里面的病患受到惊吓，就开始外逃。

好在最近有警察和维和部队驻守，并没有发生大事，但还是有一个女医生被患者抓伤。

那人说到女医生，张明生一行三人顿时脸色大变。

好在那人接下来又说："张教授，您的学生Rebecca正在办公室，也受到了惊吓。"

Rebecca是赵晓冉的英文名。

张明生点点头，又说了几句，就带荣雪和邵栖去看望赵晓冉。

办公室里坐着几个医生，还穿着防护服，但防护面罩已经脱下来了，个个满头是汗，脸色苍白，非常狼狈。

"张老师！"坐在里面的赵晓冉，看到进来的人，隔着防护服也认出了他们，从椅子上艰难地站起来，仿佛是惊吓过度，身体都是软的，走过来时，脚步踉踉跄跄。

赵晓冉好不容易在张明生面前站定，但还保持着一丝理智，没有扑过去抱着人家，只是嘴巴一瘪，哇的一声哭了出来："老师，太吓人了！"

张明生用戴着防护手套的手拍了拍她的肩膀："没事了，你先去我们那边待着，现在我们那里应该是最安全的。"

赵晓冉还没消毒，也不敢用手抹眼泪，只点头。

一行人忧心忡忡地参观完这个遭受重创的诊疗中心后，在回程的路上，每个人都面色沉重。

只有惊魂未定的赵晓冉，语无伦次地讲述着早上的遭遇。

"早上天还没亮的时候，迷迷糊糊忽然听到噼里啪啦打砸的声音，然后有同事跑进来说出事了，让我们赶紧穿上防护服。等出来的时候，形势完全失控，那些人不仅打砸，还攻击医生，病区的患者但凡还有力气走得动的，都失控地跑出来，好几个医生被推搡在地上遭到踩踏，男医生们努力维护秩序，让患者不要乱跑，但是没有用。我眼睁睁看着Amy的面罩被人扯下来，脸上都是伤。后来警察用警棍和辣椒喷雾已经没有用了，只能开枪。有一个患者就倒在我脚边，浑身是血。"

虽然已经在这个落后的西非城市待了一段时间，对于死亡早就见惯不怪，但今早发生的事，还是超出了赵晓冉的承受能力。

这是她第一次和死神那么接近。

张明生皱着眉道："本来疫情就已经很严重，如今加上还有人借机闹事引起骚乱，只怕形势会更严峻。不管怎么样，我们的诊疗中心暂时还算安全。而且抗埃博拉援非医疗队以军医为主，经验丰富，我们不用太担心。"

荣雪蹙眉思忖了片刻："张教授，如果再这么闹下去，欧美国家的医疗队会不会撤回去？那样的话，我们的压力就会更大了。"

张明生点头："你说的没错，欧美国家的医疗队已经有医生感染的例子，如果再出问题，他们为了保证自己国家医护人员的安全，可能会选择撤回去。"他顿了顿，看了下三个人，"再过两个星期，我们第一支抗埃博拉援非医疗队完成任务回国，你们三个年轻人跟着一块儿回去。小荣医生的援非时间马上结束，邵栖你回去正好开始准备毕业论文，反正现在手上资料已经不少了。至于晓冉，虽然我支持你当无国界医生，但现在确实太危险，还是先回国再说。"

三人默默听着，相互对视了一眼，低下头各有所思，没有说话。

他们都知道，张明生说得没错。

到了驻地后，邵栖和荣雪带着赵晓冉去酒店安置。

因为已经没有空房，荣雪带她去了自己房间。

她自己简单地将东西收拾好："我隔离期已经结束，可以回医院宿舍了，你住我这间房就好。"

赵晓冉心有余悸地坐在床上："谢谢啊！学姐。"

荣雪笑："不用客气，大家都没事就好。"

赵晓冉环顾了一下房间，叹道："我住了几个月帐篷，总算是能住酒店了，还是祖国母亲好哇！"

荣雪笑道："我在这边待了两年，那是深有体会。你先好好休息，等精神恢复了，再来实验室工作。"

赵晓冉嗯了一声，又道："你们要走了吗？

荣雪道："我们得去工作。"

赵晓冉可怜兮兮地看向邵栖："师弟，你能多陪我一会儿吗？我一个人有点害怕。"

邵栖道："这里很安全，不用担心。"

赵晓冉："可我还是很怕啊！"

荣雪放下包："那我陪你吧。"

可话音刚落，口袋里的手机响起，是院长打来的，召她回医院开紧急会议。

她挂了电话，有点抱歉地看向赵晓冉："我得马上回医院那边开会。"想了想看向邵栖，"要不然你等晓冉情绪稳定些，再去办公室？"

邵栖皱了皱眉，有点不是很愿意。

赵晓冉双手合十："师弟，拜托了，我真的很怕啊！"

邵栖撇了下嘴，不情不愿道："行吧。"又朝荣雪道，"你自己当心点。"

"没事的，沿路都有巡逻的士兵。"

待荣雪离开，邵栖看向赵晓冉："老师还说你是胆大包天，我看也不过尔尔啊！"

赵晓冉反诘道："那些人都跟疯了似的，死了好几个，其中一个就在我脚边，我们一个同事也受伤了，十有八九已经感染。换作是你，也会吓得半死。"

邵栖走到窗边，默默看着荣雪清瘦的身影走到街边，慢慢消失在视线中。

过了一会儿，他才接上赵晓冉的话："昨天我们这边的街上，几个埃博拉病患被警察击毙，就在酒店前方十几米处，我们目睹了全过程。"

"真的吗？"赵晓冉睁大眼睛。

邵栖点头："你看本地新闻就知道了。"

可目睹那样的事情，荣雪的恐惧也并没有维持多久，很快就恢复了平静。

这就是他喜欢的人，坚强又理性。

以前两个人在一起时，他总觉得自己不被需要，所以试图通过各种方法在她面前证明自己，可最终还是以失败告终。直到现在他才知道，她并不需要有人给她遮风挡雨，因为她自己就是一棵树，扎根土壤，顽强生长。她需要的是，有人和她并肩砥砺前行。

他从前不知，现在却终于明白，这就是她吸引他的原因。

他自顾自地笑了笑，赵晓冉被弄得一头雾水："你笑什么？"

邵栖挑挑眉："没什么！"

赵晓冉倒在床上："你说学姐在这边待了两年，怎么受得了？我这才待了三个月就要崩溃了！"

邵栖道："因为她是学姐啊！"

赵晓冉啐了一声，想到什么似的又道："对了，你和学姐一个专业的，以前就认识，她在学校的时候是个什么样的人？"

邵栖道："美女学霸！"

"要你说？我是问有没有什么花边新闻，我现在迫切需要听到一点有

410

趣的事，把我的恐惧驱赶走。"

邵栖想了想："还真有。"

"是吗？"赵晓冉从床上直起身，睁大眼睛好奇地看他。

"她以前上大学的时候在辅导班做兼职，被一个高三男生喜欢上了。那个男生高考后表白被拒了不甘心，直接报了我们专业追到了大学。"

"我去！当年的小男生这么猛？帅不帅啊？"

"废话。"

"废话是什么意思？"

"敢追学姐的能不帅吗？可帅了！当年院草有没有？"

"是不是真的啊？"赵晓冉表示有点怀疑，"后来呢？追上了没有？"

邵栖勾着唇笑："当然追上了，两个人可好了。"

"可是，学姐不是单身一个人在非洲吗？不会是帅哥学弟劈腿分手了吧？长得帅的小男生肯定靠不住。"

邵栖垮下脸："你嘴里能不能有句好话？"

赵晓冉皱眉试探道："那是学姐劈腿分手？可我看学姐不是这样的人啊！"

邵栖道："你脑子里就能想到这个？"

"是你说两人好，那又没人劈腿什么的，怎么会分手？"

邵栖沉默了片刻："就不能是年轻不懂事？"

赵晓冉道："也是，我和我初恋也是年轻不懂事分手的。现在想起来，那时候自己真是作天作地，他能忍受我那么久，也怪不容易的。"她顿了顿，"我看学姐脾气挺好的，肯定是那个学弟的问题，姐弟恋可能就是这样吧。"

邵栖像是被踩到尾巴的猫，不悦道："就你知道得多。"

"我说的是那学弟，又没说你，你义愤填膺个啥？"

邵栖哼了一声："因为那个男生是真喜欢学姐啊，特喜欢那种。"

赵晓冉哈哈大笑："我看你知道得多才对，说得那学弟跟你自己似的。"

因为临近中午，邵栖也就没再去办公室，直接和赵晓冉去食堂跟荣雪

411

碰头。

碰头的时候，不出意料的，又见到了跟着荣雪一块儿的唐昊。

四个人经过一次海边旅行，已经有了稳固的革命情谊。

但邵栖对唐昊还是有那么一点微妙的心理，一方面他觉得这个人真是挺好的，他一个大男人都挺喜欢他，一方面想到他对荣雪的那点心思，就有些不舒服。

他觉得自己大概天生心眼长得有点小。一个男人喜欢拈酸吃醋，说出去其实还是有点丢人的。

几年前，他在谢斯年面前，丢人丢到了太平洋。这回自然是吃一堑长一智，再如何不爽，也忍着不在唐黑脸面前表现出来。

这大概就是成长的意义吧，知道了有所为和有所不为，不再是从前那个任性自我的自私鬼，哪怕心里再不舒服，也懂得了如何克制。

于是，他非常热情地和唐昊打了个招呼。

弄得唐昊还怪不自在的。

休息了一个上午，赵晓冉已经恢复得差不多了。

唐昊看到她，笑道："听说你们无国界医生那边出了事，你还好吧？"

赵晓冉唉声叹气道："差点没吓死，不过好歹算是活过来了。在这边有你们解放军哥哥，很有安全感哪！"

唐昊笑："现在局势乱，你们都要小心点。"

荣雪道："你也要小心哪！天天在街头值勤，比我们危险多了。"

邵栖低下头，扯了扯嘴角。

唐昊道："我们有武器，没关系。"

赵晓冉摆摆手："别说这个了，影响食欲，聊点开心的吧。"说完，坏笑着看向荣雪，"学姐，师弟把你大学时候的事告诉我了。"

"啊？我大学有什么事？"

"就是谈恋爱的事，我可以说吗？其实就是想跟你求证一下，看是不是他在背后胡乱编派你。"

荣雪狐疑地看向邵栖，却见这厮眼观鼻、鼻观心地在装傻充愣。

荣雪笑了笑："没事，说吧。"

赵晓冉饶有兴致道："他说你以前有个学弟男朋友，高三的时候就追你，然后为了追求你考了你们专业。"

学弟是吗？

荣雪皮笑肉不笑地看向假装认真吃饭的邵栖。

"是不是啊，学姐？"

荣雪笑着点头："是。"

"然后你们就好了？"

"嗯。"

赵晓冉笑："学姐还挺时髦的啊，竟然谈过姐弟恋。邵栖说那个学弟很帅，是不是真的？"

荣雪清了清嗓子，挑挑眉道："没有吧，挺一般的。"

"啊？"赵晓冉看向邵栖，"那你怎么说很帅？"

邵栖淡声道："学姐谦虚呢！她男朋友特别帅。"

荣雪："……"

这自恋程度真是数年如一日。

一旁的唐昊憋了许久，终于没忍住扑哧笑出声来。

赵晓冉一脸迷茫："唐连长，你笑什么？"

唐昊赶紧敛笑，摇摇头："没什么，你继续说。"

赵晓冉想了想："好像也没什么好说的了。哦，对了，听邵栖说学弟特喜欢学姐，这样说起来还挺可惜的呢！"

荣雪听到特喜欢三个字，脸上不由得微微一红。

然而那个始作俑者还一脸不关我事的样子慢条斯理地吃着饭。

赵晓冉继续道："我跟你们讲，还是大学时候的感情最纯粹，走上社会以后都是走肾不走心。不过大学的恋情能走到头也难，那时候太年轻，考虑的事情太少，都是由着性子来。"

荣雪心道：那时候邵栖也挺走肾的。

不过赵晓冉说得对，年轻的时候考虑的事情很少，也从来没想过永远两个字，所以明明相互喜欢的两个人才会那么轻易地分开。

她抬头不动声色地看了眼邵栖，只见他仍旧一脸事不关己地吃着饭。

她暗暗在桌下踹了他一下。

邵栖脚下吃痛，脸上却没反应，只悄悄收回了自己的脚。

吃过饭，三个人直接去了办公室。

赵晓冉接上网络，和家里联系。

她是富家女，又是独女，父母不知从哪里得到消息，知道她所在的诊疗中心出事了，约莫是一直没联系上她。出现在视频里的两个中年人，眼睛都是肿的。

赵晓冉故作轻松地笑道："哎呀，没事！很多新闻都是报忧不报喜，别自己吓自己。"

视频里赵妈妈抹着眼泪道："我们专门上CNN、BBC这些英文网站看的。"

赵晓冉道："新闻总是喜欢夸大其词。爸、妈，真没那么夸张，我这边挺好的，你们别担心，我很快就回去看你们。"

荣雪默默听着她与父母的通话，心道：难怪赵晓冉二十六七岁了，还有些不管不顾的天真，只有受尽宠爱才会如此吧。她在非洲见过很多志愿者，很大一部分都来自优渥的家庭。这种在富足而有爱的家庭长大的孩子，通常都带着些浪漫主义般的善良和理想主义般的爱心，也不需要为了金钱和生活奔波，所以会选择做这些事情奉献自己的爱心。

至于荣雪自己为什么来非洲，提高专业水平大概也就只是一个借口。

不过是没有牵挂罢了。

没有牵挂就不用考虑其他，可以为所欲为。

可其实，她是真的有些羡慕这些家庭幸福的孩子。

赵晓冉和父母通完话，立刻从一脸轻松变成一脸沮丧，唉声叹气道："我要真折在这里，最难过的大概就是爸妈了。唉！干完这一年，我就老老实实回家工作，结婚生孩子，陪我妈购物做美容，陪我爸打牌打高尔夫。"

荣雪笑："也是啊！要是我爸妈这么疼我的话，我应该也舍不得来非洲了。"

赵晓冉听出她的家庭有问题了，一向说话口无遮拦的人，竟然没多问。

一旁的邵栖不动声色地看了眼荣雪，淡声道："我也好久没跟我老爸联系了，跟他通个视频吧。"

他打开微信发过去视频请求，那头很快接起。

邵父一张笑开花的脸赫然出现在手机屏幕上："儿子，你怎么样啊？几天没跟我视频了，我正担心你呢。"

"挺好的啊！"

"没有危险吧？我看新闻发生了好多起骚乱事件，说有病患逃出来了。"

"我们这里有维和部队呢，而且医疗队里都是军医，没什么好担心的。"

邵父在那头道："我听张教授说第一支医疗队马上就回国了，爸爸在家等你，到时候让张姨给你做一桌子好吃的。"

"嗯。"邵栖点点头，睨了眼旁边的荣雪，"爸，我给你看个人。"

说罢，他忽然拿着手机朝荣雪凑过来，两个人的脸同时出现在屏幕上。

那头的邵父愣了下，脸上露出难以置信："这不是小雪吗？"

荣雪被弄得猝不及防，尴尬地挥挥手："叔叔，您好！您还记得我啊，好久不见了。"

邵父比她印象中老了几分，不过仍旧是一个很英俊的中年人。

邵父乐呵呵道："当然记得啊！你怎么在非洲啊？"

"我这两年参加了援非。"

邵父竖起大拇指："一个女孩子去援非，了不起啊！"

荣雪有点不好意思地笑了笑："也没有啦！"

邵父道："你这次跟邵栖一块儿回家吧！我到时候亲自下厨给你们接风洗尘。我跟你说，叔叔手艺可好了，一般人吃不到的。"

荣雪被他逗笑："好的，谢谢叔叔。"

回家这两个字让她本来空荡荡的心，忽然满了，好像一下充满了渴望，好像自己并非没有根的浮萍。

她知道邵栖这通视频的用意，结束通话后，感激地朝他笑了笑。

邵栖挑挑眉，一脸不以为意的傲娇样。

一旁的赵晓冉狐疑地在两人身上看了看，不可思议道："你们以前这么熟啊？邵栖爸爸竟然都认识学姐！"

荣雪佯装轻咳两声："其实我是邵栖大一时候的班导。"

赵晓冉恍然大悟："我就说嘛！原来如此。"说着又笑嘻嘻道，"邵

415

栖以前是不是就很优秀？"

荣雪笑："刚进学校是个刺头儿，而且还是班长，带着全班人干坏事的那种。"

"是吗？那你这个班导做得很痛苦吧？"

"简直太痛苦了。"

邵栖呵呵干笑两声："要不是我这个班长，你工作根本就没那么轻松好不好？班、导！"

赵晓冉忽然又想到什么似的，嬉皮笑脸道："美女班导应该会有很多男生感兴趣吧？邵栖，你实话实说，当时有没有暗恋过学姐？"

邵栖道："当然没有。"

他都是明恋好不好？！暗恋都是尿货才干的。

赵晓冉点点头："也对哦！当时有个追学姐追得那么猛的学弟，估计别人也没机会。"

荣雪摇头失笑，叹了口气道："我们都休息一会儿吧，下午得加紧工作了！"

她坐回桌子上，翻开桌面上的台历。下个星期，就是她援非两年结束的日子，她在上面做了记号。

之前她以为疫情这么严重，国内到这里的航线基本上停了，估摸着要等到疫情结束才能回去。但现在抗埃博拉援非医疗队实行的是轮流接棒制度，第二支医疗队下个星期就到了，而这一批医护人员，除了少数医生会继续留下，其他人会统一坐专机回国。

这就意味着她也可以回去了。

两年没回去过，她是真的很想回去了。

那就回去吧，和邵栖一起回去，去吃他爸爸亲手做的菜。

第十章

埃博拉时期的爱

果不其然，无国界医生组织的诊疗中心被攻击后没过两天，欧美国家的几个医疗队陆续撤回国。

荣雪他们这边的压力就更加大了。

因为形势紧迫，这两日实验室的工作异常忙碌，几个人每天都工作到很晚，才拖着疲惫的身体回宿舍睡觉。

张明生和邵栖已经针对提取的病毒样本，找出了几种可能有效的药物，但还没有临床试验，只暂时用了小白鼠测试，其中一种颇有效果。但小白鼠和人毕竟不同，埃博拉感染源头是猴子或者猩猩，也就是说至少要在猴子身上试验成功，才能用于临床。

但现在实验环境不达标，他们根本不敢贸然将这些动物带入实验室。

而诊疗中心，还是有人陆陆续续不治身亡，也还是有新病患被送来。

每天晚上政府收尸的车子，都会前来将尸体拉走，这在国内完全不能想象的事情，在这个国度，每天都在上演。

死亡的阴影一直笼罩在这个城市的上空。

这天早上，荣雪从宿舍出来，恰好遇到刚刚上岗值勤的唐昊。

"早啊！"唐昊小跑过来和她打招呼。

"早！"

唐昊与她并肩而行，朝诊疗中心的方向走去。

"你这边的工作要结束了吧？下个星期，第一支抗埃博拉援非医疗队就要回国了，你是跟他们一起回去吗？"

荣雪点头："是啊！你还要在这里大半年吧？辛苦了！"

唐昊笑了笑："已经习惯了。"顿了顿，又问，"你和邵栖已经和好了吧？"

他语气自然，荣雪也就只稍稍愣了下，便笑着回道："大概算是吧。现在这种环境下，也没心思考虑这些事情，等回国了再说。"

"也是。不过也就是几天的事了，反正我提前祝你们幸福。"

荣雪笑着摇摇头："谢谢啦！"

两人正走着，本来安静的街道，忽然发出吵闹的声音。他们转头一看，却见一群本地人，手中拿着棍棒朝这边蜂拥过来。

唐昊脸色一震，推了一把荣雪："快进办公室！"

荣雪不敢耽搁，拔腿就跑，跑进办公室后，喘着气从窗户往外看。

那些人果然是冲着诊疗中心来的，不过荷枪实弹的巡逻士兵迅速反应，举着枪将人拦住。那些人不敢贸然前行，却也并不罢休，开始大喊大叫。

诊疗中心内的病人，听到动静，很快骚动起来。

荣雪迅速换上防护服，带上非方的几个医生，一起进入病区。

中非友好医院在本地口碑一直不错，所以荣雪对这些非洲人，也算是有点经验，赶紧让非方的医护人员跟病人解释情况。

安抚工作进行得还算顺利，外面虽然还在闹着，但病区已经慢慢平静下来了。

只有一个情绪失控的病人试图冲出去，但被两个身强力壮的非方护士牢牢拦住，押回了病房。

外面闹事的人，大概看到这边守卫严备，里面也没有因为他们发生骚乱，骂骂咧咧了一会儿，就悻悻地走了。

整个诊疗中心算是虚惊一场。

荣雪从病区出来，脱下衣服，重重舒了口气。

张明生不知从哪里冒出来，朝她笑道："小荣医生，刚刚幸好你反应快，带上非方的医生进入病区，及时安抚好了患者情绪，不然肯定会发生骚乱。"

荣雪叹了口气，笑道："其实中非友好医院那边也经常有病人闹事，非洲特色的医闹。他们有自己的文化和信仰，非方的医护人员比较懂得怎么着手去安抚，所以发生这种事，都是双方一起处理。"

张明生点头："估计这种事最近还会发生，得加强管理了。对了，你以后晚上下班，千万别一个人回宿舍，就算只有几步路，也不安全。"

"我明白。"

这天荣雪加班到九点多，在国内的大都市，这才是夜生活刚刚开始的时候，但在这个异国他乡，整个世界已经陷入了沉沉的黑夜中。

赵晓冉傍晚就已经回了酒店，办公室只剩下她和邵栖。

因为下个星期要回国，两个人都在处理交接的工作。

"我送你回去吧，明天再做。"邵栖伸了个懒腰。

荣雪点头："嗯，反正今天也做不完了。"

街上除了巡逻的士兵，看不到任何其他人影，但这反倒给人一种安全感。

也不知这几天太累，还是近乡情怯，几分钟的路程，两个人谁都没有开口说话。

直到在医院宿舍门口停下，邵栖才终于先开口："我爸昨天又跟我视频了，说要做饭给我们俩接风洗尘。"

荣雪笑："那你什么时候再联系他，代我提前说声谢谢。"

邵栖点头，又试探问："你确定回江城工作了吗？"

荣雪嗯了一声："江城也算是我的第二故乡，应该还是会回去，除非省一医不要我。"

邵栖嘴角的笑容想藏都藏不住，却还是一本正经道："你的身份都挂在省一医，又援非两年，怎么可能不要你？"

荣雪的学历，其实对于省会城市最好的三甲医院来说，并不算太占优势。何况他们是江大八年临床医学专业的第一届毕业生，都是摸着石头过河。

而想进好的医院，除了学历和资历，人脉背景也很重要。

邵栖知道她想去省一医，当年还让他爸提前帮忙找关系，只是还没来得及用上，她就出国了，一走就是五年。

如今她有国外学习背景，又有援非经历，再回到省一医，已经不是什么难事，他倒是不用瞎操心了，等着她回去就好。

荣雪笑了笑："反正一切等回去再说。"

邵栖听到这句话，也不知为何，特别激动，努力压抑住，才没让自己失控，然后假装平静地点点头："嗯，回去再说。"

可按捺不住的内心，还是忍不住想：回去应该可以直接结婚了吧？

想想还有点小激动呢！

荣雪借着夜灯看到他脸上精彩的表情，就知道他满脑子又在想些有的没的，推了推他："行了，你赶紧回酒店休息。"

"晚安！"

"晚安！"

这大概是邵栖这么久以来，心情最好的一次。

他做梦都没想到，一趟非洲之行，竟然让他和荣雪不期而遇，而且在这种环境下，两个人竟然重新走近，这大概就是命中注定吧。

人家有霍乱时代的爱情，他也有埃博拉时代的爱情呢！

什么鬼！

他有点好笑地敲了敲自己的脑袋。

回到酒店，赵晓冉正站在门口，大概是在等他。

看到他嘴角都快翘到额头上了，她挑挑眉道："师弟，什么事这么高兴？"

邵栖道："快回国了，当然高兴。"

赵晓冉扯了扯嘴角："也是。"

"晚安，师姐。"

邵栖满心思都是回国和荣雪开始美好的生活，没心思搭理赵晓冉，道完晚安就刷卡进门。只是刚刚走进去，赵晓冉就跟着挤了进来。

"干吗啊你？"他皱眉看向这位十分没有眼力见儿的师姐。

赵晓冉嘻嘻笑道："之前我跟你说的事，你有没有考虑清楚？我是真想和你谈恋爱，你说咱俩一个光棍儿一个剩女，多合适，回去后也不用再找了。"

邵栖翻了个白眼："谁跟你说我是光棍儿了？"

赵晓冉睁大眼睛："张老师说你没女朋友的啊！"

"张老师说的你就信哪？"

"你是他老人家的得意门生，我不信你会骗他。"

邵栖摊摊手："我没骗他啊！之前是没女朋友，不过这次回去，我就要准备结婚了。"

赵晓冉显然不信，一脸无语地道："你才多大啊，二十五？我一个女的二十七都还没想过结婚好不好？"

邵栖呵呵笑了两声："不好意思，我十九就想过这个问题了，那个时候的打算是到了法定婚龄就结婚，甚至都懒得等到二十二，想去拉斯维加斯结了算了。"

赵晓冉完全当他是在说笑话，哧哧笑个不停："你神经病啊！而且你给我说说，你来非洲前都没女朋友，这一回去就准备结婚，别告诉我是你家里给你准备的什么门当户对的对象？"

"当然不是，你得搞清楚一点，我是想结婚，但不是为了结婚而结婚，而是想和喜欢的人结婚。"

赵晓冉嚯了一声："你倒是给我说说，你一个光棍儿，在埃博拉肆虐的非洲，哪里忽然冒出个喜欢的人了？"

邵栖木着脸道："师姐，张老师说你智商一百四，但我对这个说法持怀疑的态度。"

"你什么意思？你敢质疑我智商？我跟你说我是货真价实的门萨会员。"

邵栖点头："也对，智商高的一般情商低。"

赵晓冉瞪了他一眼："你到底想说什么？"

邵栖叹了口气："我跟你说的学姐的故事，你还记得吧？"

"废话，我又没有健忘症。"

"你问过我有没有暗恋过学姐？"

"你不是说没有吗？"

"是啊！我没有暗恋过，因为我都是明恋。"

"那你没被学姐那个小男友打死啊？等等……"神经大条的赵晓冉

421

终于觉得哪里不对劲了，她伸出手停在半空，然后暗骂一声，又道，"所以，你就是那个小男生？学姐的前男友？"

邵栖咧嘴，得意地笑着点头。

赵晓冉指着他咬牙切齿道："我说你怎么跟柳下惠似的，敢情是这么回事！你也不早说，弄得我跟个白痴似的，在你这儿白费力气不说，还天天撮合唐连长和学姐！"

邵栖道："这事我还没跟你算账呢！快气死我了！"

"谁让你们什么都不说的？"

"我来之前又不知道她在这边，分开几年乍然重逢，刚开始也就是熟悉的陌生人。"

赵晓冉摸着下巴，啧啧两声："所以你的意思是，你跟你特喜欢的学姐和好了？"

邵栖有点得意地昂昂头："算是吧。反正听她的意思，等回国后就跟我在一起。"

赵晓冉嗤了一声："瞧你那嘚瑟样！真没看出来，你还是个痴情种子。"

"那是当然，我十七岁就喜欢她了，刚在一起就已经打算以后和她过一辈子了！"

"呃……要不要这么肉麻兮兮？"赵晓冉做呕吐状，"我就不信你们分手之后，你没找过别人？你们男人什么德行我又不是不知道。我以前有个男朋友，和我分手时要死要活的，没过两个月，就跟新女友秀恩爱了。"

邵栖道："我又不是你的前男友，我可是一直老老实实等着她回来。"

很奇怪，明明当时两个人已经分了手，但他就是觉得，两个人总还是会在一起，所以竟然从来没想过去开始另一段关系，只是潜心于学业。后来一直没她的消息，但一个人也就习惯了。

赵晓冉不依不饶："那如果学姐交过其他男朋友呢？你不觉得亏？"

邵栖愣了下，心头一紧。是啊！她离开快五年了，这五年她经历了什么，他一无所知。

他不愿多想，假装不在意道："既然分手了，她做什么是她的自由，我当然不会计较。"

"哎哟喂！还真是个心胸宽广的情圣啊！"

邵栖：呵呵。

他的心胸可一点都不宽广。

回到宿舍的荣雪，见这几天晚上朱雅都在收拾行李，想着没几天就要走了，洗了澡后，也开始着手收拾。

"小雪，回国倒计时了，有什么想法吗？"

"挺激动的！"

"我也是。不过真是挺奇怪的，之前天天盼着日子过快些，现在到了时间，竟然有点舍不得了。"

"毕竟待了两年，有感情很正常。"

朱雅点头："是啊！这边除了经济落后了点，治安差了点，流行病多了点，吃的东西糟糕了点，住得也不大好之外，好吧，其实确实没什么值得留恋的。"

荣雪大笑，想了想道："因为你留恋的是在这边勇敢努力的自己呀！"

朱雅恍然大悟："一语点醒梦中人，我说明明这边我一点都不喜欢，可临离别又莫名依依不舍，真是奇了怪了！没错，其实就是留恋在这边经历的自己。小雪你真是太聪明了！"她顿了顿，又道，"而且我想到一回国，肯定又得遭受七大姑八大婆的狂轰滥炸。可惜我在这边两年，也没勾搭上一个兵哥哥回去。对了，你和唐连长怎么样了？"

荣雪笑："没怎么样，就是朋友而已。"

"你也太残忍了，唐连长这么个根红苗正的五好青年，你竟然都不要！"

荣雪轻描淡写道："我有喜欢的人了。"

朱雅惊讶又好奇："啊？谁啊？我认识的？还是国内异地的？"

"现在就在我们这边啊！"

"什么？医疗队那边的？那边没几个单身的吧？"

"嗯……是邵栖。"

"张明生那个得意门生？你这段时间天天一起工作的那个帅哥？啧

啧，你这效率可以啊！近水楼台先得月，埃博拉都没耽搁你泡到鲜肉。"

荣雪有些不好意思道："其实，他就是我前男友。"

"啊？！"朱雅睁大眼睛，惊得不知该说什么了，"所以是旧情复燃？"

荣雪笑了笑，不置可否。

"所以你们这回去，是夫妻双双把家还？要不要这么虐狗啊？"

荣雪被她的形容逗笑："我也挺意外的。"

两个人正说笑着，忽然有人敲门。

朱雅走到门口开门，外面站着的赫然是院长。

"院长，这么晚了有事吗？"朱雅有点意外。

"荣雪在吗？"

朱雅转头朝里面道："小雪，院长找你！"

荣雪走过来："院长，有什么事吗？"

院长朝屋子里看了看，一眼看出两个姑娘在收拾准备回国，他支支吾吾半晌："也没什么事，就是看你最近很忙，回国的事准备得怎么样了？"

荣雪笑道："没什么要准备的，我东西也不多，随便收拾一下就好。"

院长点点头，欲言又止了片刻道："那行，你们俩早点休息，明早你来我办公室开个会。"

"好的。"

院长微不可寻地叹了口气，走了。

荣雪皱眉关上门，转头朝朱雅道："你有没有觉得院长刚刚怪怪的？"

朱雅道："这个时候敲女同事宿舍门，又没说什么，本身就有点奇怪吧。"

荣雪想了想，没想出来个所以然，也就没再想了。

隔日早上，她先去了院长办公室。

本来她以为院长说开会，至少有好几人，但去了才发现，办公室就院长和她。而院长大人显然已经到了一会儿，坐在办公椅上，一脸深沉地等着她。

荣雪是确定有什么重要事了。

"坐吧。"院长指了指对面的椅子。

荣雪坐下："院长，你是不是昨天就要和我说什么？没事的，有话您就说，有事您吩咐。"

院长笑了笑，开口："你博士毕业就直接来了这里，是资历最浅的一个，但这两年你表现得特别好，一点都不亚于那些有十年八年工作经验的医生。"

荣雪轻笑："院长你过誉了，比我做得好的同事多着呢！我做的事情实在是算不了什么。"

院长摆摆手："我说的是事实。不说别的，这几个月以来，在抗埃博拉的工作上，你的表现是有目共睹的。"

荣雪："我也就是做好本职工作而已，确实很辛苦，但每个人都很辛苦。"

院长点头："这个肯定是。你也看到了，最近形势更加严峻，很多国际医疗队都撤了，咱们这边的任务就更重了。下一支医疗队很快要从国内飞过来，比第一支人数会多一些，但还是有很大的压力。"

荣雪知道他说的是事实。她知道，院长的援非期限也跟他们差不多，但因为埃博拉疫情太严重，他必须留在这边坚守，等疫情缓解之后，才能和最后一支抗埃博拉援非医疗队一块儿回去。

按照现在这种情况，只怕是要等到明年了。

荣雪道："院长，您还得辛苦一段时间呢。"

院长摇摇头："还好还好，以前在国内抗'非典'，已经经历过一次，也算是经验丰富了。"他默了片刻，才终于说到正题，"荣雪，我叫你来其实是有件事想和你商量。"

荣雪直觉不是什么好事，不然院长也不会从昨晚到现在一直欲言又止。她压下心里不好的预感，面上故作轻松："您是院长，有事儿您吩咐就行！"

"是这样的。"院长清了清嗓子，"你在非洲待了两年，这次埃博拉疫情，从一开始爆发，你就在抗埃博拉前线。虽然国内来支援的医疗队，经验丰富，但他们对非洲和埃博拉的了解，并不如你。"

425

荣雪差不多猜到了他要说什么。

院长顿了片刻，才又艰难地继续："其实就是医疗队的陈主任，昨天和我聊了一下，从国内来的医疗队也很需要一个沟通中非双方医务人员的医生，就问我，看你能不能再留下一段时间？"荣雪还没回答，他立刻又补充道，"当然，你已经在非洲待了两年，而且这段时间你的辛苦大家都看在眼里，并不是强行要你留下，就是问一下你的意见，要是不愿意，直接跟第一支医疗队一块儿回去就好。"

荣雪沉默片刻："院长，您可以让我考虑一下吗？"

院长忙不迭点头："当然，当然！你不用勉强自己，要是不愿意留下，直接跟我说就行，不要有心理压力。这边少一个人，也没太大的影响，我也就是这么一说而已。"

荣雪笑了笑："明白。"

因为和院长谈话耽误了一会儿，荣雪抵达办公室的时候，邵栖和赵晓冉已经到了一会儿。

赵晓冉一声叹气道："我待会儿得回一趟我的组织，跟领导辞职兼辞行。"说着，叹了口气，"你们俩说，我这算不算逃兵啊？"

邵栖道："你放心吧，你们那边少了你一个，也不会受影响。"

"话是这么说，但我总觉得……"说着摆摆手，"算了，我也不是什么大英雄，安安心心回家陪我老爸老妈才是正道。你说是吧，学姐？"

荣雪勉强笑了笑："没错。"

邵栖忽然冷不丁问："荣雪，这边有什么特产吗？我想抽个时间去买点，到时候送给同学们。"

荣雪却心不在焉地没回应。

"荣雪！"邵栖唤了一声。

"啊？"荣雪抬头看他。

"我问你有什么特产可以带回国，我想给同学们买点。"

荣雪想了想道："可以买一些手工的工艺品。"

邵栖点头，看着她的目光却有些探寻。

待赵晓冉出门，邵栖看了眼埋头工作的荣雪，不动声色地挪到她旁边，盯着她许久，发觉她没有半点反应，终于忍不住拍了她一下。

出神的荣雪，被吓了一跳，抬头一脸迷茫地看他："啊？干吗？"

"你怎么回事？一早上都心不在焉的。"

荣雪道："我在工作啊！"

邵栖轻嗤了一声："你状态什么样，我还看不出来？"

荣雪无奈地笑了笑："过几天就回国了，我这不是有点兴奋、激动嘛。"

邵栖狐疑地打量了她一下，倒也没继续纠结，只是顺着回国的话题，笑着道："我把之前咱们在省一医旁边租的那个小公寓买下来了。"

荣雪难以置信地看向他。

邵栖摊摊手："好吧，用我爸的钱买的，不过我打了借条的，以后工作了还他，我没打算啃老。而且买了几年，现在房价都涨了几倍，早赚回来了。"

荣雪哭笑不得："我没好奇哪里来的钱，就是觉得，也没必要吧。"

"当然有必要。"他看了看她，"你刚回去至少得有个住的地方吧，而且你要在省一医上班也方便啊。"

荣雪看着他，心里头不由得有些感动。

其实刚刚和他重逢时，她觉得他变化很大，大得几乎让自己陌生。但渐渐接触下来，发觉他其实还是那个邵栖。只是少了些年少时的任性，但骨子里并没有变多少。

她默了片刻，点点头："好哇！"

听到她这样说，邵栖嘴角弯起来，显然是很高兴，于是回到自己位子上，开始埋头资料中工作。

荣雪默默地看了看他。

其实她自己对于留下与否并没有那么在意。如果没有在这里遇到邵栖，不用院长提出来，她大概就会自动留下，因为无牵无挂，所以不需要犹豫。

可是现在邵栖在这里，她不得不开始犹豫了。

因为她知道，如果她选择留下，他势必也会跟她一起留下来。

她在这里两年，已经习惯这边的生活，也并不觉得有多痛苦。

但邵栖不同，他是蜜罐里泡大的孩子，当初和她的那段惨淡收场的恋爱，应该就算是他人生所经历过的挫折和痛苦。

427

这三个月来，他在这里的状态，她看在眼里，她知道这对他来说，并不好受。

所以她不想因为她，让他留在这里继续受苦。何况这里不仅仅是条件艰苦、工作艰辛，还有不可预计的危险。

在荣雪过去的二十八年当中，她从来没有这么艰难地作过决定。

整整过了两天，她都没作出选择。

而邵栖则一直沉浸在即将回国的喜悦当中。

确切地说，是沉浸在和她一起回国的喜悦当中。

和荣雪一样纠结的还有赵晓冉。

她回去辞了职之后，回到这边就一直有点心不在焉，一改平日的聒噪和大大咧咧。

到了第二天下午下班时，她将手头为张明生做的工作完美收尾后，忽然就和他们几个辞行。

"我前天回去辞职的时候看了一下，之前那个被感染的医生已经没了。我说决定离开的时候，上司虽然没说什么，但我知道他是希望我留下的，现在那边什么都缺，缺医生，缺药品，所有人都过得很艰难，但他们还是坚守下来了。我想了两天，觉得这么走了，跟个逃兵没什么两样，以后那就是我一辈子的污点。虽然我也没想当什么英雄，但当时加入无国界医生组织时，也绝对没想过自己要当逃兵。所以我决定回去和我的同事们继续战斗。"

赵晓冉平日缺根弦似的，甚至都不像个医生。

但这个时候，荣雪明白，这个女孩不是那种寻求新奇刺激的富家女，而是一个有担当有责任心的医生。

无国界医生那边的诊疗中心，条件比他们这边更差，赵晓冉都能留下，她又有什么理由犹豫不决呢？

顶多就是一年半载的事，又不是不能回去。未来还有一辈子，她也并不需要急于一时。

至于危险，哪里能没有半点危险？喝口水被噎死的也不是没有。

她决定了！

这天晚上，她下班后，直接去了院长的办公室，把自己的决定告诉

428

了他。

院长似乎并不意外，只是笑了笑："我知道你一定会留下，所以我之前犹豫许久才和你提这件事。于我的私心来说，其实是希望你回去的。毕竟你一个年轻姑娘，待在这种环境下，真的太受苦了，更何况你已经受了两年苦。"

荣雪笑了笑："其实苦不苦倒无所谓，反正都已经习惯了。不过……"

"不过怎么了？"

荣雪犹豫了片刻："我留下的事，能不能先保密？"

院长不解："为什么？"

荣雪抿抿唇，低声道："邵栖，就是张教授的助手，他其实是我以前的男朋友。如果知道我留下的话，他肯定也不会走。我不想他因为我留在这里。"

院长有些意外："原来还有这层渊源哪！"他顿了顿道，"小邵的事之前张教授跟我说过，你也知道的，小邵他并不是抗埃博拉援非医疗队的正式成员，没有义务一直在这里。而且他还是个学生，如果出了什么事，不管是张教授还是你的母校，都得担责任。虽然他留在这里，能给张教授提供很大帮助，但张教授也是考虑到这些情况，才让他先回去。因为张教授自己还要留一段时间，小邵先前本来是想跟他一起留下的，后来不知怎么就答应先回去了。听你这么说，大概是因为你吧。"

荣雪苦笑了笑："可能吧。"

院长道："你放心，这件事我会给你保密的，到时候跟陈主任说一下，让他安排。"

荣雪点着点头："那就麻烦您了。"

院长失笑："你跟我客气什么？我得感激你留下来和大家一起并肩作战才对。"

和院长谈了之后，荣雪并没有觉得轻松，反倒是心事重重，心里有些难受。

她不想欺骗邵栖，可事到如今，也只能欺骗。

她不想离别，可也只能暂别。

之前不觉得，现在忽然面临分开，她才发觉重逢的时光，是如此弥足珍贵。

可到底只有几天，一眨眼就到了要启程归国的日子。

这天两人下班很早，各自回了住处。

荣雪洗完澡，到底是心神不宁，想到邵栖明天就要启程回国，一别又不知是多久，心里实在是舍不得。她从柜子里找出以前收藏的几个特色纪念品，跟朱雅说了一声，就出了门。

其实此刻时间还早，不过九点钟。

敲开邵栖的门时，他有些意外："你怎么来了？"

荣雪进门，举起手中的袋子："我拿了一些纪念品，你带给同学们。"

邵栖好笑："你拿着就好，干吗专门跑来给我？"

荣雪道："我在这边待了两年，行李好多的，都装不下了。"

邵栖点头，接过袋子，没作他想："明天，不，确切地说应该是后天凌晨就回到祖国母亲的怀抱了。不过也别高兴得太早，还得统一隔离二十一天，才能回家呢。"

荣雪笑了笑："反正回去了就好。"

"没错。"邵栖挑眉，"而且是我们俩一起回去。"

荣雪的笑容在脸上僵了僵，转移话题："你收拾好了吗？"

邵栖道："差不多了，我又没带多少东西，就是几件衣服、几个电子设备而已。"说着又笑眯眯道，"要不然，我去洗澡，你帮我检查一下。"

"好哇！"

邵栖心情愉快地钻进浴室。

荣雪坐在床上，随便看了看他的行李箱，东西确实不算多，而且很整齐，比起从前乱扔东西后大言不惭"乱而有序"的家伙，确实进步不少。

邵栖洗澡很快，十分钟不到，就顶着一头湿漉漉的水汽，从浴室出来。

"怎么样？没落东西吧？"他只穿着裤衩出来，边擦头发边问。

荣雪摇头："没有。"

"明天早上的车，我们今天早点睡，我送你回去。"

430

荣雪从床上站起来，默不作声地看向正在套上衣的男孩。

或许已经可以叫男人。

他还是跟从前一样，穿衣看着挺清瘦，但光着膀子时，无论是手臂还胸腹，都有线条分明的肌肉。而过了几年，当年的男孩，如今肩膀更加宽厚了。

荣雪鬼使神差地走到他跟前，在他的衣服还没拉下来时，伸手滑过他刚刚洗过澡的身体，拥住了他。

邵栖拉住衣摆的手，僵在半空中。

虽然这么多年，他从来没忘记过她，也从来没忘记过之前的那些亲密，但是在这里重逢后，他也从来没想过一些乱七八糟的念头。

不对，想过的，想过很多回了。只是他一直觉得天不时地不利，所以十分正人君子地将那些念头压了回去。

而且两个人明确彼此的心意后，一直是说一切都等回去再说。

所以天地良心，他后来是真的没想过了。

顶多是想想回去之后该怎么把过去几年欠的份补回来。

邵栖脑子有点乱了，心脏特别没出息地怦怦直跳。

荣雪却是抱着他一直没动，让他不知道该不该做点什么。

两个人保持着这个姿势好一会儿，邵栖才支支吾吾开口："你要不要回宿舍啊？"

荣雪压下心里翻涌的情绪，抬头看他，笑着问："不想我留在这里？"

"不是，只是……"

荣雪道："那你送我回去吧。"说着就要往门口走。

邵栖反应过来，赶紧上前将她一把抱住："想想想！特别想！"

荣雪虽然心里难受不舍，还是被他逗笑了。

可还没笑两声，人就已经被邵栖直接打横抱上了床。

邵某人从刚刚惊喜来得太快反应不过来的情绪中回神，又变成从前那个脸皮堪比城墙厚的家伙。

顶着还没干的短发，邵栖欺身覆在荣雪上方，笑道："送到嘴边的肉，我还能让飞了？"

荣雪对着他笑："明天要早起呢。"

"我不管，你撩了人就想撂挑子，做梦！"

他话音未落，荣雪已经揽着他的脖子，抬起头吻上他的唇。

直到温软的唇相接，两个人都才反应过来。

明明都已经算说开了，这么久以来，他们竟然都没有亲吻过彼此。

可恶的埃博拉！

让他们把这么美好的事情抛到了脑后。

睽违五年的吻，让邵栖激动得快要疯了。

他很快化被动为主动，将她压在枕头上，用力吸吮啃咬着在梦里折磨他这么多年的唇。

一吻完毕，两个人都是气喘吁吁。

荣雪的双颊，红得似能滴出血来，嘴唇已经被亲得微微肿起。

邵栖伸出手指，在她脸上摸了摸，忽然直起身将身上的衣服脱掉，然后从抽屉里摸出一个安全套。

荣雪笑："看来你早有准备。"

邵栖边用嘴巴撕开包装，边含含糊糊道："窦娥冤啊我！这是住进来时酒店里就有的，我这是一直没用上。"

荣雪逗他："合不合适啊？非洲型号都挺大的吧？"

邵栖呵呵笑了两声："合不合适你还不清楚？"

嘴虽然硬，可偏偏手不大听使唤。荒了几年，业务实在是不熟练。他还偷偷瞅了眼荣雪的表情，生怕被她发现，见她笑盈盈地看着自己，顿时恼羞成怒："我跟你说，我可是饿了几年的，你现在笑，待会儿就有得哭了！"

荣雪笑得更厉害。这就是邵栖啊！她最熟悉不过的邵栖。

可是她笑着笑着，又有些难过。

他还不知道明天两个人就会分离，还不知道她骗了他。

到底是以前业务能力十分过关，时隔几年捡起来也不算难。

荣雪虽然没哭，但也是由着他肆意妄为，被折腾得厉害。

最后，两个人相拥而眠，也不管西非夜晚的炎热。

天才刚刚亮，荣雪就率先醒过来。

两个人都是一身汗，邵栖半梦半醒哼哼唧唧抱着她，不让她走。

荣雪将他的手拿开："我得回去收拾了，待会儿要集合的。"

邵栖这才半睁开眼睛，也不知清醒了没有，瓮声瓮气道："我刚刚做梦，梦见你又不要我了。"

荣雪心里头一怔，在他唇上亲了一下："别胡说八道了，你再睡一会儿，到了时间起来去集合。咱们是跟着军医的，要讲究纪律。"

"知道。"邵栖昨晚有点用力过猛，此时还困得很，说完又睡着了。

荣雪下床，站在旁边看了他一会儿，默默出了门。

启程的队伍八点钟集合。

邵栖因为起来迟了点，抵达时队伍已经排好。

除了几十名医生，一起出发的还有这边中方企业的一些人，排了几支队伍，乘三辆大巴。

邵栖远远地看到荣雪排到一支队伍后面，正要走过去，却被带队的陈主任拉住："邵栖，你站在这边。"

因为是军事化管理，邵栖也不好自由散漫，只得将行李放入大巴后，按照陈主任的指示排好队，然后站在原地朝后面的荣雪挥手。

荣雪早看到一脸兴奋的他，抬起手回应。好在邵栖看不清她脸上僵硬的笑容。

到上车的时候，邵栖也不知为何就是不太放心，跟陈主任申请："陈主任，我能坐后面那辆车吗？"

陈主任神情严肃道："非常时刻，请遵守纪律。"

"哦，好吧。"虽然有点失落，但他还是开心地跟着队伍上了车。

今天是个好天气，昨夜下了场大雨，早上的空气难得带了些清爽。

站在街边的荣雪，默默看着三辆大巴在蔚蓝的天空下慢慢远离。

"你这样，不怕他怪你吗？"唐昊不知何时来到了她身旁。

荣雪笑了笑："他脾气来得快去得也快，大不了到时候回去让他骂一顿好了。"

她说得轻描淡写，但其实心里也很迷茫。

她甚至都不敢想，上了飞机的邵栖，发现她根本不在，会有什么反应。

唐昊道："刚刚看他一脸开心，你不觉得这样很残忍吗？"

荣雪默了片刻："这场瘟疫不知道什么时候才能结束，我不能让他因为我在这里继续待下去。他有家人有学业，他应该回到正常的生活，而不是为了我在这里冒险。"

唐昊摸了摸头："想想如果我是你，大概也只能这样做吧。"

荣雪笑了笑："其实我这么做也是自私，如果他因为我在这里而出了什么事的话，我觉得自己担不起这个责任，就跟张教授的想法一样。"

唐昊道："你别这么说，我知道你是舍不得他在这里受苦。"

荣雪看了他一眼，笑了笑，不置可否。

荣雪回到办公室，张明生正好在。

他看向她，笑道："邵栖走了，咱们实验室的主力，就只有咱们俩了，以后就得麻烦小荣医生了。"

荣雪笑了笑："张教授不用客气，都是我应该做的。"

张明生道："第二支抗埃博拉援非医疗队有两个传染病方面的资深专家，昨天我和他们讨论了一下之前研发出来的那款药物，理论上应该可行，当务之急是临床研究。"

荣雪试探问道："反正现在的埃博拉病毒无药可医，要不然，我们在病患身上试一下？"

张明生眉头轻蹙："我也想过这个问题，用我们中国的古话，死马当活马医。但没有经过动物试验，直接用在患者身上做临床试验，这是违背医学伦理的。而现在最重要的问题是，埃博拉虽然致死率高，但也不是必死无疑。我们不能确定如果不用这个药，哪些病患会治愈，哪些不能治愈，所以暂时不能贸然使用这个药物。"

荣雪想了想："那如果是针对那些濒临死亡的病患呢？"

张明生道："这个药物理论上只对中前期病患有用。"

荣雪皱眉："那可真是一个两难的悖论了。"

张明生点头："所以我们只能再想办法，准备先进行动物试验。"

荣雪道："可是现在找到一只携带病毒的猩猩或猴子，也不是太现实啊！"

"再想办法吧。"张明生也十分苦恼，"这药物的副作用也还未知，还得继续做研究。"

"辛苦你了张教授。"

张明生笑："不说这个了，我去病区看一下病患的情况，看能不能找到更多灵感。你继续帮我做数据分析。"

荣雪点头。

张明生一走，平日里总有几个人的临时办公室，就只有她一个人了。

她是属于一进入工作就很专心的那类人，时间就这样在她的专注中，不知不觉流走了。

也不知过了多久，她忽然觉察到窗口有人，想当然以为是唐昊，笑着转头，一句唐连长还没脱口而出，却惊愕得张大嘴巴，没了声音。

站在窗前，两眼通红的男人，并不是唐昊，而是应该已经上飞机回国的邵栖。

荣雪惊愕地对着他半响，终于惊慌失措地回神："你怎么在这里？你不是应该在飞机上吗？"

邵栖红着眼睛对着她，一言不发，片刻之后，忽然扭头就走。

荣雪手忙脚乱地起身，跑出门去追。

邵栖背着大包往酒店的方向走，她追上他，拉住他的手臂，却被他用力甩开。

"邵栖！"荣雪继续拉他，他继续甩，甩完还用手背擦脸，似乎是在抹眼泪。

荣雪拉不住他，干脆拽住他的背包，哪知他干脆将背包卸掉，扔在了地上。

荣雪顾不得去拾起包，又赶紧去追他，也不管旁边还有巡逻的士兵，从后面紧紧抱住他："邵栖，你听我说！"

邵栖被她抱着，总不能拖着她走，便转过头恶狠狠道："听你说什么？听你怎么说再一次把我丢下？"

荣雪哽咽道："不是不是，我只是想你先回去，等我结束这边的工作，再回去找你。"

"你凭什么替我作决定？"

荣雪对上他猩红的眼睛："因为我知道如果我不走，你肯定也要留下。我不能让你因为我留下！"

"我都可以去为你死，你凭什么不让我为你留下？"

"就是因为这样我才……"后面的话她没有再说，说了也没用，因为邵栖已经跑回来了。她深呼了口气，问："你怎么回来的？"

邵栖梗着脖子不回她。

怎么回来的？

在机场下了大巴准备上飞机的时候，他看了许久都没看到她，终于觉得不对劲了，就跑去问陈主任。陈主任知道瞒不过，只得把真相告诉他，然后要求他服从命令登机，见他不听，甚至让人直接把他押上去。后来他敌不过，便一直哀求，旁边的医生看不下去替他求情，陈主任也到底是心软了，将他放了回来。

回程的路上，他气得都快爆炸了，恨不得见了面直接掐死她算了。

她怎么就那么狠心？

她明知道他这次回国的最大意义就是带着她一起。

荣雪看他眼睛红得厉害，估摸着路上被气哭过。见他不回答，她也不再追问，其实不问也知道是怎么回事，照他那臭脾气，什么事都能干出来。虽然这支医疗队是以军医为主，一直是实行军事化管理，但邵栖毕竟不是在编人员，陈主任也不至于用军人那套作风，强行把他押上飞机。

只是她想不到，他真的会再次这么任性。

她叹了口气，松开抱着他的手，准备转身将他丢在地上的背包捡起来，可还没迈步，人已经被他从后面牢牢抱住："你还想跑去哪里？我跟你说，你休想再丢下我！"

荣雪无奈道："我去把你的包捡回来。"

邵栖这才松开她，然后狠狠瞪了她一眼，自己走回去把地上的包背上。

两个人走到酒店门口，邵栖忽然想起什么似的又道："我不住这里了，你宿舍的朱医生不是已经回国了吗？现在就你一个人了吧？我去住你宿舍。"

荣雪犹豫了片刻，还是带着他往医院宿舍走去了。

路过诊疗中心时，她想起来道："你跑回来了，还没跟张教授说吧？"

"待会儿再说。"

"你说你怎么这么……"

胡闹二字还没出口，邵栖已经狠狠刚她一眼："你闭嘴！"

荣雪只能无奈地闭了嘴。

医院宿舍是封闭式管理，不能带外人进去，荣雪只能先打电话向院长求救。

院长听到这个消息，哭笑不得，开了单子让人送过来，两人这才顺利回到宿舍。

宿舍是两室一厅，朱雅那间房子已经空了，但邵栖肯定是不会去住那间的，直接拎着包进了荣雪的房间。

此时的他，已经稍稍平静下来，一屁股坐在床上，满心都是后怕。

如果在机场，陈主任再强硬一点，直接让人把他押上飞机，这会儿他们已经又分开了，再见不知是何年何月。

邵栖想都不敢想下去！

事已至此，荣雪也不能怪他任性，毕竟自己有错在先，心里也难免内疚。

她知道他此时有多生气，就给他从暖壶里倒了杯热水，小心翼翼递给他。

邵栖没接，她只能放在一旁的床头柜上。

她看着他铁青的脸色，想了想，在他面前蹲下，握住他的手，低声道："我没想丢下你，就是不想你因为我在这里受苦，而且还要天天面临危险。"

"你都能做，为什么我不行？你到底把不把我当男人？"

"我能做是因为我在这里已经待了两年。"

"你两年都能待，我一年半载就受不了？你把我当什么了？而且我一个人回去，你在这里天天置身危险中，我能吃好睡好吗？我可不像你这么没良心，没有我也照样过得好好的。"

荣雪哭笑不得："好吧，我没良心。"

"你就是没良心，良心都被狗吃了！"

"嗯，都被狗吃了。"

邵栖哼了一声："难怪昨晚投怀送抱，我要知道你安的这个坏心思，老子就是被憋死，也不上你的当。你这个恶毒的女人！"

荣雪笑着看他："骂够了吗？骂够了你就休息一会儿，我回办公室一趟，到时候打了饭给你带回来。"

"不行！你哪里都不能去！"

"邵栖，我留在这里是因为工作，不管你多生气，我们也不能耽误工作。"

"工作对你来说就这么重要？"

荣雪脸上的笑容稍稍敛住："不是工作重要，只是选择一件事就得专心去做。"

邵栖昂头看着她，良久之后才嗯了一声："那你去吧，我自己休息一会儿，待会儿去找你。"

荣雪看出他情绪还是不高，叹了口气，起身在他旁边坐下："那我陪你一会儿吧。"

邵栖斜眼看她，看起来还算满意。

她想了想，从抽屉里拿出那条天鹅水晶项链："还记得这个吗？"

邵栖接过来，想起是自己当初送给她的礼物："你还留着？"

几百块的玩意儿，不算贵重，所以邵栖看到还是有些意外。

荣雪笑道："这是你自己赚钱送给我的第一份礼物，我一直都带着。"

邵栖面色稍霁，挑挑眉："那这几年你有没有睹物思人啊？"

生活飘零，其实她并没有刻意想过，但偶尔看到这条项链，还是会想起他。她点点头："思过。"

邵栖哼了一声，有点得意："谁让你当初离开我的？虽然我是做得不好，但说走就走，你可真狠心。"

荣雪抱着他的手："我也做得不好，所以这些年也在反思。"

邵栖冷笑了两声："把我一个人骗回国，就是你这几年反思的结果？"

荣雪无奈地笑，知道在这件事上，两个人立场不同，必定不能达成一致，也就不和他争辩："反正你都跑回来了，我说什么也没用了对不对？"

邵栖正色道："其实我之前就没想这么快离开，是因为想把你带回去才决定提前回来。可既然你都不走，我为什么要走呢？虽然我还不是真正的医生，但专业水平也不比别人差，我留在这里还是很有用的。我们可以

438

并肩战斗不是吗？"

他发了这么久脾气，终于说了句人话，而且还是特别让荣雪动容的话。

她摸了摸他的脸："好，我们都要照顾、保护好自己。"

邵栖睨她："我可以保护你。"

"好哇！你保护我。"

邵栖这才满意。

还是那个大男子主义的臭小孩！

荣雪给张教授打了个电话。大概是对自己的学生还算了解，张教授倒是没太惊讶，只让她和邵栖一起来上班便好。

邵栖昨晚睡得不多，今天上午情绪波动又实在太大，还不争气地被气哭了，心肝脾肺肾都快气炸。现下尘埃落定，整个人有些虚脱的感觉，拿过荣雪的电话和张明生道了句歉后，倒头就躺在她的床上，还把她拉在怀里，一块儿躺着。

荣雪陪了他一会儿，两个人都安安静静的，没说话，眼见快到午餐时间，她才开口问："你要吃什么？我去餐厅给你打回来！"

邵栖的手臂紧了紧："你哪里都别去，你要一走，我心里就发慌。"

荣雪哭笑不得："那我给你煮点面条，吃完休息一会儿，下午我们一块儿去办公室。"

邵栖唔了一声，稍稍睁开眼睛看了她一眼，总算是把人放开了。

这段时间太忙，荣雪已经很久没开伙。

"没有菜，就只有火腿，凑合着吃吧。"

"你做什么我都爱吃。"

荣雪失笑："我就这么好？"

邵栖将捂在眼睛上的手放开，没好气道："你少自以为是！从我十七岁遇到你就深受你折磨，要不是觉得被你折磨了这么多年太不划算，必须得让你用余生几十年补回来，我才懒得理你。"

荣雪眨了眨眼睛，露出失落："我真的让你这么不开心吗？"

本来是赌气似的玩笑话，邵栖看到她这表情，顿时觉得自己这话说得太过了点，赶紧跳起来把她抱住，胡乱在她脸上亲："没有没有，你哪儿哪儿都好，我就稀罕你，就算是折磨，也是甜蜜的折磨。"

荣雪被他逗笑："知道了。"

邵栖稍稍松开她："你真知道？"

荣雪点头："我也知道我做得不好，但是我以后会努力改进的。"

邵栖将她抱在怀中："我也会改进。"

荣雪推他："我去煮面了，你再睡一会儿。"

"不要，我要一直看着你。你教我煮饭，以后你加班我休息的时候，等你回家就可以吃到我的爱心餐了。"

荣雪笑着摇摇头，只能由着人高马大的他跟巨型牛皮糖一样，缠在自己身上。

"咱俩这又是同居了？这样一想，留在非洲，还真是不错呢！"邵栖的情绪，终于在面条端上桌的时候，完全恢复，甚至觉得自己是因祸得福了。

荣雪看他一眼："这宿舍你也不嫌弃？还没酒店好呢。"

邵栖边吃面边摇头："只要跟你在一起，住贫民窟我也高兴。"

"这不应该是女孩子说的台词吗？"

"反正你也没把我当你男人。"

荣雪哭笑不得："我没把你当男人，难不成是当女人？"

邵栖道："你总是把我当男孩儿。"

"你本来……"荣雪正要说，忽然想起来他已经二十五岁了，不再是从前那个大男孩，是一个可以顶天立地的男人了。

她笑了笑，又道："以后你对我来说就是男人，大男人，行吗？"

邵栖抬头朝她坏坏地笑："本来就大啊。"

荣雪顺着他的话道："我也没试过其他的，谁知道算不算？"

"你是医生你还不知道？"说完，他忽然意识到她这话里的意思，也就是说无论是在欧洲的三年还是在非洲的两年，她并没有再经历过其他人。

这个认知让他心里头一阵狂喜。

虽然不想承认自己是直男癌，大男子主义。

但就是直男癌一回了，又能怎样？

"你笑什么？"荣雪看他笑得一脸古怪，不明所以问。

邵栖端起碗闷头将面汤一口喝掉，然后放下碗喘了口气："我高兴啊！"

荣雪摇摇头："你这情绪可真是能大起大落，先前还气哭，现在又这么高兴了！"

邵栖道："我乐意。"

下午，两个人到了办公室，张明生看到邵栖，也知道是怎么回事，只叹了叹气道："留下来也好，我也能多个帮手，不过自己要注意安全，也别因为别的事耽误工作。"

言下之意，就是让他别光顾着谈恋爱。

邵栖脸皮厚，完全不以为意。但荣雪就有点尴尬了，想着如果自己是张明生，得意门生不听自己的安排，为了个女人留下来，那感觉想必是有些酸涩的。

不过事已至此，她尴尬也没用。用张教授的话说，别耽误工作就好。

医疗队也就几十个人，他们两人的事当日就传开了，下午去餐厅吃饭，只要是认识的医护人员，看到两人，都会笑着调侃两句，当然都是善意的玩笑。两人在整支医疗队里，年纪最轻，大家对这种事情也乐见其成，尤其是在这种艰难的环境下，也算是为大家贡献了一点乐子。

晚上两个人下班一起回宿舍，遇到来值勤的唐昊。他还不知道邵栖留下了，看到牵着荣雪手的人，惊得下巴差点掉下来。

"邵，邵博士，你怎么还在这里？"

邵栖得意地昂昂头："唐连长很想我走吧，可惜我媳妇儿在这里，我肯定是不会走的。"

"邵栖！"荣雪用力掐了他一把。

唐昊不以为意，憨憨地笑道："你脱队跑回来了？"

邵栖点头："有空一起吃饭。"

唐昊笑着连声道好，抬手和两人告别，走了两步，又小声嘀咕道："我就知道这事不靠谱。"

邵栖得意地捏了捏荣雪的手："听见没，唐连长都知道你骗我不靠谱。"

"差不多得了啊，我都被你骂一天了！"

"我还没消气呢！"

两个人走远，唐昊转头，看向那两道渐渐融入夜色的背影，相互交缠在一块儿，亲昵又自然，他摸摸脑袋，有点茫然，却又有些不知为何而来的喜悦，然后重重舒了口气。

回到宿舍，荣雪拿了衣服去洗澡，还没来得及关门，邵栖已经身手敏捷地钻了进来。

"你干吗？"

"洗澡啊！"

荣雪无语："你就不能等我洗完了再洗？"

"一起洗节约水。"

荣雪道："别以为我不知道你在想什么！"

邵栖厚颜无耻道："我想什么不都赤裸裸写在脸上吗？男子汉敢想敢为，绝不否认。"

"你脸皮能再厚点吗？"

邵栖哼了一声："我跟你说荣医生，你今天的所作所为让我很愤怒，气得心肝脾肺肾都快疼炸了，你今儿不好好想办法让我消气，我跟你没完。"

荣雪将束着的头发散下来，捋到一边肩头，半侧着脸朝他笑："那你说说，怎么办？"

她平日里都是神色淡淡的模样，现下这样歪头看他，竟然带了分性感的妩媚。邵栖心头一室，却故意板着脸："把衣服脱了！"

"谁的？"

"先脱你自己的，再脱我的。"

荣雪有心哄着他，便顺着他的话来，勾勾唇，将衣服一件一件脱掉，一丝不挂地立在他面前，又伸手去脱他的。

然而邵栖在这事上从来就是个急性子，看到她在灯光下莹白的身体时，已经快绷不住，当她的手碰到他时，瞬间就破功，自己一手将T恤脱掉，再闪电般脱掉裤子，随手一扔，前后不过三秒。

荣雪看得目瞪口呆，人却已经被推到冰凉的墙边靠着。

邵栖伸手将水打开，花洒的凉水洒下来，虽然天气炎热，也让猝不及防的荣雪打了个激灵。

邵栖将她圈在双臂之中，低头看着她，从额头一点点往下亲，越过鼻尖，覆上嘴唇，辗转缠绵许久，又继续一路向下。

荣雪的身体已经适应了凉水，却又被他的吻亲得浑身战栗。

最后邵栖在她的左心房外停留许久，低声道："以后这里只能有我。"

荣雪抱住他的脖颈呢喃："一直都只有你呀！"

两个人都在意乱情迷之中时，荣雪已经感觉到他身下的蠢蠢欲动。忽然他将她松开，跑了出去，再进来时，已经穿戴好了装备："虽然我很想咱们俩赶紧生个孩子，不过现在还不是时候。"

荣雪已经稍稍回神，有些哭笑不得："我都差点忘了这个，你竟然还能想起来。"

邵栖道："那是，因为我不是渣男。"

荣雪抱着他的脖子，低声道："我走了之后，你真没想过找别人？"

邵栖摇头："没想过。"

"你怎么这么死心眼儿啊？"

"我就死心眼儿了！怎么着？"邵栖恶狠狠地将她抱起来。

他进得太突然，荣雪轻呼了一声，也不知是疼的还是被吓到的。

邵栖一鼓作气，哑声虚张声势道："你要再抛弃我，我就用铁链子把你锁起来，关在屋子里哪里都不让去。"

荣雪喘着气："不会了，再也不会了。"

"说爱我。"

"我……我爱你。"

"有多爱？"

"特别特别爱。"

"嗯，我也是，特别特别爱。"

两个人在浴室闹了快一个小时，洗干净了又弄出了一身汗，只得重新再洗，洗着洗着又擦枪走火。后来感觉再弄下去得脱水，邵栖才擦干了两人，将人给抱回了床上。

屋子里没有空调，只有一台电扇呼呼吹着。不过洗了冷水澡，就算是抱在一起，被电风扇吹着，也不觉得热了。

邵栖将被他折腾得浑身软绵绵的荣雪抱在怀中，有一下没一下地摸着她光裸的肩膀。

荣雪蹭了蹭他，道："邵博士，你气消了吗？"

一脸餍足的邵栖咂舌回味了一下先前的美好滋味，傲娇道："还行吧。"

荣雪掐了他一把："你要我做的我都做了，还想怎样？人心不足蛇吞象懂不懂？"

"那还不是因为你今天实在是把我气得太厉害。当时我想死的心都有了，要是上了飞机才发现，我觉得我能跳机。"

荣雪叹了口气，默了片刻，抬头看他，好整以暇道："邵栖，不管怎么样，以后不要因为我做傻事。做我们这一行的，见多了生老病死，很清楚人生没那么多完满，两个人能走到头固然是再好不过，但天灾人祸谁都躲不掉，如果哪天我们其中一个有个什么三长两短，对方都一定要好好活下去。"

邵栖不以为然地撇撇嘴："你就不能乐观点？我觉得咱们俩经过这次之后，肯定能白头偕老欢欢喜喜过一辈子的。"

疫情越来越严峻，而欧美国家多支医疗队的撤退，使得中方的埃博拉诊疗中心的负荷也越来越重。张明生和几个新来的专家压力也大，研发的新药品，在动物试验这一关还没过，谁也不敢贸然下令用在临床上。

本地的医疗系统已经瘫痪，几乎把全部希望寄托在国际援助上，而中方成为最重要的一支医疗力量。偏偏还有一些反政府组织趁机闹事，弄得更加人心惶惶，加大了疫情控制的难度。

局势太糟糕，荣雪和邵栖哪里也去不了，每天上班都会忙到八九点才能回宿舍。不过两个人一天二十四小时在一起，哪怕再忙，也并不觉得多辛苦，尤其是邵栖，整天都充满干劲。

转眼间，又是一个月过去了，但疫情还是没有减缓的迹象。因为诊疗中心就只有那么几个，收治病患的能力有限，本地政府在许多地方建了隔离区，各诊疗中心会轮流去义诊。

这天，白天走访了几个隔离区，回到宿舍已经是九点多了，两个人随便洗了下，就都累瘫般躺在床上。

这段时间邵栖的工作状况，荣雪看在眼里，他每天都要和张明生在实验室工作好几个钟头，还得下诊疗中心的病区看情况。

这几天张明生带着大家去隔离区义诊，他这个助手自然也在。

虽然他年轻力壮，看起来总是精力充沛，但荣雪知道他也很辛苦，若是仔细看，就会发觉他比刚来那会儿，已经清瘦了好几分，黑眼圈也有点明显了。

"累不累？"荣雪洗完澡躺在他旁边。

"还行，觉得挺充实的。"

荣雪试探道："要不然等这次医疗队回去，你还是跟着他们先回去？"

邵栖白了她一眼："你又来了！"

"我是怕你太辛苦了。"

"你都不怕我怕什么！"他顿了顿，"而且我现在也不是单纯因为你在这里，我就希望能跟着张老师把抗埃博拉的药物研究出来，亲眼看到病毒被击退，我才甘心。我觉得这是我的责任。"

荣雪默默看了他片刻，然后笑道："想不到邵栖同学竟然这么有觉悟！"

邵栖挑眉："必须的啊，不能拖女朋友的后腿。"

说着手就开始不老实，荣雪拍开他："明天一早还得去东区的一个隔离区，据说那边有几十个病患，估摸着还挺忙的，别折腾了，早点睡！"

邵栖哦了一声，乖乖收回手，咕哝道："那明天要是回来早，你得让我好好吃一顿。虽说工作重要，但生活也是必需的，尤其是夫妻生活。"

荣雪扑哧笑出声："还夫妻生活？我跟你结婚了吗？咱们这搁之前，那叫非法同居。"

邵栖打蛇随棍上："那咱们一回国就合法化？"

荣雪笑："睡吧睡吧，等回国再说，这里都还不知道什么时候完呢！"

"我觉得很快就能控制的。张老师那药，我感觉有戏，反正对病毒是一定有用的，就是对人体的副作用还不清楚。"

荣雪点头，叹了口气道："希望能尽快用于临床吧！天天看着人的尸体被拉走，心里真是太难受了。"

两个人又聊了会儿，到底都困得厉害，不知不觉就靠在一起睡着了。

隔日去的隔离区是由一所学校临时改建的，不过学校很小，就只有一栋两层小楼，如今每间教室里都躺着几个病患。

同行的除了张明生、邵栖和荣雪三人，还有两个医生三个护士，总共八个人。

隔离区的病患，很多都精神不太稳定，要给他们抽血打针，非常麻烦。几个医生和护士都是三四十岁，虽然身体素质都不错，但应付一些不太配合的病人，也很是吃力。这个时候邵栖的用处就显现了出来。

到底是二十多岁的年轻人，穿着厚厚的防护服，也并不影响他的动作，给病人检查的时候，动作迅速而麻利。

一切还算顺利，但是在最后一间教室时，却出了问题。

屋子里躺着六个病人，其中一个在检查室，忽然出现吐血状况，然后失控般从地上的床铺爬起来，跌跌撞撞要往外跑，可跑几步就倒下了，抽搐片刻后便没了气。

这人死得太突然，一行人都没有准备。

经检查确定已经死亡，只能抬下去先严密裹好，等着政府的收尸车来收。

几个人正处理着，外面忽然传来嘈杂的吵闹声。

张明生边指挥几个人对尸体进行消毒处理，边吩咐荣雪："你出去看看怎么回事。"

荣雪嗯了一声，快速走到外边的走廊，往大门处一看，却见好多人正拿着棍棒试图往里闯。隔离区的保安在里面守着，但显然无济于事，那陈旧的大铁门眼见着就要被撞开。

那些人高喊着本地宗教的一些口号，一楼的病患大概是被那些口号煽动，已经开始陆陆续续走出病房。

荣雪大惊失色，赶紧回到屋内："有人来闹事，下面的病人正开始往外跑！"

她话音还未落，这间屋子的病人也已经爬起来往外跑。

张明生和几个医生用英语大声喝止，但没有人听。这些病人本来就处在惊恐当中，现下又眼睁睁看着有人死去，被外头那些闹事的人一煽动，顿时失去了控制。

这些人一旦跑出去，后果不堪设想。

一行人赶紧去拦人，可本来病入膏肓的病人，像是回光返照一般，忽然都处于亢奋的疯癫状态。

他们这些医护人员穿着厚重防护服，行动十分不便，哪里能拉得住这些人，只能跟着往楼下跑。

医护人员刚刚跑到楼下，大门就已经被撞开一半，几个保安和巡逻的警察，和外面的人打起来，而病人则趁乱往外跑，甚至开始攻击起穿着防护服的医生。

一场骚乱就此爆发。

在推搡中，有护士摔倒在地，被狠狠踩过，邵栖和荣雪赶紧将人扶起来。

张明生眼见危险，大叫："赶紧出去，去车上！"

几个人在人群中努力往外跑。两个男医生在前面开路，中间是三个女护士，邵栖一手搀扶着张明生，一手护着荣雪断后。

有失控的病人用力冲撞他们，让他们举步维艰，好在都穿着防护服，没有直接的身体接触。

好不容易出了门口，可那些跟着跑出来的人还不肯善罢甘休，胡乱拉扯他们，还想抢夺他们的车子。他们已经不像病人，而是像失去意识的末日丧尸。

"你们快上车！"邵栖在后面将那些失控的人一个一个甩开推倒，挡住他们靠近车子。直到其他人都上车，他才踹倒一个纠缠他的人，迅速钻回车内，用最快的速度将车门拉上，隔开了那些发了疯的病患。

这时，警车的警报声终于响起。

坐回车内的人总算是松了口气。

因为没有消毒，大家也不能脱下防护服，只能暂时将面罩拿下透气。

几个人都是大汗淋漓，脸色苍白得厉害。

那个刚刚被推搡倒地的护士，喘着气道："实在太吓人了！刚刚要不是你们把我拉起来，我这会儿估计都被踩瘪了！"

"别说，刚刚有个浑身变了色的病人，差点把我的面罩扯掉，这要是面罩没了，我的脸都得被抓花，回去直接进隔离病房。我儿子才五岁，我要真是出了什么事，怎么对得起他？"

一个男医生重重喘着气道："幸好有邵博士在，不然我们真应付不了那些精神崩溃的病人，这会儿车子估计都被抢占了。"

"可不是吗？"

年过半百的张明生，终于是缓过来气儿，转头看向坐在他旁边的邵栖："刚刚我看你拦了那么多人，你没事吧？"

邵栖的脸色比其他人好不了多少，甚至更差，头上都是汗，靠在椅背上呼吸沉沉，摇摇头回道："没事！"

车子是七人座的，加上驾驶座，正好是八人。

荣雪坐在邵栖旁边，用戴着防护手套的手，隔着厚厚的防护服，握了握他的手臂："你脸色不太好，回去好好休息一下。"

刚刚他一直护着张明生和自己，那些冲撞攻击他们的人，都被他挡开。

在这种可怕的情形下，不仅要自己逃命，还要护着其他人，实在太不容易，而且他做得很好，至少让大家都安全逃上了车子。

可他再年轻有力，也只是个普通人，此时恐怕心有余悸得厉害。

回到诊疗中心，穿着防护装备的几人，都赶紧进入消毒区换衣服。

为了安全，脱防护服时，大家都隔着一段距离。

邵栖背对着几个人，屏住呼吸，悄悄将刚刚一直藏在身侧的右手伸出来。

带着防护手套的手背上，赫然有两道干涸的血印子。

"邵栖！你怎么还不换衣服消毒？"荣雪的声音传来。

邵栖深呼吸一口气："正在洗手。"

他闭上眼睛回忆了片刻——当时在那个学校的几十个病人，被外面那些闹事者煽动，像是失控的丧尸一样往外冲，甚至还开始攻击他们。他人高马大，一直走在后面护着大家往外逃。

在大门内的时候，那些病患大多只是冲撞，不过是想跑出去，对他们并不算真正的攻击。直到出了大门后，那些人看到他们往车上走，忽然就要来抢占他们的车子，他让大家先上车，自己在后面挡着那些人。

其实那些病患不足为惧，只是他穿着厚重的防护套装，行动起来十分不方便。有时候又是几个人一起冲上来，他防不胜防，被击中了好几次。

当时那种情况下，他也没觉得疼，上了车后缓过劲儿，才发觉身上有好几处估计是要肿了，但他也没太在意，反正隔着防护服。直到隐隐觉察手背上的痛意，他才觉得不对劲。

在车上他没敢多看，这会儿来消毒换衣服，才悬着一颗心去检查手背。

所谓好的不灵坏的灵，那手背疼痛的地方，果然有两道带着干涸血迹的红痕。

他仔细想了想，好像是被一个浑身皮肤变色的感染者给抓的。是快要上车的时候，那人冲上来要扯他的面罩，他下意识抬手去挡，然后手就被抓了。当时情况紧急，他没在意，将人掀开后，继续阻挡其他人，没想到三层防护手套，竟然真的给抓破了。

他将手放在水龙头下，用消毒液用力冲洗，干涸的伤口，再次开始出血，他将出的血冲掉，一直到没有血再渗出来，才用消毒纸巾擦干双手。

"好了吗？"一旁的荣雪已经收拾妥当，这消毒室的味道实在不好闻。

邵栖道点头："嗯，走吧。"

几个人各自回岗位。

邵栖和荣雪跟着张明生进办公室。

到了门口，荣雪觉察到他有些心不在焉，准备去拉他的手，却被他条件反射一般弹开。

荣雪狐疑地看他："怎么了？"

邵栖面色苍白地摇摇头："没事。"

走在前面的张明生在办公位坐好，大约是年纪大了，上午这么一折腾，这会儿还没太缓过劲儿，示意两个人坐下："我也没预料到会发生这种事，幸好有邵栖在，不然我们能不能回到车上还是一回事。今天就这样吧，你们俩估计也吓得够呛，先回去休息，下午再过来。"

荣雪点头："那张教授你也好好休息会儿。"说完朝脸色苍白的邵栖道，"咱们回宿舍吧，看你脸色怪不好的，回去先睡一觉。"

邵栖回神，露出一个不太自然的笑："你先回去，我这有点资料，想再看会儿。"

张明生舒了口气："你们看着安排吧，我先回酒店睡一会儿，年纪大了真不行啊！"

想他年过半百，还千里迢迢跑来非洲，也真是够折腾的。

荣雪道："张教授慢走！"

张明生摆摆手，重重叹了口气。

等办公室只剩下两个人，荣雪又道："你要看什么资料，还是先回去休息会儿吧。我看你脸色真不太好，是不是刚刚你在后面护着大家，被人弄疼了？"

邵栖扯了扯嘴角摇摇头："还好，主要是也不困，你先回去吧。我待会儿打了饭给你带去宿舍。"

荣雪起身："行吧，那我先走了。"

荣雪出门，轻轻将办公室的门掩上。

坐在办公桌前的邵栖，深呼吸了一下，抬起右手。虽然已经没再流血，但那两道伤痕，并不算浅，现在看着简直触目惊心。他在这里待了这么几个月，埃博拉病毒的传染性到底有多强，他再清楚不过。

上次荣雪只戴着一层手套去清理病患吐在地上的血迹，大家都担心了许久，她也自我隔离了二十一天。而这回，他是被埃博拉病患直接抓伤了。

他知道这意味着什么。

他拉开柜子，拿出里面的一瓶碘伏和棉签，在伤口上涂抹了两下。

轻掩的门，忽然徐徐打开。

邵栖手忙脚乱收回手，看向门口。

荣雪脸色发白地站在那里，直直看着他，一字一句问："是之前被人抓伤的吗？"

邵栖看着她，沉默了片刻，点头。

"是病患？"

邵栖抿嘴沉默下来，不再回答。

荣雪又问："是病患？"

邵栖将碘伏放好："哪有那么倒霉？上回你清理了感染者的血迹，不也没事吗？"

荣雪定了定神，很想冷静下来，但脑子里一片空白，只道："能是一回事吗？"

说完就往他跟前走过去。

450

"你别过来！"邵栖从椅子上跳起，退到窗边。

荣雪努力让自己镇定："病毒有潜伏期，就算被感染也不会这么快。你让我看看你的伤口！"

邵栖慢慢将右手伸向她。

擦过碘伏的伤口，还是很清晰。

"我给张教授打电话报告情况。"荣雪的语气还算冷静，但是拿出手机时，却因为双手颤抖得太厉害，手机啪嗒一声掉在地上。

邵栖叹了口气："张老师刚回去，让他先休息吧。等他下午来了办公室再说。"说罢，他又补充道，"你不要怕，我都不怕的。就算感染了也不一定治不好，咱们诊疗中心不是已经出院好多例了吗？"

荣雪将手机拾起来，朝他笑了笑："是啊！还有张教授在呢！"

她说完，小小的办公室里，两人都一时无言。

过了半晌，荣雪才反应过来，他还贴在窗边站着："你坐着休息一会儿，这会儿餐厅快开了，我去打饭过来。"

邵栖点头，慢慢挪到椅子上坐下。

荣雪看了他一眼，默默转身出门。直到走出诊疗中心，她才用力呼吸了几口气。此时已临近中午，太阳正烈，她只觉得晕晕乎乎，脑子里一片空白，一时间竟不知何去何从，好像连酒店在哪个方位都忘了。

邵栖是因为她留在这里，也是为了保护他们几个医生，才被抓伤。

她还记得一家人共用一盆洗手水，全家八口感染埃博拉的病例。她知道被病毒感染者抓出血意味着什么。

如果邵栖真的感染了……

她简直不敢再想下去。

等荣雪打完饭回到办公室，已经是一个小时后。

她已经将恐惧压了下去，她不想因为自己的恐惧，影响到邵栖的情绪。

无论什么病症，不良的情绪都会影响治疗效果。

"今天餐厅里竟然有糖醋排骨，我给你打了一大份。"

非洲人很少吃猪肉，也幸亏这里是首都，靠近雨林区，才偶尔会有猪肉。荣雪记得邵栖是肉食动物，尤其喜欢吃糖醋排骨和红烧肉。

邵栖接过饭盒，手指小心翼翼避开她。

荣雪微微一怔，又迅速将情绪掩饰了过去。

吃饭的时候，荣雪故意找轻松的话题缓解气氛，邵栖也很配合，好像并没有发生过什么大事一般。

然而，这样的欲盖弥彰，并没有让气氛真正轻松起来。明明都知道对方紧张担忧，却又故作轻松的样子，反倒是让两个亲密无间的爱人有种微妙的尴尬。

直到下午张明生来上班，两个人才松了口气。

邵栖倒也直接，等张明生坐定，便将手背上的伤亮给他看："张老师，上午在学校我的手被抓伤了。"

这若是换作在任何一个场合，都不是什么大事，然而此时是在埃博拉肆虐的西非，那学校不是普通学校，而是安置埃博拉患者的隔离区。

张明生本来休息了一个中午，精神已经好了不少，乍然听到他这么一说，面色大惊："是被患者抓的？"

邵栖此时也算冷静下来：点头道："是，我很确定。"

"你怎么上午没说？"

邵栖道："上午大家都受了惊，我就没说，反正早几个小时晚几个小时没差别。"

张明生面色已经十分不好，几乎是有些惊恐了，努力深吸了几口气，才勉强让自己平静下来："现在暂时不要惊慌，这种情况也不见得百分百感染。你这几天自己注意身体，保持自我隔离，一旦发现有症状，马上告诉我。"

邵栖点头："我明白。"

"你不要怕，老师就在你身边。"

邵栖看他比自己还紧张，笑道："张老师，我没怕！"

张明生又看了眼一旁一言未发的荣雪："小荣医生，你也别太担心。"

他知道两个人的关系，邵栖若是感染病毒，只怕这个年轻姑娘会承受不住，何况他这个得意门生留在这里，就是因为她。

荣雪低声嗯了一声。她想说自己不担心，但显然没有任何说服力，干脆就什么都不说了。

这个下午，时间就这样沉沉闷闷地过去了，三个人在办公室里谁都没

452

有再说话。

晚餐，邵栖还是吃的荣雪从餐厅打来的饭。

他这次的情况，跟荣雪上回比起来，严重了太多。他自己也不敢掉以轻心。他一个人感染倒也罢了，万万不能还连累别人。

所以他哪里都没去，以防接触其他人。

下了班，回到宿舍，荣雪也没多想，反正隔壁朱雅住过的房间一直空着，正要给他安排，邵栖却已经自顾自地收拾行李："隔离期我还是去酒店住吧。"

荣雪却是不以为然："没必要这样的，你跟我住在一起，我还能观察你的状态。"

邵栖故作轻松道："荣医生，我自己也是专业人士，能清楚自己的状况。"顿了顿，"放心吧，我能照顾好自己，你别太担心我。我要真感染了，不是还有张老师和你吗？"

荣雪默默看了他片刻，到底是没和他争执，只是帮他一起收拾，然后送他出了门。

除了刚刚看到伤口时惊慌，之后的邵栖一直很平静。直到一个人到了酒店房间，那种恐慌感才又朝他铺天盖地地袭来。

他从小任性妄为，天不怕地不怕，一言不合就跟人干架，也经常玩极限运动，总之花样作死不在话下。可是现在，当死亡很可能即将降临，他才知道如今的自己已经很怕死了，因为他有太多东西舍不得。

他本该离开回国，留在这里是因为荣雪，甚至是快上飞机了又跑回来的。若是他出事，他不敢想象她会承受多大的压力和痛苦。

是他再一次的任性，害人又害己。

若是他回国，是不是几个月后，荣雪就会安安全全回到他身边，两个人从此平安幸福地生活在一起？

但他又禁不住想，这次若是没有他，会不会受伤的那个人变成她？

可是人生不能预设，没有人知道将来会发生什么事。

在邵栖辗转难眠的时候，医院宿舍的荣雪也毫无睡意。

这张一米五的床，这一个月来，一直都睡着两个人，今天忽然只剩下她一个，她平生第一次觉得这么恐惧，恨不得跑到邵栖身边，紧紧抱着他。

她终于体会到当初邵栖的心情。因为此时她想的是，如果他真的感染，她陪他就是。

他是她在这个世上唯一的牵绊，也是这个世界上最爱她的人，如果这最后的依恋都要被夺走，她的余生还有什么意义？

荣雪几乎一夜未眠，到了天露鱼肚白的时候，才稍稍眯了会儿，不到七点钟却又醒了过来。

她知道邵栖没有早起的习惯，醒来后立刻给他打电话。

"感觉怎么样？有没有哪里不舒服？"电话接通，她劈头就问。

邵栖在那头轻笑了一声："一切正常，量了体温，没有发烧。"

荣雪稍稍放心。

早上到了办公室，两个人都顶着一双熊猫眼，偏偏还故作轻松，都不敢给对方压力，虽然心知肚明，却又讳莫如深。

但不管怎样，第一天，安全过关。

只是这样的日子太煎熬。

无论是邵栖还是荣雪，都体会到了什么叫作度日如年。

二十一天的潜伏期，如今每天过得如履薄冰。

荣雪每天早上起来第一件事，就是打电话问邵栖的状况，每天上班都会认真观察他，是否有不对劲的地方。

就这么过了一个星期，邵栖依旧没出现任何症状，紧张兮兮的荣雪绷紧的弦，渐渐松了下来。

甚至连邵栖自己也觉得应该没事，那手上的伤痕也已经完全恢复，只剩下两道没有任何痛感的疤。

这天早上，荣雪醒来，习惯性地打电话给邵栖。

那头的邵栖握着电话，却很久没有接起。他坐在床上，另一只手拿着一根温度计，上面赫然显示着三十九度。

他今早是被一种不舒服的感觉弄醒的，清醒之后，便觉得浑身发热，头昏脑涨。他没忘记自己还在危险期，赶紧起来量体温，果不其然发了高烧。

他昨晚没洗冷水澡，也没有整夜吹电扇，这几天晚上的气温稍稍降了，睡觉还算舒服。他向来身体健康强壮，不至于无缘无故就发烧。哪怕这症状和感冒前兆再相似，他也不可能认为自己是感冒了。

因为埃博拉的初期症状，就是和很多病症相似，所以才会在初期出现很多误诊。

他心跳得很快，手中的电话还不依不饶地响着。

他终于还是接起："我在。"

"今天怎么样？"荣雪这几天打电话，每次都是用这句开场。

两个人在一起，从来都是邵栖主动，她很少给他打电话，这样每天一早就接到她的电话，还是头一遭。邵栖心酸又感动，他知道她有多关心他。她从来和自己不一样，不是一个喜欢口头表达的人，但是两个人在一起，其实总是她照顾他，包容他多一些。

邵栖深呼吸了口气，开口道："我刚刚量了体温，有发烧症状。你先不要急，我现在就去诊疗中心验血，如果确定是感染了，我马上进入隔离病房进行治疗。确诊越早，治愈机会就越大。"

"好……"那头的荣雪脑子已经一片空白，只有发烧两个字一直在她耳朵里蹦跶。

她努力说服自己，发烧并不代表什么，当初自己也发烧还喉咙痛，最后不也只是感冒吗？

等她回过神，匆匆赶到诊疗中心，邵栖已经抽完血又回了酒店的宿舍。

她有过类似的经验，知道此时邵栖的心理压力有多大，和张明生打了声招呼，就跑去酒店看邵栖。

邵栖给她开了门，然后迅速退开，不让自己和她太靠近："你怎么来了？"

荣雪没回答，只认真看向他的脸，他脸色看起来很糟糕，有很明显的病容："感觉怎么样？除了发烧还有什么症状吗？"

"还好，就是有点头昏脑涨的。"邵栖故作轻松，但此时他已经隐隐感觉自己的状态很不好了。

虽然检测结果得下午才出来，但他基本上可以断定：只有病毒发作，才会这么快。

荣雪看了看他："你回床上躺着，我在旁边照顾你。"

邵栖轻笑一声，犹豫了片刻："你，还是去上班吧，你在这里我压力更大。"

他也担心如果自己真的是病毒感染，会不小心传染给她。

荣雪望着他的眼睛半晌，最终还是点头："好吧。你休息，有事打电话给我，中午我给你送饭过来。"

邵栖点头，站在门口看着她转身走了几步，冷不丁开口道："你说过天灾人祸谁都躲不掉，如果哪天我们其中一个有个什么三长两短，对方都一定要好好活下去。"

荣雪脚下一顿，转头看他："我知道。"

邵栖又笑着道："但我肯定会配合治疗的。你知道我这个人很少生病，身体健康得不得了，就算是感染了病毒，也肯定扛得住。"

荣雪也笑："我相信你。"

荣雪回了办公室，邵栖的血液样本检测，是张明生亲自在做。

到下午的时候，他满脸沉重地从实验室走出来，刚进办公室，便迎来荣雪询问的目光，她甚至不敢开口问。

张明生重重叹了口气："检测为阳性。"

荣雪本来还带着点期盼的神色，顿时一片惨白："真……的吗？

张明生颓然坐在椅子上："我已经通知他，他应该已经去了隔离病房。"说着，又喃喃道，"他是我最优秀的学生，是我带他来非洲的，要是出了什么事，我都不知如何跟他家长交代。他才二十五岁，二十五岁呀！"

荣雪也不知道如何安慰这位年过半百的教授，实际上她自己都不知道如何安慰自己，浑身已经止不住开始颤抖。疫情爆发这么久以来，诊疗中心每天都有感染者死亡，她知道感染埃博拉意味着什么。

因为这种病毒在现有的医疗条件下，还没有任何可靠而有效的治疗方法。

而感染者从发作开始，短则一天长则两个星期就会死亡，能否治愈全看运气。

张明生到底是年纪在那里，很快就恢复了镇静，看到荣雪怔忡的样子，道："你先别乱了阵脚，别邵栖还没事，你倒是先倒下了。你经验丰富，得跟我一起治疗邵栖。我不信我连自己的学生都治不好。"

荣雪深呼吸了口气："张教授放心，我不会倒下的。"

张明生叹了口气："走！我们去病区看看邵栖。"

荣雪点头，站起来时，还是差点腿软了一下，好不容易才将力气找回来。

两个人换上防护服来到病房，邵栖已经躺在病床上输液。

埃博拉发作起来很快，早上看他还只有一点病容，现在却已经虚弱得厉害，虽然认出穿着防护服的两个人，却也没有力气坐起来，只勉强笑了笑："你们来了！"

张明生点点头，对旁边的主治医生道："邵栖我亲自负责，荣医生辅助我。"

主治医生点点头道："邵博士的情况我们医疗队的领导已经知道，也报告给了国内。他虽然不是我们医疗队的正式成员，但这次感染，完全是因为保护其他医护人员，各位领导都很重视。张教授需要我们提供什么帮助，我们一定竭尽所能。"

张明生道："你们马上去血库调出200毫升治愈者的B型血。"

医生道："我们这边血库的血已经用完了，但是已经安排去别的诊疗中心调。"

张明生点头："越快越好！"

医生："明白。"

张明生和医生出去后，荣雪还留在病房内。

她在床边蹲下，用戴着防护手套的手握住邵栖："你不要担心，张教授肯定能治好你的。"

哪怕戴着护目镜，邵栖也看得到此刻她的双眼红得厉害。

邵栖有气无力地笑了笑，回手握住她："你怪不怪我？"

"怪你什么？"

"怪我没听你的话回国。"

荣雪再也忍不住，眼泪啪嗒滴下来，可是因为戴着护目镜，不能用手去擦，任凭眼前变得模糊一片。她摇摇头："要是没有你，我们其他人可能也已经被抓伤了。你特别厉害，特别了不起。"

邵栖看着她沉默了片刻："我其实有点怕。"荣雪还没说话，他又接着道，"我怕我要是出了什么事，你会特别难过。我明明那么喜欢你，可为什么总是让你难过啊？"

荣雪用力摇头："你一定会好起来的！咱们还要一起回去，一起回到省一医旁边那个小公寓里，你不是要和我结婚吗？等我们一回国就结婚好不好？"

邵栖看着她，终究没再说什么，只动了动嘴角："我头很痛，想睡一会儿。"

"好，我不打扰你，你睡吧。"

荣雪站起身，自上而下默默看着他。他闭着眼睛，依然是一张俊朗的脸，只是眉头微微蹙着，挤出了一道代表着痛苦的痕迹。

她知道他被病毒侵袭的身体，此刻一定很难受，可是她一点也帮不到他。她忽然想起儿时的父亲，也是这样躺在隔离病房里，小小的她站在病房外无能为力，最后眼睁睁看着父亲离自己而去。

那样的痛苦已经折磨过她的童年和少年，她不能再经历一次，让这样的痛苦折磨自己的余生。

可她知道，埃博拉发作太快，如果抑制不住，很可能几天之内，就会从发烧、肌肉酸痛转为末期的脏器出血，无力回天。

她看了会儿他，终于还是轻轻折身出门。

脱下防护服的时候，她整张脸和脖子都是水渍，分不清是汗还是泪，整个人几欲虚脱。

走出病区，之前那位王医生看到她，露出一抹安慰的笑："好消息，已经找到B型血，马上就能送过来给邵博士输血了。"

荣雪勉强笑了笑点头示意："麻烦大家了。"

王医生道："这是应该的，上级已经下达命令，我们一定会不惜一切代价，全力救治邵博士。"

荣雪知道他是在安慰自己，在埃博拉面前，并不是努力就有用的。

输入治愈者的血液，在临床上有减缓症状的效果，但是作用有多大，却是因人而异。

实际上治愈与否，都是因人而异。

严重的疼痛让邵栖昏昏醒醒，意识变得模糊，输过血之后，稍稍有了好转。

穿着防护服在病区停留的时间，最长不能超过一个小时，不然就有脱水的危险。荣雪想一直陪着邵栖也不可能，只能去一会儿，又出来歇一会儿，然后再进去。

她从研究室搬来了病区的值班室，在办公室的时候，就一直盯着监控，不敢错过他半点异常的反应。

晚上她也不敢回宿舍，就在办公室小憩。看到监控里的邵栖平静入睡，她才合眼睡一会儿，却也不敢沉睡，不过十几二十分钟就醒来一次，若是看到邵栖稍有异状，就必须赶紧换上防护服去病房。

也许是输血的功效，邵栖的症状没有迅速恶化，还是停留在头疼发热、肌肉酸疼阶段，只是人依旧虚弱，睡不踏实，一会儿就醒过来。

时间好像变得无比漫长，邵栖总是在做一些光怪陆离的噩梦，时常都是她离他而去的场景。

"荣雪……荣雪……"他迷迷糊糊地叫她。

"我在这里。"荣雪握住他的手，"你是不是很难受？"

邵栖睁开眼睛，看到她的护目镜中都是水汽，也不知道在这里待了多久。他有气无力道："你怎么又来了？晚上都没睡着吧？有事护士会来照料的，你回去睡吧。"

荣雪道："我不困，我陪着你。"

邵栖艰难地挤出一丝笑容："你是不是怕我忽然不在了？"

荣雪鼻子发酸，喉咙像是被谁掐住说不出话来，良久才哑声道："你会没事的，只要挺过这几天就好。"

埃博拉分三个阶段，初期就是发热头痛、身体虚弱，如果在这一阶段成功控制住，没有转为热出血阶段，那么治愈的机会就很大。邵栖输血的效果不错，比起荣雪接触的病患，目前看起来要乐观许多，不知是不是因为他体质好。

隔日，张明生来到办公室，看到荣雪的样子，就知道她一夜没睡，他嘴唇翕动片刻，本想劝劝她，到底也没说什么，实际上他自己也睡得不好。

自己带来的学生，若是带不回去，他只怕后半生都会生活在自责当中。何况邵栖就跟他自己的孩子一样，白发人怎么能送黑发人，还是在这遥远的非洲？

"他状况如何？有没有加重？"张明生问。

荣雪摇头："目前还算平稳，没有恶化迹象。我早上给他检测过，脏器还没有出现血液凝块。"

张明生点头："他体质好，只要能控制住，在一个星期内不转化成热出血，治愈的机会就很大。"

荣雪道："这几天我会实时监测他的状况，一旦发现什么不对劲，马上向您报告。"

张明生叹了口气："辛苦你了！"

荣雪苦笑："这种时候哪有什么辛不辛苦，只要邵栖没事，我做什么都愿意。"

可她知道，并不是自己愿意做什么，邵栖就会没事。

张明生道："我这几天会待在实验室，仔细再测试一下研发的新药。"

荣雪抿嘴思忖片刻："如果邵栖情况恶化，我们是不是……"

后面的话不言而喻。

张明生目光一怔，定定看向她，却最终还是没说话。

荣雪知道他和自己一样，考虑过这个问题。

这是一个两难的抉择。埃博拉只要转为热出血阶段，人的免疫系统就会被全面破坏，这才是致命的阶段，这个时候再使用抗病毒的药物，哪怕药物对病毒有效，也已经来不及了。

但若是在前期就使用这种还没经过临床试验成功的药物，一旦有任何不明的副作用导致丧命，就会得不偿失。因为谁也不确定，前期症状会不会转为末期症状。

偏偏这期间不过几天，他们必须很快作出决定。

过了半响，张明生才又开口："你先密切观察他的状况，一旦有变化就告诉我，我再作决定。"他顿了顿，"我已经联系过他父亲，如果真的走到了要试用新药的地步，我们必须通知他父亲，经过他的同意。"

邵栖心里头咯噔一下，他的父亲，那个宠子无度的邵先生，他已经知道自己儿子感染了病毒？他怎么承受得了？

张明生继续道："我昨晚联系的，不管怎么样，这种事情必须及时通知家属。邵先生本来是打算马上飞过来的，但这边的航线已经暂停，要包

460

机的话，得提前申请航线，恐怕得等几天，我暂时劝住了他，但……"

但是这种事怎么劝？也许儿子命不久矣，父亲过来很可能就是见最后一面。

这对于一个父亲来说，实在是太残忍。

荣雪想起之前视频的时候，邵父笑呵呵地说，等他们两人一起回去，亲自做菜给他们接风洗尘。

可他的儿子因为自己留在了这里，感染了致命的病毒。

一夜没合眼，荣雪的身体疲惫至极，但精神却没有任何委顿。她知道自己必须打起十二分精神，邵栖还在病房里等着自己。

她依旧是隔一会儿就进病房一趟，陪他说说话聊聊天。

午餐晚餐，也是她陪着他。

邵栖的胃口很不好，只吃了一点就不要了。好在点滴里有营养成分，荣雪也没逼他，默默把他吃剩的东西收拾好，带回去扔进单独的垃圾桶。

她脱了防护服，用力喘着气，因为精神压力太大，又连续地进出病区，出汗太多，身体的负荷已经快到极限。消毒完毕后，她费尽力气，才走出诊疗中心西门门口透气。

此时正是政府收尸车到来的时刻，几个医生从病区抬出两具裹得严严实实的尸体。

诊疗中心还是每天都有患者死去，荣雪每天都能看到这种场景。她之前几乎已经麻木，但是今天看到那些连面容都看不到的尸体，忽然就有些承受不住。

为了防止扩散感染，这些尸体会统一运到郊外一起焚烧，亲人连骨灰都没法收回。

她跟跟跄跄两步，差点跌倒，还是一只有力的臂膀扶住了她。

"荣医生，你还好吧？"扶住她的唐昊，忧心忡忡看着她。

荣雪站稳身体，勉强扯了扯嘴角："我没事。"

唐昊抿抿唇，低声道："邵栖的事我已经听说了，他现在怎么样了？"

荣雪道："目前还没恶化。"

唐昊道："他一定会没事的。"

荣雪看他："嗯，谢谢你！"

461

唐昊见她脸色实在是太差，又道："你自己也要保重身体，邵栖还得靠你治疗呢！"

荣雪点头："我有分寸的。"

唐昊知道她此刻的压力有多大，不好再多说什么，又安慰了几句，就去值勤了。

荣雪觉得头有点晕，知道这么下去可能不妙，赶紧回到办公室，强迫自己吃了些东西。

晚上快十二点时，荣雪陪了会儿邵栖，看着他迷迷糊糊入睡才出病房，回到值班室。她看着监控里很平静，正要眯一会儿免得自己真垮掉，可眼睛还没闭上，电脑屏幕里本来平静的画面，忽然有了动静。

只见床上的邵栖好像很痛苦地翻了个身，然后趴在床边呕吐起来。

呕吐，是病毒恶化的象征。

荣雪面色大惊，赶紧去消毒室换了防护服进入病房。

邵栖已经吐完，又平躺在床上，双手捂住腹部，用力闭着眼睛，一看就是在忍受着剧烈的疼痛。

荣雪顾不得收拾秽物，先去查看他的情况："你怎么样？"

邵栖大口喘着气，他知道此刻的自己一定很狼狈，嘴上还有呕吐的痕迹，脸色不用看就知道是什么鬼样子。

荣雪见他没回应，微微弯腰，去握住他放在腹部的手："是不是很疼？"

他忽然将她的手打开，明明虚弱得厉害，却不知哪里来的力气，荣雪差点被他弄得一个趔趄。

邵栖偏过头："你走开！让值班的护士来！"

"怎么了？"荣雪不知他为什么忽然这种反应，柔声问。

邵栖知道呕吐和腹痛意味着什么，意味着病毒没有控制住，在他身体里恶化了，病毒穿透血管和毛细管，迫使血管里的血液渗入到周围组织。呕吐、腹痛之后，很快就会出现皮疹，皮肤变色。非洲人因为皮肤黑反倒看不出来，但他见过肤色浅的患者，非常恐怖。

他不能忍受自己在她记忆里的最后时刻是那种丑陋不堪的样子。

邵栖侧着头，低声道："你是不是在可怜我？你其实一直都在可怜我，我知道。"

462

荣雪一头雾水："你说这个干什么？"

邵栖道："我知道你根本不喜欢我，是被我纠缠得太烦了才跟我在一起，你觉得我爱而不得太可怜，所以跟我在一起。"

"你到底在说什么？"

"我知道的。反正都到这个时候了，我也不想欺骗你，其实我也没那么喜欢你，就是觉得长那么大，追个人都追不到，太没面子，所以一定要把你追到手。现在躺在病床上再回想起来，觉得自己真幼稚。"

荣雪看了看他，没作声，只是拿了消毒纸巾，将他脸上的秽物收拾好，又把地上擦干净，最后道："你喝点水漱漱口吧。"

也没等邵栖回答，她径自给他倒了杯水递给他，却被他一手挥开，杯子没掉，水却洒了一地。

邵栖喘着气道："你换护士来，我不想再看到你了！"

"那好吧，我去叫护士。"荣雪默默看了会儿他，终于还是走了出去。

邵栖听着屋内变得安静，慢慢睁开眼睛。

不知道为什么，明明是他赶她走的，但还是有点失落。

其实他担心什么呢？她那种淡漠的性格，就算他真的离开，大概也就是伤心那么一会儿，很快就会振作起来。

他并非她生命中的不可或缺。

他早就有这个认知，但觉得太伤人，所以总是用各种方法在她跟前找存在感，确定自己的重要性。

现在他却觉得幸好自己对她来说没那么重要。

应该没那么重要吧？他在心里强调了一遍。

她说过，生老病死是人生常态，谁都逃不过，所以如果彼此发生意外，也不要太难过，要继续过好自己的人生。

可能自己真的快要死了，才会变得这么宽容。

这世上让他牵挂的不多，除了她也就是他老爸了。

他爸去年交了个女朋友，好久才告诉他，被他嘲笑黄昏恋，估计是怕他不舒服，一直没和人家结婚。那女的说起来比他爸小了二十来岁，但也是三十岁的人了，标准大龄女青年。但愿他死了，他爸赶紧把人娶回家。他爸身体状况一向不错，虽然工作很忙碌，但也没荒废锻炼养生，估计生一两个孩子没问题。虽然年纪大了点，但经济状况过得去就行。现在男人五十多岁要孩子也不是稀奇事。

说来说去也就这两个人是他牵挂的，但这样一想，好像也没什么好担心的。

没了他，他们的日子还是能过下去的。

他在人世上走一遭，活了二十五岁，过了很多年后，也许有几个人还会记得他，在同学会上带着遗憾的语气说起他，但终究也就那样而已。他傲慢任性二十五载，但终究不是什么大人物，没做过什么大事，不过是死于一场瘟疫，就像当年那些在"非典"中失去生命的医护人员一样，过了几年，大家也就都遗忘了。

他也不想让人记得他，记得他短暂到来不及展开的人生。

回到值班室，荣雪叫了护士去看邵栖，自己白着脸坐在椅子上，定定看着监控电脑屏幕。

她知道邵栖刚刚说那些话的意思，他不想让她为他太难过。

她刚刚一直反应平淡，因为不想刺激他，但这会儿摸了摸自己的脸，早不知何时湿漉漉一片。

她没有想过邵栖要是真的不在了，她会怎么样。

因为不敢想。

这个晚上她没再去病房，都是查房的护士去看情况。她只是定了闹钟，隔二十分钟看一下监控里的情况。

一直到早上六点多，她才又去了病房。

邵栖闭着眼睛，看起来像是睡着了，只是睡得很不安稳，眉头紧紧拧着，似乎在梦中也很痛苦。不过短短两三天，整个人已经脱相，眼眶深深凹陷着。

不知是不是听到动静，还是压根儿就没睡着，他缓缓睁开眼睛，看向她，努力扯了扯嘴角露出一个笑容，冷不丁问："最近有没有看到唐昊？"

荣雪怔了下，点头。

邵栖道："唐连长这个人真挺好的，反正比我好多了，他明年就回去了吧？那次在海边玩儿的时候，听他说起过回去可能会选择转业。他是工程兵，估计会进军建筑行业，他们家好像就是做那一行的，以后挺有前途啊！"

荣雪淡淡嗯了一声。

他忽然变得这么大度为自己拉郎配，她有点想笑，可更大的悲痛袭来，让她怎么都笑不出来。

他是觉得自己活不了了，才说这些话，才变得这么大方。

荣雪目光落在他垂在病床边的手上，伸手轻轻拿起准备放回去，却忽然看到他的手臂上，起了很多皮疹，皮肤的颜色也开始变红。

之前接触的病都是黑人，皮肤状况的变化看不清楚，但邵栖的皮肤变化再明显不过。病毒已经进入了中期，如果再控制不住，就会转为热出血，免疫系统会受到严重损坏，微小血管破裂，五官开始向外渗血，最后器官衰竭出血不止而死亡。

这个过程最多也就两个星期。

而比死亡更可怕的是，在这之前眼睁睁看着自己病变出血，承受可怕的痛苦，一点一点朝死亡迈进。这就是为何埃博拉患者会精神崩溃的缘故。

荣雪的心如擂鼓，她不敢想象接下来邵栖要经历这些。

她看着他已经不太英俊的脸，深呼吸了口气，转身走出病房。

回到办公室，她脸色苍白得如同白纸一般，坐下来时，已经完全脱了力。看到张明生进来，她抖着声音道："邵栖昨晚已经有腹痛、呕吐的症状，刚刚他的手臂起了皮疹，皮肤也在变色。这两天用的药，没有起到任何效果。"

张明生面色大变，喃喃道："怎么这么快？！"

是啊！其实只要撑过一个星期，就说明有救了。明明一开始输血效果还算不错，可这才第三天，就开始出现这些症状，显然他身体里的病毒没有被抑制住。

张明生深呼吸了两口气："我去看看他。"

荣雪点头，没有陪他一起。

不过半个多小时，张明生就去而复返。

他满头是汗，坐在桌前边开电脑边道："邵栖跟我提出用新药。我们谁都没有把握能把他的症状控制在第二阶段内，而一旦转为热出血，治愈的可能就变得微乎其微，他想赌一把。"张明生抬头看向荣雪，"他说宁愿因为试药失败而死，也不想最后七窍流血而亡。试药失败，我们还可以

465

拿他做实验，比白白被埃博拉击倒有意义。"

荣雪痛苦地看向他："可是……"

"我知道你对我们正常治疗控制住病情恶化还抱有希望，在咱们诊疗中心，也有过到了这个阶段成功治愈的例子，但我们必须得作出决定了。我马上联系他父亲，和他商量。"

电脑打开，视频很快接通，在张明生的示意下，荣雪走到他旁边，和电脑那端的人见面。

和上次视频比起来，邵父几乎变了个样。一个多月前，他还是一个虽然看得出不太年轻，但依旧富有魅力的中年英俊男。而此时视频里的人，两鬓斑白，仿佛忽然间就垂垂老矣。

他似乎想努力露出一个礼貌的笑容，但终究也只是牵牵嘴角，那表情比哭还难看。

"张教授！小雪！"他开口的声音很嘶哑。

荣雪忍了许久的眼泪，一下就流了出来，只能偏过头。

张明生还算镇静，把情况仔仔细细跟他说了一遍。

邵父听了以后，低头沉默许久，最终低声一字一句道："你们就按邵栖的要求做，对于可能存在的意外，我全盘接受。"说罢，抬起头红着眼睛道，"小雪，邵栖就交给你了，如果，如果他真的出了意外，麻烦你把他的骨灰带回来！麻烦你把我的儿子带回来！我不能让他留在非洲。"

荣雪终于再也忍不住，恸声哭起来："对不起！对不起！是我害了邵栖，如果不是因为我，他就不会留在这里，不会感染病毒。"

邵父沉默良久，重重叹了一声："是啊，所以你要把他带回来。"

荣雪不知道说什么，只是不断重复着"对不起"三个字。

结束视频后，荣雪已经哭得泣不成声。

张明生拍拍她："现在不是哭的时候，跟我去实验室做准备。既然已经决定，就不能再拖了。"

荣雪擦了把眼睛，用力深呼吸了几口气，勉强站起来。

张明生神色严肃道："你必须马上给我振作，等会儿注射药物的时候，随时可能出现各种意料不到的情况。邵栖现在非常虚弱，对于未知的药物反应，可能没有任何抵抗力，极有可能导致突然休克和心脏骤停，如果不能及时抢救过来，那就真的完了！"

荣雪咬咬唇："要不要交给其他医生？"

张明生摇头："一旦发生紧急情况，病人的意志力对抢救非常重要。只有你在旁边，你亲自实施抢救，邵栖才会更有斗志。"

荣雪点头："我明白。"

等一切准备就绪，已经是下午。小小的病房里，摆放好了各种仪器，像是一个小型的手术室。

除了张明生和荣雪，还有两个护士。

躺在床上的邵栖，睁开眼睛，看到来人，抬手指向荣雪，气若游丝道："她出去，换个医生来！"

张明生道："小荣医生虽然年轻，但经验丰富，你不用担心。"

荣雪走到病床边，将那瓶含有新药的点滴拿起来挂到架子上。本来是护士该做的事，她一并亲力亲为。装好针头后，她朝张明生看了看，戴着护目镜的张明生，默默朝她点点头。

荣雪将邵栖的手捞过来，却被他挣开。她再次抓住，低声喝道："听话！"

他的手在抖，她的也是。

两人都是医生，知道此刻意味着什么。当那还没经过临床试验的药水，进入身体后，在杀死病毒的同时，不知道还会发生什么。

荣雪找到他的血管，用戴着手套的手指揉了揉，柔声道："你不要怕，我就在你身边，有什么不舒服马上告诉我。我答应了你爸爸把你带回去，你不能让我食言。"

邵栖默默看着她，身体在颤动，终于没有再挣扎，只是泪水从眼眶里涌出来。

荣雪将针扎好，握了握他的手，走上前将他的头轻轻抱住。

邵栖本来在颤抖的身体，慢慢平静下来。

他想，就算死了那又怎么样？至少死在她的怀里。

第十一章
这一次生死相依

病房里的几个人，屏声静气看着邵栖的反应，盯着心率的显示状况。

"感觉怎么样？有没有什么不适？"荣雪低声问。

邵栖在她怀里摇头："还好。"

其实浑身都不舒服，于是也就感觉不出什么新添加的不适。

过了一会儿，心电监护仪上本来平稳的波浪线忽然急促起来，被荣雪轻轻抱着的邵栖，呼吸蓦地变得短而急促，额头冒出大颗大颗冷汗珠。

张明生见状立刻道："快停药！"

旁边的护士当机立断将点滴关掉，又迅速拔掉针头。

荣雪将邵栖放平在床上。

"你怎么样？"

邵栖已经回答不出话来，身体颤抖得厉害，胸口剧烈起伏，呼吸粗重而短促，像是只有出的气没有进的气，整张脸白得像一张纸，连嘴唇都没有了血色。

荣雪看出不对劲，迅速用上呼吸机。

随着他胸口起伏慢下来，心电监护仪上嘀的一声，屏幕上那根本来跳动的线，几乎变成了一条直线。

荣雪努力使自己镇定，掰开邵栖的眼皮，瞳孔正在扩散。

"马上进行心肺复苏！"她迅速松开邵栖的衣服，两个护士上前帮忙。

手掌下那颗曾为她疯狂跳动的心脏，此时已经微弱得几乎感觉不到。

心肺复苏的黄金时间是4～6分钟，他们必须在最短的时间内与死神赛跑。

荣雪没有迟疑，几乎以最快的时间，开始进行胸外按压。

胸外按压。

电击除颤。

不停循环。

这是一个非常考验体力的工作，穿着厚重的防护套装，加大了难度。

但荣雪什么都顾不得了，眼睛已经被汗水蒙住，也不能擦拭，只能隔着水汽看情况。

躺在她手下的，不仅是一个心脏骤停的患者，还是她准备共度一生的爱人，是全世界最爱她的人。

她一边做心肺复苏，一边叫着他的名字。

"邵栖，你醒过来！"

"邵栖……邵栖……"

一旁的张明生，紧紧盯着心电监护仪，连呼吸都好像忘了。

五分钟。

十分钟。

半个小时。

……

心电监护仪上的线条，慢慢变得起伏平稳。

呼吸机面罩逐渐有了雾气。

荣雪手下那颗心脏，终于又开始跳动。

张明生重重松了口气："荣医生，可以了！"

荣雪身上最后的力气卸下来，若不是旁边的护士及时搀扶住她，她差点就要栽倒在地。

邵栖好像跌入了一片漫无边际的黑暗，每走一步那黑暗就更深沉一些，周围一个人都没有。他第一次觉得那么可怕，也不知跌跌撞撞跑了多久，忽然耳侧传来熟悉的声音在唤他。

他想回应她，却发觉自己开不了口。

他仔细听着，终于听出了那声音的方向，便转身跑过去，越跑越近，终于一道阳光照进来。

他用力呼吸着，发出一个微弱的声音："荣雪……"

荣雪弯身靠近他，握住他的手："我在这里！"

"我听到你在叫我，我就来找你了！"

"我知道，没事了没事了！"

张明生道："你赶紧出去换衣服补充水分，我来给邵栖检查。"

进行心肺复苏抢救将近一个小时，别说是女人，就是强壮的男人，也吃不消，何况还穿着那么厚的防护服。

荣雪也知道自己的身体状况，虽然想看着邵栖，但不敢乱来，握了握邵栖的手，转身出了门。

换下防护套装，荣雪整个人已经从头湿到脚，像是从水里捞出来一样，身体虚得厉害。她回到办公室，赶紧灌了一大杯水，又吃了两块巧克力补充体力。

虽然张教授已经预料到药物反应会导致休克甚至心脏骤停，但是荣雪没想到反应会这么大。

现在想起来邵栖刚刚心脏和呼吸停止、瞳孔扩散的情景，她就止不住心跳如雷地后怕。

幸好是抢救过来了。

可也只是抢救过来了。

埃博拉病毒仍旧在他的身体里肆虐。

过了约莫半个小时，张明生回来了。

虽然在病房里，他没做什么体力劳动，但是那种高压情况下，他也是快筋疲力尽了，此刻本来就不多的头发，全部湿漉漉贴在脑袋上。

"怎么样了？"荣雪问。

"暂时没问题了，还得继续观察，一来是看药物到底有没有效，二来是看还有没有后续的药物反应。我已经安排医生和护士轮流待在病房，通过监控监测肯定是不行了，万一有问题，病房里的医护人员可以马上施救。"

荣雪点头。

张明生道："刚刚你辛苦了，回去洗个澡休息一会儿。"

荣雪本来想留在这里，但这一身汗确实有点吓人，于是点点头回去了，只是洗完澡换了衣服，片刻没休息又赶紧回了诊疗中心。

病房里每回都有两个医护人员看守，荣雪没有马上进去，只是一直盯着监控。

邵栖还打着氧气，整个人呼吸看起来还算平稳，此刻已经睡着了。

再次进病房已经是傍晚，荣雪去给邵栖送饭。

也不知是不是张教授的抗埃博拉药物起了点作用，他的精神好了些。

"我听说上午注射了药物之后，我心脏骤停没有呼吸了，是你进行心肺复苏把我救回来的？"邵栖吃了点饭开口问。

荣雪道："幸好张教授预计到了，一切设备仪器配备好才注射。这里医疗条件简陋，只临时准备怕来不及。"

邵栖斜眼看她，可惜她戴着护目镜和口罩，看不到表情："你有没有被吓到？"

荣雪道："我是医生。"

邵栖道："我好像听到你一直在叫我，是我做梦还是真的？"

荣雪轻笑了笑："是真的，我一直在叫你，幸好你还算听话，被我叫回来了。"她看了看他，"你现在感觉好些了吗？"

"胸口有点疼。"

"胸口？"

"幸好你是个女的，不然我的肋骨估计都断了。"

荣雪这才反应过来，他是说被胸外按压按疼了，她失笑："按了快个把小时，能不疼吗？"

邵栖重重舒了口气："我这算不算是已经死了一回？"

荣雪点头："所以你一定会好起来的。对了，除了胸口，其他地方还有哪些不舒服？"

"好像好一点了。"

"真的吗？"

邵栖点头："应该是药物见效了。"

471

荣雪道："之前张教授交代过，两个小时抽一次血，他要提取样本，对比病毒变化，看药物在人体内的作用。"

邵栖嗯了一声，看着她道："药物反应的原因我应该有点眉目了，你待会儿把张老师叫来，我和他老人家商量商量。如果血液检测确定药物有效，我应该可以继续注射治疗。"

荣雪知道他毕竟是病毒学方面的博士，师从张明生，临床比不过自己，但在科研这块儿肯定比她强。

这一夜谁都没有睡觉，荣雪跟着张明生在实验室做对比，确定随着时间推移，邵栖血液里的病毒活跃性在逐渐减小，也就意味着药物起作用了。但注射的剂量肯定是不足以消除病毒的，而药物反应太强烈，又不能继续注射。

邵栖和张明生讨论之后，开始做改良，然后小剂量注射，一旦有反应，再继续改进。

好在之后的注射，没再出现那么吓人的反应。

就这么过了四天，终于没有了药物反应，然后就直接吊了两瓶水。

又过了五天，张明生从实验室出来，几乎喜极而泣："好消息好消息！邵栖的血液检测已经呈阴性，没有再检出埃博拉病毒了。"

"真的吗？"虽然这几天邵栖一直在好转，但乍一听到这个消息，荣雪还是有点难以置信。

"是真的，再观察两天，就可以出院了。"

"我去把这个好消息告诉他。"

"去吧去吧。"张明生笑得见牙不见眼，"还是要穿防护服的。"

"知道。"

荣雪到了消毒室换上防护服，快速来到病区。

病房里每天都是消毒了的，所以进来之后，荣雪就把口罩和护目镜摘了。

邵栖下了床在活动身体，看到她的动作，吓了一跳："你干什么？"

荣雪道："张老师说你的血液检测呈阴性，已经没有病毒了。"

虽然邵栖已经确定自己活过来了，身体一天比一天好转。前天皮疹消失，肤色恢复了正常，昨天已经没有再发烧。但是听到检测呈阴性，他还

472

是很有些意外："确定？"

荣雪跑到他跟前，握住他的手臂："你是不是没什么不舒服的感觉了？"

邵栖点头："除了身体虚，其他没什么了。身体虚应该是躺久了的关系。"

"那就是了！不过张教授说你还得观察两天，然后就可以出院了。"

邵栖重重舒了口气，张开双手，想了想，又道："为了安全起见，你还是把护目镜和口罩戴上吧。"

荣雪笑了笑照做，然后走上前，和他紧紧拥住。

邵栖低声呢喃："荣雪，我没事了！"

"我知道！"

"我活过来了。"

"没错。"

过了片刻，邵栖又道："我收回之前的话。"

"什么话？"

"我说我没那么喜欢你，是因为追不到觉得没面子，所以才一直纠缠你。"

"是哦！一般来说，在生死面前说的话都是真的，俗话说人之将死其言也善。"

"我骗你的！"邵栖放开她，急了。

荣雪眨眨眼睛："但是我信了啊！而且你还说唐昊很好，我前两天遇到他，跟他说了这事，他说到时候转业了就去江城发展。"

"我去，你不是吧？我这人还没走茶就凉了，你要不要这么无情无义？"

荣雪难得露出一个坏笑："这是你自己说的，我照你话做而已。你继续在病房里待着吧，我走了，和唐昊约了一起吃饭的。"

邵栖横眉倒竖："你敢！等两天后我出院，看我怎么收拾你！"

荣雪朝他翻了个白眼，扬长而去。

邵栖气得牙齿差点咬碎，趴在床上开始练习俯卧撑，但是没做几个，就气喘吁吁倒下了，躺了十来天，深受病痛折磨，这会儿虚得跟林妹妹似的。

他翻身躺在床上，用力掌了几下嘴：我怎么就这么欠？装什么圣母玛利亚！我就应该说我死了你都得给我守寡，不然我化成鬼也不放过你。再说了，祸害遗千年，我就是一个祸害，怎么可能那么容易死？

哎！真是搬起石头砸自己脚！

肠子都悔青了。

回到办公室的荣雪，还是笑得乐不可支。

张明生第一次看到她这模样。在他的印象里，这个女孩子虽然年纪不大，但性格却非常稳重，甚至都有点一板一眼。这会儿笑得像个傻子，让他都觉得有点瘆得慌，但旋即想到她刚刚是见了邵栖，便恍然大悟。

男朋友刚刚从鬼门关走过来，她当然是很高兴的。

他自己也很高兴，带来的学生，终于能安安全全带回去了，也算是对家长，对学校都有个交代了。

"我正准备和邵栖父亲视频，给他报告好消息！"

荣雪点头："好哇好哇！"

她走到张明生身旁，屏幕里视频连接，邵父的脸很快出现在里面。

荣雪太激动，也不等两位长辈开口，直接道："邵叔叔，邵栖他没事了，治好了！"

"真的吗？"邵父睁大眼睛，难以置信。

"是真的！病房里没有网络，等后天他出院，再和你视频。"

"好的好的。"邵父抹着眼泪，抖着声音道，"真是太感谢你们了！我都不知道说什么才好！"

一个职场上的风云人物，此刻也不过是得知儿子从鬼门关走过来的普通父亲。

张明生笑着道："这次多亏了荣雪，之前试药的时候，邵栖出现严重的药物反应，心脏骤停，是荣雪在黄金时间内实施有效的心肺复苏，将他抢救了过来。"

邵父哽咽道："谢谢你了小雪，等你们回来，我做菜给你们接风洗尘。"

荣雪道："我答应你把邵栖带回来，不会食言的！"

"嗯，你是个好姑娘，难怪邵栖一直喜欢你，我等你们。"

吃过饭后，邵栖才想起来还没跟老爸联系。

好在邵父早就接到张明生的消息，知道自己儿子没事了。

在微信视频里看到邵栖，邵父高兴得嘴巴都合不拢："儿子，你什么

474

时候出院的？"

"上午就出院了。"

好吧，出院了也没第一时间跟他这个老爸说，果真是一点地位都没有啊。

邵栖虽然语气满不在乎，但看到他老爸短短十几天，几乎变了个人样，也是吓得一大跳："爸，你怎么了？怎么感觉一下老了好多，头发都白了？"

邵父笑呵呵道："我也是五十出头的人了，头发该白了。"

邵栖瘪瘪嘴："不会是因为我一夜白头吧？要不要这么夸张？跟演电视剧似的。"

邵父道："没有没有，就是自然衰老。"

嘴硬！

邵栖知道老爸疼自己才会这样，他再没心没肺，心里也很是不好受，可开口的语气还是很欠揍："老爸，你也说你都要老了，就赶紧和你那女朋友结婚吧，不然等人家反应过来，发觉你就是个糟老头子，不要你了，你后悔都来不及了。而且趁现在还能生个孩子，免得以后人家想要孩子，你也生不出来了。"

邵父试探问："你真不在意啊？"

"我都说多少次了，我早已经成年，你做什么不用管我，而且我以后也是要结婚生孩子的，没那么多工夫照顾你，你赶紧娶个老婆，我才更放心。你说说你都多大人了，还要我操这门子心。哎！"

别说是视频里的邵父，就是旁边的荣雪，都被他这语气逗得乐不可支。

邵父笑得不行："行吧，那到时候你回来，我带阿姨正式来拜见你这个家长。"

邵栖点头："也是，你娶老婆这种大事，我还是要过过目的，要是发觉她就是图你那点钱，我肯定是不同意的。"

这都什么父亲和儿子呀！

荣雪简直不知道说什么才好，大概就是在这种开明的环境下长大，所以邵栖才一直保持着那种难得的至纯至真。

邵父嗯了一声，又问："小雪是在你旁边吧？"

"嗯！"邵栖将手机放在荣雪跟前。

荣雪抬手打招呼："叔叔你好！"

邵父道："不用这么客气，马上就是一家人了！"

荣雪有点不好意思地笑了笑："等这边忙得差不多了，我们就回去。"

邵父点头："好好好！邵栖那臭小子给你添麻烦了。"

荣雪还没回答，邵栖已经把手机又挪回来，龇牙咧嘴："什么添麻烦？她是我媳妇儿！你的儿媳妇儿！有你这么说话的吗？"

邵父连连道："行行行，我错了。你赶紧忙完，把儿媳妇儿带回来给我正式见见。这都多少年了，我这个准公公都没和小雪好好聊过。"

"有什么好聊的，你要敢在她面前摆什么公公架子，我跟你没完。"

荣雪实在受不了，轻喝了一声："邵栖！你怎么这么跟你爸爸说话？"

邵栖不以为然："我这是先给他打个预防针，免得他为难你。"

邵父显然对儿子的这态度习以为常，乐呵呵笑道："没事没事，我听着呢。儿子交代的事，我肯定办到。"

结束了视频，荣雪一脸无语地看他："你还总抱怨你爸不关心你，我看你爸对你简直就是溺爱无度。"

邵栖道："他是疼我，但工作忙没空关心我也不假，要不是觉得亏欠我，他也不至于对我这么纵容。"看荣雪无语的表情，他挥挥手，"知道知道，我知道我有个世上最疼我的爹，行了吧，说得我好像多狼心狗肺一样。"

其实荣雪是挺高兴的，至少以后不用担心和他家人相处不好了。

白天睡了太多，晚上荣雪是没有睡意的。她洗了澡从浴室出来，就见邵栖在做伏地挺身。

她知道他喜欢运动，基本上属于少儿多动症类型，但这才刚刚出院就锻炼上了，也是让她有点无语。

"你躺了那么久，还有劲儿啊？"

邵栖从地上跳起来："那当然！"然后走到她跟前，单手将她抱起，"我还能举得起你呢！"

荣雪被他闹得直笑："好了好了！"

果然年轻就是好哇！

476

不过邵栖把她举了两下，将人放下来后，也有些喘气。

荣雪道："你就先好好休养几天吧，张教授准了假的。你都不知道你之前躺病床上的时候，都快脱相了。"

邵栖这才想起来，他之前洗澡的时候，照了下镜子，模样是有点不大好看，而且这已经是他恢复的样子了。之前最严重的时候，他可是都到了呕吐、起皮疹的阶段，虽然不知道是什么样子，但肯定是很吓人的。

病区那些病患是黑人都已经有些吓人，何况他是个黄种人，一丁点变化都会很明显。

想到这里，他脸色一变，紧张问："我之前是不是特别丑？"

荣雪道："谁还管丑啊帅的，就想你挺过去才是正事。"

"我不管，你赶紧把我之前的样子忘了，听到没？"

荣雪好笑："你都差点死了，还在乎这个？"

"我不在乎，但我不想你记得我那丑样子。"

荣雪哭笑不得："你变成什么样子，在我看来都是最帅的！"

"真的？"

荣雪点头："天下第一帅！"

邵栖一副翘起尾巴的样子："这还差不多。"

"张教授让我明天陪你，不用上班。白天睡了太多，现在也不困，咱们看个什么片子吧！"

邵栖不怀好意地笑着："什么片子？爱情动作片？你还有这个？"

荣雪白了他一眼："你能想点正常的吗？"

"我在外面正常就行，跟自己媳妇儿要个什么正常。"

荣雪笑着从柜子里找出一张碟片："这是朱雅给我留的一些影碟，还没看过，也不知道好不好看。"

荣雪将碟片放进小茶几上的笔记本电脑里，坐在邵栖身边。

邵栖歪头看她。

"干吗？"

"你这个人怎么这样？"

荣雪一头雾水："我怎么了？"

邵栖道："之前一进门就抱着我不撒手，现在挨都不挨我，我看你对我也就三分钟热度。"

荣雪哭笑不得："我这不是怕你热吗？"

邵栖哼了一声："快点！"

"什么啊？"

"抱着我！"

荣雪无语，但还是伸手将他抱住，靠在他怀里："不嫌热啊？"

"有电扇呢！"

电影是一部文艺片，邵栖没多大兴趣，看一会儿就心猿意马，但是摸到荣雪身上那两排搓衣板似的肋骨，又生生忍了下来。至少要等她缓两天再说，不然真怕把她给折断了。

两个人在宿舍腻歪了两天，就又去上班了。

虽然张明生研发的抗埃博拉药治好了邵栖，但毕竟他只能算个例，暂时也只能尝试着使用，师徒二人还得继续研究。

荣雪最担心的是邵栖之后会不会有后遗症。

当年"非典"后遗症是使用激素药的缘故，基本上已经知道源头。

但埃博拉不一样，这是几十年来爆发的第三次，可是因为治愈率很低，又是在非洲，并没有太详细的关于幸存者的统计情况。在诊疗中心的常规治疗中，肯定也使用了含激素的药物，包括邵栖开始的用药，不过并不算太多。

除了激素，她也担心张教授研发的药物，是否有后期的副作用。

这也是为何他们还不敢广泛生产使用该药物的缘故。

只有经过半年以上的临床观察，才能确定这药物是否可行。

邵栖现在是看不出有什么问题，但以后会不会出现问题，一切都还未知。

她还记得谢斯年常年承受的病痛。

她不希望这么精力旺盛的邵栖，得带着什么毛病过下半辈子。

但现在也急不了，只能慢慢观察。

邵栖和张明生去了实验室，办公室就只有荣雪一个人，正埋头看病程。窗口忽然冒出一个黑脑袋："荣医生！"

荣雪抬头："咦？唐连长！好久没见了！"

唐昊摸了摸脑袋，嘿嘿地笑："恭喜呀！"

478

她知道他说的是邵栖，于是点点头："谢谢！"

"邵栖呢？"

"去实验室了。"

"哦。"唐昊想了想，"我明天开始不来值勤了，有别的任务要做了，你们好好保重。"

"是要外出吗？"

唐昊点头："接到任务，要去雨林区修一座大桥，可能得出去很长一段时间。"

"那你要保重啊，现在埃博拉疫情还没控制住呢！"

唐昊点头："明白的！"

荣雪想了想，打开抽屉拿出几盒药递给他："这是腹泻、感冒之类的一些常备药，你带着吧，以防万一。"

唐昊接过去："谢谢啊！"

"干吗呢？"两人正聊着，邵栖进了办公室，"背着我私相授受，胆儿挺肥啊！"

荣雪转头瞪了他一眼。

唐昊见到他嘿嘿地笑："邵博士，恭喜你痊愈！"

邵栖挑挑眉，在座位上坐下，斜眼看着他："唐连长，你从实招来，我生病的时候，你有没有乘虚而入想挖我墙脚？"

他当然是在开玩笑，嘴角还挂着笑意，于是唐昊也难得逗他："不仅是你生病的时候，刚刚我也正和荣雪说，等我回国就去找她。"

荣雪笑眯眯附和："对啊！你生病的时候，说唐连长多好多好，以后转业了也是很有前途的，我都心动了！"

"真的啊？"唐昊故意做惊讶状，"想不到邵博士这么大度，我之前真是误会你了。你放心，我转业后的出路已经计划好了，肯定能给荣雪幸福的。"

邵栖气得脑仁直跳："我那是病糊涂了胡说八道，你们把一个病人的话当真，还有没有人性？"说着就要起身关窗赶人。

荣雪将他拍开，正色道："唐连长是来道别的，他要去雨林区修桥了，不知道什么时候回来，所以来跟咱们说一声。"

"咱们"两个字让邵栖脸色稍霁。

他板着脸道："现在疫情还挺猛的，你自己保重。"

唐昊哈哈大笑："你们也是，回来再见。"

邵栖嗯了一声："再见。"

唐昊挥挥手，转身走开。

他走了两步，邵栖忽然又大声道："唐连长，我说的是真的，你确实是个很好很好的人。"

荣雪有点惊讶他会说这种话，她可没忘记当年，他对谢斯年的态度。

哪知等唐昊转头朝他道谢时，他又补充："祝你早日找到老婆，别再觊觎别人媳妇儿了！不然会被打的。"

唐昊："……"

荣雪："……"

真是不能对他期望太高，还是很欠揍！"

直到唐昊彻底走了，她才踢了他一脚。

邵栖嗷嗷叫了两声，忽然又正色问道："如果我没来非洲遇到你，你是不是就可能和他在一起了？"

荣雪怔了一下，却也不想骗他："应该有可能吧。"虽然他一直在自己心里，但没有重逢的话，确实只是一段尘封的记忆了，她也确实没想过去找他。

而她总是要结婚生子的，唐昊确实是个不错的人选。

邵栖哼了一声，脸色垮下来："薄情寡义。"

好在他遇到她，还不算晚，要是再迟一会儿，黄花菜都凉了。

荣雪道："邵栖，即使你不愿承认，但我们之前确实是分手了啊！"

邵栖不满道："我那是被你甩了好不好？"顿了顿又道，"我跟你讲，你要是再敢甩掉我，我把你绑起来关在家里，哪里都不准去！"

荣雪失笑，然后又定定看着他："邵栖，你是不是一直觉得我没那么喜欢你？"

邵栖有点别扭地看了她一眼："难道不是吗？"

荣雪叹了口气："我以前也以为是，因为我觉得爱情这种东西，对我来说是奢侈品，所以不想也不敢投入太多。后来才知道，爱情是不是奢侈品我不管，但是你对我来说非常重要，是我在这个世上唯一的牵挂。"她顿了顿，才又继续，"你在病房里的时候，我甚至想过，如果你真的救不过来，那我活着也没什么意义了！"

邵栖震惊地看着她。

她不是一个喜欢说情话的人，只在他威逼利诱的时候，敷衍地说过几次，包括之前他上飞机前逃回来，她所说的很爱他，在他看来也只是为了哄他。

但现在不是，他知道她此刻说的每一个字都是真的。

他是她唯一的牵挂，是她活着的意义。

邵栖忽然有点诚惶诚恐，觉得自己好像有点担不起她这份爱了。

荣雪说完，发觉他表情有点不对劲，歪头笑道："你不会要哭了吧？"

邵栖噌地站起来，左手撑在桌面上，右手揽过她的头，狠狠吻上去。

这个吻来势汹汹，简直像是吃人一般。

"喀喀！"门口传来轻咳声。

邵栖这才如梦初醒一般，将人放开。

来人正是张明生。

邵栖反正脸皮厚，荣雪却恨不得钻进桌底下。虽然两个人的关系不是秘密，但在办公室干这种事，被抓现行，还是很尴尬的。

张明生笑着走进来："我拿了东西就走，你们继续！"说着从抽屉里拿出一个文件夹，然后真的飘走了。

走到门口，他又转头道："这两天没什么重要的工作，你们早点下班吧。"他抬头看了下时间，"快五点了，可以下班了！"

邵栖十分好意思道："谢谢张老师，那我和荣雪回宿舍了。"

"太丢人了！"出了诊疗中心，荣雪走得贼快。

邵栖在后面追着："有什么丢人的？张老师又不是不知道我们什么关系，不就接个吻吗？要是再做点别的，你还不挖个地洞把自己埋了？"

"反正很丢人！以后见到张教授都觉得尴尬。"

"他是我导师，我都没觉得，你怕什么？"

"那是你脸皮厚！"

"行行行，我脸皮厚。"邵栖见她脸颊通红，一点没有平日里从容淡定的样子，觉得十分好笑。忽然发觉其实她也就是个小女人，不过是被生活磨砺得被迫装成熟稳重而已。

虽然他年纪比她小，但他愿意看到这样的她。

481

想到刚刚她说的那些话，他心里头就要乐开花。

邵栖凑到她身边，拉起她的手："你刚刚说的话虽然我很爱听，但我也想说，生老病死是人生常态，谁也不能保证谁就长命百岁，以后要是再有这种情况发生，你一定不要有那样的想法，要好好活着，能记着我，我就很满足了。"

荣雪呸呸两声："你别乌鸦嘴了好吗？这回差点没命，再来一回，你扛过去了，我指不定扛不扛得过去。"她顿了顿，"你要为我好，以后就要好好照顾自己，不要让我担心。"

"那是必须的。"

回到宿舍，荣雪本就想随便做点吃的应付，但邵栖非要她手把手教他，愣是做出来一顿大餐。到底是有老师亲自指点，这顿饭还算差强人意。

荣雪在他的逼迫下，吃了两大碗饭，肚子都撑起来了。

用邵栖的话说，她身上两排搓衣板，让他硌得疼。

有了这句话，晚上上床的时候，邵栖想动手动脚，荣雪就有了借口。

"没事，我不嫌弃，我不嫌弃。"他休息了两天，精神已经恢复得差不多，加上今天她说那番话，实在是说到他的心坎里，今天怎么也得好好亲热的。

"你不说我跟饥饿儿童似的么，这你也下得了手？"

邵栖笑："我就是这么一说。"

他伸手摸了摸她："不过你得赶紧补回来，这么瘦可不行。"

荣雪还想逗他，故意不配合，但是他在这事上向来狡猾，很快就得逞了。

只是做了没多久，他忽然觉得身体有点不适，只得草草了事。

荣雪看出他的不对劲，忧心忡忡问："你怎么了？是不是哪里不舒服？"

邵栖叹了口气："我还是太高估自己，出院没两天，还是挺虚的。"

荣雪拍了他一下："让你好好休养几天，你以为你自己是超人？"

邵栖嬉皮笑脸道："我这不是饿得太久了吗？"

荣雪故意板着脸："你不是说过去几年你都修身养性吗？这才几天就受不了了？"

邵栖理直气壮道："就是因为修身养性太久，乍一开荤那肯定是刹不住的。"

"就你有理。"她看他脸色有点白，"到底哪里不舒服？就是虚吗？"

邵栖点头："嗯。"然后将她头一揽，关了灯，"睡吧。"

荣雪倒是睡了，邵栖却睡不着，想起上午在实验室，张老师说的话。

"激素的后遗症，以及新药的副作用，现在还未知，你自己要多注意身体，有什么不舒服马上进行检查，知道吗？"

他想到谢斯年，那样一个男人，却要拄着拐杖过完下辈子，生孩子好像也有点困难，只能做试管。

我去！

他一个年轻力壮的一夜七次郎，难不成也会遇到这种问题？

虽然两种病毒完全不同，治疗方法及所用药物也完全不一样，但都含有激素，而且张老师研发的新药，会有什么后期的副作用，现在还完全不知道。

邵栖很是郁闷。

本来还想，荣雪年纪到了，回去他们就考虑生孩子的事，现在看来，估计得延迟一段时间了。

也不知道她会不会难受。

好吧，她肯定是不会在意这种事的。

荣雪自是不知道邵栖在想什么，虽然她也担心他会不会有后遗症，但她这两天又仔细查了一下现有的数据，确实是有一些人在治愈后，身体在短期或者长期内，会出现不同程度的损害，但并不是常态。

而且就算是国内的"非典"，也并不是每个治愈者都有严重的后遗症。

所以，实际上她也没太担心。

她只是想着邵栖被病毒折磨了半个月，又用了那么多药，得赶紧给他调养调养，把身体养好。

隔日上班，邵栖跟着张明生在实验室对比血液样本，站在实验台前等待的时候，实在是有点无聊。

他想到昨晚的问题，隔着防护面罩，看了看自己老师，犹豫了片刻，问："张老师，你说我会不会真的留下什么严重的后遗症？"

张明生不答反问："你是感觉身体哪里不舒服吗？"

"也还好，就是运动的时候有些心慌气短，很虚。"

张明生转头透过面罩看了眼自己这得意门生，一脸的无语状："运动？你知不知道之前你的病毒已经发展到第二阶段，透过血液抵达过你的五脏六腑，就算对脏器伤害不算严重，也肯定有损害。你这才出院几天，就想跟平时一样可以剧烈运动了？你这是对你自己的身体素质多有自信？觉得自己是钢铁锻造的吗？"

邵栖道："我也是觉得自己好像没问题才……"

张明生打断他的话："年轻人，我知道你这个年纪火气旺，但身体是革命的本钱，你还是给我悠着点。"

邵栖有点尴尬，思忖片刻又问："那依据您的经验，我有可能会留下哪些后遗症？"

张明生道："我没经验，我只有现有不完全的统计，之前痊愈的埃博拉患者，确实有一部分人身体有损害，但并没有太统一的症状，而且你只用了三天的药，应该不用太担心。至于实验室研制出来的抗埃博拉新药，我现在还不能确定副作用，作为临床研究的例子，得有一个观察过程。"

邵栖哦了一声："这个我明白，我就是有点担心，老师，您说会不会影响生育啊？"

张明生看了他一眼，本来是想吐槽他的，但想了想，他这担心也不是没有可能，于是又正色道："邵栖，我现在什么都不能确定，只能说你担心的这种情况，也不是不可能。"顿了顿，又道，"不过你也不用太担心，这几个月，我会监测你的身体状况。一旦发现有什么问题，马上采取相应的治疗措施。"

邵栖点点头。

"而且你才多大年纪，就想着生孩子了？"

"那倒没有，就是未雨绸缪嘛！"

张明生轻笑着在他肩膀上拍了拍。

中午在酒店的餐厅吃饭，邵栖一如既往地打了一大盘子饭菜，只是心里有事儿，就没什么胃口。

荣雪吃完，他才吃了一半不到，完全不是他平时的作风。

"怎么了？是不是觉得不好吃？"

邵栖摇摇头。

荣雪见他脸色有点发白，还带着点病态，知道他是还没完全恢复。虽然他总是认为自己身体多好多好，可到底也只是血肉之躯，感染病毒那些天，又是发热腹痛，又是呕吐起皮疹的，身体再强壮的人，折腾那么几天，想要恢复元气，恐怕也不是一时半会儿能做到的。

想着餐厅的饭菜种类、味道确实都一般，荣雪便道："每天晚上回去，我给你做好吃的，好好补补。"

邵栖这才反应过来，笑道："这话不是应该我对你说的吗？你自己瘦得皮包骨似的。"

荣雪道："你出院这两天，我每天吃很多，已经长回来好几斤了。"

"是吗？"邵栖笑，"让我捏捏。"

荣雪将他的手打开："这是在餐厅，旁边都是人呢！"

邵栖不以为意："反正大家都认识咱俩，又不是不知道咱俩什么关系。"

荣雪从下面轻轻踢了他一脚："你再吃多点。"

邵栖哦了一声，埋头狠狠扒了几口饭，然后又鬼鬼祟祟地偷偷看她，被荣雪察觉，又赶紧垂下眼睛。

如此这般好几回，荣雪觉得他实在是有点奇怪，眉头微蹙："你是不是想和我说什么？"

邵栖摇头："没有。"

"那你偷偷看我干吗？"

邵栖抬头看向她："没有，我光明正大看呢！"

荣雪失笑："行吧，吃完了，咱们回办公室休息。这几天耽误了不少工作，还是要补起来的。整个诊疗中心都忙得团团转，就咱俩还挺悠闲。实验室的工作我能做的已经差不多了，过两天就去病区那边。"

邵栖有点失落地哦了一声："那岂不是上班要分开了？"

荣雪道："天天在一起，你不烦啊？"

"不烦啊！恨不得一天二十四小时都在一起呢！"

"等张教授的药正式通过临床试验，我们就得去下面的村镇义诊，发放药物，到时候还有的辛苦呢。"

邵栖默了片刻，好整以暇道："荣雪，等回国后，你要不然去疾控中心工作吧。疾控中心工作轻松点，我不想看到你这么辛苦了。"

荣雪笑："放心，国内的感染科和现在比起来，应该算非常非常轻松了，只要不是什么流感季节，比大部分科室都清闲！"说着拍拍他的手，"再说了，我不觉得辛苦，特别是现在，看到你好好地在我面前，每天我都觉得很高兴。"

邵栖挑了挑眉，面露笑意，得意洋洋道："那是，我可是你在这世上唯一的牵挂。"

荣雪看他那嘚瑟的样子，实在好笑，踢了他一下："赶紧再多吃点吧，平时能吃半斤饭，今天才吃多少！"

邵栖嘿嘿地笑，又埋头吭哧吭哧地吃饭。

傍晚荣雪还是准时下班，在非洲这两年她和朱雅一起住，虽然也时常自己做点吃的改善伙食，但这边的食材和国内相差很大，而工作又忙，所以做的通常都是些简单的东西。这次因为邵栖出院，她才特意提前一天去了中国城超市，采购了一大堆食材回来。

这两天邵栖在学着做饭，但他在这方面天赋有限，不能指望他一蹴而就。今天他还想撸袖子发光发热，被她赶了出去。

不过邵栖作为召之即来挥之不去的黏人物种，没多久就又跑了进来，站在她旁边看她干活，时不时帮点倒忙，幸好也没影响她的发挥。

她做了个鱼汤，还炒了三道色香味俱全的硬菜，以及一道爽口的时令蔬菜。

可哪知做完饭，已经天黑，然后又不幸地停电了。

这边停电停水是常有的事，荣雪早就习惯了，轻车熟路地拿出蜡烛点上。

"烛光晚餐啊！"邵栖在小餐桌旁坐下，笑嘻嘻道。

荣雪笑道："对了，你今年的生日我给忘了，今天正好补过。"

他生日是6月底，已经过了两个多月.。那时正是忙的时候，他没提，她也就忘了。

邵栖啊了一声："你不说我还真忘了。"

486

"没有蛋糕，就对着烛光许个愿吧。"

邵栖闭上眼睛，嘴里碎碎念了一会儿，复又睁开："好了。"

"许了什么愿？"

"说出来就不灵了。"

荣雪笑，其实不说她也猜得到，反正他的愿望里肯定有她。

烛光晚餐虽然看着浪漫，但没有电扇的非洲，实在是热得厉害，好在吃到一半电就来了。荣雪倒还好，邵栖一向是很怕热的，果然是满头大汗，荣雪看着就觉得好笑。

邵栖最喜欢吃她做的菜，所以很给面子地把几道菜吃光盘了，荣雪收拾的时候，他已经腆着肚子，坐在沙发上不能动弹。

荣雪摇摇头："又不是吃了这顿没下顿，你要不要这么夸张？"

邵栖道："那不行，你做的菜我一丁点都不想浪费。碗放着吧，我歇会儿洗。"

"行了，也没非让你做家务，你别总惦记着，有这份心就行了。"

"我这不是想洗刷我之前油瓶子倒了都不扶的恶劣形象吗？"

荣雪懒得跟他贫嘴，端着碗筷去了厨房。

等收拾完毕出来，邵栖已经拿着电脑在上网。

"今晚网络还行吧？"

"还行，我正收邮件呢。"说着他抬头看向她，"谢医生给我发邮件了。"

荣雪有点好奇地挑挑眉，走到他旁边坐下："他说什么了？"

邵栖道："他老人家马上要当爹了。"

"真的？"荣雪面露惊喜，然后又嗔道，"什么叫老人家？"

邵栖道："谢医生今年三十七了吧，奔四的人，都算老来得子了吧。"

他说得一本正经，既不是吐槽也不是开玩笑，对于他来说，这就是一个符合他年龄的认知。

荣雪本来想反诘他，但转而一想，邵栖才二十五岁，谢斯年对他来说，可以算作一个长辈了。实际上她自己二十出头的时候，也觉得三十岁就已经很可怕了，但转眼她已经奔三，好像也没觉得天塌下来，仍然觉得自己还年轻。

她暗自好笑，没在这个问题上纠结，看了眼邵栖，笑着问："什么时候生啊？"

邵栖回答："邮件里说预产期年底，若是我回了江城，请我去喝满月酒。"

荣雪笑："那你回他，等回国我和你一起去看他们家宝宝。"

邵栖噼里啪啦打了几行字回了过去，然后把电脑关掉，感叹道："之前都没听说过谢医生打算要孩子，怎么忽然就有了？"

"人家要不要孩子，还要给你报告一下啊？"

邵栖神色莫辨地看她一眼："小孩子有什么好的，烦死了！我一点都不喜欢。"

荣雪咦了一声："你之前不是说想要孩子的吗？"

"我那是随便一说，其实我一点都不喜欢孩子。我们两个人多好哇，要是有个孩子，肯定影响生活。"

荣雪一副深以为然的样子："我也觉得是。"

邵栖："……"

荣雪继续道："我之前还怕你一回国，就要我和你生孩子呢，听你这么说我算是放心了。"

邵栖眉头轻蹙，试探问："你真不喜欢小孩子？"

荣雪摇摇头："反正没什么特别大的渴望。"

邵栖喜笑颜开："太好了。"

荣雪笑着看了看他，沉默了片刻，将手覆在他的手臂上，柔声道："邵栖，我知道你在想什么，我相信不会有事的。"

邵栖脸上的笑容凝固下来："所以你刚刚是哄我的？"

荣雪失笑："当然不是，我确实对小孩子没什么概念，或者说我对家庭都没什么概念。对我来说，一个人行走了太久，有你在我身边比什么都重要。至于其他的，顶多是锦上添花。"

邵栖看着她良久，然后低下头，小声道："其实我还是有点喜欢小孩子的。"

荣雪轻笑出声："你说你身体这么好，又这么年轻，要不要这么杞人忧天啊？"

邵栖点头："你说的也是。"

"张教授交代了，让我每个星期给你抽一次血做检测，跟踪你的身体状况，基本上过了半年就能确定有没有问题。当然，在这期间，也要加强身体的锻炼和保养。”

“所以，不能经常做吗？”

荣雪拍了他一巴掌：“你就不能想点别的？你的脏器有一定的损害，必须得靠自身慢慢修复，确实要减少剧烈运动。”

“那我不剧烈不就行了？”

荣雪白了他一眼。

邵栖赶紧道：“行了，我明白了。”

邵栖有多明白，荣雪不知道，不过他确实对身体健康注意了很多，严格按照荣雪布置的作息表生活。

他知道自己看起来没什么问题，但身体内部到底状况如何，他却不太清楚，毕竟感染病毒的时候，脏器的损害是实打实的，不可能出了院就马上恢复。

这个国家的疫情终于开始减缓。张教授研制的药物用在临床治疗上，又治愈了几例病患，基本上可以在诊疗中心大胆应用了。

而诊疗中心除了收治这座城市的病人，也开始派人去到偏远的乡村义诊。

荣雪和邵栖作为最年轻的两名医生，自然要承担起这项任务。

而邵栖因为是埃博拉痊愈者，理论上对病毒已经产生抗体，不易再受感染，于是一些危险的地方，他都是打头阵者。

也许一开始邵栖跟着张明生来非洲，不过是因为好奇。

年轻人，总是好奇多过其他。

虽然他向来是天不怕地不怕的性子，但在死亡的阴影笼罩下，再胆大也畏惧退缩过，甚至产生过早早离开的念头，尤其是和荣雪复合后，恨不得马上带她离开这种鬼地方。

他自认不是那么伟大的人，并不想当什么救世主。

但是渐渐地融入这个环境之后，他不断看到有人在病毒折磨中无力地挣扎，看到医疗队那些有家庭有孩子的医生千里迢迢来这里，为了病患的一线生机而疲于奔命。

尤其是当自己也经历过一回死亡后，他忽然就多了一点使命感和责任感，而每救活一个病患，那种成就感，无以复加。

他的人生一直很顺遂，没有经历过真正的逆境，唯一的挫折，也不过就是他和荣雪的那段恋情。所以他"中二"的青春期就好像比别人漫长，哪怕是恋爱失败的打击看起来让他成长，其实也不过是浮于表面的成长。

直到这一次，与荣雪重逢，经历一场生死考验，他的成长才真正降临。

整整三个月下来，几乎每个星期都要下一个村庄义诊，风餐露宿，遭遇过毒虫、毒蚊子，也遇到过抢劫，好在都有惊无险，工作卓有成效。

虽然辛苦，但看到疫情慢慢得到控制，每个人都很开心。

尤其是在诊疗中心的时候，每天从病区走出去的痊愈者越来越多，而每天裹得严严实实用担架抬出去的尸体，则越来越少。

到年底的时候，首都的疫情已经大大缓解。

对于战斗在一线的医护人员来说，没有什么是比这个更值得高兴的了。

邵栖的身体在这几个月里很正常，没出现过什么反应，包括轻微受损的脏器，也已经恢复得差不多。

转眼间，这一年就在这种忙碌中过去了。

过年照旧是去维和部队驻地大联欢。医疗队大部分是军医，算起来也都是一家人了。

这小半年唐昊一直在外执行任务，不是修路就是造桥，荣雪一直没见到他。大年三十那天见了人，差点没认出来，因为至少又黑了好几个色度，基本上要和本地土著融为一体了。

跟着大家一起来的赵晓冉看到唐昊，笑得都停不下来："唐连长，我真担心你回国入境会被人怀疑呢？"

唐昊还是那副憨憨的样子，摸摸头，一本正经道："没关系的，我们回国是统一入境，不会被怀疑的。"

大家都被逗笑了。

轮到医疗队表演，自然又是这几个年轻人被推上去。

不过这回荣雪没什么好担心，因为有赵晓冉这个"人来疯"，直接拉着唐昊一块儿合唱，还非得唱情歌。底下的士兵起哄，她就更来劲，弄得唐昊的调从大西洋跑到了太平洋。好在他脸黑，不然恐怕早红成番茄了。

赵晓冉这番插科打诨当然做不得数，最后还是邵栖借了一把吉他跑上前献歌一曲，给医疗队找回了面子。

毕竟他当年也是玩过乐队的。

这是荣雪在非洲度过的第三个新年，也是她过得最快乐的一个新年，瘟疫的阴影已经慢慢散去，还有爱的人在身边。

这一年，她遭遇了极度的恐惧、辛劳和痛苦，但终于都要尘埃落定，最终变成她一生中意义非凡的经历。

回到宿舍，已经快到十二点。

荣雪拉着邵栖到窗口："马上有烟火！"

"非洲人也过春节？"邵栖奇怪问。

荣雪笑："非洲也有很多华人啊！"

她话音落下，果然见远处的天空中，升腾起大片的烟火。

新的一年到来了！

"哎呀，又老了一岁！"荣雪看着那漂亮的烟火，笑着感叹。

也是真得有些感叹了！

人人都说过了二十五之后，时间过得飞快。她深以为然，明明好像刚刚才从学校毕业，才刚刚来非洲，可转眼间已经奔三了。

真是可怕！

邵栖笑道："你才不老，你是永远的美少女。"

本来还想伤春悲秋的荣雪被他逗笑："你少来。"她思忖片刻，"对了，张教授下个月就要启程回国，你跟他一块儿回去吧。"

根据现在的状况，再过一个月，政府就会宣告疫情结束，张教授和这批救援队也就要回国了。

"你不走吗？"邵栖从后面抱着她，奇怪地问。

"医疗队走后，医院还有很多收尾工作要做，我准备和院长一起待到6月份再回去。"

"你不走，那我也不走。"

荣雪道："你是不是忘了你这个学期毕业？"

过去这半年，邵栖在这边，一边工作一边做论文，张明生正好给他指导，倒是没耽误。但毕竟条件有限，没有足够的资料，很多工作还是得回

491

去才能完成。

邵栖哼唧两声："可是我不想一个人回去。"

"邵栖！"荣雪转过身揽住他的脖子，"现在疫情已经控制住了，我一个人在这边没有任何问题，等忙完收尾和新人的交接工作，我马上就回去，也就比你迟两个月。"

邵栖想了想，不情不愿地答应："行吧。不过你要答应我的条件。"

"什么条件？"

"你说呢？"邵栖挑眉，坏笑着将她抱起来，往浴室走去。

这几个月他严格遵守张教授的话，很少做剧烈运动，憋了这么久，终于在除夕这晚憋了个大的。

无论是激素药还是张明生研发的抗埃博拉新药，似乎都没有在邵栖身上留下什么可见的副作用和后遗症。荣雪每个星期都给他做检查，几个月过去，连之前脏器的轻微损伤，也完全自我修复。

这大概就是年轻身体底子好的好处，他甚至也没怎么休养。实际上过去这段时间，他每天都忙得要命。可或许也正是因为太忙，他便渐渐忘了胡思乱想，虽然忙却情绪开阔，身体状态自然也就跟着好起来。

从浴室到卧室，折腾了快两个小时，荣雪累得只剩半口气，手指头都抬不起来。

邵栖却还是精神奕奕。

"有没有觉得我比以前更厉害了？"

荣雪有气无力道："你最厉害，天下第一猛男行了吧？你可别再来了，我真受不了了。"

邵栖笑："不是，我的意思是应该可以确定没有什么后遗症了吧？"

荣雪勉强睁开眼看他："目前各项指标都是正常的，张教授也说应该没问题。而且对其他治愈者的后续跟进，目前也没有发现什么明显的后遗症。"

邵栖点头："等我回国后，先去做一个婚前检查，确定精子质量没有问题，咱们就可以考虑生孩子的大事了。"

荣雪："……"

他才多大，就想着生孩子？她都还没打算呢。

邵栖凑到她脸侧："媳妇儿，你喜欢男孩还是女孩？"

荣雪翻了身背对他："谁是你媳妇儿，快睡觉！"

邵栖不以为意，从后面抱着她继续道："我觉得吧，还是女孩儿好，要是生了个男孩儿跟我一样，整天惹是生非，我可没我爸那好脾气！"

你还有自知之明啊！

"不过实在生了男孩也行，从小管严一点，谅他也上不了天！"

"要不然生两个好了，一男一女儿女双全，也有个伴儿。"

荣雪眼皮发沉，在他的絮絮叨叨中发出了沉沉的呼吸。

邵栖觉察，低头看了会儿她，刚刚美好的展望，让他心里软得跟水一般，羽毛拂过般轻轻吻了吻她的脸，这才伸手将灯关掉睡了。

一个月后，当地政府宣告埃博拉疫情结束，困扰了这块土地一年多的阴霾，终于散尽。

最后一支抗埃博拉援非医疗队也要启程回国了。

因为马上要分别一段时间，这一个月以来，邵栖黏人程度再创新高。工作的时候还好，一旦回了宿舍，连荣雪上厕所都只差要跟着。

荣雪看得出他对分别有一种强烈的焦虑感。如果不是因为他要回去准备毕业答辩，她也想他留在这里和自己一块儿回去。

然而每个人都有自己要做的事，他们虽然是密不可分的爱人，但首先也是独立的个体。

邵栖显然也已经明白这一点。

虽然头天晚上折腾到了大半夜，但出发的那天荣雪还是一早就爬起来，给他检了一遍行李，又做好早餐，才去叫他。

"快起来！待会儿要集合出发了。"

邵栖迷迷糊糊翻了个身，伸手将她的腰抱住，瓮声瓮气道："我不想走，我还是留在这里等你一块儿回去吧。"

荣雪哭笑不得："回去还得隔离二十一天呢，你不要毕业了，邵博士？"

邵栖龇牙咧嘴坐起来，头发乱作一团，垮着脸道："我怎么觉得你没有一点不舍得我啊？我不高兴。"

荣雪看着他这睡眼惺忪的样子，实在好笑，俯下脸在他唇上亲了亲："我两个月后就回去了，回去我们就真正地生活在一起，再也不分

493

开了。"

邵栖脸色稍霁，抬眼嘬嘴："再亲一下。"

于是荣雪又在他唇上吻了吻。

"回去是不是就结婚？"

"嗯。"

"那也行，我先回去一边准备答辩，一边准备结婚的事，你回来后就可以少操点心。"

荣雪笑："好哇！"

邵栖看着她道："你尽量早点回来，我们班好几对留在江城的，都说一毕业就结婚的，我得赶在他们前面。我大三开始可是年年绩点第一的人，这件事也必须拿第一。"

荣雪笑着拍了他一下："要不要这么争强好胜？快点起来！"

邵栖抱着她蹭了蹭，才不情不愿地下床，到了卫生间，刷牙刷到一半，又从门口冒出个脑袋道："我真不想回去了！"

荣雪白了他一眼："每天两次视频行了吧？"

"做爱吗？"

"邵栖！"

邵栖顶着一嘴泡沫，坏笑着缩了回去。

虽然舍不得，但邵栖到底也是有分寸的人。

如今已经到3月底，两个月后就是毕业答辩，他的论文虽然准备得差不多了，但还要找一大堆资料，在这边显然是不行的。加上从西非回国之后，还得隔离二十一天，时间紧迫，若果真推迟回去的话，就得延期毕业，别说他自己觉得麻烦，张教授也不会同意。

集合的时候，荣雪自然来送他。

去年邵栖到了机场为了爱情逃回来这件事，在医疗队早就人尽皆知。

看到两个人，一些年长的医生就笑着打趣："小邵，你待会儿不会又要跑回来吧？"

邵栖脸皮厚，只是笑着回道："不会不会，张老师会骂死我的。"

张明生白了他一眼："我不会骂你，我只会打死你！"

众人听得纷纷大笑。

荣雪被闹得面红耳赤，推了推他，低声道："你快去排好队！"

邵栖嗯了一声，众目睽睽之下，抱着她的头亲了一下，正要跟着队伍上大巴，却见唐昊气喘吁吁跑过来。

"邵栖，我来送你！"

邵栖看到这黑脸帅哥，面色一变："你不是去执行任务了吗？怎么回来了？"

唐昊道："提前结束，昨天就回来了。"

邵栖阴阳怪气道："什么时候回国啊？"

唐昊道："两个月后。"

两个月？还真巧啊！

邵栖假装若无其事地看了他一眼："是吗？"

唐昊笑道："你放心回去吧，这段时间只要我在驻地，会经常抽空出来帮你照顾荣雪的。"

"谁要你照顾了？我看你是贼心不死吧？"说完邵栖又啧了一声，"算了，你有空还是帮我照顾一下，她一个人在这里我还是有点不放心。"

荣雪："……"

她从来都是一个人好吗？

唐昊哈哈大笑："放心吧，荣雪都在这边三年了。等回国后，我去喝你们的喜酒。"

邵栖面色稍霁："欢迎欢迎。我认识很多漂亮的女孩子，到时候给你介绍几个。"

荣雪眉头一皱，看向他，阴阳怪气道："认识很多漂亮女孩子？"

邵栖赶紧道："不就是我们专业那些女生吗？还有好多单身的呢，心气儿都挺高的，我觉得唐连长这种肯定行。"

唐昊笑道："那就多谢了！"

"邵栖，快上车了！"上了车的张明生唤道。

"来了来了！"邵栖又捧着荣雪亲了一口，转身匆匆钻上车，坐在窗边的位置，他又贴在玻璃前，和她挥手。

荣雪忽然想起那年在家乡车站送他时，她答应了和他交往，也是这般分别的场景。

时光如梭，光阴变换，竟然已经过去了七八年。邵栖从一个少年，变成了一个男人。而她也从一个二十出头的女孩，到了奔三的年纪。

那个时候，她绝不会料到，兜兜转转这么多年，她最后还是和他在一起。

车子发动，荣雪挥手目送车内的邵栖离开，虽然有点不舍得，但更多的还是对未来的期待。

"邵栖挺有意思的。"一旁的唐昊笑道。

"挺幼稚的吧？"

唐昊却笑着摇摇头："他在你们医疗队的口碑很好。男人只有在喜欢的人面前才会毫无顾忌地幼稚，保留那颗赤子之心。"

荣雪笑："是吗？"

是吧，她在心里自问自答。

邵栖的成长她看在眼里，虽然在她面前仍旧孩子气，但却不再任性冲动，在过去的几个月里，他在这场没有硝烟的战争中的表现，简直让她刮目相看。

她与有荣焉。

6月初，荣雪在中非友好医院的工作正式结束，和同期的几名医生飞回了国，航班直飞帝都。因为是从西非回来，需要隔离二十一天，才能恢复自由。

她住在指定的酒店，每天和邵栖通电话时，这货总叫嚷着要买机票来看她，不过都被她强行镇压下去。

6月最后一天是邵栖的毕业典礼，而此时荣雪已经隔离二十天，和领导商量之后，批准她提前释放。

她坐的是凌晨的飞机，到江城机场的时候才三点多，天都是黑的，只能找了个位子将就着睡了几个小时，等到天一亮，就打车直奔学校。

机场离江大很远，打车也得一个小时，再赶上早高峰，那就更加缓慢了，七点多还堵在半路上。

每天邵栖这个时候都会打电话给她，今天也不例外。

"你要是早一天回来就好了，还能赶上我的毕业典礼。"他的声音还有些惆怅。

荣雪想给他一个惊喜，没告诉他自己已经提前飞了回来，她笑道："毕业典礼有什么好看的，我都没参加。"

邵栖哼了一声："你是为了躲我吧？"

这个还真是冤枉了荣雪，她那时因为正好赶上援非医生出发的时间，就错过了毕业典礼，连学位证书都是直接放在省一医的。

她笑了笑："反正我觉得也就那样吧。"

"我可是我们年级的优秀毕业生，要发表毕业演讲的。"

"真的？"

荣雪虽然知道在她离开后，他恢复了学霸模式，不然也不会被张明生挑中，而且还成为张大教授的得意门生。

荣雪赶到学校时，已经九点多，她将行李箱寄存在校园超市后，就匆匆赶去了毕业典礼举行的地方——综合体育馆。

江大的本科和研究生毕业典礼是分开的，但一届研究生加起来也有几千人，还有看热闹的家属和学弟学妹，体育馆里十分热闹。

荣雪到的时候，毕业典礼已经开始，每个学院的毕业生都整整齐齐坐在属于自己的方阵中。她一时没看到医学院在哪里，也不好四处穿梭去寻找，便找了个视野还算不错的空位坐下。

没有参加过毕业典礼的她，夹杂在穿着学位服的学弟学妹中，忽然有一种自己也正在经历毕业的感觉。

毕业典礼的流程很简单，奏国歌的仪式结束后，就是校长致辞。

其实每年校长的讲话都差不多，但此刻听着那些官方而煽情的言语，却也觉得十分动容。

荣雪看到旁边几个女孩子，已经双眼发红。

校长致辞结束后，便是学生代表发言。

几千个学生，上台发言的也就只有三个，邵栖是压轴的一个。

当主持人念到邵栖的名字并简短介绍时，荣雪心里竟然有种小鹿乱撞的感觉，甚至都不敢用力呼吸，只屏声静气看着那个自己生命里最重要的男孩走上演讲台。

他生得高大帅气，平日里有几分傲慢不羁，但此刻穿着博士学位服，便多了几分书卷气。

荣雪遥遥看着他，眼眶忍不住有些发热，笑着在心里自言自语道：人模狗样!

邵栖往话筒前一站,观众席上便响起热烈的掌声。

一个如此帅气的医学男博士,难免会吸引人的目光。

他跟之前两个学生代表不太一样,完全看不出半点紧张,整个人十分自然,也没拿演讲稿,一手扶着话筒,微微一笑,就开始了他的演讲。

"尊敬的老师,亲爱的同学们,大家好!我是来自医学院八年制临床专业的邵栖,很荣幸站在这里发表毕业感言。首先请允许我先感叹一句——老子终于毕业了!八年!整整八年!从十八岁到二十六岁,我最美好的年华,都献给了我们的江大。"

他夸张的语气,让观众席发出雷鸣般的掌声和笑声。

"好了,按照惯例,在这个时候,作为学长,我应该给学弟、学妹们一些忠告。嗯,三食堂的红烧排骨和酱牛肉是咱们学校食堂的招牌,但是每天卖得很快,想要买到,记住一定要赶在十二点和五点之前;图书馆二楼的自习室人比较少,靠窗的位置视野很好,学习累了一抬头就能看到外面的湖光山色;喜欢打球的男生注意了,如果东区的球场很难抢到,不妨试试家属院门口的那个小广场,你们知道的,老师都不怎么喜欢运动,所以一般都能遇到空场地。

"当然,作为一个官方盖章的优秀毕业生,连续五年拿一等奖学金,绩点全院第一的你们学长——我,关于学习方面的忠告,我还是要说两句。不管你考进你专业的初衷是什么,但既然进来了,如果没有转专业的打算,请务必好好学习,因为这件事不仅和你的前途有关,还和你的爱情息息相关。比如我,当初考进江大医学院,完全就是因为喜欢的女孩子在这里,是为了来追求她,所以在一开始的两年,一直抱着六十分万岁的态度对待学业,然而这种没有目标不尊重学业的生活方式,最终导致喜欢的人离开了我。而当我幡然醒悟,开始认真对待学业之后,我的爱情也随之回来了。当然,并不是说,热爱自己的专业,努力学习,是为了得到爱情,而是让我们成为更好的自己,成为自己喜欢的那种人,有梦想可追,也才值得被人喜欢。

"我还想对我们即将毕业的同学们说,从今往后,我们各奔东西,要开始单打独斗,面对光怪陆离的社会。在未来的世界,我们也许会遇到很多落差,与自己的预期背道而驰。但我们必须明白,大部分人也不过是普通人，而这个世界，正是由我们每个普通人构成，才会如此多姿多彩。也许我们不能成为富翁名流，但是没关系，只要热爱自己的工作，热爱你所选择的生活，并且不被生活所打败，那就没有枉费在这个世界走一遭。

"加油！我们在下个精彩的路口再见。"

他说得很简短，虽然有些不太正经，但也难得煽了点情。啼笑皆非，又笑中带泪。

演讲完毕，观众席响起雷鸣般的掌声。

荣雪也笑着用力拍手。

学生发言结束后，便进入到冗长的学位授予环节。观众席的毕业生排队上前，整个体育馆热闹非凡。

荣雪本来是想拿着手机去给邵栖拍照，但发觉摄影师还挺多，便没去凑热闹，自己先出了门。正好去缓解一下激动的情绪。

比起体育馆内，此时的外面很清静。

荣雪重重舒了口气，抬头时忽然看到前方小花坛处，有一道熟悉的身影。

她定睛一看，确定自己没认错人，疾步走过去："谢医生！"

拄着拐杖的谢斯年转头，脸上露出难以置信的惊喜："荣雪！"

距离上一次见面已经过去五年多，荣雪都差点以为自己认错了人。好在转过来的那张脸，确实是自己记忆里的谢斯年，而且他还叫了她的名字，让她确定没认错人。

荣雪看着面前的人，用邵栖的话说，谢斯年已经奔四了。比起他这个年龄的很多男人，他已经算是保养得很好了，没有谢顶，没有发福，穿着打扮十分体面，那张脸也依然英俊，但还是看得出一点年龄了。

那张脸上已经有了岁月留下的痕迹。

"你怎么在这里？"荣雪问。

谢斯年笑："老学长来围观今年的毕业典礼。你呢？我听邵栖说你后天才回来的。"

荣雪道："跟你一样，老学姐来围观毕业典礼。"

谢斯年失笑："你在我面前说什么老？来看邵栖的吧？"

荣雪点头："嗯，本来是想给他一个惊喜，不过人太多，还没见着面呢。"

两人正说着，一个推着婴儿车的女人走过来，叫了一声"斯年"，然后又歪头看向荣雪，不太确定地问："你是荣雪？"

荣雪转头看她，虽然这位赵医生，她在一医实习的时候并不熟悉，但因为在谢斯年的婚礼视频中见过，所以一眼就认出来了："赵医生！你好。"

赵瑜已经年过三十，但长得很漂亮，尤其有气质，和谢斯年站在一起，俨然一对璧人。

荣雪打完招呼，目光被婴儿车里那个白白胖胖的婴儿吸引，婴儿睁着一双乌溜溜的大眼睛，一脸好奇看向她，她笑着问："这是你们的宝宝？真可爱！男孩女孩？多大了？"

赵瑜将孩子抱出来，走到谢斯年旁边："男孩儿，刚刚满半岁。"

谢斯年在儿子脸颊亲了一口，脸上都是满足而温和的笑容，又抓着他的小胖手指向荣雪："谢小宝，这是荣雪阿姨！来给阿姨打招呼，说你好！"

半岁的小孩当然是不会说你好的，不过这孩子却是好奇而不认生的小朋友，看着荣雪咯咯直笑。

"你好哇！"荣雪对小孩子向来没有概念，但现在才知道大概是没怎么接触过吧，此刻看到这么一个白白胖胖的小可爱，顿时心都快融化了。

赵瑜笑道："听邵栖说过你们俩的事，总算是守得云开见月明了！"

听这语气，邵栖不仅跟谢斯年交往甚密，这是连人家老婆都熟了。

荣雪笑："他还说这个？"

赵瑜道："可不是吗？这次从非洲回来，每次来我们家蹭饭，十句有八句在说你。"

还蹭饭？！果然邵某人的脸皮够厚。

"他不会说我什么坏话吧？"

"怎么会？他就是天天盼你快回来。"

荣雪好笑地弯起嘴角。

赵瑜指着旁边不远处的长椅："要不然去那边坐坐？"

荣雪反应过来她是体贴谢斯年不能久站，赶紧点头："好哇！我正好等邵栖出来。"

三人走到长椅坐下，婴儿车就摆在中间，小婴孩睁着一双大眼睛，好奇地看着这个世界。

赵瑜道："听邵栖说你一毕业就去了西非，你一个女孩子真是胆大。"

荣雪笑："其实也还好，就是毕业的时候，正好赶上这么个机会，导师给推荐就去了。除了这回埃博拉比较凶险点，平时其实也还行。"

"是吗？"

谢斯年笑："是不是听她说得这么轻松你也动心了？我也是在非洲待过快一年的人，别人我是不知道，反正你过去肯定不出一个星期，就得打电话跟我哭诉。"

赵瑜笑着嗔道："我好歹也是拿手术刀的主治医生，有你说的这么弱吗？"

两个人都不算太年轻，但这样的打情骂俏，却看起来自然而然得让人羡慕。

荣雪笑了笑："那边条件确实不太好，尤其是吃的方面，很多人去了好久都不习惯的。"

赵瑜点点头："是吗？我这个人别的不怕，就是怕吃不好。那我还是不想了。"

谢斯年道："你还真想啊？就算舍得我，也舍不得儿子吧？"

赵瑜眉眼弯弯笑道："舍不得，都舍不得。"

荣雪感觉自己被这波秀恩爱虐了。

三个人正有一搭没一搭聊着天，赵瑜忽然咦了一声："那不是邵栖吗？"

荣雪随着她的视线看过去，一群穿着学位服的毕业生正从不远处说说笑笑经过，两个学生手里拿着单反，想必是要去拍照留念。

邵栖个子高，荣雪一眼就看到了他。

谢斯年道："我给他打电话。"说完，已经拿起手机拨了过去。

正和同学们往前走的邵栖听到手机响，停下脚步，拿起来接听。

"转身，看后面！"谢斯年笑着举起手。

邵栖转身，看到朝他挥手的男人，正要举起手回应他，忽然就看到谢

501

斯年旁边的旁边，笑盈盈看向他的那个女人。

"我去！"

"怎么了？"一旁的老付问。

"我媳妇儿来了！"

说完他也不多做解释，拔腿就跑。

荣雪笑着站起来，只是还没站定，邵栖就已经以百米冲刺的速度跑到她面前，一把将她抱起来。

"你怎么来了？"将人放下后，邵栖捧着她的脸，狠狠亲了两口，脸上都是难以置信的激动，"不是说后天才到吗？"

他夸张的反应，让荣雪脸色有些发红："你这个优秀毕业生，不是抱怨我不来参加你的毕业典礼，不看你发表毕业讲话吗？所以我就提前来了。"

邵栖目光灼灼地看着她，一丝一毫都不愿移开，笑得像个二傻子："这个惊喜我喜欢。"

说着又要捧着她亲，却被荣雪嗔着推开，低声道："都是人呢，回去再亲。"

邵栖嗯了一声，却还是在她唇上迅速啄了一下，才将人放开。

一旁的赵瑜笑着打趣："邵栖，盼了两个月终于把人盼回来了，以后来家里吃饭，总算不用听你一直念了。"

邵栖挑挑眉："谢医生要是出门几个月，只怕你做梦都念吧？"

赵瑜道："那也不会像你整天挂在嘴边。"

"我乐意！"邵栖抱着荣雪昂昂头。

看样子这俩人平时没少掐过。

谢斯年笑："行了，知道荣雪回来你开心！"

邵栖啧了一声："还是谢医生通情达理。"

刚刚那一群学生此时也跑了过来，跑在最前面的老付看到被邵栖揽着的荣雪，夸张地叫道："班长大人！这就是你在非洲找的媳妇儿？我瞅着怎么这么眼熟啊？"

邵栖没好气地在他脑袋瓜上拍了一巴掌："你眼瞎了吗？"

老付摸着脑袋嘿嘿笑："学姐好！邵栖说自己在非洲找了个媳妇儿，我还以为是非洲妹子呢，原来是你呀！"

说是这样说，但语气显然并不惊讶，完全就是戏谑玩笑的语气，大概是早就知道了。

荣雪想着也是，邵栖那种爱嘚瑟的性子，肯定早就在同学中间广而告之，何况毕业演讲都说了那么多。

"副班长大人，好久不见了！"她笑眯眯对老付道。

后面的学生也已经跑上来，女孩子认出荣雪，热情地凑上来拉着她："学姐，真的是你呀？"

快被挤出去的邵栖有点不爽地将荣雪拉开，挡在自己身后："差不多得了！这可是我老婆。"

众人一起嘘了一声。

荣雪被闹得有点脸红，看到老付脖子上挂着的相机，道："你们是要去拍照吧？那我在这里等你。"

"别啊！"邵栖拉着她的手，"一起去拍，你不是都没拍过毕业照吗？正好趁今天补上。"

"是啊是啊！学姐一块儿去拍吧！"大家热情地附和。

这是个好提议，荣雪没什么意见，转头朝谢斯年和赵瑜道："那我跟他们一块儿去拍照了，回头再联系，请你们吃饭。谢谢你们过去对邵栖的照顾。"

赵瑜笑："反正以后是同事，见面的机会多的是，你们去吧。"

邵栖道："以前总蹭你们的饭，现在我媳妇儿回来了，到时候让你们见识一下她的厨艺。"

赵瑜被他这嘚瑟样逗得哈哈大笑。

拍完照，已经过了十二点，邵栖率领浩浩荡荡的三十来个人，跑去校门外的餐厅吃饭。

毕业季，其实聚餐已经聚了好几轮，所谓的散伙饭前几天也吃过了。

但今天是毕业典礼，真真正正告别学生时代的日子，这顿才算是真正的散伙饭。

毕业典礼，毕业照，还有这顿散伙饭，荣雪这回算是把曾经错过的都补上了。

班上三十来个人，一半留在本市，一半去了别的城市。

大学四年对于一个人来说已经是浓墨重彩的一笔，何况他们还有八年情谊。好在对未来的憧憬，大过离别的惆怅，气氛还算轻松。

尤其是有老付这个善于插科打诨的话痨，简直热闹非凡。

对了，老付研究生主攻的是口腔科，用邵栖的话说，他对自己的人生定位十分精准。

吃完之后，每个人轮流发表临别感言，平日里不管是活泼外向的，还是内敛老实的学生，到了这种时候，说的每句话都特别真挚感人。

荣雪这种向来淡定的性子，也很是动容。

作为班长的邵栖，最后收尾。

他站起来："首先，我祝各位同学前程似锦，至于伤感的话，我就不多说了，我觉得也不用伤感，大家抬头不见低头见八年，估计心里其实都烦了。"

众人哄堂大笑。

老付拍着他的手臂道："班长大人，你瞎说什么大实话呢！"

邵栖也笑："虽然烦了，但我还是想说，非常庆幸能认识大家。你们是我青春里最可爱的人！"

"滚！"

邵栖等大家闹完，笑着继续道："所以今天在这里，在你们这些最可爱的人面前，我要完成我人生中一个很重要的仪式，也希望大家帮我做个见证。"

老付胸有成竹地哦了一声。

邵栖笑着朝他斜了一眼，从桌上拿起易拉罐，将上面的拉环扯下来，然后拉开椅子，单膝在荣雪面前跪下："小老师，班导，学姐，你愿意嫁给我吗？"

虽然易拉罐铁环很随便，但他的语气却认真无比。

周围的人笑着鼓掌起哄。

荣雪虽然也觉得好笑，但还是忍不住热泪盈眶，红着脸点头，将手伸上前，让他把铁环戴在自己无名指上。

邵栖起身，亲了亲她的唇，红着眼睛笑着将她紧紧抱在怀中。

他的青春始于一场肤浅的一见钟情，始于不自知的莽撞和迷茫。可因为追着她的脚步，自己脚下的路，也终于在跌跌撞撞中变得清晰。

他找到了她，也找到了自我。

青春散场，未来还长。

第十二章
温暖世俗的完满

一

"班长，出去通宵不？"

医学生学业非常繁重，尤其是到了大三。宿舍里难得聚齐，老付便组织大家出去打一晚游戏。

邵栖拿出两本书放入书包，淡声道："不去了！"

"我去！你又要去上自习？今儿都星期五了，要不要这么拼？"老付看着他的动作，夸张地叫道，"你说你这学霸模式开启得是不是太厉害了点？要不要给我们留条活路啊？"

邵栖笑道："万般皆下品，唯有读书高。"

老付嘴角抽了抽，他还是很了解邵栖的，虽然脸上笑着，但也看得出其中的落寞。

这几个月来，邵栖表面上和大家相处跟之前没什么区别，还是嘻嘻哈哈玩得开的样子，但整个人却变了很多。他每天准时上课，从来不迟到不早退，不抽烟不打游戏，也就偶尔和大家打打球，俨然一副五好青年的架势。

一个浑不吝的男生忽然变成五好青年，那肯定是不太正常的。

他虽然没说过他和荣学姐的事，但学姐忽然出国，而且显然没有和他联系，不是分手了才怪呢。

大学里分手真是再正常不过的事，老付自己这两年还分了两次手！他一开始也没觉得是多大的事，但看到邵栖的变化，才知道对别人不是大事的分手，在他这儿绝不是小事。

邵栖多喜欢学姐啊！明眼人一眼就能看出来。照他这架势，十有八九就是被甩了。

说起来，学姐也真是够狠心的，这么个帅哥说不要就不要了。

老付拍拍邵栖的肩膀，嬉皮笑脸道："班长，天涯何处无芳草，看开点看开点！"

邵栖笑："滚犊子！"

虽然是在笑，但也有种被人看穿的难堪，好在他不再是恼羞成怒的性子，假装云淡风轻地把这页揭了过去。

谢斯年那事发生后，荣雪说要冷静一下，整个暑假他也没敢找她，想着等回了学校慢慢再修补裂痕。

他想了很多，也意识到了自己的任性到底有多面目可憎。自惭形秽的同时，暗暗下定决心一定要改变。

可是开了学后，他没等到她回来，只等到她出国的消息，甚至连见他一面都没有。

他知道，她是彻底对他失望了。

他自己对自己也挺失望的。

两个人在一起的时间不算太长，但忽然恢复一个人的生活，邵栖才知道这种感觉真是糟透了。

只有沉浸在学习中，才能稍微排遣那种深深的孤独和挫败感。

11月底，江城的天气已经变得很冷。

从自习室出来，一阵寒风袭过，邵栖狠狠打了个寒战。他怕热不怕冷，到了冬天习惯只要风度不要温度，总是穿得不多，她经常让他多穿点衣服，他也没放在心上。

今晚出来他只穿了件衬衣和不怎么厚实的羽绒服，这会儿才觉得有点冷了。

该听她的话的。

天空不知何时飘起了雪花，星星点点，不算多，但也提醒着人们，这是今年冬天的初雪了。

邵栖拿出手机查了下英国的气温。他还没去过伦敦，听说冬天很阴冷，不知道她一个人在那边习不习惯？

他知道她的学校在哪里，之前甚至已经办好签证，准备去看她，但后来想了想，还是算了。

这学期结束，邵栖毫无意外地考了专业第一，成为当之无愧的学霸。他老爸问他要什么奖励。

邵栖想了两天："爸，你借给我点钱吧？我想买个东西。"

邵父看着儿子的成绩单，喜笑颜开："你要什么东西直接说呗，跟你老爸我客气什么？说吧，想买什么？电脑？还是运动产品？"

邵栖："我想买个房子。"

"……"邵父，"儿子，咱们家房子好几套，你怎么忽然想买房子？"

邵栖道："就是我之前在省一医那边租的公寓，我想买下来。放心吧，不是奖励，就是跟你借的钱，等我赚钱了还给你。"

他什么心思，邵父当然明白，哭笑不得道："咱父子俩说什么还不还的，我的还不是你的。"

"这个不一样，我肯定是要还的。"

五十多平方米的小公寓，那个时候也就几十万，对于邵父来说，不是什么大数目，而且他也知道儿子如今变得这么懂事，是因为恋情挫败。

有挫败才有成长，但邵父不希望成长的代价是失去快乐，所以尽可能满足他的要求。

那房子邵栖一直没退，时不时就会自己一个人去住一段时间。

房主本没打算卖房，不过他给出的价钱比市价高了不少，所以也就爽快地答应了。

房子买下后，除了过年两天，邵栖其他时间都住在小公寓里。

过了初七，各单位已经恢复正常工作。

他早上出门，路过省一医时，便看到谢斯年挂着一根拐杖，在一名女医生的搀扶下，慢慢朝医院大门走。

谢斯年住院的时候，邵栖看过他几次，后来他出院回家，他不知道他住哪里，也就没去了。

"谢医生！"邵栖走上前打招呼。

谢斯年转身看到他，露出一个和煦的笑容："你怎么在这里？"

邵栖道："我住这边啊！"

谢斯年点头，心下明了，也就没多问。

邵栖看向他的腿："你的腿怎么样？"

谢斯年笑："放心吧，骨折早就好了，是髋关节做了置换手术。"

邵栖有点愧疚地抿了抿嘴角："你现在在医院研究室吗？"

谢斯年道："是啊！很清闲，看看书做做研究，还不用像研究所里非得出成果。有空可以找我玩儿！"

邵栖点头。

谢斯年本是随口说说，他却是放在了心上。

开始是一个星期偶尔去一次，后来变成三天两头就去。

谢斯年人好相处，邵栖本身也是挺能交朋友的那种性格，两个人相差十几岁，竟然渐渐成了莫逆之交。

当然，两个人在一起，基本上都是讨论专业问题。

谢斯年单独在一个办公室，里面有各种医学著作和资料，如今邵栖全面开启学霸模式，对这些东西几乎如饥似渴。谢斯年作为前辈，当然乐见其成，也不吝指教。

邵栖没提起过荣雪。

谢斯年也就没问。

一对小情侣因为自己而分开，他心里其实也很过意不去，哪怕先前他一直有些为荣雪不值。但随着对邵栖的熟悉，他发觉这个男孩子的单纯赤诚，很难让人讨厌起来。

邵栖是打蛇随棍上的性子，谢斯年经常去骨科复查身体，有时候他会陪他一块儿，一来二去就认识了赵瑜。

赵瑜长得挺漂亮，就是总喜欢板着脸，对谢斯年说话十分不客气。

而且不管有没有人，都不给他面子。

有一回，赵瑜又开始板着脸训斥："我跟你说过，你这腿虽然做手术快三年，但也得好好保养，运动可以，游游泳什么的没问题，但你登山是个什么意思？想看自己多厉害吗？"

谢斯年笑嘻嘻道："我没登山啊！"

赵瑜道："没登山？朋友圈里发的图难道是盗别人的？"

谢斯年小声试探问："你看了我朋友圈？"

赵瑜还是没有什么表情："你发了不就是让人看的？"

"其实……"

赵瑜眼睛一瞪："你还想否认？"

邵栖实在听不下去，啧了一声："我说赵医生，谢医生虽然是你的病人，但也是你同事，比你级别还高，你这个态度有点不对吧？"

赵瑜冷笑一声："我还没说你呢，没看写着闲杂人员不得入内吗？你当这里是你家，回回不请自入？我这是脾气好，换别人早就叫保安将你赶出去了！"

邵栖像是听了什么笑话一般，干笑两声："你要说谢医生脾气好，我也就不说什么了，你这成天跟人欠你钱不还似的，还叫脾气好？那我就该叫天使了！"

谢斯年哭笑不得："你们两个别吵了，我周末确实是登了山，不过是开车上去的。"

"你还开车？"赵瑜更恼火了。

谢斯年指指邵栖："他开的。"

赵瑜脸色稍霁，又阴阳怪气道："他的车你也敢坐？下回想上山告诉我，我开车带你。"

邵栖还想反驳，可看到赵瑜那张冷脸里隐约藏着的羞赧，以及谢斯年嘴角弯起的笑意，忽然恍然大悟。

他真是个白痴呀！

于是他赶紧笑着道："正好正好，谢医生，下次登山叫赵医生送你。对了，你昨天说，就是这个周末吧？"

谢斯年笑着点头："嗯，秋天到了，赶上最后一波好风景，再过两个星期，就没什么看的了。"

邵栖怔了怔。

是啊！秋天又到了，这已经是第四个秋天，他都开始攻读博士了，而她离开了整整三年。

今年她毕业，本该回来了，可是却没有。

他可能真的已经失去她了！

到了周末，赵瑜开着车到谢斯年家小区门口接人时，却发觉除了谢斯年，旁边还跟着个邵栖。

邵栖假装没看到赵瑜脸上精彩纷呈的表情，笑嘻嘻拉开车门："谢医生，来，上车。"

谢斯年看了眼冷着脸的赵瑜，笑着道："我坐前面吧。"

邵栖故意道："后面宽敞，干吗坐前面？你是不是怕赵医生觉着我俩把她当司机了。没事没事，我坐前面就行。"

他非拉着谢斯年坐到后面，然后自己钻进了副驾驶座。

赵瑜恨得牙根痒，心道：若不是这小兔崽子比自己小几岁，她懒得跟他计较，她早一脚将他踹下车去。

邵栖其实也不是故意捣乱，就是有时候忍不住要贱。

到了山上，三人下车。

谢斯年的腿其实已经没什么大问题，但是做了手术后，受力比较差，得借着拐杖缓解，所以平日里走长路都会拄着拐杖。

车子并不能开到山顶，后面三分之一还是得靠步行，不过路途平坦，倒也不是什么大事。走到山顶后，谢斯年坐下，随口道："邵栖，你去买点饮料来。"

邵栖嗯了一声："你喝什么？"

"带汽儿的就行。"

邵栖又问："赵医生呢？"

赵瑜冷着脸道："不用了。"

谢斯年笑了笑："给赵医生买瓶蜂蜜柚子茶吧。"

赵瑜咦了一声："你怎么知道我喜欢喝柚子茶？"

谢斯年道："我看你办公桌总是放着这个。"

赵瑜想笑，又忍住，只淡淡哦了一声。

邵栖暗自啧了一声：人不可貌相，谢大医生把妹貌似还有两把刷子。

510

谢斯年在医院里很受女孩子欢迎，哪怕是他身体有点问题，也不妨碍各个科室的小护士和小医生，经常借着各种名义来找他，毕竟院草的名字不是白叫的。

但邵栖从来都是见他对人虽然礼貌，却始终保持着点距离，还想着这人就是个无趣的老正经。

可这次登山之后，没过多久，邵栖渐渐发觉谢斯年哪里是老正经，根本就是个老不正经。岂止是把妹有几把刷子，完全就是撩妹高手。

赵瑜这人吧，好像是对谢斯年有那么点意思，但性格很是傲娇。每次谢斯年去她那儿复诊，都是被她板着脸教训。

谢斯年则是清风和煦地笑，说什么便是什么。

邵栖还想着是这家伙脾气太好。

直到有一回，他又陪着谢斯年去复诊。他当时也没想谢斯年明明腿已经没什么大问题，为什么还要保持一两个星期就要去复诊一次的频率？

那次，邵栖坐在边上，看着赵瑜一本正经地给谢斯年检查腿，瞥了眼一旁的邵栖，面无表情问："他怎么老跟着你？不会是性取向有问题吧？"

邵栖哼了一声："放心，我喜欢女人。"

赵瑜道："那我怎么没见你跟女人在一起，反倒是天天跟着谢医生。"

谢斯年笑："他不老跟着我，可能就是别人跟着我了？"

赵瑜不解地看他："什么意思？"

谢斯年佯装清了清嗓子："有几个科室的女孩子挺热情的，对我的身体还挺关心，总说要陪我一块儿来复诊，不过有邵栖在，她们就没来了。"

赵瑜冷笑一声："谢大医生还挺受欢迎嘛！"

邵栖接话："那是！"

谢斯年道："也没有啊！我觉得赵医生就不大喜欢我！"

这语气还颇委屈。

赵瑜道："谁说我不喜欢你了？"

邵栖大笑："原来赵医生喜欢我们谢医生啊！"

赵瑜恼羞成怒："你胡说什么？给我滚出去！"

邵栖摇头晃脑起身："行，我出去，我出去。"然后就坏笑着离开了。

到门口时，邵栖听到谢斯年在后面道："他说什么你别放在心上，我知道你的意思。"

"你知道什么？"

"就是知道你喜欢我是什么意思呀！"

赵瑜道："什么意思？"

谢斯年笑："就是跟我的喜欢是一个意思，我也挺喜欢赵医生。"

赵瑜板着脸道："那你的喜欢是什么意思？"

"就是那个意思。"

赵瑜终于绷不住，笑了："什么什么意思？"

谢斯年话锋一转："我还以为你不会笑呢。"

赵瑜又板下脸："我是不会笑，那些钻你办公室的小姑娘最会笑了，你去看她们笑好了。"

"但是她们笑得都没你好看。"

站在门外的邵栖挑眉，啧啧了两声，姓谢的这老不正经的。

亏得当年他没对荣雪出手，不然还真是没他什么事了，想想还有点后怕呢。

当然，如今想也没什么用了。

站在门外的邵栖同学，忽然就有点怅然。

谢斯年和赵瑜好了之后，邵栖便成了一枚超大号的电灯泡。两个人约会时，他一个单身狗经常插一脚，吃饭也就算了，有时候看电影还要跟着。

赵瑜不是那种什么话都不好意思说的女孩子。何况她比邵栖大好几岁，实在称不上女孩子了，称一句女魔头还差不多。所以赶人这种事她从来不含糊。

"你是不是打光棍儿久了都变态了？当电灯泡就这么好玩儿？"

她隐约听谢斯年说过，这家伙是被女朋友甩了的。所以变态一说也不是她随口说的，是真这么觉得。哪有这个年纪，长得还这么帅的男孩子，不自己谈恋爱，天天跟着人家情侣混的？

邵栖对这种评价完全不在意，十分脸皮厚地道："我当灯泡照亮你俩前程还不满意？"

有时候，赵瑜看他单着，想发挥知心大姐姐的作用，给他介绍对象："邵栖，我们科室有两个小姑娘条件挺好的，想让我把你介绍给她们，你看要不要一起出来吃个饭。"

"我就喜欢当单身狗，汪汪！"

赵瑜："……"

不过赵瑜其实还挺喜欢这个弟弟的。

她和谢斯年都是一把年纪的男女了，谈恋爱自然和小年轻的那种热情如火不一样，邵栖三不五时地凑热闹，其实并不会真的影响两个人谈恋爱，反倒是多了些乐子。

她之所以经常和邵栖掐，其实也是图个乐子。

至于邵栖，也并不是真的多喜欢当电灯泡。他就是觉得看到两个人这种状态，自己也能跟着开心，而且主要是看到赵瑜那种母老虎被谢斯年哄得服服帖帖，就暗戳戳想偷点师。

他一直觉得自己在爱情里很主动，从来不吝于说情话，张口闭口就是爱来爱去的。

但看到谢斯年和赵瑜那种相处，才知道情话不是挂在嘴边的，也不需要那么直白。

说三分，留七分就最好不过。

谢斯年和赵瑜虽然年纪不小，但并非那种到了年纪必须要结婚了所以要找一个的心态。他们在一起确实是出自于对彼此的喜欢。

他们也和年轻人一样，有你侬我侬的亲密，不是那种你给我几分，我还你几分的自持和克制。

但作为两个成熟的男女，爱情并不是他们生活的中心，剥去两人之间的爱情，他们仍旧是优秀的个体，与对方没有关系。

这样的爱情润物无声，却足以长久。

邵栖从前总觉得，他那么喜欢荣雪，他要成为她的全部才对。

但其实谁都不会是谁的全部，能做对方锦布上的那团花，就已经足够完美。

到了第二年，谢斯年和赵瑜结婚，他是伴郎。

谢斯年性格一向低调，但这场婚礼却办得很隆重，用他的话说，这是对爱人的尊重。

婚礼非常完美。赵瑜那个母夜叉，也温柔地流下了眼泪。

抢捧花的时候，邵栖这个伴郎很不要脸地也凑上去，然后仗着身高优势成功抢到。

赵瑜很无语道："一个致力于当单身狗的人抢什么捧花？还不快给别人？"

邵栖抱着捧花不撒手："谁说我致力于当单身狗？我也想结婚的！"

赵瑜大笑，朝几个伴娘道："你们也别想着抢捧花了，这里有个想结婚的帅哥，你们赶紧来抢他吧。"

邵栖虽然十分低调地没抢新郎的风头，但这么个帅哥在这里，岂会不被人注意到？几个伴娘簇拥而上，他吓得赶紧抱着捧花落荒而逃。

嘴上说是要结婚，但邵栖一点动静都没有。

婚前还好，结了婚后，赵瑜已婚妇女那点看到人单身就发愁的毛病就上身了。每次邵栖来家里蹭饭，她都要问他个人问题。

然后邵栖就说正在找正在找。

可是又一年过去了，他一个帅哥学霸愣是没找着个女朋友。

赵瑜知道他心里有人。当初荣雪实习的时候，她已经在医院工作，虽然不熟，但也算认识。她印象中荣雪是一个长得不错，脾气很好，工作认真且无趣的女孩子，比她还无趣。

她实在想不出，邵栖能喜欢那样的女孩子。

可爱情这种事，本来就没有道理。

后来赵瑜问过他，是不是还在等着以前的女朋友？

邵栖笑了笑，没有回答。

应该是吧？

又或者不是等她，而是从来没真正觉得两个人就这么散了，所以不敢让别人踏入自己的领地。

因为他知道一旦如此，她就真的从自己的生命里消失了。

一想到这个，他感觉比孤独终老还可怕。

二

邵栖毕业后没有进医院，用他导师张明生的话，他这个人虽然很有天分，也能沉下心在实验室里搞研究，但若是在病房里面对病人，恐怕不是那么适合他的脾气。

邵栖自己也觉得他说的有道理，也就暂时进了病毒所博士后流动站做博士后，继续跟着张明生搞科研。

当然这都是下半年的事了。

荣雪回来后，去医院办了手续，因为她援非的经历，医院特意准许她9月份入职，相当于有了整整两个月的假期。说起来，过去那么多年，她几乎没有好好休息过，这个假期对她来说，可以说是弥足珍贵。

当然，对邵栖来说就更加珍贵了。

不过说是假期，其实也挺忙碌，因为婚期就定在8月，只有一个月时间准备。

荣雪其实不想这么急，偏偏邵栖急得很。

毕业那天吃过散伙饭，两个人一同回小公寓。邵栖说了自己的打算，荣雪就笑他："我快三十岁了也不急，你一个小年轻急什么？"

邵栖指着自己脑袋顶："我都急死了好不好？白头发都急出来了。"

荣雪还以为是真的，抬头一看，哪里有什么白头发，好笑地将他拍开。

邵栖笑嘻嘻抱住她："你真不急啊？"

荣雪想了想："其实也有点急的。"

邵栖大笑："明天我们去领证，然后准备婚礼。"

"好吧。"荣雪笑着看他，"不过我得回家一趟，去祭拜一下我爸和奶奶，婚事也要跟我妈和叔叔他们说一下。"

邵栖点头："没事，婚礼的事咱们把要求说好，让我爸和小妈去准备就行。我小妈专门做策划和展会的，这方面很在行。"

荣雪惊讶："你爸结婚了？"

"可不是吗？我回来没几天，老头子把小妈带回家一起吃了顿饭，我觉得那女的还行。老头子这么多年没结婚也都怪我，小时候我妈出国后，我就特怕我爸给我找个后妈，因为人家说有后妈就有后爸。所以连他谈恋爱我都不准，一旦听到消息说他身边有了女人，我每天就夺命连环call。他交过两个女朋友都被我闹跑了，后来起码五六年没找过女人，那会儿他才三十多岁，男人大好年华，天天当和尚。现在想想，我老爸虽然有钱又帅，但遇到我这么个熊孩子，也真是挺倒霉的。"说完还特别没同情心地哈哈大笑。

荣雪白了他一眼："那还不是因为你爸疼你，要是他把你丢给你妈，看你怎么作？"

想到邵父长得帅气，事业成功，脾气还好，就因为这么个熊儿子，耽误了这么多年，也真是怪可怜的。

邵栖点头："说的也是，我要是跟我妈出了国，我得疯。你都不知道我妈有多作，她年轻时候长得特别美，又是搞艺术的，整个一副恋爱脑，爱情大于一切的那种，成天把自己当小说女主角。我爸虽然长得帅，对感情专一，但他这个人没有半点浪漫因子，除了工作就是工作。然后有一天，我妈就觉得这样的生活没法过了，而且影响她的创作灵感，于是跟我爸离了婚，出国去寻找浪漫和灵感去了。还真让她给寻到了，找了个特别浪漫的洋老公，也没再要孩子，五十出头的人，三天两头就晒浪漫之旅和烛光晚餐。我都服了！"

荣雪之前还想着邵栖这作天作地的性子是被他爸惯出来的，敢情是遗传啊！

她忍不住笑出声。

"你别笑啊！结婚时我妈也会回来，到时候你可别被她吓到了。"

回到家里，邵栖眼见着时间还早，干脆不等了，拉着荣雪去民政局领证，说是毕业日和结婚日同一天，意义重大。

可怜荣雪一夜没怎么睡，还是跟着他跑去了民政局。

好在今天不是特殊日子，领证的人不多，赶在民政局下班前，两个人顺利地成了合法夫妻。

夫妻就是过日子的，过日子当然要自己做饭吃。

荣雪是没力气了，陪着他买完菜回到家，直接瘫在沙发上。邵栖自己去了厨房，然后非常争气地做出了色香味都达标的三菜一汤。

荣雪吃饭时，啧啧称奇："两个月不见，你竟然变成邵小厨了！神奇呀！"

邵栖得意地昂昂头："开玩笑，我可是新时代五好老公，连饭都做不好，怎么合格？"

荣雪被逗得笑出声。

邵栖看她笑，也扬起嘴角："其实吧，我是想着你一个职业女性，而且还是医生，以后忙的日子多着呢。我总不能像之前那样，等你加完班回来还要你做饭给我吧。你要加班累了回来，看到我做了饭等你，是不是就会觉得洗去一身疲惫了？"

荣雪故意做出吃惊状："我家邵栖真长大了啊！"

邵栖笑："没错，我是你家的，你也是我家的。"他说完忽然睁大眼睛夸张地叫起来，"天哪！咱们现在真的是一家人了？"

"傻了吧？"荣雪踢了他一脚。

"快快快，叫声老公听听，以前让你叫你都不叫，现在我可是你真老公了。"

荣雪看着他那傻样，心里头也泛着酸酸甜甜的暖意，然后笑眯眯叫了一声："老公。"

"老婆。"

"老公。"

"老婆。"

荣雪敲了他一下："快吃饭。"

"收到，老婆。"

吃了饭，邵栖还特别主动地洗了碗。

因为太累，两个人都早早洗漱。

荣雪回到卧室时，就见邵栖躺在床上，举着两本结婚证乐得合不拢嘴。

"干吗呢？"

邵栖笑嘻嘻地坐起身，往床头的墙上比画了下："我觉得应该裱起来挂在这里。"

荣雪白了他一眼："有毛病吧？"

邵栖哼了一声，将结婚证小心翼翼收好，放进床头柜下面的保险箱里。

荣雪无语："你什么时候买了保险箱？"

邵栖道："早就买了，就准备放这个。"锁好后，朝荣雪招手，"老婆，快过来！"

荣雪走过去，靠在他旁边："干吗？"

"咱们现在可是合法同居了。"

"所以呢？"

"所以就可以做爱做的事了。"

"你以前也没少做吧？"

邵栖嘿嘿笑了笑："今天不一样，今天是咱们的洞房花烛夜，春宵一刻值千金，我们不能浪费啊！"

荣雪指着自己的眼睛："你看看我是不是跟国宝差不多了，为了赶回来参加你的毕业典礼，一宿没睡知道吗？我这是快三十岁的女人了，熬夜伤不起的。"

邵栖抱着她亲了亲："老婆辛苦了！"

荣雪笑："那今天就别洞房了。"

邵栖将她压在身下："洞房还是要的，你躺着我动就行。"

对于邵栖很体贴地只象征性做了一次这件事，荣雪表示很满意，然后就躺在他怀里安然入睡了。

但没想到的是，邵栖的体贴是为了让她养精蓄锐，接受他接下来几天的无度索求。

反正也不用上班，除了出门买菜，两个人整整一个星期，哪里都没去，然后等到收拾行李回老家时，荣雪两条腿走路姿势都变了。

而邵栖就一个感觉——持证办事就是爽！

多年未见，叔叔、婶婶看到荣雪带着邵栖回家，非常热情地招待了两个人，知道两人结婚，也很是高兴。

虽然当年婶婶有些做法，让荣雪心凉，但平心而论，叔叔、婶婶对她已经算非常不错。天底下失职的父母都那么多，何况不是至亲的亲人？

她在家里待了两天，带着邵栖祭拜了爸爸和奶奶。

两个她生命中最重要的亲人，看到她如今有了归宿，想必在天之灵也安心了。

然后她又带着邵栖去隔壁镇，看了一回多年未见的母亲，告诉她自己的婚讯。

在小镇妇女眼中，如今的荣雪已经算是非常有出息了。母亲看到她很高兴，但那高兴中总带着点小心翼翼。

荣雪知道，这种小心翼翼叫生疏。

其实她又何尝不是？

缺失了就是缺失了，好在她已经不需要母爱。

她因为缺爱所以从小性格凉薄，但现在已经被邵栖完全填补。

荣雪在婚礼前三天，见到了自己那位传说中的婆婆。

以前她觉得邵栖长得像他爸，见了邵母，才知道长得更像妈。

邵母五十出头，但保养得实在太好，看着四十岁都不到，而且因为长得漂亮，气质好，又擅长打扮，走出去简直就像个电影明星。

她现任丈夫因为是老外，身材也保持得不错，所以也看不出年纪，据说还挺有钱。

在酒店大堂等到人时，邵母一看到儿子，就飞奔上来，狠狠抱着邵栖，在他脑门上亲了两口："宝贝，好久不见，想死妈妈了！"

邵栖一脸无语地退后两步："得了，你想不想我，我还不知道。"

他接过行李，带着人上楼去房间。

邵母笑着拉住自己儿子的手臂："妈妈真的很想你。哎呀，在我心里，你还是小孩子，没想到一转眼就要结婚了。"然后夸张地捧住脸，"天哪，我真的老了！"

邵栖那位洋后爸走过来，搂着老婆道："亲爱的，你在我心里永远是初见时那么年轻漂亮。"然后又朝邵栖打招呼，用蹩脚的中文道，"Seven，好久不见了，祝你新婚快乐！"

邵栖皮笑肉不笑呵呵两声："妈，别肉麻了，赶紧回正题，我老婆荣雪你们还没认识呢！"

站在邵栖后面的荣雪，已经被他妈的画风惊到了，笑着道："阿姨好！"

邵栖纠正她："什么阿姨，是老妈！"

邵母不乐意了："是妈妈，不是老妈！"又上前拉住荣雪的手，笑道，"其实叫我关姐也行，这是你Anson叔叔。"

"关姐你好，Anson叔叔好。"

到了酒店房间后，邵母从包里拿出一个包装好的盒子："来来来，这是给儿媳妇的见面礼，不知道你喜不喜欢？"

荣雪接过来打开，却是一条非常名贵的项链。

她有些犹豫地看向邵栖，邵栖却是不以为意："我妈这方面品位一向还不错，你就收下吧。"

其实到昨天，荣雪才知道邵母是一位蜚声海外的画家。

她这个外行都听说过名字的那种。

当然，这并不重要。

因为邵栖显然很受不了他老妈，几个人聊了一会儿，他就拉着自己老婆跑了。

三天后的婚礼，比荣雪想象的还要隆重。

因为邵家是本地人，邵父也算是有点身份的人，酒席订了整整一百桌，好在不算奢华，就是非常典型的中国式婚礼。

接亲、迎亲、吃酒，热闹又喜庆。

荣雪本来以为自己对仪式的东西没什么兴趣，甚至婚礼的一切都是按邵栖计划的来，自己就是配合他而已。

但在宣誓交换戒指的那一刻，她还是感动得流下了眼泪。

当然主要还是被邵栖给感染的。

用伴郎老付的话说，长这么大第一次见到新郎结婚时哭成狗的。

三

9月份开始，荣雪正式上班，邵栖进了病毒所的博士后流动站做博士后，各有各的忙碌，但相对来说，邵栖的时间要自由很多。

因为有三年援非和抗埃博拉经历，进了省一医之后，荣雪直接升了副高，这在她意料之中，也在意料之外。

在省一医甚至整个医疗系统，二十九岁的副高，已经非常难得，何况还是个女性。

当然，副高的代价就是比想象中更忙了。

相对没那么忙的邵栖，兑现了之前所说的话，回家早又遇到荣雪加班的话，他就会在家做好饭等她回来，虽然做菜的手艺，只能算得上差强人意，但荣雪已经非常满足了。

想当初这货，可是每天等着自己下班投喂的主，如今能自己动手丰衣足食，外加顺便投喂她，简直就是意外收获。

因为就住在医院附近，邵栖没事的时候，会经常接荣雪下班。

比起五六年前，他的模样成熟了太多，不再是当年那个帅气的大男孩，而是一个真正的男人。也不知是不是读书读多了，竟然还多出了几分温润的书卷气，身上那浑不吝的气质似乎被完美隐藏起来。

荣雪同事见到他，没有一个不在她面前夸赞的，再没有"姐弟恋"、"小男生"这种词语出现。

其实三岁的差距，本来就没有那么明显。

当年的荣雪走得太急，所以才显得两人相差太大。但人一旦走到了一个阶段，就会停下来，姗姗来迟的邵栖便追上她了。

当然，也就只有荣雪知道，邵栖这家伙在外看着人模狗样还挺成熟，在家里其实还是以前那老样子，虽然不至于作天作地，但撒娇耍赖是少不了的。

三天两头还是得让她给顺毛。

省一医的待遇不错，即使在这个大城市里，荣雪也不用再为金钱担忧。这种用自己这么多年的努力换来的所得，也许比不上那些高薪金领和有钱人，但总归是让人踏实的。

有工作，有家庭，不再需要对未来惶恐不安，荣雪对这样的生活已经非常满足了。

回来的第一个新年，是和邵栖家人过的。

邵父的妻子叫陈敏，比邵父小了二十岁，但其实也有三十出头了。邵父保养得不错，五十来岁的人，没发福也没秃顶，加上高大帅气，大概就是传说中的帅大叔，和妻子站在一起并不违和。

过年的时候，陈敏已经怀胎五个月，年夜饭都是邵父忙进忙出准备。

他之前没有吹嘘，他做的菜确实好吃，简直能赶上大厨水准，邵栖在这一点上遗传不算太好。

吃饭的时候，邵栖口无遮拦地开他老爸的玩笑："爸，没想到你还挺厉害的！这结婚没几个月，小妈就怀上了，真不像年过半百的老头子能干出的事。"

邵父没好气在他头上敲了一下："都结婚的人了，说话怎么还这么不着调？"

荣雪忍不住轻笑。

邵栖道："我这不是替你高兴吗？小妈嫁给你一个半老头子多亏啊，幸好还能生个孩子。"然后叹了一声，"也不知是女孩还是男孩？"

陈敏对他调侃似的叫自己小妈已经习以为常。当初她就是看上丈夫的成熟稳重，又温柔和善，说话做事总能面面俱到。她虽然已经不算年轻，但知道他没有结婚的打算，想着也没关系，只要能跟他在一起就好了。

后来他终于提出结婚，她别提有多高兴了。

知道他有个特别宠溺的儿子，开始还担心会不被接受，怕对方以为自己是图钱，她甚至主动提出财产公证。

后来见了邵栖她才知道，原来结婚这事还是他建议的，而且这家伙意外地好相处。因为对这个比自己小不了多少的继子来说，除了自己老婆，其他什么事都不是大事。

她听着邵栖这样问，笑着开口："最好是个女孩吧。听你爸说，你小时候可调皮了，差点没折腾坏他，他都怕了，要是再来个男孩子，不知道能不能吃得消。"

邵栖揽着他爸的肩膀，笑道："爸，话虽这样说，但是比起那些从小折腾到大，二三十岁还要父母操心的孩子，我是不是算个好儿子？你看我这几年，学习、工作、结婚，一件都没让你操心吧？"

邵父大笑："还真是。你虽然小时候调皮了点，但成绩一直很好，十几岁到现在就没让我操过心，如今又本本分分做研究，早早找了个好媳妇。想想我一同事的儿子，如今快三十的人了，工作换了好几个，没一个做下来，还天天啃老，女朋友换得比衣服都勤。这样一对比，你老爸我这辈子也值了。"说着又话锋一转，"要是小敏给我生个女儿，那我这辈子

522

就完满了。"

邵栖一想到自己要有个小二十几岁的弟弟或者妹妹，就觉得好笑，朝荣雪道："咱们也赶紧生一个，两个孩子还能有个伴儿。"

荣雪脑补了一下叔侄或者姑侄差不多大的画面，也忍俊不禁："你下个学期还得去美国交流半年呢！"

说到这个，邵栖就有点不爽了："张老师也真是的，干吗让我出去交流，我可是有老婆的人，又不是光棍儿。"

荣雪道："去国外交流是好事，你本硕博包括博士后都是在一个学校读的，某些方面会局限你的思维和研究方法，出去多见识见识，对你的研究肯定有好处。"

邵父认同地点头："小雪说得对，是要多出去看看。以前让你留学你不愿意，现在出去个半年你就忍忍吧。"

邵栖叹一声点头："也只能这样了。老婆现在都是副高了，我要不努把力，又被落下了。"

荣雪笑："放心吧，你出点成果，博士后出站肯定也是副教授级别了，而且才二十八岁，比我厉害多了。"

邵栖得意地点点头："也是，而且指不定我比你要先评上正高。"

这倒不假，荣雪的副高算是援非三年换来的。省一医人才济济，每年正高的名额就那么几个，一大票人都等着，有资历有背景的人多的是，她不知道还要等多少年。不过她做医生并不是为了评职称，所以晋升什么的也就没什么好在意的。

这个新年，对于荣雪来说意义重大。她有家了，终于不再是一个人了。

不过等从邵家回到小公寓，邵栖就开始因为不想出国交流，各种胡搅蛮缠，黏人大法更上一层楼。

一天二十四小时腻在一块儿还不打紧，时不时就要抱着亲亲啃啃，大白天也经常啃到床上去。

当然，没到床上也不影响，毕竟做那种事也不是一定要在床上。

总之别人每逢佳节胖三斤，荣雪觉得自己这个新年估计瘦了不止三斤。好在她春节经常要去值班，才算逃过此劫。

过了正月十五，邵栖启程出发，前天晚上毫无意外地缠到半夜，幸而不是早上的航班，不然荣雪觉得两个人还真爬不起来。

到了机场安检处，邵栖又开始哼唧："哎呀，我不去了算了！"

荣雪没好气地白了他一眼："说什么胡话呢，赶紧去排队。"

邵栖抱着她："那你亲我一下。"

"这是公众场合。"

"就亲一下。"

荣雪踮脚在他唇上蜻蜓点水般碰了碰："好了吗？快去排队。"

邵栖又抱着她，埋在她脖颈处哼唧两声："那你每天都要想我。"

"那是肯定的。"

"要是有男人请你吃饭，不准出去。"

"单独请吃饭肯定不会去。"荣雪在他手上掐了把，"别光说我，你也是，要是知道你和女生出去，我饶不了你。"

邵栖嘿嘿笑："我要和女生出去，也不会告诉你。"

"你试试看！"

邵栖摇头晃脑地笑，小声道："美国那么多大波妹，指不定我真受不住诱惑。"

荣雪阴恻恻地笑了一声，一字一句道："你、试、试、看！"

邵栖见势不对，赶紧笑着去排队。

荣雪站在后面，一直看着他过了安检，等他转身朝自己挥手，才转身离开。

两人其实才结婚半年，但邵栖一走，荣雪就觉得特别不习惯。之前她还觉得没什么好黏糊的，现在恨不得一有空就视频，偏偏因为有时差，也只有上午和晚上才能视频。

也就半年的时间，其实眨眼就过，荣雪却深刻体会了什么叫度日如年。

过了一个月后，荣雪本来准时的例假迟到了。

她是个医生，在这种事上当然比较警惕。过年那会儿，邵栖要得勤，有时候就懒得做措施，说有了孩子最好。

荣雪马上就要三十岁，对孩子这种事抱着顺其自然的心态，所以也就顺着他。

但此时想到肚子里可能已经有了一个正在发芽的小生命，还是忍不住激动起来。

隔日早上，她赶紧去医院检查，果不其然是怀了孕。

她本想马上把这个好消息分享给邵栖，但转念一想，以他的性格，只怕是会马上飞回来，于是暂时打消了这个念头。

她是独立惯了的，而且医院和家就只有十来分钟的距离，很是方便，这一瞒就是瞒了几个月。

有一天，两个人视频时，邵栖忽然道："哎，老婆，我怎么看你脸好像变胖了，我不在这几个月你小日子过得不错啊！"

确实过得还不错。

虽然她没告诉邵栖怀孕的事，但上个月去看望生产了的陈敏时，被邵父和陈敏看了出来，每天让家里的阿姨给她做营养餐送到上班的地方，天天补着，不胖才怪。

对了，邵栖他爸如愿生了个女儿。

据说陈敏生产那天，邵父紧张得要命，在产房外一直祈祷着是女儿是女儿，还真让他心想事成，乐得嘴巴几天都没合上。

可见从前他被熊儿子折磨出了多严重的后遗症。

荣雪对着视频笑道："那是当然，每天都有帅哥约我出去吃大餐呢！"

邵栖大怒："你好大的胆子！我在这里不仅天天受导师的折磨，还时不时地遭受我妈的荼毒，你竟然给我红杏出墙！"

荣雪想了想，觉得再瞒着他怀孕的事，实在是有点过分了，于是笑着将视频移到肚子前方："是啊！天天吃大餐，肚子都变大了。"

她这会儿怀孕四个月，肚子已经很明显。

邵栖看着那本来平坦的肚皮，微微凸起，一时也没反应过来，还真以为是吃胖了，在那头哇哇大叫："你太过分了！"

荣雪把手机移上来，笑眯眯对着镜头。

邵栖看着她的笑脸，忽然怔住："你再让我看看你的肚子！"

"有什么好看的？马上就要成肥婆了。"

邵栖在那头大吼一声，手机画面晃了两下，稳定下来后，邵栖一张激动的脸快要贴在镜头上："真的吗？为什么现在才告诉我？"

"我怕你马上跑回来，影响工作。"

"不行！我马上回去，看我怎么收拾你。"

荣雪怀孕的反应不是太强烈，如今四个月更是进入了能吃能睡阶段，隔日睡到了快中午才睁眼，还是听到开门的声音才醒的。

她以为是张姨来给她送饭了。

当初邵父知道儿媳妇怀孕，就让张姨来照顾她，盛情难却，荣雪便把备用钥匙给了张姨。

她揉了揉眼睛，拿起床头的手表一看，才十一点，好像有点早。

"张姨，今天怎么这么早？我都还没起来呢！"

外头却没有回应，只有窸窸窣窣好像放什么东西的声音。

她心下奇怪，又唤了一声："张姨！"

声音刚落，就听卧室的门被大力推开，几个月没见的人，忽然风风火火闯了进来。

荣雪大惊："你怎么就回来了？！"

虽然知道他肯定会跑回来，但昨晚才告诉他，这才十几个小时，也太快了一点吧！

邵栖一夜没睡，但整个人精神奕奕，咧着一张笑脸，往床上一扑，抱着她的脸啃了几下："我昨天挂了电话就买了票，幸好晚上有一趟直达的航班。"说完就掀开被子，脑袋往下面钻，"快让我看看我儿子，不，女儿。"

他钻到被子下，撩开荣雪的睡衣，狠狠亲了两口。

荣雪被他弄得痒，捶了他两拳："你轻点。"

邵栖闷在被子里傻笑，小心翼翼摸摸她刚刚凸起的肚皮，过了半晌才钻出来，靠在她旁边躺着，又伸手揽过她的头："你说说四个月才告诉我，还当不当我是你孩子爸了，该怎么惩罚你？"

荣雪大笑："我这不是怕你一听就跑回来吗？而且你刚去，估计导师都还没混熟，要是这么跑回来，不是丢咱们中国人的脸吗？"

邵栖道："放心吧，我在那边混得挺好的，导师可喜欢我了，还想把

526

女儿介绍给我呢，我说我结婚了，他可失落了哈哈哈……"

荣雪白他一眼："瞧给你得意的。"

邵栖稍稍正色："我也就苦中作乐一下。你都不知道，在那边天天关在实验室，差点没憋死我，要不是每天跟你视频那几十分钟，我早撑不下去跑回来了。真不知道受那门子苦是为何，在江大八年，从来没那么苦过。"

荣雪道："所以说要跳出原本的环境多看看，你就是在家门口安逸惯了。"

邵栖点头："说的也是。我感觉这几个月，比之前一两年的收获还多。"

"那你还跑回来？"

"我要当爸爸了，还不回来看看老婆孩子，我还是人吗？"

荣雪笑着拍他一下："行了，快起来吧！张姨应该快送饭来了。"

邵栖扶着她起床，被荣雪推开，笑道："我这是怀孕又不是半身不遂。"

"我也真是服了你，怀孕都不跟老公说一声，偷偷摸摸怀了四个月。我昨晚在飞机上一宿没睡，想到这几个月你一个人，也没人照顾你，万一有个什么事，我哭都没地方哭。"

"能有什么事？我上班走路过去十分钟，每天张姨都给我送饭，打扫洗衣也都是她在做，我就从来没这么轻松过。"

"怀孕前期不是都有妊娠反应吗？你一个人住在家里，要是难受都没人照顾，你不难过我还心疼呢。"

荣雪笑："每个人妊娠反应强度不一样，我就吐了两天，没什么不舒服的。"

"那你去孕检的时候，人家都是老公陪着，你一个人去，不觉得失落啊？"

"有什么失落的？妇产科的医生好多都认识呢。"

邵栖翻了个白眼："行，你牛！看来我这个老公就是可有可无的。"

荣雪大笑："你没听老一辈的人总说怀孕的时候还上山下地干重活吗？怀孕真没那么夸张。"

邵栖嘁了一声："我妈还说她怀我的时候，上下楼都要我爸抱呢！"

527

荣雪道："那你小妈让抱了吗？"

邵栖噎了下："那不是我爸老了抱不动吗？"

荣雪无语："你别整天你爸老不老的，人家也是刚当爸的，年轻得很。对了，你看了你妹没有？"

邵栖用力点头："天天视频呢！刚开始可丑了，不过越长越开，现在真是太可爱了，咱们待会儿去看她。"

不用回邵家，两个人刚刚洗漱完毕，门铃就响了。

跟着送饭的张姨一块儿来的，还有邵父和他妻子陈敏，以及刚刚满月的妹妹邵淼淼。

昨晚和荣雪结束通话后，邵栖就打了个电话把他爸骂了一顿，说他有女儿忘儿子，竟然和荣雪一块儿瞒着他马上当爹的事。

知子莫若父，邵父猜到这小子肯定要连夜飞回来，于是带着刚出月子的妻子，一块儿来了公寓，果不其然见到了自己这倒霉儿子。

当然邵栖早就忘了对老爸的谴责，看到婴儿车里的妹妹，乐得见牙不见眼。

一个月的婴儿，小小的一团，眼睛都睁不开，要说多好看，那是扯淡。但邵栖见过自己妹妹刚出生时的丑样，觉得现下已经是小天使，抱着舍不得撒手。

婴儿骨头还软着，陈敏怕他一个男孩子毛手毛脚，别提多担心，不过看他抱在手臂中小心翼翼的样子，还有那么几分像样。

其实邵栖在家里看着不着调，但因为所学专业的关系，早已经养成小心谨慎的习惯，哪里还会毛手毛脚。

不过对于他这么喜欢小孩子，荣雪其实还是有些意外的，毕竟在她看来，即使如今的邵栖为人处世已经算得上成熟，但骨子里还是有着小孩子心性。

而且在她的概念里，这个年纪的男人，想要小孩的真不多。谁不想自由自在，多潇洒两年？

下午老邵夫妇告别时，小邵同学还舍不得自己妹妹，推着婴儿车一直送上车才依依不舍回家。

回到家后，就抱着荣雪摸着她的肚皮，开始一脸傻笑地畅想自己当爹的情形。

荣雪都无语了。

邵栖在家待了两天，美国那边的导师打电话过来催他赶紧回去，他不得不哭唧唧返程。

因为归心似箭，他回了实验室，化身科研狂人，没日没夜地工作，本来两个月才能结项的课题，直接被他一个半月搞定，惊得对方导师赞赏有加，还邀请他做自己的科研助手，留在美国一起研究新课题。

邵栖笑嘻嘻拒绝，义正词严说要回去报效祖国，然后乐颠颠收拾行李飞回了家。

弄得那大牛教授很是没面子。

当然，如果知道他是回家陪怀孕的老婆，等儿子出生，那教授估计更加无语。

没错，三个多月后，荣雪和邵栖的孩子出生，是个儿子。

邵栖回来后，开始承担起照顾孕妇的任务。

那时荣雪已经怀孕六个月，肚子大得像塞了一颗篮球。

她怀孕前体重九十斤，这会儿已经直接一百二十斤了，哪怕她坚持锻炼，行动也已经不是那么方便。

虽然家到医院，只有不到十分钟的距离，但好歹隔了一段马路，又是一段非常繁忙的马路，邵栖每天早送晚接才放心。而且一有时间，他就跑到医院看她。但凡荣雪出门有个事，他必然跟着。

荣雪怀孕之后心态一直很平和，也很少失眠紧张，孕期综合征一点没有，倒是邵栖整天神经兮兮，失眠、紧张、焦虑一样没落下，头发掉得比荣雪这个孕妇还厉害。

荣雪一个孕妇，还得安抚他，说起来就觉得好笑。

"我这不是第一次当爹，没经验吗？"

"谁不是呢？"

"主要是吧，我看了好多产科医学案例给吓的。"

"你少看点乱七八糟的行吗？"

"我跟你说，要是你生孩子有个什么三长两短，我肯定也活不下

529

去了。"

"你就不能盼点好的？"

"我就是担心。"

"滚！"

当然，生产那天，荣雪没什么三长两短，就是觉得自己身体素质不错，胎位也挺好，就坚持顺产了。

这一坚持就坚持了大半天，等孩子生出来，等在产房外的邵栖，直接瘫软在地，差点昏了过去，还是婴儿的第一声啼哭把他给唤醒的。

虽然在产房外等老婆生孩子的表现引得一众护士大笑，不过邵栖这个新手老爸接下来的表现还是非常合格的。

照顾老婆尽心尽力，抱孩子、给孩子洗澡，也都十分专业。

医生和护士见惯了那种第一次当爹，什么都干不好的男人，尤其是年轻男人，看到这么个帅哥能做到这样，没有不啧啧赞叹的。

小护士每次来看荣雪，都会羡慕道："荣医生，你老公真是厉害，照顾孩子比我们还专业。"

荣雪笑："还好还好！"

她心道：你是没看到，孩子还没生的时候，那货买了个洋娃娃天天照着视频练手呢！

然而生活从来都是理想很丰满，现实很骨感。

邵栖自认已经完全做好了当个好爸爸的准备，也觉得自己一定能做一个耐心和蔼的全能奶爸。

但是孩子不到半个月，他的耐心就要消磨殆尽。

原因无他，邵荣荣小朋友，天生就是一个特别能折腾的主。

比如哭起来没完没了，嗓门能震破天花板，好在房子隔音还算差强人意，不然不知道要被投诉多少次。

比如到了晚上十二点就特精神。

而且他折腾还分对象，被妈妈抱的时候，基本上还算是个乖宝宝，可一旦老爸带他，各种幺蛾子就来了。

比如喂奶粉时，喝着喝着，忽然就一口喷到他爸脸上。

530

邵栖一度以为他是不舒服，吐奶，跑去医院一检查，一切正常，就是吐着玩儿，而且只吐老爸，妈妈喂的时候，咕噜咕噜喝得别提多乖。

到了长牙的时候，更不得了，只要邵栖带着他玩儿，冷不防就会被熊儿子扑上来咬一口。

等能爬了，若是家里只剩父子俩人，好家伙，一转眼就能爬得不见人影儿，常常让邵栖找出一脑门汗才找到。而且各种危险动作，邵荣荣小朋友信手拈来，有一次竟然爬到了衣柜顶上。

至于如何爬上去的？始终是邵荣荣小朋友成长史上的一段未解之谜。

总之不到两岁，邵荣荣小魔头的风格已经初见雏形。

可怜博士还加了个后的邵栖每天跟个小豆丁斗智斗勇，还屡屡落下风。

至此，他致力于做一个温柔和蔼的五好奶爸的美好理想，彻底宣告终结。

四

邵栖博士后出站后在张明生的建议下，留在了病毒所。比起荣雪来，工作还是轻松很多，最重要是不用朝九晚五地去上班，在家里陪孩子的时间，反倒比荣雪这个妈要多很多。

然而并没什么用。

常言说儿女债儿女债，他觉得自己家那个小兔崽子就是来讨债的，而且只跟他讨。父子俩在一块儿，他这个当爹的次次都要被折腾得够呛。

有时候邵栖气得不行，真恨不得拎起来揍他一顿。

可到底是舍不得，平日里孩子摔一跤，他都跟着疼，每回手扬起来，看到那么小小的一个孩子，眉眼还和荣雪有七分相似，最终还是下不了手。

在这事上，荣雪就要比他果断多了，打手板，打屁股，一点都不留情。

听到小家伙被妈妈揍哭，邵栖还会没出息地心疼。

他自己当了爸爸，算是真正地体会到当年他老爸的痛苦了，作为一个养了个熊儿子，却从来没跟儿子动过手的父亲，除了爱没有别的解释。

邵栖舍不得揍儿子，又实在受不了儿子在他跟前淘气，久而久之就习惯性跟荣雪告状。

"老婆，你看你儿子又玩水玩得满身都是了！

"老婆，你看你儿子又乱拉臭臭！"

"老婆，你看你儿子又欺负你老公了！"

……

于是每次告状成功，看着邵荣荣小朋友被老妈拎出来揍得哇哇直叫时，邵栖便在旁边，一面心疼一面幸灾乐祸。

虽然和儿子八字不合，好在邵栖有个特别可爱的小妹妹。邵淼淼漂亮又乖巧，说话的小奶声能萌出人一脸血，邵栖每次被儿子虐出一脸老血后，都要回家和妹妹玩一会儿，才能满血复活。

荣雪也喜欢邵栖这个小妹妹，虽然自家儿子在自己面前还算听话，但毕竟是个熊儿子，哪里比得上小姑娘可爱。

有时候夫妇俩就会把邵淼淼接到家里住，但也不敢住太久，一来是小姑娘会想爸爸妈妈，二来怕邵荣荣这个小魔头把小姑姑带坏，毕竟有过一次邵荣荣带着邵淼淼一块儿折腾邵栖的先例。

邵荣荣比他小姑姑邵淼淼小了八个月，他上幼儿园小班的时候，邵淼淼已经上中班。

不过幼儿园从来不以年纪论英雄，等邵荣荣到中班，已经是幼儿园一霸，妥妥的扛把子，还天天跑到邵淼淼班上给他小姑姑撑场子。

因为邵淼淼是个软萌萌的小姑娘，深得小男孩们的喜欢，小男孩喜欢的方式通常就是欺负。不过自从邵荣荣称霸幼儿园后，谁也不敢再欺负邵淼淼了。

最近邵荣荣去小姑姑班上更勤了，因为他看上了邵淼淼班上的一个小姑娘。小姑娘叫周忆云，长得可漂亮了，笑起来眼睛弯弯的，还有两个小酒窝。

邵荣荣去小姑姑班上，就是为了看人家小姑娘。可是淼淼和忆云很快就要幼儿园毕业上小学了，邵荣荣想到这个就很忧伤。

更忧伤的是，爸爸这个告状精最近告状更加厉害了。他本来藏了好几次糖果，想偷偷带到幼儿园给云云吃，可是都被爸爸发现，还向妈妈打小报告，害得糖果被妈妈没收不说，还挨了两顿揍。因为妈妈说他长了蛀牙，不能再吃糖果了。

他又不是自己吃，是送给云云的。

真是气死他了。

哎！他怎么有这么个告状精爸爸？

这日，邵荣荣小朋友终于成功藏了两颗糖在枕头下，成功躲过爸爸对他的书包搜索，然后成功将糖果带到了幼儿园。

中午吃饭的时候，邵荣荣偷偷跑到大班。本来两颗糖都想给云云的，但是看着小姑姑眨巴着眼睛，他还是分了一颗孝敬她，毕竟她是长辈嘛。

两个小姑娘心满意足地吃着他给的糖果，邵荣荣小朋友心满意足地吞着口水。

等两人吃完，邵荣荣才笑眯眯道："淼淼，云云，今天放学了，我请你们去幼儿园旁边那家甜品店吃冰激凌。"说着还从口袋里掏出一大把硬币，足有二十几块，"我有钱，可以吃好多好多。"

小忆云要毕业了，邵荣荣觉得自己该为小姑娘做点什么，留点纪念。

邵淼淼向来是听这个侄子的话的，口齿不清地点头："好哇好哇！"

小忆云却皱了皱眉头："是我们自己去吃吗？"

邵荣荣道："当然，要是有大人在，肯定不让我们多吃。我们都已经不是三岁小孩了，自己的事要自己做主。"

小忆云又道："可是爸爸会来接我，不会让我跟着你去吃冰激凌的。"

邵荣荣笑道："所以我们要偷偷去。"

他这几天都观察好了，周爸爸和自己那个告状精爸爸认识。好几次两个爸爸来接孩子，都会聊一会儿。只要趁爸爸们聊天的时候，偷偷离开，肯定能成功。

幼儿园对接孩子管得很严，都是拿着牌子对照后，一个一个放行。

因为小孩子放学早，荣雪除非调休，不然很少能亲自接孩子，好在两个孩子在同一个幼儿园，邵家父子和陈敏三个人，基本上轮流着来，也不用假保姆阿姨之手。

这几天邵栖不太忙，接孩子的事就被他承包了。

好巧不巧，每次他接孩子的时候，都会遇到当年江大的一个学长。

那学长叫周煜，比他高两届，是计算机学院的，据说是他们学院的什么头牌。两人只是打过几次球，勉强算是认识。

在学校的时候，邵栖对这位学长没什么好感，主要是基于一个学霸对学渣的藐视。虽然当时邵栖自己也就是个六十分万岁的主，但毕竟入校时是全省十几名，而且也没渣到像周煜那样天天挂科。

然后就是打球上的一点纠纷。

邵栖每次打球都是场上焦点，一来是球打得好，二来是长得帅，深受女孩子爱戴。但若是对上周煜，感觉风头会被分走至少一半，而且这家伙特别喜欢耍酷，他看了就觉得不爽，好几次想找茬儿来着，不过都没找到机会。

除了一次在职工宿舍那边，为了争球场差点打一架。不过最后周煜让了他，说是懒得和学弟争。

邵栖心想，那货肯定还是怕他。为此他还得意了一阵。

后来周煜上了大四，邵栖就没见过他了，只听说发表了一篇很牛的论文，去了斯坦福，在学校轰动了好一阵子。

时隔多年，没想到是在幼儿园门口重逢。一开始他还没认出周煜，连着遇到好多天才确定。

也就是见到当年的学长，邵栖才真正意识到时光飞逝。

青葱少年时代，仿佛还在昨天，可转眼，少年们都已经当爹了。

当年在球场上意气风发的学长，如今也成了步入中年的男人。

因为妹妹淼淼和周学长家的女儿在一个班，本来认出来周煜后，邵栖也只是不咸不淡打声招呼，但是连着好多天，一起在外头等孩子放学，两个爸爸聊起孩子，竟然十分有共同语言，不知不觉就熟悉了。

这日放学，被老师放出来的邵淼淼和周忆云手拉手，跟两只小鸟似的，朝邵栖和周煜跑过来，一个冲过去叫"哥哥"，一个冲过去叫"爸爸"。

邵栖摸着小丫头的脑袋："还没叫周叔叔呢。"

邵淼淼抬头甜甜地朝周煜道："帅帅的周叔叔好。"

周煜被逗得大笑："你好！"

周忆云小朋友也甜甜地朝邵栖叫道："邵叔叔好！"

邵栖笑着逗她："为什么不叫帅帅的邵叔叔啊？"

小忆云看了看他，又看了看自己爸爸："我觉得我爸爸比较帅。"

邵淼淼一听不干了："我哥哥帅！"

两个小家伙正争论着，邵荣荣小朋友也被放了出来，跟个小牛犊似的冲向邵栖，大嗓门能震破人耳膜："爸爸！"

邵栖被撞得退后两步，揉了揉他的耳朵："我说儿子，你能不能别这么粗鲁？！以后没女孩子喜欢的。"

邵荣荣偷偷看了眼小忆云，放低声音，乖巧道："爸爸，我知道了。"

邵栖嘿了一声，低头看向自己儿子：什么时候这么听他老子的话了？

两个男人牵着三个孩子，朝停车场走去。

走了几步，邵荣荣就一直冲他老爸另一边的邵淼淼眨眼睛。

邵淼淼会意，走到对面的露天停车场时，忽然跑到周煜旁边，拉着周忆云的手："周叔叔，我想和云云玩一会儿！"

小忆云也点头，眼巴巴看向爸爸："我也想和淼淼玩一会儿再回家。"

周煜看向邵栖，邵栖耸耸肩："行吧，你们就在这里玩。"

两个男人靠车边聊天，三个小家伙就在边上玩起来。

邵荣荣拿出书包里的溜溜球，给两个小姑娘表演花式玩法。

三个孩子天真的笑声一直没停，两个大人也就没去打扰孩子的世界。

过了没多久，邵荣荣手上的溜溜球，忽然滚落在地，往邵栖的车子后面滚去。

邵荣荣赶紧噌噌噌地跑去捡，两个小姑娘也跟上他。

邵栖和周煜没在意，过了两分钟，三个小孩子还没从后面冒出来，邵栖才叫了一声："邵荣荣，你在后面干吗呢？"

可是没有人回答。

两个男人神色一震，急匆匆走到车尾，可哪里还有三个小家伙的影子？两人又唤了两声，还是没有回应。

两人吓得不轻，赶紧分头去找，可在停车场找了个遍，还是没看到。

三个小孩，两个五岁一个四岁，随便就能被人拎走。

两人跑到入口保安处去问。

那保安笑着道："两个女孩一个男孩？"

"没错！"面无血色的邵栖点头。

保安道："刚刚才出去呢。我还拦下问了，那小男孩说是爸爸就在外面等着，去找爸爸，我就没拦他了。"看到两个男人焦急的神色，才觉得不对，"你们是爸爸？"

周煜走进门卫室："快把刚刚门口的监控给我看看。"

丢孩子可不是小事。

保安赶紧给他调监控，果不其然，很快找到三个小豆丁的画面，邵荣荣一手牵着一个小姑娘，领着两人，十分淡定地往左边那条路走去，只是监控的范围有限，很快就看不到了。

周煜叫上邵栖："左边！"

邵栖点头，跟着他往左边跑去。可是跑了一路，压根儿就没见到路上有小孩子。

邵栖急得心急火燎，恰好荣雪的电话进来，还没等她说话，他就先急不可待开口："荣荣和淼淼不见了！"

"什么？你不是接人去了吗？怎么会不见？"

邵栖道："淼淼说要跟她的同学玩一会儿，我就让他们在旁边玩儿，可一转眼人就不见了，监控里面看到是三个人自行走出了停车场，但我看了一路，也没看到。"

"你先别急！是自行走出去的？"

"嗯。"

"是停车场左边那条路吗？"

"嗯。"

"那路上有家甜品店，荣荣很喜欢吃里面的冰激凌，每次接他，他都想去。他前段时间牙齿坏了，我就很久没带他去了。我刚刚看了他的存钱罐，里面的一块硬币都不在了，你快去甜品店找找。"

邵栖也没挂电话，拉了拉六神无主准备报警的周煜，指了指前面。

那甜品店就在停车场旁边几十米处，两个人走进去时，三个小孩子正捧着三杯冰激凌，吃得满脸都是。

邵栖朝电话里说了句"找到了"就挂掉了，然后怒气冲冲跑过去，将邵荣荣一把拎起来，狠狠朝他屁股上揍了两巴掌。

"爸爸！"周忆云看到爸爸黑着脸过来，弱弱地叫了一声。

周煜柔声问："你来吃冰激凌怎么不告诉爸爸？爸爸找不到你差点吓死了！"

周忆云小声道："荣荣说大人不让随便吃冰激凌，所以我们自己来吃。他请我和淼淼吃的。"

周煜神色复杂地看了眼被老爸揍得鬼哭狼嚎的臭小子，然后牵着女儿的手默默离开了。

回去后得好好教教女儿，以后离邵家的那小兔崽子远一点。

邵栖这算是第一次真真正正揍儿子，揍了还不解气，又拿出手机，恶狠狠道："看我不跟你妈妈告状！"

邵荣荣流着两条宽面条泪，偷偷摸摸舔了口桌上还没吃完的冰激凌，哭道："告状精爸爸！"

心虚的邵淼淼抱着自己哥哥的大腿，讨好道："哥哥，我错了！"

邵栖摸了摸她的头顶："宝贝，哥哥没怪你。"

邵淼淼笑嘻嘻点头："哥哥最好了。"然后朝邵荣荣露出一个同情的表情。

这天回家后，不出意料的，邵荣荣小朋友又迎来了妈妈一顿臭揍，不过这回从女子单打换成了混合双打。

当然，邵荣荣这个小魔头，才不会因为这一次就长了记性，而是觉得以后做坏事，技巧要更加高明一点，绝对不能让爸爸这个告状精发现。

从此之后，邵家父子斗智斗勇的戏码，三天两头就会上演一次。

鸡飞狗跳，鸡毛蒜皮。

生活大概就是如此。